BASTEI LÜBBE

Von Dalene Matthee erschienen bei BASTEI-LÜBBE:

10919 Unter dem Kalanderbaum
11533 Fielas Kind

DALENE MATTHEE

DER LILIEN-WALD

Aus dem Englischen von
Nikolaus Gatter

BASTEI
LÜBBE

BASTEI-LÜBBE-TASCHENBUCH
Band 11936

Deutsche Erstveröffentlichung
Titel der Originalausgabe:
The Mulberry Forest

Printed in Great Britain April 1993
Einbandgestaltung und Titelillustration: Grumbt & Partner
Satz: hanseatenSatz-bremen, Bremen
Druck und Bindung: Cox & Wyman, Ltd.

ISBN 3-404-11936-3

Der Preis dieses Bandes versteht sich einschließlich
der gesetzlichen Mehrwertsteuer

Dem Wald in Liebe zugeeignet

Danksagung

Ohne die folgenden Personen und Institutionen, denen mein aufrichtiger Dank und meine Anerkennung gelten, hätte ich dieses Buch nicht schreiben können:

Eddy Mangiagalli
Bradford Mangiagalli
James Sciocatti (Cuicatti)
Domenico Tomé
Joseph Rabbolini (Robolini)

Cassie Lamprecht
Maans McCarthy
T. C. Roux
Luigi Lottino
Tossie Lochner, Aulla (Italien)

C. F. Erasmus, dem stellvertretenden Regionalbeauftragten, und seinem Mitarbeiterstab bei der Umweltbehörde in Knysna;
Axel Jooste, vom Amt für Umweltschutz in Knysna;
Willie Cooper vom Amt für Umweltschutz in Knysna (Deep Wall);
Südafrikanische Nationalbibliothek, Kapstadt;
Staatsarchiv, Kapstadt;
Nationales Observatorium, dem ich die Informationen übcr den Kometen verdanke;

Mr. Johan Schutte von der südafrikanischen Generalkonsul in Mailand, der mir Sabina Mastropasqua als Übersetzerin empfahl;
Dr. Dawie Kriel, Kulturattaché bei der südafrikanischen Botschaft in Rom;
Dr. Meryl R. Foster, Amt für öffentliche Ordnung, Kew, London

Präsenzbibliothek der British Library, London

Literarische Quellen

Ungedruckte Tagebücher von Henry Frederick Francis Adair Barrington.

Katharine Newdigate: *Honey, silk and cider – a life portrait of Henry Barrington.* H. A. Balkema: Kapstadt/Amsterdam 1956.

Winifred Tapson: *Timber and Tides*, Juta & Company Ltd: Kapstadt 1973.

Luigi Barzini: *The Italians*, Hamish Hamilton: London 1965.

Dr. F. C. Calitz: *Die Knysna-boswerkers: Hulle taalvorm en denkvorm, met spesiale verwysing na hul bedrysafrikaans* (Die Holzfäller in Knysna: eine Sprach- und Denkform unter besonderer Berücksichtigung ihres Afrikaans-Gebrauchs), Magisterarbeit, Stellenbosch-Universität 1957.

1

Fünfzehn Jahre lang habe ich, Silas Miggel, zusammen mit meiner Tochter Mirjam friedlich am Rand von Gouna-se-Bos gelebt, auf einer Ebene, die wir das Hochland nennen. Dann kam jener elfte Juni im Jahr 1881, der Tag nach meinem fünfundvierzigsten Geburtstag. Ich war gerade draußen, um Wasser aus der Regentonne zu holen. Was ich sah, als ich aufblickte, ließ mir das Blut in den Adern stocken.

Aus dem dicht bewachsenen Kloof im Osten kam ein riesiger bepackter Schlitten mit vier Ochsen davor. Das war unmöglich, denn dort gab es keinen Riesweg, geschweige denn eine Straße. Durch die Kloofs, diese jäh abfallenden Schluchten in unserem Wald, und über die Furten wand sich nur ein schmaler Fußweg, kaum breit genug, daß man mit einem einzigen Ochsen durchkam. Und dieser ersten Fuhre folgte noch eine zweite: breite Holzschlitten, wie man sie braucht, um Baumstamme abzuschleppen. Immer mit der Ruhe, dachte ich mir. An Gespenster glaube ich nicht, aber was sollte es anders sein? Von hier aus war nicht zu erkennen, wem die Schlitten gehörten, und ich lief ihnen entgegen. Ich glaubte zu träumen, aber dies war ein Alptraum, aus dem ich möglichst rasch erwachen wollte.

Mirjam war in aller Herrgottsfrühe ins Dorf aufgebrochen, um Einkäufe zu erledigen. Irgendwo unterwegs mußte sie dem seltsamen Treck begegnet sein. Ich blinzelte in die Sonne und rechnete nach: anderthalb Wegstunden hin, eine halbe Stunde im Lebensmittelladen, drei Stunden für fünfzehn Kilometer steiler Strecke auf dem Rückweg – nein, sie war nicht zu spät dran. Außerdem hatte sie das Gewehr bei sich. Ohne Gewehr ließ ich sie nie fort. Seit ihrem zehnten Lebensjahr, als ich ihr das Schießen beibrachte, konnte sie damit umgehen.

Ein dritter Schlitten tauchte in der Schlucht auf.

Ich war jetzt nahe genug dran, um sie zu erkennen. Den vordersten führte Jacobus Gerber, Holzfäller aus Diepwalle. »Jacobus«, rief ich ihm zu, »was zum Teufel geht hier vor?«

»Was weiß ich, Silas.« Er war seit Tagen nicht rasiert und zwinkerte mir aus geröteten Augen zu. »Oben in Witkop-se-Hogte wären wir um Haaresbreite in den Kloof gestürzt.«

»Ein Wunder, daß ihr es bis dort geschafft habt«, erwiderte ich. »Wie seid ihr da überhaupt hoch gekommen?«

»Frag nicht mich. Fünf Tage haben wir gebraucht. Unterwegs mußten wir fast überall den Pfad breittrampeln, manchmal ganz neue Schneisen schlagen. Wir und die Ochsen sind erschöpft bis zum Umfallen.«

Auf den Bodenplanken des Schlittens stapelten sich Koffer, Bündel, Laternen und riesige Seekisten. »Und wem gehört das Zeug?« wollte ich wissen. Mir war unbehaglich zumute, aber es mußte sein, und als Jacobus mir nicht sofort antwortete, hakte ich nach: »Für wen du fährst, will ich wissen!«

Er seufzte. »Ich hab Mr. White gesagt, daß es so

kommen würde. Daß wir Silas Miggel begegnen würden. Er wollte nicht auf mich hören.«

Der Name White genügte mir; er ließ das Schlimmste ahnen. White sollte sich unten im Dorf um die Fremden kümmern: Bevollmächtigter der Regierung in der Einwanderungsbehörde von Knysna.

»Wo ist White?«

»Irgendwo weiter hinten. Ich kann nichts dafür, Silas. Letzten Samstag war ich mit 'ner Ladung Holz im Dorf und hatte gerade abgeladen, als mich jemand ansprach. Sie wollten eine größere Gruppe nach Gouna bringen und suchten noch Schlitten. Ein Pfund pro Tag. Ich brachte den Karren weg und holte den Schlitten; soviel kann man schließlich nicht alle Tage verdienen. Der verdammte Aufkäufer hatte mich sowieso übers Ohr gehauen. Ich mußte erstklassiges Holz zu einem Preis losschlagen wie sonst für dritte Wahl. Nun steh nicht so da und starr mich an. Ich hab sie gewarnt. Ich sagte ihnen, sie würden's mit dir zu tun bekommen.«

Der zweite Schlitten gehörte Gert Stoffels. »Hast du Mirjam unterwegs gesehen?« fragte ich ihn.

»Nein, Oom Silas.«

Mirjam war nicht dumm; vielleicht hatte sie sich im Gebüsch versteckt.

Ein vierter Schlitten rollte aus der Schlucht. Ein paar dunkeläugige, verängstigte Kinder kauerten auf der schwankenden Fuhre. Hinter dem Schlitten trotteten etwa zwanzig staubbedeckte Männer und Frauen einher. Einige der Frauen weinten im Gehen.

»Was haben die bloß?«

»Weiß ich nicht, Oom. Einige der Frauen heulten schon, als wir das Dorf verließen.«

Die Ochsen zogen ihre Last in weitem Bogen über

die Lichtung und blieben dann stehen. Den Kindern half man beim Absteigen, und schließlich versammelten sich alle ringsum und staunten mich an.

»Wo ist der Regierungsbeamte? Ist er nicht mitgekommen?« fragte ich den Fremden, der mir am nächsten stand.

»Scusi, signor?«

Vielleicht sind es Engländer, überlegte ich, und versuchte es statt mit Holländisch mit dem Englischen. Wieder bekam ich ein »Scusi, signor?« zur Antwort. Fehlanzeige bei Englisch und Holländisch. Sie sahen allerdings auch nicht wie Engländer aus. Während sie immer dichter herandrängten, wedelten sie mit den Händen und schnatterten in den seltsamsten Lauten. Sie schienen selbst nicht zu wissen, was sie hier sollten.

»Ich verstehe nicht«, fuhr ich dazwischen. »Ich spreche nur Holländisch und ein paar Brocken Englisch.«

Zwei der Männer trugen ein großes Brett in den Schatten, auf dem sich unter einem nassen Sacktuch etwas Kastenförmiges erhob. Ein Dritter daneben goß Wasser aus einem Lederschlauch darauf, als wäre das verhüllte Ding vom Austrocknen bedroht. »Was ist denn in dem Sack da?« Sie schüttelten die Köpfe und begriffen meine Frage nicht.

In diesem Moment trat White aus dem Unterholz, neben ihm ein weiterer Kerl, dem Augenschein nach Engländer.

»Mr. Miggel! Mr. Miggel!« rief White, als er mich sah. Er winkte mir zu und tat so wohlwollend und leutselig wie noch nie.

Daß mich White mit *Mister* anredete, verhieß allerdings nichts Gutes.

»Was bedeutet dieser Andrang auf meiner Lichtung?« erkundigte ich mich. »Wollen Sie mich auf den Tod erschrecken, damit Sie mich los sind?«

»Eins nach dem andern!« Beschwichtigend hob er die Hände. »Vor allem muß ich Ihnen erst einmal Mr. Christie vorstellen. Mr. Christie kommt aus London und spricht kein Holländisch.« Damit blieben die beiden keuchend stehen.

Ich musterte Christie, der meinem Blick auswich. »Was macht er hier im Wald, wenn er in London zu Hause ist?« fragte ich White. »Wer sind diese Leute? Was geht hier vor?«

»Ruhig Blut, Miggel. Sie sind müde und verstört und haben seit Tagen nichts gegessen. Nach meiner Karte sind wir jetzt 15 Kilometer nördlich von Knysna, aber diese abgefeimten Waldleute haben uns meilenweite Umwege gehen lassen, um mehr Geld herauszuschinden. Vor fünf Tagen sind wir aufgebrochen.«

»Ihr könnt von Glück sagen, daß ihr nicht mehr gebraucht habt, Meneer. Daß ihr überhaupt so weit gekommen seid. Umwege gibt es nicht hier im Dickicht, das kann ich beschwören. Und wohin soll's denn überhaupt gehen mit Ihrer merkwürdigen Reisegruppe?« Noch immer machte ich mir Hoffnungen, obwohl ich mir denken konnte, was los war.

White tigerte nervös auf und ab. »Ich hab schon Ärger genug, Miggel. Bitte. Dieses Land gehört der Krone. Sie wissen seit Jahren Bescheid, und wir haben Sie oft genug gewarnt. Ich bringe die Leute *hierher,* und wir wollen nirgendwo sonst hin. Es hilft auch nichts, wenn Sie dastehen und mich anstarren. Sie wissen, wem das Land hier gehört. Es ist Kronland.«

Es war, als legte sich mir eine Henkerschlinge um den Nacken.

Kronland. Kronwald. Krone hier, Krone da. Der Waldhüter erstes und letztes Wort. Alles gehörte der Krone: Blauböckchen, Buschbock, Erdschweine, Elefanten, Fußpfade, Schlittenpfade, auch die große Wagenstraße in Diepwalle. Jeder Baum im Wald war Eigentum der Krone, und wer ihn fällen wollte, mußte eine von den Kronbehörden unterzeichnete Lizenz mit sich führen. Wer sein Gewehr anlegte, um einen Grootvoet, einen Elefanten, zu erlegen, brauchte dafür ebenfalls die Erlaubnis der Krone, und wen die Waldhüter ohne so ein Stück Papier erwischten, der wanderte ins Gefängnis oder mußte hohe Geldstrafen zahlen. Nicht daß sich jeder um Lizenzen und Genehmigungen scherte. Man munkelte, Josafat Stander hätte mehr Elefantenzähne aus dem Wald geschmuggelt als die Krone zählen konnte, und er hatte sich von niemandem je irgendwas genehmigen lassen. Wir Waldleute haben nur ein Faustpfand: der Wald ist viel zu weitläufig, um von den Kronbeamten vollständig überwacht zu werden. Solange man seine Schlingen und Fangstricke weit genug abseits vom Fußpfad legte, konnte man der Krone noch immer genug abluchsen, um satt zu werden. In ihrer Angst, sich zu verlaufen, wichen die Waldhüter nur selten von den bekannten Wegen ab.

Wer oder was ist die Krone? Wenn man die Waldhüter fragte, bekam man von jedem eine andere Antwort: Queen Victoria; die Regierung; Polizeirichter Jackson unten in Knysna; Mr. White; Oberst Harison, der als Beauftragter für Naturschutz fast noch nie einen Fuß in den Wald gesetzt hat; oder der ehrenwerte Sir Barrington aus Portland, der manchmal zu einer Parlamentssitzung der Krone nach Kapstadt mußte, während ich, Silas Miggel, auf seinen Gütern nach dem Rechten sah. Nach meinem bescheidenen Eindruck hatten nur Gott und die Holzfäller nichts mit der Krone zu schaffen. Jeremiah Eye aus Groot Eiland hatte einmal einen Waldhüter gefragt, ob ihm die Holzfäller gehören? Sie gehören der Krone, erwiderte dieser, wem sonst? Jeremiah packte ihn beim Kragen, setzte ihn in einen Nadelbusch und erklärte ihm, die Holzfäller würden sich selbst und sonst niemandem gehören. Hinterher mußte Jeremiah ein Ochsengespann verkaufen, um das Schmerzensgeld aufzubringen. Solange wir im Wald bleiben, oder auf einer der Lichtungen, die wir Eiland nennen, dort, wo uns die Krone nicht sieht, läßt man uns einigermaßen in Ruhe. Die Krone braucht das Holz, sie braucht Eisenbahnschwellen und Telegraphenmaste, dafür müssen Bäume gefällt und Stämme aus dem Wald herausgeschleppt werden, und dafür sind die Holzfäller zuständig.

Der Störenfried war ich selber, Silas Miggel. Eines Tages hatte ich gewagt, ein Haus im Hochland zu bauen, an einer Lichtung in dem Waldgebiet, das zu Gouna gehört. Unter den Augen der Krone, wenn man so will. Eine Heimstatt für Mirjam und mich. Sie war damals kaum zwei Jahre alt. Aber schon lange vor ihrer Geburt hatte ich mich im Hochland nach einem guten Platz umgesehen. Damals, als mein Vater noch lebte, war ich Vorarbeiter seines Holzfällertrupps. Wenn wir im Gouna-se-Bos Holz schlugen, brachten wir unser Vieh immer ins Hochland zum Grasen.

Für mich war das Hochland die schönste und größte Lichtung im Wald – etwa fünf Kilometer von Norden nach Süden, drei von Westen nach Osten. Westwärts, wo es nach Portland geht, liegt der bewaldete Kloof, den der Fluß Knysna durchquert; im Osten liegt der Kloof mit dem Gouna-Fluß. Seine Nebenflüsse haben sich ihren Weg unterhalb des Hochlands gebahnt; sie vereinigen sich später wieder und ergießen sich mit dem Knysna-Fluß in die Bucht. Im Norden liegt das ausgedehnte Kerngebiet des Waldes; dichter Dschungel, Regenwald, Hochwald. Gouna-se-Bos, mit sehr alten Beständen. Kein Wohnort für furchtsame Menschen.

Ich hatte mich noch nicht lange im Hochland eingerichtet, als der erste Waldhüter anrückte. »Wer hat dir das erlaubt, Oom? Das ist Kronland hier! Reiß dein Haus nieder und bau es woanders, in Groot Eiland, Draaibos Eiland, oder meinetwegen in Barnard-se-Eiland oder sonstwo!«

»Und diese Eilands, wem gehören die?«

»Natürlich der Krone!«

»Willst du damit sagen, ich dürfte *im* Wald auf den Eilands der Krone wohnen, nicht aber auf einer Lichtung von Gouna-se-Bos, die der Krone gehört?«

»Genau!«

»Und wieso nicht?«

»Das Land hier ist reserviert.«

»Für wen, und wozu?«

Das konnte er mir so genau auch nicht sagen. Ich solle mich doch im Dorf erkundigen, bei dem für das Kronland und die Einwanderer zuständigen Beamten. Damals war es noch ein anderer; White löste ihn später ab.

Ich ließ die Waldhüter reden und blieb, wo ich war. Manchmal ließen sie sich monatelang nicht blicken. Nichts konnte mich von hier vertreiben. Mirjam brauchte Sonne und Auslauf und viel blauen Himmel über sich. Wie die Elefantenkühe, die ihre Jungen hinaus ins Helle führen, wenn es im Wald zu naß und kalt wird, brachte ich Mirjam in die Sonne. Es war besser, wenn sie weitab von anderen aufwuchs, bis es soweit war und sie mit ihrem Schicksal selbst fertig werden konnte. Sie war nicht so wie andere kleine Mädchen.

Drei Jahre oder mehr verstrichen, bis White, der inzwischen von der Regierung eingesetzt worden war, einen seiner Schreiberlinge auf meine Fährte setzte. Einmal fing er uns im Dorf ab, und wir mußten mit aufs Amt.

»Sind Sie der Mann, der sich Silas Miggel nennt?« fragte er mich, als ich mit Mirjam in Whites Büro erschien.

»Das bin ich, Meneer. Mein wirklicher Name ist Silas van Huyssteen, aber man kennt mich als Silas Miggel. Dies ist meine Tochter Mirjam. Mirjam, sag dem Oom guten Tag!« Sie gab dem Fremden hinter dem Schreibtisch die Hand, wie ich es ihr beigebracht hatte, und ich merkte, daß er den Blick kaum von ihr abwenden konnte.

»Ein bildschönes Kind haben Sie da«, stellte er leicht beunruhigt fest.

»In der Tat«, nickte ich, »und ich muß sie alleine aufziehen, denn nur eine Stunde nach ihrer Geburt ist ihre Mutter von uns gegangen.« Nicht, daß es mir besonders leichtgefallen wäre, darüber zu reden. Ich hatte es bloß erwähnt, weil ich hoffte, ihn milder zu stimmen. Wer aus dem Wald kommt wie ich, darf nicht mit Schonung oder Gnade rechnen; man muß auf das zurückgreifen, was für einen spricht.

»Man hat mir gesagt, Sie hätten sich unrechtmäßig am Waldrand von Gouna-se-Bos angesiedelt. Auf Kronland. Seit Jahren machen Sie den Waldhütern Scherereien, wie es heißt.«

»Stimmt haargenau.« Warum die Wahrheit verleugnen? Wenn der andere ohnehin verärgert ist, braucht man sich ja nicht auch noch selbst groß aufzuregen. »Wir Waldleute gelten als zurückgeblieben, wissen Sie«, erklärte ich. »Jeder hier im Dorf glaubt, uns übers Ohr hauen zu können – Mirjam, laß die Papiere des Ooms in Ruhe! Und weil ich aus dem Wald komme und etwas schwer von Begriff bin, sehe ich nicht ein, wieso ich zehn Schritte tief im Unterholz wohnen darf und zehn Schritte außerhalb nicht. Für so komplizierte Regeln reicht mein armer Kopf nicht aus, Meneer.«

»Das Hochland von Gouna ist Kronland, das für Einwanderer vorgesehen ist. Um das zu verstehen, brauchen Sie nicht allzuviel Gehirnschmalz, Mr. Miggel.«

»Allerdings nicht«, gab ich zu. »Wenn der Meneer mir nun noch einen Rat geben könnte, wäre ich ihm sehr zu Dank verbunden. Was muß man tun, um Einwanderer zu werden?« Was Einwandern bedeutete, wußte ich natürlich. Ich wollte bloß meine Beschränktheit unter Beweis stellen.

»Ein Einwanderer ist jemand aus einem anderen Land, der sich hier niederlassen will«, seufzte er. »Meist kommen sie aus England. Auch aus Schottland. Oder aus den Niederlanden.«

»Man kommt hierher und bekommt von der Krone ein Stück Land geschenkt?«

»Nein. Wenn ein Landwirt einwandert, steht ihm Land zur Verfügung, das er mit einer jährlichen Rate abbezahlen muß.«

»Wieviel Land?« Allmählich verlor er die Beherrschung, aber ich ließ mich nicht abwimmeln.

»Acht Hektar.«

»Und wie teuer kommt das?«

»Illegales Ansiedeln werden wir in Gouna nicht dulden, Miggel!«

»Ich weiß, Meneer, aber ich bin neugierig, wie hoch der Preis ist.«

»Es ist ziemlich kompliziert.«

»Erklären Sie's mir so einfach wie möglich!«

»Es ist eine Art Jahrespacht auf der Basis von anderthalb Shillings pro Hektar. Der Einwanderer bekommt wie gesagt acht Hektar zugewiesen. Die Zahlungen beginnen im Folgejahr und erstrecken sich über zehn Jahre.«

Er rasselte das nur so herunter, aber ich konnte ihm gut folgen, und die Summe war leicht auszurechnen. Ich ließ den Korb mit Lebensmitteln sinken, den ich noch immer in der Hand hielt, und ließ mich in den Stuhl neben mir fallen.

»Heißt das, man kann für nur zehn Pfund ein Grundstück von acht Hektar bekommen?« Zehn Pfund überstiegen zwar zu diesem Zeitpunkt meine Verhältnisse, aber ganz leer war die Blechdose mit den Ersparnissen auch nicht. Ein Mann mit Grund und Boden sitzt mit dem Hintern auf dem eigenen Thron, wie ich immer sage. »Kriegt man womöglich noch mehr als nur eine Parzelle und kann es genauso abbezahlen?«

»Nein. Allerdings steht Einwanderern der Nießbrauch von 70 Hektar Gemeindeland zu, um das Vieh dort grasen zu lassen. Nach fünf Jahren muß er dafür unter den gleichen Bedingungen zahlen wie für die eigenen acht Hektar. Wer hat Ihnen übrigens erlaubt, Platz zu nehmen?«

Ich erhob mich wieder. »Wie zerstreut ich bin. Das mit den 70 Hektar klingt sehr verlockend, Meneer!«

»Das reicht, Miggel! Ihre illegale Niederlassung auf Kronland wird ab sofort unterbunden.«

»Mein Großvater ist im Wald geboren, Meneer, mein Vater hat dort sein ganzes Leben verbracht und ich ebenfalls. Muß ich jetzt nach England und zurück schwimmen, wenn ich kein Geld für die Überfahrt per Schiff habe, nur um wiederzukommen und ein Stück Kronland zu bekommen? Das will mir nicht recht in den Kopf, Meneer!«

»Schluß jetzt, Miggel!«

Er hatte schon jetzt die Nase voll, aber ich tat so, als merkte ich nichts. »Könnten Sie nicht ein gutes Wort für mich einlegen? Meine Vorväter stammen auch aus Holland – Mirjam, laß deine Zöpfe in Ruh!« Das Kind hatte die Marotte, ständig in den Haaren herumzufingern. »Der Meneer muß entschuldigen, daß meine Tochter mit nur einem Zopf vor ihm steht, ich hatte heut früh keine Zeit, ihr zwei zu flechten, wir mußten beim ersten Morgendämmer aufbrechen. Mein Ehrenwort, wenn Sie mir zu einem Grundstück auf dem Hochland verhelfen, und mögen es nur acht Hektar sein, werde ich immer pünktlich zahlen, auf Heller und Pfennig! Ich werde schuften wie ein Pferd. Fleißig bin ich, da können Sie Mr. Barrington in Portland fragen. Er bürdet seinen Leuten gerne die Arbeit für zwei auf. Deswegen hält es keiner lange bei ihm aus, und er muß immer wieder nach mir schicken, damit ich ihm aushelfe. Sie dürfen sich ruhig bei ihm erkundigen!«

»Das will ich gern glauben, Miggel.« Der Stimme nach war er schon ein wenig besänftigt. »Aber ich kann wirklich nichts für Sie tun. Das Kronland gehört mir nun mal nicht. Ich soll dafür sorgen, daß hier im Distrikt die Bedingungen und Verhältnisse für die Vergabe der Parzellen geschaffen werden. Wo soll das denn hinführen, wenn jeder daherkäme und sich mir nichts, dir nichts auf dem Kronland häuslich einrichten würde?«

»Über das Kronland oben in Gouna machen Sie sich mal keine Sorgen! Solange ich dort bin, werde ich jeden abknallen, der dort die ersten Bretter für seine vier Wände zusammennagelt. Ich werde ein Auge darauf haben, verlassen Sie sich drauf. Schließlich wohne ich dort, um auf meine Tochter aufzupassen.«

»Tut mir leid, Miggel, aber das kann ich nicht durchgehen lassen. Ich werde Ihnen aber entgegenkommen und Ihnen eine vernünftige Frist von, sagen wir, drei Monaten geben. Bis dahin müßten Sie eine neue Unterkunft gefunden haben. Mehr ist leider nicht drin.«

»Ich verstehe.«

Als ich ging, herrschte zwischen uns keine Zwietracht; wie es sich gehört für zivilisierte Menschen, gaben wir uns zum Abschied die Hand. Anderntags kam der Waldhüter von Diepwalle und wiederholte Whites Ankündigung: binnen drei Monaten solle ich das Feld räumen. Ich war gerade dabei, neue Löcher im Batatenfeld auszuheben und scheuchte den Kerl, der mir beinahe die Saatkartoffeln plattgetreten hätte, beiseite.

Das Hochland verlassen kam gar nicht in Frage. White ließ mir regelmäßig die Aufforderung dazu überbringen oder drohte mir bei Gelegenheit persönlich mit entsprechenden Maßnahmen. Das ging rund zwei Jahre so, bis mir an einem regnerischen Nachmittag das Glück winkte. Die unverhoffte Gelegenheit, unsere Meinungsverschiedenheiten beizulegen und hinterher fast so etwas wie Freundschaft zu schließen, ergab sich oben am Schlittenpfad zum Roterlenfluß. Dort liefen mir zwei völlig durchnäßte Engländer über den Weg. Sie hatten die Genehmigung zum Erlegen einer Elefantenkuh. Bei der Jagd hatten sie sich hoffnungslos verirrt. Schon morgens hatte der Ärger angefangen, als der farbige Führer sich geweigert hatte, weiterzugehen; seiner Meinung nach konnten sie nicht mit dem Gewehr umgehen. Daraufhin hatten sie beschlossen, es auf eigene Faust zu versuchen, und schon wenig später die Orientierung verloren.

»Wir konnten ja nicht ahnen, wie riesig dieser Wald ist«, stöhnte einer der beiden.

»Es ist sehr gefährlich hier«, fügte der andere hinzu.

Ich nickte. »Stimmt.«

»Ein hübsches Kind, das Sie da auf dem Rücken tragen, Sir.«

»Ja. Meine Tochter Mirjam.«

Erst auf dem Weg ins Dorf stellte sich heraus, daß der eine ein naher Cousin von Mr. White war und der andere sein bester Freund.

Anderntags brachte ich Mirjam zu meiner Schwester Hannie in Draaibos Eiland und schloß mich den Engländern an. Zwei Tage lang führte ich sie durch Komse-Bos und spürte für sie die alte Elefantenkuh auf. Ich half ihnen, bis sie erlegt und der Kopf abgeschnitten und eingepökelt war. Sie wollten ihn als Trophäe nach England mitnehmen und zu Hause über den Kamin hängen. Der Gestank war unvorstellbar.

Von da an hatte ich nur noch selten Scherereien mit White und den Waldhütern. Wenn von Fremden die Rede war, die in Knysna an Land gingen, bekamen sie Parzellen in anderen Gegenden des Distrikts. Nicht auf dem Hochland. Meinerseits sorgte ich dafür, daß White immer mal wieder einen Topf Waldhonig bekam, einen Knappsack voll frischer Bataten, ein oder zwei Kürbisse. Nicht um ihn festzunageln oder gar zu bestechen. Ich wollte mir nur das Wohlwollen erhalten, das er mir und Mirjam in all den Jahren erwies.

Anfang April 1881 brachte ich ihm wieder etwas mit ins Dorf. Beiläufig erkundigte ich mich, ob er noch immer keine Chance für mich sähe, ein kleines Grundstück im Hochland zu erwerben.

»Der Brief liegt schon fertig geschrieben da«, sagte er und zeigte mir die Papiere auf dem Schreibtisch. »Ein Brief an Mr. Laing, den Verwalter des Kronlands in Kapstadt. Ich habe ihn gebeten, keine Einwanderer mehr zu schicken. Die Kronland-Parzellen in Dorfnähe sind jetzt alle vergeben, und ich will auch im Umland niemanden mehr aufnehmen.«

Die beste Nachricht seit langem. Noch am selben Nachmittag rodete ich ein kleines Brachfeld unterhalb des Hauses und legte in Mirjams Garten ein neues Blumenbeet an. Sie war jetzt siebzehn und brachte jedesmal, wenn sie von Portland zurückkam, einen Schößling oder Ableger mit. Wenn auf den Eilands im Wald jemand starb, flocht Mirjam den Angehörigen Kränze für das Begräbnis.

Whites Brief an den Verwalter in Kapstadt lag kaum drei Monate zurück, als er mit dieser Handvoll Auslander auf dem Hochland eintraf. Im ersten Schreck wäre ich fast durchgedreht. Der Ast, auf dem ich seit fünfzehn Jahren saß, war plötzlich angeknackst, und überall griff ich ins Leere.

Aber mit diesen Neuankömmlingen stimmte etwas nicht. Sie waren ein ziemlich trauriger Haufen, soviel stand fest. Sie rührten sich nicht, luden die Schlitten nicht ab und standen bloß händeringend da; die Frauen weinten, vor allem die mit dem violetten Kleid. Kleinkinder saßen auf den Schultern der Erwachsenen und blickten verängstigt umher.

»Wer sind diese Leute?« fragte ich White.

»Italiener.«

»Woher kommen sie?«

»Aus Italien natürlich!«

»Wie viele?«

»Dreiunddreißig. Beziehungsweise zweiunddreißig. Eigentlich sind es aber dreiunddreißig.«

»Anscheinend kann Meneer sie nicht zählen.«

»Eins fehlt, einer hat sich unterwegs angeschlossen. Von allen Schwierigkeiten ist das noch die geringste. Miggel, ich bin hundemüde. Mr. Christie, den ich Ihnen vorgestellt habe, ist als Anführer mitgekommen. Er spricht ihre Sprache und kümmert sich um sie. Aber ich kann ihn hier nicht einfach allein lassen; ich muß ihm in den nächsten Tagen zur Hand gehen. Könnte ich vielleicht in dieser Zeit bei Ihnen wohnen?«

»Nein.«

»Machen Sie mir's nicht noch schwerer als nötig, Miggel.« White wirkte seltsam bedrückt. »Ich hab schon genug am Hals mit diesen Leuten. Wenn wir jetzt nicht alle zusammenhalten, wird es schlimme Folgen haben. Zuerst hatte ich geglaubt, es würde noch über ihr Kommen verhandelt; als nächstes erfuhr ich, daß sie schon eingeschifft seien. Stellen Sie sich vor, ich mußte sie die letzten fünf Wochen bei der Lagune kampieren lassen!«

»Dort ist es besser für sie. Bringen Sie sie zurück!«

»Auf keinen Fall. Der Winter steht vor der Tür, und am Strand ist es viel zu feucht.«

»Waren Sie schon mal im Hochland, wenn es acht Tage hintereinander geregnet hat, Meneer? Was meinen Sie, warum ich mein Haus so weit oberhalb angelegt habe? Hören Sie auf mich und nehmen Sie sie wieder mit.«

Unterdessen war Bewegung in die Reisegruppe gekommen. Sie schwirrten um White, mich und diesen Engländer herum wie ein erboster Bienenschwarm beim Ausräuchern seines Unterschlupfs, schwatzten durcheinander, stampften auf und wedelten mit den Händen. Einige deuteten mit ausgestrecktem Finger auf die Berge, andere dorthin, wo die See lag, wieder andere nach oben. Christie wollte sie in ihrer Sprache beschwichtigen, aber sie hörten nicht auf ihn und redeten einfach weiter. White nahm den Hut ab und winkte damit zur Ruhe, aber das stachelte sie anscheinend noch mehr auf. Ein junger Mann zupfte mich fortwährend beim Ärmel.

»Amerika? Amerika?« fragte er und tippte nach unten. Er war gerade mal zwanzig, wie mir schien, und trug dichtes schwarzes Haar.

»Worum geht's denn?« fragte ich.

»Amerika? Amerika?«

Ich begriff nicht, was er eigentlich wollte. Sollte er doch seinen Anführer fragen, diesen Christie. Aber er ließ nicht locker und redete ununterbrochen weiter. Ohne das geringste zu verstehen, fühlte ich mich diesem Burschen gegenüber wie mit Taubheit geschlagen. Bloß das Wort »Amerika« konnte ich heraushören.

Ich wandte mich an White. »Was hat er bloß?«

»Er möchte wissen, wo er ist. Anscheinend glaubte er, die Überfahrt hätte ihn nach Amerika geführt.«

»Sagen Sie ihm doch, daß Amerika woanders liegt und er sich im Hochland von Gouna befindet!«

»Hab ich versucht. Es ist zwecklos.«

Es war zum Verrücktwerden. Die Frau im violetten Kleid bahnte sich den Weg durch die Menge, bis sie in Tränen aufgelöst vor uns stand und sich die Haare raufte. Und neben mir gestikulierte dieses verwirrte Menschenkind und wiederholte bis zum Überdruß sein »Amerika, Amerika«.

»Gib's auf, Junge«, unterbrach ich ihn. »Hier ist Gouna!«

Zwei weitere Frauen kamen und nahmen die Frau im violetten Kleid beiseite. Ein Mann, der offenbar der älteste aus der Gruppe war, sprach Christie an. Sie wechselten ein paar Worte, und plötzlich deutete der Engländer auf mich und alle wandten sich mir zu.

»Moment mal!« rief ich. »Mich müßt ihr nicht anschauen; ich hab nichts mit der Angelegenheit zu tun!« Doch das schien sie nur noch zu bestätigen, und sie bildeten einen dichten Halbkreis, redeten gleichzeitig auf mich ein und ruderten mit den Armen. »Ruhe jetzt«, brüllte ich, und es war, als hätte ich einen Topf Wasser über dem Feuer ausgegossen. Hier und da zischte und brodelte es noch, aber als ich ein zweites Mal »Ruhe!« rief, verstummten alle.

»Mr. Miggel!« Christie schien sehr besorgt zu sein. »Zunächst wollen diese Leute wissen, wo die Maulbeerbäume stehen.«

»Was bitte?« Mein Englisch war ziemlich mangelhaft.

»Die *Maulbeerbäume,* Miggel«, erklärte White nikkend. »Die Maulbeerbäume stellen mit das größte Problem dar. Daheim in Italien hat man ihnen erzählt, hier gäbe es einen Hain voller Maulbeerbäume. Ein *moerbeibos*«, setzte er auf holländisch hinzu.

»Wollt ihr mich auf den Arm nehmen? Welche Maulbeerbäume? Hier gibt's keinen Hain; diesen Urwald hat Gott selbst angepflanzt. Es gibt Stinkholz- und Gelbholz- und Kalanderbäume, Kwar, Weiß- und Roterle, Safranbaum, Weißbirne, Wilden Holunder, Kamassi, Holzbirnen und so weiter. Ich könnte stundenlang fortfahren mit den Namen, den ganzen Wald hindurch, und dann im Unterholz weitermachen – aber nie im Leben habe ich etwas von einem Maulbeerenhain gehört. Was wollen sie mit den Maulbeeren? Essen sie das Zeug?«

White schüttelte betreten den Kopf und ließ Christie dolmetschen, daß es keinen Maulbeerenhain gebe, und daß sie sich beruhigen sollten. Christie wischte sich die Stirn wie jemand, der gleich ohnmächtig wird. Er wiederholte Whites Worte in ihrer Sprache, und ich sah, wie er zu den Bergen zeigte. Überraschend schnell gaben sie klein bei, schlichen einer nach dem anderen davon und fingen an, die Schlitten abzuladen. Das gefiel mir nicht. Ich fragte White, ob der Anführer sie nicht mit irgendwelchen Lügenmärchen abgespeist habe. Wie sonst ließ sich die plötzliche Friedfertigkeit erklären?

»Keine Ahnung, Miggel«, seufzte White. »Mir soll es gleich sein. Ich bin fix und fertig und will froh sein, wenn sie für den Augenblick Ruhe geben.«

Mir kam das verdächtig vor, sehr verdächtig. Ein ungutes Gefühl blieb. »Wieso suchen sie ausgerechnet einen Maulbeerhain, Mr. White?«

»Es sind Seidenfarmer, Miggel. Sie spinnen Seide. Sie kommen aus dem Norden ihres Landes und sind allesamt Experten, die man eigens angeworben und hierher gebracht hat. Ich hatte geglaubt, es wären Weber, Seidenweber, aber das stellte sich als Irrtum heraus. Sie liefern nur die Fäden für die Seide. Sie züchten Raupen, die sich in Kokons einspinnen, und verkaufen diese. Anscheinend hat es da ein furchtbares Mißverständnis gegeben. Sie haben selbst gehört, daß sie hier einen Maulbeerhain vorzufinden hofften. Da ist von vornherein etwas schiefgelaufen.«

Italiener. Seidenraupen. Barrington. Diese drei Fäden galt es zusammenzuflechten und ein Seil daraus zu drehen. Das würde mir sicheren Halt geben. Jetzt konnte ich wieder aufatmen.

»Recht haben Sie, Mr. White. Gott sei Dank *ist* es ein Mißverständnis! Diese Leute müssen nach Portland hinüber. Es sind Barringtons Einwanderer, er wartet schon auf sie. Am besten, Sie nehmen sie gleich wieder mit ins Dorf, führen sie auf dem Damm ans andere Flußufer und nehmen die Straße nach Portland. Von hier sehen Sie's schon, aber der Kloof zwischen hier und Portland ist zu tief, da kommen Sie mit den Schlitten nur schwer durch. Na los, sagen Sie ihnen, sie sollen aufhören mit dem Abladen! Ich könnte schwören, daß es Barringtons Leute sind!«

»Er will sie nicht, Miggel.«

Ich hörte, was White sagte, und zwang mich, es nicht zu hören. Sie waren Barringtons Italiener, und nach Portland sollten sie weiterziehen, und wenn ich die Schlitten selbst durch den Kloof ziehen mußte. Wenn White zu feige war, Barrington zu sagen, daß seine Italiener eingetroffen waren, würde ich es selbst tun. Mir gegenüber würde er nicht wagen, sie zu verleugnen.

»Lassen Sie nicht erst abladen, Mr. White«, beschwor ich ihn. »Sie sollen aufhören damit. Geben Sie mir Zeit, bis ich drüben in Portland bin und wieder zurück. Das ist das einzige, worum ich Sie bitte.«

»Sie können's versuchen, Miggel. Aber ich bezweifle, daß Sie's schaffen.«

Ich rannte zum Haus und schloß die Tür ab. Den Schlüssel verbarg ich für Mirjam unter dem Stein. Ich wollte nicht abwarten, bis sie wieder da war. Von hier nach Portland lag eine Wegstrecke, für die ich mindestens eine Stunde brauchte.

Es waren Barringtons Italiener. Der einzige Mann, der in diesem Distrikt solchen Träumereien nachhing, war der ehrenwerte Sir Barrington in Portland. Oder *Poort*land, wie die Waldleute seinen Gutsbesitz nennen.

»*Port*land, Silas, *Port*land«, pflegte er mich zu ermahnen.

»Es hat immer Poortland geheißen«, widersprach ich jedesmal. »Ein *poort* ist eine Art Durchgang, kein Hafen.«

Barrington stammte von einer altenglischen Adelsfamilie ab. Sein rastloser Verstand entwickelte Ideen, wie sie niemand sonst haben konnte. Wenn seine Honigwaben zu wenig hergaben, schimpfte er auf die arbeitsscheuen Waldbienen und bestellte sich fleißigere Bienensorten, die ihm per Schiff aus England geliefert wurden. Bei der Ankunft in Kapstadt war der Schwarm noch vollständig; hier entwischte er ihm. Wann immer ein Schiff in der Bucht unterhalb des Dorfes anlegte, führte es eine Seekiste mit Lieferungen für Portland mit sich. Mal war es der Motor für die englische Dampfsägemühle, mal deren zurückgesandte Reparaturteile oder Werkzeug. Oder Kleider für ihn und seine Frau und die sieben Kinder. Einmal liefen alle drei Söhne von zu Hause weg, um von ihrem Alten loszukommen. Für ihre Mutter war es nur gut, daß sie einer nach dem andern zurückkehrten.

Portland. Redlands. Karawater. Alles Barringtons Eigentum. Tausende Hektar Ackerland, und nur selten gedieh etwas, denn alles was ihm in den Sinn kam, mußte auch gleich unter die Erde. Wenn er nicht Apfelsinenkerne aussäte, probierte er es mit Oliven oder Weintrauben oder Baumwolle, oder Tabak, Mandarinen, Zuckerrüben, Korkbäumen, Gurken oder Walnüssen, und so fort, Jahr um Jahr. Alles mußte eingepflanzt werden, und immer im festen Glauben, einmal würde ein Wunder geschehen und Reichtum und Wohlstand für Portland dabei herauskommen. So oft hatte ich dem Alten zugeredet, er solle sein Vieh hüten und bei dem Holz bleiben, das ihm sein kleines Waldstück eintrug. Aber nein, ein Wunder mußte kommen, möglichst ein ausländisches. Wie diese Sache mit den Seidenraupen. Fast jährlich kamen Ableger von Maulbeerbäumen übers Meer, die in Portland angepflanzt wurden, um wenig später zu verdorren und abzusterben. Nur die Maulbeerhecke hinter dem Haus und ein paar vereinzelte Bäume westlich des Grundstücks blieben übrig, und mit ihnen hielt sich hartnäckig Barringtons Traum von einem Schuppen, so groß wie ein Maisfeld, wo die Raupen sich dick und rund fressen und massenweise gelbe Kokons spinnen würden.

»Zweihundert Gramm Eier für den Anfang, Silas.« Wenn wir in Redlands die Herde zusammentrieben, pflegte mir der ehrenwerte Sir Barrington von seinen Plänen zu erzählen, oder beim Abstieg in die Kloofs, wenn wir Wasser für die Dampfsägemühle holten. Ganz groß wollte er in die Raupenzucht einsteigen. »Ein Zehntelgramm Seidenraupeneier bringen hundert Pfund Kokons. Und hundert Pfund Kokons ergeben ungefähr zwölf Pfund Rohseide.«

»Und was wollen Sie damit, Mr. Barrington?« fragte ich jedesmal. »Seidenraupen und deren Kokons machen nicht satt.«

»Ein sehr lukratives Geschäft machen, Silas. In den ersten paar Jahren werde ich nur für den Export züchten. Kokons nach Italien liefern. Vielleicht auch ein paar nach Frankreich. Die besten Weber sind Italiener, übrigens auch die besten Seidenfarmer. Ich werde Italiener herholen und für mich arbeiten lassen.«

»Ich glaube, Ihre Kälber haben wieder die Würmer. Sie müssen Oujan in den Wald schicken und Beerenwurzeln ausgraben lassen. Geben Sie die in Milch und Wasser ausgekocht ins Futter. Die Medizin, die Sie sich aus England kommen lassen, taugt nicht viel.«

Wahrscheinlich hörte er nicht mal zu. Wenn er mit mir über Raupenzucht reden wollte, war es meist besser, die Sache mit den Kälbern ein andermal zur Sprache zu bringen. Eins stand fest, mit Seidenraupen kannte er sich aus, und ein Dummkopf war er nicht. Einmal erzählte er mir, daß der Faden aus den Kokons von einem Zehntelgramm Eier fünfmal um den Globus gelegt werden könnte.

»Das klingt ja gewaltig lang, Sir«, staunte ich. »Wenn ich denke, wie weit ich laufen muß, um mir den Honig aus Streep-se-Bos zu holen ... Mir scheint, als wär dieser Faden noch lange nicht abgespult, selbst wenn ich ihn hin und zurück mitnähme!«

»Ihr Waldleute wißt überhaupt nicht, was außerhalb eurer kleinen Welt vor sich geht, Silas.« Immer wieder kam er darauf zurück. »Du hast wohl nicht den geringsten Schimmer, wie groß der Umfang der Erdkugel ist. Vielleicht verstehst du mich besser, wenn ich dir sage, daß der Faden von drei Kokons von dir bis ins Dorf reichen würde; das sind rund fünfzehn Kilometer.«

»Alle Achtung vor den drei Raupen, die so lange Fäden spinnen, Sir.«

»Die Seidenraupenzucht ist eine bewundernswerte Kunst und erfordert alle Sorgfalt. Nicht nur, daß man den weißen Maulbeerbaum für die Fütterung braucht; die Blätter müssen auch ganz behutsam geerntet werden. Für jedes Lebensstadium schneidet man die Blätter in Streifen von besonderer Größe. Die Tiere dürfen auf keinen Fall angefaßt werden und gedeihen nur in klinisch sauberer Umgebung. Sie sind sehr anfällig für Krankheiten. Werden die Raupen krank, dann sind auch die Eier verdorben, und eine gute Kokon-Ernte steht und fällt mit der Qualität der Eier. Merk dir meine Worte, Silas! Wenn ich eines Tages mit den Seidenraupen ins Geschäft komme, stelle ich dich als Oberaufseher für sie ein!«

Das war wieder so eine Lieblingsidee von ihm. »Sie wissen doch, daß wir Waldleute nicht für andere arbeiten«, wandte ich ein. »Ich komme nur her und helfe Ihnen aus, weil Sie alleine nicht klarkommen.«

»Überleg's dir, Silas. Ich habe mir die besten Eier aus Italien kommen lassen und schon zweimal Kokons zurückgeschickt. Das erste Mal waren es zwölf, und sie stellten mir ein hervorragendes Zeugnis aus. Die zweite Lieferung war nicht so gut wie sie sein sollte, und man teilte mir mit, daß ich die Raupen falsch behandelt hätte. Ich habe sogar einem italienischen Experten ein paar Eier aus Portland geschickt, einem gewissen Zappa. Sir James Hudson in Florenz – das liegt in Italien – hat sich für mich erkundigt und mir geschrieben, daß Mr. Zappa ganz begeistert von den Eiern war.«

Barrington war mit vielen bedeutenden Persönlichkeiten bekannt.

»Der Maulbeerableger, den Sie Mirjam mitgegeben haben, ist verkümmert. Sie hat ihn gepflegt, so gut es ging, aber er schlug keine Wurzeln.«

»Ich hab ihr den Zweig eigentlich nur gegeben, weil sie mir ständig in den Ohren lag. Der Boden in Gouna ist für Maulbeerbäume ungeeignet. Mrs. Barrington läßt übrigens ausrichten, daß wir wieder ein paar Kleider von Imar und Gabrielle abgeben wollen. Du kannst sie für Mirjam kaufen, wenn du magst. Das Geld geht dann an mich.«

»Ich muß zuerst Honig verkaufen.«

»Soll ich dir's nicht gleich vom Lohn abziehen?«

»Danke nein. Dann stehe ich bei Ihnen in der Kreide wie die Holzfäller bei den Ladenbesitzern im Dorf.«

»Du bist ein Dickkopf, Silas.«

»Jawohl, Mr. Barrington.«

Allerdings erlebte Barrington viele Rückschläge mit seinen Raupen; manchmal überlebten nur wenige, doch er gab seine Pläne nicht auf. Jedes Jahr faßte er den Vorsatz aufs neue: »In diesem Sommer errichte ich eine Scheune für die Raupen, Silas. Dann hole ich mir drei oder vier Italienerfamilien her, die für mich züchten sollen.«

»Jawohl, Mr. Barrington.«

Bisweilen schien es mir, als ob nur die Seidenraupen und ich, Silas Miggel, den Alten am Leben hielten. Ein ums andere Mal jammerte er mir vor, wie müde er sei und daß es bald aus wäre mit ihm. »Ich habe mich vierzig Jahre wacker geschlagen, um mehr aus meinem Grund und Boden zu machen. Und was ist daraus geworden? Nichts. Meine Söhne interessieren sich nicht dafür, und ich weiß nicht, was aus ihnen werden soll.«

»Sie setzen sie zu sehr unter Druck«, stellte ich fest.

Manchmal reagierte er ärgerlich, wenn ich die Wahrheit zu offen aussprach, dann wieder wirkte er selbst dafür zu erschöpft und lebenssatt.

»Was soll ich mich eigentlich hier noch länger abquälen. Besser, ich verkaufe die Klitsche und gehe nach England zurück, um dort in Frieden auf das Ende zu warten.«

»Und wenn Mr. Barrington alles verkauft hat und selbst in England auch keinen Frieden findet?« warnte ich. »Der Seelenfriede läßt sich nicht einfangen wie ein verirrtes Kalb, Sir.«

An diesem Tag war der Alte in sehr trüber Stimmung. »Ich frage mich oft, ob Ihr Waldleute nicht besser dran seid, trotz eurer Armut und Beschränktheit. Ihr lebt in den Tag hinein, arbeitet gerade soviel, um euch sattessen zu können.«

»Das stimmt hinten und vorne nicht«, erwiderte ich. »Niemand lebt bloß, um sich satt zu essen, um reich zu werden oder arm zu bleiben. Wir leben alle nur, um gute Menschen zu werden, sonst nichts.«

Ich hätte besser meinen Mund gehalten. Wir waren gerade dabei, im Gutshaus von Portland Fliesen zu legen – Barrington beim Ausmessen und ich beim Einbetten und Verfugen. Er ließ den Zollstock fallen und starrte mich entsetzt und angewidert an. »*Was* sagst du da, Silas?«

»Ich sagte, wir sind nur auf der Welt, um gute Menschen zu werden. Das ist alles, was zählt.«

»Wer hat dir denn das beigebracht?«

»Niemand, Mr. Barrington. Ich hab es mir selbst überlegt in den letzten Jahren.«

»Und was nennst du *gut,* Silas?« Er schien sich über mich lustig zu machen.

»Gut ist eben gut. Gut ist nicht schlecht und schlecht nicht gut.«

»Wenn ich den ganzen Tag in der Sonne sitze und Däumchen drehe, werde ich dann ein guter Mensch?«

»Nicht wenn man faulenzt, weil einem die Arbeit zuviel wird. Das würde weder Mr. Barrington noch sonstwen zu einem guten Menschen machen, eher zu einem schlechten.«

»Und wie gut willst du werden, Silas?«

»Sie machen bloß Witze darüber, Sir.«

»Ganz im Gegenteil, Silas. Ich bin neugierig auf das, was du dir so ausdenkst.«

»Ich will versuchen, mit der Zeit so gut zu werden, wie es eben geht. Ich lebe mit Mirjam drüben auf dem Hochland, und wir kommen niemandem in die Quere. Wenn ein Mann zu mir kommt und sich den Ochsen ausleiht, gebe ich ihn her. Wenn Mr. Barrington nach mir schickt, gehe ich hin und arbeite für jeden Penny, den Meneer mir am Ende des Tages zahlt. An Mr. Barrington liegt es zu entscheiden, ob er es für gut hält, mir nur drei Shillings pro Tag zu geben. Jeder muß auf seine Weise versuchen, gut zu werden.«

Den Rest des Tages schwieg Mr. Barrington verdrossen. Anderntags fing er wieder mit den Seidenraupen an. »Ich werde nicht jünger, Silas, meine Zeit ist abgelaufen. Die Seidenspinnerei ist meine letzte Hoffnung. Ich habe der Regierung schon zum zweitenmal geschrieben, die Bedeutung meiner Experimente mit der Seide hier in Portland unterstrichen, auf den immensen Wert für die wirtschaftliche Zukunft unseres Landes hingewiesen. Und ich habe abermals vorgeschlagen, daß ein paar ausgewählte Seidenfarmer in Italien angeworben werden. Wenn sie die Überfahrt bezahlt bekommen, bin ich bereit, jedem für drei Jahre eine Parzelle von vier Hektar zu geben. Wenn alles gutgeht, verlängere ich die Pacht.«

»Und wenn nicht?« wollte ich wissen, aber er antwortete nicht und hing seinen Träumen nach.

»Mr. Laing, der Verwalter des Kronlands, der auch Chef der Einwandererbehörde in Kapstadt ist, stimmt meinen Überlegungen zu. Er hat schon Mr. Burnett, dem Beauftragten für Kapland-Auswanderer in London, davon berichtet. Du wirst sehen, Silas, wenn die Italiener einmal hier sind, wird Portland doch noch blühen und gedeihen. Mein Bruder schrieb mir aus England, daß sich die Italiener auch hervorragend als Hausangestellte eignen.«

»Ich dachte, sie kämen her, um Seide zu spinnen?«

»Seidenraupenzucht ist eine Arbeit, die einen nicht das ganze Jahr über beschäftigt. Vom Ausbrüten der Eier bis zum Einsammeln der Kokons dauert es nur sechs Wochen. Danach müssen natürlich noch die Kokons eingepackt und verschickt werden, und wenn das erledigt ist, müssen die Bäume zurückgeschnitten und frische Blätter geerntet werden. Die Frauen könnten Mrs. Barrington in der Küche helfen, die Kinder – Italiener haben immer große Familien – das Vieh hüten, und für die Männer bleibt noch genug zu tun. Man könnte mehr Holz in den Wäldern schlagen.«

Und nun, wo White mit den Italienern ins Hochland kam, wollte Barrington nichts mehr von ihnen wissen? Mit welchem Recht behauptete er, sie gehörten nicht zu ihm? *Er* hatte sie doch haben wollen!

Mittag war vorüber, als ich nach Portland kam. Der stattliche, graue Steinbau überragte mit seinen zwei Stockwerken das ganze Anwesen wie eine Kirche. Ich betrat die rückwärtige Veranda, denn ein ehernes Gesetz besagte, daß bei Barrington arme Leute den Hintereingang nehmen mußten. John, sein Ältester, öffnete auf mein Klopfen.

»Guten Tag, Oom Silas.«

»Guten Tag, mein Junge. Ich möchte deinen Vater sprechen.«

»Mr. Barrington hat zu tun. Du mußt ein andermal wiederkommen.«

»Geh und sag deinem Vater, daß ich es bin.« Schließlich waren es *seine* Italiener.

John tat ziemlich blasiert und vertrat mir mit einem Bein den Weg über die Türschwelle. »Soviel ich weiß, haben wir dich heute nicht bestellt, Oom. Mr. Barrington wollte Hal morgen früh nach dir schicken. Im Gemüsegarten gibt es viel zu tun.«

»Ich bin nicht zum Arbeiten gekommen, sondern wegen deines Vaters.«

»Habe ich nicht gesagt, daß er beschäftigt ist?«

»Dann warte ich, bis er Zeit für mich hat.« Ich wandte ihm den Rücken zu und postierte mich an der Hausecke.

John Barrington hätte nicht genug Wind machen können, um auch nur ein Blatt vom Zweig zu pusten – von diesem kleinen Lüftchen ließ ich mich nicht bremsen. Der Alte trug keine Schuld an diesen schlechten Manieren, geschweige denn seine Mutter. Mr. Barrington war oft mehr belesen als gescheit, aber er war stets Gentleman. Und Mrs. Barrington eine richtige Dame.

»Bist du schwerhörig, Oom?« John lief hinter mir

her und wollte patzig werden. »Ich hab gesagt, Mr. Barrington hat zu tun!«

Ich tat, als ob ich nichts gehört hätte. In diesem Augenblick kam Mrs. Barrington vom Hühnerverschlag her, verbindlich lächelnd und höflich wie immer. »Guten Tag, Silas«, grüßte sie, erkundigte sich nach Mirjam, und warum sie in letzter Zeit so selten bei ihnen in Portland gewesen wäre. Mrs. Barrington sprach immer Englisch mit mir und ich antwortete auf Holländisch. Trotzdem verstanden wir einander prima. Sie meinte, Imar und Gabrielle hätten sich das ganze Wochenende auf Mirjams Besuch gefreut.

»Ich hab am Samstag einen Zaun gesetzt, und Mirjam mußte helfen.«

»Hast du schon einen Kaffee bekommen, Silas?«

»Danke nein, Mrs. Barrington. Ich will keinen Kaffee. Ich muß Mr. Barrington in einer dringenden Angelegenheit sprechen.«

»Ich werde ihn holen.«

Eine nette Frau. Man munkelte, Barrington sei eines Tages an Bord gegangen und nach England zurückgekehrt, um dort auf Brautschau zu gehen. Als er zurückkam, war er verheiratet und brachte neben seiner Frau eine komplette Zimmereinrichtung, ein Klavier und neun weiße Diener mit. Das Klavier war ihnen geblieben, die Diener hatten längst den Abschied genommen.

Am besten hatte mir die Arbeit in Portland gefallen, als der ehrenwerte Sir Barrington noch regelmäßig nach Kapstadt mußte, um den Parlamentssitzungen beizuwohnen. Dann wachten ich und Mrs. Barrington über das Anwesen und teilten uns die Arbeit auf. Wenn Barrington wiederkam, war das Vieh fett geworden, Häute und Holz verkauft, die Aussaat gemacht,

Kartoffeln oder Zwiebeln geerntet und Überschüssiges auf den Markt gebracht. Alles war aufs beste bestellt. Besonders gut lief es, als auch John von zu Hause wegblieb und irgendwo durch die Lande zog, um Diamanten zu schürfen. Doch statt nach ein paar Monaten kehrte er erst nach sieben Jahre zurück, und brachte nichts mit als die herablassende Art, die er sich unterwegs angewöhnt hatte.

»Oom Silas!« John war unter dem Zitronenbaum stehengeblieben und fing schon wieder Streit an. »Wenn du künftig mit Mr. Barrington oder auch Mrs. Barrington sprichst, erwarte ich, daß du mehr Respekt an den Tag legst!«

Ich ließ das Lüftchen wehen und schaute weg. Glücklicherweise tauchte wenig später Barrington selbst auf.

»Guten Tag, Silas.«

»Guten Tag, Mr. Barrington. Ich bin rasch vorbeigekommen, weil Ihre Italiener endlich da sind. Man hat sie ins Hochland gebracht. Offenbar wissen sie nicht, daß sie nach Portland kommen sollen.« Barrington riß sich zusammen und verzog keine Miene. »Wenn Sie sie herbestellen, können Sie dieselben Schlitten mieten, mit denen sie versehentlich dort oben ankamen.«

»Einfach ignorieren«, empfahl John, der noch immer unter dem Zitronenbaum herumlungerte.

»Ignorieren wird nicht helfen«, widersprach ich. »Sie sind eingetroffen und müssen hierher gebracht werden!«

Barrington war kurz angebunden. »Mit diesen Italienern habe ich nichts zu schaffen. Die Regierung hat sie ins Land geholt, nach ihren Bedingungen, nicht nach meinen.«

Ich fühlte den Boden unter mir schwanken. »Was soll das heißen?« begehrte ich auf. »Die Regierung hat die Leute kommen lassen, meinetwegen, aber Sie haben der doch erst Feuer unter dem Hintern gemacht!« Diesen Spruch hätte ich besser weggelassen. Noch immer wurde hier und da behauptet, daß es Barringtons Brandrodung war, die vor Jahren das größte Buschfeuer seit Menschengedenken verursacht hatte. Sogar sein eigenes Haus war damals niedergebrannt. »Was weiß die Regierung schon von Seidenraupen? Seit Jahren haben Sie mir doch selbst erzählt, wie sie Briefe an alle möglichen Leute schreiben, um wegen dieses Seidengeschäfts Italiener nach Portland zu bekommen. Wie viele Maulbeerbäume habe ich eigenhändig gepflanzt, damit genug Blätter für die Raupen da sind, wenn sie kommen! Jetzt haben Sie Ihre Italiener, und wollen sie verleugnen?«

»Du mußt ihn ignorieren, Pa.«

»John Barrington«, murmelte ich, »wenn du noch einmal dazwischenquatschst mit deinem Ignorieren, werde ich dich auch einmal ignorieren – dort, wo du's noch lange fühlen wirst! Ich weiß, wem diese Italiener gehören, und jetzt gehe ich ins Dorf und werd es vor Richter Jackson beschwören. Wenn nötig, schleife ich sie selber einzeln mitsamt Schlitten, Gepäck und allem hierher!«

Barrington rührte sich nicht und erhob nicht einmal die Stimme. »Silas, mehr als einmal habe ich dir prophezeit, daß Dummheit und Hochmut euch Bergleuten eines Tages noch den Untergang bringen wird. Jetzt ist es soweit, du stehst da und bist der beste Beweis, wie recht ich hatte.«

»Machen Sie nicht viele Worte, Mr. Barrington,

drüben sind die Seidenraupen im Hochland und brauchen bloß abgeholt werden.«

»Ich weiß über die Italiener Bescheid, Silas. Kann dir vielleicht mehr über sie erzählen als du denkst. Vielleicht sollte ich's tun, es wäre meine Christenpflicht, damit du in dich gehst. Schäm dich, hier Ärger zu machen, vor derselben Tür, die deiner Tochter immer weit offen stand.«

»Ich wollte Sie nicht ärgern, sondern über die Ankunft der Italiener unterrichten. Sie machen den Ärger, indem Sie so tun, als könnte Ihnen das egal sein.«

»Über ihre Ankunft bin ich längst auf dem laufenden. Sie sind am 7. Mai in Knysna von Bord der *Natal* gegangen. Sechs Familien aus Norditalien.«

»Sechs Familien? Wenn das nur sechs Familien sind, dann ist jede Frau mit zwei Männern verheiratet.«

»Ich hab sie nicht selbst gezählt«, lenkte Barrington hastig ein. »Immerhin weiß ich, daß sie von Italien nach London gereist sind und von London den ersten Zug nach Plymouth genommen haben. Von dort sind sie am 1. April mit der *Anglian* in See gestochen. In Kapstadt trafen sie am Abend des 26. April ein, und ich glaube, ein gewisser Mr. Christie begleitet sie.«

Woher Barrington all diese Einzelheiten kannte, weiß der Himmel, er rasselte sie herunter wie nichts. »Dieser Christie ist drüben bei ihnen, stimmt«, sagte ich. »Er wird mit den Italienern nach Portland kommen.«

»Allmählich reißt mir die Geduld, Silas.«

»Diesmal geht's nicht um Geduld, Mr. Barrington, sondern um die Wahrheit.«

»Ich kann dir eine Abschrift des Briefes von Mr. Burnett in London an Mr. Laing in Kapstadt zeigen. Darin wird die *Regierung* unterrichtet, daß die Auswahl der Bewerber von Burnett persönlich vorgenommen wurde, daß sie Seidenexperten von höchstem Ansehen und tadelloser Herkunft sind, und daß auf die in London übliche medizinische Untersuchung verzichtet werden kann.«

»Mit schönen Reden kommen Sie diesmal nicht durch. Die Italiener sind einmal da, Sie werden sie aufnehmen, und damit basta.«

»Im selben Brief fordert Mr. Burnett die *Regierung* auf, sie bei der Ankunft in Kapstadt in Empfang zu nehmen und für sie zu sorgen, falls sie auf den Küstendampfer nach Knysna warten müssen. Mein Name kommt in dem Brief nirgends vor. Zufälligerweise war niemand da, als sie in Kapstadt eintrafen, und man brachte sie sofort auf die *Natal.* Dort mußten sie noch über eine Woche auf die Überfahrt warten. Ich habe erst von ihrem Kommen gehört, als sie schon an der Lagune kampierten. Meinst du noch immer, das seien *meine* Italiener? Ich habe John zu ihnen geschickt, um ihnen zunächst für drei Jahre Pachtverträge in Portland anzubieten. Mehr konnte ich wirklich nicht tun. Ich habe ihm sogar ein paar Seidenkokons mitgegeben, über die sie sich sehr gefreut haben. Sie versicherten John, sie zählten zu den besten Kokons, die sie je gesehen hätten.«

»Das ist eine Lüge.« Jetzt hielt mich nichts mehr zurück. »Von dem, was John behauptet, glaube ich sowieso kein Wort. Wie soll er sich mit ihnen unterhalten haben, wo keiner von ihnen Englisch oder Holländisch spricht?«

»Du hast den Dolmetscher vergessen, Oom«, schnappte John zurück.

»Und wenn die Kokons so wunderbar waren, wieso sind sie nicht gleich hergekommen?«

Barrington räusperte sich. »Weil die Regierung ihnen Kronland angeboten hat. *Mein* Angebot für nur zwei oder drei Familien hat man völlig übergangen. Sie haben viel zu viele geholt, und die Italiener lehnten ab. Abgesehen davon ist Mr. White für sie zuständig und nicht ich. Jetzt überleg mal selber, zu wem diese Italiener gehören.«

»Die Bibel sagt, wer etwas angefangen hat, der muß auch . . .«

»Oom Silas!« John grinste und beulte mit den Händen die Hosentaschen aus. »Mal ehrlich – du willst die Italiener doch bloß uns aufhalsen, weil deine Bruchbude, dein Feld und deine Tochter in Gefahr sind. Du weißt ja, daß es jetzt aus ist mit dem illegalen Ansiedeln im Hochland.«

Wäre Barrington nicht dazwischengegangen, hätte ich John die Ohren lang gezogen. Und dann machte der ehrenwerte Sir einen Beschwichtigungsversuch. »Silas«, redete er mir zu, »du und ich, wir kennen uns schon seit Jahren. Mirjam ist fast wie eine Tochter für uns. Warum wollen wir jetzt Streit aufkommen lassen?«

»Wenn Sie die Wahrheit wissen wollen, sollen Sie sie hören. Von allen, die je hier auf Portland geschuftet haben, bin ich, Silas Miggel, der einzige, der Sie nie im Stich gelassen hat und nicht irgendwann davongelaufen ist. Nicht ein einziges Mal. Ich bin immer ehrlich und treu gewesen. Und nun werden Mirjam und ich wegen Ihrer blödsinnigen Seidenraupen obdachlos!«

»Nein, Silas. Ich habe eine Unterkunft für euch in Karawater. Du kannst gleich morgen einziehen.«

»Um bei Ihnen die Schweine zu hüten? Denken Sie, ich habe Mirjam im offenen Hochland großgezogen, damit sie jetzt, wo sie herangewachsen ist, in Karawater verludert? Es ist eine gute Tagesreise von dort bis ins Dorf, und auf dem Rückweg müßten wir im Unterholz am Wegrand schlafen. Und wann hat man je gehört, daß einer, der aus dem Wald kommt, zu irgend jemandem ins Gesinde gekommen ist? Seit dem Tag, als ich das erste Mal nach Portland herauskam, war eins zwischen uns klar: Ich helfe Ihnen gerne aus, aber Ihr Mietsknecht bin ich nicht! Mein Platz ist draußen, im Hochland. Und da wollen Sie kommen und behaupten, die Italiener gehörten der Regierung?« Noch nie im Leben war ich so wütend gewesen. »Aber ich warne Sie. Diese Italiener werden drüben im Hochland zugrunde gehen wie die Hunde, wenn sie nicht woanders angesiedelt werden, und Sie werden jeden einzelnen auf dem Gewissen haben.«

»Nicht meine Schuld, Silas. Sag das der Regierung. Und jetzt gehst du besser. Du solltest einmal über mein Angebot in Karawater nachdenken. Wenn du dich abgeregt hast, kannst du wiederkommen.« Damit ließ er mich stehen und verschwand im Haus.

John war noch immer da und wollte sich vor Lachen ausschütten. »Oom Silas«, höhnte er, »ich hab da ein paar hübsche Frauen bei den Italienern gesehen. Wenn du dich ein bißchen fein machst, kriegst sogar du noch eine ab!«

Ich wandte mich zum Gehen. »Fahr zur Hölle, John Barrington.«

2

Mirjam erwartete mich schon, als ich zurückkam. Drei Steinwürfe weit von meinem Haus in östlicher Richtung wölbten sich die leinenen Dächer, als hätte die Erde Pestbeulen bekommen. Elf Zelte. Zwischen ihnen liefen die Italiener umher, schlugen Heringe ein, richteten Masten auf und knüpften Seile. Rastlos und lärmend eilten sie hin und her wie Leute, die ihren Schlafplatz längst haben und noch immer keine Ruhe geben können, und ich sah stumpfsinnig und geistesabwesend zu.

»Ich hab mir schon Sorgen um dich gemacht. Mr. White hat gemeint, du wärst in Portland. Die Italiener würden sich hier niederlassen, heißt es. Tut mir leid, Pa. Ich hab sie unterwegs im zweiten Kloof von hier gesehen und mich im Unterholz versteckt, bis sie vorüber waren. Sie mußten alle anfassen, um ihre Schlitten den Steilhang hochzustemmen. Aber zuerst haben sie sich den Weg bahnen müssen.« Sie schwatzte pausenlos vor sich hin, wie immer, wenn sie Angst bekam. »Wie haben sie's bloß geschafft bis hier, Pa? Der ausgerodete Fußpfad sieht furchtbar aus. Ich wußte, daß du dich zu Tode erschrecken würdest. Sag doch was, Pa! Was hat Mr. Barrington gesagt?«

»Er nimmt sie nicht.« Ich trat hinter das Haus und holte mir einen Schluck Wasser aus der Tonne. Sie lief mir nach.

»Aber es *sind* doch Mr. Barringtons Italiener! Er hat sich schon vor Jahren ein italienisches Wörterbuch bestellt. Imar und Gabrielle und Flos und Kate mußten täglich ein paar Worte Italienisch lernen, um sie bei der Ankunft zu begrüßen!«

»Er will nicht.«

Ich trat in den Holzschuppen, um ein wenig aufzuräumen, aber alles glitt mir aus der Hand, und ich hatte heftige Kopfschmerzen. Wenn eines Tages die Welt untergeht, gibt es zuerst einen furchtbaren Schlag und dann viele kleine Risse, und erst dann packt uns die Verzweiflung. Mirjam war mir in den Schuppen gefolgt.

»Müssen wir jetzt von hier wegziehen, Pa?«

»Ich muß erst mal zur Besinnung kommen, bevor ich dir eine vernünftige Antwort geben kann. Der Schreck sitzt mir noch in den Knochen. Was aus uns wird, darüber brauchst du dir vorläufig keine Sorgen zu machen, verstanden? Ich finde schon eine Lösung. Kümmer du dich ums Abendessen und deck den Tisch.«

»Du hast nicht mehr damit gerechnet, stimmt's? Daß sich Fremde im Hochland ansiedeln.«

»Nein.«

»Fürchtest du dich, Pa?«

»Ich fürchte mich selten vor irgendwas. Aber ich müßte lügen, wenn ich behaupten wollte, daß mich diese Angelegenheit kaltläßt. Da ist irgend etwas faul, und es kann sein, daß wir Schwierigkeiten haben werden. Ich muß erst mal überlegen, wie wir da herauskommen.«

»Ich dachte, wir wären hier sicher!«

»Geh jetzt und mach das Essen. Es wird schon dunkel.«

Sie trollte sich in die Küche. Ihre nachlässigen Zöpfe hingen über die schmalen Schultern herab, und die untergehende Sonne schimmerte ihr im Haar. Wie sollte ich sie vor neugierigen Blicken aus den Zelten verbergen? Es war schon schwer genug, die jungen Holzfäller von ihr fernzuhalten, die immer wieder eine Ausrede fanden, das Hochland aufzusuchen. Mal war es streunendes Vieh, mal mußte irgendwo ein einzelner Stamm gefällt werden, in Wahrheit kamen sie nur, um sie anzuglotzen. Mirjam brauchte kein Wort zu sagen – schon wenn sie auftauchte, bekamen sie weiche Knie. Es war ihr leichtfüßiger Gang, ihre Haltung, ihr bloßer Anblick. Sie machte keinem schöne Augen; es war etwas anderes, die gewinnende Art war ihr angeboren, und ich konnte sie ihr beim besten Willen nicht austreiben.

In jener Nacht, als meine Frau Margriet mit dem Tod um das Kind kämpfte, betete ich, daß es ein Junge würde. Bei Margriets Geburt war auch deren Mutter gestorben. Wir lebten damals im Eiland von Draaise-Bos. Schon am Tag nach Margriets Beerdigung wickelte ich die Kleine in ein Tuch und trug sie ins Dorf, um sie taufen zu lassen. Ich fürchtete, daß auch sie nicht überleben würde. Der Pfarrer sagte mir, ich müsse nächsten Sonntag wiederkommen, dann wäre Gemeindetaufe. Er solle die Taufe jetzt vornehmen oder nie, erwiderte ich. Nach langem Hin und Her nahm er sie mit zum Taufbecken in der Seitenkapelle. Doch der Pfarrer war mir zu nachlässig dabei verfahren, und auf dem Rückweg durch Kom-se-Bos taufte ich sie noch einmal in einem der Gebirgsflüsse. Und als ich im Wasser stand, fiel ich auf die Knie und gelobte vor Gott, daß ihr nicht das gleiche Schicksal widerfahren sollte wie ihrer Mutter und ihrer Großmutter.

Damals konnte ich nicht ahnen, daß dieses kleine Geschöpf einmal das schönste Mädchen im ganzen Distrikt sein würde. Mein Fehler war, ihr die Wahrheit allzu lange zu verschweigen. Jahrelang hatte ich ihr alles mögliche erzählt, wenn sie nach ihrer Mutter fragte, nur nicht von ihrem Tod. Ich wußte, daß ich es ihr sagen mußte, bevor sie erwachsen war, aber ich verschob es immer wieder auf später. Das Hochland schien mir eine Gnadenfrist zu gewähren; hier war sie in Sicherheit. Ich war klug genug, sie an der langen Leine laufen zu lassen, wenn sie an Wochenenden und Feiertagen nach Portland oder ins Dorf wollte. Ich gab ihr genug Freiheit, genoß ihr Vertrauen. Die Wahrheit würde früh genug herauskommen; dann freilich mußte die Leine straff gezogen werden.

Und plötzlich wurde eine junge Frau aus ihr. Als sie siebzehn war, schob ich die nötige Aussprache noch immer vor mir her. Es gibt Dinge, über die ein Mann nicht gern redet, für die ein Mädchen seine Mutter braucht. Bis dahin konnte ich nur eines für sie tun: hart arbeiten und regelmäßig Geld in die Blechdose klimpern lassen. Damit sie bei meinem Hinscheiden fürs erste versorgt war. Ich hatte rund achtzig Pfund angespart; verglichen mit den Waldleuten war ich ein reicher Mann. Und Smit, der Holzaufkäufer im Dorf, war willens, jeden von mir geschnitzten Stuhl abzunehmen. Warum den Leuten diese Stühle gefielen, weiß ich nicht, aber er lieferte sie zu Dutzenden überall hin.

Um etwas zu schnitzen, was sich verkaufen läßt, braucht man gereiftes Holz, und die Lagerung braucht ihre Zeit; manchmal zwei Jahre, manchmal drei, manchmal länger. Anfangs fiel es mir schwer, Holz zum Trocknen einzulagern, das man vom Stamm weg gegen Kaffee und Zucker und Mahlzeiten und ein Paar Hosen eintauschen konnte. Zunächst legte ich die Hälfte von dem, was ich fällte, beiseite; die andere Hälfte mußte abgerindet und entastet und ins Dorf geschleppt werden. Wie alle Holzfäller erwarb ich Lebensmittel dafür. Als ich den ersten Stuhl zu Smit brachte, wollte er ihn ebenfalls gegen Naturalien eintauschen, aber ich nahm ihn wieder an mich. Lieber würde ich ihn ins Feuer werfen und mir einen anderen Nebenverdienst suchen. Er ließ mich bis Sonnenuntergang draußen vor seinem Laden stehen und auf die Antwort warten. Und ich wartete, fest entschlossen, und rührte mich nicht von der Stelle. Er wollte die Stühle, ich wollte das Geld; er konnte keine Stühle schnitzen und ich mir kein Geld prägen. Endlich ließ ich mich auf das Angebot von drei Shillings für den Stuhl ein, soviel wie ein Tageslohn in Portland. Als ich das Geld in der Tasche hatte, wußte ich, daß meine Mirjam nie von fremden Schüsseln essen mußte.

Mirjam hatte schon die brennende Kerze auf den Tisch gestellt, als sie mich zum Essen rief. Es schmeckte mir nicht wie sonst; mir war, als hingen die elf Zeltbahnen über dem Tisch, und ich bekam fast nichts herunter. Wir stocherten noch in den Tellern, als es klopfte. Ich glaubte, es wäre White, und öffnete. Vor der Tür stand die Frau im violetten Kleid. Ihre Augen waren vom Weinen gerötet und sie hob flehentlich die Hände. Mir war klar, daß sie betteln wollte, aber ich konnte aus ihrem Schluchzen nur irgendwas wie *bambina* heraushören.

»Ich verstehe nicht, gute Frau«, entgegnete ich. »Gehen Sie zu Christie, Ihrem Anführer. Zu Mr. Christie!«

»Schrei nicht so, Pa, sie ist doch nicht taub!«

»Was will sie von mir?«

»Keine Ahnung, vielleicht etwas zu essen?«

»Gib ihr etwas.«

Mirjam nahm ein Stück Brot und gebackene Bataten vom Tisch. Doch sie schüttelte nur den Kopf und nahm nichts davon entgegen. Sie wirkte zunehmend ungeduldig und wiederholte immer wieder die seltsamen Laute ihrer Sprache, als wolle sie uns zwingen, ihren Sinn zu enträtseln.

»Wenden Sie sich an Mr. Christie«, unterbrach ich sie. »Wir wissen doch gar nicht, was Sie haben wollen!«

»Vielleicht brauchen sie Trinkwasser?« schlug Mirjam vor. »Wo sollen sie's auch holen, es ist ja schon stockfinster.«

»Gib ihr Wasser.«

Das war auch nicht das richtige. Als Mirjam ihr den Krug hinhielt, zuckte sie enttäuscht die Achseln, machte kehrt und lief davon.

»Geh mit ihr zu den Zelten, Pa.«

»Nein. Sie ist von allein hergekommen und findet auch allein zurück.«

»Sie brauchte doch irgendwas, Pa. Sie war ganz verzweifelt!«

»Das kann sie doch dem Christie sagen, und Mr. White ist auch noch da.«

»Vielleicht ist einer von ihnen krank.«

»Da ist niemand krank. Sie benimmt sich schon seit ihrer Ankunft heut früh so!«

Ich verriegelte die Tür, kehrte zum Abendbrottisch zurück und versuchte, Mirjams vorwurfsvollem Blick auszuweichen. Es beunruhigte mich. Mirjam fand immer wieder einen Gegenstand für ihr Mitgefühl – mal war es ein verkümmerndes Gartengewächs, mal ein flügellahmer Vogel, und für jedes ihrer Schützlinge legte sie bei mir ein gutes Wort ein. Vor kurzem kam sie eines schönen Sonntags aus Portland zurück, von einem Besuch bei Imar und Gabrielle, und war zu Tränen gerührt. Ich solle mich unterstehen, je wieder von

Mr. Barrington zu behaupten, er sei knickerig, gemein und überheblich. Er sei ja so ein guter Mensch. Und was war geschehen? Eins seiner Hausschweine war an diesem Nachmittag verendet und er hatte behauptet, wegen Mangel an Zuwendung!

»Du hättest sie hinüber zu den Zelten bringen sollen.«

»Mirjam, gegen Barmherzigkeit im rechten Maß und am passenden Ort ist nichts einzuwenden. Aber du spendest sie mit geschlossenen Augen. Darüber wirst du im Handumdrehen blind für den Ernst des Lebens! Zieh die Vorhänge zu, ich werde das Gefühl nicht los, sie beobachten uns durchs Fenster.«

Die Sonne war kaum über die Wipfel gekrochen, als White anderntags vor der Tür stand, so besorgt und nervös, wie ich mir nie hätte träumen lassen.

»Morgen, Miggel.«

»Guten Morgen, Mr. White. Kommen Sie rein. Haben Sie den Maulbeerhain schon gefunden?«

»Wenn Sie in meiner Haut steckten, würden Sie keine dummen Witze machen. Ich wollte nach einem Handbeil fragen. Die Leute brauchen Brennholz, haben aber nichts zum Zerkleinern. Können Sie uns vielleicht aushelfen?«

»Welchen Tag haben wir heute, Mr. White?« erkundigte ich mich.

»Sonntag, warum?«

»Sehen Sie die Axt auf dem Hackklotz da drüben?«

»Na klar!«

»Fast dreißig Jahre lang hat sie mir treu gedient und Kleinholz gemacht. Aber an Sonntagen mußte sie ruhen, und heute wird sie auch nicht angefaßt.«

»In der Heiligen Schrift steht auch, wenn das Kalb ertrinkt . . .«

»Stimmt. Aber es ist nicht dasselbe, ob das Kalb ins Wasser fällt oder ob man es hineingestoßen hat. Reisig können sie auch mit der Hand brechen.«

White stapfte wütend davon, und Mirjam stürzte aus ihrem Zimmer. »Das hättest du nicht tun dürfen, Pa! Warum leihst du ihm nicht die Axt?« rief sie.

»Meine Axt wird nicht den Tag des Herrn schänden.«

»Hast du diesen Menschen den Krieg erklärt, Pa?«

»Nein. Aber ich brauche ihnen auch nicht die Hand zu reichen. Hier sind sie nicht am rechten Ort, und je eher die Regierung sie von hier fortbringt, desto besser für uns alle.«

Ich griff nach der Bibel und nahm sie mit hinaus, um mich wie jeden Sonntag ins Freie zu setzen. Nur daß ich diesmal nicht auf der Ostseite des Hauses Platz nahm, sondern westlich, wo ich die Zelte nicht vor der Nase hatte. Ich gehöre nicht zu denen, die Gott an allen Werktagen behelligen. Sonntags bat ich um Vergebung für die Fehltritte der vergangenen Woche und besprach alles mit ihm, was in der kommenden anlag. Ich vertiefte mich in die Psalmen, merkte aber nach einer Weile, daß mein Blick über die Zeilen lief, ohne zu lesen. Die Sorgen lenkten mich zu sehr ab. Wohin konnte ich mich wenden, wenn man uns von hier vertrieb? Was sollte aus meinen Gemüsebeeten werden? Aus den Bataten, die reif zur Ernte waren? Und das Haus? Die Balken waren noch fest genug, um sie wieder zu verwenden, wenn ich es abreißen mußte. Die Bäume, von denen sie stammten, hatte ich einen nach dem andern mit diesen meinen Händen gefällt. Erst als ich das Fachwerk aufrichtete, half mir Martiens Botha mit seinem Holzfällertrupp aus und hielt mir eine Gardinenpredigt.

»Du kannst dein Kind nicht allein aufziehen, Silas. Vor allem hier nicht, wo keine Menschenseele in der Nähe wohnt. Schau dich in den Wäldern um und such dir wieder eine Frau. Frans Gerber ist jung und wäre dir eine handfeste Gefährtin; wenn sie dir nicht zusagt. Und was ist mit Annie, der Tochter meines Bruders Bart?«

Nur noch einmal – Mirjam war gerade zehn geworden – hatte sich das Begehren nach einer Frau in mir geregt. Johanna war die Witwe von Petrus Jonker, den ein Gelbfieber niederstreckte, von dem er nicht mehr genas. Ja, ich habe Johanna begehrt. Als ich dann eines Tages bei ihr war und die vier kleinen Halbwaisen betrachtete, zerrann die Lust und das Begehren Tropfen für Tropfen. Zu zweit ein Stück Brot zu teilen war etwas anderes, als sieben hungrige Mäuler davon zu sättigen. Laß es sein, sagte ich mir, zieh dein Kind alleine groß.

Ich versuchte es mit einem anderen Psalm. Daß White vom Kommen der Italiener vollkommen überrascht worden sei, war nicht die ganze Wahrheit. Ich wußte noch gut, wie er im März desselben Jahres meinen Rat wegen eines Insekts einholte, das die Bäume im Dorf eingehen ließ. Ich fragte ihn, was für ein Insekt das sein sollte? Er nannte ihn den australischen Käfer. Von diesem Schädling hatte ich noch nie gehört. Auch die Maulbeerbäume seien davon befallen, fügte er hinzu. Das wäre besonders schlimm wegen der Seidenindustrie, die angeblich im Distrikt aufgebaut werden sollte, wo doch die Raupenzüchter vielleicht schon unterwegs seien. Mich ließ das nicht weiter aufhorchen, denn ich war noch immer in Gedanken bei dem Käfer, der vorläufig nur das Dorf heimgesucht hatte. Schlimm würde es erst, wenn er sich im Wald ausbreitete, meinte ich. In der Woche darauf ging ich nach Portland und traf Barrington an seiner Maulbeerhecke, wo er nach Anzeichen für Schädlingsbefall suchte. Für ihn wäre es eine Katastrophe, wenn die Seidenraupenzüchter einträfen und Käfer in den Maulbeeren vorfänden. Und wieder achtete ich nicht darauf. Ich hielt das für die altbekannten Träumereien.

Nach Draaibos Eiland würde ich auf keinen Fall gehen können. Dort würden zu viele junge Holzfäller hinter Mirjam her sein. In Knysna? Aber man konnte nicht einfach sein Haus aufgeben und im Dorf ein neues bauen. Noch bevor der erste Nagel eingeschlagen war, würde Richter Jackson einen Konstabler schicken und die Ochsen beschlagnahmen lassen. Außerdem wäre Mirjam im Dorf auch nicht sicherer, zu viele junge Burschen guckten sich dort die Augen aus nach ihr.

Während ich noch meinen Gedanken nachhing, tauchte Josafat Stander mit geschulterter Flinte auf. Josafat achtete nicht die Gebote Gottes und der Menschen, er lebte nur nach eigenem Gesetz.

»Heute auf dieser Seite des Hauses, Oom?«

Ich klappte die Bibel zu. »Guten Morgen, Josafat. Schämst du dich nicht, am heiligen Sonntag mit einem Gewehr herumzulaufen?«

»Wenn die Grootvoete mich niedertrampeln, werden sie kaum danach fragen, welcher Tag es ist.« Er ließ die Flinte von der Schulter gleiten und setzte sich neben mich ins Gras.

»Mirjam«, rief ich zum offenen Fenster hin, »bring Oom Josafat einen Kaffee!«

»Ich wollte einmal nachsehen, was du hier für Zuwachs bekommen hast, Oom. Man sagt, es seien Italiener.«

»Wo hast du das her?«

»Dorfklatsch. Joram Barnard läßt dir ausrichten, daß es noch Platz für ein Haus in Groot Eiland gibt. Mit dem Ochsenkarren will er über den Roterlen-Schlittenpfad so nahe wie möglich ans Hochland herankommen. Er wird dir beim Umzug helfen.«

»Soweit ist es noch lange nicht. Bin noch dabei, mich von dem ersten Schreck zu erholen. Hast du dich schon irgendwo eingerichtet?«

»Ich geh noch nicht ins Winterquartier. Wenn die Sonne untergeht, lege ich mich schlafen, wo ich gerade bin.«

Ich hatte es lange aufgegeben, Josafat Stander Lehren zu erteilen. Der Wald war sein Zuhause, und die Flinte seine Frau. Manchmal vergingen Monate, ohne daß er sich blicken ließ, und man glaubte schon, die Elefanten hätten ihn schließlich überrascht und totgetrampelt. Zwei Waldhüter erwischten ihn einmal bei Michiel-se-Kruis mit einem Stoßzahn über der Schulter, natürlich ohne Genehmigung. Sie führten ihn ab. Kurz bevor sie das Dorf erreichten, löste er sich vor ihren Augen in Luft auf und verschwand mitsamt dem Stoßzahn. Sie wußten, daß er nicht weit sein konnte und irgendwo versteckt lag, doch sie durchsuchten das Dickicht vergebens. Manche behaupteten, sie hätten ihn laufen lassen, denn vor nichts nehmen die Waldhüter so schnell Reißaus wie vor Elefanten – und Josafat Stander.

Man erzählte sich allerhand von Josafat Standers Übeltaten. Das meiste waren Lügenmärchen und Legenden. Einmal lag er mit einer Schußwunde im

Oberarm in Draai-se-Bos bei Mieta, der Medizinfrau. Wer auf ihn geschossen hatte, kam nie heraus. Gerüchten zufolge war es der Waldhüter von Diepwalle, als er ihn bei seiner Frau überraschte. Andere schworen darauf, daß ihm einer der Dorfpolizisten aufgelauert habe, als er Stoßzähne auf ein Boot brachte. Meiner Überzeugung nach reichten Josafat Standers Abwege weit zurück, bis in das Jahr, als sein Vater beim Holztransport ins Dorf unter den eigenen Karren geriet und überrollt wurde. An diesem Tag hatte sich Josafat geschworen, er werde sein Brot nie mit Holzfällerei verdienen. Später heiratete seine Mutter wieder und zog aus dieser Gegend fort. Josafat blieb hier, wurde zum Außenseiter unter den Waldleuten und geriet auf die schiefe Bahn.

»Wie viele Grootvoete hast du letzte Woche erlegt?«

»Nur zwei, Oom.«

»Eines Tages werden sie dich tottrampeln.«

»Das sagst du jedesmal.«

»Und was machst du mit den Stoßzähnen?«

»Das geht nur mich etwas an. Eigentlich bin ich hier, weil ich dir von einer Stelle in Lelievleibos erzählen wollte. Ein Unterschlupf von mir für den Winter, aber du kannst ihn haben. Keine große Lichtung, aber es hat Wasser, und ein Schlittenpfad liegt in der Nähe.«

»Ich denk noch nicht an Umzug.«

Mirjam trat mit zwei Bechern Kaffee vor das Haus. Sie trug das Haar offen und hatte das hübsche blaugeblümte Kleid an, das ich Mrs. Barrington für sie abgekauft hatte.

»Ich hab aufgeräumt und euch etwas zu essen hingestellt.«

»Wo willst du denn hin?«

»Nach Portland, Pa.«

Sie war schon lange nicht mehr dort gewesen. Ich hätte sie lieber hier behalten, denn ich war noch immer wütend auf Barrington. Aber in Portland war sie noch immer besser aufgehoben als hier, so nah an den Zelten. »Vergiß den Sonnenhut nicht, wenn du gehst!« erinnerte ich.

»Es ist doch Sonntag, Pa. Ich will nicht aufs Feld.«

»Nimm ihn mit, Mirjam. Es zwar schon Juni, aber noch heiß genug, du holst dir einen Sonnenbrand.«

Abermals widersprach sie. »Der Hut bringt mir die Frisur durcheinander, Pa.«

»Mirjam!« fuhr Josafat unvermittelt dazwischen. »Tu, was dein Vater sagt.« Verärgert machte sie kehrt und verschwand im Innern des Hauses. Immerhin hatte sie den Sonnenhut auf, als sie aufbrach.

Ich wartete eine ganze Weile, bis sie außer Hörweite war. Dann erkundigte ich mich bei Josafat genauer nach der Lichtung oben in Lelievleibos. »Und es gibt keine andern Siedler dort?«

»Nein, Oom.« Er putzte seine Pfeife und zündete sie an.

»Um es noch mal zu sagen, ich denke nicht daran, hier wegzugehen. Es wäre trotzdem nicht schlecht, eine Zuflucht zu haben, wo wir für uns allein sind. Nur für den Fall des Falles, versteht sich.«

»Mirjam wird langsam erwachsen. Eine junge Frau hat ihren eigenen Willen, Oom. Du kannst sie nicht ihr Leben lang von allem fernhalten.«

»Ich habe keine andere Wahl. Es muß sein.«

»Warum?«

Von seiner eigenbrötlerischen Art abgesehen, war Josafat ein Mann, mit dem man über vieles reden konnte; über manches möchte man aber lieber gar nicht reden. »Ich schulde dir eine Antwort«, versetzte ich. »Und es gibt eine, glaub mir. Und richte Joram Barnard meinen Dank aus für sein Angebot.«

»Diese Leute machen Seide, stimmt's?«

»Ja.« Ein kleiner Buschfinkenschwarm flog vorüber, verfolgt von zwei Singvögeln mit gelbem Brustgefieder. Die Finken waren mir wohlvertraut und kamen oft.

»Ich fürchte, du mußt ausziehen, Oom.«

»Nein. Im Hochland bin ich zu Hause.« Ohne Zögern ging es mir über die Lippen.

Josafat blieb noch eine Weile sitzen. Dann stand er auf und verschwand im Wald – wohin, mochte nur er wissen. Ich schlug die Bibel wieder auf und versuchte, ein wenig Trost daraus zu schöpfen, aber es gelang nicht; das Wort Gottes blieb mir verschlossen und dunkel wie die Sprache der Frau im violetten Kleid.

Ich vermied es, nach den Zelten zu sehen. Beim Wasserschöpfen aus der Tonne an der Hausecke blickte ich nicht auf, aber was sie einander zuriefen und das ständige Hämmern beim Einpflocken der Zeltmasten war nicht zu überhören, und wenn ein Kind zu jammern aufhörte, fing ein anderes an. Ich konnte mich nicht blind und taub stellen, sie nicht aus meinen Gedanken verscheuchen.

Als Mirjam heimkehrte, war es schon dunkel. Ich hörte sie vor sich hin trällern.

»So spät kommst du von Portland zurück, wir sind von Fremden umzingelt und du mußt auch noch singen!« Ich wollte sie nicht tadeln. Den ganzen Tag über waren die Sorgen nicht von mir gewichen. »Hoffentlich hast du Mr. Barrington gesteckt, daß er kommen und seine dämlichen Seidenraupen einsammeln soll!«

»Er weiß über sie Bescheid, Pa.«
»Und was hat er vor?«
»Keine Ahnung, Pa.«
Am Montagmorgen stand White abermals vor der Tür.
»Es läuft nicht gut, Miggel. Gar nicht gut.«
»Freut mich zu hören, Meneer.«
»Die Leute sind außer Rand und Band! Sie behaupten, man hätte sie belogen und hintergangen, und fordern von mir Genugtuung. Christie ist auf ihrer Seite. Dic Zelte seien überfüllt, sie kämen nicht alle unter, und das, nachdem ich schon das Unmögliche möglich gemacht und zwei weitere aufgetrieben hatte, während sie im Dorf waren.«
»Warum hat Meneer sie hergebracht? Das möcht ich mal wissen.«
»Das hat die Regierung entschieden, Miggel. Kronland ist nicht überall bewohnbar. Wir hatten die Wahl zwischen Kwar und dem Hochland von Gouna, und dachten, hier würden die Maulbeerbäume besser gedeihen als in Kwar. Der Regierungsbeschluß lautet, daß die Italiener hier eine Seidenindustrie aufbauen sollen.«
Vor Aufregung stieß ich den Krug vom Tisch und verschüttete den Kaffee. »Meneer«, drängte ich, »richten Sie der Regierung von Silas Miggel aus, er wird die im Hochland gezüchteten Seidenraupen mit Haut und Haaren auffressen und den Kokon notfalls selbst spinnen!«
»Regen Sie sich ab, Miggel.«
»Meinetwegen!« Ich kochte vor Zorn. »Nehmen wir an, morgen fallen Maulbeerzweige zum Einpflanzen vom Himmel, und das Wunder geschieht und sie schlagen Wurzeln, womit wollen Sie und die Regie-

rung die Seidenraupen und die Italiener füttern, bis die Bäume in drei, vier Jahren genug Blätter liefern?«

»Deswegen werden sie ja so rebellisch, Miggel. Christie meint, man hätte ihnen für das erste halbe Jahr nach ihrer Ankunft Lebensmittel und Geld versprochen, bis sie sich selbst versorgen können. Mehr noch, jedes Familienoberhaupt und jeder unverheiratete Mann würde einen Ochsen und einen Pflug bekommen, dazu Äxte, Spaten, Decken, Geschirr, Samen und was weiß ich noch alles!«

»Mich wundert, daß die Regierungen nicht noch für jeden eine Perle aus der Krone bricht!«

»Du hast leicht reden, Miggel. Man hat mich vor vollendete Tatsachen gestellt. Sie haben Papiere mitgebracht, Anwerbeverträge, die eigens in ihrer Sprache abgefaßt sind. Danach steht jedem Familienoberhaupt und jedem Junggesellen ein Kopfgeld zu. Mindestens zwanzig Pfund bar auf die Hand für den persönlichen Bedarf. Die Verträge wurden in Italien notariell beglaubigt und in England gegengezeichnet. Nach Christies Worten hat das alles seine Richtigkeit, das Geld sei längst ausgezahlt, und nun wollen sie nichts davon wissen und haben keinen roten Heller in der Tasche. In Kapstadt haben sie Einkäufe gemacht, während sie auf das Ablegen des Küstendampfers warten mußten.«

»Bleiben wir bei den Tatsachen. Von was werden sie leben in der nächsten Zeit?«

»Sie fordern einen Shilling Vorschuß pro Tag und Nase. Und alles andere, was man ihnen zugesichert hat.«

»Hör ich recht?« Mirjam süßte White den Kaffee mit drei Löffeln Zucker.

»Langsam«, mahnte ich. »Dir und mir gibt die Regierung keinen lumpigen Zuckerkrümel.«

»Sei nicht so grob, Pa.«

Mirjam hatte manchmal eine Art, mich zu maßregeln, die mir gar nicht behagte.

White rührte den Kaffee um und haderte mit seinem Schicksal. »Ich hatte gehofft, sie würden sich schon beruhigen, wenn sie einmal im Hochland sind und die Gegend erkunden. Statt dessen sind sie heute früh widerspenstiger denn je. Wahrscheinlich hetzt Christie sie noch zusätzlich auf, statt mir zu helfen. Ständig zitiert er Paragraph 10 des Einwanderergesetzes – danach *kann* der Staat einen Kleinkredit in Betracht ziehen, den sie natürlich binnen zwei Jahren zurückzahlen müßten. Er vergißt Paragraph 9, wonach alle Einwanderer vom ersten Tag an selbst für ihren Unterhalt sorgen müssen. Ich habe schon beide Augen zugedrückt, als sie in der Bucht kampierten. Sie wußten genau, daß es vorbei sein würde mit den Tagesrationen, sobald sie hier ankommen. Jetzt werden sie immer anspruchsvoller. Als wir am Samstag hier eintrafen, wollten sie keinen Handschlag tun, bevor ihre Forderungen erfüllt sind. Und was man ihnen alles versprochen haben soll! Gestern nacht und heute früh hatten sie wieder ganz andere Wünsche.«

»Meneer, hören Sie auf meinen Rat. Was einmal verpatzt ist, bleibt auch verpatzt, wenn Sie da noch groß dran herumbessern wollen, wird's immer schlimmer. Im Hochland ist für Seidenraupenzucht kein Platz. Bringen Sie sie weg von hier.«

»Das ist Sache der Regierung, Miggel. Ich bin nur ein kleiner Beamter für die Einwanderer in Knysna und habe meine Vorschriften. Diese Leuten sind falsch informiert worden, und ich kann ihre Angaben nicht überprüfen.«

»Sie sind nicht falsch informiert, Meneer. Richtig ist, daß ihnen übel mitgespielt worden ist. Warum hat man sie hierher gelockt? Wo zum Teufel sollen hier Maulbeerbäume gedeihen?«

»Ich habe mich schon bei Mr. Laing in Kapstadt beschwert, damit die Angelegenheit gründlich untersucht wird.«

»Wenn die Versprechungen erfüllt werden, sagen Sie mir Bescheid, damit ich mich auch für einen Pflug anstellen kann. So was hat das Hochland noch nie gesehen. Jede Schaufel Erde habe ich im Schweiße meines Angesichts selbst umgegraben.«

»Glauben Sie jetzt etwa auch, ich hätte die Taschen voller Regierungskredite? Für jeden Penny, den ich ausgebe, brauche ich eine Sondergenehmigung, Miggel. Die Ausstattung mit Ochsen und Pflügen und anderen Werkzeugen würde über 500 Pfund kosten. Ein halbes Jahr lang einen Shilling täglich pro Kopf, macht weitere 42 Pfund im Monat, die Kinder unter drei Jahren nicht mitgerechnet, von Canovi, der später dazugekommenen ist, und dem Vermißten ganz zu schweigen. Sollte mir das genehmigt werden, was noch sehr fraglich ist, müssen sie alles binnen zwei Jahren zurückzahlen. Fragt sich nur, wovon? Man habe ihnen weisgemacht, hier gäbe es schon längst eine Seidenindustrie, die sie bloß ausbauen sollten.«

»Das soll wohl Barringtons Marmeladenglas sein, wo er die Raupen aufbewahrt.«

»Sie fragen dauernd nach klimatisierten Hallen für die Raupenzucht, die hier stehen sollen.«

»Vorläufig existieren sie nur in Barringtons Einbildung!«

»Und ausgerechnet ich soll jetzt für all das geradestehen! Ich bin der einzige Beamte, an den sie sich halten können, und ich stehe kurz vor dem Nervenzusammenbruch.«

»Gehen Sie doch nach Portland mit ihnen!«

»Dahin wollen sie nicht, Miggel. Sie haben sich etwas Neues ausgedacht. Gestern abend haben sie beratschlagt. Inzwischen sind sie bereit, friedlich nach Italien zurückzukehren, und ich soll ihnen ein Schiff besorgen.«

Ich hätte Luftsprünge machen können vor Erleichterung, aber der bedächtige White wirkte todunglücklich unter der Last seiner Probleme. Er hatte noch gar nicht begriffen, daß die Lösung auf der Hand lag. »Kopf hoch, Meneer«, munterte ich ihn auf. »Besser konnte es doch gar nicht kommen. Ich stelle meinen Ochsen zur Verfügung und helfe Ihnen, sie zur Bucht zu bringen. Mein Schlitten ist zwar nur klein, aber ich werde Tag und Nacht durcharbeiten. Mirjam, gib Mr. White noch einen Kaffee.« Warum er noch immer den Kopf hängen ließ, war mir ein Rätsel. »Nur Mut, wir werden sie schon wieder los.«

»Einwanderung ist ein langer und komplizierter Vorgang, Miggel. Das geht nur auf dem Rechtsweg. Eine Vorschrift besagt, daß die Regierung nur dann für den Rücktransport aufkommt, wenn die Einwanderer ausdrücklich abgewiesen werden. Bevor es soweit ist, nimmt das Rad des Gesetzes seinen Lauf. Die Regierung bestimmt, wo es langgeht, und was sie ins Rollen bringt, läßt sich nicht aufhalten.«

»Hören Sie, Meneer, wir können auch ein paar Bremsklötze davor legen. Hat man jemals gehört, daß Seidenraupen im Hochland gedeihen? Genausogut könnte die Regierung Maisfelder auf dem Mond anlegen! Die Bremsklötze liegen bereit, Meneer, Sie brauchen nur zuzugreifen!«

»Wir tun was wir können. In aller Herrgottsfrühe habe ich mit Christie an verschiedene Behörden am Kap geschrieben und Mr. Laing einen ausführlichen Bericht über die ganze Angelegenheit geschickt. Im Auftrag der Italiener hat Mr. Christie eine Petition verfaßt, die von allen unterzeichnet wurde.«

»Warum sitzen Sie dann da wie ein Häufchen Elend, Meneer? Wenn die Bremsklötze gut plaziert sind, können Sie und Mr. Christie das Rad der Regierung noch rechtzeitig stoppen. Hoffentlich haben Sie erwähnt, daß es nicht *einen* Maulbeerbaum im ganzen Hochland gibt!«

»Wir schreiben es in jeden unserer Briefe, Miggel.«

»Was ist mit den wilden Maulbeeren im Wald, Pa?« mischte sich plötzlich Mirjam ein. Gott weiß, wie sie darauf kam, aber es rutschte ihr so heraus. Die Sache mit den wilden Maulbeeren hatte ich wohlweislich für mich behalten. Es hätte nur noch mehr Ärger gegeben, wenn es den falschen Leuten zu Ohren kam. Und nun mußte meine vorlaute Tochter damit herausrücken. White setzte sich kerzengerade auf und beäugte mich voller Argwohn. »Welche wilden Maulbeeren?«

»Mirjam weiß nicht, was sie sagt, Meneer. Es gibt einen elenden Strauch im Unterholz, den wir so nennen. Den besehen sich Ihre Raupen nicht mal von hinten.«

»Woher wollen denn Sie das wissen?«

»Ich weiß es. Ich kenne mich aus mit Seidenraupen. Hab sie oft genug in Portland gesehen, wie sie fressen und ihre Kokons spinnen.«

»Wie sehen die Sträucher aus?« Er klammerte sich an diesen letzten Strohhalm.

»Da siehst du, was du angerichtet hast, Mirjam!« rief ich, und wandte mich wieder zu White. »Das ist ein mageres, kaum verwurzeltes Gestrüpp im Unterholz, Meneer. Wäre Mirjam nicht schon groß, würde ich ihr nachher beibringen, nur zu reden, wenn sie gefragt ist.«

»Sieht es wie echte Maulbeerbäume aus?«

»Die Blätter sind ein bißchen ähnlich, Meneer, aber das ist auch schon alles. Daher der Name. Ich schwöre Ihnen, keine Raupe wird sie anrühren.«

»Sind Sie sicher?«

»Klar. Trinken Sie aus, Meneer. Die Sonne steht schon hoch, und all diese Briefe müssen noch ins Dorf, auf die Postkutsche. Die Bremsklötze müssen endlich vor das Rad!«

»Eigentlich wollte ich Sie bitten, die Briefe für uns ins Dorf zu bringen. Ich möchte Mr. Christie hier oben nicht allein lassen und wüßte nicht, wen ich sonst fragen soll.«

Hätte er das nicht gleich sagen können? »Lassen Sie den Kaffee stehen, Meneer, holen Sie die Briefe! Ich könnte längst dort sein. Mirjam, gib mir endlich die Stiefel! Wir haben nachher noch ein Hühnchen zu rupfen.«

Um ein Haar hätte sie uns ins Unglück gestürzt.

Kurz vor Mittag hatte ich den Umschlag mit Whites Briefen zur Poststation gebracht und dem Mann hinter dem Schalter eingeschärft, ihn mit der nächsten Kutsche nach Kapstadt abgehen zu lassen. Es gehe um Regierungsangelegenheiten, von allerhöchster Dringlichkeit.

Als ich das Dorf wieder verließ, schöpfte ich Hoffnung. Am besten würde die Regierung umgehend ein Schiff bereitstellen, keinen Segler, sondern ein Dampfboot, das nicht erst auf günstigen Wind und Hochwasser warten mußte, um die Meerenge zu passieren und in die Bucht und den Hafen einzulaufen. Ein oder zwei Wochen würde es noch dauern, aber ich konnte warten. Glücklicherweise hatte ich starke Flechtzäune um das Grundstück gezogen, um mein Gemüse vor den Erdschweinen und Buschböcken und Griesböcken zu schützen. Bis das Schiff eintraf, würde der Zaun auch die Italiener und ihren dunkeläugigen Nachwuchs von meinem Garten fernhalten. Vor Silas Miggels Haus würden sie jedenfalls nicht die Luft verpesten.

Nur die blöden Elefanten scherten sich nicht um Zäune. Sie warteten einfach ab, bis der Mais im Saft stand und kamen nachts, wenn man friedlich im Bett lag, trampelten die Absperrung nieder und fraßen alles, was nicht niet- und nagelfest war. In fünfzehn Jahren hatte ich meine Zäune wohl sechs- oder siebenmal nach einem solchen Besuch erneuern müssen. Was sollte man sonst tun? Jagd auf sie zu machen war ein gefährliches Unterfangen. Wie viele konnte man erwischen bei einer Herde von vierzehn und mehr, wenn man die Hand nicht vor Augen sah? Nicht daß sie ihre Untaten nur nachts begingen. Manchmal warteten sie nicht einmal ab, bis man ihnen den Rücken zuwandte.

Wie damals, als ich Kürbisse zum Trocknen auf das Flachdach legte. Dieser Tag machte Silas Miggel um zehn Jahre älter. Damals wohnten wir nur auf einem Raum; der Anbau mit den beiden Schlafzimmern kam später. Die Leiter stand auf der südlichen, dem Wald abgewandten Seite des Hauses. Mirjam stand unten und reichte mir die Kürbisse an, mit denen ich aufs Dach kletterte. Sie war neun, ging mir aber schon gut zur Hand. Auf ihr ängstliches »Pa« hin blieb ich mitten auf der Leiter stehen, unter jedem Arm einen Kürbis, und sah mich sieben voll ausgewachsenen Elefantenkühen gegenüber, die keine zehn Schritte östlich weideten. Ruhig bleiben, sagte ich mir, keine falsche Bewegung. Der Wind kam von Westen, und trug ihnen unseren Geruch direkt entgegen, und ich mußte mich rasch entscheiden. Wäre der Wind günstiger gewesen, hätte ich mit der Kleinen in den Wald laufen können. Auf einen Baum klettern oder in eine Schlucht hinabsteigen wäre das sicherste gewesen. Während ich noch unschlüssig auf der Leiter balancierte, näherten sie sich gemächlich dem Haus, kauten an ihren Grasbüscheln, die sie hier und da zupften, und der große Zaun vor dem Haus wurde beiläufig niedergewalzt.

»Pa!«

»Komm her.« Ich ließ die Kürbisse fallen und zog sie an einem Arm in die Höhe. »Leg dich flach auf den Bauch!« Als ich neben ihr auf das Dach plumpste, hörte ich meinen Herzschlag von dem rostigen Wellblech widerhallen. Und dann stolzierte die Leitkuh, die mit den riesigen eingebogenen Stoßzähnen, direkt auf das Haus zu, und als hätte sie einen Baum vor sich, rieb sie behaglich den massigen Rücken an einer der Ecken. Aber was sie für einen Baum hielt, wurde nicht von dicken, tief in der Erde verästelten Wurzeln getragen. Die Balken des Fachwerks reichten höchstens einen Spatenstich tief. Je länger sie sich dort kratzte, desto stärker schwankte das Dach, und wir fühlten uns wie auf einem Floß bei hohem Wellengang. Die Kleine hatte eine Heidenangst auszustehen und ließ sich kaum beruhigen. Es blieb mir nichts anderes übrig, als ihr einen Zipfel der Schürze vor den Mund zu halten und den Kopf nach unten zu drücken.

In meiner Jugend hatte ich einmal die sterblichen Überreste eines Mannes gesehen, der von Elefanten getötet worden war. Monatelang habe ich keinen Bock häuten oder rohes Fleisch sehen können.

Als ich da oben auf dem Dach lag, ging mir etwas Seltsames durch den Kopf. Das Leben sieht völlig anders aus, wenn einem der Tod direkt vor Augen steht. Es fühlt sich dann nicht mehr warm und pulsierend an. Statt dessen ist da irgend etwas, das außerhalb des eigenen Körpers existiert, und dieses Etwas ist man selbst, und man liegt da und klammert sich an seine eigenen Gliedmaßen, um drinnen zu bleiben, denn sobald man losläßt, muß man sterben. Und zugleich mit mir klammerte sich das Leben der Kleinen an ihren Körper. Man kann beten, gewiß. Aber anders, als man es vor dem Schlafengehen oder in der Kirchbank kniend gewohnt ist. Man schreit zu Gott.

Die Zeit, in der sich die Elefanten seelenruhig an meinen Maiskolben satt fraßen, kostete mich zehn Jahre meines Lebens. Ab und zu kam immer mal eine, die sich langweilte und ihre runzlige Lederhaut an einer Hausecke rubbelte, und jedesmal mußte ich das Kind zu Boden drücken. Es war November, wenn bei uns am Kap Hochsommer herrscht, und gegen Mittag heizte sich das Dach auf. Wir mußten die Kürbisse unter uns legen, sonst wären wir verbrannt. Als die Sonne unterging, verschwand die Herde wieder im Wald. Sie waren so gnädig, wenigstens die Leiter stehen zu lassen.

Hoffentlich hatte White nicht vergessen, in seinem Brief die Elefanten zu erwähnen. Eine ausgewachsene Kuh wäre bei schlechter Laune leicht imstande, die elf

Zelte ganz alleine niederzutrampeln. Das würde die Italiener ganz schön auf Trab bringen.

Als ich nach Hause kam, war die Tür verriegelt und der Schlüssel lag unter dem Stein. Mirjam war nicht da und hatte auch keine Nachricht hinterlassen. Wenn einer von uns noch nicht daheim war, und man weg mußte, benutzten wir eine Zeichensprache. Wir stellten bestimmte Sachen auf den Tisch: die blaue Schüssel hieß Portland, der Messingkrug: ›Bin im Wald‹, ein Messer, daß der andere unterwegs war, um Schlingen zu legen oder die Fallen zu kontrollieren. Jetzt stand gar nichts auf dem Tisch. Sehr seltsam. Ich war sonst derjenige, der ab und zu vergaß, etwas zu hinterlassen. Mirjam achtete immer sorgfältig darauf, wenn sie ausging.

Ich zündete Feuer an, setzte Wasser zum Kaffeekochen auf und wusch die Bataten. Bevor ich morgens losmarschiert war, hatte ich ihr ausdrücklich verboten, sich den Zelten zu nähern. Nicht daß sie mir stets gehorchte. Vor Jahren war Mirjam so dickköpfig geworden, daß es nicht mehr zum Aushalten war. Zum Schluß bat ich sogar Mrs. Barrington um Hilfe. Sie riet mir, geduldig mit der Kleinen zu sein; bei Mädchen sei das manchmal so, und es würde sich schon wieder legen. Bald danach lud sie Mirjam ein, für eine Woche zu ihr und den drei Barrington-Töchtern nach Karawater zu kommen. Erst war ich dagegen, aber sie überredeten mich. Als Mirjam wieder nach Hause kam, war sie wie ausgewechselt. Mrs. Barrington hatte ihr wohl Dinge erklärt, die nur die Frauen angehen und von denen ein Mann nichts versteht.

Ich ahnte damals, daß jetzt die Zeit gekommen war, um mit ihr über das Schicksal ihrer Mutter und ihrer Großmutter zu reden. Aber irgendwie fand ich nicht den Mut dazu. Wie sollte man einem bildschönen Mädchen in blühendem Alter klarmachen, daß ihr Leben verwirkt ist, wenn sie einen Mann zu sich nimmt? Kann man einem Vogel das Fliegen verbieten? Läßt sich ein Baum das Wachsen und Blättertragen ausreden? Bei jedem Geburtstag quälte ich mich erneut mit Selbstvorwürfen: Silas Miggel, du mußt es ihr endlich sagen. Aber ich brachte es einfach nicht übers Herz. In meiner Not hielt ich es für das beste, sie von anderen Menschen fernzuhalten. So weit, so gut. Und eines Tages standen elf Zelte im Hochland, und ich komme nach Hause, und sie ist nicht da, und der Teufel nistet sich in den Gedanken ein und läßt sich nicht vertreiben. Bevor die Sonne untergeht, sagte ich zu mir, gehst du zu White und Christie und fragst sie. Der erste liebeshungrige Italiener, der sich ihr näherte, würde von mir unbesehen über den Haufen geschossen. Und sobald die Regierung das Schiff ankündigte, würde ich sie einen nach dem anderen zurück ins Dorf bringen. Meinetwegen konnte sich die Regierung am ehrenwerten Sir Barrington schadlos halten. Sollte er doch die Überfahrt zahlen, zum Ausgleich für seine spinnerten Ideen.

Der Kaffee war fertig und die Bataten schon fast gar, als die Tür aufging und Mirjam hereinspazierte. Ohne ein Wort ging sie auf ihr Zimmer, wie eingeschnappt.

»Mirjam!«

»Ich komm gleich, Pa. Muß mir nur die Schuhe ausziehen.«

Ich spülte ihren Becher und schenkte Kaffee ein. Als sie wiederkam, tat ich so, als hätte ich ihren wütenden Blick nicht bemerkt. Wo sie denn gewesen sei?

»Sie haben kein Brennholz, Pa. Ich hab die Axt mitgenommen, um ihnen zu zeigen, wo sie sich im Wald welches schlagen können. Aber sie gehen nicht in den Wald. Sie trauen sich nicht. Sie wollten wissen, ob es dort Wölfe gibt. *Wölfe,* Pa!«

»Ich habe dir verboten, dorthin zu gehen!«

»Es sieht gar nicht gut aus in den Zelten, Pa. Ich habe noch nie so viele verstörte Leute auf einmal gesehen. Es hat keinen Zweck, so zu tun, als ob sie nicht da wären. Sie *sind* da, und sie brauchen Hilfe.«

»Daran sind nicht wir schuld, sondern ein paar Dummköpfe von der Regierung. Ich hab ja schon angeboten, sie ins Dorf zu bringen, wenn das Schiff kommt.«

»Und bis dahin?«

»Was in der Zwischenzeit passiert, sollen White und Christie und die Regierung entscheiden. Dich oder mich geht das nichts an. Trink jetzt, dein Kaffee wird kalt.«

»Was verstehen Mr. White oder Mr. Christie oder die Regierung vom Leben im Wald oder im Hochland, geschweige denn die Italiener? Und Pa will sich da einfach so heraushalten?«

»Jetzt reicht's, Mirjam!«

»Es reicht noch lange nicht, Pa!«

Manchmal war sie störrisch wie ein Maulesel. »Schluß jetzt, sage ich!« Ich mußte es ihr noch einmal sagen, damit sie endlich Ruhe gab. »Letzten Samstag sind sie hier angekommen, stimmt's? Heute ist Montag. Zwei Arbeitstage sind vorbei, und weder im Haus noch im Garten ist der kleinste Handschlag getan worden. Ich habe keinen einzigen Stuhl fertig, das Brot ist nicht gebacken, keine Schlinge gelegt und kein Unkraut gejätet. Wie lange glaubst du, wird es noch dauern, bis auch hier alles drunter und drüber geht? Es hat keinen Zweck, sich selbst ins Unglück zu stürzen, um andern herauszuhelfen. Was einer verpfuscht hat, muß er selbst wieder in Ordnung bringen und nicht andere zwingen, es zu tun. Hier hat sich die Regierung etwas eingebrockt, und sie wird es auch wieder auslöffeln müssen.«

»Das mag ja alles sein, Pa. Aber was soll denn in der Zwischenzeit aus ihnen werden?«

»Weder Mr. White noch Mr. Christie noch die Regierung würden sich je fragen, was aus *uns* wird, Mirjam. Die Regierung weiß gar nicht, daß es überhaupt einen Silas Miggel im Hochland gibt. Drüben in Portland sitzt Mr. Barrington in seinem weichen Ohrensessel, was kümmert es ihn, was hier in den Zelten vorgeht? Nicht im Traum. Seinetwegen können sie alle verrekken. Und mir soll's gleich sein.«

Sie holte die Schüssel mit dem Sauerteig und das Maismehl und fing an, den Brotteig zu kneten. Ich ging hinaus in den Holzschuppen.

Es würde großen Ärger mit ihr geben, sagte ich mir, sehr großen Ärger. Wenn sich absehen ließe, wie lange das Schiff noch auf sich warten ließ, hätte ich Mirjam bei meiner Schwester Hannie in Draaibos Eiland untergebracht. Aber da kam sie vom Regen in die Traufe: Sias, der Älteste der Van-Rooyen-Brüder, war schon zweimal im Hochland aufgetaucht, glattrasiert und geschniegelt wie ein Honigkuchenpferd, um Mirjam den Hof zu machen. Und was war mit dem Sohn des alten Martiens, oder Jacob Terblans, der längst bei meinem Cousin Grieta um die Hand seiner Tochter angehalten hatte? Jacob mochte bei Susanna im Wort sein, aber ich hatte gesehen, wie er Mirjam nachglotzte. Wenigstens war Jacob nicht aus Draaibos Eiland, sondern aus Diepwalle, aber trotzdem! War es nicht letzten Endes besser, wenn sie zu Hause blieb? Dort konnte ich sie selbst im Auge behalten. Ich kam zu keinem befriedigenden Ergebnis und schob die Entscheidung auf. Und meine Hände waren ganz steif vor Sorge, als ich das erste Paar schmaler Lederriemen für die Sitzfläche des Stuhls ineinander flocht.

Seit ich hier im Hochland lebte, hatte ich die Stille genossen; jetzt war es vorbei damit. Die Italiener waren ein unruhiges Völkchen. Es war, als müßten sie ununterbrochen die Kinder schelten oder einander etwas zurufen. Ununterbrochen liefen sie von Zelt zu Zelt und schwatzten, schimpften oder fluchten. Wie lange würde ich das noch aushalten müssen?

Es war schon dunkel, als Mirjam kam und mich zum Essen holte. Kurz angebunden und tödlich beleidigt. Schweigend aßen wir. Als wir fertig waren, machte sie den Abwasch und ging grußlos auf ihr Zimmer. Das war einer ihrer alten Tricks, den sie immer dann anwandte, wenn wir uns gezankt hatten. Ich blieb am Tisch sitzen und wartete. Einer von uns mußte sich ein Herz fassen und gute Nacht sagen. Unter Silas Miggels Dach legte sich niemand im Zorn schlafen, das wußte sie genau. Nach einer Weile hörte ich, wie sie die Kerze ausblies. Sie würde keinen Millimeter nachgeben, dachte ich, denn sie war viel zu eigensinnig. Wenn man sein Kind allein aufzieht, besonders ein Mädchen, läßt es sich kaum vermeiden, daß es schlechte Angewohnheiten annimmt. Sie schlief nicht, sie war noch immer trotzig. Dann mußte sie husten, nicht stark, aber dann noch einmal und mir gefiel das gar nicht. Sie erkältete sich fast nie, ihre Lunge war kerngesund. Ich nahm die Kerze und erhob mich.

»Mirjam?« Sie lag mit offenen Augen im Bett. »Mirjam, bist du krank? Ist dir der Hals geschwollen?«

»Nein, Pa.« Sie war nicht mehr so eingeschnappt wie zuvor. Ich hörte es an ihrer Stimme.

»Es herrscht Unfrieden zwischen uns, Mirjam. Wir müssen uns wieder vertragen. Sag mir, was in deinem Herzen vorgeht.«

»Hast du dich für immer mit Mr. Barrington überworfen, Pa? Wirst du nicht mehr nach Portland gehen, wenn er nach dir schickt?«

Der alte Sarel von Rensburg, der nacheinander vier Gattinnen überlebt hatte, pflegte zu sagen: Wenn eine Frau bei den Füßen anfängt, zu diskutieren, ist sie längst mit dem Kopf beschäftigt. Nie geht sie vom wahren Kern der Sache aus. Diesmal wurde auch ich das Gefühl nicht los, daß Mirjam bei den Füßen anfing.

»Gewiß werde ich wieder nach Portland gehen. Und zwar dann, wenn der letzte Italiener seine Siebensachen auf den Schlitten gepackt hat und abgereist ist. Keinen Tag früher. Schließlich ist das alles Barringtons Schuld.«

»Er kommt ohne dich nicht zurecht, und das weißt du genau. Du willst dich doch bloß rächen.«

»Bist du auf Barringtons Seite, oder hältst du zu deinem Pa?« Sie drehte sich zur Wand und fingerte über die Holzbohlen. »Ich hab dich was gefragt, Mirjam.«

»Du hast kein Herz, Pa. Du nicht, Mr. White und Mr. Christie auch nicht.«

Es war, wie der alte Sarel immer sagte. Nie beim Kopf anfangen. »Was redest du da? Ich fürchtete schon, ich wäre der einzige herzlose Mensch im Hochland, nun scheint es fast, als gäbe es mindestens noch zwei mehr von meiner Sorte!«

»Dein Herz ist das härteste«, rief sie und setzte sich

auf. »Ich hab dich vorgestern angefleht, mit der Frau zu den Zelten zu gehen, damit du nachsehen kannst, was los ist. Aber dein Herz läßt sich nicht erweichen; genausogut könnte man versuchen, einen Felsen zu überreden.«

»Was willst du damit sagen?«

»Weißt du überhaupt, warum diese Frau seit Tagen nicht mehr aufhört zu weinen, Pa?«

»Kann ich hellsehen?«

»Sie haben ihr Kind gestohlen!«

»Wie bitte?«

»Du hast richtig gehört. In Kapstadt.«

White hatte gesagt, daß einer von den Italienern noch fehlte, aber nichts davon, daß es ein Kind war. »Was für ein Kind?«

»Ein kleines Mädchen. Sie heißt Catarina.«

»Wer hat dir das gesagt?«

»Ich habe Mr. Christie beim Holzsammeln gefragt.«

Das verstimmte mich erneut. »Wer hat alles nach Holz gesucht?«

»Siehst du? Du interessierst dich nur dafür, mit wem ich weggehe; das Schicksal dieser Kleinen ist dir gleichgültig.«

»Ich habe dich gefragt, wer mit dir war?«

»Mr. Christie und drei Italiener: Pontiggia, Canovi und Coccia.«

»Der Herrgott beschütze uns!« Am meisten regte mich auf, daß ihr diese komischen Namen schon so glatt von der Zunge gingen, als hätte sie geübt. »Wie weit seid ihr in den Wald gegangen?«

»Wir sind nicht in den Wald gegangen, Pa. Ich hab dir doch gesagt, daß sie sich fürchten. Wir haben ganz brav am Waldrand Reisig gesammelt, nicht mal genug, um nur ein anständiges Lagerfeuer zu machen. Geh und erkundige dich bei Mr. White nach dem Kind! Ich verstehe Mr. Christie nicht gut, er redet ein anderes Englisch, als wir es hier in der Gegend gewohnt sind, außerdem war er sauer, weil er mitgehen mußte zum Holzsammeln. Du mußt herausfinden, was es mit dem Kind auf sich hat!«

»Hat die Frau keinen Ehemann?«

»Ich denke schon. Sie heißt Petroniglia; der Nachname ist Grassi. Versprichst du mir, morgen etwas zu unternehmen?«

»Ich kann doch nicht nach dem verschwundenen Kind suchen, Mirjam. Dafür ist die Polizei zuständig!«

»Weiß ich doch. Du brauchst dich ja nur zu erkundigen. Sie weint Tag und Nacht.«

»Meinetwegen. Ich werde Mr. White fragen.« Was blieb mir anderes übrig?

»Versprochen?«

»Versprochen.«

»Gute Nacht, Pa. Und danke!«

»Gute Nacht, Mirjam.«

3

Sie sollte recht behalten. Das Kind dieser Frau war wirklich verschwunden. White war so verzweifelt, daß er es mir in allen Einzelheiten erzählte. Und noch immer heulte die Frau ohne Unterlaß. Er und Christie waren mit ihr und Ilario, ihrem Mann, gleich nach der Ankunft in Knysna zur Polizei gegangen, um Anzeige zu erstatten und in Kapstadt nachforschen zu lassen.

Nach Petroniglias Angaben hatte ein anderer Italiener, Nicolo Tomasso, das Kind entführt. Sie hatten den Mann in der Woche kennengelernt, die sie in Kapstadt verbringen mußten. Im Laderaum der *Natal* war es so eng gewesen, daß Tomasso und seine Frau einige der Passagiere bei sich zu Hause untergebracht hatten, unter anderem drei von den fünf Grassi-Kindern, auch Catarina. Denn die Tomassos hatten Gefallen an ihr gefunden. Nach ein paar Tagen machte Signor Tomasso ihrem Vater den Vorschlag, sie sollten ihnen das Mädchen überlassen, sie würden es an Kindes Statt aufziehen. Ilario erzählte es Petroniglia, und als sie anderntags ihre Sprößlinge abholen wollten, bettelte Tomasso, Catarina solle doch noch ein bißchen länger bleiben. Er hatte fest versprochen, sie am Abend vor der Weiterfahrt nach Knysna zum Hafen zu bringen. Dienstagfrüh, es war der 3. Mai, wurde ihnen erklärt, sie sollten gegen Abend alle an Bord sein, denn das Schiff würde in den ersten Morgenstunden auslaufen. Ilario ließ Tomasso ausrichten, er solle die Kleine bringen, aber er blieb aus. Anderntags bekam Ilario die Erlaubnis, noch einmal an Land zu gehen, um seine Tochter zu holen. Als er zu Tomasso kam, hieß es, Catarina sei weggelaufen, bei ihnen wäre sie nicht mehr. Ilario glaubte, sie wäre zum Hafen gelaufen, und eilte zurück. Auf dem Schiff war sie aber auch nicht erschienen. Glücklicherweise verzögerte sich die Abfahrt noch einmal wegen des Küstennebels, und Petroniglia durfte noch einmal von Bord. Sie suchte Tomasso auf, der ihr dieselbe Geschichte auftischte wie ihrem Mann und versprach, nach dem Kind zu suchen und sie ins nächste Boot Richtung Knysna zu setzen, es würde aber noch eine Woche bis zehn Tage dauern. Petroniglia glaubte ihm und kam noch gerade rechtzeitig zum Pier, als der Dampfer abfahrbereit war, denn der Nebel hatte sich gelegt.

Als White geendet hatte, sagte ich geradeheraus, wie verdächtig mir die ganze Angelegenheit vorkäme. »Haben sie denn bisher noch nichts gegen Tomasso unternommen, Meneer?«

»Was sollten sie denn machen?« schnappte White zurück. »Als sie noch in der Bucht kampierten, ging die Frau jeden Tag aufs Revier und erkundigte sich nach dem Stand der Ermittlungen. Konstabler Hall hat erzählt, wie er jedesmal schon den Kopf schüttelte, wenn sie hereinkam, damit sie gleich kehrtmachte. Sie hat sich bei ihm ganz schön unbeliebt gemacht. Als es dann ans Einpacken ging, um hierher zu ziehen, wurde es noch schlimmer. Und jetzt, wo sie durch den Wald muß, kann sie nicht mehr jeden Tag ins Dorf. Die anderen fürchten sich, sie zu begleiten. Mr. Christie und ich versichern ihr ein ums andere Mal, daß die Polizei ihr schon einen Waldhüter schicken wird, sobald sich etwas Neues in Erfahrung bringen läßt. Aber damit gibt sie sich nicht zufrieden.«

»Warum haben Sie gestern nichts davon gesagt? Auf dem Weg zur Post hätte ich doch auch bei der Wache vorbeigehen können!«

»Sie will sich selbst vergewissern, Miggel.«

»Und wer soll sie künftig ins Dorf bringen, Meneer? Silas Miggel jedenfalls nicht. Meine Arbeit kann nicht noch einen Tag warten.«

»Ehrlich gestanden, ich hatte an Mirjam gedacht.«

»Vergessen Sie's. Mirjam lasse ich nicht aus dem Haus. Es fällt mir schon schwer genug, sie von den Zelten fernzuhalten.« Noch während ich es aussprach, dämmerte mir, daß unter diesen Umständen ich es war, der die Frau ins Dorf brachte. Sonst würde Mirjam es selber tun. Ihrer Dummheit und Mirjams

Rührseligkeit wegen mußte ich schon wieder meine Arbeit im Stich lassen und abermals loslatschen.

»Helfen Sie uns, Miggel«, beschwor mich White. »Hören Sie, wie sie von Tag zu Tag wütender werden? Wenn ich bloß selber mit ihnen reden und alles erklären könnte. Ich bin ganz sicher, daß Christie sie aufhetzt. Wer soll mir den Gefallen tun, wenn Sie sich stur stellen? Und ich hab der Frau gestern abend versprochen, daß ich jemanden finde, der mit ihr geht.«

»Wann wird die Regierung ein Schiff losschicken?«

»Sobald Mr. Laing den Brief erhält. Die Petition der Italiener wird ihre Wirkung tun. Dieses Chaos hätte vermieden werden können, und in Kapstadt wird man alle Hebel in Bewegung setzen. Bis dahin müssen Sie mir unter die Arme greifen. Ich bitte sie inständig, gehen Sie für mich ins Dorf, diese Frau kostet mich sonst den letzten Nerv!«

»Sagen Sie ihr, sie soll sich bereit machen.« Was blieb mir übrig? »Sagen Sie ihr, ich gehe noch kurz zu Hause vorbei und sage Mirjam Bescheid. Wenn ich zurück bin, muß sie abmarschbereit sein. Die Regierung wird mir ein neues Paar Stiefel zahlen müssen, Meneer. Meine Absätze sind ihretwegen schon ganz krumm gelaufen.«

»Ich werde in meinem nächsten Brief danach fragen.«

Mirjam jubilierte, als sie erfuhr, daß ich die Frau ins Dorf begleiten würde. Für meinen Geschmack wirkte sie eine Spur zu erleichtert. Was hatte sie in meiner Abwesenheit vor?

»Du bleibst mir ja von den Zelten weg, verstanden?« befahl ich. »So weit es irgend geht!«

»Bestimmt, Pa. Aber nur, wenn du Petroniglia unterwegs gut behandelst. Sie ist keine langen Fußmärsche gewohnt wie wir. Legt an der Furt bei Gouna-se-drif eine Pause ein, auch auf dem Rückweg. Sei nett zu ihr, Pa!«

»Für Nettigkeiten haben wir keine Zeit. Ich muß rasch wieder an meine Stühle! Sie wird sich sputen müssen.«

»Schäm dich, Pa.«

»Und du mußt das Kartoffelfeld umgraben. Schön die Erde rund um die Pflanzen auflockern!«

»Ja, Pa. Versprichst du mir, daß du sie an der Furt ausruhen läßt?«

»Ich lasse sie ausruhen, wenn du nicht mehr eingeschnappt bist.«

»Versprochen, Pa.«

Als ich zu den Zelten kam, wartete sie schon. Die anderen nahmen Abschied von ihr, als ginge es auf eine Weltreise. Sonderbare Käuze waren das. Sie beäugten einen mißtrauisch und herausfordernd; gleichzeitig taten sie, als wäre alles in schönster Ordnung. Die Frauen trugen Kleider aus feinem, dunkelfarbenen Tuch, manche mit spitzenbesetzten Ärmeln; die Kinder trugen Schuhwerk und waren manierlich sauber. Die Männer stolzierten ein bißchen hochmütig daher.

Ihr Anführer Christie kam und empfahl mir, während der langen, gefährlichen Wanderung ins Dorf besonders gut auf die Frau aufzupassen. Wäre mein Englisch besser gewesen, hätte ich ihm schon Bescheid gestoßen. Seit wann ließ sich ein Fisch über das Schwimmen und ein Mann aus den Wäldern über deren Gefahren belehren? Und wenn er den südlichen Teil des Hochlands für gefährlich hielt, was hätte er erst über den Norden gesagt? Über Brown-se-Kloof, über den Roterlengrund, über den Stinkhoutkloof und Diepdraai? Wahrscheinlich würde er sich in die Hosen machen, wenn er davon erfuhr.

Ich war keine halbe Stunde mit der Frau unterwegs, als es auch schon Streit gab. Sie keifte in ihrer Sprache, ich in der meinen. Wir stritten, weil sie wie ein Buschbockreh lief und am liebsten beim kleinsten Knacksen im Gesträuch davongesprungen wäre. Zuerst ließ ich sie vor mir hergehen, doch als wollte sie furchtbare Gefahren abwehren, die vor ihr lauerten, wurde sie langsamer und lahmer, bis ich ihr fast auf die Hacken trat. Bei jedem aus dem Gebüsch herabhängenden Spinnennetz wollte sie sich ducken. Lief sie hinterdrein, dann drehte sie sich andauernd um und starrte ins Dickicht. Wir hatten kaum den ersten Kloof durchquert, als ich die Nase voll hatte.

»Hör mal, Petronella«, begann ich.

»*Petroniglia*!« Sie spie den Namen geradezu heraus, um meine Aussprache zu korrigieren.

»Petronella, Petroniglia, sei's drum. Wenn Sie mit Silas Miggel gehen wollen, dann so, wie es sich gehört! Falls uns irgendwelche Gefahr droht, werde ich's rechtzeitig merken. Halten Sie sich da raus! Los, wir müssen weiter.«

Auf jedes Wort, das ich sagte, hatte sie zehn eigene parat. Sie purzelten ihr geradezu wie Kieselsteine von der Zunge, auch die Augen rollten, und mit den Händen fuchtelte sie umher. Als ich ihr befahl, still zu sein, wurde sie nur noch wütender. Weiß der Himmel, was passiert wäre, wenn nicht der Großer Lori eine Abwechslung gebracht hätte. Sie redete wie ein Wasserfall auf mich ein, als sie plötzlich das laute Kok-kok-kok des Lori vernahm, der direkt über uns im Baum saß und ihren Redefluß unterbrach.

»Ein Vogel«, erklärte ich. »*Voël.* Der Große Lori.«

Ich versuchte es mit Englisch, mit Holländisch, aber vergebens. Ich hatte schon häufiger Fremde gesehen, denen der Ruf des Lori Angst einjagte. Jeder, der ihn nicht kannte, würde erst mal einen Schreck bekommen. Als das zweite Kok-kok-kok ertönte, wollte sie auf dem Absatz kehrtmachen und wollte davonlaufen. »Es ist bloß ein Vogel!« rief ich verzweifelt und stellte mich ihr den Weg. Ich streckte die Arme aus und ließ sie wie Flügel schlagen, ahmte wie ein verdammter Narr das Fliegen nach, bis sie sich beruhigt hatte. Irgendwann war es genug, und mir riß endgültig der Geduldsfaden. Ich nahm mein Messer und schnitt mir einen Ast zurecht, ließ sie vor mir her laufen und dirigierte sie mit dem Stecken wie einen dickköpfigen Ochsen.

An der Furt gab ich ihr zu trinken und ließ sie eine Weile ausruhen. Sie nahm ein kostbares Taschentuch heraus und wusch sich im Fluß das Gesicht. Als sie fertig war, drängte ich zum Weitergehen, denn es wurde langsam spät. Gott sei Dank führte der Fluß kein Hochwasser und wir konnten die Schuhe anlassen und einigermaßen trockenen Fußes über die Steine balancieren.

Mirjam hätte sich wegen mir und der Italienerin keine Sorgen machen brauchen. Von mir ließ sie sich nichts gefallen. Über weite Strecken schimpfte und zeterte sie, dann wieder verstummte sie und strafte mich für lange Zeit mit tödlicher Verachtung. Als wir das Dickicht erreichten, das westlich des Dorfes lag, hatte ich meine liebe Mühe, mit ihr Schritt zu halten. Im Laufschritt rannte sie auf die Polizeiwache zu.

Chefkonstabler Ralph saß am Schreibpult hinter dem Kontor. »Wozu brauchst du den Stecken,

Oom?« begrüßte er mich. »Sag nicht, du hast sie damit hergetrieben!«

»Guten Morgen, Konstabler. Sie will fragen, ob es in ihrer Angelegenheit etwas Neues gibt.«

»Den Übersetzer habt ihr nicht zufällig mitgebracht?«

»Sehen Sie ihn hier irgendwo?«

»Ich frag ja bloß, Oom.«

Wir mußten fast schreien, um uns zu verständigen, denn Petroniglia redete dauernd dazwischen. »Sie will wissen, was mit dem Kind ist!«

»Kannst du ihr nicht sagen, daß sie für einen Moment still sein soll, Oom?«

»Ich weiß nicht mal, wie man guten Tag sagt in ihrer Sprache, und von mir läßt sie sich auch sonst nichts sagen. Habt ihr denn etwas gehört?«

»Ja, Oom. Die Polizei in Kapstadt hat Tomasso gefunden. Das Kind ist bei ihm und seiner Frau, aber er behauptet, diese Leute hätten ihm das Kind *anvertraut.*«

»Hör ich recht?«

»Ja!«

»Und deswegen bleibt bei mir zu Hause die Arbeit liegen?« Ich kochte vor Zorn. »Petronella!«

»*Petroniglia*!«

Als ich den Stock hob, fuhr der Konstabler dazwischen. »Moment mal, Oom.« Er beugte sich über die Absperrung und wandte sich selbst an sie. »Signora Grassi, Catarina gefunden, in Kapstadt!« Er gestikulierte mit beiden Armen in die entsprechende Himmelsrichtung. »Bambino Kapstadt, capito? Tomasso!«

»Bambin*a*!« korrigierte sie, und ihr Gesicht schien sich aufzuhellen.

»Bambina Kapstadt bei Tomasso!«

»Sì, sì.«

»In Kapstadt.«

»Sì, sì.«

Es war hoffnungslos. »Geben Sie's auf«, seufzte ich. »Ihr beiden werdet euch bis zum Einbruch der Dunkelheit abwechseln mit sì, sì und Kapstadt, und doch keinen Schritt weiterkommen. Ich werde Christie sagen, was er ihr übersetzen soll.«

Dann gab es noch einen Riesenzirkus, bis wir das Polizeirevier verlassen konnten. Aber ich machte ihr wenigstens begreiflich, daß wir als erstes zu Christie mußten. Auf dem Rückweg schritt sie in der ersten Stunde tapfer aus. Und hätte ich sie nur ein kleines bißchen früher Pause machen lassen, wäre auch nichts vorgefallen. So aber setzte sie sich plötzlich mitten auf den ausgerodeten Fußpfad, trommelte mit den Fäusten auf den Boden und weinte wie ein trotziges Kind.

»Hör zu, Frau«, warnte ich, als sie sich mit Händen und Füßen dagegen wehrte, aufstehen zu müssen. »Silas Miggel ist auch nur ein Mensch. Erst hast du Tomasso das Kind überlassen, dann hast du dir es anders überlegt, und jetzt glaubst du, hier heulend sitzen bleiben zu können. Meinetwegen kannst du hier sitzen bleiben, bis du schwarz wirst. Ich hole dich bestimmt nicht ab! Also los!« Sie rührte sich nicht vom Fleck. Ich versuche es noch einmal ganz freundlich, aber sie saß noch immer wie angewurzelt da. Vielleicht taten ihr die Füße weh, oder sie hatte einen Sonnenstich? Woher sollte ich das wissen? Wie ich so dastand und noch überlegte, hörte ich, wie irgendwo im nahen Dickicht ein Ast abknickte.

»Grootvoete«, zischte ich. »Grootvoete!« Ich war mir nicht ganz sicher, aber als es zum zweitenmal krachte, wurde ich nervös. Ein einzelner Elefant würde uns nicht unmittelbar gefährlich werden, denn der Wind wehte uns entgegen. Handelte es sich um eine Herde, dann konnte die eine Hälfte noch östlich von uns sein und die andere Hälfte im Westen, und wir saßen in der Klemme. Auf einen Baum klettern konnte ich allemal, aber sie? Hier, mitten auf dem Weg, würde sie unweigerlich zertrampelt werden. Und ich durfte es nachher ausbaden!

Ein dritter Zweig knackte. »*Grootvoete*, Petroniglia! Steh auf!« Stur blieb sie sitzen. Und zum zweiten Mal an diesem Tag machte ich einen Narren aus mir: Ich hockte mich auf Händen und Füßen vor ihr nieder und hob den Arm vors Gesicht, um einen Rüssel nachzuahmen. Sie wimmerte bloß, allerdings etwas leiser.

Da war nichts zu machen. Ich mußte ohne sie gehen und sie zurücklassen. Und kaum war ich um die nächste Kurve und damit aus ihrem Blickfeld verschwunden, als es im Gestrüpp raschelte und ich ihre Stimme hörte: »Signor Miggel! Signor Miggel!«

Signor Miggel, man stelle sich vor! Bei Gouna-sedrif ließ ich sie wieder trinken und eine Weile ausruhen. Sie wirkte ziemlich heruntergekommen. Schuhe und Hemdkragen waren lehmbeschmiert, und dort, wo die Kämme herausgefallen waren, mit denen sie es hochzustecken pflegte, hing ihr das Haar in Strähnen herab. Sie war eine merkwürdige Frau und entstammte einem merkwürdigen Volk. Trotzdem sah sie noch immer hübsch aus.

Gleich nach unserer Rückkehr teilte ich Christie die Neuigkeit mit und wartete ab, bis er ihr alles übersetzt hatte. Als sie nur wütend fauchte, wandte ich mich ab und ging heim.

Mirjam harkte in einer Ecke des Kartoffelbeets und hatte dabei den Sonnenhut nicht auf. Als ich nähertrat, sah ich, daß erst eine einzige Reihe umgegraben war. Was hatte sie bloß den ganzen Vormittag gemacht?

»Mirjam?«

»Haben sie das Kind gefunden, Pa?« Sie blickte nicht auf.

»Ja«, knurrte ich. »Tomasso behauptet, sie hätte ihm das Kind gegeben.« Ihr Wangen glühten, als wäre sie gerannt. »Wieso hast du erst eine Reihe fertig? Warst du schon wieder bei den Zelten?«

»Nein, Pa.« Sie harkte wie ein Berserker und wandte mir den Rücken zu. Anscheinend wollte sie mich loswerden.

»Mirjam, ich möchte wissen, warum einen halben Tag lang hier alles liegengeblieben ist.«

»Hal wartet oben im Haus auf dich, Pa.«

Hal? Er war Barringtons zweitältester Sohn, und plötzlich malte ich mir etwas aus, das mir früher nie in den Sinn gekommen wäre. Gab es etwas zwischen Mirjam und Hal, das meiner Aufmerksamkeit bisher entgangen war? Wenn ich besonnen überlegte, mußte ich mir sagen, daß ich den Falschen ins Visier genommen hatte. Konnte sich denn bei beiden ein Verhältnis angebahnt haben? Wie denn? Hal war im letzten Jahr genauso von zu Hause weggelaufen wie seine Brüder John und Will zuvor. Trotzdem machte ich mich auf das Schlimmste gefaßt. Warum war Mirjam heute früh so erleichtert gewesen, als ich bereit war, mit der Frau ins Dorf zu gehen? Wußte sie, daß Hal kommen würde? Wo war sie den ganzen Vormittag über gewesen, wenn nicht bei den Zelten oder im Kartoffelbeet? Die Hausarbeit hatte sie schon erledigt, als ich aufbrach.

Eine Zeitlang hatte ich Barringtons dritten Sprößling Will verdächtigt, ein Techtelmechtel mit Mirjam zu unterhalten, und ihn eine ganze Weile im Auge behalten. Alle drei Barrington-Söhne sahen blendend aus, und ich traute keinem über den Weg. Aber als Mirjam ein paarmal nicht mit nach Portland wollte, regte ich mich wieder ab. Wäre sie in einen der Burschen verknallt gewesen, hätte sie jede Gelegenheit genutzt, ihn zu sehen.

Barrington sprach mich eines Tages auf dieses Thema an. »Deine Tochter wird allmählich erwachsen, Silas. Sie ist wirklich eine Schönheit.«

»Weiß ich, Mr. Barrington.«

»Ich habe drei Söhne und möchte nicht, daß ihr etwas zustößt.«

»Der Mann, der ihr etwas antut, wird am höchsten Baum weit und breit hängen«, prophezeite ich.

»Bleiben wir vernünftig, Silas. So etwas kann vorkommen. Ich werde mit meinen Jungs ein ernstes Wort reden und Sie mit Mirjam.«

»Was soll ich ihr denn sagen, Mr. Barrington?« Ich tat so, als hätte ich nicht ganz verstanden. Barrington war selbst ganz schön engstirnig. Er regte sich schon auf, wenn der Stier zu nah am Fenster graste, hinter dem sich Frau und Töchter im Zimmer aufhielten. Und in seiner Gegenwart durfte man nicht einmal das Wort *Stink*holz aussprechen. In Portland hieß Stinkholz *Strunk*holz, auch wenn es kein Strunk war und noch immer stank, wenn man es bearbeitete. »Über was soll ich mit ihr reden?«

»Über die Unterschiede zwischen den Menschen, Silas. Meine Söhne gehören einer besseren Klasse an. Sie und deine Tochter haben einen ganz anderen gesellschaftlichen Hintergrund.«

Fast wäre ich explodiert. Ich erklärte ihm, daß ich vielleicht im Vergleich zu ihm ein armer Teufel sein mochte, aber dabei anständig und fleißig geblieben wäre wie Mirjam auch. John, Hal oder Will sollten sich unterstehen, sie auch nur schief anzuglotzen.

Und nun saß Hal vor meiner Tür, während ich die Frau ins Dorf und zurück bringen mußte.

»Schönen guten Tag, Oom Silas.«

Klang das nicht ein wenig schuldbewußt? »Tag, Junge.« Wenn herauskommen sollte, daß er Mirjam auch nur angerührt hatte, würde er den Tag verfluchen, an dem er wieder heimgekehrt war.

»Ich warte schon seit Stunden auf dich, Oom.«

»Warum hast du dich nicht verkrümelt, als du hörtest, daß ich nicht da bin? Mußtest du Mirjam unbedingt von der Arbeit abhalten?«

»Hab sie doch gar nicht von der Arbeit abgehalten«, verteidigte er sich. »Sie war gerade erst gekommen. Sie hat mir nicht mal einen Kaffee angeboten und ging gleich ins Kartoffelfeld.«

Hal war es also nicht. Am liebsten hätte ich ihn gefragt, ob sie von den Zelten oder aus dem Wald gekommen war, aber das ging mir gegen die Ehre. »Dein Pa hat dich geschickt, stimmt's?« erkundigte ich mich, um das Thema zu wechseln, und begleitete ihn ins Haus.

»Stimmt, Oom.«

Eins konnte man von Hal sagen – von allen Barrington-Söhnen war er der einzige, der sich an Silas Miggels Tisch setzte. John und Will waren sich zu fein, auch nur einen Fuß über die Türschwelle zu setzen; sie blieben draußen stehen, wenn sie etwas auszurichten hatten. Die Mädchen brachten Mirjam allenfalls mal bis zur anderen Seite des Kloofs.

»Setz dich.«

»Danke, Oom.«

Ich zündete das Herdfeuer an und tat gleichgültig. Aber der Gedanke an Mirjam ließ mir keine Ruhe. »Nimm dir eine Süßkartoffel, sie liegen unter dem Tischtuch.«

»Danke, Oom. Mein Vater läßt fragen, ob du kommst und ihm bei den Schränken hilfst. Außerdem sollen die Wände im Eßzimmer getäfelt werden. Das Haus wird nie fertig, fürchte ich.«

»Wie lange ist es her, daß es bei euch gebrannt hat?« Das Schwätzchen mit Hal würde mir helfen, mich zu beruhigen. Warum hatte Mirjam mir nicht in die Augen gesehen?

»Zehn Jahre, Oom.«

»Und was sagt dein Pa zu den Italienern?«

»Nicht viel. Aber er macht sich Vorwürfe, glaube ich. Gestern nachmittag hat er sie die ganze Zeit durchs Fernrohr beobachtet. Meinem Alten geht es nicht gut, Oom. Er sorgt sich wegen dem Holz und dem Garten und dem Vieh, und wegen Will in Karawater. Laß ihn jetzt nicht allein, Oom. Wir haben zur Zeit keine anderen Arbeiter in Portland. John ist heute früh zu Pferd ins Dorf, um einen oder zwei zurückzuholen, aber keiner wollte mitkommen.«

»John sollte besser nicht hoch zu Roß Knechte zusammentreiben, als waren sie eine versprengte Herde! Wieso faßt ihr beiden nicht selbst mit an?«

»Du weißt doch, Oom, wir können es ihm nie recht machen.«

Das stimmte nicht ganz, aber ich war mit den Gedanken zu sehr bei Mirjam, um Hal zu widersprechen. Und Hal war nicht das Unschuldslamm, für das er sich ausgab; genüßlich pflegte er seinen Vater zur Weißglut zu bringen, indem er immer leiser und leiser wurde, wenn er mit ihm sprach, um dem alten Mann vorzugaukeln, er wäre schwerhörig. Den größten Fehler hatte Barrington vor Jahren begangen, als er John, Hal und seine älteste Tochter Flos, so jung wie sie damals waren, nach England einschiffte. Fünf Jahre verbrachten sie auf einem Internat, um lesen und schreiben zu lernen. Und wozu das alles? Mir hat beides mein seliger Vater beigebracht. Für Kinder, die von daheim weg sind, sind fünf Jahre eine lange Zeit. Als sie wiederkamen, waren sie Fremde geworden. Und wenn es zwischen Eltern und Kindern so steht, ist alles zu spät. Zwischen Mirjam und mir würde ich es nie so weit kommen lassen. Niemals.

Für die jüngeren Geschwister ließ Barrington eine Lehrerin aus England kommen, die sie in Portland unterrichtete. Eine gewisse Miß Ritchie. Damals waren die Kinder schon groß: Imar zwölf, Gabrielle sechs und Kate bestimmt schon vierzehn Jahre. Mirjam war erst elf. Kaum war Miß Ritchie da, als Mrs. Barrington darauf bestand, daß auch für Mirjam eine Bank ins Schulzimmer gestellt werden sollte, wenn ich in Portland arbeitete. Ich hatte nichts dagegen einzuwenden, aber Barrington war es gar nicht recht. Miß Ritchie würde ihn ein Vermögen kosten, meinte er. Nicht nur, daß er für die Überfahrt aufkam, er müsse ihr auch sechzig Pfund im Jahr geben, bei freier Kost und Logis. Einen Platz könne Mirjam nur dann haben, wenn ich für jeden Tag einen Shilling zahlte. Zähneknirschend opferte ich das Geld, aber nur ein halbes Jahr lang. Dann hieß es plötzlich, Miß Ritchie hätte zuviel Schwierigkeiten mit dem Mädchen, weil sie nur holländisch spräche, und Barrington ließ die Bank wieder abräumen. Es war eine verdammte Lüge. Mirjam hatte immer mit Imar und Gabrielle gespielt und verstand besser Englisch als ich. Aber was konnte ich tun? Es war ja nicht meine Lehrerin. Mirjam hörte eine Woche lang nicht auf zu weinen, als sie hörte, daß sie nicht mehr zur Schule gehen durfte. Von da an mußte sie allein irgendwo vor dem Haus spielen, bis die übrigen Kinder aus dem Schulzimmer kamen. Miß Ritchie blieb drei Jahre. Sie war schon lange fort, als Mrs. Barrington mich einmal beiseite nahm. Ob ich eigentlich wüßte, wie leicht Mirjam das Lernen fiele und wie zufrieden Miß Ritchie mit ihr gewesen sei? Barrington hatte mir kein Sterbenswort davon gesagt.

»Kann ich meinem Alten sagen, daß du morgen kommst, Oom Silas?« wollte Hal wissen.

»Nein. Erst wenn das Schiff für seine Italiener kommt. Von diesem Tag an kann dein Vater wieder mit mir rechnen. Vorher nicht. Dein Pa ist ein gebildeter Mann und steht auf gutem Fuß mit der Regierung. Sag ihm, er soll einen Brief schreiben, damit das Schiff noch vor Ende des Monats geschickt wird. Wenn erst der Winter da ist und die Regenzeit kommt, werden sie allesamt in ihren Zelten erfrieren!«

»Ich werd's ihm ausrichten, Oom.«

Mirjam blieb dem Haus fern, solange Hal da war. Und kaum war Hal gegangen, als White auftauchte. Fünfzehn Jahre lang hatten Mirjam und ich im Hochland unsere Ruhe gehabt, höchstens daß einmal die Woche jemand vorbeischaute und Kaffee bei uns trank. Jetzt herrschte plötzlich ein Betrieb wie in einem Bienenstock. Wo sollte das noch enden?

White zeterte schon los, bevor er richtig Platz genommen hatte. »Ich weiß nicht mehr, wo mir der Kopf steht, Miggel.«

»Ich auch nicht, Meneer.«

»Die Grassis behaupten, sie hätten Tomasso das Kind *nicht* geben wollen.«

»Denken Sie, die würden es zugeben, wenn es so wäre? Ich bin vielleicht schwer von Begriff, Meneer, aber so dumm nun auch wieder nicht. Würden Sie an Bord eines Dampfers gehen, wenn sie davon ausgehen müßten, daß Ihr Kind vermißt wird? Niemals. Das Schiff hätte um die halbe Welt reisen können, aber ohne mich. Ich hätte nicht gewartet, um das heulende Elend erst hier zu kriegen. Glauben Sie mir, Meneer, sie bereuen es jetzt, daß sie es weggegeben haben.«

»Da bin ich anderer Meinung, Miggel. Dieser Mann und seine Frau sind wirklich am Boden zerstört vor Kummer.«

»Meneer, wenn Sie mit jeder Heulsuse Mitleid haben, werden Sie den Rest Ihres Lebens zu nichts anderem kommen. Atmen Sie erst mal durch, bevor Sie einen Wutanfall bekommen. Was ist denn dieser Christie für ein Anführer, daß er sich nicht selbst um das Kind kümmert? Ich sage Ihnen, Meneer, Sie wollten das Kind weggeben und haben es sich anders überlegt.«

»Ich wußte nicht, daß Sie so hartherzig sind, Miggel.«

»Jetzt bin ich plötzlich hartherzig? Nur weil ich nicht in Jammerarien ausbreche wie Sie?«

»Christie hat der Polizei in Kapstadt mitgeteilt, daß die Grassis ihr Kind Tomasso nicht überlassen wollten. Die Kleine muß ihnen weggenommen und Anklage erhoben werden.«

»Hoffentlich wird kein längerer Schriftwechsel daraus, sonst kommt das Mädchen gar nicht mehr auf das Schiff. Warum schlagen sie der Polizei nicht vor, daß es in Kapstadt bleibt? Dann können es die Eltern auf dem Heimweg gleich selbst abholen!«

»Warten wir erst mal die Antwort auf Christies Brief ab.«

»Warten Sie etwa auch auf einen Schluck Kaffee von mir, Meneer?«

»In der Tat, ein Täßchen könnte nicht schaden.« Erst als White seinen Kaffee hatte, kam heraus, daß er sich eigentlich über Christie aussprechen wollte. »Wenn ich nur wüßte, was er ihnen sagt, und was sie antworten! Sie werden immer unzufriedener, Miggel. Und Christie macht, was er will. Er weiß genau, daß ich ohne ihn verloren bin. Die Regierung hatte ihn eingestellt, damit er den Italienern auf der Herreise als Dolmetscher diente, und dafür wurde er auch bis zum Tag ihrer Ankunft bezahlt. Und was geschah dann? Als sie alle an Land waren, machte er sich aus dem Staub und ließ mich mit ihnen allein am Hafen. Und ich beherrsche kein Wort ihrer Sprache!«

»Ich kann's Ihnen nachfühlen, Meneer.« Noch immer dachte ich nur an Mirjam. Ich hatte ein Wörtchen mit ihr zu reden, und zwar bald.

»Daher mußte ich seinen Vertrag auf der Stelle und ohne weitere Anweisungen abzuwarten um weitere sechs Monate verlängern. Als ich ihm acht Pfund in der Woche bot, hat er bloß gelacht. Er wollte jetzt zehn, und seine eigenen acht Hektar Kronland obendrein. Die entsprechenden Dokumente hatte er schon fertig ausgefüllt in der Tasche. Für eine Rückfrage in Kapstadt blieb keine Zeit mehr, ich mußte mich mit allem einverstanden erklären. Mir blieb keine andere Wahl. Ich schrieb direkt an Mr. Laing, um ihm die besonderen Umstände zu erklären, sonst wird das hinterher noch gegen mich verwendet.«

»Gut, daß Sie ihn jetzt keine sechs Monate mehr brauchen. So lange wird die Regierung nicht mit dem Schiff warten.«

»Bestimmt nicht. Aber ich kann nur noch bis übermorgen hier bleiben. Ich muß zurück ins Büro. Andererseits will ich Christie auch nicht mit diesen Leuten alleine lassen.«

»Nehmen Sie sie doch gleich mit, Meneer! Lassen Sie sie wieder in der Bucht zelten, dann sind sie um so schneller am Hafen, wenn das Schiff sie abholt.«

»Dafür hab ich noch keine Instruktionen, Miggel. Erst mal müssen sie hier bleiben, und Sie sollen Mr. Christie unter die Arme greifen.«

»*Wie bitte*? Sie sind wohl nicht bei Trost. Ich werde doch nicht ihm helfen, Meneer! Ich hatte meine Hilfe versprochen für den Fall, daß sie zurück ins Dorf gebracht werden. Ansonsten möchte ich nichts mit der Sache zu tun haben. Außer ...« Ich weiß selbst nicht, woher mir der Einfall kam, aber er war mit einem Mal da und setzte sich mir im Schädel fest. »Außer, der Meneer zahlt auch mir meinen Preis.«

»Und wie hoch soll der sein?« Er blieb auf der Hut.

»Acht Hektar Kronland. Geben Sie mir acht Hektar unter denselben Bedingungen wie den anderen, und ich verspreche Ihnen, Christie Tag und Nacht zur Seite zu stehen, bis das Schiff da ist.«

White winkte ab. »Augenblick mal, Miggel. Sie wissen genau wie ich, daß das nicht geht. Ich kann das Kronland nicht nach Gutdünken verteilen.«

»Für Mr. Christie konnten Sie's wohl!«

»Er gilt ja auch als Einwanderer.«

»Ich zahle bar und im voraus. Sie können's gleich mitnehmen!«

White schüttelte den Kopf. »Tut mir leid, Miggel.

Dieses Land ist reserviert für Einwanderer. Aber wenn Sie Christie und die Italiener von jetzt an für mich im Auge behalten, bis die Regierung sich entschieden hat, was aus ihnen wird, verspreche ich ihnen, beide Augen zuzudrücken. Und sollte noch einmal jemand Silas Miggels illegale Ansiedlung hier im Hochland erwähnen, höre ich nicht darauf.«

Es war wie ein Geschenk, das offen vor mir lag. Aber ich wagte noch nicht zuzugreifen. Vielleicht war es nur eine Falle? Andererseits könnte es auch das größte Glück sein, das mir je über den Weg gelaufen war. »Will Meneer damit sagen, daß ich für den Rest meines Lebens im Hochland bleiben kann, wenn ich Mr. Christie helfe, bis die Italiener wieder weg sind?« Ich sagte es so beiläufig wie möglich; wenn es eine Falle war, mochte er selbst hineintappen.

»Einverstanden«, nickte er.

»Und was, wenn Meneer morgen tot umfällt und unsere Vereinbarung nicht einhalten kann?«

»Ich werde Mr. Laing schreiben und vorschlagen, daß Sie als Mr. Christies Assistent eingestellt werden und Siedlerrechte erhalten.«

»Und wenn das Schiff kommt und sie mitnimmt, und hinterher sagt die Regierung: Mach daß du wegkommst, Silas Miggel, wir brauchen deine Hilfe nicht mehr?«

»Ich werde anfragen, ob Sie sich auf Lebenszeit hier niederlassen dürfen.«

»Nein, nicht nur für *meine* Lebenszeit, sondern auch für Mirjam. Wenn die Krone mir das zugesteht, Meneer, werde ich allabendlich jedem Italiener einzeln die Füße waschen und ihn zu Bett bringen. Meinetwegen auch Christies Füße.«

»Ich schreibe hin und werde darum bitten, daß

auch Mirjam, genau wie Sie, im Hochland auf Lebenszeit ansiedeln darf.«

»Und Sie versprechen jetzt nicht bloß das Blaue vom Himmel, um mich zu überreden?«

»Sie haben mein Ehrenwort, Miggel.«

Ich ergriff das Geschenk mit beiden Händen, und zum ersten Mal im Leben spürte ich, was es heißt, auf eigenem Grund und Boden zu stehen. In all den Jahren hatte ich nie gewußt, wie lange Mirjam und ich noch im Hochland bleiben konnten, wo mein Bett einmal stehen und was aus Mirjam werden sollte, wenn mein letztes Stündlein schlagen würde. Es kam mir so vor, als wäre ich jahrelang im Sturm draußen vor der Tür geblieben und hätte nun erst ein sicheres Dach über dem Kopf. Zugegeben, hier gab es keine Trinkwasserquellen wie in Portland, aber im Hochland war ich zu Hause. Im Hochland ein paar Bataten zu ziehen oder Mais zur Reife zu bringen, bedeutete ständiger Kampf. Man durfte kein Quentchen Elefantendung oder Ochsenfladen verlorengehen lassen, alles mußte der Gartenerde beigemischt werden, um sie einigermaßen fruchtbar zu halten. Im Hochland waren tausend Handgriffe nötig, um satt zu werden. Aber hier gehörte ich hin, und sonst nirgends.

»Also abgemacht«, verkündete ich und gab White die Hand. »Ich werde Ihnen beistehen und Mr. Christie mit den Italienern helfen.«

Nachdem White gegangen war, rief ich Mirjam ins Haus und hieß sie, mir gegenüber am Tisch Platz zu nehmen. »Wir werden uns nicht streiten«, versprach ich. »Wo es jeden Tag Streit gibt, ist der Teufel eingezogen, und der Teufel ist kein Hausgenosse für Silas Miggel. Uns ist soeben ein glückliches Geschick widerfahren, aber bevor wir darauf zurückkommen, möchte ich etwas von dir hören. Sag mir gerade heraus, wo du heute früh gewesen bist.«

Mirjam sah mich vorwurfsvoll an und wich meinem Blick nicht aus. »Im Wald natürlich! Ich habe vier Schlingen für Blauböckchen gelegt und fünf für Buschböcke.«

»*Neun* Schlingen?«

»Sie haben nichts mehr zu essen, Pa. Und falls du mich fragen willst, ob irgendwelche Italiener dabei waren: Die Antwort ist nein.«

Das war genau das, was ich hören wollte, aber etwas war seltsam an ihrem Benehmen, eine ruhige Kraft, die ich an ihr nicht kannte. Ich kannte sie genau. Wenn sie widerspenstig oder auch ernsthaft beleidigt war, verhielt sie sich ganz anders. Das war es also nicht. »Was geht in dir vor, Mirjam?«

»Gar nichts.«

»Sprich nicht so mit mir, Kind. Und laß diesen Tisch nicht zum Felsblock zwischen uns werden. Ich weiß doch, daß dich etwas bedrückt. Sag mir, was du hast!«

»Nicht das, was mich, sondern was dich bedrückt, ist das Problem. Jetzt wo elf Zelte auf dem Hochland stehen, werde ich mehr denn je überwacht, denn du läufst herum mit deinen komischen Ideen im Kopf und denkst, ich merke nichts davon. Übrigens glaubst du mich behandeln zu müssen als wäre ich elf. Ich bin's aber nicht mehr!«

Wovon redete sie? »Was für Ideen?«

»Ideen eben!«

»Zum Beispiel?«

»Wann immer ein Mann nach mir sieht, möchtest du am liebsten zur Flinte greifen. Wenn du mich mit einer Mauer rings um das Hochland einschließen könntest, um alles von mir fernzuhalten, würdest du noch heute nacht die schwersten Steine schleppen.«

Ich war wie vom Schlage gerührt. Völlig hilflos. Sie sprudelte das heraus wie ein überkochender Dampfkessel. »Willst du damit sagen, daß ich dich im Hochland gefangenhalte?«

»Stimmt.« Sie sagte es, ohne mit der Wimper zu zucken. »Wenn ich ins Dorf gehe, muß ich meine Schritte genau abzählen, denn du starrst hier oben in die Wolken und überlegst, wann ich nach deinem Ermessen wieder da sein müßte. Wenn ich auch nur ein paar Worte mit irgendwem wechsle, muß ich zehn Schritte wieder aufholen, sonst komme ich zu spät und du ziehst ein Gesicht wie drei Tage Regenwetter. Wie oft habe ich dich gebeten, mal einen Sonntag mit mir nach Draaibos Eiland zu gehen, oder nach Groot Eiland? Du willst nichts davon hören. Wenn Sias oder Martiens herkommen, unter welchem Vorwand auch immer, werde ich in den Garten geschickt oder soll Wasser holen, selbst wenn die Krüge auf dem Schrank schon überschwappen. Als Jacob Terblans sich neulich die Handsäge ausleihen wollte, hast du ihn nicht mal ins Haus gelassen, weil ich da war. Warum ich noch nach Portland darf, weiß der liebe Himmel. Aber in dieser Hinsicht bist du taub und blind. Bildest du dir ein, dort drohten mir keine Gefahren? Ahnst du nicht, daß John oder Hal oder Will mir am Fluß auflauern könnten?«

Vor Schreck fuhr ich hoch. »Was sagst du da?«

»Bleib sitzen, Pa. Es ist zu spät, die Flinte zu holen. Sie haben's schon vor 'ner ganzen Weile aufgegeben. Ich kann selbst auf mich aufpassen.«

Das Kind wußte ja nicht, was es daherredete. Hätte sie doch noch ihre Mutter gehabt, nicht bloß den Vater, dem es jetzt vor Angst die Sprache verschlug. Unter meinen Händen fing sie an, die Leine zu zerschneiden, mit der ich sie so sorgsam ans Haus geknüpft hatte, und ich wußte nicht, wie ich sie daran hindern sollte. »Es gibt da einiges, wovon du nichts weißt, Mirjam«, versuchte ich sie zu beschwichtigen. »Einiges, das ich dir sagen werde, wenn es soweit ist. Gerade war White hier. Wenn ich ihm und Mr. Christie mit den Italienern zur Hand gehe, wird er nach Kapstadt schreiben und uns zu Siedlerrechten verhelfen, so lange wir leben. Auch für dich. Ich brauche bloß Christie zu helfen, bis das Schiff eintrifft.«

»Und was hast du so lange mit mir vor?« warf sie schnippisch ein. »Mir einen Knappsack über den Kopf ziehen? Mich einschließen, bis der letzte an Bord ist und wir das Hochland wieder für uns allein haben?«

»Mirjam, sei nicht undankbar und störrisch! Es gibt da Dinge, von denen du nichts verstehst . . .«

»Ich bin nicht störrisch, Pa. Ich bin es nur leid, von aller Welt abgesondert zu sein, als hätte ich die schwarze Pest. Ich bin kerngesund, Pa!«

»Mirjam, wie sprichst du mit mir?«

»Pa, weißt du eigentlich, wie oft ich schon heimlich nach Draaibos Eiland gegangen bin, während du in Portland warst? Weißt du auch warum? Weil ich ab und zu mal mit anderen Mädchen meines Alters reden möchte. Und weil ich nicht hier in der Wildnis versauern will.«

Es stimmte also, sie hatte sich schon einen ausgeguckt und fing an, hinter meinem Rücken ihren eigenen Willen durchzusetzen. Ob es Sias oder Martiens war, wußte ich noch nicht, aber im ersten Schreck hielt ich jetzt auch nicht mehr hinter dem Berg. Die ganze Wahrheit mußte heraus. »Mirjam, daß ich nach der Flinte greifen möchte, wenn ein Mann dir nachschaut, stimmt. Und es hat gute Gründe. Auch daß ich nachts manchmal schweißgebadet wach werde. Diese Gründe will ich dir gern offen auf den Tisch des Hauses legen. Aber es wird nicht leicht sein für uns beide.«

»Ich weiß es längst. Ich weiß, warum ich keine Mutter mehr habe. Und daß auch meine Mutter keine Mutter hatte.«

Es war, als stünde man da und holt mit der Axt aus, und im selben Moment knackt es im Baum und er legt sich plötzlich von selbst vornüber, ohne daß man ihn auch nur angerührt hatte. Sie sagte es, als wäre es das Selbstverständlichste von der Welt, nur daß sie die Augen niederschlug dabei. Gerne wäre ich, wie so oft schon, aufgestanden und wäre fortgegangen, hinaus, bis an die Klippen am Rand das Hochlands, um dort im Wind zu stehen und zu warten, bis der Schmerz nachließ. Noch lieber wäre mir gewesen, ich hätte ihr irgend etwas schenken können, ein Kleid oder Schmuck oder Kämme für ihr Haar, wie Petroniglia sie trug. Oder ein Kätzchen. Etwas Lebendiges, um sie zu trösten. Aber ich besaß wenig mehr als die zwei Hände in meiner Tasche.

»Woher weißt du es, Mirjam«, fragte ich leise.

»Tante Hannie hat's mir gesagt.«

Ich war zum zweiten Mal wie entgeistert. Hannie hatte noch nie etwas für sich behalten können. »Was hat sie dir erzählt«, stöhnte ich.

»Daß mein Urgroßvater einen Fluch über uns gebracht hat. Daß eines Abends ein Mann kam, der seine Frau zum Arzt ins Dorf bringen mußte, und deshalb seinen Packochsen ausleihen wollte. Urgroßvater verweigerte ihm den Ochsen, und der Mann mußte seine Frau tragen. In Bokbaard-se-Draai rutschte er aus und fiel in die Schlucht, und sie und das Kind in ihrem Leib starben.«

»Das ist durch und durch verdrehtes, dummes und abergläubisches Buschweibergeschwätz!« brüllte ich. »Ein Lügenmärchen, das lange danach zusammengefaselt und von bösen Zungen weitergetratscht worden ist! Und jetzt muß ich es von der eigenen Tochter hören. Mal heißt es, der Mann hätte einen Ochsen borgen wollen, mal soll es eine Frau gewesen sein, die Schutz vor Regen suchte, und ich schwöre dir, es ist alles pure Einbildung. Wann hätte je ein Mann aus dem Wald einem Menschen in Not die Hilfe verweigert?« Wenn ich Hannie zu fassen bekam, würde sie mir Rede und Antwort dafür stehen. Wie sollte ich dem Mädchen diesen Unsinn wieder ausreden? »Mirjam, bitte glaub mir, das alles ist erstunken und erlogen!«

»Es spielt doch keine Rolle, Pa. Wahr ist, daß meine Großmutter sterben mußte, als meine Mutter zur Welt kam, und ebenso meine Mutter bei meiner Geburt. Ich weiß es seit langem.« Sie stand auf und trat an den Herd. Als sie drei Holzscheite ins Feuer geworfen hatte und die Funken tanzten, sah ich im Widerschein der Glut die Verbitterung in ihren Zügen. »Es macht keinen Unterschied. Oom Willems Johanna, Tante Grictas Susanna, Bettie von Tantchen Bet, alle Mädchen dürfen von ihrem Liebsten träumen, mit dem sie eines Tages ins Dorf vor den Traualtar treten. Und sie reden von nichts anderem. Nur ich nicht.« Sie spülte die Bataten ab und redete drauflos, als hätte sie ein schlechtes Gewissen oder nackte Angst. »Bettie will mit Martiens gehen, Susanna mit Jacob Terblans. Pa, wußtest du, daß bei den Italienern zwei Pärchen kurz nach ihrer Ankunft im Dorf vom Bürgermeister getraut worden sind? Antonia Fardini heiratete Domenico Tomé, und ihre Schwester Giuditta heiratete Angelo Mangiagalli.«

»Hast du dir die Namen gerade ausgedacht?«

»Ich denk mir keine Namen aus, Pa. Wenn man sehr genau zuhört, kann man sie heraushören. Sie sind schwierig auszusprechen, man muß es ein paarmal üben, bevor es klappt. Aber sie klingen nett, irgendwie anders.« Sie hielt einen Augenblick inne, bevor sie fortfuhr. »Mr. Christie sagt, Giuditta ist so alt wie ich. Siebzehn. Und Mr. Christie glaubt, daß es mit Mangiagalli Ärger gibt, denn seine Familie weiß noch gar nicht, daß er mit den Raupenzüchtern hierher ausgewandert ist. In Italien sind das sehr vornehme Leute, und sie hatten eine andere Braut für Mangiagalli ausgesucht, nicht Giuditta. Antonio und Domenico haben sich bei der Überfahrt von England hierher kennengelernt. Morgen früh mußt du mitkommen und nach den Schlingen sehen. Wenn uns mehr als ein Bock in die Falle gegangen ist, schaffe ich es nicht allein. Vielleicht nehmen wir vorsichtshalber den Schlitten mit. In den Zelten sieht's schlimm aus, Pa. Sie laufen ständig auf und ab und wissen nicht, was sie hier sollen. Und du brauchst keine Angst haben, daß ich jemals heirate. Ich tu's ganz bestimmt nicht. Dafür lebe ich viel zu gern.«

Das schlimmste war, daß mir nichts einfiel, um sie zu trösten. Ich konnte ja schlecht sagen: Mach dir keine Sorgen, vielleicht bist du anders als deine Mutter und Großmutter. Niemand hat das Recht, mit falschen Vorspiegelungen Trost zu spenden. Und sie hatte jetzt noch leicht reden, daß sie nie heiraten wolle. Sie wußte ja nicht, wie das ist, wenn eines Tages diese Gewißheit kommt. Das Gefühl für den Richtigen. Wenn es einen gepackt hat, wird alles plötzlich anders. Dieses Gefühl stellt sich zwischen den Verstand und den Körper, zwischen die Füße und den Boden, auf dem man steht, es läßt einen ganz anders atmen, anders denken. Man fühlt sich, als wäre die Welt himmelblau.

Das letzte bißchen Trost reichte gerade noch für mich selbst: Sie war immerhin meine Tochter. Ein Kind von Silas Miggel würde immer wachsam sein und die Welt mit nüchternem Blick betrachten. Hatte ich sie nicht oft genug durch das Dickicht geschleust, nur einen Steinwurf weit an einer Elefantenherde vorbei? Mochte der zarte kleine Körper verkrampft sein und zittern vor Angst, unter ihren Schritten knackte kein Zweiglein, das den Grootvoeten unsere Anwesenheit verraten hätte. Ich erinnerte mich noch gut an den Tag, als ich merkte, daß sie genauso stark und entschlossen war wie ich. Es war bei jenem großen Wolkenbruch, der uns bei Einbruch der Dunkelheit mitten in Gouna-se-drif überraschte. Ich wußte, daß uns eine winzige Chance zum Überqueren der Furt blieb. Dafür mußte ich sie auf die Schultern nehmen. Sie war damals erst acht und so leicht, daß sie vom Wasser mitgerissen und davongeschwemmt worden wäre, wenn ich sie nicht getragen hätte. Aber nach Hause mußten wir; durchnäßt bis auf die Knochen, wie wir schon jetzt waren, hätten wir dort draußen nicht übernachten können.

»Wir kommen durch«, schwor ich. Die Strömung war angeschwollen, und ringsum toste die Brandung.

»Wir kommen durch«, wiederholte sie mit fester Stimme.

»Das Wasser wird uns nicht aufhalten«, fuhr ich fort, nahm sie in die Arme und hob sie hoch.

Wieder sprach sie mir nach: »Das Wasser wird uns nicht aufhalten.«

Vorsichtig betrat ich den bräunlichen Strudel aus Schlamm und Regenwasser. Als wir den Fluß zur Hälfte durchquert hatten, spürte ich, daß ich meine Kräfte überschätzt hatte, der Sog wollte uns mitreißen. Aber langsam, einen Schritt vor dem anderen, stemmte ich mich der Strömung entgegen und brachte uns ohne zu straucheln ans andere Ufer. Erst als wir zu Hause waren und uns am Herdfeuer wärmten, richtete sie wieder das Wort an mich. »Hattest du Angst, Pa?«

»Ja«, gab ich zu. »Aber wir haben nicht gezittert.«

»Nein«, wiederholte sie. »Gezittert haben wir nicht.«

4

Kurz nach Tagesanbruch kontrollierten wir alle neun Schlingen. Sie lagen vorzüglich geknüpft und fast unsichtbar im Gebüsch verborgen, wie ich es ihr einst beigebracht hatte. Aber nicht das kleinste Blauböckchen hatte sich hinein verirrt.

Sie blieb still. Als wir heimkamen, half ich ihr beim Entfachen des Lagerfeuers. Es wurde Zeit, zur Abwechslung wieder einmal die Bataten in glühender Asche zu garen; auf die Dauer hingen einem gekochte Süßkartoffeln zum Hals heraus. Als das Feuer brannte, nahm ich mir im Schuppen ein Stück Blockholz vor. Drüben bei den Zelten war alles ruhig. Hier und da hing Wäsche von der Leine; einige der Männer waren schon auf und standen in Grüppchen beieinander. Ich wandte ihnen den Rücken zu und setzte die Bügelsäge bei der Einkerbung an. Heute wollte ich einen neuen Stuhl anfangen. Meine Arbeit bei den Zelten begann erst, wenn White ins Dorf zurückkehrte. Viele Köche verderben den Brei.

Der Himmel blieb klar und wolkenlos. Doch ließ ein Heide-Lori tief aus der Schlucht sein Duu Du-du-du vernehmen, hielt inne und begann von vorn. Wenn der Heide-Lori pfiff, gab es Regen, und das waren gute Nachrichten für mich. Wenn es bis Freitag nicht regnen würde, mußte die Zisterne geöffnet und die Kartoffeln und das Gemüsebeet von Hand bewässert werden. Wenn die Italiener weg waren, überlegte ich beim Hobeln, galt es zuerst, die Wände der Zisterne mit Tonerde zu verstärken. Wir mußten Wasser sparen für die Zeit der heißen Bergstürme, die uns im Mai und Juni heimsuchten und alles austrockneten. Das Hochland würde nie einen Damm haben wie Portland. Es sammelte sich auch so schon viel zuwenig Feuchtigkeit in der Ebene. Zwei schmale Bäche trugen etwas Wasser heran, einer lag im Westen oberhalb des Hauses, ein anderer östlich, wo jetzt die Zelte standen. In letzterem führte ich meine beiden Ochsen zur Tränke. White hatte ich empfohlen, die Italiener zum Wasserholen dorthin zu schicken. Besser, sie kamen meiner Zisterne nicht zu nahe; das Wasser dort gehörte mir allein. Am Haus leitete ich außerdem den Regen vom Dach in eine Tonne. War die Tonne leer, holten wir Trinkwasser aus der Zisterne, aber das geschah nicht oft, denn richtige Dürrezeiten gab es hier im Waldland praktisch nie. Nein, im Hochland lohnte es sich nicht, wie in Portland einen Damm anzulegen. Die größten Flüsse des Distrikts, Gouna und Knysna, flossen zwar weitab, tief in den Schluchten ringsum, aber ich beklagte mich nicht. Wenn man mir Siedlerrechte zugestand, war ich's zufrieden.

Das Holz für die Stühle war durch und durch trokken, es ließ sich spielend verarbeiten. Ich dachte an den Tag zurück, als ich den Baum gefällt hatte, bei Lelievleibos tief im Innern des Waldes. Als ich ihn fand, dachte ich sofort an die vielen Klappstühle, die sich daraus schnitzen ließen. Ich hatte Mirjam mit, wollte ihn aber auf der Stelle fällen. Wenn unvermutet ein Waldhüter vorbeigekommen wäre, hätten wir die Beine in die Hand nehmen und uns westlich in der Schlucht verstecken müssen, denn meine Lizenz war schon zwei Wochen zuvor abgelaufen, und eine gute Ausrede wollte mir nicht einfallen.

Es war ein guter Baum. Tief verwurzelt. Gelang es, eine Kerbe an der richtigen Stelle zu schlagen, so daß er auf die gewünschte Seite fiel, dann lag er nicht zu steil, um den Stamm zu zerkleinern und die Stücke einzeln mitzunehmen. Damals erklärte ich Mirjam, daß sie erwachsen sein würde, wenn das Holz trokken und abgelagert war. Sie war erst vierzehn, kaum mehr als ein Kind, und ich machte mir nicht halb so viel Sorgen um sie wie heute.

Ich legte die Axt an den Baum und führte gerade den ersten Schlag, als ich aufblickte und den Mann oberhalb auf dem Schlittenpfad bemerkte. Ich dachte mir: Bleib ruhig, Silas Miggel, zum Weglaufen ist es zu spät. Heute haben sie dich ohne Lizenz erwischt, und es ist ein neuer Waldhüter. Aber wie ich ihn so betrachtete, sah mir der Mann nicht wie ein Waldhüter aus, überhaupt nicht wie ein normaler Mensch. Irgend etwas Besonderes war an ihm. Ich grüßte ihn, er grüßte auf englisch zurück. Dann legte ich die Axt fort und ging zu ihm. Anscheinend war er weit gewandert; er trug einen schweren Quersack auf dem Rücken und langes Haar wie eine Frau. An den Rucksack hatte er ein Ding mit Beinen geschnallt, die wie zwei Hörner über seinen Kopf hinausragten. Ich fragte ihn, was das wäre. Er nannte es eine Staffelei. Wenn er ein Bild malte, lege er sein Papier darauf. Was denn für Bilder, wollte ich wissen, und er meinte, er zeichne den Wald. Da würde er aber tonnenweise Papier brauchen, sagte ich, der Wald sei riesig. Er erkundigte sich, ob ich etwas über die Lilien wüßte. Welche Lilien? Ein kleines Heideland voller blutroter Lilien irgendwo hier im Wald, die Leute hätten ihm davon erzählt. Schon wochenlang sei er auf der Suche und könne es nirgends finden.

»Sind Sie in all den Wochen auf der Wanderung, nur einer Lilie wegen, Meneer?« fragte ich.

Er schüttelte den Kopf.

»Nun, *wenn* es hier ein solches Heideland voller Lilien gibt und *wenn* der Wald wollte, daß Sie es entdecken, wären Sie längst darauf gestoßen. Fahren Sie heim, Meneer, und geben Sie's auf!« Aber der Mann ließ sich nicht abwimmeln und flehte mich an, ich möge ihm den Weg dorthin zeigen. Ich winkte ab. »Meneer, es gibt keinen Weg, der zu irgendwelchen Lilien führt.« Dann fragte er mich, ob er Mirjam zeichnen dürfe, aber ich verneinte. Ich wollte nicht, daß er in der Fremde ein Bildnis meiner Tochter herumzeigte.

Ich hatte das Holz für den Stuhl halbwegs zurechtgesägt, als White und Christie zu mir herüberkamen. Wenn sie bleiben wollten, müßten sie sich hier draußen zu mir setzen, sagte ich. Meine Arbeit wollte ich nicht schon wieder unterbrechen. Mit den Stühlen war ich schon sehr im Rückstand. Christie blieb stehen, während White auf einem großen Holzblock Platz nahm. Sie seien zum Holzschuppen gekommen, damit ich mithören könne, wenn White seine letzten Anordnungen erteilte; er würde englisch sprechen, damit Christie ihm folgen könne.

Christie und ich waren verpflichtet, für das Wohlergehen der Italiener zu sorgen. Unter den gegebenen Umständen sollte ich alles tun, um sie bei Laune zu halten. Und zwar so lange, bis die Regierung entschieden hätte, ob ihnen das Geld für die Überfahrt bewilligt würde oder nicht, und wenn ja, bis zu ihrer Abreise. Die Antwort auf erste Briefe, die er bereits abgesandt hatte, als die Italiener noch im Dorf waren, läge bestimmt schon in seinem Büro, meinte White. Über alle Neuigkeiten wollte er uns durch seine Waldhüter auf dem laufenden halten. Sollte Kapstadt die beantragten Hilfskredite von einem Shilling pro Kopf und Tag gewähren, würde er die wöchentlich anfallenden Einkäufe machen und sie mit Ochsenschlitten ins Hochland schicken. Christie war nicht damit einverstanden. Angeblich hätte er den Italienern bereits aus eigener Tasche eine Menge Geld vorgestreckt, und sie hatten ihm die baldige Rückzahlung zugesichert. White sollte ihnen den wöchentlichen Vorschußkredit daher in bar auszahlen. Im stillen fragte ich mich, wer alle paar Tage den Sack voller Shillings ins Hochland schleppen sollte, aber ich hielt den Mund. Silas Miggel würde es jedenfalls nicht tun. Dann fing Christie an, Forderungen zu stellen. White sollte nicht vergessen, mehr Zelte zu schicken, mehr Decken, Kochtöpfe, Wasserschläuche, mehr dies und mehr das ...

Ich machte mich wieder an die Arbeit. Ärger würde es noch genug geben, und das beste war, sich herauszuhalten und abzuwarten, bis White sich rar gemacht hatte.

Mirjam brachte den Kaffee. Ich sah, daß Christie sie musterte wie der Holzaufkäufer eine Ladung bester Stämme. Da er kein Holländisch verstand, erkundigte ich mich bei White in meiner Muttersprache, ob der Mann verheiratet sei. White wußte es nicht; der Dolmetscher hätte nie viel von sich erzählt.

»Und Sie sollten schonend mit ihm umgehen, Miggel«, riet er mir ebenfalls auf holländisch. »Er steht unter Druck und kann sehr aufbrausend sein.«

»Machen Sie sich da mal keine Sorgen, White. Wenn Sie morgen ins Dorf gehen, werden wir hier prima zurechtkommen. Denken Sie aber daran, der Regierung zu schreiben. Ich helfe Ihnen hier nur aus, um Siedlerrechte zu bekommen!«

»Ich werde mich gleich darum kümmern, wenn ich wieder im Büro bin«, versprach er.

»Wie wollen Sie ins Dorf kommen?«

»Ich habe mit einem der Waldhüter vereinbart, daß er meine Sachen trägt. Den Brief, den Christie wegen der Grassi-Tochter geschrieben hat, werde ich Chefkonstabler Ralph übergeben. Bitte kümmern Sie sich ein wenig um die Grassis, Miggel. Sie haben Tomasso das Kind nicht überlassen.«

»Meneer glaubt, was Meneer glaubt; ich glaube, was ich glaube.«

»Diese Leute sind sehr verwirrt, Miggel. Bleiben Sie vernünftig, und sorgen Sie gut für sie.«

»Solange ich für sie sorge, werden Sie keine Klagen hören, Meneer«, versicherte ich. »Vielleicht sollten Sie sie noch einmal durchzählen, bevor Sie aufbrechen. Sieht dieser Grassi krank aus, oder bilde ich mir das nur ein?«

»Ein Unwohlsein, glaube ich, noch von der Überfahrt von England her.«

An diesem Abend polierte ich mein Englisch ein wenig auf, aber nur die wichtigsten Vokabeln. Um die kleinen Beiwörter dazwischen kümmerte ich mich nicht so sehr. Wenn ich mich in der Hauptsache verständlich machen konnte, würde Christie schon wissen, was ich meinte. Und bei größeren Mißverständnissen konnte uns vielleicht Mirjam weiterhelfen; sie beherrschte die englische Sprache sehr gut.

»Was ist das richtige Wort für *platrand*, Mirjam? Wie heißt die Hochebene von Gouna auf englisch?«

»*Gouna's Plateau*, Pa.«

»Das klingt irgendwie falsch.«

»Erst fragst du mich, und wenn ich es dir sage, willst du's anders haben!«

»Wie sagt man einem Menschen auf englisch in aller Freundlichkeit, daß er hier nicht hingehört?«

»Du darfst mit Christie keinen Streit anfangen, Pa!«

»Na hör mal, Mirjam. Hältst du mich für so streitsüchtig?«

»Das wäre übertrieben. Aber du kannst fuchsteufelswild werden, wenn man dir patzig kommt. Härter als Granit!«

»Ich werde nur ärgerlich, wenn ich recht habe und jemand daherkommt, der mich ins Unrecht setzen will.«

»Wenn du nur nicht vergißt, daß Mr. Christie zum Anführer eingesetzt wurde und nicht du!«

»Seit wann steht Christie über der Krone? Man hat ihn angestellt, weil er ihre Sprache spricht. White vertritt die Regierung, und ich stehe hier für ihn ein. Bis das Schiff kommt, kannst du genausogut sagen, Silas Miggel ist im Auftrag der Krone für die Italiener da. Die schwerste Aufgabe steht mir noch bevor, ich muß die Bagage noch einzeln beim Namen nennen können.«

Blitzartig stand sie mir am Tisch gegenüber. »Es ist keine Bagage, Pa. Das sind *Menschen*!«

»Meinetwegen. Jedenfalls sind mir noch nie *Menschen* mit so komischen Namen begegnet. Wie soll ich mit den Gesichtern die richtigen Namen verbinden, wenn ich sie noch nicht mal auseinanderhalten kann? Von der zungenbrecherischen Aussprache ganz zu schweigen!«

»Da ist ein süßer kleiner Fratz bei ihnen, mit rabenschwarzen Locken. Er heißt Felitze Radulfini!«

»Nun hör sich einer das an! Warum nennen sie ihn nicht einfach Fielies?«

»Fang bloß nicht an und gib ihnen Spitznamen, Pa!« mahnte sie und ging auf ihr Zimmer.

Wenn ich sie bloß für einige Zeit von hier wegbringen könnte! Aber wohin? Die Kerze flackerte heftig, das Wachs tropfte seitlich herunter und bildete einen Klumpen auf dem Halter. Durch das Fenster sah ich in weiter Entfernung Blitze über der See. Wetterleuchten an der Küste bedeutete, daß es binnen drei Tagen regnen würde. Das verhieß nichts Gutes.

Noch vor Tagesanbruch stand ich auf und kontrollierte noch einmal die Fallen. In der dritten Schlinge hing ein mageres Blauböckchen. Es würde gerade mal genug Fleisch für zwei Personen hergeben. Die übrigen Schlingen waren leer. Als ich wieder daheim war, hatte sich White schon von Mirjam verabschiedet. Nun war er fort. Eben häutete ich vor der Tür das Böckchen ab, als Christie über mein Grundstück stolzierte, als gehörte es schon ihm. Brennholz für das Zeltlager wollte er haben. Kein guten Morgen, kein guten Tag, einfach nur Holz bestellen und sonst nichts. Laß dir keine schlechte Laune anmerken, dachte ich, diesem Mann gegenüber mußt du Haltung bewahren. Ich rief Mirjam und überließ ihr das Schlachtmesser, dann erklärte ich Christie beim Händewaschen, daß er gehen und schon mal ein paar Männer zusammenrufen solle. Äxte und Seile würde ich mitbringen.

»Die Italiener werden nicht zum Holzhacken in den Wald gehen«, empörte er sich.

»Dann werden sie ohne Holz auskommen müssen, Mr. Christie. Wer kein Holz hackt, kriegt auch keins. Gesetz der Wildnis.« Mirjam wollte sich ausschütten vor Lachen, weil ich all die englischen Wörter nicht in die richtige Reihenfolge bringen konnte. »Wenn du nicht aufhörst zu lachen«, schimpfte ich, »dann wirst du als Dolmetscherin eingestellt. Dann mußt du ihm alles sagen, was ich ihm sage, so daß er den Italienern sagt, was du sagst, was ich gesagt habe. Das gibt ein schönes Kuddelmuddel!«

Christie wurde ungeduldig. »Die Leute brauchen Holz, Mr. Miggel!«

»Das will ich glauben. Ohne Holz kein Feuer. Holen Sie drei kräftige junge Männer, und ich besorge inzwischen das Werkzeug.« Ich wollte ihm noch empfehlen, daß sie besser alte Kleider anziehen sollten, aber er drehte mir schon den Rücken zu und marschierte wie ein Feldwebel zu den Zelten zurück.

Ich packte drei langstielige Äxte, ein Handbeil und die Seile ein und folgte ihm. Einige der Italiener standen vor den Zelten herum, manche saßen im Gras. Von Christie keine Spur.

»Buon giorno, Signor Miggel«, grüßte Petroniglia. Es klang erschöpft und übermüdet. Die übrigen wiederholten ihre Worte, und einer nach dem andern kam heran. Sie staunten mich an, als wäre ich ihre letzte Hoffnung. Nur einer blieb neben seinem Zelt sitzen, den Kopf auf die Knie gebettet, und sah nicht einmal auf.

Ich blickte in die Runde. Es blieb mir nichts anderes übrig, als es auf holländisch zu versuchen. »Man weiß nicht, seid ihr nun tot oder noch lebendig«, erklärte ich. »Aber wie auch immer, ihr reißt euch jetzt besser zusammen, denn es wird Regen geben. Und vorher ist noch eine Menge zu erledigen. Zuerst müssen wir Brennholz holen.«

Christie hatte mich anscheinend gehört, denn bei den ersten Worten kroch er behende aus einem der Zelte hervor, gesellte sich zu uns und tippte mir mit dem Finger auf die Brust. »Mr. Miggel«, verkündete er, »ich war gerade dabei, an Mr. White zu schreiben, daß er mir einen anderen Assistenten schicken soll.«

»Das Briefeschreiben sollten Sie besser aufschieben. Es sieht nach Regen aus, wir müssen Holz suchen, einen Unterstand zum Kochen bauen und hunderterlei Dinge mehr!«

»Der Himmel ist doch wolkenlos!«

»Ich sage Ihnen, Meneer, noch bevor Ihre Tinte trocken ist, wird der Wind auf Westen drehen und Ihr Zelt überflutet sein. Aber zuerst möchte ich wissen, warum die Leute hier so entkräftet sind. Wenn die Regierung sie so sieht, werden Sie Ärger bekommen. Schließlich sind Sie der Anführer! Was ist mit dem Mann drüben vor dem Zelt? Ist er gelähmt?«

»Er hat geglaubt, hier wäre Amerika. Zwei Vettern von ihm sind nach Amerika ausgewandert.«

Merkwürdigerweise kam er mir irgendwie vertraut vor – klein und mager, als wenn er noch nicht ausgewachsen wäre. »Wie heißt er denn?«

»Antonio Mazera.«

Als er seinen Namen hörte, hob er den Kopf. Als er mich erblickte, fing er wieder an mit seinem »Amerika, Amerika!« Es war aber keine Frage mehr, es klang wie ein Gewimmer. Ich trat näher. »Meine Güte, weint der Kerl noch immer seinem Amerika nach? Schluß jetzt und aufgestanden!« Es ging ihm sichtlich schlecht. »Sie können doch nicht hier herumsitzen, bis Sie verfaulen! Die Regierung hat euch gezählt, wenn einer fehlt, schiebt man womöglich mir die Schuld zu. Stehen Sie auf!« Er rappelte sich hoch. Seine dunklen Augen sahen mich flehend an; die dichten Brauen waren über der Nasenwurzel zusammengewachsen. »Passen Sie auf, daß Sie auf den Beinen bleiben«, riet ich ihm.

Plötzlich mischte sich Christie ein. »Moment mal, Mr. Miggel. Hier bin immer noch *ich* der Übersetzer. Und ich will haarklein wissen, was Sie gerade zu ihm gesagt haben.«

»Keine Angst, Mr. Christie. Er kann mich auch ohne Worte verstehen. Und ich wäre Ihnen sehr verbunden, wenn Sie ihnen jetzt übersetzen würden, daß es zum Holzhacken geht. Und bevor wir in den Wald gehen, muß ich ihnen ein paar Sachen erklären, sonst finden sie nie wieder heraus. Achten Sie darauf, daß Sie nichts vergessen, wenn Sie ihnen jetzt sagen, was ich Ihnen sage.«

»Sie werden sie auch nicht überreden können. In den Wald gehen sie auf keinen Fall.«

»Wir wollen uns doch nicht gleich zu Anfang in die Haare kriegen, Meneer. Sagen Sie ihnen, ich brauche drei kräftige Männer, denn wir wollen gutes Holz schlagen, nicht bloß Reisig sammeln. Sagen Sie ihnen, daß sie keine Angst zu haben brauchen, wenn Silas Miggel dabei ist. Ich passe schon auf, daß sie nicht verlorengehen oder von den Grootvoeten totgetrampelt werden. Schade, daß ich Meneer das richtige Wort für Grootvoete nicht sagen darf, denn diese Viecher hören verdammt gut und sind schlauer als wir Menschen, und sie verstehen alles. Wenn man sie beim richtigen Namen nennt, hören sie's und denken, man hat sie gerufen. Und ehe man sich's versieht, sind sie da.« Ich konnte an seinem ungläubigen Gesichtsausdruck ablesen, daß er nicht begriffen hatte, wovon die Rede war. »Gesetz der Wildnis, Meneer. Ich rede von diesen riesigen Tieren mit den großen Ohren und dem . . .« Vergebliche Liebesmüh. Ich kannte das englische Wort für *slurp* nicht, Rüssel – *trunk*, wie ich später erfuhr – und Mirjam war nicht da. »Macht nichts«, sagte ich. »Rufen Sie sie zusammen und sagen Sie ihnen, daß wir keine Zeit verlieren dürfen.«

Was er ihnen daraufhin übersetzte, weiß ich nicht, aber er brauchte höchstens zehn Worte dafür. Im nächsten Moment redeten alle auf einmal und kreischten mich an, als hätte man eine Schlange unter sie geworfen. Und Christie richtete sich mächtig auf wie jemand, vor dessen bloßem Schatten man schon Respekt haben mußte.

»Ich hatte Sie gewarnt, Miggel.« Mit einem Mal war ich kein *Mister* mehr für ihn. »Sie sagen, da wo sie herkommen, verstecken sich bloß Räuberbanden und entlaufene Sträflinge im Wald. Anständige Bürger gehen da nicht hin.«

»*Wie bitte?*« Mich traf fast der Schlag. Wie sollte ich glauben, was ich da zu hören bekam? »Erklären Sie ihnen gefälligst, daß in diesem Wald niemand lebt außer den Holzfällern mit ihren Familien, und die brauchen sich vor niemandem zu verstecken und rauben niemanden aus. Hierzulande leben die Räuberbanden in der Stadt, wir nennen sie Holzaufkäufer. Sagen Sie ihnen das.« Was Josafat Stander für ein finsterer Geselle war, behielt ich wohlweislich für mich.

Wieder sagte Christie nicht mehr als ein paar Worte, und wieder geriet alles in Aufruhr. »Sie sagen, sie seien keine Holzfäller, sondern angesehene und hochgeachtete Seidenfarmer in der Gegend, aus der sie stammen.«

»Fragen Sie, warum sie hergekommen sind, wenn sie daheim so gut angesehen sind?«

Christie gab selbst die Antwort. »Weil man ihnen Wunderdinge erzählt und sie mit falschen Versprechungen in diese Wildnis gelockt hat! Man hat sie zum Narren gehalten und in ihrer Ehre gekränkt, denn in ihrer Heimat, genau wie in meiner, hausen nur Rohlinge und Flegel in Zelten und Bretterbuden.«

»Wollen Sie damit sagen, ich sei ein Flegel?«

»Ich sage es so, wie es die Italiener ausdrücken, Miggel. Ich würde nur noch hinzufügen, daß Sie keine Ahnung von der Zivilisation haben, und diese Leute kommen ebenso wie ich aus zivilisierten Ländern.«

»Fällt dort das Brennholz vom Himmel?«

»Nein. Ihrer Meinung nach sollten Sie das Holz besorgen.«

»Wie?«

Ich war unentschlossen, ob ich verschwinden oder dableiben und die Sache durchkämpfen sollte. Wenn bei den Waldleuten ein arbeitsfähiger Mann krank darnieder liegt, versteht es sich von selbst, daß jemand seine Axt nimmt und die Bäume für ihn fällt und ins Dorf bringt. Keiner würde auch nur einen Krümel Kaffee oder Zucker als Gegenleistung annehmen. Aber man nimmt nicht für einen gesunden, starken Mann die Axt auf, geschweige denn für eine hergelaufene Reisegruppe.

Der Wind frischte auf und wehte kräftiger über das Hochland, ließ die Zeltbahnen flattern und bauschte den Frauen die Röcke. Die meisten wirkten jung, nur eine ältere Frau war darunter. Sie hatten sich in Schals und Tücher eingemummt und beäugten mich voller Argwohn.

»Signor Miggel?« Die hakennasige Frau trug ein Kopftuch, das unter dem Kinn verknotet war, und rief mich beim Namen. »Ja bitte?« fragte ich zurück.

Sie wechselte ein paar Worte mit Christie. »Mariarosa will wissen, wie groß der Wald ist«, dolmetschte der Engländer.

»Sagen Sie ihr, jeweils vierzehn Tagesmärsche nach Osten, nach Norden bis zum Gebirge und nach Süden, wo er bis ans Meer reicht. Wie weit er nach Westen reicht, weiß ich nicht.«

Wieder wandte sie sich an Christie. »Sie erkundigt sich, wann Sie das Holz bringen. Ihr ist kalt, und die Kinder haben Hunger.«

Bleib ruhig, Silas Miggel, dachte ich bei mir. Du sitzt in der Patsche, und wer einmal in der Patsche sitzt, kommt so leicht nicht heraus. Vergiß deinen Stolz und geh in Gottes Namen Bäume für sie fällen. Schlag das Holz, zieh's aus den Wald, schlepp's her und laß sie in ihren dämlichen Zelten sitzen. Schließlich wirst du bezahlt dafür. Mit Siedlerrechten auf Lebenszeit.

»Also meinetwegen«, grollte ich. »Ich werde gehen

und für ihr Holz sorgen. Sie können ihnen ausrichten, daß ich es letztlich für das beste halte. Sagen Sie auch, daß Feiglinge in diesen Wäldern das Grausen kriegen können. Schließlich will ich nicht, daß sie nachher noch närrischer würden als sie jetzt schon sind. Und von allen Narren wären Sie der größte, wenn ich Sie frei im Wald herumlaufen ließe.« Ob er alles verstanden hatte, wußte ich nicht, denn ich mußte zu meinem größten Leidwesen eine Menge holländischer Wörter zwischen die englischen flechten.

Dann holte ich den Ochsen von der Weide am Rand des Hochlands, trieb ihn zum Haus und schirrte ihn an den Schlitten. Mirjam gab mir etwas Brot und ein paar Bataten in den Knappsack.

»Soll ich nicht mitkommen und dir helfen, Pa?«

»Nein.«

»Bist du böse auf mich, Pa?«

»Nein.«

»Warum geben wir ihnen nicht vorläufig ein bißchen von unserem Holz?«

»Weil sie dann früher oder später noch mehr von meinem Holz wollen.«

Ich hielt mich auf dem Roterlenpfad und kam an eine Stelle, wo im letzten Jahr der Sturm einen alten Kalanderbaum entwurzelt hatte. Keiner sollte sagen können, daß Silas Miggel sie mit grünem Holz abgespeist hätte; besseres Feuerholz als das vom Kalander gab es nicht. Aber sie würden dafür zahlen. Die Regierung würde zahlen. Silas Miggel ließ sich von niemandem ins Gesicht spucken.

Schweigend und düster lag der Wald da, es war kühl geworden. Der Wind über dem Blätterdach fuhr stärker in die Zweige, und kleine Flecken Sonnenlichtes tanzten auf dem Weg, über den Rücken des

Ochsen. Das Hochland war mein Zuhause, aber im Wald lag meine zweite Heimat. Für einen Mann, der allein sein wollte, gab es keinen schöneren Ort zum Zurückziehen; hier konnte man eine Zeitlang ausruhen, wenn ein verwirrter Haufen von Fremden den Frieden störte. Hier war man auch vor den Waldhütern sicher, selbst wenn das Geld nicht für die Holzfällerlizenz reichte. Alle Bitterkeit konnte man hier aus sich herauslassen, wenn einen der Aufkäufer in der Stadt wieder einmal geprellt hatte.

Manchmal hatte man ja auch Glück und konnte zur Abwechslung den Holzaufkäufern eins auswischen. So war es beispielsweise Jeremiah Eye einmal ergangen. Wochenlang hatte er Stinkholz geschlagen und entrindet, die Stämme durch die Schluchten und über die Furten gezogen und in Diepwalle auf Karren verladen. Doch als er ins Dorf kam, beschied ihm der Aufkäufer, er könne ihm höchstens Lebensmittel im Wert von fünf Shillings dafür gutschreiben, das Holz wäre viel zu hell. Jeremiah weigerte sich, es abzuladen und kehrte hungrig und mit leerem Beutel nach Hause zurück. Doch ein paar Wochen später brachte er demselben Aufkäufer wieder eine Ladung Stinkholz in den Hof. Diesmal freilich sagte der Aufkäufer allen, die es hören und daraus lernen wollten, dies sei das beste Stinkholz, das er seit Monaten in den Hof bekommen habe. Es war ihm entgangen, daß er dieselbe Ladung wie zuvor angedreht bekam. Bloß, daß Jeremiah vor der Ablieferung das Holz mit einem ekelhaften Kräutersud eingefärbt hatte.

Aber Gleiches mit Gleichem vergelten half jetzt nicht weiter. Meine Sache war es, die Axt zu schwingen und meine Siedlerrechte redlich zu verdienen. Der Gedanke daran beruhigte mich ein wenig. Der

Kalander lag etwa eine halbe Stunde Wegs im Waldinnern, nicht zu weit vom Roterlenpfad entfernt. Um den Schlitten zu beladen, würde ich die Blöcke auf einen Abhang bringen müssen, der aber nicht besonders steil war. Diese Italiener sollten staunen, was ein Mann allein mit seiner Axt zuwege bringen kann. Waldarbeit war kein Spielkram wie dieser Seidenraupenzirkus.

Ich schnürte jedes Bündel, das ich aus dem Stamm herausschlug, mit dem Seil und zerrte es hinauf zum Schlitten, bis sich eine grüne, rutschige Schleifspur im Unterholz gebildet hatte. Gut sechs Bündel Schlagholz hatte ich schon aufgeladen, als ich nördlich von mir eine Büchse knallen hörte. Schweres Kaliber, mindestens Viertelpfünder. Ein zweiter Schuß folgte, wieder einer und schließlich der vierte, der Todesschuß. Jemand hatte einen Elefanten erlegt. Josafat Stander war es schon mal nicht; der brauchte nie mehr als zwei Schüsse, und es hieß, daß er nie auf Elefantenkühe anlegte.

Die Elefantenjagd hatte mich nie gereizt. Wenn sich ein hundert Meter großer Gelbholzbaum, umsichtig und zielgenau gefällt, ächzend zur Seite neigt und mit Karacho niederstürzt, so ist das ein furchtbarer Anblick, aber für den Holzfäller ein reines Vergnügen. Ein Elefant mit einer Ladung Blei im Hirn macht kein Vergnügen. Brennholz für einen dämlichen Kindergarten von Raupenzüchtern kleinzumachen übrigens auch nicht. Aber ich hielt mich dran, bis der Schlitten fast überquoll und ich mir auch noch ein Bündel auf den Rücken geschnallt hatte. Ich wollte den Wald vor Einbruch der Dunkelheit hinter mir lassen und auch noch die beiden nächstliegenden Fallen kontrollieren. Morgen war es dafür zu spät, denn bis dahin würden die Raupenkerle lernen, daß Silas Miggel ihnen nicht alles nachträgt.

In jeder der Schlingen hatte sich ein Buschbock verfangen. Einer lebte noch. Ich hatte meine liebe Not, ihm die Kehle durchzuschneiden, und bekleckerte mich über und über mit seinem Blut. Als ich mit dem Holz und dem Fleisch obendrein zu den Zelten kam, war es schon fast dunkel. Die Frauen und Kinder stürzten kreischend davon, als sie mich sahen.

»Noch nie einen hart arbeitenden Mann gesehen?« herrschte ich sie an. »Kommt gefälligst her und ladet das Zeug ab!« Zwei Italiener näherten sich zögernd. Dann noch zwei. Auch die Frau mit der Hakennase. »Na los, her zu mir und angefaßt, Maryrose!«

»*Mariarosa*!« schnappte sie zurück.

»Hoffentlich bist du mit den Händen genauso fix wie mit der Zunge. Mach die Knoten auf.« Einer der Männer zeigte auf den Bock und fragte irgendwas. Als ich ihm zu verstehen gab, daß er für sie sei, fielen sie wie die Geier über mich her. »Freßt euch heute lieber satt und geht früh schlafen. Morgen hört die Faulenzerei auf; bei Tagesanbruch bin ich wieder hier, um nach dem Rechten zu sehen. Den leeren Schlitten hole ich nachher.«

Als ich heimkam, sah ich einen großen gehäuteten Buschbock im Holzschuppen hängen, und Christie war bei Mirjam im Haus. Ich nahm mir nicht die Zeit, nach den richtigen Wörtern zu suchen. In einer Mischung aus Holländisch und Englisch erkundigte ich mich, was er in meiner Abwesenheit hier bei meiner Tochter zu suchen hätte. »Haben Sie mich zum Holzmachen geschickt, um sich hier in meinen vier Wänden breit zu machen?«

»Pa!«

»Wenn Sie sich noch einmal hinterrücks an meine Tochter heranmachen, schnüre ich Ihnen eigenhändig die Kehle zu!«

»So beruhigen Sie sich doch, Mr. Miggel, bitte!«

»Beruhigen? Beruhigen werde ich mich, sobald Sie mit Ihren bescheuerten Seidenkerlen aus dem Hochland verschwunden sind! Was haben Sie bei mir zu suchen, wenn ich nicht zu Hause bin?«

»Ich habe auf Sie gewartet, um bestimmte Dinge mit Ihnen zu besprechen. Aber da Sie offensichtlich nicht in der Lage sind, wie ein zivilisierter Mensch zu reden, werde ich gehen!« Damit stand er auf und stolzierte hochnäsig davon.

»Schäm dich, Pa!« seufzte Mirjam.

»Was hängt da für ein Buschbock in der Scheune?« Was scherte es mich, wenn sie sich für ihren alten Vater schämte.

»Jacob Terblans brachte ihn heute nachmittag. Er hat von den Italienern gehört und gemeint, wir wären vielleicht knapp mit Fleisch.«

»So, er hat also das Fleisch den ganzen Weg von Diepwalle hierher geschleppt? Ich bin nicht blind, Mirjam, und ich glaube, für Jacob Terblans wird es Zeit, sich zu entscheiden, ob sein Herz dir oder Susannah gehört!«

»Er hat um Susannahs Hand angehalten, Pa. Und er hat den Bock nicht von Diepwalle hergeschleppt; sie fällen in Draai-se-Bos. Ich möchte annehmen, daß Grootvoete hinter dir her waren und du deshalb so gereizt bist.«

»Montagfrüh nimmst du das Gewehr und gehst ins Dorf. Du wirst White fragen, ob er schon etwas von der Regierung gehört hat. Wenn nicht, soll er gefälligst noch mal schreiben. Und sag ihm, daß es das erste und das letzte Mal war, daß ich für seine holdseligen Italiener Brennholz geholt habe. Wenn es aufgebraucht ist, können sie meinetwegen die Zeltmasten verheizen. Und den Buschbock kannst du für uns hereinholen. Ich habe ihnen schon zwei geschenkt.«

Im ersten Morgendämmer ging ich zu den Zelten. Die Hochlandwiesen waren kühl und feucht vom Tau. Drei Frauen saßen da und fachten das Lagerfeuer neu an. Ihre Kleidsäume waren durchnäßt, die Haare noch ungekämmt und offen. Kinder umstanden, eingehüllt in Schals und Tücher, das Feuer und warteten auf die Wärme der auflodernden Flammen.

»Buon giorno, Signor Miggel.«

»Buon giorno, Signor Miggel.«

»Buon giorno, Signor Miggel.«

»Morgen.«

Ich trat vor Christies Zelt. »Zeit zum Aufstehen, Engländer!« rief ich in den halboffenen Schlag hinein. Nichts rührte sich. »Heraus aus den Federn, hab ich gesagt!« Noch immer keine Antwort. Ob er über Nacht erfroren war? »Alles in Ordnung, Mr. Christie? Leben Sie noch? Sie müssen aufstehen und für mich dolmetschen. Sonst können wir die Zelte nicht umsetzen.« Jetzt bewegte sich etwas unter dem Tuch. »Wir müssen auf einen anderen Lagerplatz, bevor der Wind sich dreht. Noch vor dem Abend werden wir Regen bekommen.«

Zuletzt schob Christie doch noch den Kopf durch die Ritze, aber nur, um eine Schimpfkanonade loszulassen. Hauptsächlich ging es darum, wer von uns beiden verantwortliche Entscheidungen träfe, wer etwas zu sagen hätte und wer nicht, und wie viele Briefe noch geschrieben würden, sogar einige nach London, darauf könne ich mich verlassen. Je mehr er sich hineinsteigerte, desto prahlerischer warf er mit Worten um sich, die ich größtenteils doch nicht verstand.

Ich nahm es ihm nicht weiter übel und ließ ihn reden. Vergangene Nacht hatte ich wachgelegen und über vieles nachgedacht. Was nutzten mir die schönsten Siedlerrechte, wenn mich zweieinhalb Dutzend Raupenkerle und ihr Anführer vorher in den Wahnsinn trieben? Was zu tun war, würde ich für sie tun, aber ihr Knecht und Kettenhund wollte ich nicht werden. Ich würde da aushelfen, wo es mich etwas anging.

»Über Ihre Befugnisse können wir uns noch lange streiten«, ließ ich Christie wissen. »aber die Zelte müssen in jedem Fall verlegt werden. Es wird mit hundertprozentiger Sicherheit regnen, verlassen Sie sich drauf!«

»Ich sehe kein Wölkchen am Himmel und wüßte nicht, was an dem gegenwärtigen Standort auszusetzen wäre!«

»Sie stehen in einer Senke, Mensch! Wer immer den Platz ausgesucht hat, war nicht ganz bei Trost!«

»Es war *meine* Anordnung.«

Ich tippte mir vor die Stirn. »Hab mir gleich gedacht, daß bei Ihnen nicht alles stimmt im Oberstübchen.« Es war nicht böse gemeint und kam ganz von Herzen. Dann fügte ich noch hinzu, er könne meinethalben wieder schlafen gehen. Wir würden sein Zelt bis zum Schluß aufsparen und ihn dann eingewickelt mit all seinen Klamotten zum Abhang hinübertragen.

Als ich mich abwandte, stand Petroniglia da und hielt mir ein wunderschönes, zierliches Porzellantäßchen hin. Sie trug nicht mehr das violette Kleid, sondern eins von älterem, grobem Stoff ohne Spitzenkragen. »Caffè, Signor Miggel?« fragte sie. Vom vielen Weinen hatte sie ganz verschwollene Augen. Mit spitzen Fingern nahm ich das Täßchen vorsichtig entgegen, aber als ich daran nippte, hätte ich mich fast verschluckt. Nie war mir ein so rabenschwarzes lehmiges Gebräu über die Lippen gekommen. Der Kaffee war so stark, daß es einen Ochsen umgehauen hätte. Und keine Chance, den Rest wegzukippen! Sie blickte mich erwartungsvoll an, als wolle sie ganz sichergehen, daß sie mich auch wirklich vergiftet hätte. Wenigstens war die Tasse so winzig, daß nicht noch mehr von dem Zeug hineinpaßte.

Hinter Petroniglia tauchte ein anderer Italiener auf und grüßte mich. Fast hatte ich vergessen, daß dieser Singsang ihr Morgengruß war: »Buon giorno, Signor Miggel!« Es war Amerika Mazera.

»Grüß dich, Amerika. Jetzt muß ich euch allen etwas sagen, und weil ich ohne Christie auskommen muß, sollt ihr mir helfen. Holt alle hierher!« Ich wedelte die Arme im Kreis, machte eine lockende Gebärde zu den Zelten und zeigte auf den Boden. Bald hatten sie begriffen, was ich wollte, und riefen ihre Landsleute zusammen.

»Heute wird es regnen«, erklärte ich mit Händen und Füßen. Ich schnipste den Regen vom Himmel, ringelte die Finger beider Hände immer wieder abwärts und watete in unsichtbaren Pfützen. Zweimal wiederholte ich das, bis sie nickten. »Sì, sì, Signor Miggel.« Auf den Kopf gefallen waren sie anscheinend nicht. Ich zeigte ihnen pantomimisch, daß die Zelte umgesetzt werden müßten. Mit einem Spaten als Requisit machte ich ihnen vor, wie sie den neuen Platz von Grünzeug und Steinen säubern sollten. Und wieder hieß es: »Sì, sì, Signor.«

Als Christie endlich angekleidet war und am Feuer erschien, waren vier der Männer bereits eifrig dabei, den neuen Lagerplatz in Ordnung zu bringen. Die übrigen räumten das Gepäck aus den Unterkünften.

»Darf ich fragen, was hier vor sich geht?« erkundigte sich Christie gravitätisch.

»Wir ziehen um!«

»Das ist gegen meine Anordnungen. Ich habe ausdrücklich bestimmt, daß die Zelte bleiben, wo sie sind!« Er wandte sich an einige Italiener neben ihm. Die übrigen ließen ihre Arbeit liegen und kamen neugierig hinzu. Nach einer Weile merkte ich, daß ein Streit im Gange war, bei dem Christie den kürzeren zog. Es schien, als wenn sie im Gegensatz zu ihm mit der Verlegung einverstanden wären. Und endlich konnte der Umzug vonstatten gehen.

Am späten Nachmittag standen alle Zelte in zwei ordentlichen Reihen unterhalb des Abhangs. Wir hatten noch einen künstliches Erdwall angehäuft, um das Wasser seitlich abzuleiten, und einen Windschutz aus Wellblech gebaut. Jedes Zelt verfügte jetzt über ein weiches Unterbodenbett aus Gras und Zweigen. Amerika und zwei weitere Junggesellen, Angelo Borolini und Paolo Coccia, hatten unter meiner Anleitung am Waldrand das weiche Gras gemäht. Borolini war ein merkwürdig stiller Typ; wenn er ab und zu das Wort ergriff, rollte er nicht mit den Augen wie seine Kameraden. Er hatte ein schmales, hohlwangiges Gesicht, aus dem die Nase wie ein Falkenschnabel hervorsprang. Vielleicht war er mit Mariarosa verwandt.

Diesem Coccia traute ich nicht ganz über den Weg. Die Ärmel hatte er bis zu den Schulterblättern hochgekrempelt, damit auch jeder seine Muskelpakete bewundern konnte, und überhaupt war er viel zu gutaussehend. Als Mirjam uns später mit dem Handbeil zu Hilfe kam, verirrten sich seine Blicke ständig zu ihr, und er vergaß darüber fast das Mähen. Um dem ein Ende zu machen, ließ ich Mirjam weiter hinten schneiden. Wenig später blieb auch er zurück und mähte, wo nichts zu mähen war.

»Laß ihn doch, Pa.«

»Wenn er frech wird, schlägst du ihm das Beil vor die Stirn, ja?«

»Allmählich benimmst du dich wie eine alte Glukke.«

»Kein Wunder, wenn jeder Gockel im Hof hinter meinem Küken her ist!«

»Ich passe schon auf mich selbst auf, Pa.«

»Bleib von diesen Taugenichtsen weg«, warnte ich. »Sie bändeln mit allem an, was Röcke trägt. Ich beobachte das schon seit 'ner ganzen Weile.«

»Wie viele Tassen Mokka hat dir Petroniglia eigentlich schon gebracht, Pa?«

Allmählich wurde es mir zu bunt. Ich war kein Spielverderber, aber über manche Dinge macht man keine Witze. »Paß auf, was du sagst!« fuhr ich sie an. »Die Frau denkt, sie könne mir ihr Gift einflößen, damit ich willens bin, alle nasenlang für sie ins Dorf zu gehen. Erinnere mich, daß ich heute abend meine Medizin nehme vor dem Schlafengehen. Das schwarze Gesöff greift meine Leber an. Und wer von uns zuerst wieder zum Lebensmittelladen kommt, muß frische Milchholzrinde mitbringen. Ich will den Italienern einen starken Aufguß davon verabreichen, es soll gegen Schwermut helfen. Und Amerika bekommt die doppelte Dosis.«

»Er heißt Antonio, Pa.«

»Auf Amerika reagiert er genauso schnell.«

»Richtig schlecht scheint es vor allem Petroniglias Mann zu gehen.«

»Ist mir auch aufgefallen!«

»Borolini fühlt sich auch nicht wohl.«

Als wir die Spreu zum neuen Lagerplatz trugen, hatte sich Christies Laune gebessert. Er gab zu, daß die Zelte vor dem Abhang weit besser vor Regen geschützt waren. Ich ließ ihn eine Liste aufstellen und notieren, daß die Holzpflöcke und das Wellblech für den Windschutz aus meinem Schuppen kamen. Auch die Zinkwanne mit dem Wassereimer und die Eisenmanschette für das Lagerfeuer gehörten mir. Nicht daß die Sachen versehentlich mit an Bord genommen wurden bei der Rückreise.

Dann rückte Christie mit dem nächsten Problem heraus: Fisch. Wieso Fisch? Das Fleisch von zwei Buschböcken konnte doch noch nicht ratzeputz aufgebraucht sein? Ich erfuhr, daß ihnen die Religion verbot, freitags Fleisch zu essen. Etwas anderes als Fisch kam nicht in Frage. Ungerührt schlug ich vor, sie sollten doch das Bekenntnis wechseln, denn wo sollte ich auf die schnelle Fisch auftreiben? Einfacher wäre es, wenn sie sich umtaufen ließen. Von allem, was es in den Wäldern gab, kamen Aale den Fischen noch am nächsten. Die Aale lebten aber in den Wasserlöchern im Kloof, und da sie zu ängstlich waren, in den Wald zu gehen, würde es freitags keinen Aal geben. Außerdem hatte ich nicht die geringste Lust, Frösche als Aalköder zu fangen. Schmalz und andere Vorräte gingen allmählich zur Neige, meinte Christie; die Italiener bräuchten auch Knoblauch, Tomaten und Olivenöl. Und Seife. Seife? Blätter vom Holunderbusch gab es reichlich im Wald, die taten es auch, und wer sich vor dem Wald fürchtet, erwiderte ich, müsse eben dreckig bleiben und damit basta. Ich würde ihnen jedenfalls keinen Holunder pflücken gehen.

Noch etwas anderes hatte ich auf dem Herzen. Christie sollte es ihnen wortwörtlich übersetzen, damit es keine Mißverständnisse darüber gab. »Erklären Sie ihnen, daß Silas Miggel nicht ihr Angestellter oder Knecht ist. Wenn ich ihnen zur Hand gehe, dann nur, weil mir dafür Siedlerrechte im Hochland in Aussicht gestellt worden sind. Aus keinem anderen Grund.« Er übersetzte es.

Das letzte, wobei ich ihnen half, war die Errichtung eines Steindamms, der auch als Fußweg über den Bach an der Ostseite des neuen Zeltlagers diente. Und wieder rief ich Christie hinzu, der ihnen wortwörtlich dolmetschen sollte, daß sie ihr Trinkwasser *hier* holen sollten, *nicht* in der Zisterne oberhalb meines Hauses. Ich wollte nicht aus demselben Trog schöpfen wie sie.

Aber das Seltsamste, was mir an diesem Tag auffiel, war das letzte Zelt, das wir umsetzen mußten. Schon morgens war mir aufgefallen, daß sie viel leiser wurden, wenn sie in seiner Nähe zu tun hatten. Dann wurde mir klar, daß dort die Junggesellen untergebracht waren: Borolini, Amerika, Taiani und der hochgewachsene mit den blauen Augen, Cuicatti. Als die vier endlich ihre Habseligkeiten hinausschafften, sah ich zum ersten Mal das große, in der Mitte des Zelts über vier Steine gelegte Brett. Darauf stand das viereckige Ding, noch immer unter einem nassen Sacktuch verborgen wie am Tag ihrer Ankunft. Als Borolini das Tuch abnahm, kam ein Glaskasten mit abnehmbarem Deckel zum Vorschein. Drinnen lag ein Haufen winziger, fest verknoteter Stoffbeutelchen.

»Und was ist das?« fragte ich Christie.

»Eier von Seidenraupen!«

Bisher hatte ich immer geglaubt, Ei bleibt Ei, und daß Barrington alles wußte, was man von Eiern wissen mußte. Fehlanzeige. Von Christie hörte ich, daß jede männliche und weibliche Motte nach der Befruchtung in ein kleines Musselinsäckchen geschnürt wurde, in der das Weibchen ihre Eier zur Welt brachte und anschließend ebenso wie das Männchen starb. Die toten Motten wurden herausgenommen und zu Pulver zermahlen und unter eine riesige Brille gelegt, die sie Vergrößerungsglas nannten. Jeder Krümel Mottenstaub wurde genauestens untersucht, um festzustellen, ob es Anzeichen für Krankheiten gab; war dies der Fall, wurde alles verbrannt, auch die Säckchen mit den Eiern. Die Musselinbeutel im Glaskasten waren völlig keimfrei, meinte Christie, und es waren die wertvollsten Eier, die man sich vorstellen konnte. Ihre Hauptsorge war es, den Kasten kühl zu halten, denn die Raupen sollten nicht ausschlüpfen, bevor es genug Maulbeerblätter zum Verfüttern gab.

»Und an welchen Bäumen sollen die wachsen?« erkundigte ich mich.

»In unserem Fall müssen die Eier kühl bleiben, bis die Italiener wieder nach Hause kommen. Sie brauchen ja wenigstens etwas, womit sie neu anfangen können.«

Borolini und Taiani trugen den Glaskasten vorsichtig zum Abhang, Cuicatti hielt ein Tuch darüber, um ihn vor der Sonne zu schützen, und Amerika spritzte kühlendes Wasser darüber.

Als Mirjam und ich gegen Abend nach Hause kamen, war ich beruhigt. Der Regen konnte kommen; er würde die Raupenzüchter nicht wegschwemmen. Das

Feuerholz war vor Feuchtigkeit geschützt, das Feuer vor dem Wind; die Kinder würden besser schlafen auf der Spreu unter ihrem Lager, und vor allem hatte ich einen Gutteil meiner Siedlerrechte bereits abgearbeitet.

»Diese Leute sind anders als wir, Mirjam«, murmelte ich.

»Da hast du recht.«

»Was sind das für Perlenketten mit Kruzifixen, die ich bei den Frauen gesehen habe? Sie tragen sie um den Hals oder am Gürtel. Auch ein paar Männer laufen damit herum.«

»Es hat etwas mit ihrer Religion zu tun.«

»Komische Religion.«

»Ich vermute, daß sie damit beten.«

»Wer ist der Mann, der dir den ganzen Nachmittag nachgelaufen ist?«

»Giovanni Pontiggia. Er redet nicht soviel mit den Händen wie die andern, und er hat ganz traurige Augen. Und gib dich nicht ständig deinen Wahnvorstellungen hin. Ich nehme mir keinen Mann.«

Sie bereitete uns ein Abendbrot, und wir hatten gerade aufgegessen, als wir es hörten: Musik. Sie wehte von den Zelten herüber. Die Italiener musizierten, einer spielte Geige und ein anderer Mandoline, und einer von ihnen sang ein seltsames und wehmütiges Lied. Als wir nach draußen traten, stiegen die Klänge über dem Hochland auf, fanden fernen Widerhall in den Kloofs und Schluchten und schienen davonzuschweben, um im schweigenden Dunkel der Wälder zu verrinnen.

5

Am anderen Morgen, kurz vor Tagesanbruch, begann es zu regnen. Ein Tropfen hier, einer da, und binnen kurzem schüttete es in Sturzbächen vom Himmel, wie immer im Hochland, wenn der Winter einsetzte. Das war der Samstag. Am Sonntag sah es schlimm aus im Zeltlager: die Kinder heulten unaufhörlich, die Frauen schimpften und jammerten, und manchmal konnte man sie kaum voneinander unterscheiden. Wer aus irgendeinem Grund aus dem Zelt nach draußen mußte, kehrte mit finsterer Miene zurück. Mirjam buk ihnen Brot in der Asche und kochte einen Kessel Suppe, den ich hinübertrug. Am Sonntagnachmittag kletterte ich mit einigen Männern auf den Abhang und wir befestigten den Erdwall über den Zelten; auch der Windschutz am Lagerfeuer wurde durch Wellblech verstärkt. Die Frauen hielten mit Müh und Not das Feuer in Gang; sie hatten nasse Füße und wirkten erschöpft.

Gegen Abend fing Mirjam an durchzudrehen. »Wenn es doch endlich aufhören würde, Pa!«

»Es ist nun mal Regenzeit«, versuchte ich sie aufzumuntern. »Je länger es gießt, desto besser; um so schneller werden die Italiener abreisen, und wir können zufrieden sein.«

»Könnten wir nicht ein paar der Kinder im Haus unterbringen, Pa?«

»Nein.«

»Hast du kein Herz, Pa?«

»Wie viele sollen wir hereinlassen, und wie viele bleiben drüben? Sonst bist du es doch, dem unsere vier Wände zu eng sind. Willst du jetzt noch Untermieter aufnehmen?«

»Petroniglias Mann ist schwer krank!«

»Er war es schon bei der Ankunft. Ich behalte ihn im Auge.«

Mirjam gab sich nicht zufrieden. »Wann soll das Schiff für sie denn hier sein, Pa?«

»Übernächste Woche. Inzwischen hat die Regierung wohl gemerkt, was los ist. Das schlechte Gewissen wird sie schon antreiben.«

Am Montag ließ der Regen nach, und es klarte auf. Dienstags konnten die klatschnassen Sachen schon in der Sonne trocknen – Kleider, Bettlaken, Kinder. Christie war auf dem Sprung wie ein Löwe, ohne zu wissen, wen er anfallen sollte. Nicht nur, daß die Italiener aufbegehrten, zwei waren ernstlich erkrankt und drei wollten ihn am Morgen beinahe zusammenschlagen. Den Anlaß wollte mir Christie nicht verraten.

»Ich muß dringend ins Dorf, Miggel.«

»Vergessen Sie's, und setzen Sie sich ins Zelt. Der Weg ist unpassierbar. Selbst wenn Sie Arme wie Ruder hätten, kämen Sie nicht durch Gouna-se-drif.«

Aber er kehrte nicht ins Zelt zurück, er blieb bei mir am Tisch sitzen und wechselte nach einer Weile überraschend das Thema. Ob ich schon einmal die Namen Fox und Dunn gehört hätte? Nicht daß ich wüßte, erwiderte ich, vielleicht neue Waldhüter? Ob ich irgend etwas von einem Vertrag der Regierung über Eisenbahnschwellen wüßte? Gerüchteweise ja. Der Vertrag lief über 500 000 Gelbholzschwellen, die in Raten von je 100 000 Stück über fünf Jahre hinweg geliefert werden sollten. Barrington selbst hatte vor Monaten versucht, den Auftrag zu bekommen und sich schon ausgemalt, welchen Segen der Profit daraus über Portland bringen würde. Die Frage, wer denn für ihn das Holz schlagen und aus dem Wald holen sollte, hatte ich mir wohlweislich verkniffen. Glücklicherweise war ihm der Auftrag durch die Lappen gegangen; hinterher gab er mir gegenüber zu, daß er den Stückpreis der fertigen Bahnschwellen zu hoch angesetzt hatte.

Fox & Dunn seien keine Waldhüter, meinte Christie, sondern Kompagnons eines britischen Dampfsägewerks. Sie *hatten* den Auftrag bekommen. In den Kontrakt war auch ein Teil des Hochlands einbezogen, auf dem die Mühle stehen sollte.

»Habe ich richtig gehört?« Mir klingelte es in den Ohren. »Was haben Sie da gesagt?«

Dann rückte Christie mit der ganzen Wahrheit heraus. An jenem Tag, als ich Brennholz für die Italiener holen mußte, war ein Mann bei ihm aufgetaucht, ein gewisser Mr. Robinson. Robinson besaß ebenfalls Anteile bei Fox & Dunn. Er tobte vor Wut, als er erfuhr, daß den Italienern Grundstücke im Hochland von Gouna versprochen worden waren. Die Italiener müßten umgehend das Zeltlager räumen, drohte er, andernfalls würde man die Regierung zum Einschreiten zwingen. Für mich wäre dies eine gute Nachricht gewesen, wenn Christie nicht noch hinzugefügt hätte, daß Einrichtung und Maschinen bereits unterwegs waren – zusammen mit 25 Arbeitern aus England, die das Holz fällen und die Mühle betreiben würden. Ausländische Waldarbeiter? Beim ersten Haufen Elefantendung würden sie versehentlich hineintreten und sich schreiend im Dorf verkriechen.

Ich sagte mir: Bleib ruhig, Silas Miggel. Wie viele Sägemühlen haben sie schon im Wald eröffnet, nur um kurz danach pleite zu gehen? Und wieviel Schäden wurden jedesmal angerichtet! Eine hatten sie in die Rodung von Grijsbos gesetzt. Der Betriebsleiter persönlich erzählte mir hinterher, daß nach seiner festen Überzeugung ein Fluch auf dem Werk gelegen habe. Ständig fiel die Maschine aus, die Arbeiter blieben weg, nichts funktionierte, kein einziger Tag brachte einen Umsatz, der die Mühe gelohnt hätte. Außerdem hatte ihm niemand erzählt, daß es von dort oben ins Dorf praktisch keinen Transportweg für das Holz gab. Die Regierung hatte dem Eigentümer eine Karte überlassen, schön bunt und auf Papier; auf der Karte war ein Kreuz an der Stelle angebracht, wo er sein Sägewerk errichten durfte. Der Betriebsleiter zeigte sie mir. Darauf sah die Gegend anmutig und eben aus; Flüsse und Bäche und Schlittenpfade waren durch Linien angedeutet, hier und da auch ein Fußpfad eingezeichnet. Nirgends zeigten sich die höllischen Abgründe der Kloofs, über die man hinwegkommen mußte; wie die Rieswege wirklich aussahen, ging nicht daraus hervor; wenn man es nicht besser wußte, hätte man sie für breite Fahrstraßen halten können. Vom Wald selbst war nichts zu sehen, nur die weiße Fläche des Papiers. Fünf Sägewerke hatte ich auf diese Weise entstehen und schließen sehen, und der Gedanke lag nahe, daß tatsächlich ein Fluch auf ihnen lag – der Fluch des Waldes. Selbst die Dampfsägerei, die Barrington mit Müh und Not in einer der Schluchten aufrechterhielt, machte von Jahr zu Jahr weniger Umsatz. Für mich gab es keinen Zweifel, daß im Hochland nie ein Sägewerk stehen würde.

»Das riecht mir verdächtig nach Maulbeerenhain«, grinste ich. »Selbst jetzt, wo es in den letzten Tagen ein bißchen geregnet hat, Mr. Christie – sehen Sie hier irgendwo Wasser, mit dem eine Dampfsägemühle betrieben werden könnte?«

»Nein. Und ich habe auch Mr. Robinson darauf aufmerksam gemacht.«

»Und was hat er dazu gesagt?«

»Er meinte, hier hätte ihm die Regierung Land für die Mühle zugesichert. Für einen Zeitraum von fünf Jahren.«

»Wenn das die Wahrheit ist, muß die Regierung komplett plemplem geworden sein.«

»Mit Sicherheit wird der Plan noch einmal überdacht«, erwiderte Christie indigniert. »Ich spreche ja ein paar Sprachen – außer dem Italienischen beherrsche ich noch Deutsch, Französisch und Spanisch. Übrigens bin ich zufällig gelernter Bauinspektor und kenne mich mit den nötigen Pflanzungen aus, die man vornehmen muß, um größere Niederschlagswerte zu erreichen.«

»Bäume haben wir in Hülle und Fülle, Meneer!«

»Als Fachmann für Bewässerungsfragen weiß ich Bescheid. Kurz und gut, ich schreibe gerade einen Brief an Mr. Laing in Kapstadt, um ihm entsprechende Empfehlungen zu geben.«

»Im Hochland fehlt es an Wasser für die Dampfsägerei, alles andere ist dummes Zeug. Schreiben Sie ihm, er soll möglichst schnell einen Gutachter schikken, der sich selbst davon überzeugen kann. Geben Sie mir den Brief mit, ich bringe ihn selbst auf die Postkutsche.«

Am anderen Morgen wollte ich gerade aufbrechen und für Christie die Post ins Dorf bringen, als Jacobus Gerbers Ochsenschlitten aus der Waldschlucht kam, gefolgt von Stefaans van Rooyen. Es war wie bei der Ankunft der Italiener; auf beiden Schlitten türmten sich Decken, Kochgeschirr, Wasserschläuche und

Werkzeug, unter anderem Äxte, Sägen, eine Holzkiste mit Medizin, Mehlsäcke, Zucker, Kaffee, alle möglichen Lebensmittel sowie zwei Pflüge, ein Tisch und ein Stuhl.

»Seid ihr Hausierer geworden?« erkundigte ich mich angewidert.

»Alles für die Italiener. Bart's Schlitten kommt auch noch nach. Er bringt die Ableger für die Maulbeerbäume und noch zwei Pflüge.«

Mir blieb die Luft weg. Am liebsten hätte ich mich jetzt auch ins Gras gesetzt und wäre nicht mehr aufgestanden. Mal warteten sie alle ungeduldig auf das Schiff für die Überfahrt, dann wieder tauchte ein Schlitten voller Maulbeerzweige auf. Wie sollte man da die Nerven behalten? Christie umkreiste die Schlitten wie ein Zollinspektor und verzog das Gesicht, weil White nur drei zusätzliche Zelte geschickt hatte. Als er verkündete, daß die Lieferung für die Italiener bestimmt sei, stürzten sich alle auf die Schlitten und knoteten die Schnüre auf.

Wortlos wandte ich mich ab und marschierte los, ins Dorf und zu White. Als ich auf dem Grund des ersten Kloofs angelangt war, merkte ich, daß Petroniglia mir folgte.

Der Tag hatte schon vielversprechend begonnen. Mirjam war mit dem falschen Bein zuerst aufgestanden und mäkelte an allem herum. Das Kaffeewasser wollte nicht schnell genug kochen, ihr Haar ließ sich nicht wunschgemäß scheiteln, mir zürnte sie, weil ich nicht flink genug aufgestanden war, denn sie wollte den Boden wienern. Sie hätte es eilig, die Schlingen müßten kontrolliert werden. Wegen des Regens hatten wir seit Tagen nicht nachschauen können, ob uns womöglich etwas in die Falle gegangen war. Das hörte sich nicht ganz aufrichtig an, aber ich konnte ihr nicht das Gegenteil beweisen.

Gegen Mittag stand ich vor Whites Schreibtisch. Ich hatte Petroniglia draußen gelassen und ihr klipp und klar gesagt, daß sie sich verkrümeln sollte, bis ich wieder heraus kam. Ich wollte unter allen Umständen ohne sie heimkehren.

White grinste mir eine Spur zu leutselig. »Na, wie geht's denn so bei euch im Hochland, mein Lieber?« rief er mir entgegen.

»Abgesehen davon, daß die eine Hälfte ohne Silas Miggel längst ersoffen, die andere ohne Silas Miggel längst verhungert wäre, kann ich nur bekräftigen, daß es miserabel steht. Jeden Morgen muß ich nachsehen, ob Christie die Nacht überlebt hat oder meuchlings ermordet wurde. Im übrigen habe ich das Gefühl, die Welt wird auf den Kopf gestellt. Lebensmittel und Decken für die Zeltstadt sind ja gut und schön. Die Werkzeuge und Pflüge kommen mir schon merkwürdiger vor, und was die Schlittenfuhre mit den schlappen Maulbeerbaum-Ablegern soll, die ich bei Gounase-drif zu Gesicht bekam, ist mir schleierhaft. Wollt ihr Stadtleute euren Spott mit Silas Miggel treiben, bevor ihr ihn vom Hochland jagt, oder seid ihr nicht ganz richtig im Kopf?«

»Setzen Sie sich, Miggel, und regen Sie sich ab.«

»Ich setze mich nicht, wo man mir einmal befohlen hat, aufzustehen. Ich bleib hier stehen, bis ich eine eindeutige Antwort bekomme.«

»Die Antwort ist ganz einfach und kein Grund, den wilden Mann zu markieren. Auf meinen *ersten* Brief an die Regierung, vor sechs, sieben Wochen, als die Italiener gerade angekommen waren, ebenso auf Mr. Christies damaligen Beschwerdebrief hin bin ich angewiesen worden, sie mit Bedarfsgütern im Wert von bis zu hundert Pfund auszustatten. Heute früh kam außerdem die Bewilligung für das Darlehen: einen Shilling pro Kopf und Tag für die Zeit von sechs Monaten. All das Geld ist natürlich nur vorgestreckt und muß nach einer gewissen Frist zurückgezahlt werden. Zinslos.«

»*Sechs* Monate lang?« Welche von diesen Neuigkeiten die schlimmste war, ließ sich schwer sagen.

»Miggel, all das ist bloß das Ergebnis meiner *ersten* Rückfrage.«

»Und die Maulbeerschößlinge?«

»Die Regierung hat sie letzte Woche mit der *Paquita* geliefert und angeordnet, daß sie im Hochland eingepflanzt werden.«

»Aber Maulbeerbäume *gedeihen* nicht im Hochland! Zwei Spatenstiche tief liegt Tonerde, in der sie keine Wurzeln schlagen.«

»Schreien Sie nicht so, Miggel, man hört Sie ja auf der Straße!«

»Meinetwegen sollen sie mich auf der anderen Seite der Bucht hören, Meneer! Letzte Woche hieß es, wenn ich Christie helfe, bis das Schiff eintrifft . . .«

Er hob beschwichtigend die Hand. »Ich sagte, bis die Regierung entscheidet, was aus den Italienern wird, Miggel!«

»Was sind das jetzt für Wortklaubereien, Meneer?«

»Ich wiederhole nur, was ich tatsächlich gesagt habe.«

»Sie haben versprochen, der Regierung zu schreiben, daß die Italiener ein Schiff für die Überfahrt nach Hause fordern!«

»Völlig richtig. Und das war der *zweite* Stapel Briefe, den ich abgehen ließ.«

»Wahrscheinlich haben Sie auch erwähnt, daß sie in Silas Miggel einen Dummen gefunden haben, der ihnen Brennholz holt und Fallen für sie stellt und so weiter!«

»Miggel, Miggel, Miggel. Ich habe Mr. Laing schon darüber in Kenntnis gesetzt, daß Sie als Assistent für Mr. Christie verpflichtet worden sind. Ausdrücklich habe ich befürwortet, daß Ihre unverzichtbaren Dienste mit Siedlerrechten im Hochland vergolten werden. Was auf den Schlitten befördert wurde, geht aber noch auf meine *ersten* Briefe zurück. Die Antwort auf meinen jüngsten Appell, auf die Forderung nach einem Schiff für den Rücktransport der Italiener, steht noch aus.«

»Wann würde das Schiff denn eintreffen?«

»Das kann ein paar Wochen dauern, Miggel. Ein Schiff bekommt man nicht so leicht wie Zelte und Äxte und Decken.«

»Und was, wenn die Regierung kein Schiff für sie hergeben will?« begehrte ich auf.

»Es gibt doch gar keine andere Wahl.«

»Sie können dort oben kein halbes Jahr zubringen.«

»Weiß ich selbst. Deshalb muß ich Sie ja auch bitten, nicht nervös zu werden und wie vereinbart Mr. Christie zur Seite zu stehen. Die Räder im Getriebe der Regierung drehen sich langsam, sehr langsam . . .«

»So langsam das Rad sich auch dreht, es sollte besser stillstehen, bevor es uns überrollt und alles zerstört.«

»Fassen Sie sich in Geduld, Miggel.«

»Geduld? Und was höre ich da für Geschichten von einem Sägewerk?«

Mit einem Mal wühlte er in den Papieren herum, die vor ihm lagen. »Das ist eine Sache zwischen Fox & Dunn und der Regierung. Ich habe Mr. Laing schon im April mitgeteilt, daß meiner Meinung nach Gouna die beste Lösung für die Italiener sei, falls Fox & Dunn *kein* Land zugesprochen bekommt. Kurze Zeit später wurde ich angewiesen, die Italiener im Hochland anzusiedeln. Damit war für mich ausgemacht, daß Fox & Dunn ihr Werk anderswo errichten. Mr. Robinson ist gestern nach Kapstadt abgereist und will mit der Regierung über besser geeignetes Kronland im Distrikt verhandeln.«

»Hier scheinen viel zu viele Leute viel zu lange zu verhandeln. Das beste wäre, sie forderten bei der Regierung einen Sachverständigen an, der noch bei klarem Verstand ist. Dann kann er wenigstens das Durcheinander in Augenschein nehmen.«

Damit hatte ich ihn an einem empfindlichen Punkt getroffen. »Ich bin wohl noch allein in der Lage, diese Angelegenheit zu handhaben«, blitzte er zurück. »Sie sind es doch, der sich in Dinge einmischt, von denen er nichts versteht! Kümmern Sie sich um die Aufgaben, die ich Ihnen zugewiesen habe, und überlassen Sie alles Weitere mir. Ich bestreite ja gar nicht, daß die Italiener dort oben nicht bleiben können!«

»Kann ich mir einen der Pflüge nehmen?«

»Welche Pflüge?«

»Von denen, die heute geliefert wurden!«

»Diese Pflüge gehören der Regierung.« White reagierte, als müßte er sie aus eigener Tasche bezahlen. »Bevor eine Entscheidung über die Italiener herbeigeführt ist, bin ich nicht befugt, deren Bedarfsgüter an Sie zu verkaufen!«

»Von verkaufen war nicht die Rede! Ich will einen

zum Ausgleich für das Brennholz und das Buschbockfleisch und den Beutel Bataten, die ich gestern unter sie verteilt habe.«

Überraschend lenkte er ein. »Ich weiß doch, daß ich keinen besseren Helfer für Christie finden könnte als Sie, Miggel. Keine Sorge, Sie werden für alles entschädigt. Bitte sagen Sie Mr. Christie, daß er herkommen soll. Ich habe dringend mit ihm zu reden. Schon morgen, wenn möglich.«

Petroniglia war dort, wo ich sie vermutet hatte. Und Chefkonstabler Ralph stand hinter dem Kontor in der Wache.

»Sie will wissen, was mit dem Kind ist.«

»Was bist du denn heute früh so rabiat, Oom Silas!«

»Gibt es etwas Neues?«

»Wie hast du's geschafft, daß sie Ruhe gibt?«

»Ich will wissen, ob es was Neues gibt!«

»Ja. Tomasso hat versprochen, das Kind auf das nächste Schiff hierher zu setzen.«

»Und wann soll das sein?«

»Weiß nicht, Oom. Sobald wir Näheres in Erfahrung bringen, schicke ich dir einen Boten.«

»Wann soll das sein?«

»Ich sag's doch, Oom, sobald wir Näheres hören.«

»Christie wird es ihr übersetzen.«

Petroniglia war wirklich ungewöhnlich still. Sie stand da, lauschte auf jedes Wort zwischen mir und Ralph und versuchte es zu verstehen. Als wir die Wache verließen, lief sie in einigem Abstand voraus. Bis Gouna-se-drif drehte sie sich nicht um und duckte sich auch nicht unter den Spinnweben. Ich hatte ihr eine Gerte geschnitten und ihr vorgemacht, wie sie die Spinnweben beiseite schlagen konnte, wenn sie sich allzusehr über dem Weg verhedderten. Wieder trug sie das violette Kleid. Heute früh auf dem Hinweg wäre sie bei Gouna-se-drif angesichts der braunen, verschlammten Fluten fast in Ohnmacht gefallen. Es hatte einige Mühe gekostet, mit ihr den Fluß zu durchqueren. Aber ich konnte sie überreden, die Schuhe abzustreifen, das Kleid zu raffen und vorsichtig einen Schritt nach dem anderen zu tun.

Als wir nun wieder an die Furt kamen, setzte sie sich wortlos auf einen Stein und fing an, sich unaufgefordert die Schuhe auszuziehen. Sie zeigte auf das Wasser und bedeutete mir, daß sie durstig sei. »Nein«, entgegnete ich, »das Wasser können Sie nicht trinken. Zu schmutzig. Bleiben Sie sitzen. Die Gouna-Quellen sind nicht weit von hier, und Sie haben ja heute früh gesehen, was für ein Schlammpfuhl die Furt ist.« Inzwischen hatte ich mir auch angewöhnt, beim Reden mit den Armen zu fuchteln wie die Italiener.

Die Feuchtigkeit und Kühle des Dickichts, das wir gerade durchquert hatten, hing mir noch in den klatschnassen Kleidern. Hier eine Weile in der Sonne zu sitzen und selbst ein wenig Wärme zu tanken, war wohl das beste. Eigentlich hatte ich vorgehabt, mir noch vor Wintereinbruch einen von Barringtons alten Mänteln zu kaufen. Das kam jetzt nicht mehr in Frage. Mit Portlands Taglöhnen war es vorbei, und wenn kein Geld mehr hereinkam, war es nur noch eine Frage der Zeit, bis ich in die Blechdose greifen und die Rücklagen für später anbrechen mußte. Von da an würde es mit Silas Miggel bergab gehen. Jetzt galt es, ruhig Blut zu bewahren. Ich mußte schneller mit den Stühlen fertig werden als bisher.

»Signor Miggel?«

»Ja, Petroniglia?« Wie sonderbar, neben jemandem

zu sitzen, mit dem man kein Wort wechseln konnte. Als läge zwischen uns eine dicke Glaswand.

Ein Schwarm Groß-Loris stürzte sich von den Baumwipfeln auf unsere Seite herab und segelte über den Fluß, um sich drüben niederzulassen. Ich deutete auf die Vögel, aber Petroniglia bemerkte es kaum. Wenn Groß-Loris über einer Lichtung kreisten, fürchtete ich immer, die zarten, rotgefiederten Flügel könnten ihre schweren, leuchtend grünen Körper nicht in den Lüften halten. Landeten sie vorzeitig in einem Baum, so sah man sie manchmal bis in die höchsten Wipfel klettern, bevor sie wieder starteten. Als Mirjam noch klein war, bewahrte sie jahrelang ein Bündel Lorifedern in einem Tuch auf. Manchmal steckte sie sich welche ins Haar und sagte, wenn sie später groß sei, solle ich ihr ein grünes Kleid mit knallroten Ärmeln kaufen. Ein neues Kleid, kein aufgetragenes von Mrs. Barringtons Töchtern.

»Signor Miggel?«

»Ja, Petroniglia?« Anscheinend wollte sie mir etwas sagen, hielt aber wieder inne und schüttelte den Kopf. Sie saß zusammengekauert da und schien das letzte Quentchen Lebensmut verloren zu haben. Die Röcke hingen ihr schlaff zwischen den Knien, und die Hände lagen willenlos daneben. Das Halstuch, das sie über Kopf und Schultern gezogen hatte, war herabgerutscht und das Haar glänzte offen in der Sonne. Ich betrachtete ihr fein geschnittenes Gesicht. Ich sah keine Furcht in ihren Augen, als sie meinen Blick erwiderte, doch gaben ihr die Lippen einen weichen, schüchternen Zug um den Mund. Sekundenlang ließ ich mich vom Mitgefühl hinreißen, aber ich fing mich sofort wieder. Schließlich hatte sie genau gewußt, was sie tat, als sie ihr Kind in die Obhut eines Fremden gab. Wenn sie jetzt von Gewissensnöten geplagt wurde, um so besser! Mochte sie noch eine Weile dasitzen und in der Sonne braten.

»Signor Miggel?«

»Es hilft alles nichts, und wenn Sie noch tausendmal Signor Miggel sagen! Nehmen Sie lieber ihre Holzperlen und beten Sie, daß die Regierung euch ein Schiff herschickt, damit ihr wieder nach Hause kommt. Ich habe auch meine Sorgen. Was soll aus dem Hochland werden? Die neuesten Gerüchte von einer Sägemühle machen mir angst. Ich fürchte, daß die Firma Fox & Dunn kein anderes Kronland bekommt. *Mir* schickt die Regierung keinen Schlitten voller Lebensmittel und Klamotten, nicht einen roten Heller und schon gar kein Darlehen. Ich muß mich selbst versorgen. Was drüben aus Portland wird, wenn ich nicht dort sein kann, weiß der Himmel. Mir soll's auch egal sein, ich hätte euch schon am ersten Tag vor seine Türschwelle schleppen und dort stehenlassen sollen.« Ich wußte, daß sie kein Wort verstand, aber das Reden tat mir gut. Ich war kein Mensch, der leicht seine Gefühle anderen offenbaren konnte. Vielleicht fiel es mir dehalb leicht, mich vor ihr auszusprechen. Ich erzählte ihr von Mirjam: »Irgendwas stimmt nicht mit meiner Tochter, Petroniglia. Sie fängt an, sich mir zu entziehen, und ich weiß nicht, wie ich sie noch schützen soll. Als zoge es die Seele in eine Richtung und den Leib in eine andere.«

»Signor Miggel?«

»Steh auf, Petroniglia, wir müssen weiter.«

Als wir wieder ins Hochland kamen, waren die drei neuen Zelte schon neben den übrigen aufgestellt, und Christie hatte wieder Streit mit den Italienern.

»Sie werden immer unverschämter, Miggel! Ich kann meine Aufgaben als Übersetzer, Aufseher und Vorratsverwalter mit einem einzigen Zelt nicht mehr erfüllen und brauche ein zweites. Eines von den neuen Zelten soll mir als Büro dienen.«

»Damit machen Sie sich nicht gerade beliebt«, warnte ich ihn. »Meinen Sie, ein einzelner darf Anspruch auf zwei Zelte anmelden, wo sich bis zu vier Personen einschließlich Gepäck ein einziges teilen müssen?« Petroniglia zupfte mich fortwährend am Ärmel. »Ich schlage vor, daß Sie erst mal Ihre Pflicht tun und dieser Frau erklären, daß Tomasso das Kind mit dem nächsten Boot nach Knysna schicken wird. Wir werden rechtzeitig vorher informiert. Außerdem will Mr. White Sie dringend sprechen. Schon morgen.«

Ich kehrte heim, aber Mirjam war noch nicht zurück.

Vor der Tür setzte ich mich auf die Schwelle und kratzte den Schlamm von den Sohlen. So lange konnte sie unmöglich brauchen, um die Schlingen zu kontrollieren. Aber wo sollte sie sonst sein? Plötzlich stellte sich eine Sturzflut von Fragen ein, die ich nicht eindämmen konnte. Ging Mirjam ohne mein Wissen wer weiß wohin, zu irgendwem? War sie schon länger regelmäßig dort, als ich jetzt vermutete? Hatte ich es nur herausgefunden, weil ich nicht mehr in Portland arbeitete? Fühlte sie sich wie eine Gefangene, weil ich jetzt öfter zu Hause war? Ich rief mich selbst zur Ordnung, bevor die Einbildungskraft mit mir durchging; schließlich konnte es viele Gründe für ihre Abwesenheit geben. Vielleicht sammelte sie ein paar späte Waldbeeren zum Einkochen. Oder sie mußte große Umwege gehen, um einer Herde Elefanten auszuweichen. Wie oft war das der Fall! Je mehr ich mich allerdings an das hielt, was für sie sprach, desto weniger mochte ich daran glauben. Wenn einem etwas weh tut, soll man den Schmerz nicht in der Hoffnung ignorieren, daß er sich von selbst erledigt. Manchmal gelingt es, aber nicht immer. Ich hätte losziehen und nach ihr suchen können, aber wo sollte man im Wald damit anfangen? Besonders, wenn die Gesuchte womöglich selbst nicht wollte, daß man sie findet. Und wenn ich sie aufspürte – in Gesellschaft von Sias oder Martiens oder womöglich mit Jacob Terblans? Was dann? Würde sie sich bei der Hand nehmen und freiwillig nach Hause bringen lassen? Nicht Mirjam. Zwar hatte sie abgewiegelt, ich solle ohne Sorgen sein, sie würde keinen Mann nehmen. Aber daß sie sich nicht auf ein Verhältnis einlassen würde, war damit nicht gesagt. Und wenn sie nun mit einem der Italiener unterwegs war?

Drei Jahre lang trafen Margriet und ich uns an einer Stelle in Draaibos Eiland, wo wir sonntags allein sein konnten. Wie müde ich auch vom Äxteschwingen unter der Woche war, sonntags kam ich hellwach und gut aufgelegt dorthin. Wir hatten kein Geld zum Heiraten; wir konnten froh sein, wenn es für Essen und Kleider reichte. Und eines Sonntags meinte Margriet, es wäre besser, jetzt zu heiraten, bevor wir in ernste Schwierigkeiten kämen, und drei Monate später standen wir vor dem Traualtar.

Heiraten würde Mirjam auf keinen Fall, egal mit wem sie angebändelt hatte. Sie würde ihn aufgeben müssen. Margriet hatte nicht wissen können, daß es besser für sie gewesen wäre, mich zu verlassen. Wie lange konnte Mirjam den Verehrer im dunkeln lassen? Wie standhaft würde sie ihn zurückweisen? Meine Gedanken liefen mit mir davon. Mirjam ist ein kluges

Mädchen, dachte ich, sie wird wissen, was sie tut. Hoffentlich würde ich rechtzeitig erfahren, wenn sie in Schwierigkeiten kam. Hoffentlich war ich dann noch auf der Welt, um ihr helfen zu können. Wenn ja, würde ich ihr ein grünes Kleid mit roten Ärmeln kaufen. Ich würde den Garten für sie bestellen und alle Blumen pflanzen, die sie liebte, und das Unkraut zwischen ihren Veilchen jäten, deren Beete schon bis zum Wald reichten. Ich würde ihr aus Holz vom Stinkholzbaum eine kleine Kommode tischlern, und darauf sollte sie eine Waschschüssel aus Porzellan mit Krug stellen, die ich ihr kaufen würde. Barrington hatte mich einmal holen lassen, und als ich kam, sollte ich den Hut abnehmen und über die Treppe in den zweiten Stock seines Hauses steigen, wo er in einem riesigen Bett mit einem Dach darüber lag. Er war krank gewesen, und ich wußte nicht, wie ich mich verhalten oder wo ich hinsehen sollte. Und in einer Ecke des Zimmers fiel mir eine hübsche Waschschüssel mit einem Krug ins Auge, beides aus Porzellan, auf einer kleinen Kommode.

Aber Waschschüssel und Krug gab es nicht umsonst, und das Geld fiel nicht vom Himmel. Ich erhob mich und trat in den Holzschuppen, um an einem der halbfertigen Stühle weiterzumachen. Das Essen konnte warten. Selbst wenn meine kleine Welt ein wenig in Unordnung geraten war, blieb mir doch die Hoffnung auf die versprochenen Siedlerrechte. Auch mit den Italienern dürfte man mit der Zeit besser auskommen. Die Zelte standen neben dem schützenden Abhang, Feuerholz lagerte trocken im Unterstand, die Regierung hatte Lebensmittel und Decken und Medizin zur Verfügung gestellt, und Tomasso würde das Kind mit dem Schiff hierher schicken. Ich mußte sie nur noch im Auge behalten, das war alles, und einen dieser Pflüge würde ich obendrein bekommen. Ich hatte mich nie am Eigentum anderer bereichert, aber einen Pflug wollte ich mir doch unter den Nagel reißen. Was sollten sie auch mit vier Pflügen, wenn sie noch nicht einmal Ochsen dafür hatten? Genausogut hätte man einen Wagen ohne Räder schicken können.

Noch immer plagte mich die Sorge um Mirjam. Vielleicht hatte sie meiner Schwester Hannie oben in Draaibos Eiland einen Besuch abgestattet. Oder war etwas zwischen ihr und Sias van Rooyen? Wenn es Sias war, meinetwegen, dem Taugenichts würde keine Braut lange nachweinen.

Mrs. Barrington hatte einmal ein ernstes Gespräch über Mirjam mit mir. Ich solle sie nicht so streng erziehen, denn das Kind sei sehr sensibel. Dabei war ich gar nicht besonders streng zu Mirjam. Jedes Kind im Wald, ob Junge oder Mädchen, lernt die rauhen Gesetze des Überlebens kennen. Es gab so viele Gefahren. Wenn der Küstennebel aufstieg und ins Landesinnere kroch, wenn das Dickicht sich in ein graues, undurchsichtiges Nebelmeer verwandelte, mußte auch ein Kind wissen, ob der Heimweg geradeaus führt oder in die entgegengesetzte Richtung. Sonst war es verloren. Es war nicht übertriebene Strenge, wenn ich meiner Tochter jeden Fußpfad und jeden Rieseweg einprägte. Wenn sie eines Tages vor den Elefanten davonlaufen mußte, weil kein rettender Baum in der Nähe war, mußte sie wissen, welcher Weg sie in Sicherheit brachte. Zugleich mußte sie lernen, sich vor Baumschlangen zu hüten, die sich manchmal auf dem Fußpfad sonnten. Ein Waldkind war nicht wie die Kinder reicher Leute, aber dafür hatte eine Lady wie Mrs. Barrington wenig Verständnis.

»Pa.«

Ich hatte ihr Kommen gar nicht gehört. »Guten Abend, Mirjam.«

»So spät ist es doch gar nicht, Pa.« Sie schämte sich, man sah es ihrer Haltung an und der schuldbewußten Miene.

»Mirjam, ich frage dich nicht, wo du gewesen bist. Was darüber zu sagen ist, haben wir letzte Woche besprochen. Aber heute habe ich nachgedacht. Wenn man jeden Tag dasselbe wiederholt, verlieren die Worte über kurz oder lang ihre Bedeutung, sie sind wie Nägel, die nicht länger ins Holz getrieben werden können, egal wie fest man hämmert. Daher will ich nicht wissen, wo du warst, denn ich will nicht, daß du mich anlügst.« Ich spürte ihre Erleichterung; das Mädchen atmete durch und entspannte sich. Silas Miggel, halt ein, sagte ich zu mir, du begehst einen Fehler, aber nun sag auch nichts mehr. Es fiel mir nicht leicht. Meine Lippen gehorchen dem Verstand, aber mein innerstes Wesen bäumte sich dagegen auf. Natürlich wollte ich in Erfahrung bringen, wo sie sich aufgehalten hatte, und vor allem mit wem. Gewiß war sie kein Unschuldslamm, sonst hätte sie sich verteidigt. Sie war auch nicht bei Tante Hannie gewesen, sonst hätte sie es mir sofort unter die Nase gerieben. »Geh und mach uns das Abendbrot«, murmelte ich. »Ich habe seit heute früh nichts gegessen; du wahrscheinlich auch nicht.«

Ich gab dem Stuhl seinen letzten Schliff und fing einen neuen an. Eine frische, winterliche Brise wehte übers Hochland, und die Kühle hinterließ eine Gänsehaut auf meinen Schultern.

Morgens klopfte schon früh Christie an die Tür. »Ich brauche Sie, Miggel. Sie müssen mich ins Dorf begleiten!«

»Ich war gestern dort. Heute bleibe ich daheim.«

»Dann geben Sie mir Ihre Tochter mit.«

»Nein.«

»Ich kann doch nicht alleine gehen! Auch ein paar der Italiener und ihre Frauen möchten ins Dorf, aber sie werden ebenfalls nicht allein aufbrechen.«

»Wieso allein? Sie sind doch dabei.«

Das erboste ihn. »Ich werde notieren, daß Sie mir Ihre Hilfe verweigern, obwohl Mr. White mich dringend ins Dorf bestellt hat.«

»Ich weigere mich doch gar nicht. Ich begreife bloß nicht, daß die Italiener einerseits zu ängstlich sind, im Norden des Waldes ihr Brennholz selbst zu holen, andererseits aber freiwillig nach Süden durch die Kloofs ins Dorf marschieren wollen!«

»Bis ins Dorf haben wir wenigstens eine Art von Weg freigerodet.«

»Schlitten- und Fußpfade gibt's auch im Norden!«

»Mr. White sagt, daß der Wald im Süden einigermaßen erschlossen ist; mit den Gefahren im Norden gar kein Vergleich. Ich fordere Sie daher noch einmal dringend auf, mich und die Italiener ins Dorf und wieder zurück zu begleiten!«

»Haben Sie sich wegen des Zelts wieder vertragen? Oder wollen Sie deswegen nicht alleine mit ihnen sein?«

»Das Zelt gehört mir. Kommen Sie jetzt mit oder nicht?«

»Ich gehe heute nicht aus.« Inzwischen hatte ich die Nase voll von ihm. Sollte er sich doch auf den Kopf stellen. Und dabei wäre es geblieben, wenn Mirjam nicht aus ihrem Zimmer gekommen wäre und für den Kerl ein gutes Wort eingelegt hätte.

»Siehst du denn nicht, daß er Hilfe braucht, Pa?« Sie sprach Holländisch, damit er uns nicht verstand. »Hast du nicht begriffen, daß er hier genauso in der Falle sitzt wie die Italiener? Hab doch ein wenig Mitleid, Pa. Laß mich mit ihnen ins Dorf gehen. Bitte. Ganz in der Nähe von uns weiden Grootvoete im Wald, vier Kühe und ein Kalb. Gestern auf dem Heimweg hatte ich ganz schön Mühe, im Gegenwind zu bleiben.«

»In welcher Richtung waren sie unterwegs?«

»Ich glaube, sie wollten ins Hochland in die Sonne, denn im Wald ist es noch immer sehr naß. Vergiß nicht, Pa, daß ich hier oben allein mit den andern nicht zurechtkommen würde, wenn die Grootvoete kommen. Es fällt mir nicht leicht, mit der großen Büchse zu zielen.«

Tatsächlich hatte ich die Elefanten schon seit einer Weile erwartet. Sie waren von Natur aus ziemlich neugierig, vor allem wohl auf die Fremden im Wald, die sie am Geruch erkannt haben konnten.

»Wo bist du ihnen begegnet?«

»Oberhalb vom Schlittenpfad nach Gouna, Pa.«

Was hatte sie dort zu suchen? Eine Schlinge hatten wir jedenfalls in dieser Gegend nicht ausgelegt. »Ich könnte sie nicht aufhalten. Wenn sie hierher marschieren, werden sie kommen und sonstwas platt trampeln.« Christie wurde ungeduldig und verlangte, daß wir englisch sprechen sollten, damit er uns verstehen könne. »Wir reden nicht über Sie«, beruhigte ich ihn.

»Sei nicht so dickköpfig, Pa. Laß mich mit ihnen gehen. Bitte. Du hast selbst gesagt, daß Mr. White dringend mit Mr. Christie sprechen muß.«

»Wenn ich dir die Erlaubnis gebe, so geschieht es wider meinen Willen und gegen bessere Einsicht. Diese Leute sind anders als wir, Mirjam, ich will nicht, daß du dich mit ihnen einläßt. Ich habe sie sorgfältig beobachtet; ihre Augen sind flinker als die der Engländer, und ihre Zungen auch.«

Christie drohte mir, alles höheren Orts zu melden, wenn ich nicht sofort alles für ihn verständlich wiederholen würde.

»Ach, hau doch ab, du Knallkopf!« fluchte ich, und Mirjam brach in Gelächter aus. Sofort löste sich die Verstimmung zwischen uns in nichts auf. Um so besser – aber die Bedenken blieben. Sie war so stillvergnügt in letzter Zeit, wenn sie die Hausarbeit machte oder das Essen bereitete und sich für unbeobachtet hielt. Ich spürte oft, wie sie vor Seligkeit strahlte. Meinen Kummer konnte das nicht lindern, denn es verhieß nichts Gutes.

Ich erklärte Christie, daß ich ihr ausnahmsweise erlauben würde, sie zu begleiten. Aber dies wäre das erste und das letzte Mal. Wenn sie später einmal ins Dorf wollten, würden sie auf eigene Gefahr gehen müssen.

Als ich allein war, schleppte ich die Hobelbank auf die Ostseite des Hauses, damit ich während der Arbeit den Wald und zugleich die Zelte im Auge behielt. Für eines mußte ich so bald wie möglich sorgen: Christie würde sie nach seiner Rückkehr zusammenrufen und eine kleine Lektion über Elefanten übersetzen. Ich wollte nicht im Hochland mit einer Handvoll Italiener überrascht werden, die bei jeder kleinsten Gefahr in alle Richtungen davonflitzten. Wie sollte ich sie unter diesen Umständen je wieder vollzählig zusammentreiben? Und noch etwas war dringend nötig. Wir mußten in kürzester Frist eine Aschengrube ausheben. Der Wald war keine Müllhalde, und sie hatten schon angefangen, Gemüsereste und Obstschalen in das Plumpsklo zu werfen, das sie nach meiner Anleitung weitab von den Zelten ausgehoben hatten. Ein zweites sollte es jedenfalls nicht geben, ich hatte keine Lust, nach ihrer Abreise bei jedem Spatenstich an Fäkaliengruben zu geraten.

Bei den Zelten war es ziemlich still geworden. Etwa zehn von ihnen waren mit Mirjam und Christie losgezogen. Auch Petroniglia hatte sich ihnen angeschlossen, um womöglich Nachricht von ihrem Kind zu erhalten.

Zwei Frauen fegten lustlos den Platz vor den Zelten mit einem Reisigbesen, zwei andere hingen Wäsche auf. Die Kinder spielten Ringelreihen, bei dem sie im Kreis standen. Nur Felitze, der Kleine mit den schwarzen Locken, der es Mirjam leider viel zu sehr angetan hatte, wollte nicht im Kreis bleiben und rannte dauernd weg. Zweimal kam er bis an mein Gartentor, und ich scheuchte ihn zurück.

Wie ich so dastand, arbeitete und alles überwachte, näherte sich ein Waldhüter meinem Haus, der offenbar Streit suchte.

»Morgen, Oom.«

»Morgen, Förstersmann.«

»Noch immer im Hochland, wie ich sehe? Wie lange willst du deine illegale Ansiedlung noch aufrechterhalten?«

»Stimmt, ich bin noch da. Aber bevor du dich künstlich aufregst, geh besser mal zu Mr. White ins Büro, der schließlich höchstpersönlich die Regierung vertritt. Der wird dir von meiner neuen Stellung erzählen. Meine Ansiedlung hier ist seit neuestem regierungsamtlich erwünscht.«

»Wie kommt's?«

»Frag doch Mr. White! Und da du hier offenbar doch bloß Maulaffen feilhältst, kannst du mir ruhig mal den Kleistertiegel anreichen.«

Zögernd reichte er mir den Topf und stolzierte dann zum Holzschuppen, um meine Vorräte in Augenschein zu nehmen. Als er wiederkam, fragte er nach meiner Lizenz. Ich holte den Wisch aus der Küche, und er vertiefte sich in das Kleingedruckte, als ob er durch längeres Anglotzen irgendeinen Makel hineingucken wollte. Waldhüter bleibt Waldhüter.

»Die Genehmigung erlischt in einem Monat.«

»Weiß ich.«

»Und wie ich sehe, fällst du in erster Linie Stinkholz. Daß du Stinkholz ausschließlich in den Monaten Juni und Juli fällen darfst, hast du hoffentlich noch nicht vergessen.«

»Ist mir ebenfalls bekannt. Sag das auch mal den Holzaufkäufern im Dorf, die wissen's scheinbar nicht.«

»Wir haben strenge Anweisung von Oberst Harison, dem Naturschutzbeauftragten. Jeder, der außerhalb der Saison fällt, wird eingelocht.«

»Die Aufkäufer fragen nicht nach der Saison; wenn sie Holz brauchen, um ihre Frachter zu füllen, kaufen sie's. Und Smit will, daß ich ausschließlich Stinkholz für die Stühle verwende, sonst kauft er sie nicht.«

»Wir gehen jetzt unerbittlich vor, Oom. Du bist gewarnt.«

»Hab's vernommen.«

»Aber eigentlich bin ich hier, weil es andere Probleme im Hochland geben könnte. Ernsthafte Probleme.«

»Ich versichere Ihnen, daß wir alle Probleme, die nur auszudenken sind, schon haben. Sie dürfen sich also wieder verziehen.« Er stand mir im Weg.

»In deinem eigenen Interesse wäre es besser, wenn du mit uns zusammenarbeitest, Oom. Es geht um die Italiener. Sie haben die Blattern eingeschleppt.«

»*Wie bitte?*« Fast wäre mir der Kleistertopf aus der Hand gefallen. »Bist du besoffen oder was ist?«

»Nein, Oom. Die halbe Welt hat die Blattern. In London sterben sie wie die Fliegen, und man rechnet damit, daß es jeden Augenblick in Kapstadt ausbricht. Die Schiffe werden nicht mehr vor Anker gehen, sondern an unseren Häfen vorbeisegeln. Polizeirichter Jackson hat uns eine Ansprache gehalten; er glaubt, die Einwanderer bringen die Seuche ins Land.«

»Hast du das mit eigenen Ohren gehört? Oder ist das bloß wieder so ein Dorfklatsch?«

»Nein, Oom.«

»Gut. Dann hör zu, was ich dir sage. Diese Leute haben nicht die Blattern. Sie mögen ein lärmender Haufen und merkwürdige Käuze sein. Sie haben eine Heidenangst vor dem Wald, und zwei waren ein bißchen vergrippt. Im übrigen sind sie kerngesund. Der einzige, der wirklich elend dran ist, gehört zu den Grassis und heißt Ilario. Es ging ihm miserabel, als er hier ankam. Ihr Anführer Mr. Christie behauptet, er sei schon krank gewesen, als sie an Bord gingen.«

»Es sind die Blattern.«

Er war hundertprozentig davon überzeugt, also mußten es wohl die Blattern sein. »Wenn du deiner Sache so sicher bist, würde ich an deiner Stelle wenigstens mal hingehen und nachschauen. Und bis dahin würde ich dir raten, keine Lügenmärchen in die Welt zu setzen. Die Regierung schickt sowieso demnächst ein Schiff, das sie abholen soll, denn hier können sie doch nicht bleiben. Aber mit Blattern wird sie kein Seemann an Bord nehmen.« Anschließend erzählte ich ihm von den Seidenraupen und hörte nicht auf, bis er mit offenem Mund dastand und die Sache mit den Blattern völlig vergessen hatte. Aber dann brachte er ein neues Thema auf. »Sag mal, Oom – weißt du zufällig, in welcher Richtung Josafat Stander zur Zeit wildert?«

»Ach, wildert er?«

»Er schmuggelt Elfenbein, Oom. In großem Stil. Er hat noch nie eine Erlaubnis zum Erlegen von Grootvoeten beantragt – und wird wohl auch nie eine bekommen. Das einzige, was er von uns kriegt, ist eine Menge Ärger. Wir haben Anweisung, ihn auf der Stelle festzunehmen und ein für allemal hinter Gitter zu bringen.«

»Du bist wohl noch nicht lange hier im Distrikt, stimmt's?«

»Seit neun Monaten.«

»Hast du Josafat Stander schon mal gesehen? Weißt du, wie er aussieht?«

»Nein. Man sagt, es wäre ein großer Bursche, den man auf den ersten Blick erkennt. Im Sommer wandert er von einem Ort zum andern, aber im Winter sucht er sich ein Quartier. Und dort werde ich ihn mir holen.«

»Wie willst du ihn aufspüren? Du glaubst wohl, du wärest der erste, der es versucht?«

»Keine Sorge, Oom. Ich hab mir einen guten Plan ausgedacht. Du wirst es erfahren, wenn wir ihn haben. Von euch Waldleuten erwarte ich, daß ihr kooperativ seid und mir helft, seinen Unterschlupf für den kommenden Winter zu finden.«

»Ich werde mich umhören.«

»Wär sehr freundlich von dir, Oom. Und ich werde mich jetzt wieder auf den Weg machen. Ich will heute noch bis Brown-se-Kloof. Ich glaube fast, dort wird zur Zeit eine Menge Holz gefällt. Du weiß nicht zufällig, ob Grootvoete unterwegs sind?«

»Nicht, daß ich sie mit eigenen Augen gesehen hätte. Aber deine hältst du besser offen.«

Ich wartete, bis er sich weit genug entfernt hatte, dann lief ich zu den Zelten hinüber. Die Italiener standen und saßen herum wie Leute, die vor Untätigkeit nichts mit sich anzufangen wissen. Als sie mich sahen, kam etwas Leben in sie.

»Buon giorno, Signor Miggel!«

»Buon giorno, Signor Miggel!«

Im Gänsemarsch traten sie auf mich zu, auch die Kinder. Amerika versuchte es auf holländisch und grinste breit: »Guten Morgen, Signor Miggel!«

»Wir haben nicht mehr Morgen, es ist schon spät am Nachmittag!« erwiderte ich und zeigte auf die Sonne. Ich deutete ihm die Himmelsbahn an, die sie von Osten bis zu ihrem höchsten Stand mittags zieht. Dann erklärte ich, daß man bis dahin *guten Morgen* sagt und später *guten Tag* und schließlich *guten Abend*. Nach dem zweiten Versuch radebrechte er: »Guten Abend, Signor Miggel.«

»Guten Abend, Signor Miggel!« wiederholten nun alle den Gruß.

»Für heute reicht's«, erklärte ich und fragte, wo Ilario sei. Sie zeigten mir sein Zelt, wo ich ihn auf seinem engen Feldbett fand. Sein magerer Leib wölbte kaum die Decke. Als er die Augen öffnete, zog er die Hand hervor und reichte sie mir schlaff, als sei ich seine letzte Rettung. Alles im Zelt der Grassis war ordentlich gestapelt, und trotzdem war es furchtbar eng.

»Sie sehen aber gar nicht gut aus«, urteilte ich. »Wir werden etwas unternehmen müssen, damit es Ihnen bessergeht. Allzu großes Vertrauen in die Medizin, die Ihnen die Regierung schickt, habe ich nicht. Ich werde mir etwas überlegen. Sie dürfen mir nicht einfach wegsterben; schließlich sollt ihr die Heimreise vollzählig antreten!« Ich war überzeugt, daß es nicht die Blattern sein konnten, denn er hatte nirgends Flecken auf der Haut. Wahrscheinlich würde ich nach Draaibos Eiland gehen müssen. Mieta sollte herkommen und ihn sich einmal ansehen. Blattern hatte er bestimmt nicht. Hauptsache, sie nahmen ihn an Bord, wenn das Schiff kam.

Es dämmerte schon, als Mirjam mit den anderen fußwund und müde vom Dorf zurückkehrte. »Ich konnte sie nicht zusammenhalten, Pa. Jeden zog es in eine andere Richtung, und Petroniglia hielt Christie auf der Polizeiwache fest. Sie wollte Wort für Wort übersetzt haben, wann und auf welchem Schiff das Kind herkommen würde. Christie sollte Chefkonstabler Ralph ausquetschen bis zum Gehtnichtmehr, und daß auch er nichts weiter wußte, stellte sie nicht zufrieden.«

»Hoffentlich heißt das nicht, daß sie von jetzt an jeden Tag zum Hafen läuft. Warum wollte White unbedingt so rasch wie möglich Christie sprechen?«

»Weiß ich nicht. Aber Mr. Christie war sehr lange in Mr. Whites Büro und kam mit einem Haufen Zeug heraus: zusammengerollte Papiere und Mappen. Immerhin war er auf dem Rückweg sehr viel besserer Laune als heute früh.«

»Ich glaube, Mieta muß kommen und Ilario behandeln.«

»Dann mußt du sie selbst holen. Ich habe morgen Backtag.«

Merkwürdig. Ich hatte geglaubt, sie würde in Jubel ausbrechen bei der Gelegenheit, nach Draaibos Eiland zu kommen.

Aber auch ich kam anderntags nicht nach Draai-se-Bos. Es war noch kaum hell, als im Zeltlager ein Höllenspektakel ausbrach. Dem Gekreisch nach zu schließen wurden sie gerade massakriert. Mirjam war wie der Blitz aus dem Bett und bebte am ganzen Leib in ihrem dünnen Nachthemd.

»Was ist los da drüben, Pa? Ob ihnen etwas zugestoßen ist?«

»Grootvoete. Gib mir die Büchse.«

»Woher willst du das wissen?«

»Was soll's denn sonst sein?«

»Willst du auf sie schießen, Pa?«

»Nur wenn es sein muß. Zieh dir etwas über und blas die Kerze aus.«

Ich stopfte gerade das Pulver ins Rohr, als Fäuste an der Tür hämmerten: »Signor Miggel! Aiuto! Elefanti! Elefanti!«

Als ich öffnete, sah ich in einen Kreis bleicher Gesichter. Manche waren noch unterwegs und zogen ihre schlaftrunkenen Kinder hinter sicher her oder trugen sie auf der Hüfte. »Rührt euch bloß nicht, verdammt noch mal!« zischte ich. »Nennt sie nicht beim Namen! Vielleicht verstehen Sie eure Sprache und trampeln mein Haus in Klump!« Die meisten hatten noch ihre Pyjamas an oder waren in Bettlaken und Schals gewickelt, einige trugen Bündel bei sich, als hätten sie im ersten Schreck nach den nächstbesten Habseligkeiten gegriffen, um sie zu retten. Die Frauen jammerten, die Kinder plärrten, alle zitterten vor Schreck und vor Kälte. Direkt vor meiner Tür standen Petroniglia und Mariarosa, Borolini und Coccia. Alle redeten durcheinander und auf mich ein, gestikulierten, rollten mit den Augen, die Hintenstehenden drängten die anderen beiseite, wer vorn stand, versuchte mich zu überrennen und ins Haus zu gelangen.

»Wo ist Christie«, brüllte ich. Manche zeigten ans andere Ende des Hochlands, die überwiegende Mehrheit zu den Zelten hinüber. »Mirjam!« rief ich über die Schulter zurück, »schlag die Tür hinter mir zu, wenn ich draußen bin, und riegle ab!«

»Laß die Kinder herein, Pa! Sie erkälten sich.«

»Auf keinen Fall!«

»Bitte, Pa. Wenigstens die Kinder.«

In diesem Moment waren sie nicht mehr zu halten; sie drängten sich mit aller Macht nach vorn, und Mirjam kam mir nicht zu Hilfe. Als sie sich an mir vorbeiwälzten, konnte ich mich gerade noch selbst, so gut es ging, nach draußen zwängen. Als ich wieder klar sehen konnte, erkannte ich vier Kühe und ein Kalb, die etwa fünfhundert Meter hinter den Zelten grasten. Das Getümmel, dessen Ursache sie waren, hatten sie offenbar gar nicht bemerkt.

Der Wind kam von Süden. Ich konnte mich an den Zelten vorbeischleichen; am Waldrand unmittelbar oberhalb des Abhangs entdeckte ich ihre Spur. Sie waren kurz vor Tagesanbruch herausgekommen, hatten sich gründlich umgesehen und waren dabei so leise gewesen, wie es nur Grootvoete können, wenn sie wollen. Währenddessen war es, als hätten sie sich ausgerechnet die freien Plätze zwischen den Zelten ausgesucht, um ihre Dunghaufen zu hinterlassen, und prompt waren die flüchtenden Italiener überall hineingelatscht.

Christie hatte sich in seinem Zelt verkrochen. Es war ein Bild des Jammers: ein erwachsener Mann, der auf einem lächerlichen Feldbett kauerte, das Nachthemd zwischen die Beine geklemmt wie einen Frauenrock. Die Schlafmütze hatte er vor Angst tief über die Stirn gezogen und schlotterte am ganzen Leib. Ein schmales Brett hielt er zur Verteidigung umklammert. Ich hieß ihn aufstehen und sich anständig ankleiden; er solle zu mir kommen und mir die verdammten Italiener vom Hals schaffen.

Der einzige, den ich sonst noch fand, war Ilario. Ich nahm ihn einfach auf, wickelte ihn in sein Bettzeug und trug in zu mir in den Holzschuppen. Dort setzte ich ihn auf einem Stapel Blockholz ab. Christie raste wie eine Furie ebenfalls in den Schuppen. Auf keinen Fall wollte er wieder auf den Zeltplatz, geschweige denn die Italiener zur Rückkehr überreden.

Es wurde ein langer Tag. Die Elefanten hatten es nicht eilig. Manchmal standen sie bloß in der Sonne und schwangen die riesigen Schädel hin und her, als wenn sie sich in den Schlaf wiegen wollten. Dann setzten sie ihre Mahlzeit fort und weideten dicht bei meinen beiden Ochsen, oder sie spielten einfach mit dem Kälbchen.

Diejenigen der Italiener, die es nicht bis ins Haus geschafft hatten, hockten wie Paviane auf dem Blockholz in meiner Scheune. Im Innern des Hauses saßen die Frauen und zählten sich mit den Holzperlen die

Gebete vor, küßten die kleinen Kruzifixe und machten das Kreuzzeichen über der Brust. Die Kinder wirkten wie gelähmt vor Angst; die meisten waren drinnen untergekommen und stierten scheu unter der Tischdecke hervor. Nur Fielies konnte sich nicht entscheiden, wo er sich lieber aufhielt. Mal wollte er in die Scheune zu den Männern, dann wieder zog er die Gesellschaft der Frauen im Haus vor. Jedesmal, wenn er nach draußen rannte, rief ich Mirjam zu, sie solle ihn festhalten.

»Er heißt nicht Fielies, Pa! Sein Name ist Felitze.«

Solange ich mit der Büchse im Anschlag zwischen Haus und Holzschuppen postiert war, blieben die Italiener ruhig. Doch wenn ich ihnen den Rücken drehte, wurden sie unruhig, besonders Christie. Mirjam machte sowohl drinnen als auch draußen Feuer, um Aschenbrot und Bataten für alle zu backen.

Ich wandte mich an Christie. »Die Regierung wird mir einen Sack Mehl und einen Zentner Kartoffeln zahlen müssen. Ich kann es mir nicht leisten, aus eigenen Mitteln dreißig hungrige Mäuler zu stopfen.«

»Es wird alles notiert, Mr. Miggel.« Plötzlich war ich wieder ein *Mister* für ihn. »Wenn Sie nur die Augen aufhalten und ihre Büchse auf diese wilden Bestien anlegen!«

»Es sind keine Bestien«, widersprach ich. »Es sind Grootvoete. Sie sollten mehr Respekt vor ihnen an den Tag legen, denn in diesem Wald haben sie ältere Rechte; wir dagegen spielen nur die zweite Geige. Wenn die Grootvoete geruhen, sich ein wenig im Hochland zu sonnen, dann müssen wir beiseite treten. Und damit so etwas nicht wieder passiert, werde ich Sie und diese nervösen Raupenzüchter das Gesetz der Wildnis lehren, wenigstens soweit es den Umgang mit Grootvoeten betrifft.«

»Welches Gesetz?«

»Jedenfalls kein Gesetz, das die Regierung erlassen hat. Das einzige, was die Regierung bei den Grootvoeten zu bestimmen hat, ist die Genehmigung, sie zu erlegen. Sie müssen den Italienern sagen, daß die Grootvoete eine sehr gute Witterung haben. Wenn sie den Geruch nicht mögen, trampeln sie so lange auf einem herum, bis man sich kaum wiedererkennen würde – selbst wenn man dann noch lebte und in den Spiegel sehen könnte. – Und denken Sie daran, daß sie vor allem den Geruch von *Fremden* nicht mögen«, fügte ich bedeutungsvoll hinzu. »Am besten hält man Abstand von ihnen und bleibt im Gegenwind, dann können sie keine Witterung aufnehmen. Aber wenn eines Tages die Zeit nicht mehr reicht, die Windrichtung zu wechseln, sollte man rasch die richtige Entscheidung treffen, bevor man vom Stoßzahn aufgespießt wird ...«

»Pa, hör auf, Mr. Christie solche Angst einzujagen!« rief Mirjam vom Haus her.

Ich tat so, als hätte ich nichts gehört. »Wenn Sie auf einen Baum klettern, muß es der richtige sein, und selbst wenn Sie ihn erkennen würden, steht vielleicht gerade keiner in der Nähe. Weißerlen oder Stinkholzbäume wären geeignet, aber sie wachsen nur alle paar hundert Meter. Wenn die Grootvoete einen jagen und man sich erst umschauen will, wo ein Baum steht, gibt es nur ein Mittel, um Zeit zu gewinnen: die Jacke wegwerfen und die Beine in die Hand nehmen. Die Grootvoete halten sich an den Geruch und stürzen sich zuerst auf die Kleider, bevor sie die Hatz wieder aufnehmen. Bis dahin tut man gut daran, den Baum zu erklimmen.«

»Und wenn die Viecher da drüben nun hier lang kommen und das Haus angreifen?«

»Dann wird sich die Regierung die Kosten für das Schiff sparen. Von euch ist dann nämlich nicht mehr viel übrig.«

»Jetzt reicht's, Pa!«

»Sie treiben ein grausames Spiel, Miggel. Warum ballern sie nicht ein paarmal in die Richtung, um sie in den Wald zurückzutreiben?«

»Eher würde ich Sie abknallen, als im Hochland Grootvoete herauszufordern!«

Christie reagierte gereizt. »Mr. White hat mich schon vor Ihnen gewarnt«, kreischte er. »John Barrington auch, und die Waldhüter erst recht. Ich werde dafür sorgen, daß Ihr Verhalten bei höchsten Regierungsstellen zur Sprache kommt!«

»Ich möchte mal wissen, zu wem die Italiener notfalls halten würden, zu Ihnen oder zu mir?«

»Natürlich zu Ihnen, Miggel«, höhnte er. »Sie sorgen ja für Unterhaltung, da können sie ab und zu ihre Sorgen vergessen.«

Ob er mich wohl für seinen Hofnarren hielt?

Als die Sonne sank, kehrten die Kühe in den Wald zurück, und es war stockfinster, als ich den letzten Italiener zu den Zelten zurückgescheucht hatte. Amerika glaubte wohl, er könne den Rest seiner Tage unter meinem Eßtisch verbringen.

Anderntags war Samstag, und Mirjam bot an, Mieta zu holen. Ich nahm Eimer und Spaten zur Hand und sammelte den Elefantendung für den Garten ein. Als Mirjam zurückkam, hatte ich die

Beete gedüngt und die Sitze für zwei Stühle geflochten.

Wieder gab es einige Aufregung, als ich die Medizinfrau zu Ilarios Zelt brachte. Die einfältigen Grassi-Kinder fingen an zu schreien, und die Frauen wollten sie unter keinen Umständen an das Krankenlager lassen.

»Sie haben Angst vor der schwarzen Frau«, erklärte Christie.

»Hör ich recht? Machen Sie ihnen klar, daß Mieta ein anständiger Mensch ist, egal, welche Farbe ihre Haut hat. Sie will doch nur für Ilarios Wohlergehen sorgen! Sie kennt sich besser aus als die Ärzte.«

Trotzdem kostete es einige Überredung, die dummen Weiber wegzuschicken und Mieta Einlaß ins Zelt zu verschaffen. Nun gab es Gedränge vor Ilarios Bett, denn vier Leute mußten sich gegenseitig austauschen und übersetzen: Mieta sprach mit mir, ich gab es Christie weiter, Christie übersetzte es Ilario und umgekehrt wieder zurück.

»Der große Stillstand ist eingetreten«, verkündete Mieta nach sorgfältiger Prüfung. »Anscheinend sind bei ihm alle Organe ins Stocken gekommen: der Magen, die Leber, das Herz, das Blut, alles. Ich werde drei Kräutermixturen brauen. Mirjam und du sollt sie ihm täglich bei Sonnenaufgang und Sonnenuntergang zu trinken geben. Eine Woche lang. Sagt ihm, es wird fünf Shillings kosten, und wenn sie kein Geld haben, will ich das Tuch, das seine Frau um die Schultern trägt. Es gefällt mir.«

»Du nimmst mehr als früher«, bemerkte ich.

»Mit gewöhnlicher Medizin ist dem Mann nicht geholfen. Ich werde lange brauchen, um zu finden, was ihm hilft.«

In meiner Jugend hatte ich oft gesehen, wie die alte Mieta mit brennender Kerze in windstillen Nächten den Wald nach Arzneien absuchte. Was nachts gepflückt wird, pflegte sie zu sagen, hat eine stärkere Wirkung als die bei Tageslicht gesammelten Kräuter. Wenn die Holzfäller kein Geld hatten, nahm sie zum Ersatz Mehl und Kaffee und Zucker, aber nie ging sie ohne ihren Lohn davon. Petroniglia borgte sich das Geld von Christie und zahlte sie aus.

Als wir gingen, blieb Mieta in einiger Entfernung von den Zelten stehen. Bevor wir zu mir gingen, wollte sie ein ernstes Wort mit mir reden.

»Ein ernstes Wort? Worüber?«

»Über deine Mirjam, Silas Miggel.«

»Was soll denn mit ihr sein?«

»Die jungen Burschen machen schon Stielaugen, wenn sie ihren Namen hören. Sie nehmen allen Mut zusammen und wandern ins Hochland hinaus. Was willst du dagegen schon ausrichten? Denk dran, ich war dabei, als deine Großmutter die Augen schloß, und habe auch deiner Mutter in ihrer Sterbestunde beigestanden. Laß mich nicht kommen und deiner Mirjam den gleichen Dienst erweisen.«

Ein Schauder überlief mich. »So darfst du nicht reden, Frau«, murmelte ich. »Mirjam weiß Bescheid. Sie versteht alles. Sie wird keinen Mann nehmen!«

Mirjam schnaubte verächtlich. »Es lastet nicht nur ein Fluch auf ihr, Silas Miggel. Es gibt einen zweiten Fluch, und der liegt in ihrer Schönheit. Sie hat das Gesicht und die Gestalt eines Engels. Ich warne dich, sie ist zu einer hübschen Frau herangereift. Hast du nicht im Zeltlager gesehen, wie man ihr nachstiert? Wo sie vorbeigeht, erntet sie begehrliche Blicke.«

»Laß gut sein, Frau!« Ich hätte sie erwürgen können. »Mirjam ist nicht so dumm, wie du denkst. Sie weiß genau, was sie tut. Und sie wird nur dorthin gehen, wo sie sicher ist.«

»Vergiß nicht, daß sie nur ein Mensch ist, Silas. Die Gewalt der Natur überwindet allen Verstand. Wenn sie ihr je erliegt, mußt du sie möglichst rasch zu mir bringen. Aber warte nicht zu lange damit, hörst du?«

»Ich weiß nicht, wovon du redest, alte Hexe.«

»Du lügst, Silas Miggel. Du weißt es sehr gut!«

Während sie ins Haus trat, um Mirjam zu besuchen, machte ich mich wieder an die Arbeit im Holzschuppen. Was sie gesagt hatte, gefiel mir gar nicht.

Als am Montag die Sonne die ersten Strahlen über das Blätterdach des Waldes sandte, saß Ilario draußen vor dem Zelt und fühlte sich schon viel besser.

6

Noch am selben Tag fing Christie an, das Hochland zu vermessen.

Seil, Bindfäden, Latten, Pfähle und eine Menge seltsamer Instrumente und Sehrohre sowie vier Italiener halfen ihm dabei: Coccia, Amerika, Borolini und Lucinetti, letzterer hatte blonderes Haar als die anderen und trug eine Narbe auf der rechten Wange. Im Gras lag eine riesige Landkarte ausgebreitet, an den vier Ecken mit Steinen beschwert.

»Was zum Teufel haben Sie vor«, japste ich vor Aufregung.

»Nach Recht und Gesetz verfahren«, erklärte Christie.

»Welchem Recht?«

»Nach das Einwanderergesetz!«

»Reden Sie zu mir nicht wie mit einem Kind!« protestierte ich. »Sie haben es mit Silas Miggel zu tun, und den hat der Wind nicht erst gestern hierher geweht wie ein welkes Blatt. Sagen Sie mir klar und eindeutig, was hier los ist!«

Christie rollte gemeinsam mit Coccia einen Bindfadenknäuel ab und grunzte. »Wir nehmen das uns zugewiesene Land vorschriftsmäßig in Besitz, wie es im Gesetz vorgesehen ist.«

»Ich dachte bisher, Sie warten auf ein Schiff?«

»Sorgen Sie dafür, daß die Maulbeerschößlinge gewässert werden. Cruci kann Ihnen dabei helfen.«

»Wenn's nach mir geht, mögen sie verdorren. Ich hab Sie was gefragt! Eigentlich hoffen doch alle auf das Schiff, oder?«

»Meinetwegen, wir erwarten ein Schiff. Erst letzte Nacht haben die Italiener mich noch um einen Brief in dieser Sache gebeten. Inzwischen können wir, bis es so weit ist, genausogut das Land ausmessen und verteilen. Dann können Fox & Dunn wenigstens nicht behaupten, wir hätten nicht unter Berücksichtigung aller Formalitäten Besitz davon ergriffen!«

»Mit anderen Worten, Sie handeln wie einer, der den Mantel zum Gehen anlegt und sich wieder hinsetzt, um den Stuhl anzuwärmen«, erwiderte ich. »Wozu? Wenn man den Platz doch nicht behalten will, wieso sich dann erst hinsetzen?«

»Obacht, Miggel. Nachher haben Sie womöglich die Wahl zwischen den Italienern und dem Sägewerk.«

»Für beide ist hier kein geeigneter Ort. Damit bringen Sie mich nicht in die Zwickmühle, Engländer.«

Christie beugte sich tief über die Karte, fuchtelte mit dem Zollstock herum und trug Markierungen ein, als wenn schon alles umzäunt und gerodet wäre. Die Karte war mit Linien, Quadraten und Buchstaben übersät, die mir rätselhaft blieben. »Was bedeutet das alles«, wollte ich wissen und klopfte ihm auf die Schulter.

Er fuhr hoch. »Wagen Sie es nicht, mich anzurühren!« drohte er.

»Ich frage ja bloß, was auf der Karte da geschrieben steht!«

»›Plan der den Italienern überschriebenen Parzellen in Gouna-se-Bos‹«, leierte er unwillig vor.

»Und das übrige?«

»Lesen Sie doch selbst!«

»Ich kann nur holländisch lesen«, winkte ich ab. »Erklären Sie's mir! Was stellt zum Beispiel diese rote Schlangenlinie dar?«

»Den Schleifpfad zum Roterlenfluß.«

»*Wie bitte*?« Da hatten sie doch tatsächlich den Riesweg eingezeichnet, der bei den Waldleuten Roterlenpfad heißt. »Das andere soll scheinbar der Pfad sein, auf dem die Holzschlitten über die Gouna-Bergkette gezogen werden, wie?« Ich tippte auf die Karte.

»Stimmt.«

»Und diese Vierecke bilden vermutlich Ihre sogenannten Parzellen.«

»Völlig richtig. Grundstücke von ungefähr acht Hektar.« Je mehr ich von der Karte entzifferte, desto mulmiger wurde mir. »Was ist denn mit dem Schlittenpfad, der oben quer über die Grundstücke verläuft?«

»Der Schleifpfad zum Gouna-Fluß, wie er hier auf der Karte genannt wird, soll in den Osten verlegt werden, dort, wo das Wort ›Umleitung‹ steht.«

»Dann können Sie die Landkarte zerreißen und wegwerfen. Das scheint mir wieder so ein Hirngespinst wie der Maulbeerenhain zu sein. Der Zeichner hat jedenfalls noch nie Stämme aus den Wäldern abtransportieren müssen. Daß an diesem Abhang ein Riesweg liegen könne, glaubt er doch wohl selbst nicht!«

»Die Topographie wurde durch Mr. Twaites, einen amtlich bestellten Geodäten, aufgenommen.«

»Wann soll der denn hier gewesen sein? Den hätte ich doch sehen müssen!«

»Er war auf jeden Fall hier.«

Vielleicht war er an einem Tag gekommen, als ich drüben in Portland war. Aber dann hätte ihn doch Mirjam sehen müssen? »Und was ist mit der gepunkteten Linie, die von unten schräg nach oben führt?«

»Neuer Weg nach Knysna.«

Eine neue Straße ins Dorf? Wäre es Nacht gewesen, hätte ich geglaubt zu träumen. Aber noch schien die helle Nachmittagssonne. »Was steht dort oben auf den zwei großen Vierecken in der Mitte?«

»Die obere Eintragung besagt: ›Blockholzlager‹, die untere ›Nutzholz- und Bahnschwellenlager‹.«

Ein Lager für zersägte Baumstämme. Ein anderes für Bahnschwellen und Nutzholz. Ich dachte nur: Fox & Dunn. Der Kerl, der die Karte gezeichnet hatte, wußte über die Italiener *und* das Sägewerkprojekt Bescheid. White hatte behauptet, er habe der Regierung geschrieben und vorgeschlagen, die Italiener nur dort anzusiedeln, wenn keine Dampfsäge ins Hochland käme. Das alles ließ sich nicht recht zusammenreimen.

»Welchen Sinn macht es, ein Sägewerk mitten zwischen die Raupenzüchter zu stellen?« fragte ich geradeheraus.

»Mr. White hat schon an Mr. Laing geschrieben, den Kronlandverwalter in Kapstadt.«

Es gab da etwas, was ich Christie unbedingt fragen mußte und kaum auszusprechen wagte. Aber ich faßte mir ein Herz. Aufschieben ließ es sich doch nicht.

»Zeigen Sie mir auf der Karte, wo mein Haus liegt. Ich möchte die exakte Stelle sehen.«

Er deutete auf den schmalen Streifen zwischen *Blockholzlager* und *Nutzholz- und Bahnschwellenlager*, und mir kroch ein kalter Schauder in den Nacken. Der Mann, der die Karte angefertigt hatte, wußte von den Italienern und von der Sägemühle *und* von Silas Miggel obendrein. Beinahe fühlte ich mich schon zerdrückt zwischen den beiden Lagerstätten wie eine Laus zwischen Matratze und Bettlaken. Ihr Mistkerle, stöhnte ich innerlich, jetzt wollt ihr Silas Miggel fertigmachen.

Das war am Montag. Den ganzen Dienstag über sondierte Christie generalstabsmäßig das Hochland, nahm Messungen vor und trieb Pflöcke in die Erde. Am Spätnachmittag tauchte er bei mir auf und quengelte so lange, bis ich mich bereit erklärte, mit ihm die beiden Grundstücke zu vermessen, die in den Wald hineinreichten. Unter dem Blätterdach gelegen und vom Dickicht überwuchert wie sie waren, ließen sich die Italiener um nichts in der Welt zum Mitkommen bewegen. Und ich hielt ihm Bindfäden und Stangen hin wie ein Mann, der seinem eigenen Henker hilft, den Strick zu knüpfen und am Hals festzuzurren.

»Wem werden Sie die waldwärts gelegenen Grundstücke geben, wo doch keiner von ihnen freiwillig einen Fuß unter die Bäume setzt?«

»Nur drei von ihnen sind glücklicherweise für die

Einwanderer vorgesehen, der vierte ist das Blockholzlager. Und das Land wird nicht einfach übergeben, sondern ausgelost. Nach dem Einwanderergesetz dürfen sich nur diejenigen, die bar zahlen, eine Parzelle aussuchen. Aber ich fürchte, dazu ist keiner imstande.«

»Verkaufen Sie mir zwei. Ich gebe Ihnen das Geld bar auf die Hand.«

»Sie sind doch kein Einwanderer!«

»Dann geben Sie mir nur eins, ein einziges.«

»Stellen Sie sich nicht dümmer als Sie sind, Miggel.«

»Wann sollen die Lose gezogen werden?«

»Am Freitag.«

»Und was wird aus meinen Siedlerrechten?«

»Oh, soviel ich weiß, hat Mr. White schon bei der Kronlandverwaltung angefragt. – Nach meinem Ermessen ist nichts dagegen einzuwenden, wenn Sie hier wohnen bleiben«, lächelte er jovial, als hätte *er* zu entscheiden, wo ich leben durfte und wo nicht.

»Dann schlage ich vor, daß Sie die Lagerplätze für das Sägewerk unten am Fuß des Hochlands anlegen.«

»Hier wird nach Recht und Gesetz verfahren, Miggel. Genau wie auf der Karte vorgesehen. Wenn es Ihnen nicht paßt, können Sie auf dem Amtsweg Beschwerde einreichen. – Ist Ihnen übrigens aufgefallen, daß unser Brennholz zur Neige geht? Kümmern Sie sich gelegentlich um neues.«

Ich mußte mich sehr zusammenreißen. Seit Beginn der Vermessungsaktion benahm sich der Kerl, als gehöre das Hochland ihm. Gerade so, als steckte er in Schuhen, die eine Nummer zu groß für ihn waren. Er schien mich auch nur noch von oben herab anzusehen, wenn ich mit ihm redete. Vielleicht hing es damit zusammen, daß ihm die Italiener längst keinen Respekt mehr zollten.

Niemand sollte mir nachsagen dürfen, daß ich meinen Teil der Vereinbarung nicht erfüllte. Am Mittwoch ging ich das Brennholz holen. Siedlerrechte waren mir versprochen worden, und Siedlerrechte wollte ich haben. Aber nicht eingeklemmt zwischen zwei Sägewerkhöfen. In der Nacht hatte ich mir alles überlegt. Die Vernunft ließ mich einsehen, daß die Regierung mächtig genug war, ihre Liegenschaften nach Gutdünken zwischen Sägemühle und Raupenzucht aufzuteilen. Doch keines der beiden Projekte würde im Hochland überleben. Nie und nimmer. Silas Miggel schon.

Und auch diesmal brachte ich mehr als nur Brennholz mit. Ich legte mich auf die Lauer und fing vierzehn Aale für die Italiener. Als ich mit den glitschigen Viechern zu den Zelten kam, hätten sie mir beinahe die Hände geküßt vor Glück. Angelo Mangiagalli, der bei der Ankunft geheiratet hatte, hakte mich unter und geleitete mich in sein Zelt. Dort zog er eine dunkelgrüne Flasche aus der Seekiste hervor, und seine Frau reichte ihm ein edel geschliffenes Glas. Als er Wein einschenkte, kam es mir vor, als würde er sich von jedem Tropfen einzeln verabschieden. Ich wehrte ab und versicherte, daß ich mir nichts aus Wein mache, aber meine hilflosen Gesten legte er wohl als Zeichen übertriebener Dankbarkeit aus. Gott sei Dank füllte er das Glas nur zur Hälfte und goß Wasser nach. Der Wein schmeckte mir nicht besonders, aber immerhin besser als Petroniglias Mokka, mit dem sie mir vor dem Zelt auflauerte.

Am Dienstag gingen Mirjam und fünf der Italienerinnen zum Einkaufen ins Dorf. Den Schlitten und einen der Ochsen führten sie mit sich. Bevor sie in den Kramladen gingen, mußten sie die Shillings für die laufende Woche bei Mr. White im Büro abholen. Ich war froh, Mirjam sechs Stühle für Smit mitgeben zu können, so daß wir für unseren Bedarf wenigstens diesmal noch nicht die Ersparnisse in der Blechdose angreifen mußten. Allmählich machte sich das Ausbleiben der Taglöhne aus Portland trotzdem bemerkbar.

Und als hätte Barrington es gerochen, erschien anderntags John hoch zu Roß im Hochland. Er saß gar nicht erst ab, sondern hielt vor der Hecke an, hinter der ich meine Beete harkte.

»Oom Silas«, rief er mir zu, »wie lange willst du noch die beleidigte Leberwurst spielen?«

Ich würdigte ihn keines Blickes und harkte weiter.

»Bis das Unheil, das dein alter Herr heraufbeschworen hat, vom Hochland abgewendet ist.«

»Es heißt, sie verlangen ein Schiff, das sie wieder nach Italien bringen soll!«

»Stimmt.«

Das Pferd, auf dem er saß, wollte nicht stillhalten.

»Anscheinend hat Christie trotzdem angefangen, das Land zu vermessen.«

»Stimmt.«

»Das Wasser strömt kräftiger denn je den Gouna-Kloof hinunter. Mr. Barrington laßt dir ausrichten, seine Dampfsäge läuft wie geölt. Du sollst kommen und beim Brettermachen helfen. Mr. Barrington ist bereit, deinen Lohn auf 5 Shillings am Tag zu erhöhen, Oom.«

Fünf Shillings täglich! Das klang sehr verlockend, und Geld stinkt nicht. Es wäre nicht das erste Mal gewesen, daß Barrington einem seiner entlaufenen Arbeiter den Schneid abkaufte. »Deinem Vater meine herzlichen Glückwünsche für diese gute Nachricht. Er soll sich hinsetzen und der Regierung einen Brief schreiben, damit sie das Schiff unter Dampf setzt. Desto eher arbeite ich wieder bei ihm.«

»Sei kein Narr, Oom. Bevor es soweit ist, könntest du schon eine Menge Geld verdient haben. Ist Mirjam nicht hier?«

»Dich geht's am allerwenigsten an, wo sie ist.«

»Und das wäre?« Er thronte auf seinem Gaul und grinste, als wüßte er über etwas Bescheid, das niemand sonst erraten könne.

»John Barrington!« Ich richtete mich auf. »Wenn du meiner Tochter zu nahe kommst, schieße ich dich über den Haufen. Dann bleibt dir das Grinsen für alle Ewigkeiten im Gesicht stehen. Also kratz gefälligst die Kurve.«

»Fünf Shillings täglich, von morgen an!«

»Hau endlich ab.«

Der Nachmittag war bereits vorüber, und ich wollte gerade zu den Zelten, als mir die Frauen mit dem Schlitten begegneten. Es verdroß mich, sie kichern zu hören wie ein Schwarm alberner Backfische. Beim Näherkommen fiel mir eine riesige Bambusleiter ins Auge, die quer über der Vorratsladung lag. Wer so rasch wie möglich pleite gehen will, gibt seiner Frau Geld und schickt sie zum Krämer, pflegte der alte Sarel van der Merwe immer zu sagen. Sie blieben stehen, und ich lief ihnen entgegen.

»Was gibt's denn da zu lachen? Und wofür soll diese blöde Leiter gut sein?«

»Die Leiter ist vom Speicher in Whites Büro, Pa. Sie haben ihn so lange bedrängt und angefleht, bis er sie ihnen für sieben Shillings verkauft hat. Die Leiter gehöre der Regierung, beteuerte er, und er sei nicht befugt sie zu verkaufen. Aber sie ließen ihm keine Ruhe.«

»Was wollen sie damit?«

»Keine Ahnung, Pa.«

»Und was soll das Gekicher?« Hinter ihnen tauchte Petroniglia auf, schleppenden Schritts und in weitem Abstand die letzte von allen.

»Wir lachen bloß, weil sie vorhin einen solchen Schreck bekommen haben. Eine Horde Paviane ist uns über den Weg gelaufen. Die meisten Frauen kletterten wie der Blitz auf den Schlitten und schlugen einen solchen Heidenlärm, daß die Paviane die Flucht ergriffen.«

»Laß sie das Zeug abladen, und gib Ilario seine Medizin, Mirjam.« Mir war nicht nach Späßen zumute.

»Nimmst du Petroniglia mit? Christie muß ihr übersetzen, was mir Konstabler Ralph gesagt hat: Tomasso habe das Kind schon letzte Woche mit der *Natal* schicken wollen, aber sie war schon überfüllt und nahm keine Passagiere mehr auf.«

Ich brachte Petroniglia zu Christie und empfahl ihm, allmählich nach Kapstadt zu schreiben. Einmal mußte die Sache doch ein Ende haben und das Kind zu seiner Mutter zurück. Mittlerweile hing es mir zum Hals heraus.

Als Mirjam von den Zelten zurückkam, wirkte sie geistesabwesend und kaum bei der Sache. Sie zündete ein Feuer an, vergaß aber das Kaffeewasser aufzusetzen, setzte Wasser zum Kochen auf und ließ die Bataten auf dem Tisch. Später ging sie hinaus, um Wasser zu holen. Als sie länger wegblieb als nötig, ging ich nachschauen. Sie stand hinter dem Haus, den Eimer noch immer leer in der Hand, und starrte ins

Dunkel. Als ich fragte, was los sei, gab sie keine Antwort. Irgendwas bedrückte sie, das war nicht zu übersehen. Wir setzten uns zum Essen nieder, und sie erkundigte sich, ob über Tag jemand hier gewesen sei.

»Hast du denn jemanden erwartet?« fragte ich zurück.

»Meine Güte, vielleicht war ja ein Waldhüter da. Noch nicht mal das darf man fragen.« Sie reagierte jetzt öfter so aufbrausend.

Über John Barrington schwieg ich mich wohlweislich aus. Mirjam blieb nervös und rastlos. Als wir uns schlafen legten, brach es aus ihr heraus: »Seit letzten Dienstag stierst du dauernd Löcher in die Luft!«

»Ich sehe mehr als du denkst.«

»Du redest kaum noch mit mir, Pa.«

»Ich wüßte nicht, was wir zu besprechen hätten.«

»Weißt du wohl. Du stehst gebannt wie das Kaninchen vor der Schlange. Morgen wird ein Gutteil des Hochlands unter den Italienern verteilt. Sag mir doch, was in dir vorgeht. Wieso glaubt Mr. Christie, du würdest schon den Umzug vorbereiten und über kurz oder lang weggehen? Warum weiß ich nichts davon?«

»Christie tippt aufs Geratewohl ins Leere. Ihm ist jeder Vorwand recht, um mit dir ins Gespräch zu kommen.«

»Du brütest über irgend etwas nach. Habe ich nicht auch ein Recht zu erfahren, was aus uns wird?«

»Du brauchst doch nur zwei und zwei zusammenzuzählen, Mirjam«, entgegnete ich. »Für Seidenraupen gibt es hier kein Futter, für Dampfmaschinen kein Wasser. Was aus uns wird, hängt ganz davon ab, ob wir Geduld haben. Warten wir's ab. Die Regierung wird schon wieder zu Verstand kommen. Uns bleibt zumindest die Hoffnung, daß wir morgen eins der übrig bleibenden Grundstücke bekommen und uns rechtmäßig dort niederlassen können. Aber ob es nun eine Parzelle der Italiener sein wird oder nicht, ich ziehe sowieso nicht woanders hin. Meine Siedlerrechte hab ich mir sauer verdient.«

»Wie viele Grundstücke sind es?«

»Außer den beiden Lagern für die Sägemühle insgesamt zwölf.«

»An wen werden sie verteilt?«

»Wenn ich mich nicht verrechnet habe, gibt es Kronland für zehn Eigentümer. Wenigstens zum Schein. Christie behauptet, das alles sei sowieso bloß eine Formalität. Wahrscheinlich erhalten nicht alle Junggesellen ein Kronland. Canovi hat sich ihnen erst unterwegs angeschlossen und die Einwanderungsanträge in Knysna ausgefüllt. Luigi Lucinetti, Borolini, Taiani und Amerika sind bloß Tagelöhner. Dort, wo sie herkommen, haben sie Maulbeerblätter kleingehackt und die Scheunen mit der Raupenzucht saubergemacht. Laut Christie hat man sie bloß als Hilfsarbeiter mitgenommen.«

»Du fängst ja an, ihre Namen auseinanderzuhalten, Pa!«

»Es scheint mir sinnvoller, sie beim Nachnamen zu nennen. Die Vornamen sind ja doch immer dieselben. Wenn sie nicht Pietro heißen, laufen sie garantiert als Domenico oder Joe Seppl herum.«

»Nicht Joe-Seppl, Pa, sondern *Giuseppe*!«

»Auch die Nachnamen sind sich manchmal zum Verwechseln ähnlich. Borolini und Robolini beispielsweise. Oder habe ich mich in der Aussprache vertan?«

»Nein. Robolini ist Giuseppe Robolini, seine Frau heißt Victoria. Robolini ist kräftiger und viel älter als Borolini. Borolini ist nicht verheiratet.«

»Wenn ich mich nicht irre, sind nur wenige unter ihnen professionelle Raupenzüchter. Fardini, der älteste mit den grauen Schläfen; außerdem Robolini, Ilario Grassi, Mariarosa Crucis Mann Pietro, außerdem noch der mit den blauen Augen – wie heißt er gleich?«

»Cuicatti.«

»Richtig, Cuicatti. Ich schätze, daß Tomé, Mangiagalli und Coccia ebenfalls Kronland erhalten. Vielleicht auch Giovanni Pontiggia. Alles in allem sind es zehn, und zwei Parzellen bleiben übrig. Damit haben wir eine winzige Chance. Christie will natürlich auch seinen Anteil.«

Mirjam stand auf und brühte uns frischen Kaffee auf. »Hast du gemerkt, daß Cuicatti der Tochter Fardinis nachstellt? Ich meine die jüngste, lebhafte; sie heißt Luigia.«

»Wirklich? Sie ist doch kaum trocken hinter den Ohren!« Ich hatte noch nichts davon gehört.

»Sie ist dreizehn.«

»Wenn ich ihr Vater wäre, würde ich ihn mit dem Rohrstock von ihr fernhalten. Besser, ich rede mal mit Christie.«

»Mach dich nicht lächerlich, Pa. Ihr Vater heißt doch nicht Silas Miggel!«

»Allerdings nicht. Und wie oft hab ich dich vor dem verdammten Junggesellenpack gewarnt!«

»Soll ich den ganzen Tag wie ein Trauerkloß herumsitzen, Pa? Es sind nette Burschen, einige werde ich vermissen, wenn sie weg sind!«

»Um so inniger flehe ich zu Gott, daß der Tag bald kommen möge.«

»Denk doch, wie sehr sie in den Zelten frieren! Hast du denn gar kein Mitleid mit ihnen?«

»Nein. Die Regierung sollte sich was schämen, jetzt,

wo der Winter vor der Tür steht und es noch kälter werden soll.«

»Du müßtest mal hören, wieviel Holländisch sie schon gelernt haben. Besonders die Frauen. An dem Tag, wo sie auf der Flucht vor den Grootvoeten hier waren, habe ich ihnen ein paar Ausdrücke beigebracht. Nur für den täglichen Gebrauch, zum Zeitvertreib. Und heute früh auf dem Weg ins Dorf wollten Giuditta, Mariarosa und Anna Fardini die Namen der Bäume kennenlernen.«

»Vergebliche Liebesmüh. Sie brauchen gar nicht erst damit anzufangen.«

»Übrigens sind die Fardinis die Musikanten unter ihnen.«

»Wie viele Fardinis gibt es eigentlich? Ihre Sippe scheint mir über hundert Häupter zu zählen . . .«

»Vater, Mutter und sechs Kinder. Drei Jungen und drei Mädchen. Antonio und Giuditta sind die beiden, die kurz nach der Ankunft geheiratet haben. Pietro Fardini, der Vater, spielt Geige, und Antonia zupft auf der Mandoline. Die übrigen singen. Mr. Christie meint, Petroniglia Grassi hätte die schönste Stimme von allen. Aber seit sie ihr das Kind gestohlen haben, hat sie nie mehr gesungen.«

»Das glaube ich gern, nur nicht, daß ihr Kind gestohlen worden ist!«

»Sprich nicht so, Pa.«

Wir gingen noch lange nicht zu Bett. Mirjam holte den Nähkorb und fing an, Strümpfe zu stopfen. »Mach dir doch die zweite Kerze an, du verdirbst dir die Augen!« mahnte ich. Schließlich stand ich auf und entzündete sie selbst.

»Pa, wußtest du eigentlich, daß sie ein Kind bei sich verstecken?«

Ich war mit den Gedanken ganz woanders und schreckte hoch. Hatte ich mich verhört? »Was sagst du da?«

»Sie verstecken ein Kind. Mr. Christie sagt, es stünde nicht auf der Liste. Sie haben es zusätzlich mitgebracht und niemandem gezeigt, bis sie hier waren. Er und Mr. White haben es in Knysna entdeckt.«

»Was redest du da? Was für ein Kind soll das sein?«

»Felitze, Pa. Sein wirklicher Nachname ist Radulfini, und Robolini ist sein Onkel. Die Eltern warten in Italien auf ihre Überfahrt. Robolini sollte ihnen so schnell wie möglich Geld dafür schicken, wenn die erste Kokon-Lieferung verkauft ist. Einstweilen haben sie Felitze vorgeschickt. Er ist ja so süß, Pa! Ich habe Mr. Christie schon gesagt, daß ich ihn bei mir behalte.«

»Du läßt ihn gefälligst da, wo er ist.« Mir wollte das gar nicht gefallen.

Ich stand auf und trat hinaus. Am Firmament war das Sternbild des Skorpions deutlich zu erkennen. Der helle Fixstern in der Mitte war so gelb wie der Schein einer Petroleumlampe. In der Ferne hörte ich die Hunde von Portland her bellen, es würde schlechtes Wetter geben. Bloß nicht an morgen denken, dachte ich. Mochten sie das Hochland scheibchenweise unter den Hammer bringen. Komme, was da wolle, Silas Miggel läßt sich nicht ins Bockshorn jagen. Zugegeben, ich hatte schon immer gewußt, daß ich auf Kronland lebte. Früher oder später hätte Mr. White sowieso ein oder zwei Einwandererpärchen aus England unten im Kronland angesiedelt. Aber das hieß ja noch lange nicht, daß ich hier weg mußte. Nach wie vor wäre ich auf der Ebene mit Mirjam ungestört geblieben. Damit, daß White eines Tages mit einem Haufen

Italiener aufkreuzen würde, konnte ich allerdings nicht rechnen. Und wenn die Regierung die Überfahrt nicht zahlen wollte, was dann? Vor Jahren war in Lelievleibos ein Baum auf mich gestürzt. Damals befand ich mich in einer ähnlich ausweglosen Lage.

Mirjam riß mich aus meinen Überlegungen. »Es ist kalt draußen, Pa.«

»Stimmt.«

Nur in einem der Zelte brannten noch Kerzen. Bei den Grassis. »Hast du Ilario die Medizin gegeben?«

»Längst erledigt. – Pa?«

»Ja, mein Kind?«

»Wie alt bist du?«

»Ich? Ich bin jetzt im sechsundvierzigsten Jahr. Warum?«

»Ich frage ja nur. Und wie alt ist Mr. Barrington?«

»Über siebzig, glaube ich.«

»Und wie alt, glaubst du, wird Mr. Christie sein?«

»Der? Was weiß ich?« Wieso interessierte sie sich für Christies Alter? Hatte sie womöglich Gefallen an ihm gefunden?

»Wie alt schätzt du Giovanni Pontiggia, Pa?«

»Mirjam, was soll das alles? Wie soll ausgerechnet ich ahnen, wie alt der Bursche ist? Es geht mich doch gar nichts an! Dich übrigens auch nicht. Ich weiß nur, daß ich Pontiggia nicht über den Weg traue; er wirkt so verschmitzt.«

»Wie alt ist Tante Hannie?«

»Drei Jahre älter als ich.«

»Und Josafat Stander?«

»Gut in den Dreißigern.«

»Und Jacob Terblans?«

»Gehen wir jetzt alle Waldleute einzeln durch? Worauf willst du hinaus?«

»Hast du Angst vor morgen, Pa?«
»Nein.«

7

Die Auslosung der Grundstücke fand vor Christies Bürozelt statt. Wieder lag die Karte ausgerollt unter vier Steinen im Gras, aber der Wind fuhr darunter und riß das Papier auf. Zuerst verlas Christie den Italienern einen langatmigen Gesetzestext, aber niemand schien zuzuhören. Mirjam hatte sich zu den Frauen gesellt, während ich bei der Karte stand. Als Christie fertig war, zog er eine Anzahl Zettel hervor und hielt sie fächerförmig hin. Fardini trat vor und nahm sich einen.

»Numero due«, rief Christie.

»Was heißt das?« fragte ich neugierig.

»Parzelle Nummer zwei«, erwiderte er barsch, beugte sich herab und machte einen Strich durch eines der Vierecke am östlichen Rand der Karte. Der *Neue Weg nach Knysna* schnitt das Grundstück mit der 2 zur Hälfte durch.

Ilario Grassi, dem es schon wieder besserging, zog das nächste Blatt aus dem Fächer. Ihm wurde Parzelle Nr. 14 zugeschlagen, ein schönes Stück Grund und Boden, quer über dem Hochland gelegen. Robolini zog Nr. 10 im Westen. Cuicatti erhielt Nr. 3, und als er sah, daß sein Grundstück tief unter die Bäume reichte, warf er Christie das zerknüllte Zettelchen vor die Füße und ging davon. Als nächster zog Coccia. Er erhielt die ebenfalls im Wald gelegene Parzelle mit der 8 und tat dasselbe. Tomé bekam Nr. 12, Mangiagalli Nr. 1 und schließlich zog Pontiggia das Cuicatti benachbarte Waldland, Nr. 4. Er zuckte die Achseln. Cruci zog dasjenige unterhalb Fardinis, und auch über seine Parzelle sollte der *Neue Weg nach Knysna* führen.

Noch drei waren übrig. Grundstücke von bester Lage. Besonders Nr. 13. Die Seidenfarmer waren versorgt, nur noch die Tagelöhner standen abwartend da. Zweimal fiel Christie der Bleistift ins Gras. Als er sich bückte und wieder erhob, trat ihm jedesmal der Schweiß auf die Stirn, und das Gesicht war hektisch gerötet. Er war überhaupt sehr nervös. Wenn er beim Ausstreichen der Vierecke auf der Karte in meine Nähe geriet, duckte er sich, als wolle er meinem Blick ausweichen, und machte das Kreuz so rasch wie möglich. Bevor die letzten ausgelost wurden, schneuzte er sich und rieb mit dem Taschentuch die Nase, rieb und rieb, bis er schließlich Taiani und Borolini heranwinkte. Borolini zog die Nr. 9, Taiani Nr. 11. Das beste Los mit der stattlichen Parzelle Nr. 13 blieb in Christies Hand zurück. Er steckte es gleich ein.

Beiß dir auf die Zunge, sagte ich mir, laß bloß keinen Laut entschlüpfen. Beiß fester, Silas. Ich wandte mich zum Gehen, stapfte achtlos über die Karte hinweg heim, ließ dann aber mein Haus links liegen und trat in den Wald. Als ich den Roterlenpfad erreichte, hielt ich mich nordwärts Richtung Brown-se-Kloof und lief noch immer, wollte mich beruhigen, die Wut bändigen und notfalls weitergehen, bis die Bergwand mich aufhielt. Es war kein Vergnügen, daneben zu stehen, wenn die Erde unter den Füßen weg an Fremde verscherbelt wird. Am liebsten wäre ich zurückgekehrt, hätte mein Haus abgerissen und mich weiß Gott wohin aus dem Staub gemacht.

In Kom-se-Bos hatte ich einmal ein merkwürdiges Abenteuer mit einem Panther. Keiner Menschenseele habe ich später davon erzählt, wahrscheinlich hätte mir auch niemand geglaubt. Es war kurz nach meiner Hochzeit, und ich kam von Diepwalle her durch den Wald, wo ich meine Holzfällerlizenz bezahlt hatte. Plötzlich kauerte vor mir ein ausgewachsener Panther auf dem Schlittenpfad. Tagaus, tagein läuft man durch den Wald und achtet mit Augen und Ohren auf Elefanten. Daß es auch andere Raubtiere gibt, kommt einem gar nicht in den Sinn; die Panther verbargen sich meist in den Baumkronen, und wenn mal einer im Dickicht auftauchte, war er wie der Blitz wieder verschwunden. Es kann einem ganz schön Angst einjagen, wenn plötzlich einer von ihnen im Weg steht. Besonders wenn man kein Gewehr bei sich hat. Und dieser Panther blieb stehen. Ich auch. Ich sah ihm direkt in die gelbfunkelnden Augen und rührte mich nicht vom Fleck. In Gedanken sandte ich ihm eine Botschaft: Panther, wag es nicht, mich anzugreifen! Und er hatte auch eine Botschaft für mich: Ich bin noch dabei zu überlegen. Ich dachte: Panther, wenn du springst, stecke ich dir die Faust in den Rachen und reiß dir die Kehle durch! Und er: Vergiß es, Mann. *Ich* habe die Klauen. *Ich* habe die Zähne.

Es kann eine Stunde gedauert haben, vielleicht auch länger. Die Augen begannen zu tränen und brannten in den Höhlen, aber ich zuckte nicht mit der Wimper. Wie angewurzelt war ich stehengeblieben. Der Panther rührte sich ebenfalls nicht. Und plötzlich flog eine kleine gefleckte Drossel direkt in einen Baum, der zwischen uns am Wegrand blühte, und zwitscherte lärmend, wie sie es zu tun pflegen. Was sie dem Panther erzählt hat, konnte ich nicht ahnen, aber das Raubtier spitzte die Ohren, erhob sich schwerfällig und trottete schnaubend davon.

Von da an zog ich immer respektvoll den Hut, wenn ich eine gefleckte Drossel sah.

Nein, ich würde nicht aus dem Hochland wegziehen. Auf diesem Grund und Boden würde ich bleiben. Die Parzellen waren verteilt. Der Winter stand allerdings vor der Tür und mit ihm der Regen, der in dieser Jahreszeit acht Tage dauern konnte und länger. Es war schon merklich kühler geworden. Auch der Frost ließ sich nicht aufhalten. Die Italiener würden höchstens noch einen Monat im Freien kampieren können.

Und das Sägewerk? Was soll schon sein mit dem Sägewerk, fragte ich mich. Wo sollen ihre Dampfkessel das Wasser hernehmen? Inzwischen war ich auf meiner ziellosen Wanderung an eine Stelle gekommen, wo vor Jahren der Blitz in einen Kalanderbaum eingeschlagen hatte. Nein, ich würde nicht davonlaufen. Erst mußte ich Zeit gewinnen, um vor Einbruch des Winters noch ein bißchen Stinkholz zu fällen. Vielleicht könnte ich ein bißchen mehr herausschaffen und grün vom Stamm weg verkaufen, gegen Spargroschen für die Blechdose.

Wenn Smit nicht darauf bestehen würde, daß ich nur Stinkholz für die Stühle nahm, hätte ich selten die Axt an diese Bäume gelegt. Ich konnte es mir selbst nicht erklären, aber in diesem Holz mit seiner wunderbaren Maserung lag etwas Besonderes. Wird es gefällt und zersägt, riecht es wie der rotgeschnäbelte Wiedehopf auf der Balz. Doch beim Hobeln und Schnitzen spürt man eine tiefe Traurigkeit, die in diesem Holz wohnt, eine Art Heimweh. Es scheint die fertigen Stühle auf ihren staksigen Beinen in den Wald zu ziehen, zu ihren Wurzeln zurück, als wollten sie wieder am toten Stamm grünen, von dem sie einst geschnitten worden waren. Die Alten pflegten zu sagen, jeder zweite Baum im Wald sei Gelbholz und nur jeder elfte ein Stinkholzbaum. Es gab schon große Forstgebiete, in denen dieses Verhältnis nicht mehr stimmte. Von Jahr zu Jahr gab es weniger Stinkholz, denn der Preis für diese Stämme übertraf alle anderen Sorten bei weitem. In Gouna-se-Bos, oberhalb des Hochlands, standen noch vereinzelte Stinkholzgruppen zwischen tausend und abertausend Festmetern Gelbholz. Hier war überhaupt noch sehr wenig gefällt worden.

Auf dem Heimweg war ich in Gedanken noch ganz bei Bäumen und Hölzern, als Mirjam mir entgegenkam. »Pa, komm schnell!« japste sie. »Sie bringen Mr. Christie um!«

»Hol erst mal tief Luft, Mädchen! Was ist los?«

»Sie wollen Mr. Christie umbringen, Pa!«

»Laß sie ihn doch abmurksen, dann ist der Fall erledigt«, winkte ich ab. Aber sie hakte sich unter und zog mich mit sich.

»Bitte, Pa. Irgendwas ist passiert, aber ich weiß nicht, was. Sie werden ihm noch etwas antun.«

Plötzlich dämmerte mir, daß Mirjam sich nicht ohne Grund so aufregen würde. Mit einem Satz rannte ich los.

Sie hatten rund um Christies Wohnzelt alle Heringe ausgepflockt; über ihm und seinen Siebensachen bauschte sich die Leinwand. Anscheinend stand der Mast nicht mehr aufrecht. Immer wenn Christie durch das Gewirr von Schnüren und Tuch an den Rand robben wollte, trat einer der Italiener vor ihn auf die Plane und schnitt ihm den Weg ab. Einige, die nicht mitmachten, standen ringsum im Kreis und klatschten Beifall.

»Signor Miggel! Signor Miggel!« Anna Fardini, die älteste der Frauen, rief mich, als ich näher kam. »Aiuto, aiuto!« Hilfe, Hilfe!

»Was zum Teufel geht hier vor?« brüllte ich. Cuicatti war der Rädelsführer, Tomé und Taiani seine Helfershelfer. »Seid ihr völlig verrückt geworden?«

Christie mußte mich gehört haben. »Mr. Miggel! Helfen Sie mir heraus, ich ersticke!« tönte es dumpf unter der Zeltplane hervor.

»Weg da«, schnauzte ich Tomé an, trat vor ihn und half Christie mit Müh und Not heraus. Kreideweiß, mit wirrem Haar und schweißgebadet blieb er liegen. »Wie ist es so weit gekommen?« fragte ich. Er lag da und schnappte nur nach Luft. Als ich keine Antwort erhielt, blickte ich in die Runde. »Könnt ihr euch nicht benehmen wie erwachsene Leute?« herrschte ich die Italiener an. Aber was konnte man von diesem Kindergarten schon anderes erwarten!

»Wasser, Miggel, ich brauche Wasser!« tönte Christie.

»Sie kriegen keinen Tropfen und stehen nicht auf, bevor ich nicht weiß, was hier vorgefallen ist. Als ich wegging, war noch alles ruhig. Also los!« Hinter mir wichen die Italiener ein wenig zurück; sie merkten, daß ich zuerst Christie anhören wollte. »Antworten Sie, Engländer!«

»Wir müssen uns in Ihrem Haus verbarrikadieren, Miggel. Ich will es Ihnen in Ruhe erklären, aber schützen Sie mich!«

»Liegenbleiben, verstanden? Erst erzählen Sie, aber schön der Reihe nach!«

Anscheinend hatte Pontiggia kurz nach der Verlosung der Grundstücke entdeckt, daß einige der Seidenraupen aus den Eiern geschlüpft waren. Die

Neuigkeit verbreitete sich wie ein Lauffeuer. Jetzt mußten die Raupen dringend gefüttert werden; Christie sollte Futter herbeischaffen. Das war aber erst die eine Hälfte der Geschichte. Um den Rest aus ihm herauszuholen, mußte ich dreimal die Zeltplane heben und drohen, ihn eigenhändig wieder drunterzustopfen. Und jedesmal klatschten die unseligen Italiener Beifall und feuerten mich an. Schließlich war es heraus. Es ging um den angeblichen Maulbeerenhain, über den die ganze Wahrheit nie ans Licht gekommen war. Damals waren sie hier angekommen, erschöpft und wütend, von den versprochenen Maulbeerbäumen keine Spur, und Christie hatte ihnen eingeredet, der Hain läge hinter den Bergen. Und nun wollten sie ihre Zelte abbrechen und mitsamt ihrer Raupenkiste dorthin ziehen!

Am liebsten hätte ich Christie einen Fußtritt verabreicht und ihn dem Zorn seiner Schützlinge ausgeliefert. Ich hatte mehr als genug. »Aufgestanden«, knurrte ich und zerrte den Engländer hoch. »Sie sollen ihre Zelte abbauen und das Gepäck bereitstellen. Ich werde Karren und Schlitten holen und euch über das Gebirge bringen. Ich habe ein für allemal genug von dieser Scheiße!« Kraftausdrücke kommen mir selten über die Lippen, aber es gab Gelegenheiten, bei denen ich die Zunge nicht länger zügeln konnte.

»Miggel, ich bitte Sie! Begreifen Sie doch meine Lage! Ich war derjenige, der sie bei der Ankunft ruhigstellen mußte, koste es, was es wolle. Es war eine Notlüge, mehr nicht. Dabei wollte ich sie so bald wie möglich über alles korrekt informieren. Wenn nur die Raupen nicht so früh geschlüpft wären! Ich hatte mich darauf verlassen, daß die Regierung früher oder später zu einer Entscheidung kommen werde. Lassen wenigstens Sie mich jetzt nicht im Stich. Wir müssen uns irgendwas ausdenken. Der Maulbeerenhain könnte doch gerodet worden sein. Oder vom Waldbrand zerstört.«

»Wenn Sie glauben, ich würde bei Ihren Lügenmärchen mitspielen, dann kennen Sie Silas Miggel schlecht!«

»Aber Sie *müssen* mir helfen!« Er verlegte sich aufs Betteln, als hätte er jeden Stolz verloren. »Mit den Italienern ist nicht zu spaßen. Man unterhält sich freundlich mit ihnen, und ehe man sich versieht, wird man von hinten erdolcht. Die haben alle Messer! Holen Sie doch bitte, bitte Ihr Gewehr!«

»Jammern Sie nicht herum wie ein altes Waschweib!« befahl ich. »Nehmen Sie sich doch zusammen, Mann! Heute werden Sie ihnen endlich reinen Wein einschenken über die Maulbeerbäume. Sie werden ihnen höchstpersönlich eingestehen, daß Sie damals gelogen haben!«

»Das können Sie nicht verlangen. Ich hab doch nicht angefangen damit. Die Lüge von dem Maulbeerhain ist ihnen in Italien aufgetischt worden. Sprechen Sie mit ihnen, Miggel! Ich werde alles übersetzen. Sagen Sie ihnen, daß ich genauso hintergangen worden bin wie sie. Bitte, Miggel, helfen Sie mir!«

Die Italiener beobachteten uns argwöhnisch. Jeden Moment konnte der schwelende Haß wieder aufflak kern. Es hatte keinen Zweck, weiter mit Christie zu verhandeln; es mußte etwas geschehen. »Rufen Sie sie zusammen.«

Plötzlich entdeckte ich Mirjam mitten unter ihnen. Sie hielt diesen Bastard Felitze, der zu niemandem gehörte, auf dem Arm und liebkoste ihn, als wäre er der ihre. »Laß das Balg in Ruhe und geh nach Hause«, schimpfte ich. »Siehst du nicht, daß ich auch ohne dich genug am Hals habe?«

Ihnen den Maulbeerenhain auszureden kostete mehr Mühe, als gefesselt und mit verbundenen Augen den Gebirgskamm zu überqueren. Wie soll man einen Haufen verrückter Einwanderer zur Vernunft bringen, wenn man nicht selbst mit ihnen sprach? Wie ein schwelendes Buschfeuer löschen, wenn man nicht einmal an den Brandherd gelangt? Ich wußte, daß Christie meine Worte mit Schleifchen und Bändern verzierte, um sich herauszureden. Als schließlich klar wurde, daß es keinen Maulbeerenhain gab, weder hier noch jenseits der Berge noch sonstwo, bekreuzigten sich die Italiener. Crucis Frau Mariarosa schlug die Hände vors Gesicht und bekam Schreikrämpfe, unter denen sie periodisch litt. Einer der Halbstarken deutete mit gekreuzten Fingern auf Christie, vielleicht um ihn zu verhexen. Andere stampften auf, als wollten sie Löcher in den Erdboden treten. Anna Fardini pflanzte sich vor Christie auf, spuckte aus und überhäufte ihn mit Vorwürfen. Nur Petroniglia starrte ins Leere, als wäre ihr das Schicksal der Seidenraupen so gleichgültig wie nur irgendwas.

»Robolini glaubt, es würde helfen, wenn wenigstens die Hälfte der Raupen überlebt, Mr. Miggel. Die Eier sind sehr kostbar. Fardini will wissen, ob ihnen vielleicht Mr. Barrington mit Maulbeerblättern aushelfen kann?«

»Wir sind mitten im Winter. Barringtons Hecke zeigt nicht mal Ansätze von Knospen. Abgesehen davon sind es nur wenige zugestutzte Pflanzen, und Portland liegt viel zu weit, um frische Blätter herzubringen. Übersetzen Sie das!«

Wieder merkte ich, daß er meine wenigen Worte

viel ausführlicher wiedergab; diesmal schwafelte er wie ein Buch und es schien, als wolle er ihr Interesse wecken. Zuerst verhielten sie sich abweisend, dann blickten sie auf und stellten neugierige Rückfragen. »Mr. Christie«, unterbrach ich ihn argwöhnisch, »was erzählen Sie da eigentlich alles?«

»Ich habe ihnen übersetzt, daß die Bäume in Portland keine Blätter tragen, daß aber Mr. White mir gegenüber wilde Maulbeeren erwähnt hat, die es im Wald geben soll. Anscheinend weiß er das von Ihnen, stimmt's?«

Es war kaum zu glauben. Noch bevor das eine Buschfeuer ausgetreten war, steckte er schon wieder ein neues an. »Beiseite, Engländer, bevor ich Ihnen einen Tritt versetze, daß Sie wieder unter Ihrer Zeltplane landen! Sie wissen doch gar nicht, wovon Sie reden!«

»Die Raupen brauchen Futter, Miggel!« Erst bettelte er mich an wie ein Feigling, und wenig später gab er sich wieder als Herr der Lage und erteilte Anordnungen. »Das könnte ihre Rettung sein! Diese Chance können wir nicht ignorieren, Miggel. Wie weit von hier wachsen wilde Maulbeeren?«

»Keine Raupe wird diese Blätter anrühren, Sie Hornochse!«

»Das sollten die Seidenfarmer entscheiden, nicht Sie!«

»Mr. Christie hat recht, Pa.« Plötzlich meldete sich Mirjam zu Wort, die noch immer bei den Italienern stand und das Kind hielt. »Sie müssen selbst wissen, ob sie es auf einen Versuch ankommen lassen.«

Mir fehlten die Worte. »Misch du dich nicht auch noch ein! Das ganze Hirngespinst hast du aufgebracht. Und setz das Kind ab, wenn ich es dir sage!«

»Schrei mich nicht an, Pa.«

Es war ein hoffnungsloses Durcheinander, und ich, Silas Miggel, steckte mittendrin. Sie wollten wilde Maulbeerbäume sehen, aber die wilden Maulbeerbäume würden nicht aus dem Wald spazieren und freiwillig über den Raupen ihr Blätterkleid abschütteln. An mir blieb alles hängen, in den Wald laufen, die Pflanzen suchen, die Blätter pflücken und sie ihnen bringen. Christie stand da und schwatzte eifrig drauflos, aber sie glaubten ihm nicht mehr, man sah es ihren verkniffenen Gesichtern an. Dann besprachen sie sich untereinander, redeten wieder mit Christie, der sich schließlich an mich wandte.

»Sie wollen, daß Sie sie hinbringen.«

»Ich hör wohl nicht recht? Um sich selbst Brennholz zu holen, gehen sie nicht in den Wald, wohl aber, wenn sie Raupenfutter brauchen?«

»Bitte, Mr. Miggel, machen Sie nicht schon wieder Ärger. Gerade habe ich sie mühsam beruhigen können.«

Hätte Mirjam nicht losgekreischt, als ich ausholte, wäre ich handgreiflich geworden. Es hätte ihm leicht den Kiefer kosten können – plötzlich war *ich* in seinen Augen derjenige, der Ärger machte.

Vier der Italiener erklärten sich schließlich bereit, mit mir in den Wald zu gehen: Fardini, Robolini, Cuicatti und Mangiagalli. Robolini füllte einen Eimer halb mit Wasser, Cuicatti und Mangiagalli trugen die Leiter.

»Was soll das geben?« fragte ich.

»Sie können doch nicht auf Bäume klettern, wenn die Grootvoete hinter ihnen her sind«, erklärte Christie. »Ohne Leiter wollen sie den Wald gar nicht erst betreten.«

Die Leiter war ellenlang. Über die Schlittenpfade

ließ sie sich vielleicht noch balancieren, aber wie sollte man sich damit durch das Labyrinth der Fußpfade winden? Ich hielt mich zurück und sagte nichts, aber den Fußpfad ins Unterholz nahm ich doch. Wozu der Wassereimer gut sein sollte, wollte ich gar nicht erst wissen. Ob sie ihn notfalls den Grootvoeten an den Kopf werfen wollten?

Ein Balanceakt wurde es von Anfang an, und das nicht nur mit der Leiter, die an jeder Abzweigung, die wir einschlugen, geradeaus wollte. Reisende, die vor dem Wald Angst hatten, waren mir schon viele begegnet. Aber die Italiener waren so eingeschüchtert und schreckhaft wie niemand sonst. Wenn ich ihnen nicht ständig Mut zugesprochen und Beine gemacht hätte, wären sie alle paar Meter lauschend oder ins Dickicht starrend stehengeblieben. Auf Gefahren, die aus den Baumwipfeln drohten, sollte wohl Robolini achten. Oft stolperte er über Wurzeln und Steine, weil er den Blick beharrlich himmelwärts richtete. Wir hatten kaum die Hälfte des Weges zurückgelegt, als die beiden Leiterträger schon ins Schwitzen kamen. Mal trugen sie das verdammte Ding auf den Schultern, mal seitlich, und bei Kurven hieß es vor und zurück und vor wie eine riesige Säge.

»Ihr werdet euch noch so verheddern, daß ich euch nie wieder geradebiegen kann!«

»Sì, sì, signor.« Auf alles hatten sie nur eine Antwort: *Sì sì signor.*

Auf diese Weise brauchten wir fast eine Stunde bis zum Stinkhoutkloof, wo die wilde Maulbeere büschelweise im Dickicht wucherte. Als ich den ersten Zweig für sie herunterbog, waren sie wie ausgewechselt. Plötzlich hatte ich nicht mehr einen verlorenen Haufen von Zeltbewohnern vor mir, sondern Experten.

Männer, die wußten, was sie zu tun hatten. Ihre Blicke wurden ruhiger, die Hände fuchtelten nicht mehr herum. Vergessen war die Leiter, die sie an den nächstgelegenen Stamm gelehnt hatten, um auf der Flucht vor Grootvoeten hinaufzuklettern, vergessen waren die Lebensgefahren, in denen sie unterwegs vermeintlich schwebten.

Zuerst untersuchten sie die Blätter sehr aufmerksam. Anscheinend gefiel ihnen, was sie da vor sich hatten. Dann nahm Fardini ein Blatt zwischen die Finger, brach es behutsam vom Zweig und befühlte den Saft, der aus dem Stengel troff. Die anderen taten es ihm gleich, und das Lächeln erstarb auf ihren Lippen.

»Non latte«, teilte mir Cuicatti mit und wiederholte es kopfschüttelnd: »Non latte.«

»Ich weiß nicht, was Sie meinen.«

Mangiagalli hockte sich hin und tat so, als ob er eine unsichtbare Kuh melken würde. »Latte, latte!« rief er dabei.

In den Blättern war keine Milch.

»Ich hab Ihnen ja gesagt, es sind andere Maulbeeren als diejenigen, die Sie kennen!«

Jetzt nahm jeder ein neues Blatt. Sie zerkrümelten das Grünzeug, nahmen es in den Mund und kauten andächtig. Ob ihnen der Geschmack zusagte oder nicht, war ihnen nicht anzusehen. Sie spuckten aus, wuschen sich die Hände im Eimer und schütteten das Wasser weg. Dann pflückten sie von dem Gestrüpp, bis der Eimer zur Hälfte voll mit Blättern war, und deckten sie mit Mangiagallis Mantel zu.

Die Rückkehr ging ein wenig schneller vonstatten, denn sie hatten es eilig und gingen mit der Leiter geschickter um als zuvor. Bei den Zelten nahm man den Eimer entgegen, als wäre er voll Gold. Fardini zuckte mit den Achseln und wog bedächtig das Haupt, als zweifelte er am Sinn des ganzen Unternehmens. Amerika wusch sich gründlich die Hände und polierte sein Messer. Dann wickelte er sich ein Tuch um Mund und Nase, setzte sich in den Schatten und fing an, die Blätter in Streifen zu schneiden.

Ich folgte Fardini ins Zelt, wo zwischen vier Stöcken ein Musselintuch ausgespannt war. Cruci, der ebenfalls ein Tuch vors Gesicht gebunden hatte, hob mit einer feinen weichen Bürste die winzigen grauschwarzen Würmer aus ihren Säckchen auf das Tuch. Grob geschätzt waren es vielleicht hundert Raupen.

Fardini und Robolini banden sich ebenfalls Tücher um und beugten sich flüsternd über das Raupenbett. Als Amerika mit den kleingehackten Blättern kam und sie über die Raupen rieseln ließ, wurde es mucksmäuschenstill, so daß ich tief im Wald die Goldamsel zwitschern hörte. Ich war felsenfest überzeugt, daß diese Blätter den Raupen nicht schmecken würden. Trotzdem wagte ich kaum zu atmen, als ich sie betrachtete. Was, wenn sie plötzlich die Mäuler öffnen und sich fett und lustig fressen und ihre Kokons spinnen würden?

Amerika kniete neben dem Tuch als wolle er beten. Robolini, Fardini und Cruci standen bewegungslos da und ließen die Raupen nicht aus den Augen. Wir warteten schier endlos. Schließlich war Fardini der erste, der den Mundschutz abnahm und traurig den Kopf schüttelte. Die Raupen mochten nicht fressen.

Gott sei Dank.

Als ich ins Haus zurückkehrte, lag das Messer auf dem Tisch. Mirjam war also ausgegangen, um neue Schlingen zu legen. Was mich betraf, so war ich vollkommen erleichtert. Jetzt brauchte ich nur noch einen

Becher Kaffee und etwas Ruhe zum Nachdenken. Im Haus war es eiskalt, und ich machte Feuer zum Wärmen und Kaffeekochen. Wie sich die Italiener in den Zelten warm hielten, war mir ein Rätsel. Ohne Dach über dem Kopf war eine einzige Decke pro Nase eine Zumutung. White verlangte, wir sollten für Ruhe und Ordnung bei den Italienern sorgen. Aber wie soll jemand Ruhe geben, der sich nachts auf seinem unbequemen Lager wälzt? Warum brachte die Regierung sie nicht bei Gastfamilien im Dorf unter, bis das Schiff kam? Lieber hätte ich selbst mit den Italienern gesprochen, sie gefragt, wie sie über all das denken. Mit dem Dolmetschen war das so eine Sache. Daß die Raupen nicht fressen würden, war vorauszusehen, und ich war froh darüber, aber mir kam es absonderlich vor, wenn ein älterer und allem Anschein nach ganz vernünftiger Herr wie dieser Fardini den Blick himmelwärts richtete, als ob nur noch von dort Rettung zu erwarten wäre. Leicht überdreht kam mir auch der Einfaltspinsel Amerika vor, wenn er ein Loch für die toten Raupen grub und anschließend ein Kreuz über das Grab in den Staub malte.

Als ich White mein Wort gegeben hatte, im Austausch gegen Siedlerrechte seinem Dolmetscher unter die Arme zu greifen, wußte ich nicht, worauf ich mich damit einließ. Die Verantwortung für 32 verrückte Ausländer zu übernehmen, war kein Zuckerlecken. Ständig mußte ich befürchten, daß einem etwas zustoßen und die Regierung *mich* dafür zur Rechenschaft ziehen könnte. Mit Christies Beistand konnte ich auf keinen Fall rechnen, er würde nur die eigene Haut retten wollen. Was, wenn die Kinder das Zeltleben nicht vertrugen und krank wurden? Mieta konnte nicht alles heilen. Wunder konnte sie nicht tun, auch wenn manche von uns Waldleuten es glaubten. Vielleicht zahlte sich all der Aufwand gar nicht aus. Im Grunde meines Herzens mochte ich ja noch immer nicht glauben, daß sie mir die Siedlerrechte wirklich geben würden. Und Petroniglia magerte zusehends ab. Gleichviel, ob ihre Kleine nun weggegeben oder gestohlen worden war, sie sehnte sich bestimmt nach ihrer Mutter zurück. Wenn Kapstadt bloß nicht so weit von hier gewesen wäre, hätte ich mich zu Fuß dorthin aufgemacht, um der Sache ein Ende zu setzen und das verdammte Kind zu holen. Manchmal war mir, als ob die Junggesellen im Zeltlager schon Morgenluft witterten und hier auf Brautschau gehen wollten. Und wenn es ihnen nun in den Sinn kam, sich auf eigene Faust abzusetzen? Was sollte White von mir denken, wenn er beim Durchzählen vor der Abreise einige meiner Schützlinge vermißte? Nachher hieß es bestimmt, sie könnten die Überfahrt nicht antreten, bevor sie nicht vollzählig beisammen seien! Ich beschloß, sie irgendwann heimlich selbst zu zählen. Einschließlich der beiden erwachsenen Söhne Fardinis, Alberto und Giuseppe, waren zehn Junggesellen dabei und sechs verheiratete Männer. Dann deren sechs Ehefrauen und zwei junge Mädchen – mit Fardini würde ich noch ein ernstes Wort über Luigia sprechen müssen. Dazu die sieben Kinder plus Felitze, auch so ein Sorgenkind. Allerhand Verantwortung für einen einzelnen. Trotzdem – sollte Christie seine Sachen packen und sich dünnmachen, wäre ich der letzte gewesen, ihn aufzuhalten.

Es war schon fast dunkel, als Mirjam aus dem Wald zurückkam. Sie sah mir den Kummer an und gab sich fürsorglich und zuvorkommend.

»Du siehst müde aus, Pa. Hast du deinen Kaffee schon getrunken?«

»Ich will jetzt keinen mehr. Es ist schon Zeit fürs Abendbrot.«

»Heute nacht bekommen wir wohl Frost, Pa.«

»Stimmt.«

»Ich habe drei Schlingen gelegt und Oom Joram mit seiner Mannschaft am Gouna-Schlittenpfad getroffen. Augenblicklich traut sich kein Mensch, in Draaise-Bos zu fällen, sagt er. Ein verwundeter Grootvoetbulle tobt dort herum. Ein Mann aus Kapstadt hat ihn angeschossen. Oom Joram sagt, der Bulle hätte Oom Anro einen ganzen Tag lang auf dem Baum festgehalten. Die Wunde sähe schrecklich aus, hat Oom Anro erzählt. Die Kugel habe die Rippen durchschlagen und sei durch die Flanke wieder ausgetreten.«

»Man müßte Josafat Stander ausfindig machen und bitten, dem Tier den Gnadenschuß zu geben.«

»Vielleicht taucht er ja wieder auf.«

»Vielleicht.«

»Und wenn der Bulle hierher kommt?«

»Wenn er solche Schmerzen hat, schafft er es nicht durch die Kloofs.«

Sie legte ihre Schürze über den Wassertopf, statt sie umzubinden. Sie deckte Teller auf und wollte erst danach den Tisch wischen. Sie nahm das Brot aus dem Schrank und legte es ganz in Gedanken versunken wieder hinein.

»Mirjam, du bist gar nicht richtig da. Was ist heute bloß los mit dir?«

»Nichts, Pa. Ich habe Pontiggia am Zufluß der Zisterne getroffen.«

»Was hat er da zu suchen? Sie haben ihren eigenen Ort zum Wasserholen.«

Sie wurde unwillig. »Hör mir doch erst mal zu, Pa. Er hatte sich einen Klumpen Ton aus der Erde genommen. Das hat er stundenlang geknetet. Erst als ich vor ihm stand, hat er mich bemerkt.«

»Was wolltest du denn bei ihm? Wieso bist du nicht gleich nach Hause gekommen?«

»Bitte, Pa. Pontiggia sah todunglücklich aus. Bei meinem Anblick fuhr er auf, klatschte den Ton mit aller Kraft wieder ins Wasser und lief weg. Die Italiener sind nicht mehr böse, Pa, ich glaube, sie geraten in Panik. Viclleicht ist es auch Haß, was ich in ihren Gesichtern lese. Was soll noch daraus werden, Pa?«

»Mr. White hat selbst gesagt, daß es nur eine Lösung gibt. Ein Schiff für den Rücktransport.«

»Weißt du noch, wie du mir mal eine Grootvoete-Figur aus dem Ton der Zisterne gemacht hast, Pa?« Offenbar wollte sie das Gespräch auf ein anderes Thema lenken.

»Natürlich.« Damals mußte sie wegen Masern das Bett hüten, und ich wußte nicht mehr, wie ich das Kind im Haus halten sollte. Als ich die Figur fertig modelliert hatte, war sie nicht zufrieden damit, weil ihr die Stoßzähne fehlten. Ich mußte eigens ein Erdschwein erlegen; die Hauer dienten als Elefantenzähne, aber das Fleisch konnten wir ebensogut brauchen.

»Pa?«

»Was denn, Mirjam?« Ich spürte, daß etwas in der Luft lag.

»Du hast keine der Parzellen bekommen, stimmt's?«

»Nein. Es war ja auch nur ein schwaches Fünkchen Hoffnung.«

»Und was wird nun aus uns?«

»Was soll aus uns werden? Ich werde abwarten. Regen und Kälte werden sie irgendwann von hier vertreiben. – Was hast du noch auf dem Herzen?«

Sie kaute eine Zeitlang auf den Lippen, bevor sie Antwort gab. »Wenn ich nur mit dir reden könnte!«

»Reden über was? Seit wann kannst du dich bei mir nicht mehr offen aussprechen?«

»Das ist es ja gar nicht. Aber es gibt vieles, über das wir nicht miteinander reden.«

»Und das wäre?«

Sie blickte auf ihre Hände und spielte mit den Fingern. Dann stellte sie mir unvermittelt eine sonderbare Frage. »Pa, hast du dir je eine Frau gemacht, seit Ma tot ist?«

»Wie?«

»Ob du dir eine Frau gemacht hast!«

Entgeistert starrte ich sie an. Was ging nur in ihr vor? »Worauf willst du hinaus, Mirjam?«

»Eine Frau, Pa. Jemand, den du dir selbst machst. Wie eine Tonfigur! Jemand zum Reden, der dir antwortet, mit dir geht. Jemand, der gut zu dir ist und zu dem du gut sein kannst. Du kannst ihn dir in Gedanken so gestalten, wie du dir eine wirkliche Person wünschst. Eine Geheimnis-Frau eben, oder einen Geheimnis-Mann.«

»Das kommt bestimmt von diesen unnützen Zeitungen, die Christie dir immer überläßt, wenn er sie ausgelesen hat. Woher sonst solltest du diese Hirngespinste haben?«

Sie ließ sich nicht unterbrechen. »Ich will doch nur damit sagen, daß man jemandem begegnen kann und plötzlich merkt, daß er der Geheimnis-Person ähnlich ist. Der so aussieht, wie man sich ihn immer gewünscht hat. Und von da an hat man keine Geheimnis-Person mehr, sondern einen wirklichen Menschen aus Fleisch und Blut. Und das ist der glücklichste Moment in unserem Leben.«

Allmählich dämmerte mir, um wen es ging. Pontiggia, wen sonst? Ich hätte aufspringen, das Gewehr holen und ihn zur Strecke bringen mögen. »Mirjam, wenn du mit einem dieser Italiener anbändelst, gibt es Mord und Totschlag!«

»Es ist nicht Pontiggia, Pa.«

Woher wußte sie, daß ich an Pontiggia gedacht hatte? Mit anderen Worten, da *war* jemand, sie hatte es mehr oder weniger eingestanden. Alle guten Vorsätze, ruhig zu bleiben, besonnen zu überlegen, was zu tun sei, waren wie weggeblasen. Ich hätte am liebsten den Tisch umgestürzt, samt den Tellern und Tassen. Außer Pontiggia gab es viele Junggesellen im Zeltlager; wer würde den Anfang machen?

»Mirjam, wir haben es zur Zeit schwer genug im Hochland. Mach du jetzt nicht noch zusätzliche Schwierigkeiten! Mit wem hast du dich eingelassen?«

»Bitte, Pa.«

»Du weißt ja, was du heraufbeschwörst, wenn du nicht aufpaßt!«

»Pa, hör mich an.« Sie fing an zu weinen. »Neulich hast du mich nicht gefragt, wo ich gewesen bin, weil du nicht wolltest, daß ich dich anlüge. Ich war so erleichtert, weil du mir die Lüge erspart hast. Seitdem habe ich die Hoffnung, wir könnten einmal offen miteinander reden, ganz ohne Hintergedanken und ohne daß du mich wie eine Sünderin behandelst. Ich habe mir nichts zuschulden kommen lassen, und ich weiß, daß ich aufpassen muß. Hab doch Vertrauen zu mir, Pa. *Bitte.*«

»Mit wem hast du dich eingelassen?«

»Du hast einmal gesagt, was ich tun soll, wenn ich

gefragt werde, wo die Lilien blühen. Wenn jemand kommt, der es wissen will, soll ich ihm keine Antwort geben und ihn stehenlassen, weil dieses Geheimnis dem Wald allein gehört. Wer dorthin geht, tritt auf das Herz des Waldes.«

In dieser Nacht wälzte ich mich in meinem Bett wie unter einer zentnerschweren Last. Gegen Mitternacht hatte ich noch kein Auge zugetan, als es plötzlich an der Tür pochte. Wenn einer der Italiener krank geworden war, würde ich ins Dorf müssen, um Hilfe zu holen. Den Weg nach Draaibos Eiland zu Mieta würde ich im Dunkeln nicht wagen, nicht solange dort ein angeschossener Elefant unterwegs war. Oder war Christie auf der Flucht und suchte bei mir Unterschlupf? Mochte er sich in den Holzschuppen legen.

Aber es war niemand aus dem Zeltlager. Es war Josafat Stander, unrasiert und mit langer Mähne. Der Umhang aus Bocksfell, den er zum Schutz vor der Kälte über den Kleidern trug und mit einem rohen Strick um den Bauch festgezurrt hatte, reichte ihm bis zu den Füßen. Er trug Flinte und Knappsack über der Schulter und wirkte zu Tode erschöpft. Im Widerschein der Kerze sah ich ein teuflisches Flackern in seinem Blick. Was hatte den alten Gauner nach Gouna-se-Bos verschlagen?

»Wäre jetzt hellichter Tag, könnten die Italiener mit Recht behaupten, daß unser Wald nur Räuber und andere Gefahren birgt.« Ich hielt ihm die Tür auf. »Komm herein, setz dich. Was führt dich denn zu nachtschlafender Zeit in diese Gegend?«

»Guten Abend, Oom Silas.« Mirjam stand im Flur, vor Angst kreideweiß.

»Zieh dir etwas über und lauf nicht barfuß herum«,

mahnte ich und gab Josafat ein Glas Wasser. »Nun? Womit kann ich dir helfen?«

»Mit Essen. Ich muß noch nach Lelievleibos, aber zuvor brauche ich eine Stärkung, Oom. Zum Dank werde ich ein paar Böcke zur Strecke bringen. Dann hast du Fleisch für die Zelte.«

»Leg Holz nach, Mirjam, und gib Oom Josafat etwas zu essen.« Wie abgekämpft er aussah, merkte ich erst, als er sich hinsetzte. »Bist du in Schwierigkeiten, Josafat?«

»Wenn man's genau nimmt, besteht mein ganzes Leben aus Schwierigkeiten, Oom. Aber vor drei Tagen hat mich ein Fremder aufgespürt. Er zog ein Bein nach, hatte zerrissene Hosen an und trug blutiges Verbandszeug am Knie. Er sei vom Panther angefallen worden, behauptete er, der Blutverlust habe ihn geschwächt, ob ich ihn ins Dorf bringen könne? Als ich mich über ihn beugte, roch ich *Bocksblut*, kein menschliches. Ich fragte nicht weiter und versprach ihm zu helfen. Als ich von hinten mit dem Strick kam, wurde er plötzlich quicklebendig. Er kämpfte wie ein Stier, und ich merkte, daß ich es mit einem Waldhüter zu tun hatte. Ich fesselte ihm die Handgelenke, ließ aber die Beine frei und machte mich gleich auf den Weg. Zuerst trieb ich ihn nach Meulbos und weiter nach Skuin-se-Bos. Von dort wandte ich mich ostwärts durch das Hügelland am Fuß der Dwarberge nach Keesbos und schließlich jenseits der Bergkette nach Büffelsneck und Ysterneck. Inzwischen waren wir zwei Tage unterwegs und er brachte kaum noch einen Laut heraus. Ich ließ ihn noch einen Tag lang marschieren, und heute nacht habe ich ihn an der Hauptstraße ins Dorf in einen Nadelbusch gesetzt.«

»Kein Wunder, daß du fix und fertig bist. Es hätte euch beiden das Leben kosten können.«

»Er wird wohl so schnell nicht wieder in den Wald kommen.«

»Vor kurzem war er hier und hat nach dir gefragt!«

»Er hat überall herumgeforscht.«

Mirjam setzte dem Elfenbeinschmuggler einen Teller mit Brot, Maiskolben und Bataten vor, und Josafat schlang alles hinunter, als sei er zu müde zum Kauen.

»Du fällst ja gleich um vor Erschöpfung, Josafat. Aber auch ich habe zur Zeit großen Ärger im Hochland. – Allen möglichen Ärger«, fügte ich Mirjams wegen hinzu.

»Diese Leute müssen bald hier weggebracht werden, Oom. Bald kommt der Frost.«

»Da hast du recht. Ich frage mich bloß, wann man sie wegbringt. Der dumme Engländer, der als Anführer eingestellt worden ist, hat schon jede Menge Tintenfässer leergeschrieben, Mr. White schreibt einen Brief nach dem andern nach Kapstadt, bekommt aber nur selten eine Antwort. – Von anderen Problemen ganz zu schweigen.« Dabei wandte ich mich Mirjam zu, damit sie mitbekam, was ich meinte.

»Du solltest überlegen, ob du von hier wegziehst, Oom.«

»Niemals! Ich gehe hier nicht weg. Das Hochland ist mein Zuhause. Ich habe einen besseren Plan: Du bist doch viel mit Seeleuten zusammen, Josafat. Kannst du kein Schiff für mich auftreiben, das sie wenigstens bis Kapstadt bringt?«

»Pa!«

»Halt dich raus, Mirjam. Das Wasser kocht, vergiß den Kaffee nicht!«

»Du hast kein Recht dazu, Pa!«

»Mirjam!«

»Kein Schiff wird sie umsonst befördern, Oom«, gab Josafat zu bedenken.

»Weiß ich. So schlau bin ich auch. Wenn ich dir mein Gewehr und Munition gebe, könntest du nicht Grootvoete für mich schießen? Gegen ein paar Stoßzähne wird sich doch ein Kapitän bereitfinden, sie im Laderaum mitzunehmen.«

»Du bist verrückt, Pa. Du glaubst doch selbst nicht, daß du damit durchkommst!«

»Ich hänge jedem ein Schild um den Hals mit der Adresse der Regierung drauf«, schwor ich. Ja, das würde ich tun. Mirjam protestierte weiter, aber Josafat schloß nicht aus, daß jemand die Beförderung gegen Elfenbein übernehmen würde. Er versprach, sich gelegentlich am Hafen umzuhören. Mir gefiel die Idee. Etwas sagte mir, daß es klappen konnte.

Ich lud Josafat ein, bei uns zu übernachten, aber er lehnte ab. Wenn einer sich einmal für die Wildnis entschieden hat, wird er auch zum Wilden. Nur Josafat Stander nahm das Risiko auf sich, mitten in der Nacht ins Dickicht zu gehen. Ich begleitete ihn mit der Kerze und sorgte dafür, daß er den Fußpfad in den Wald nicht verfehlte. Dann machte ich noch einen Rundgang durch die Zelte. Alles war ruhig. Könnte ich sie doch nach Kapstadt schaffen und an der Pforte zur Regierung abgeben! Zweifellos würde man sie eher heute als morgen nach Hause einschiffen.

Am Montagmorgen erteilte Christie Anweisungen zum Einpflanzen der Maulbeerschößlinge. Ich war überzeugt, daß er jetzt endgültig den Verstand verloren hatte.

»Die Regierung hat es so bestimmt, und wir müssen uns daran halten, Miggel.«

»Dann leidet die Regierung ebenso an Hirnschwund wie Sie selbst!« entgegnete ich. »Warum kommt sie nicht endlich über das Schicksal der Italiener ins reine? Wieso schickt sie nicht jemanden, der sich selbst von den Zuständen hier überzeugt? Ich könnte ihm die dünne Schicht zeigen, unter der die Tonerde liegt, in der die verdammten Maulbeerbäume keine Wurzeln schlagen. Warum die fällige Entscheidung länger hinauszögern?«

»So etwas braucht Zeit, Miggel. Und ich wäre nicht mit jeder beliebigen Entscheidung einverstanden.«

Wie prahlerisch der Mann daherredete! Mir wurde speiübel davon. »Was die Italiener brauchen, ist ein Schiff nach Hause«, erklärte ich. »Sie werden sich hier nie einleben, ganz wie die Maulbeerbäume. Ob Sie damit einverstanden sind oder nicht, danach fragt kein Mensch.«

Doch er hatte es sich in den Kopf gesetzt, die Schößlinge mußten in die Erde. Unten am Fuß des Hochlands läge ihr Gemeindeland zum gemeinsamen Nießbrauch, wie er es nannte. Ich fragte nicht groß, wie das Wasser dort hinunter kommen sollte, falls auch nur einer der Bäume die erste Woche übersteht. Schließlich war er der Fachmann. Ich ging Böcke schlachten für die Zeltbewohner und fing mit einem neuen Stuhl an.

Dienstag nachmittag betteten die Italiener behutsam die letzten Schößlinge in die Erde. Die Pflanzung war säuberlich von Unkraut befreit und wie mit der Schnur gezogen. Man konnte ihnen nachsagen, was man wollte – wenn sie sich einmal dransetzten, machten sie ganze Arbeit. Bis Einbruch der Dämmerung mußten sie Eimerketten bilden, um die Pflanzen ordentlich zu wässern.

»Nichts aus meiner Zisterne abschöpfen, verstanden?« Ich mußte höllisch aufpassen.

Am Donnerstag bekam ich einen Lachkrampf, als White zwölf wandelnde Gerippe, Ochsen genannt, ins Hochland treiben ließ, um sie vor die Pflüge zu spannen. Noch bevor der Tag zu Ende ging, hatten sie die Maulbeerschößlinge einzeln ausgerupft und gefressen. Freitags wurden schon zwei Ochsen vermißt, und Christie ließ die Parzellen umpflügen. Gegen Abend war der erste Pflug zerbrochen. Am Samstag brach der zweite Pflug, und zwei weitere Ochsen waren verschwunden.

»Warum müssen sie so sehr kämpfen, Pa?«

»Weil Christie nicht auf mich hören will. Laß sie kämpfen.«

Am Montag wurde es bitterkalt, der dritte Pflug brach und ein weiterer Ochse fehlte.

Christie kam zu mir. »Gehen Sie in den Wald und fangen Sie die Ochsen wieder ein, Miggel!«

»Wo soll ich denn anfangen zu suchen, Meneer?« Die Stimmung zwischen uns war unter Null gesunken.

»Wo Sie wollen. Die Ochsen sind Regierungseigentum und müssen unter allen Umständen wieder hergeschafft werden.«

»Für die Pflüge, die noch ganz sind, haben wir noch genug Ochsen. Übrigens würde ich vorschlagen, einen für die Italiener zu schlachten, damit sie anständig zu essen haben. Ich serviere ihnen das Fleisch jedenfalls nicht mehr.«

Allmählich kam ich mir wie ein Vogel vor, der 32 unersättliche Junge im Nest sitzen hat, Christie eingerechnet. Je weiter der Winter voranschritt, desto hungriger wurden sie. Mit den wöchentlichen Shillings konnten sie kaum ihre Einkäufe im Dorf bestreiten: Zwiebeln zu sieben Shillings, Mehl zu zwei Pfund den Sack, zwei Shillings und zwei Pennies pro Ei, *wenn* man sie bekam, Butter und Schmalz, ein Sack Kartoffeln zehn Shillings, bei jedem Dorfgang eine volle Milchkanne aus Stewarts Stall, damit die Kinder Milch bekamen. Tabak, warme Hosen, zusätzliche Decken, eine bessere Matratze für Ilario, Schuhe für Amerika und Coccia, Kleidung für einige der Kinder, Zucker und Kaffee. Der Kaffee stellte sie nie zufrieden, er war für ihren Geschmack nicht stark genug. Knoblauch, Tomaten bekamen sie nicht mehr, Olivenöl brauchten sie kanisterweise – wozu weiß ich nicht, vielleicht tranken sie es?

Fardini führte Buch über die Ausgaben, Christie trauten sie nicht über den Weg. An Donnerstagen mußten Aale und Fisch gefangen werden für den Freitag. Um die Aale mußte ich mich selbst kümmern, denn sie ließen sich nicht überreden, mich zu den Wasserlöchern im Kloof zu begleiten; außerdem war es zu umständlich, denn sie hätten die Leiter mitnehmen wollen. Ende Juni hatte ich zwei Angelruten gefertigt und war mit Lucinetti und Taiani ins Dorf gegangen. Die Stelle, wo der Knysna-Fluß in die Bucht mündete, lag westlich, und ich lehrte sie Regenwürmer ausbuddeln und als Köder zu gebrauchen. Für Amerika knüpfte ich ein Fangnetz. Ich zeigte ihm, wo in der Dämmerung die Haselhühner pfiffen, bevor sie schlafen gingen. Er sollte auf den Lockruf hören, das Netz morgens auslegen und den ganzen Tag im Auge behalten. Manchmal fing er ein paar Hühner, manchmal kam er mit leeren Händen nach Hause, aber jede Feder wurde gebraucht, jeder

Batatensack, den die Waldleute schickten, jeder Bock, den Josafat Stander erlegte.

Es dauerte keine Woche, bis Josafat eines Nachts wieder erschien. Er hatte tatsächlich einen Kapitän ausfindig gemacht, der die Italiener für vier Stoßzähne nach Kapstadt bringen würde. Mirjam wurde fuchsteufelswild. Und als ich Christie darauf ansprach, daß die Überfahrt zumindest bis Kapstadt gesichert sei, machte er ein Gesicht, als wolle er mich mit Haut und Haaren auffressen. Anderntags eilte er ins Dorf, um bei White über mich herzuziehen. White schickte mir sage und schreibe *zwei* Waldhüter und einen Konstabler obendrein. Nur um mir auszurichten, daß ich meines Lebens nicht mehr froh würde, wenn ich das Gesetz in die eigene Hand nähme. Die Regierung habe zu bestimmen und nicht Silas Miggel.

»Aber wann?«

»Sie müssen Geduld haben.«

Sie nagelten mich auf ihre Paragraphen fest, daß ich mich kaum noch rühren konnte. Und jedesmal, wenn Christie im Dorf war, kam er mit denselben Neuigkeiten zurück – nämlich gar keinen.

Der Monat Juli war angebrochen. Manchmal fand ich ein Erdschwein in den Schlingen. Die Frauen freuten sich darüber, weil sie Hartwurst daraus machten und das Schmalz brauchen konnten. Anna Fardini schickte auch Mirjam und mir ein paar dieser wohlschmeckenden Würste. Christie behauptete, die Italiener wären anerkannte Meister in der Wurstmacherei. Aber diese komischen flachen Kuchen mit undefinierbarem Zeugs drin schienen mir für die menschliche Ernährung ungeeignet; sie ließen es sich munden. Und aus einem Klumpen Teig kneteten sie Figuren, wie ich sie noch nie gesehen hatte. Sie zogen und streckten und walzten, bis sie aussahen wie dünnste Riemchen, die warfen sie dann ins kochende Wasser. Ein Sack Mehl hielt sich nicht lange in ihren Zelten.

Essen und nochmals essen. Brennholz stapelweise. Nach dem zweiten großen Dauerregen teilte ich Christie mit, daß es so nicht weitergeht. Ich brauchte drei Männer zur Verstärkung beim Bäumefällen und Blockholz schleppen. Christie tat, als habe er nichts gehört. Eines Donnerstags machten sie ihr Feuer mit den letzten Ästen und Zweigen; kaum, daß es ihr Kaffeewasser aufheizte. Ich war mit Kleisterkochen beschäftigt und achtete nicht darauf. Christie kam und fragte nach Holz, Robolini fragte nach Holz mit den zehn Worten Holländisch, die er inzwischen beherrschte. Mariarosa fragte nach Holz, Fardini fragte nach Holz. Ich blieb abweisend und ließ Mirjam wissen, daß ich diese Nacht im Schuppen schlafen wolle, denn von meinen Vorräten würden sie keinen Span bekommen. Schließlich war sie in Tränen aufgelöst und bot an, mir selbst beim Fällen zu helfen.

»Kommt nicht in Frage, Mädchen.«

Mittags tauchte Christie abermals auf, und mit ihm Amerika, Taiani und Coccia und die Leiter. Sie hatten von sich aus angeboten, mit mir das Brennholz zu holen. Wenn ihnen auch nur das geringste zustieß, werde er die Regierung über mein gemeingefährliches Treiben informieren, drohte Christie. Ich hielt den Mund, holte meinen Ochsen und spannte ihn vor den Schlitten. Dann winkte ich die drei Italiener zum Abmarsch herbei. Es war schon spät.

Hinter dem Gouna-Schlittenpfad wußte ich einen gestürzten Kwar, der nach meiner Berechnung trokken genug zum Verfeuern war. Nicht weit davon im Wald stießen wir auf Pilze. Wie jedes Jahr zur Regenzeit sprossen sie zu Hunderten im feuchten Waldboden am Wegrand. Die Italiener brachen in Jubel aus, als wäre ein Wunder geschehen. Bevor ich einschreiten konnte, hatten sie schon mit dem Pflücken begonnen. Ich warnte sie, dieses Teufelsbrot auch nur anzurühren, geschweige denn in den Mund zu nehmen. Doch allen Einwänden zum Trotz pflückten sie immer weiter. Sie zogen sogar die Jacken aus und schnürten die Pilze hinein. Der alte Karel Swart aus Barnard-se-Eiland mußte drei Tage leiden, bevor er nach einem Pilzgericht die Augen schloß. Am dritten Tag trat ihm der Schaum vor den Mund. Zwei Männer mußten den Tobsüchtigen festhalten, damit er nicht aus dem Bett fiel. Und diese Unbelehrbaren hörten nicht auf zu pflücken!

Nachdem wir das Holz heimgeschleppt hatten, erzählte ich Christie vom Sterben des alten Karel. Der Dolmetscher war beleidigt und kritzelte an seinen Briefen und Aufzeichnungen. Mich würdigte er keines Blickes. Inständig beschwor ich ihn, sie vor den Pilzen zu warnen, in ihrer Ahnungslosigkeit seien sie drauf und dran, sie zum Abendbrot zu verspeisen. Er winkte ab: sie seien von Kind auf an Pilzgerichte gewöhnt, und ihr Speiseplan hätte eine kleine Abwechslung verdient. Ich mußte es dabei bewenden lassen. Na gut, sollen sie sich das Zeug schmecken lassen, dachte ich auf dem Heimweg. Um so schneller war ich sie los.

Es war besser, Mirjam gegenüber das drohende Verhängnis gar nicht erst zur Sprache zu bringen. Wir aßen zu Abend und gingen zu Bett. Ich lag im Dunkeln und rang mit meinem inneren Schweinehund. Ich hätte ihnen die Pilze wegnehmen sollen. Ich hätte Christie zwingen müssen, sie zu warnen. Wohl ein dutzendmal stand ich auf und wanderte durch die

Nacht zu den Zelten hinunter, um nachzusehen. Schliefen sie, oder wanden sie sich schon in Todesqualen? Einmal brüllte ein Kind, und ich wartete zitternd, bis es sich wieder beruhigt hatte. Vor meiner erhitzten Phantasie erschien das Bild ihrer Gräberreihen am Fuß des Hochlands. Dann würde bei uns endlich wieder Frieden einkehren. Es war ein sündiger Gedanke, das wußte ich wohl, aber ich konnte ihn trotzdem nicht unterdrücken. Schlimmer noch – tief in meinem Innern regte sich der Wunsch, daß sie Christie auch eine Portion verabreicht hatten . . .

Anderntags, als ich nachschauen ging, war die ganze Rasselbande noch putzmunter.

Es war bitterkalt, und Christie brachte abermals nichts Neues vom Dorf zurück. Vom Schiff keine Spur. Silas Miggel, halte durch, sagte ich mir. Irgendwann würde auch dieser Knoten platzen. Alle vier, fünf Tage ließ ich die Zeltbewohner frisches Gras schneiden als Streu für ihr Lager. Tagelang blieben die Schlingen leer, aber das machte mir die geringsten Sorgen. Ich wußte, daß sie heimlich einen der Ochsen geschlachtet hatten, seit ich auf das Versteck gestoßen war. Und als Willem, der Sohn Elias van Rooyens, einen Wetzstein bei mir borgen kam, erzählte er von John Barrington, der vor der Stadt zwei Ochsen gekauft hatte. Von Fremden, die zweien der Italiener verteufelt ähnlich sahen.

Was in Portland vor sich ging, ahnte ich nicht. Eines Tages würde ich klein beigeben müssen und ein bis zwei Tage die Woche dort aushelfen. Mehr denn je war ich auf die Löhne angewiesen. Aber ich brachte es nicht übers Herz. Die Wochen waren zu kurz, und überdies mußte ich auf Mirjam aufpassen.

Eines Morgens kurz vor Ende Juli machte allerdings

Hal wieder einen Abstecher ins Hochland. Es war ein Montag. Seine Mutter hatte ihn geschickt, nicht der Vater. Ob ich nicht kommen und ihr aushelfen wolle, ließ sie mich fragen. Mr. Barrington sei nicht wohlauf und der ganze Betrieb stocke.

»Ist John denn nicht da?« erkundigte ich mich.

»Er ist mit einer Ladung Holz nach George aufgebrochen, Oom«, berichtete Hal. »Es heißt, dort brächten sie einen besseren Preis.«

»Sag deiner Mutter, das Schiff für die Italiener läßt noch immer auf sich warten. Wir sitzen selber wie auf heißen Kohlen, ich kann hier nicht weg.«

»Mein Vater ist krank, Oom. Es geht ihm sehr schlecht. Letzte Woche mußten wir zweimal den Dorfarzt kommen lassen.«

Plötzlich fiel mir auf, daß Mirjam gestern beim Nachhausekommen gar nichts über Barringtons Befinden gesagt hatte. Jedes Wochenende zog sie sich hübsch an und wanderte nach Portland, um den Sonntag bei Imar und Gabrielle zu verbringen. Wenn ich mir Klarheit verschaffen wollte, blieb mir keine andere Wahl. Ich mußte Hal aushorchen, ob Mirjam gestern in Portland gewesen sei. Sie sei schon seit Monaten nicht mehr da gewesen, lautete die Antwort.

Vor Jahren hatte ich drüben in Lelievleibos einen lebensgefährlichen Unfall. Damals war Mirjam noch klein, keine fünf Jahre alt. Während ich Bäume fällte, pflegte ich sie stets mit einer Leine anzubinden, die sie von abstürzenden Stämmen fernhielt und genug Bewegungsfreiheit zum Spielen gab. An diesem Tag aber hatte sie sich so stur gestellt, daß ich endlich nachgab und sie frei herumlaufen ließ. Als der Baum vornüberkippte, brach sie plötzlich aus dem Dickicht hervor und hüpfte auf die falsche Seite. Ich weiß nur noch, daß ich sie anschrie und loslief. Ob der Baum mich niedergestreckt hat oder ob ich gestolpert bin, weiß ich nicht mehr. Wie ich zur Besinnung kam, lag ich mit dem Gesicht im Farnkraut, mit dem Baum quer über den Schenkeln. Er war nicht besonders groß, aber es war ein Eisenbaum und schwer wie Granit. Man nennt sein Holz ja nicht umsonst Eisenholz. Als Jan Helgard seinerzeit ein Gelbholzstamm auf die Füße fiel, hatte er ihn kommen sehen und noch Zeit gehabt für ein Stoßgebet. Aber damals waren wir zu sechst; er überlebte und wir konnten ihn ausgraben. Nun lag ich unter Eisenholz und hatte nur die Kleine in meiner Gesellschaft, die aus Leibeskräften brüllte. Auf Hilfe durften wir nicht rechnen, in kilometerweitem Umkreis gab es keine Menschenseele, die uns hätte hören können. Und das Kind war noch zu klein, um die nächste Lichtung zu erreichen und Hilfe zu holen. Aber sie konnte mir wenigstens die Axt in greifbare Nähe ziehen und mir Wasser aus dem Fluß holen, um mir die Stirn zu kühlen, als ich beinahe wieder ohnmächtig wurde. Ich grub mich mühsam selbst mit der Axtschneide heraus. Es dauerte Stunden. Hinterher schmerzten mir alle Gliedmaßen, das Bein lief blauviolett an. Auf allen vieren und mit dem Kind auf dem Rücken mußte ich nach Hause kriechen. Ich hatte noch Glück, daß die Knochen heilgeblieben waren.

Als ich jetzt von Hal erfuhr, daß Mirjam seit Monaten nicht mehr in Portland aufgetaucht war, ging es mir nicht besser als damals mit dem Eisenbaum. Ich war so überrumpelt, daß mir nichts mehr einfiel. Sofort zur Rede stellen konnte ich sie nicht, Mirjam und Petroniglia hatten sich morgens ins Dorf begeben, um nach dem Kind zu fragen. Um so besser; auf diese Weise konnte ich mich beruhigen und in aller Ruhe überlegen, ob es auch unter diesem Baumstamm ein Entrinnen gäbe. Und an diesem Tag muß der Himmel auf meiner Seite gewesen sein, denn als Mirjam nach Hause kam, sagte ich nichts. Kein Sterbenswort kam über meine Lippen. Ich wußte, was ich zu tun hatte.

Am folgenden Sonntag machte sie sich wieder fein und verabschiedete sich wie üblich. Ich ließ es geschehen. Nachspionieren ist das Geschäft der Waldhüter. Statt auf die Waldschäden zu achten, betätigten sie sich bloß als Schnüffler. Aber an diesem Tag erniedrigte ich mich so weit, daß ich selbst unter die Schnüffler ging. Es mußte sein, sonst wäre ich am Mißtrauen gegen meine eigene Tochter erstickt. So ging es jedenfalls nicht mehr weiter.

Auf dem Weg nach Portland war sie direkt in den Kloof gestiegen. Aber unten am Flußbett wich ihre Spur Richtung Norden ab. Nicht weit von hier, kurz vor dem schmalen Streifen Heideland, traf mich der Schlag, als ich ihr Kleid über einen Strauch gehängt fand und die feinen Schuhe gleich darunter. Ich verkroch mich ins Unterholz, um erst einmal Luft zu schnappen. War mein eigene Tochter zur Dirne geworden? Ich wollte den Gedanken verscheuchen, aber er ließ sich nicht unterdrücken. Sollte ich ihr weiter folgen? Wenn es wenigstens finstere Nacht gewesen wäre, dann hätte mir der Anblick der Schande erspart bleiben können! Meine schöne, fleißige und fröhliche Mirjam wollte ich wieder haben, nicht diese fremde junge Frau, deren Denken und Handeln mir unbegreiflich war.

Aber ich wandte mich nicht ab. Ich setzte die Verfolgung fort und fand sie. Mit Pontiggia. Sie trug einen ihrer abgetragenen Arbeitskittel und saß auf einem Felsen am Ufer, während er einen riesigen Klumpen

Ton bearbeitete. Die Augen hielt sie gen Himmel gerichtet. Das, was sie dort zu sehen schien, ließ sie vor Glück erstrahlen. Und Pontiggia formte aus dem dunklen weichen Material die Umrisse einer neuen Mirjam, die ich nicht kannte, und deren Schönheit mich überwältigte.

Als sie mir gegenüber abgestritten hatte, daß es Pontiggia sei, hatte ich ihr geglaubt. Sie war so erzogen worden, daß sie nie zu lügen brauchte. Und weil sie daran festhielt, daß es nicht Pontiggia sei, hatte ich kaum darauf geachtet, wie hartnäckig ihr der Bursche nachlief. In Wahrheit hatte ich Taiani viel mehr in Verdacht als gerade ihn. Einmal waren Mirjam und zwei der Fardini-Töchter dabei gewesen, als Pontiggia die Wilderle hinter der Zisterne zurechtschnitt und stutzte, bis sie die Form eines Vogelkopfs annahm. Ich hatte sie nicht ins Haus gerufen und ließ sie fast den halben Tag lang dort sitzen. Gut eine Woche darauf mußte ich eines Nachmittags den Zufluß reinigen und stieß auf das Bildnis einer Frau. Es ragte anderthalb Meter hoch mitten aus dem glitschigen Ton hervor und war noch naß, eben erst fertig geworden, wie es schien. Splitternackt. Sogar mit einem Nabel im rundlichen Bauch. Brustwarzen. Hüftknochen, die sich unter dem Fleisch abzeichneten. Alles. Nicht einmal ich, Silas Miggel, ein Mann, der zwei Jahre verheiratet gewesen war, hatte je eine Frau so unverschämt nackt gesehen. Sie hielt die Hände im Rücken verschränkt und beugte sich leicht vor, als wolle sie sich im Wasser der Zisterne spiegeln. Und ich blieb stocksteif stehen, wie selbst in eine Tonfigur verwandelt. Ich hätte vortreten und sie umstoßen wollen, aber etwas hielt mich zurück. Endlich faßte ich mir ein Herz und pflückte ein paar Zweige von einem nahegelegenen Strauch, mit denen ich ihre Scham bedeckte. Gewiß war hier Pontiggia am Werk gewesen. In dieser Nacht kam ein Platzregen, der sie gnädig dahinschmelzen ließ, aber ich befahl Mirjam, diesen Pontiggia zu meiden.

Hätte ich sie dort am Fluß mit Sias van Rooyen ertappt, oder mit Martiens, oder mit John oder Hal – es wäre ein leichtes gewesen, die Kerle nach Hause zu scheuchen, wo sie hingehörten. Aber wohin sollte ich Pontiggia jagen? Ich konnte ihn nicht einmal anbrüllen. Ich lag im Dickicht verborgen, kaum zwanzig Meter weit entfernt, und ein großer Eisenholzstamm lag mir wieder quer auf der Brust. Ausgraben und darunter hervorkriechen? Unmöglich. Heimkehren, das Gewehr holen, wiederkommen? Ihn erschießen, das wäre eine Lösung gewesen. Aber eine innere Stimme warnte mich. Ich hätte Mirjam getroffen, nicht ihn.

Ich wandte mich lautlos ab und schlich davon. Tief war ich gesunken, wie kaum ein Waldbewohner vor mir. Ich hatte mich zum Spitzel herabgewürdigt und meine Tochter der Schande überführt. Aber mein Verstand arbeitete fieberhaft. Jetzt gab es nur noch eins; ich hätte es schon viel früher tun sollen, am Tag, als die Italiener im Hochland eintrafen. Ich ging heim, holte den Schlitten hinter dem Holzschuppen hervor und zog ihn vor den Eingang des Hauses. Dann wartete ich.

Kurz nach Mittag kam Pontiggia zu den Zelten. Ich erwiderte seinen Gruß nicht. Erst Stunden später kehrte auch Mirjam zurück, wieder im Sonntagsstaat und mit feinen Schuhen an den Füßen. Erst als sie das Gefährt bei der Tür sah, stutzte sie.

»Warum steht der Schlitten nicht an seinem Platz?« wunderte sie sich.

»Nur bis Mitternacht. Ich warte noch, um die Sonntagsruhe einzuhalten.«

»Pa?«

»Dann wirst du packen. Bei Tagesanbruch hole ich die Ochsen und bringe dich nach Draaibos Eiland. Bis sie mit dem Schiff auf und davon sind, bleibst du bei deiner Tante Hannie.«

Sie straffte sich. »Ist irgend etwas vorgefallen, Pa?«

»Frag nicht, was vorgefallen ist. Um Mitternacht wirst du dein Bündel packen, und wenn es hell wird, bringe ich dich nach Draai-se-Bos.«

»Ich werde nicht mitkommen.« Sie war wie ein Baum, der einem sagt: Schlag zu, aber fällen wirst du mich nicht.

»Mirjam, du gehst nach Draaibos Eiland.« Ich war die Axt und sie der Baum; ich würde schneiden und sie sollte fallen, denn ich wollte nicht, daß sie so endete wie ihre Mutter. Und wenn ich dafür die tiefste Schlucht des Waldes zwischen sie und Pontiggia bringen mußte.

»Ich bleibe hier, Pa. Ich gehe nirgendwo hin.«

»Ausgerechnet heute, am Tag des Herrn, willst du mir trotzen?«

»Ja, Pa. Ich bleibe im Hochland. Ich bleibe bei dir. Ich kann jetzt nicht von deiner Seite weichen.« Ihre Hilfsbereitschaft sollte mich wohl umstimmen.

»Du kannst wiederkommen, sobald die Italiener fort sind.«

»Was ist vorgefallen, Pa? Bei meinem Aufbruch heute früh ging es dir noch prima, jetzt benimmst du dich, als wärest du ganz aus dem Häuschen!«

»Vielleicht erzählst du mir statt dessen, wo du dich den ganzen Tag herumgetrieben hast«, schlug ich so beiläufig und harmlos wie möglich vor. Aber sie hatte gemerkt, daß jetzt ein anderer Wind wehte, und hob erstaunt die Brauen. »Nun, warst du in Portland, Mirjam?«

Zuerst blieb sie still und musterte mich durchdringend. Dann erwiderte sie ruhig: »Nein, Pa.«

»Bist du denn letzte Woche in Portland gewesen?«

»Nein, Pa.«

Das schlimmste war, daß sie weder kleinlaut noch schuldbewußt reagierte. Anscheinend hatte sie beschlossen, bei der Wahrheit zu bleiben, dem letzten Schutz, der ihr noch geblieben war.

»Wann hast du dich zuletzt in Portland blicken lassen?«

»Weiß ich nicht mehr.«

»Gibt es etwas zwischen dir und Pontiggia?« Ich konnte mich nicht länger zurückhalten.

»Nicht das, was du denkst.«

»Was denke ich denn wohl?«

»Woher soll ich das wissen? Ich weiß nur eins: So wie du es dir ausgedacht hast, verhält es sich nicht.«

»Geh und pack deine Sachen.«

»Nein.« Sie blieb felsenfest. »Du kannst mich nicht aus dem Hochland vertreiben.« Der Baum würde nicht fallen. Sie ließ mich stehen, ging ins Haus und auf ihr Zimmer. Es war, als drehte sie mir ein für allemal den Rücken zu.

8

Am 29. August, einem Montag, brachte ein Waldhüter die Nachricht, daß man am Vortag in Kapstadt das Kind auf ein Schiff gebracht habe. Es sei unterwegs.

Das Schiff hieß *Natal*, und es würde zunächst die Mosselbay ansteuern, bevor es am Mittwochmorgen in Knysna vor Anker ging.

»Welches Datum haben wir?« fragte ich den Waldhüter. Ich wußte es selbst, aber ich wollte es von ihm hören.

»Den 29. August, Oom.«

»Stimmt. Kannst du dich noch erinnern, wann die Italiener ins Hochland gekommen sind?«

»Nein, Oom.«

»Am 11. Juni war das. Wenn ich den gestrigen Tag einrechne, sind es insgesamt 79 Tage. Mit heute 80.«

»Da läßt sich nichts dran ändern, Oom. Aber vergiß nicht, auf jedes Zeichen von Blattern zu achten, wenn du sie siehst. Polizeirichter Jackson macht sich große Sorgen wegen der Seuchengefahr.«

Ich warf den Holzscheit nach ihm, das ich gerade in der Hand hielt. Wenn ich genau gezielt hätte, wäre er nicht mehr aufgestanden. Achtzig Tage aufgestaute Anspannung und Verzweiflung steckten in mir, und dieser Kerl da nahm mir übel, daß ich mit Holzscheiten warf.

»Du hättest mich treffen können, Oom!«

»Geh mir aus der Sonne.«

»Du suchst wohl Streit, Oom. Ich werde dich anzeigen.«

»Hab doch gesagt, geh mir aus der Sonne!« Erst als ich nach einem zweiten Holzscheit griff, zog er Leine.

Catarina Grassi war also unterwegs. Achtzig Tage Gerüchte und falsche Versprechungen gingen damit zu Ende. Mal wurde uns weisgemacht, das Kind sei Tomasso weggenommen und bis zur Überfahrt in die Obhut zweier englischer Ladies gegeben worden. Dann kam die Meldung, das Kind sei wieder bei Tomasso, weil die Engländerinnen kein Italienisch konnten. Als nächstes fehlte der Kleinen das Geld für die Überfahrt und White mußte der Regierung schreiben, weil ihre Eltern und die übrigen Italiener auch umsonst bis nach Knysna gekommen seien. Später hieß es, die Tomassos selbst hätten sie zwei Ausländerinnen anvertraut, die ebenfalls nach Knysna wollten. Und so ging das Woche für Woche. Inzwischen fragte ich mich allmählich, ob das Kind überhaupt existierte.

Petroniglia war mittlerweile dünn wie eine Zaunlatte geworden. Von ihrem kranken Mann abgesehen, war Catarina noch nicht einmal ihr einziges Sorgenkind. Monica, ihre Älteste, war keine vierzehn Jahre alt und sollte eigentlich auf die drei kleinen Geschwister aufpassen. Statt dessen lief sie Canovi, einem der Halbstarken aus der Gruppe, nach. Canovi war ein Fremder, der sich ihnen irgendwo unterwegs angeschlossen hatte. Ein Mann aus dem Nirgendwo, niemand wußte etwas über seine Familie, seine Herkunft, seinen Beruf. Ich erklärte Christie, daß daraus nichts Gutes werden könne. Er solle doch mal mit allen Beteiligten darüber reden, schlug ich vor. Er zuckte nur die Achseln. Für Ilario mußten wir zwei Wochen Mieta kommen lassen, damit er wenigstens einigermaßen bei Kräften blieb.

Als der Waldhüter meldete, Catarina sei endlich unterwegs, bekam ich, Silas Miggel, als einziger die große Neuigkeit zu hören. Christie hielt sich zu diesem Zeitpunkt in Kapstadt auf. Immerhin konnte man darauf hoffen, daß endlich Bewegung in unsere festgefahrene Angelegenheit gekommen war. Am Tag seiner Abreise hatte ich Christie beschworen, in Kapstadt als erstes für die Überfahrt der Kleinen zu sorgen. Eigentlich wollte er bei der Regierung auskundschaften, wieso für all diese Elendsgestalten im Zeltlager die Heimkehr nach Italien so lange auf sich warten ließ. Hätte nicht ab und zu die Sonne geschienen und ihre Kleider getrocknet, wären sie in diesen Wintermonaten längst mit der nassen Leinwand zusammengewachsen. Die Frauen wirkten immer bedrückter, wenn sie morgens aus dem Zelt schlichen und das Feuer schürten, um ihre Kinder zu wärmen. Manchmal konnten sie fünf, sechs Tage hintereinander die Zelte nicht verlassen, weil es an einem Streifen regnete. Wie sie diesen Winter lebend überstehen sollten, war mir ein Rätsel. Es mußte etwas geschehen. Brief um Brief wurde abgesandt, und nichts passierte. Allmählich zweifelte ich, ob es die Regierung wirklich gab.

Ich behielt die Nachricht über Catarinas Ankunft für mich. Statt hinüber zu den Zelten zu gehen, setzte ich mich an die Arbeit und machte den letzten von sechs Stühlen fertig, die ich noch vor Einbruch der Dunkelheit zu Geld machen wollte. Von den achtzig Pfund, die in der Blechdose waren, als die Italiener ankamen, waren nur noch zwanzig übrig. Silas Miggel stand vor dem Ruin. Wieder und wieder hatte ich in die Dose greifen und Geld für Einkäufe herausnehmen müssen. Die Gebühr für die Holzfällerlizenz war fällig. Mirjam brauchte neue Schuhe. Christie hatte mich angepumpt, weil er von den bei seiner Anstellung vereinbarten zehn Pfund Monatsgehalt noch keinen Penny gesehen hatte. Ein Beschwerdebrief nach dem anderen wurde verschickt, aber nichts passierte. Genau wie bei der Sache mit dem Schiff. Regelmäßig, wenn er sich bei White beklagte, hieß es, seine Forderungen müßten geprüft werden, er solle geduldig abwarten, alles sei nur eine Frage der Zeit. Es war die gleiche Leier wie bei mir, wenn ich nach dem Schiff für die Rückreise der Italiener fragte.

Nach meinen Siedlerrechten erkundigte ich mich schon gar nicht mehr. Siedlerrechte konnte ich verlangen, denn ich hatte sie mehr als verdient. Am meisten bangte ich vor dem Tag, an dem der letzte Penny aus der Blechdose mußte.

Achtzig Tage Warterei. Und jetzt war Christie in Kapstadt. Die zehn Pfund, die er für die Reise benötigte, hatte er sich bei mir geborgt. Aber als die Nachricht von Catarina eintraf, dachte ich: Hätte ich gewußt, was er schon nach einer Woche fertigbrachte, so hätte ich ihm die zehn Pfund bereitwillig geschenkt. Unter diesen Umständen würde er auch das Übrige in die Wege leiten.

»So geht es nicht mehr weiter, Miggel«, sagte er mir an einem Freitag Mitte August. Er war im Dorf gewesen und hatte wieder keine Post bekommen. Kein Wort über das Kind, keine Aussicht auf das Gehalt, keine Neuigkeiten von einem Schiff nach Italien. White hatte er auch nicht angetroffen, denn der kümmerte sich am Kruisfluß um die britischen Einwandererfamilien, die dort wohnten. Ins Hochland von Gouna zu den Italienern war White nie mehr gekommen. Ich hatte ihn immer wieder eingeladen, sich selbst ein Bild vor Ort zu machen, ich hatte ihn geradezu angefleht. Ich hatte ihn ein dutzendmal gebeten, ans Kap zu schreiben, damit sie jemanden von der Regierung schickten, aber nein. »Es gibt nur noch eins, was ich tun könnte, Miggel«, erklärte mir Christie an jenem Nachmittag, »und zwar nach Kapstadt zu gehen und mein Anliegen höchstpersönlich vorzutragen.«

»Nicht *Ihr* Anliegen, sondern das der Italiener«, berichtigte ich. Immer wieder mußte ich ihn korrigieren.

»Meine ich doch.«

»Endlich mal ein sinnvoller Einfall. Wenn ich Sie wäre, hätte ich mich schon vor Wochen dazu entschlossen.« Mirjam kam gerade vom Gemüsefeld und hing ihren Hut hinter der Tür auf. »Mach Mr. Christie einen Kaffee«, bat ich sie.

»Seid ihr zur Abwechslung mal gut Freund?« erkundigte sie sich auf Holländisch, während sie das Wasser aufsetzte.

»Nein. Aber anscheinend setzt sich allmählich sein Gehirn in Bewegung. Brau ihm einen guten starken auf, Mirjam.«

»Seit die Italiener da sind, hast du Geschmack an starkem Kaffee gefunden, wie?«

Ich gab keine Antwort.

Christie saß da, als hätte er nicht mehr die Kraft, auch nur die Tasse zu heben. Seine Kleider waren nicht mehr reinlich und glatt gebügelt wie bei seiner Ankunft im Hochland, und so zerknautscht wie der Anzug sah auch sein Besitzer aus.

»Ich kann sie kaum noch halten, Miggel. Sie sind ununterbrochen gereizt und rebellisch.«

»Wenigstens haben sie gestern abend wieder Musik gemacht«, erinnerte ich ihn.

»Stimmt. Und hinterher versammelten sie sich vor meinem Zelt und wollten von mir Tag und Stunde ihrer Abreise wissen. Sie beschimpften mich und machten mir die guten Beziehungen zu hochgestellten Regierungskreisen streitig. Ich würde ja wohl kaum wie ein Eingeborener in der Wildnis zelten, wenn ich soviel Einfluß hätte, meinten sie. Andererseits will White, daß ich die Bedingungen, unter denen sie angeworben wurden, vertragsgetreu erfülle. Die Regierung verlangt, daß zumindest der Versuch gemacht wird, hier eine Seidenindustrie aufzubauen.«

»Warum lassen Sie das alles mit sich machen? Wieso sind Sie noch hier?« Ich hatte ihn das schon seit einiger Zeit fragen wollen.

»Was ich einmal angefangen habe, führe ich auch zu Ende. Ich habe auch meinen Stolz, schließlich trage ich die Verantwortung. Außerdem schuldet mir die Regierung noch das Gehalt, und man hat mir Land überschrieben. Bekommen die Italiener ihre Freifahrt und muß ich sie nach Hause begleiten, werde ich mit großer Wahrscheinlichkeit herkommen und mein Land in Anspruch nehmen!«

»Vergessen Sie's. Wie wollen Sie hier überleben? Haben Sie der Regierung schon geschrieben, daß die letzten Seidenraupen geschlüpft sind und ebenso wie ihre Vorgänger begraben werden mußten?«

»Habe ich. Aber was soll's? Meine Gesundheit ist auch nicht mehr die beste, Miggel. Es ist unmenschlich, von mir zu verlangen, bei Frost und Regen im Freien zu kampieren.«

Mirjam, die am Herd stand, fuhr herum. »Und was ist mit den Italienern?« fauchte sie. »Sind die etwa besser untergebracht? Und wie geht es den Kindern?«

»Die Italiener sind ein wetterhartes Volk. Sie sollten mal die Tunnel sehen, die sie durch das Gebirge im Norden ihres Landes gegraben haben. Dann wüßten Sie, was ich meine. Ein Land wie Amerika hat Tausende von Italienern einwandern lassen, um die Eisenbahn zu bauen. Schon weil sie durch den Tunnelbau so abgehärtet sind.«

»Der traurige Haufen dort in den Zelten sieht mir nicht gerade nach Tunnelbohrern aus«, bemerkte ich.

»Allerdings, sie sind Seidenfarmer. Aber sie sind trotzdem Kinder ihres Landes.«

»Zelt ist Zelt, Meneer, egal, wer drin schläft. Es ist eine ausgezeichnete Idee, persönlich zur Regierung zu gehen. Vielleicht hilft ihnen das wieder nach Hause. Nehmen Sie die Postkutsche, man sagt, sie braucht nur 36 Stunden nach Kapstadt.«

»Dazu fehlt mir das Bargeld. Ich habe doch noch kein Gehalt.«

»Aber einen Penny für ihre verdammten Zeitungen haben Sie immer noch übrig, wenn Sie ins Dorf gehen. Ich habe Ihnen schon hundertmal verboten, sie nach dem Lesen meiner Mirjam zu geben. Sie bringen sie bloß auf dumme Gedanken.«

»Sei nicht so engstirnig, Pa.«

»Da haben Sie's, so redet sie schon mit ihrem Vater. Man kann doch heutzutage kaum glauben, was man mündlich gesagt bekommt. Wie soll ich einem Mann glauben, der aus sicherer Entfernung alles aufschreibt? Demnächst werfen Sie das Zeug ins Feuer, verstanden? Oder kaufen besser gar keine mehr.«

»Immer mit der Ruhe, Miggel. Momentan sind die Zeitungen meine einzige Verbindung zur zivilisierten Außenwelt. Ihr Leutchen hier habt doch gar keine Ahnung, wie rückständig diese Kolonie ist. Und damit meine ich nicht nur diese verwünschte Wildnis.«

»Machen Sie den Wald nicht schlecht und sorgen Sie, daß Sie nach Kapstadt kommen. Erkundigen Sie sich mal, wann die nächste Postkutsche abgeht.«

»Ich ziehe es vor, mit dem Dampfboot zu reisen.«

»Dann machen Sie das, aber wie immer Sie reisen, reisen Sie bald! Gehen Sie zur Regierung und sagen sie ihr, daß die Maulbeerbäume hier nicht gedeihen, daß die Italiener nach Hause wollen, daß Catarina zu ihrer Mutter zurück muß. Sagen Sie ihr auch, daß Silas Miggel die Dummheit aller Beteiligten an diesem Spiel zum Hals heraushängt. Teilen Sie das der Regierung mit, und lassen Sie kein Wort aus!«

»Ich verstehe mich recht gut auf diplomatisches Verhandeln, Miggel.« Plötzlich wurde er wieder der alte selbstgefällige Wichtigtuer. »Ich komme nicht zurück, bevor mein Fall nicht vollständig und zu meiner absoluten Zufriedenheit geklärt ist.«

»Nicht *Ihr* Fall, der *gesamte* Fall! Vom Anfang an bis zu dem Punkt, wo wir jetzt stehen.«

»Meine ich doch.«

»Mirjam, gieß Mr. Christie noch einen Kaffee ein und gib ordentlich Zucker dazu. Er braucht jetzt alle Energiereserven.«

»*Und* Geld, um nach Kapstadt zu kommen«, spottete sie auf Holländisch.

Auch wenn ich mir noch immer große Sorgen um Mirjam machte, hatten wir uns wieder einigermaßen vertragen. Ich durfte bloß nicht an ihr Innerstes rühren. Nachdem ich sie mit Pontiggia am Flußufer gesehen hatte, war sie am folgenden Sonntag wieder festlich gekleidet und kam nach draußen, wo ich in der Bibel las. Sie wolle sich nur rasch verabschieden, meinte sie.

»Ich habe dir das Essen hingestellt.«

»Wo gehst du hin?«

»Du kannst mit mir kommen, wenn du willst. Ich gehe nach Portland. Es ist keine Lüge. Ich habe dich nie wirklich angelogen. Du hast nur von dir aus *unterstellt*, daß ich jedes Wochenende nach Portland ginge.«

»Wohin gehst du also wirklich?«

»Zu den Lilien.«

»Sprich nicht in Rätseln, Mirjam.«

»Ich muß jetzt gehen, Pa.«

An diesem Tag ging sie tatsächlich nach Portland. Als sie wiederkam, brachte sie eine Kanne Milch mit, die ihr Mrs. Barrington für die Italiener mitgegeben hatte. Barrington selbst ließ mir ausrichten, ich brauche nicht mehr aushelfen kommen, es liefe alles bestens ohne mich. Ich wußte, daß es nicht die Wahrheit war.

Wohin Mirjam bei anderen Gelegenheiten entschwand, blieb mir unklar. Manchmal war Pontiggia bei den Zelten, wenn sie unterwegs war. Manchmal auch nicht.

Als Christie eines Tages mit dem Handkoffer aufbrach, um zum Dorf und an Bord nach Kapstadt zu gehen, blickte ich ihm nicht ohne Rührung nach. Christie war immer noch Christie, aber ohne Dolmetscher konnten wir mit größeren Schwierigkeiten kaum fertig werden. Solange nichts Unvorhergesehenes passierte, würde es auch so gehen. Die Kinder wußten schon viele holländische Ausdrücke, die ihnen Mirjam in ihrer sogenannten Schule beigebracht hatte. Täglich versammelte sie die Italienerbrut unter dem Kalanderbaum, obwohl ich ihr mehr als einmal abgeraten hatte. Aber sie wollte nicht hören, und inzwischen hatten sich die Kinder daran gewöhnt. Schließlich gab ich klein bei, legte aber fest, daß es nicht häufiger als dreimal die Woche »Schule« geben sollte, unter der Bedingung, daß die Kleinen weder hinter meine Zäune kämen noch ins Haus. Und schon gar nicht in den Wald, damit sie womöglich noch den Respekt vor ihm verlören. Ich hatte nicht die geringste Lust, nach verirrten Bälgern Ausschau zu halten. Tatsächlich hatte die

»Schule« den Vorzug, daß sie beschäftigt waren und den Erwachsenen nicht ständig am Rockschoß hingen. Die Frauen hatten schon ohne sie Arbeit genug; alle zwei Tage holten sie alle ihre Habseligkeiten aus dem Zelt, lüfteten sie und trugen sie wieder hinein. Die übrige Zeit verging hauptsächlich mit Kochen und Waschen.

Christie hatte uns an einem Freitag verlassen. Am Montag gab es die ersten Probleme. Robolini, ich und vier weitere Italiener sägten gerade Äste klein, mit denen wir einen Zaun um das Gemüsebeet auf dem Fardini-Grundstück ziehen wollten. Auf Robolinis Parzelle war bereits ein kleiner Flecken eingezäunt, und seine Maispflanzen ragten schon fingerhoch aus der Erde. Allzu rasch kamen wir freilich nicht mit den Gärten voran, denn im Hochland mußte jedes Maisfeld, jedes Kürbisbeet und was immer man anbauen wollte, mit Zäunen umgeben werden. Die Böcke und Erdschweine fraßen alles, was nicht niet- und nagelfest abgesperrt war. Außerdem war die Bepflanzung von der Wasserverteilung abhängig. Wenn der Regen ausblieb, mußte alles verfügbare Wasser unter den Gemüsebeeten aufgeteilt werden – und meine Beete hatten das erste Anrecht auf Wasser. Ich machte ihnen klar, daß ich nicht wie sie täglich einen Shilling von der Regierung bekäme. Und jeder Spatenstich Erde, den man umdrehte, mußte auch noch gedüngt werden. Glücklicherweise lernten sie bald, nie ohne Sack und Spaten ins Dorf zu gehen; die Hauptstraße war lang, und jedes Pferd und jeder Ochse, der dort entlanglief, versorgte uns reichlich mit Dung.

Cuicatti und Taiani hatten ihre Parzellen getauscht, so daß Cuicatti für sein Waldgrundstück eines unter freiem Himmel bekam, wo man Schößlinge aussetzen konnte. Taiani interessierte sich nicht dafür, wo sein sogenanntes Grundstück lag; wenn das Schiff bis Weihnachten noch nicht da sei, wolle er ohnehin abhauen. Ich ließ Christie übersetzen, daß kein einziger Italiener die anderen im Stich lassen würde, solange Silas Miggel noch im Hochland war; vollzählig würden sie von White in Empfang genommen werden und an Bord gehen. Mir war gleich aufgefallen, daß Taiani die Hände in den Taschen behielt und er öfters Richtung Dorf Ausschau hielt. Um so angenehmer war ich überrascht, als er sich bereit erklärte, beim Brennholz mit anzufassen.

Wir waren gerade mit dem Lattensägen für Fardinis Zaun fertig, als Anna Fardini auftauchte. Schon unterwegs redete und gestikulierte sie. Da stimmt was nicht, war mein erster Gedanke. Der achtjährige Pietro, Fardinis Jüngster, den Mirjam für den Klügsten ihrer ›Schulklasse‹ hielt, gesellte sich zu uns und radebrechte so gut es ging. Es stellte sich heraus, daß Petroniglia morgens ins Dorf gegangen war, um nach dem Kind zu fragen, und noch immer auf sich warten ließ. Normalerweise kam sie nie so spät. Ich hatte sie schon den ganzen Tag bei den Zelten vermißt und glaubte, daß Ilario wieder bei Kräften und mit ihr unterwegs sei. Immer wieder hatte ich ihr durch Christie verbieten lassen, alleine ins Dorf zu gehen. Aber sie ließ sich nicht davon abbringen. Sie verschwand und kam wieder, wann es ihr paßte. Gab es etwas Neues, so schrieb es der Konstabler auf einen Zettel, den sie Christie mitbrachte.

»Signor Miggel gehen nachgucken?« fragte Pietro. Alle schauten mich erwartungsvoll an.

»Ja«, knirschte ich. »Signor Miggel nachgucken gehen, sie notfalls am Schlafittchen nehmen und wieder herschaffen. Möchte wissen, wie lange ihr noch beieinander bleiben würdet, wenn Signor Miggel nicht wäre.«

Ich war stocksauer. Die Sonne stand schon tief im Westen, und nach einem Tag Bäume fällen und Stämme schleppen und Bretter aussägen ächzte mein geschundener Körper nach dem wohlverdienten Schlaf. Mir stand nicht der Sinn danach, um diese Zeit des Tages noch ins Dorf zu marschieren. Und kein Italiener trat vor und bot freiwillig an, mitzukommen. Auch ihnen stand die Sonne schon viel zu tief. Sobald es dämmerte und die Schatten im Unterholz sich verdüsterten, war keiner von ihnen bereit, sich auch nur auf ein Viertelstündchen von den Zelten zu entfernen. Sie würden sich nie an den Wald gewöhnen. Mit Ausnahme von Amerika, Taiani und Coccia, den dreien, die mir beim Brennholz halfen – unter der Bedingung, daß die Leiter stets dabei war –, hatte sich keiner von ihnen je mehr als ein oder zwei Schritt weit hineingewagt.

Ich holte meinen Mantel und machte mich auf die Suche nach Petroniglia. Christie hatte mir einmal erzählt, daß die Italiener vor Hunderten von Jahren die meisten ihrer Wälder gefällt hatten. Sie mochten keine bewaldeten Gegenden; sie liebten nur Steinwüsten. Alles in ihrem Land war aus Stein. Trümmer von Säulen, Kirchen, alles. Keine schlichten Gotteshäuser wie die Kirche in Knysna, die auch aus Steinen gebaut war; ihre Kirchen waren so groß wie Paläste, behauptete Christie. Von außen übersät mit gemeißelten Bildern. Hunderte von Kirchen, Tausende von gemeißelten Bildern. Sehr edles Gestein, dessen Oberfläche schimmerte. Häuser und alles andere waren daraus geschnitten, Straßen auch. Vielleicht wollte Christie mir einen Bären aufbinden, vielleicht auch nicht. Manchmal wünschte ich mir, ich könnte Fardini selbst danach fragen; er war nicht nur der älteste von allen, er schien auch am meisten Grips zu haben.

Eines Tages hatte ich Christie über Pontiggia ausgefragt und erfahren, daß er gar kein Seidenfarmer war, sondern Weber. Weben war ein Reisegewerbe, wie Christie es nannte – und Pontiggia einer, der ständig auf Achse war. Ich stellte mir vor, daß die Weber es an keinem Ort lange aushielten. Christie widersprach; ein Weber im Reisegewerbe zog von Dorf zu Dorf und nahm Arbeit an, wo immer ein Platz am Webstuhl frei wurde. Dort arbeitete er manchmal wochen- und monatelang, wenn er nicht seßhaft wurde. Anscheinend war Pontiggia ein ziemlich namhafter Weber in der Umgebung einer Stadt, die sich Firenze oder Florenz nannte. Er war mit den Seidenfarmern herübergekommen, weil er hier ursprünglich eine kleine Seidenspinnerei einrichten sollte. Sein Bruder besaß einen Webstuhl und wollte nachkommen, sobald die ersten Kokons reif zum Spinnen waren. Auch Petroniglia suchte eine Anstellung in der angeblichen Seidenindustrie am Kap, von der man ihr vorgeschwärmt hatte. Ihre Arbeit bestand darin, die Seide zu haspeln. Dabei wässerte man die Kokons so lange, bis sich die Drüsenfäden aus dem Leim lösten, dann knüpfte man Fäden von vier, fünf oder mehr Kokons zu einem einzigen zusammen, der sich aufhaspeln und verarbeiten ließ.

Am Steilhang, der zwischen Gouna-se-drif und der Hochebene liegt, stieß ich auf Petroniglia. Schritt für Schritt kroch sie den Kletterweg empor. Sie blickte nicht auf und sah mich daher auch nicht kommen. Ich wartete, bis sie auf ein paar Meter herangekommen war, bevor ich mich rührte.

»Petroniglia!« rief ich und blieb vor ihr stehen. Ihr Haar schien seit mindestens einer Woche nicht mehr gekämmt, die Schuhe waren schmutzig, und ihren Schal trug sie jetzt um die Taille. »Petroniglia, das ist das letzte Mal, daß ich einen von euch suchen gehe.« Vielleicht war ich selbst viel zu müde, um sie auszuschelten, jedenfalls spürte ich, daß sie meinen Worten kein Gewicht beimaß. Sie ließ alles über sich ergehen, als wäre es ihr völlig gleichgültig, was mit ihr geschah. Wie sollte man sich mit einer solchen Frau groß auseinandersetzen? »Es muß endlich Schluß sein damit«, fuhr ich milder gestimmt fort. »Wenn Christie es nicht schafft, Ihre Tochter herzubringen, müssen Sie sich damit abfinden, daß Tomasso sie nicht mehr hergibt. Warten Sie doch ab, bis Sie allesamt nach Kapstadt zurückkehren, dann können Sie die Kleine selber herausboxen. Aber bis dahin sollten Sie für Ilario und die übrigen Kinder sorgen. Auch für sich selbst. Anscheinend hilft es gar nichts, daß Sie von mir immer die besten Stücke Fleisch und Leber bekommen, wenn ich einen Bock schlachte. Bisher haben Sie noch kein Gramm zugesetzt. Sie müssen wieder zu Kräften kommen!«

»Signor Miggel?« Sie kramte einen Zettel heraus, auf den ihr der Konstabler wieder mal eine Botschaft gekritzelt hatte, und hielt ihn mir vor die Nase.

»Ich kann kein Englisch lesen, Petroniglia«, seufzte ich. »Mirjam wird es lesen und Pietro übersetzen müssen.« Doch hatte der Konstabler diesmal mehr als üblich mitgeteilt, soviel konnte ich erkennen.

Und Mirjam mußte die Kerze anzünden, um es zu lesen, denn als wir heimkehrten, war es längst stockfinster. Auf dem Zettel stand, daß sich Mr. Alfred Brown aus Knysna in Kapstadt aufhielt und das Kind bei der Überfahrt begleiten wollte. Alle notwendigen Vorkehrungen waren getroffen: Sobald Mr. Brown seine Geschäfte in der Hauptstadt erledigt hatte, würden sie gemeinsam aufbrechen.

Pietro übersetzte, die Umstehenden brachen in Jubel aus. Nur Petroniglia fing an zu weinen, und Mirjam weinte mit. Ich riet ihr, sparsam mit den Freudentränen umzugehen, denn als nächstes würden wir sicherlich hören, wie das Kind abermals weggelaufen sei. Aber am Montag darauf kam der Waldhüter zu mir und behauptete, am Vortag sei das Kind an Bord gegangen. Ich fuhr mit meiner Arbeit fort, und nach einer Weile kam Mirjam aus dem Maisfeld hoch.

»Was wollte der Wärter von dir, Pa?«

»Catarina ist gestern abgereist. Das Schiff soll zuerst zur Mosselbay und wird am Mittwoch hier sein.«

Sie warf die Arme in die Luft und tanzte um mich herum. »Und du sitzt da, als wäre nichts geschehen, Pa? Wäre es zuviel verlangt, mal hinüberzugehen und Petroniglia davon zu erzählen?«

»Ich denke nicht daran. Ich glaube erst daran, wenn ich das Kind mit eigenen Augen vor mir sehe!«

»Wir müssen es ihr doch wenigstens mitteilen, Pa. Ich hole Pietro zum Dolmetschen.«

»Nichts da! Niemand wird es ihr verraten.«

»Aber wir *müssen*! Sie hat ein Recht darauf, es zu wissen!«

»Mirjam, du denkst schon genauso verdreht wie Christie und White. Wenn ich jetzt hingehe und Petroniglia Bescheid sage, läuft sie umgehend ins Dorf, um nachzusehen, ob das Schiff nicht zufällig von Kapstadt hierher geflogen ist. Und morgen würde sie wieder losziehen, und sobald es Nacht wird, darf ich sie wieder suchen. Sobald ich hier fertig bin, bringe ich Smit die Stühle. Dann kann ich mich selbst bei White erkundigen, ob der Waldhüter uns auch die Wahrheit gesagt hat. Wenn die Nachricht stimmt, hole ich das Kind am Mittwoch ab und bringe es seiner Mutter zurück. Ich kenne diesen Mr. Brown und weiß, wie er aussieht. Ich hab mal einen Topf in seinem Laden gekauft. Jetzt liegt er hinter dem Haus unter den Rabatten, und die Rotkehlchen nisten drin. Er hatte schon nach einem Jahr ein Loch im Boden.«

Als ich aufsah, stand Fardinis jüngste Tochter Luigia am Gartentor.

»Morgen, Signor Miggel!«

»Was ist los?«

»Sei nicht so rüde mit dem Mädchen, Pa.«

»Jetzt soll sie plötzlich wieder ein kleines Mädchen sein! Aber wenn sie Cuicatti nachläuft und ich erkläre, sie sei zu jung, soll ich mich raushalten?«

»Signor Miggel«, klagte sie. »Nix essen.«

»Hat dir Mirjam nicht beigebracht, bitte zu sagen?«

»Signor Miggel, bitte, nix essen!«

»Ich werde deiner Mutter etwas zu essen aus dem Laden holen.«

Jedesmal, wenn ich den Schlitten hinter dem Holzschuppen hervorholte und mich auf den Weg ins Dorf machte, wurden die Kinder eins nach dem anderen zu mir geschickt, um mir die Wünsche ihrer Eltern auszurichten. Dann schien niemand mehr Beine zu haben, um selbst ins Dorf zu gehen. Keiner wollte freiwillig die Einkäufe ins Hochland schaffen. Ein Mehlsack wog schon im Hügelland von Plaatbos allerhand auf den Schultern, und auf den Steilhängen in Gouna konnte einem das Gewicht leicht den Rükken brechen.

Der nächste, der herbeilief, war Roberto, Robolinis Ältester. Ein süßer Bengel. »Signor Miggel! Signor Miggel! Nix Mehl, nix Zucker, nix Schmalz, nix bitte danke Ihnen Signor Miggel!«

»Willst du mir ein Gedicht aufsagen?«

»Er hört dich nicht, Pa. Er hat noch die Blätter von der weißen Olive in den Ohren, die du ihm gestern hineingestopft hast. Wir sollten sie doch erst morgen herausnehmen.«

»Laß sie noch bis übermorgen drin.« Der Kleine hatte ständig Ohrenschmerzen.

Eins mußte man den Italienern lassen, sie hielten ihre Sprößlinge adrett und sauber. Wenn es nicht gerade regnete, hingen die zwischen den Zelten gespannten Leinen täglich voller Wäsche. Seltsame Leute. Man konnte sie an ihren Angewohnheiten erkennen, so wie man Gelbholz vom Kalander, vom Kerzenbaum und vom Upright unterscheiden konnte. Aber was tief in ihrem Innern vorging, hielten sie verborgen. Alles mußte hübsch ordentlich sein, drinnen im Zelt und auf den Wegen des Lagers. Jedes Maiskorn wurde behutsam in die Erde gebettet, jedes Gemüsebeet war millimetergenau viereckig. Christie hatte einmal behauptet, sie fürchteten den Wald vor allem deshalb, weil er so dicht und unordentlich und überwuchert sei. Ob sie wohl glaubten, der liebe Gott hätte Zeit gehabt, Hunderte von Kilometern Bäume in Reihen zu pflanzen und das Unterholz zur Hecke zu stutzen? Ein geräuschvolles Völkchen waren sie auch. Stets riefen sie sich gegenseitig etwas zu, pfiffen sich ein Liedchen – was sie auch unternahmen, immer geschah es unter Lärmen und Singen.

Der nächste, der mit seiner Bestellung ans Gartentor kam, war Amerika. »Guten Morgen, Signor Miggel!« Zeit, daß er sich die Haare schneiden ließ, und seine Kleider waren fadenscheinig geworden.

»Guten Morgen, Amerika. Wie geht's, wie steht's?«

»Gut, Signor Miggel. Nix schlafen, sehr kalt. Zwiebeln und Mehl alles zu Ende, Signor Miggel.«

»Werde ich besorgen. Geh und sag Fardini, er soll das Geld bereithalten.« Amerika stierte mich verständnislos an. »Das Geld! Soldi, Soldi!« rief ich, und als er davonlief, wollte sich Mirjam ausschütten vor Lachen.

»Wenn sich die Regierung nicht beeilt, lernst du eines Tages noch Italienisch, Pa!«

»Ich fürchte, daß sie eher fließend Holländisch sprechen, als daß das Schiff kommt.«

»Könnten wir nicht Petroniglia sagen, daß ihr Kind unterwegs ist?«

»Nein! Hol das Geld bei den Fardinis ab und merk dir, was sie brauchen. Sonst findet hier noch eine Völkerwanderung zu meinem Gartenzaun statt. Ich gehe unterdessen den Ochsen anschirren.«

Vor Smits Laden lud ich die Stühle ab und mußte noch eine geschlagene Stunde auf die Bezahlung warten. In Whites Büro dauerte es fast eine weitere Stunde, bis er seine Arbeit unterbrach und mich einließ. Und als erstes wollte er wissen, wo Christie sei.

»Wieso fragen Sie? Sie haben doch gehört, daß er nach Kapstadt ist!«

»Ich habe ihm nicht erlaubt, seinen Posten zu verlassen.«

»Mir hat er erzählt, er habe Ihnen Bescheid gegeben«, wunderte ich mich.

»Das heißt aber noch lange nicht, daß ich es ihm erlaubte. Das Kind der Grassis ist gestern an Bord der *Natal* gegangen und wird am Mittwochmorgen in aller Herrgottsfrühe hier eintreffen.«

»Darum bin ich hier. Ist das jetzt endgültig die Wahrheit, oder wieder bloß ein Gerücht?«

»Mittwoch ist sie hier. Jemand muß sie abholen. Ich werde am Hafen sein und sie von Mr. Brown in Empfang nehmen, aber ich kann sie nicht bis hinauf nach Gouna bringen.«

»Mir fällt auf, daß Sie sich gar nicht mehr in Gouna blicken lassen. Deswegen haben Sie auch keine Ahnung von den Zuständen da oben. Haben Sie wenigstens der Regierung geschrieben, daß sie einen Experten schickt?«

White brauste auf. »Seit Wochen höre ich aus dem Hochland nichts als Forderungen und Klagen, Klagen und Forderungen. Meine Geduld ist allmählich am Ende, Miggel!«

»Meine auch, Meneer. Aber es ist doch wenigstens eine Erleichterung, daß Christie endlich für die Überfahrt des Kindes gesorgt hat. Es läßt darauf hoffen, daß es jetzt rasch zu Ende geht.«

»Das Kind ist auf *meine* Beschwerden hin an Bord gebracht worden, nicht wegen Mr. Christie.«

»Dann beschweren Sie sich weiter. Bei uns wird die Lage nicht besser, sondern verschlechtert sich täglich. Ihr müßt die Italiener von hier wegbringen!«

»Kommen Sie doch eines Tages mit mir zum Kruisfluß, Miggel. Zu den britischen Einwanderern, denen dort Kronland zugewiesen wurde. Da können Sie mal sehen, was Menschen mit ein bißchen gutem Willen fertigbringen. Die haben es auch nicht leichter, sie sind hier genauso fremd wie die Italiener und haben weder Ochsen noch Pflüge bekommen, noch einen wöchentlichen Vorschußkredit. Sie ziehen los, fällen Holz und verkaufen es, einige haben sogar schon Arbeit in der Stadt gefunden.«

»Ich will mich ja nicht zum Anwalt der Italiener machen, Meneer«, unterbrach ich. »Aber Sie scheinen völlig zu vergessen, daß die Engländer nicht mit falschen Versprechungen hergelockt wurden. Sie brauchen keine Seidenraupen zu züchten und vermissen keine Maulbeerblätter. Vielleicht haben sie auch weniger Angst vor dem Wald als die Italiener. Und wie sollen die Italiener sich Arbeit suchen, wenn sie kaum ja oder nein sagen können? Sie haben leicht reden, aber ich muß in dem Durcheinander da oben zurechtkommen, während alle auf das Rad der Regierung starren und darauf warten, daß es zum Stillstand kommt. Manchmal hab ich das Gefühl, daß dieses Rad nicht stillsteht, bis die ganze verdammte Karre in den Dreck gefahren ist!«

»Ich hab Sie oft genug gewarnt, Miggel«, versetzte er kühl. »Mischen Sie sich nicht in Angelegenheiten, für die Ihr Grips nicht ausreicht. Von Anfang an habe ich Ihnen gesagt, daß Einwanderung ein komplizierter juristischer Vorgang ist. Ich gebe zu, daß der Versuch gescheitert ist, in Gouna die Seidenindustrie einzuführen. Aber damit ist das Einbürgerungsverfahren noch nicht abgeschlossen. Wir müssen die Vorschriften genau einhalten, und das braucht seine Zeit.«

»Das brauchen Sie mir nicht zu sagen, Meneer. *Achtzig* Tage lang hat es gebraucht, für Catarina Grassi eine Überfahrt von zwei Tagen in die Wege zu leiten. Wenn ich aber drüben in Oberst Harisons Büro gehe und ihm erzähle, daß Martiens Botha ohne den Waldhüterstempel auf der Lizenz Stämme aus dem Wald holt, würde er dem Gesetz Beine machen, und zwar noch vor Einbruch der Dunkelheit.«

»Wo holt Martiens illegal Stämme heraus?«

»Er holt sie nicht wirklich, es sollte nur ein Beispiel sein. Da sehen Sie ja, daß es schnelle Gesetze und langsame Gesetze gibt, und ich verstehe nicht so recht weshalb! Während ihr Rechtsverdreher einen Brief nach dem andern schreibt, geht es bergab mit Silas Miggel. Euretwegen muß ich auf meinen Tagelohn drüben in Portland verzichten. Euretwegen finde ich nicht die Zeit, Honig zu sammeln. Und nur zweimal konnte ich Stinkholz für meinen Bedarf fällen. Ich sehe schon den Boden der Blechdose durchschimmern. Das bißchen, was ich mit den Stühlen verdiene, muß ich gleich wieder für Einkäufe ausgeben. Wie steht es übrigens inzwischen mit meinen Siedlerrechten? Haben Sie es schon schwarz auf weiß? Nur die Ruhe, ich frage ja bloß. Die Siedlerrechte bekomme ich sowieso, ich hab sie mir redlich verdient!«

»Miggel, fangen Sie nicht an wie Mr. Christie zu reden!«

»Was soll denn das heißen?«

»Der will uns auch immer Vorschriften machen, wie wir in dieser Kolonie verfahren sollen. Zugleich fordert er für sich eine Ausnahme nach der anderen. Diese Einmischungen lasse ich mir nicht länger gefallen!«

»Merkwürdig, wie Sie meiner Frage nach den Siedlerrechten ausweichen. Na, egal. Um welche Zeit wird die *Natal* morgen eintreffen?«

»Sehr früh.«

»Was ihr Dorfleute früh nennt, ist für uns im Wald schon ein Viertel des Tages.«

»Sorgen Sie dafür, daß Sie das Kind am Hafen abholen können.«

»Ich werde dort sein, Meneer.«

Schon lange vor ihm war ich am Hafen. Über der Bucht lag dünner Nebel, alles war grau und still. Ein unendlicher Fächer kleiner Wellen zog landeinwärts und brach sich am Kai. Gleich neben mir hockte eine Seemöwe traurig auf den Steinen, als wäre es zu kalt, die Flügel zu spreizen und davonzufliegen.

Von dem Schiff noch keine Spur. Vielleicht hatte es im Nebel die Einfahrt zur Bucht nicht gefunden. Die Flut stand hoch genug. Zwar regte sich kein Lüftchen, aber die *Natal* brauchte keinen Wind, sie brauchte keine Segel, keinen Mast, nur ihren Schornstein. Unzählige Male hatte ich hier Lieferungen für Barrington abholen müssen. Manchmal dauerte es den ganzen Tag, bis die Segelschiffe in die Bucht einlaufen durften. Von John Benn, der als Lotse oben auf dem Felsen Wache hielt, hieß es, er hätte sogar einen Fisch an der Einfahrt gehindert, wenn ihm Wind oder Gezeiten nicht paßten. Die größte Gefahr waren die beiden Klippen, an denen jedes Boot auf dem Weg in den Hafen vorüberkam.

Allmählich belebte sich der Hafen, immer mehr Menschen wanderten vom Dorf her und starrten in den Nebel, um das Schiff von weitem zu erkennen. Zwischen der Anlegestelle und der Einfahrt lagen einige Seemeilen. Barrington hatte einmal erwähnt, daß die Mole zu einem richtigen Pier ausgebaut werden sollte, für das Holz. Das wäre eine gute Sache gewesen, denn die alte Mole war längst zu klein geworden. Haufenweise lagen Baumstämme umher, die als Frachtgut versandt werden sollten. Stämme von bester Qualität. Stinkholz, Gelbholz, Weißbirne, Roterle, Weißerle. Blut und Schweiß der Waldleute. Säuberlich entrindet und frei von Ästen, sonst gaben die Aufkäufer wenig mehr als ein Almosen dafür. Dielenbretter,

Deckenbalken, Eisenbahnschwellen, Telegraphenmasten. Hier und da lag noch ein Stinkholzblock in der Rinde. Holz. Holz und wieder Holz.

Allmählich lichtete sich der Nebel, und ein Sonnenstrahl blitzte auf.

»Morgen, Miggel. Ich freue mich, daß Sie da sind.« White war gekommen.

»Ja, ich bin wie immer zur Stelle. Guten Morgen, Mr. White.«

»Konstabler Hall kam gerade von der Landzunge hergeritten. Mr. Benn ist schon ins Lotsenboot gestiegen und zur *Natal* unterwegs. Sie müssen jede Minute eintreffen.«

»Ich halte schon seit einer Weile Ausschau.«

»Ich werde an Bord gehen, Mr. Brown das Kind abnehmen und hierherbringen.«

»Gut, ich warte.«

Bevor ich aufgebrochen war, hatte ich Mirjam gesagt, sie solle für Ilario den Kräuterschnaps bereithalten, den wir aus der Wildpetersilie brauen. Damit er den Herzanfall übersteht, wenn ich mit der Kleinen wiederkomme. Auch Petroniglia würde die freudige Überraschung nicht so leicht verkraften. Das heißt, *wenn* sie auf dem Schiff war. Mirjam bettelte unaufhörlich, Petroniglia die Neuigkeit erzählen zu dürfen. Ich solle wenigstens Fardini einweihen und mitnehmen, damit er die Kleine in ihrer Muttersprache begrüßen könne. Hartnäckig blieb ich bei meinem Nein. Ich wollte mit eigenen Augen sehen, wie Catarina Grassi an Land ging, erst dann würde ich es glauben.

Wenn sie mit dem Schiff kam, dachte ich, dann würde irgendwann auch der Tag kommen, an dem ich mit ihnen allen wieder am Hafen stand – um Abschied für immer zu nehmen. Ich würde ihnen einen ordentlichen Sack Bataten mitgeben und Trockenfleisch in rauhen Mengen. Glücklicherweise hatten die meisten von ihnen Matratzen, denn als Reisende der untersten Klasse mußten sie selbst für ihr Nachtlager im Laderaum sorgen. Manche hatten bei der Hinfahrt auf dem Boden schlafen müssen, wie ich von Christie wußte. Wenn es soweit war, würde ich ihnen die Matratzen mit frischer Streu auspolstern. Und wenn sie alle an Bord waren und das Schiff abgelegt hatte, würde ich mir selbst einen Kräuterschnaps gönnen.

Nicht daß ich dann aller Sorgen ledig wäre. Für Mirjam und mich würde es auch künftig nicht leicht sein, das war mir klar. Aber soviel Unvorhergesehenes konnte die Zukunft nicht mehr bringen. Die Blechdose konnte nicht von heute auf morgen wieder voll sein, aber schneller als jetzt würde es trotzdem gehen, wo mir die Verantwortung für zweiunddreißig Seelen auf den Schultern lag. Dreiunddreißig, wenn ich das Kind mitrechnete. Vierunddreißig, wenn auch Christie zählte. Fünfunddreißig, sechsunddreißig mit Mirjam und mir. Keine leichte Aufgabe für einen allein.

Jetzt kam Bewegung in die Menschen, die am Kai warteten. Rufe wurden laut, Handtücher geschwenkt. Im undurchdringlichen Nebelschleier nahm allmählich die düstere riesige Silhouette des Dampfboots Gestalt an. Tief im Innern des Boots stampften gleichmäßig die Motoren, dicke weißgraue Rauchschwaden quollen aus dem Schlot. Es qualmte wie bei einem Lagerfeuer, wenn das Holz noch grün ist. Immer näher glitt das riesige, unaufhaltsame Ungeheuer. Der Nebel wich zurück, und das Boot verlangsamte seine Fahrt, bis das Motorengeräusch innehielt und es die letzten

Meter bis zur Anlegestelle wie von selbst zurücklegte. Seile flogen durch die Luft, Hände schnappten sie in der Tiefe auf und vertäuten sie an den Pollern.

Auf dem Schiff selbst war es seltsam still geblieben, kaum jemand zeigte sich an Deck. Sonst hingen sie doch bei der Ankunft immer winkend an der Reling wie die Hühner auf der Stange. Wo waren die Passagiere, auf die doch ringsum alles zu warten schien? Neben mir formte eine englische Dame die Hände zum Trichter. »George? George?« rief sie hinauf. Aber kein George rührte sich. Ein Matrose trat an die Reling und blickte hinunter. »Sind Reisende aus Kapstadt dabei?« erkundigte sich die Frau. Der Mann zuckte die Achseln. Ich schlenderte mit den andern zu der Stelle, wo die Gangway herabgelassen wurde. White stand in der ersten Reihe, neben ihm erkannte ich Browns Frau. Das ließ mich Hoffnung schöpfen; sie wäre nicht hier, wenn sie nicht ihren Mann auf diesem Schiff zurück erwartete. Aber das bedeutete ja noch nicht, daß auch die Kleine bei ihm war. Chefkonstabler Ralph stand ebenfalls in der ersten Reihe, und als die Gangway unten war, durften nur er und White und zwei weitere Männer an Bord. Alle anderen mußten auf der Mole bleiben.

White und Ralph waren kaum verschwunden, als sie auch schon wieder auftauchten. Die Wartenden drängten sich heran, fragten nach den Passagieren. Ralph beruhigte die aufgeregte Menge, während sich White einen Weg zu mir bahnte. Man konnte ihm ansehen, daß etwas nicht stimmte, und in mir stieg die kalte Wut hoch.

»Tut mir leid, Miggel«, schnitt mir White gleich

das Wort ab. »Die Passagiere nach Knysna sind gestern früh alle mit der *Teuton* abgefahren, nicht mit der *Natal*, wie man uns mitgeteilt hatte.«

»Einen Scheißdreck erzählen Sie mir da, Meneer!« entfuhr es mir. »Soll das heißen, daß ich heute früh im Finstern durch den Wald gerannt bin, um mir das anzuhören? Sagten Sie nicht, die Nachricht von der Abfahrt wäre telegraphiert worden? Fängt jetzt auch noch der Telegraphendraht an zu lügen wie ihr alle?«

Er wurde sichtlich böse. »Moment mal, Miggel. Für Probleme der Überfahrt bin ich nicht zuständig. Wir sind doch kein Reisebüro für Ausflugsfahrten!«

»Wo ist das Kind?«

»Sie hätte auf diesem Schiff sein sollen. Der Käpt'n sagt, sie haben bis Sonntagmorgen auf die Ankunft der *Teuton* aus England gewartet, die noch mehr Passagiere nach Knysna mitbringen sollte. Als die *Teuton* ausblieb, wurden die Leute aus der *Natal* an Land geschickt, um auf die *Teuton* zu warten. Die macht auf dem Weg nach Port Elizabeth auf jeden Fall in Knysna Station. Die *Teuton* ist am Sonntagabend in Kapstadt eingetroffen und Montagfrüh abgefahren.«

»Wo ist Catarina?«

»Auf der *Teuton*!«

»Wo ist Mr. Brown?«

»Ebenfalls auf der *Teuton*; er kümmert sich um das Kind.«

»Wie lange soll ich hier herumstehen und noch auf die *Teuton* warten?«

»Die *Teuton* kann diesen Hafen nicht anlaufen, Miggel. Das Schiff ist zu groß für die Klippen an der Einfahrt. Sie wird gleich nach Port Elizabeth weiterfahren. Dort steigen die Passagiere nach Knysna um. Auch die *Natal* ist unterwegs nach Port Elizabeth und wird sie dort an Bord nehmen. Auf dem Rückweg nach Kapstadt wird sie mit den Passagieren wieder hier anlegen.«

Ich mußte sorgfältig hinhören, um alles richtig mitzubekommen. »Mit anderen Worten«, entgegnete ich, »es ist so, als ob ich mit einer Ladung Holz ins Dorf muß, statt dessen aber nach Diepwalle gehe, dort ablade und das Holz mit einem anderen Karren den ganzen Weg zurückschleppe, um endlich nach all dem Hin und Her ins Dorf zu kommen.«

»Sparen Sie sich das Nachgrübeln über Dinge, von denen Sie nichts verstehen. Schiffsverkehr ist nicht wie Bäume fällen, Miggel. Die *Natal* kommt in etwa einer Woche wieder, und wenn Mr. Christie dann noch nicht zurück ist, müssen Sie das Kind hier abholen kommen.«

Mittag war noch kaum vorüber, als ich wieder nach Hause kam. »Siehst du jetzt ein, daß es besser war, Petroniglia nichts zu verraten?« fragte ich Mirjam.

»Ja, Pa.«

»Siehst du ein, daß ich nicht immer unrecht habe, wie du anscheinend glaubst?«

»Ja, Pa.«

Sie war seit einiger Zeit nicht mehr in den Wald gegangen. »Mach mir einen Kaffee, ich muß gleich mal nachsehen, wie weit sie mit den Zäunen sind. Wir müssen noch mehr Astholz besorgen, aber wenn ich sie nicht zum Waldrand begleite, dann trauen sie sich nicht, den kleinsten Zweig zu schneiden.«

»Du weißt doch, daß sie nicht gern so nah am Wald arbeiten«, belehrte sie mich und fügte hinzu: »Hal ist hier gewesen.«

»Er kommt schon zum dritten Mal vorbei, während ich unterwegs bin. Paßt er jetzt in meiner Abwesenheit auf mein Haus auf?«

»Hal meint, Mr. Barrington will dich dringend sehen. Nicht wegen der Arbeit. Seinem Vater geht es gar nicht gut.«

Sonderbar, aber seit einiger Zeit hatte ich wieder den Wunsch, nach Portland zu gehen. Ich versuchte jedesmal, an etwas anderes zu denken, aber es ließ sich nicht zurückdrängen. War das ein Omen? fragte ich mich. Waren die Englein vielleicht schon unterwegs, um Mr. Barrington ins Jenseits zu holen? Und wollten sie danach hierher zu *mir*? Schon beim bloßen Gedanken daran brach mir der Schweiß aus. Was sollte aus Mirjam werden, wenn mir etwas zustieße? Wovon sollte sie leben?

»Ich richte mich darauf ein, morgen nach Portland zu gehen.«

»Wirklich, Pa?«

»Ja.«

»Das freut mich. Mr. Barrington tut es sehr leid, daß ihr euch gezankt habt. Auch Mrs. Barrington macht sich große Sorgen deshalb.«

»Was kümmert Mrs. Barrington der Zank, den ich mit ihrem Mann habe?«

»Dich läßt es doch auch nicht kalt.«

»Ganz im Gegenteil. Ich habe weder Seidenraupen gehütet noch Italiener bestellt.«

Trotzdem, wenn etwas schiefgegangen ist, muß irgendwann der Tag kommen, an dem ein Mann seinen Stolz überwindet und es wieder geraderückt. Und wenn's noch so schwerfällt. Wir sind alle nur Menschen, keiner ist unfehlbar. Ich beschloß, anderntags nach Portland zu gehen und Barrington meine Hilfe anzubieten, auch wenn ich gute Lust verspürte, alle

Italiener einzeln mitzuschleppen und sie ihm vor die Türschwelle zu legen.

»Coccia und Pietro Cruci haben sich vorhin, als du nicht da warst, ernstlich gestritten. Beinahe hätte es einen Faustkampf gegeben.«

»Weswegen?«

»Ich hab's nicht verstanden. Mariarosa hat sie getrennt.«

Mir war längst aufgefallen, daß die Warterei und das Herumsitzen in jeder Hinsicht Scherereien mit sich brachten. Viel früher hätten wir mit dem Umgraben und Einzäunen der Beete anfangen sollen. Anna Fardini und Petroniglia stritten sich ständig wegen irgendwelcher Streiche ihrer Kinder. Canovi und Borolini kriegten sich wegen eines Mehlsacks in die Haare, den Borolini gleich hinter der Stadt fallen ließ. Irgendwann hatte Taiani seine Siebensachen gepackt und war losgezogen, um sich am Fuß des Hochlands ein eigenes Lager zu machen. Aber noch in derselben Nacht fror es so heftig, daß am andern Morgen alles mit Rauhreif überzogen war. Es half nichts, und er kroch zurück zu den andern drei. Die Zelte waren sowieso viel zu voll. Ständig so nah aneinandergezwängt, daß man den Atem des Nebenmanns riechen konnte, da mußte es ja über kurz oder lang zu Reibereien kommen.

Bis zum Einbruch der Dunkelheit schnitten wir Äste und schleiften sie auf Fardinis Parzelle. Dann versuchte ich, ihnen begreiflich zu machen, daß ich den nächsten Tag in Portland verbringen würde. Sie sollten gefälligst weitermachen, bis ich zurückkam.

Als ich heimkehrte, briet Mirjam ein Haselhuhn im Topf, das Amerika gebracht hatte, und in der Asche lagen frische Bataten. Das Haus war blitzblank poliert und alles in schönster Ordnung. Sie wirkte nicht mehr so abwesend wie vor einiger Zeit, aber ganz zufrieden war ich noch nicht mit ihr. Und meine eigenen Sorgen stimmten mich herab. Trieb es mich bloß nach Portland, damit ich von Barrington Abschied nehmen konnte? Wünschte er mich noch ein letztes Mal zu sehen? Ich scheuchte die trüben Gedanken beiseite. Seit fünfzehn Jahren pflegte ich bisher alle paar Tage nach Portland zu gehen, und es war nichts dabei, wenn ich diese Gewohnheit jetzt wieder aufnahm. Auf unsere Weise hatten wir fast so etwas wie Freundschaft geschlossen, der ehrenwerte Sir Barrington und ich, auch wenn er ein hoher Herr war und ich nur ein Mann aus den Wäldern.

Mirjam spürte meine Unruhe und erkundigte sich, was ich auf dem Herzen hätte.

»Ach, alles und nichts.«

»Catarina wird nächsten Mittwoch auf dem Schiff sein, Pa. Ganz bestimmt.«

»Um die Kleine mache ich mir keine Sorgen. Ich überlege nur, was einmal aus dir werden soll, wenn ich nicht mehr bin.«

Erschreckt fuhr sie hoch. »Was meinst du damit, Pa?«

»Ich weiß nicht. Nur so ein Gefühl, das mich überkommt.«

»Was für ein Gefühl?«

»Daß ich nicht weiß, wer eines Tages für dich sorgen wird! Wenn ich das Zeitliche gesegnet habe.«

»So darfst du nicht reden, Pa. Sonst bist du es immer, der darauf hinweist, daß man nicht über das Unglück reden soll. Sonst beschwört man es nur herauf.«

»Wovon wirst du wohl leben?«

»Ich kann mit Pflanzen umgehen und Schlingen legen. Brennholz fälle ich mir selber. Und ich kenne mich mit dem Gewehr gut aus.«

»Ohne Geld kannst du nicht auskommen. Schließlich mußt du manchmal etwas kaufen, Kleider und alles mögliche. Und was, wenn ich dir nicht mehr alle Schwierigkeiten aus dem Weg räumen kann? Gutmütig, wie du bist, erkennst du die Fallgruben nicht, die das Leben stellt. Und wieso entdecke ich nach wie vor Pontiggias Fußspuren im Garten?«

»Pa hat ein scharfes Auge.«

»Wer bei den Nadelbüschen spielt, braucht sich nicht zu wundern, wenn's piekt.«

»Ich bin nicht dumm, Pa. Ich weiß, wie nahe ich den Dornen kommen darf beim Spielen.«

»Mirjam!«

»Aber es stimmt doch, Pa. Ich darf Feuer machen, aber nicht allzu nah ins Warme kommen, egal wie kalt mir ist.« Sie sprach ganz offen und verbarg nicht die Bitterkeit in ihren Worten. Ich stand auf und steckte eine neue Kerze auf den Leuchter.

»Versprich mir, daß du nicht Pontiggia nimmst, wenn mir etwas zustößt.«

»Ich nehme gar keinen Mann, Pa. Mach dir darüber keine Sorgen.«

»Es ist also Pontiggia?«

»Fang nicht schon wieder damit an, Pa.«

Oder war es vielleicht doch Hal, fragte ich mich im stillen.

9

Anderntags kam Fardini in aller Herrgottsfrühe und rief mich aus dem Haus. Ich verstand nicht recht, was er von mir wollte, aber anscheinend gab es ein Problem im Lager, ich sollte wohl sofort mitkommen. Leise, damit die andern nichts merkten.

Er hatte Elefantenspuren entdeckt. Überall zwischen den Zelten. Frische Abdrücke. Frischer Dung. Nur ein einziger Elefant hinterließ solche Spuren: Oupoot. Der größte Bulle im Wald. König der Grootvoete. Nie stieß man auf seine Spur, ohne daß einem die Haare einzeln zu Berge standen.

Die Spuren führten direkt hinter den Zelten aus dem Wald heraus und an derselben Stelle wieder hinein, als habe er nur eine gründliche Untersuchung vornehmen wollen.

»Bring mir die schwere Büchse«, befahl ich Mirjam. Sie war uns gefolgt und stand mit einigen Frauen, die schon auf waren, vor einem Zelt.

»Das ist Oupoot, Pa. Laß die Finger von ihm! Was hat er nur hier gewollt?«

»Geh und hol das Gewehr. Ich muß herausfinden, ob er noch in der Nähe ist.« Einem alten Schwerenöter wie Oupoot konnte man alles zutrauen.

Ich folgte ungefähr eine Wegstunde lang seinen Spuren, immer auf dem Sprung, um rechtzeitig flüchten zu können, denn wenn überhaupt, hätte ich nur dann einen Schuß in seine Richtung gefeuert, wenn es keine andere Wahl gab. Für Josafat Stander gab es nur einen Bullen im Wald, auf den er nie anlegen würde, und zwar Oupoot. Den König erlegt man nicht, pflegte er zu sagen, und normalerweise grauste Josafat Stander vor nichts. Bisher war Oupoot nur einmal in die Nähe des Hochlands gekommen, als ich seine Spuren in Lelievleibos gefunden hatte. Sonst nie. Warum zog es ihn auf einmal ins Hochland? Was in einem Einzelgänger vorgeht, läßt sich – anders als bei den Bullen in der Herde – nie voraussehen. Oupoot war schon seit jeher alleine unterwegs.

Ich verschwand tief in den Waldgründen von Komse-Bos, aber zufrieden gab ich mich nicht. Portland würde noch einen Tag warten müssen. Ich konnte Mirjam nicht allein lassen mit diesem Elefanten in der Nachbarschaft. Undenkbar.

Auch am nächsten Tag kam ich nicht nach Portland; es regnete und Petroniglia drohte immer wieder ins Dorf zu entschlüpfen, um nach ihrer Tochter zu fragen. Neuigkeiten über die Kleine waren für sie das letzte, was ich jetzt brauchen konnte. Dann hätte ich den Rest der Woche ununterbrochen auf sie aufpassen müssen.

»Erzähl ihr doch, daß ihr Kind am Mittwoch wieder da ist, Pa«, drängte Mirjam aufs neue. »Daß sie nur noch fünf Tage Geduld haben muß.«

»Nichts da. Sie würde fünf Tage lang keine Ruhe geben, wenn wir's ihr sagen.«

Statt dessen kochten wir Heilkräuter zu einem Hustentee auf. Die Hälfte der Kinder lief mit Tropfnasen herum, und es herrschte ein Gebell bei den Zelten wie im Hundezwinger. Wir konnten Mieta nicht jedesmal kommen lassen, jeder Tropfen ihrer Medizin kostete bares Geld.

Am anderen Morgen war Samstag, und noch vor Tagesanbruch ging ich zu den Schlingen und fand zwei prächtige Böcke vor, die ich den Italiener schlachtete. Es war mehr als zwei Wochen her, seit Josafat Stander zuletzt etwas für sie geschossen hatte. Jeder Krümel, den ich weiß Gott woher bekam, war eine willkommene Hilfe.

Als ich mit den Böcken heimkehrte, saß der Waldhüter gemütlich in meiner Küche und ließ sich einen Kaffee und eine Süßkartoffel schmecken.

»Na schön«, murrte ich. »Jetzt kann Silas Miggel von sich sagen, daß ein Spitzel an seinem Tisch saß und von seinem Becher trank.« Ich war stocksauer.

»Guten Morgen, Oom.«

»Du hast wohl im Wald übernachtet, daß du um diese Zeit schon bei mir sitzt.«

»Nein, Oom. Ich bin in aller Frühe aufgebrochen. Mr. White hat mich geschickt, ich soll dich abholen.«

»Abholen? Wieso?«

»Er sagt, du sollst sofort ins Dorf kommen.«

»Geh und richte ihm aus, daß ich zwei Böcke schlachten und hinterher nach Portland muß.«

Plötzlich wurde er aufbrausend. »Du kannst heute nicht nach Portland gehen, Oom! Mr. White hat mir extra eingeschärft, daß du sofort ins Dorf mitkommen sollst.«

»Und was will er von mir?«

»Ich bin nicht befugt, dir irgendwelche Auskünfte zu erteilen. Mein Auftrag lautet, dir Bescheid zu sagen und dich hinzubringen. Es eilt.«

»Ich glaube, du gehst besser mit und hörst einmal nach, Pa«, rief Mirjam.

Ich hatte gerade zu der Feststellung angesetzt, daß ich freiwillig nirgendwo hingehen würde außer nach Portland, als es mir plötzlich siedendheiß einfiel: das Schiff! Wieso sonst würde er mich so dringend zu sprechen wünschen? Catarina befand sich auf der *Teuton*, und die *Teuton* war unterwegs nach Port Elizabeth. Das konnte es also nicht sein. Ruhig Blut, dachte ich bei mir, das ist bloß leeres Wunschträumen, aber plötzlich hatte ich es selber eilig, ins Dorf zu kommen.

»Trink aus, damit wir endlich losziehen können«, drängte ich den Waldhüter. »Und glotz meiner Tochter nicht andauernd unter den Rock.«

Als ich nach Gouna-se-drif kam, war der Waldhüter so weit zurückgefallen, daß keine Spur mehr zu sehen war von ihm. Ich dachte nicht daran, ihn aufholen zu lassen, schließlich wollte ich nicht in seiner Begleitung ins Dorf kommen wie ein Gefangener. Darauf, daß wir gemeinsam aufbrachen, hatte ich ohnehin hauptsächlich Mirjams wegen bestanden. Er sollte von Haus und Umgebung fernbleiben, sonst nichts.

Es war schon September und noch immer ziemlich frisch. Einmal hatte Barrington erzählt, daß in den Wäldern seiner Heimat England die Bäume um diese Jahreszeit ihre Blätter verlieren, nicht ganzjährig grün bleiben wie bei uns. Und trotzdem schien es mir, als würde der ganze Wald, mit Vögeln und allem Drum und Dran zwischen Mai und September einschlafen und erst wieder erwachen, wenn sich der Kuckuck mit seinem roten Brustgefieder wieder sehen ließ. Sein Ruf war auch das Zeichen zur Aussaat. *Wenn* White mich holen ließ, weil das Schiff da war, um die Italiener zu holen, würden sie die Zäune und Gemüsebeete stehenlassen müssen. Dann würde kein Krümel Dung mehr verschwendet werden. Sobald sie fort waren, würde ich an drei Tagen der Woche in Portland arbeiten, und den Rest mit Stühleschnitzen und Honigsammeln verbringen. Jedenfalls konnte ich im Herbst reiche Ernte halten, denn die Italiener nahmen ihre Parzellen nicht mit.

Als ich ins Dorf kam, standen die Menschen in kleinen Gruppen auf der Hauptstraße herum: vor der Poststelle, vor Polizeirichter Jacksons Amtshaus und vor Whites Büro. Alle Gesichter waren ernst, und die meisten vertieften sich in Zeitungen, während andere ihnen über die Schultern sahen. Ich lief gleichmütig vorbei; es mußte wohl etwas Besonderes in der Zeitung stehen, daß kaum jemand die Ausgabe scheute und sich so ein Käseblättchen holte. Wenn Christie schon wieder zurück gewesen wäre, hätte ich ihm eine mitbringen und mich anschließend beschimpfen lassen müssen, daß ich sie unterwegs zerknittert habe. Eines Tages bemerkte ich ganz freimütig, daß ich ihn noch nie mit der Bibel gesehen hätte, bloß regelmäßig mit Zeitungen, die er von vorn nach hinten Zeile für Zeile zu lesen pflegte. Er hatte entgegnet, er müsse wissen, was in der zivilisierten Welt vor sich ginge. Und wozu? Ich bedeutete ihm, daß die Menschen sich nicht so sehr um das zu bekümmern brauchen, was in der Welt vorgeht, sondern vielmehr um das, was im eigenen Oberstübchen vorgeht. Erfuhr denn die Welt von dem, was im Hochland los war? Nicht einmal die Regierung wußte es, denn sonst hätten sie längst die Italiener mit dem Schiff abgeholt.

Aber irgendwas mußte mit der Zeitung sein, denn selbst White hatte ein Exemplar aufgeschlagen vor sich liegen, als ich eintrat. »Sie haben mich rufen lassen. Ich wollte gerade nach Portland.«

»Guten Morgen, Miggel.« Er wirkte so betreten wie die Leute auf der Straße. »Gut, daß Sie gekommen sind, mein Lieber. Unser Dorf ist heute in tiefer Trauer.«

Das alarmierte mich. Vielleicht war Richter Jackson gestorben? Andererseits würde ihm kein Mensch im

Dorf eine Träne nachweinen. »Ist etwas nicht in Ordnung?« argwöhnte ich.

»Haben Sie die Nachricht noch nicht gehört?«

»Wie denn? Ich bin zuerst hierher gekommen. Nur Konstabler Hall draußen habe ich gesagt, daß Sie mich sprechen wollten.«

»Die *Teuton* ist verunglückt, Miggel. Das Schiff mit Catarina Grassi an Bord.«

»Verunglückt?« Das Schiff war auf Grund gelaufen. Abgesoffen. Ich hörte es, aber mein Verstand wollte es nicht begreifen.

»Ja. Das Schiff ist nicht am Montag abgefahren, wie uns mitgeteilt wurde, sondern erst am Dienstag, dem 30. August. Um zehn Uhr früh stach es von Kapstadt aus in See. Ersten Berichten zufolge soll sie abends gegen halb acht vor Quin Point eine Klippe gerammt haben. Quin Point liegt sechzig Seemeilen von Kapstadt entfernt. Mehr als zweihundert Leute sind ertrunken, einschließlich der vierundvierzig Einwanderer, die von England aus nach Knysna unterwegs waren. Auch vier Passagiere aus Knysna, unter ihnen unser geliebter und hochgeachteter Mr. Alfred Brown.«

»Und wo ist das Kind?« Unwillkürlich schüttelte ich den Kopf. »Wo ist Catarina?«

»Nur eine Handvoll Leute haben die Katastrophe überlebt. Ich fürchte, sie ist nicht dabei. Am Mittwochnachmittag liefen die ersten Nachrichten von der Tragödie hier ein, als ein offenes Rettungsboot gegen halb drei in Simon's Bay aufgebracht wurde. Kurz danach tauchte ein weiteres Boot mit dreizehn Leuten an Bord auf. Man hat sofort zwei Schiffe ausgesandt, um nach weiteren Schiffbrüchigen zu suchen, aber man fand nur Teile des Wracks. Vorgestern, am Donnerstagmorgen, traf ein weiteres Rettungsboot in Kapstadt ein mit neun Überlebenden. Mehr sind es nicht.«

»Wo ist das Kind?«

»Nehmen Sie erst mal Platz, Miggel. Sie sind ja weiß wie die Wand!«

»Wo das Kind ist, will ich wissen!« Ich dachte nicht daran, mich zu setzen.

»Ich glaube, Sie haben mich nicht recht verstanden. Nur ein einziger Passagier aus Knysna ist mit dem Leben davongekommen, ein gewisser William Barrett, einer der Einwanderer auf dem Weg hierher.«

»Wer sagt, daß die Kleine überhaupt auf dem Schiff war?« Ich wollte es noch immer nicht glauben.

»Man hat heute früh die Passagierliste telegraphisch übermittelt, und ihr Name steht auch hier in der Zeitung. Alfred Brown war in der Blüte seiner Jahre, Miggel. Sein Sohn ist noch ein junger Mann, er hat den Vater verloren und muß nun für seine Mutter und seine Brüder aufkommen. Kein Tag ist vergangen, an dem Brown nicht für die Interessen seiner Heimatstadt eingetreten ist, er hat seine Geschäfte mit Klugheit und Umsicht geführt und war überdies ein guter Christ, der keinen Gottesdienst versäumte. Nun weilt er nicht mehr unter uns. Denken Sie doch an die arme Witwe und die drei Kinder. Die ganze Gemeinde trauert um ihn.«

Plötzlich war der Teufel in mir. »An Silas Miggel denkt wohl keiner! Der muß nämlich jetzt nach Hause zurück mit der Nachricht, das Kind sei angekommen, bloß im Himmel statt im Hafen von Knysna! Da sitzen sie und jammern um Mr. Brown, als ginge es nur um ihn und niemanden sonst. Wieso ist die Kleine nicht auf einem der Rettungsboote mitgekommen?«

»Die Namen der Überlebenden sind schon bekannt. Nur eine Frau ist dabei, eine gewisse Lizzie Ross.«

»Meneer, ich bin noch ganz benommen von dem, was Sie mir erzählt haben. Aber Dienstag, Mittwoch, Donnerstag, Freitag, und heute ist Samstag – wieso kommt die Nachricht erst jetzt ins Hochland? Wie soll ich das verstehen?«

»Es gab Probleme mit der Telegraphenleitung. Zuerst wußte man nichts vom Schicksal der Knysna-Passagiere, weil sie ursprünglich in die *Natal* umsteigen sollten. Wir mußten uns erst vergewissern!«

»Wer sagt denn, daß sie nicht noch immer bei Tomasso ist?«

»Ihr Name steht auf der Verlustliste, Miggel. Sie war auf dem Schiff.«

»Wie soll ich das alles bloß Petroniglia beibringen?«

»Sprechen Sie ihr mein tiefstes Mitgefühl aus. Daß Mr. Christie jetzt nicht hier ist, um seinen Pflichten als Dolmetscher nachzukommen, werde ich umgehend Mr. Laing in Kapstadt melden.«

»Und wozu soll das gut sein? Wird das Kind dadurch wieder hochgespült und zum Leben erweckt? Könnten nicht noch weitere Rettungsboote vor der Küste umherirren, auf denen sie mitgenommen wurde?«

»Es gibt keine mehr, Miggel. Die Suchmannschaften sind schon längst wieder zurück und haben aufgegeben.«

Ich wollte es noch immer nicht wahrhaben. »Geben Sie mir ihre Zeitung, Mirjam wird sie mir vorlesen«, forderte ich ihn auf, aber er schien zu zögern. »Sie haben's leicht hinter ihrem Schreibtisch. Ich muß Petroniglia die Todesnachricht überbringen!«

Erst auf dem Rückweg malte ich mir das ganze Ausmaß der Tragödie aus. Das Schiff war gesunken, Catarina Grassi lag irgendwo auf dem Meeresgrund. Ob weggegeben oder entführt, spielte jetzt keine Rolle mehr, das Kind war tot. Endgültig dahin. Ertrunken. Und ich war derjenige, der es ihr mitteilen sollte. Vor dem Dorf begegnete mir der Waldhüter.

»Du bist ja schon wieder auf dem Rückweg, Oom.«

»Ja.«

»Anscheinend war einer der Italiener auf dem Schiff, das gesunken ist, wie?«

»Ja.«

»Vergiß nicht, genau auf Anzeichen von Blattern zu achten. Die Seuchengefahr wird immer größer!«

»Fahr zur Hölle.«

Oben auf den Hügeln von Plaatbos riß ich ein Büschel Wildpetersilie mit Stumpf und Stiel aus und nahm es mit. Wir würden neuen Kräuterschnaps brennen müssen, damit sie alle etwas abbekamen. Hätte das Schiff nicht in ungefährlichere Gewässer steuern können? Wie zum Teufel sollte sie je darüber wegkommen? Was mit einem dämlichen Marmeladenglas voller Seidenraupen begonnen hatte, würde ein Ende mit Schrecken nehmen.

In meiner Verwirrung und Beschränktheit hatte ich Christie eines Tages gefragt, was die Überfahrt nach Italien kosten würde. Vielleicht konnte man jedem ein Billett kaufen, wenn die Regierung nicht dafür aufkam. Er sprach von zwölf Pfund bis nach London, für die dritte Klasse. Das wären ungefähr fünfzehn bis Italien, dachte ich und rechnete nach: vierhundert Pfund für alle, weil die Kinder nur den halben Preis bezahlten. Sieben Pfund zehn Shillings weniger jetzt, wo Catarina nicht mehr lebte, denn sie hatte ich selbstverständlich mitgezählt. Nicht daß es einen Unterschied machte, soviel Geld würde es nie geben im Hochland. Uns blieb nur die Hoffnung auf Christies erfolgreiche Rückkehr.

Mirjam zerteilte gerade das Bockfleisch, als ich nach Hause kam. Zuerst sagte ich nichts, bat sie nur, die Hände zu waschen und mir die Zeitung vorzulesen.

»Wieso, Pa? Was wollte Mr. White von dir?« Es kam ihr verdächtig vor.

»Du sollst kommen und die Zeitung mit mir anschauen, dann wirst du es selbst erfahren.«

»Erfahren? Was?«

»Die Sache mit dem Schiff, das gesunken ist.«

Wir setzten uns und sie fand den Artikel auf der zweiten Seite. »Hier heißt es: *Schreckliches Schiffsunglück. Dampfer Teuton unrettbar gekentert.*« Vor Schreck fuhr sie auf. »Hieß so nicht das Schiff, mit dem Catarina unterwegs war?«

»Jetzt weißt du, wieso ich ins Dorf mußte. Sie ist mit dem Schiff ertrunken.« Mirjam fing an zu weinen. »Hör auf damit. Deine Augen müssen trocken bleiben, damit du mir vorlesen kannst. Steht dort etwas über das Kind? Ich muß es ihrer Mutter beibringen.«

»Das kann doch nicht wahr sein, Pa.«

»Ist es aber. Lies vor! Ich muß alles wissen.«

»Wie willst du denn mit Petroniglia reden, Pa?«

»Weiß ich noch nicht. Lies endlich!«

Sie las stockend. Anfangs gab es einen langen Bericht mit vielen Fremdwörtern, wie groß das Schiff gewesen sei, daß es die Kraft von 1800 Pferden brauchte, um es durchs Wasser zu ziehen, und daß es früher einen anderen Namen hatte. Dann hieß es, das Schiff sei auf eine Sandbank gelaufen; White hatte von einem Riff gesprochen. Schließlich lasen wir die Aussage eines der Überlebenden, wonach der Schiffsarzt von einem Stein gesprochen hätte, der in die Schiffsschraube geraten sei. Wie konnte sich ein Stein in einer Schraube verfangen? Der Zeitungsschreiber fuhr fort, nur siebenundzwanzig Passagiere hätten überlebt; White hatte von zuerst vierzehn und später fünfzehn gesprochen, zu denen neun weitere hinzugekommen seien. Das ergab sechsunddreißig. Mirjam glaubte, der Bericht sei vielleicht verfaßt worden, bevor die neun aufgetaucht seien. Unmöglich war das nicht.

»Schau nach, ob sie irgendwas über die Kleine bringen. Wo war sie, als es passierte? Wie ist es ihr ergangen?« Ich wollte über alles haargenau Bescheid wissen.

»Da steht weiter nichts über sie, Pa. Vielleicht war sie gar nicht auf dem Schiff!«

»White behauptet es. Lies weiter!«

Als nächstes kam eine Liste mit allen Leuten, die schon in England an Bord gegangen waren, und ganz am Ende kamen schließlich die Namen derer, die von Kapstadt nach Knysna wollten: Miß C. Grassi, Mr. Krom, Mr. Bron, Mr. Rindemann.

»Und weiter?«

Der Rest des Artikels wiederholte, was die Überlebenden aus den Rettungsbooten ausgesagt hatten. Es ging um die junge Lizzie Ross, die ihre Eltern und die kleine Schwester verloren hatte. Sie hatte sich durch die Wellen gekämpft und immer wieder gebrüllt: »Helft mir! Helft mir!« In diesem Moment fing Mirjam wieder an zu weinen und wollte gar nicht mehr aufhören. Wieder verbot ich es ihr. Sie sollte nachsehen, was mit dem Kind passiert war. Aber da stand weiter nichts als ihr Name auf der Passagierliste.

»Und was nun, Pa?«

»Wo ist Petroniglia?« Ich konnte es nicht länger aufschieben.

»Ich habe sie vorhin mit ihrer Wäsche am Zufluß der Zisterne gesehen. Ich gehe und hole Pietro, damit er uns bei der Verständigung hilft.«

»Nein, ich will es ihr selbst sagen. Du mußt Fardini Bescheid sagen, und er muß es Ilario beibringen. Nimm mit, was vom Kräuterschnaps noch übrig ist. Wir müssen nachher neuen brennen. Sie werden eine Menge davon brauchen.«

Petroniglia kniete barfuß und mit aufgekrempelten Ärmeln am Bach oberhalb der Zisterne und hielt ein nasses Wäschestück vor sich ausgebreitet. Ich hatte ihnen wieder und wieder untersagt, meiner Zisterne zu nahe zu kommen, aber kaum drehte ich den Rücken, liefen sie hin, wie es ihnen paßte.

»Petroniglia?«

»Signor Miggel!« Ihre Miene hellte sich auf bei meinem Anblick. Ich trat näher und hatte plötzlich einen Kloß im Hals. Wie sollte ich die richtigen Worte finden?

»Petroniglia«, murmelte ich, »ich bringe dir schlechte Nachrichten. Sehr schlechte Nachrichten.« Sie muß es meiner Stimme abgelauscht haben, oder man sah es mir an, jedenfalls entglitt die Wäsche ihren Händen und fiel ins Wasser.

Langsam erhob sie sich. »Ilario?« fragte sie. »Ilario, Signor Miggel?«

»Nein. Nicht Ilario. Catarina. Sie ist tot. Ertrunken.« Es war nicht leicht, stehend den Tod darzustellen; mir fiel nichts Besseres ein als den Kopf seitwärts zu legen und die Zunge heraushängen zu lassen. Aber sie wußte sofort Bescheid. Ich hatte mich verständlich genug ausgedrückt. Sie straffte sich, blieb stocksteif stehen wie die Figur, die Pontiggia modelliert hatte, nur daß ein Kleid ihre Blöße bedeckte. Dann merkte ich, wie ihr die Sinne schwanden, griff ihr unter die Arme und zog sie sanft von der Tonerde weg. »Bleiben Sie mit beiden Beinen auf der Erde, Petroniglia«, redete ich ihr zu. »Sie müssen jetzt zu Ilario.« Man hätte sie in den Arm nehmen und ins Zelt tragen müssen, so schwach war sie geworden, aber dazu konnte ich mich nicht überwinden. Ein Mann, der siebzehn Jahre lang keine Frau angerührt hat, wird in dieser Beziehung sehr scheu. »Halten Sie sich aufrecht, Petroniglia.« Wenn sie jetzt ohnmächtig wurde, konnte sie leicht auf dem Tonschlick ausgleiten und ihr Kleid wäre hinüber. Ich legte notgedrungen den Arm um sie. »Einen Schritt vor den andern, Petroniglia. Wir müssen zu den Zelten zurück.« Sie rührte sich nicht und hatte ein seltsames Flackern in den Augen, als weinte sie ohne Tränen.

»Signor Miggel?«

»Das Kind war auf dem Schiff, und das Schiff ist gesunken, aber Fardini wird Ihnen alles erklären, ich kann es nicht. Ich weiß nur, daß es mir sehr leid tut, denn ich würde den Verstand verlieren, wenn meiner Mirjam je etwas zustieße. Bitte kommen Sie jetzt mit.«

In diesem Augenblick ertönte der Schrei einer Frau von den Zelten herüber, ein langgezogener Klagelaut, der mir das Blut in den Adern gefrieren ließ und kein Ende zu nehmen schien. Ein Schauder durchlief Petroniglias Körper. »Geh, Petroniglia!« Als sie sich noch immer nicht rührte, schob ich sie an den Schultern behutsam vorwärts, schneller und drängender, und noch immer wollte der Schrei nicht aufhören. Anna Fardini und ihre Tochter Giuditta eilten uns entgegen, nahmen mir Petroniglia ab und scheuchten uns ängstlich zu den Zelten.

Alle wußten schon Bescheid. Der Schrei kam aus Crucis Unterkunft. Es war Mariarosa. Ich lief zum Trinkwasser, das beim Unterstand aufbewahrt wurde, und schnappte mir den erstbesten Eimer. Seit einiger Zeit hatte ich festgestellt, daß Mariarosa sich hängen ließ; ich hatte es Christie gegenüber erwähnt, und er schrieb es ihrem unstillbaren Heimweh zu.

Sie saß in der Mitte des Zelts und schaukelte vor und zurück. Jedesmal, wenn der verkrampfte Oberleib sich nach hinten beugte, sog sie scharf die Luft ein, und wenn sie nach vorn schwang, brüllte sie sich die Seele aus dem Leib. Hilflos standen ihr Mann und Mangiagalli daneben, außerdem Tomé und Antonia, seine Frau, und vermochten sie nicht zu beruhigen. Ich kippte den Wassereimer über ihr aus, bis sie hustete und nach Luft schnappte. Dann war sie still.

Lucinetti und Borolini waren bei Ilario. Jedesmal, wenn sie ihm das Bettuch vom Gesicht nahmen, zog er es wieder hoch und lag da wie ein zugedeckter Leichnam. Die Frauen traten mit Petroniglia im Arm herein, und er drehte sich zur Wand und schluchzte hemmungslos.

Mirjam fand ich hinter dem letzten Zelt in der Reihe. Ihr Haar war aufgelöst und die Augen rot unterlaufen. Fardini und sein Sohn Pietro, Cuicatti und Pontiggia waren bei ihr.

»Sie haben verstanden, daß Catarina tot ist, Pa. Aber sie wissen noch nicht, wie es passiert ist.« Auch sie wirkte verstört.

Ich nahm einen Zweig auf und malte in den Staub zu ihren Füßen einen Kreis. »Kapstadt!«

»Sì, sì, signor.«

Von dem Kreis aus zog ich eine Wellenlinie, um das Meer anzudeuten, und an deren Ende kam ein zweiter Kreis: »Knysna!«

»Sì, sì, signor.«

Dann zeichnete ich, so gut ich eben konnte, ein Schiff, unter der Wellenlinie und auf dem Kopf stehend. Strichmännchen fielen heraus und einige lagen am Boden: »Catarina.«

Sie bekreuzigten sich.

Das war am Samstag. Sonntag wurde ein düsterer Tag in der Zeltstadt. Am Montag kam Christie zurück. Ohne Neuigkeiten und Aussichten wegen des Schiffs. Er hatte nicht viel von der Regierung gesehen, denn – wie er sagte – brauche es viel Zeit zur Planung und Organisation von Terminen. Als er von der Ankunft der *Teuton* gehört hatte und erfuhr, daß Catarina auf dem Schiff war, hatte er sich mit der Rückkehr beeilt, um den Eltern die frohe Botschaft und den freudigen Schreck so angenehm wie möglich beizubringen.

»Machen Sie bloß keinen Mist, Mensch.«

»Aber Pa!«

»Da haben Sie sich so beeilt, Engländer, und drehen uns einen alten Ladenhüter an!«

»Pa, du redest ja halb Holländisch!«

»Ich bin so schlecht gelaunt, daß mir die englischen Worte fehlen. Frag ihn, ob er aus Irland kommt. Vielleicht kommt er aus Irland. Barrington behauptet immer, ein geistig zurückgebliebener Engländer sei noch ein Gutteil klüger als ein zurückgebliebener Ire.«

»Das werde ich nicht übersetzen, Pa!«

Ich fragte ihn, ob sich Kosten und Mühe der Reise gelohnt hätten, wenn er der Regierung wenigstens jetzt reinen Wein eingeschenkt habe. »Wie können Sie es wagen, mit leeren Händen zurückzukommen?«

»Ich hab mein Bestes versucht, Miggel.«

»Haben Sie wenigstens ihr Geld bekommen, damit Sie mir meins zurückgeben können?«

»Die Angelegenheit wird noch immer untersucht.«

»Scheiße, Mann. Alles Mist!«

»Pa, fluche nicht so.«

»Ich laß mir keine dieser Untersuchungen mehr bieten. Was haben Sie über die Kleine ermittelt? Die Mutter will wissen, ob das Kind geschlafen hat, als das Schiff gesunken ist, ob es vielleicht rechtzeitig abgesprungen ist, ob sich irgendwer um es gekümmert hat!«

»Bleiben Sie vernünftig, Miggel. Bin ich ein Hellseher? Die Grassis verlangen von mir, daß ich weiß, was auf einem gesunkenen Schiff passiert ist. Das übersteigt menschliche Kräfte! Was die übrigen Fragen betrifft, so kann ich Ihnen versichern, daß ich mit dem italienischen Botschafter Mr. W. C. Wright persönlich gesprochen habe. Er hat versprochen, die Sache vor das Parlament zu bringen.«

»Ich traue keinen Versicherungen und Versprechungen mehr, Mr. Christie«, ließ ich ihn wissen. »Ob sie nun von Ihnen, von White oder von der Regierung kommen. Als ich ihnen ein Schiff nach Kapstadt verschaffen wollte, habt ihr mich gewarnt, es auf eigene Faust zu versuchen; wenn ich's getan hätte, läge das Kind jetzt nicht tot auf dem Meeresgrund. Darum frage ich jetzt zum letzten Mal, ob ich gegen das Gesetz verstoße, wenn ich das Geld für die Rückfahrt besorge?«

»Wo wollen Sie denn soviel zusammenkratzen?«

»Ich kriege es. Bloß muß ich vorher wissen, ob es gegen das Gesetz ist?«

»Nein.«

Jetzt wußte ich, was zu tun war. Ich mußte nach Portland.

Die Hunde bellten, als ich mich dem Landsitz näherte, aber als sie mich erkannten, begrüßten sie mich freudig und sprangen an mir hoch. Mrs. Barrington freute sich ebenfalls, mich zu sehen, auch ihre Töchter. Hal war bei den Ställen, Will in Karawater, John unterwegs ins Dorf. Ich mußte den Hut in die Hand nehmen, die Schuhe abtreten und zur Hintertür hereingehen, weil es Barrington nicht gutging und er ans Haus gefesselt war. Er saß im Wohnzimmer in einem riesigen Plüschsessel, mit einer Decke auf den Knien.

»Sir.«

»Silas.«

Wir grüßten uns flüchtig. Mir war, als hätte er weniger Zähne im Mund als früher, und die Haut war gelb und durchsichtig geworden. Komisch, dachte ich, gerade wie eine Seidenraupe, die zu spinnen anfängt.

»Sie sehen nicht gesund aus«, bemerkte ich und lehnte am Türrahmen. »Ich werde Mieta holen, damit sie nach Ihnen sieht.«

»Danke, Silas, aber das wird nicht nötig sein. Dr. Gorman kümmert sich um mich.«

»Wie Sie meinen.« Eine Zeitlang schwiegen wir. Er zupfte die Wolldecke zurecht, und ich drehte den Hut in der Hand, bis es heraus mußte. »Den Italienern ist ein Kind ertrunken.«

»Auf der *Teuton*, glaube ich«, lenkte er ab. »Teile des Wracks und der Ladung sind an Land gespült worden. Am Samstag wird das Strandgut versteigert. Schade, daß ich John im Augenblick nicht entbehren kann, sonst würde ich ihn nach Kapstadt schicken. Eine Menge Ruder und Rettungsboote, Laternen und Masten und so weiter stehen zum Verkauf. Ich wäre an einem Kompaß interessiert.«

Offenbar vermied er es, über das Kind zu sprechen. Soviel war klar. »Sie müssen mir heute zuhören, Mr. Barrington, denn ich habe mit Ihnen etwas Wichtiges zu besprechen.«

»Ich bin froh, daß du da bist, Silas. Zwischen Portland und dem Hochland liegt nicht nur der abgrundtiefe Kloof, durch den der Knysna fließt, sondern auch Abgründe an Wohlstand und Kultur. Ich fühle mich in mancher Hinsicht für dich und Mirjam verantwortlich, und halte es daher für meine Pflicht, dich von gewissen Veränderungen zu unterrichten, die euch direkt angehen.«

Damit wollte er wohl nur sagen, daß er mich vermißt hatte und noch immer die Hoffnung hegte, ich würde nach Karawater ziehen. Vielleicht hatte er auch schon wieder neue Projekte im Sinn. »Vor kurzem, als ich unten im Kloof am Flußufer war, bin ich auf Pantherspuren gestoßen. Das sollte Ihnen zu denken geben. Ich freue mich, daß Sie sich heute verantwortlich fühlen, denn die Italiener müssen endlich ein Schiff bekommen. Man hat sie unter falschen Voraussetzungen hergelockt und es gibt nur einen Weg für sie – nach Hause!«

»Silas!« Es war wie eine Warnung. »Es ist Zeit, daß du an dich selber denkst. Für die Italiener wird die Regierung sorgen. Du mußt dich um Mirjam kümmern, um ihre Zukunft, denn deine Zeit im Hochland ist vorüber. Ich habe dich so oft hergebeten, damit wir über all das einmal reden, damit es dich nicht unvorbereitet trifft, aber du wolltest ja nicht kommen.«

»Mr. Barrington, wenn Sie mir heute Angst einjagen wollen, dann müssen Sie mindestens einen Geist durch die Wand schicken. Ich ängstige mich nicht mehr. Ich helfe jetzt Mr. Christie und behüte die Italiener, weil ich Siedlerrechte dafür bekommen soll, die lebenslang auch für Mirjam gelten. Trotzdem hat sich so vieles geändert, daß ich es nicht mehr allein schaffe. Christie, der Anführer, schreibt bloß Briefe, alles übrige wird *mir* aufgebürdet. Es steht schlimm bei den Zelten. Der Vater des Kindes nimmt nichts mehr zu sich, er muß mit dem Löffel gefüttert werden. Die Mutter spricht mit niemandem mehr, sie sitzt nur vor dem Zelt und betet mit ihren Holzperlen. Ich mußte schon weiß Gott wie oft ihre älteste Tochter Monica aus Canovis Zelt scheuchen.«

»Du mußt so bald wie möglich von dort wegziehen, Silas. Komm nach Portland, oder nach Karawater. Der Wald wird sehr bald für immer dichtgemacht und danach parzellenweise an private Eigentümer verkauft. Die Zeit der Holzfäller ist vorbei, Silas, und damit auch dein Leben im Hochland.«

Mir fuhr ein Schreck in die Glieder, als wäre tatsächlich in diesem Augenblick ein Geist hinter Barrington aufgetaucht. Wer den Holzfällern und ihren Familien den Wald raubt, könnte genausogut einer Schildkröte den Panzer abnehmen und sie in der glühenden Sonne vertrocknen lassen. Wäre Barrington nicht ein hoher Herr gewesen, der auf Manieren hält, dann hätte ich mich ungefragt auf einen seiner Stühle sinken lassen.

»Was reden Sie da, Mr. Barrington? Der Wald gehört der Krone, und die Krone wird ihn doch behalten wollen?«

»Die Regierung hat total versagt, Silas, was den Erhalt der Kronwälder betrifft, wie wir es nennen.«

»Mr. Barrington«, unterbrach ich, »wir wollen heute nicht zwei Bäume mit derselben Axt fällen. Lassen Sie uns zuerst meinen umlegen. Dann kümmern wir uns um denjenigen, den Stamm, den Sie gerade herbeischleppen.«

Er hörte nicht auf meine Worte, sondern fuhr unbeirrt fort. »Du mußt mir jetzt aufmerksam zuhören, Silas. Der momentan praktizierte Naturschutz ist eine lächerliche Farce. Ihr Waldleute kauft euch eine Lizenz für 30 Shillings und fällt soviel Bäume wie möglich, bis sie erlischt. Dann macht ihr eine Weile lang illegal weiter oder kauft eine neue, wenn ihr das Geld habt.«

»Die Aufkäufer tragen es meistens im Schuldbuch ein und zahlen die Gebühr.«

»Das auch, ja. Dieser sogenannte Naturschutz sieht vor, daß ihr manche Bäume nur in bestimmten Wochen des Jahres fällen sollt. Natürlich könnt ihr auch Raubbau betreiben, wenn es euch paßt. Das liegt daran, daß kein einziger Waldhüter die Stämme unterscheiden kann, wenn sie ein paar Kilometer weit durch den Schlamm geschleift worden sind. Er denkt, das Holz sei in der genehmigten Saison geschlagen worden und heftet sein Siegel drauf, damit ihr den Aufkäufer beliefert. So funktioniert das lächerliche System, von dem die Rede ist, Silas.«

»Mr. Barrington«, holte ich abermals aus, um das Thema zu wechseln. »Was Sie da sagen, mag ja mehr oder minder stimmen, aber wenn Sie etwas sehen wollen, was wirklich lächerlich ist, dann kommen Sie ins Hochland mit mir! Dort sitzen dreißig arme Seelen bei Frost und Regen in viel zuwenig Zelten. Und niemand kommt zu uns heraus, um einmal nachzusehen. Christie war schon in Kapstadt, aber er hätte genausogut hier bleiben können. Hilfe ist von keiner Seite zu erwarten. Und daher stehe ich heute vor Ihnen mit dem Hut in der Hand!«

Er ließ sich nicht von seinem Baum abbringen und hackte weiter. »Das gegenwärtige System wird die Kronwälder früher oder später zugrunde richten. Sie sind nur noch eine Bürde für die Kolonie. Weißt du, wieviel sich dieses Land die Wälder alljährlich kosten läßt? Wieviel meinst du, verdient Oberst Harison im Jahr? Und dazu noch die Gehälter des Beauftragten für Forstwesen, de Regné, der Lohn für die Waldhüter. Dazu Mieten für Unterkünfte, Schutzhütten und Behördengebäude. Dazu die Gelder, mit denen die regionale Straßenmeisterei die Wege instand setzen läßt, die ihr mit euren Karren und Schlitten ruiniert . . .«

»Verzeihen Sie, wenn ich Ihnen da widerspreche, Mr. Barrington. An den Wegen wird gar nichts instand gesetzt. Wo wir keine Elefantenpfade nutzen können, müssen wir uns selbst welche freihacken. Der Karrenweg in Diepwalle sieht verheerend aus.«

»Ob sie dran arbeiten oder nicht, die Gelder bekommen sie doch. Ich habe dich gefragt, wie hoch du die jährlichen Kosten für den Wald einschätzt!«

»Das kann ich nicht beantworten, aber ich weiß sehr gut, was die Rückreise der Italiener kosten würde . . .«

»Es kostet dieses Land 5900 Pfund im Jahr, wenn du noch die Zinsen für die Investitionssummen addierst, die man machen könnte.«

»5900 Pfund!« wiederholte ich verblüfft. Das war

ein ganzer Sack voll Geld, mehr als ich im Augenblick zählen konnte.

»Jawohl«, bestätigte Barrington, »und das nur bei äußerst sparsamer Rechnung. Die tatsächliche Summe wird weit höher liegen!«

»Für bloß 500 Pfund könnte man sie alle nach Hause schicken.«

»Die Einkünfte aus den Lizenzgebühren belaufen sich höchstens auf 1300 Pfund. Ziehen wir die von den Ausgaben ab, bleiben noch immer 4600 Pfund.«

»400 Pfund tun es vielleicht auch schon, Sir.«

»Meinst du nicht auch, Oberst Harison und der Forstbeauftragte Regné könnten sich von heute auf morgen zur Ruhe setzen, Silas? Was würde es schon ausmachen . . .«

»Es wäre ein Freudentag für die Holzfäller. Das einzige, was die verdammten Waldhüter im Kopf haben, sind die Blattern, die angeblich von den Italienern eingeschleppt wurden . . .«

»Du antwortest nicht auf meine Fragen, Silas.«

»Wir sägen noch immer an verschiedenen Bäumen, Sir«, wandte ich ein. Aber er achtete nicht darauf.

»Nehmen wir an, die beiden verschwinden, und ihr Waldleute dürftet ohne Lizenz fällen. Würdet ihr mehr Holz schlagen und herausschleifen oder weniger?«

»Ein Mann kann nicht mehr fällen, als er mit dem Karren von der Stelle bringt. Nicht mehr und nicht weniger. Wollen Sie mich aufs Glatteis führen?«

»Stimmt haargenau. Ob Waldhüter da sind oder nicht, es wird ohne Federlesens gefällt, und das ganze Land muß für die Verluste aufkommen. Wir können nicht einmal als Dividende anrechnen, daß uns die Wälder tatsächlich erhalten bleiben!«

Es blieb mir nichts anderes übrig, als fürs erste auch

an seinem verdammten Baum zu sägen, um ihn zu Fall zu bringen. »Mr. Barrington«, seufzte ich und legte den Hut auf den Boden, »dieser Zirkus mit dem sogenannten Naturschutz macht sich schon seit Jahren im Wald breit und wird uns um die Ohren geschlagen. Für mich macht das alles keinen Sinn. Wenn ich einen Laib Brot für später aufsparen will, wickle ich ihn in ein Tuch und lege ihn weg. Ich esse ihn nicht. Ich schneide mir nicht heute hier ein Scheibchen und morgen da ein Krüstchen ab. Ich komme nicht an und verbrauche das Brot plötzlich für Eisenbahnschwellen, Telegraphenmasten und sonstwas. In diesem Fall wäre die Frage nicht, wie spare ich das Brot auf, sondern wie lange wird es halten. Und jetzt will Mr. Barrington vorschlagen, das Brot parzellenweise zu verkaufen? Werden die Käufer es in Scheiben schneiden oder erhalten wollen?« Barrington zupfte wieder nervös an der Wolldecke. »Ich möchte wissen, ob die Käufer es zerschneiden oder aufsparen, Mr. Barrington!«

»Beides. Mit dem gegenwärtigen System geht der Wald in jedem Fall zugrunde. Daß all die Bäume früher oder später gefällt werden, ist unvermeidlich, die Welt braucht täglich mehr Holz, und wir sitzen auf Hunderten von Festmetern feinster und schönster Stämme, die besten überhaupt. Ich will nicht behaupten, daß während deiner oder meiner Lebenszeit alles gefällt sein wird, nicht einmal unsere Kinder werden es erleben. Aber irgendwann ist soweit, und das Ende des Waldes wird kommen. Inzwischen könnte die Regierung von dem Verkauf profitieren. Nehmen wir an – und ich habe der Regierung schon die entsprechenden Vorschläge unterbreitet –, nehmen wir an, der Wald würde parzelliert und nach Grundstücken zu je

500 oder 1000 Morgen verkauft, dann darf die Staatskasse mit mindestens 100 000 Pfund rechnen.«

»Dabei würde es nur lächerliche 500 kosten, sie nach Italien einzuschiffen.«

»Mit einem Jahreszins von sechs Prozent würde der Staat auf ein unbefristetes Einkommen von 6000 Pfund zurückgreifen können.«

»Schon 400 Pfund, Sir. Nicht nur die Rückreise der Italiener wäre gesichert, Sie könnten sich auch ein reines Gewissen damit kaufen. Und heutzutage steht nicht oft ein reines Gewissen zu Markte.«

Jetzt wurde er böse. »Vergiß doch mal die Italiener und denk an dich, Silas! Konzentrier dich auf die Folgen des Projekts, in das ich dich gerade eingeweiht habe.«

»Ich muß zuerst die Italiener aus dem Hochland schaffen, bevor ich überlegen kann, was aus uns Waldleuten wird, falls man den Boden unter unseren Füßen verscherbelt.«

»Das Elend der Holzfäller kann nicht schlimmer werden, als es schon ist«, beteuerte er. »Selbst mit allen Schulden in den Aufkäuferläden im Dorf. Aber mit dem freien Leben im Wald ist es vorbei. Für diejenigen, die bereit sind, neue Aufgaben zu übernehmen, wird es bei den neuen Eigentümern ordentliche Arbeit und regelmäßiges Einkommen geben.«

»Das heißt, wir Waldleute würden noch ärmer dran sein als je«, hielt ich standhaft dagegen. »In all den Jahren, die ich bei Ihnen gearbeitet habe, wußte ich, daß Sie im Grunde Ihres Herzens die Holzfäller nicht mögen. Weil Sie nicht verstehen können, warum sie nicht hier nach Portland kommen und in Ihren Wäldern schlagen. Wir fällen unsere eigenen Bäume, wir gehören niemandem als uns selbst. Abgesehen davon haben die Holzfäller nicht vergessen, wie Sie Gert Zeelie ins Loch sperren ließen, weil er ohne Ihre Erlaubnis einen Baum in Portland fällte. Sie haben Angst vor Ihnen!«

»Wer Holz von meinen Grundstücken stiehlt, hat Strafe verdient.«

»Das Gefängnis ist für uns Waldleute ein Sturz, von dem wir uns nie mehr erholen können.«

»Deine Zeit im Wald ist vorbei, Silas.«

»Die Wälder sind weit, Mr. Barrington, endlos weit. Ihr Reichen könnt ihn parzellieren und versteigern lassen, aber ob ihr uns von dort vertreiben könnt, werden wir ja sehen!«

»Der Hunger wird euch schon zwingen, herauszukommen. Die Aufkäufer werden gesetzlich verpflichtet, nur noch Holz von legalen Fuhren zu kaufen. Das Holz darf dann im Dorf nicht mehr gegen Lebensmittel eingetauscht werden.«

Draußen zwitscherten die Vögel. Hinter mir hörte ich eine der Frauen im Treppenhaus ins obere Stockwerk steigen. Barrington wirkte erschöpft. »Wieviel Zeit bleibt uns noch, bis die Wälder verkauft sind?« erkundigte ich mich.

»Darüber wird die Nachfrage entscheiden. Je mehr die Nachfrage steigt, desto weniger Waldhüter und andere Beamte braucht die Regierung einzustellen, und die Kolonie wird sich allmahlich von dieser Last befreien.«

»Wie viele Jahre noch?«

»In diesem Stadium ist das noch schwer abzusehen. Augenblicklich erhält die Regierung überall aus dem Distrikt entsprechende Vorschläge.«

»Dann ist die Gefahr nicht so dringend«, seufzte ich erleichtert. »Auf Vorschläge reagiert die Regierung gar nicht. Die Gesetze sind ein Rad, das nur einfach weiter und weiter rollt, ohne daß ihm jemand in die Speichen greift.« Ich spürte, daß ich jetzt weiterreden mußte, nun war ich mit der Axt dran. »Und ich bin nicht hergekommen, um Ihnen wegen der Raupenzüchter Vorwürfe zu machen. Vorwürfe helfen uns nicht weiter. Ich bitte Sie nur darum, ihnen die Fahrkarten nach Hause zu kaufen. Das ist alles. Spenden Sie das Geld, und Sie können eines Tages guten Gewissens aus der Welt scheiden.« Er setzte sich in seinem Sessel auf. »Noch immer läßt das Schiff auf sich warten, das sie abholen soll. Christie hat weiß Gott wie viele Beschwerdebriefe unterzeichnen lassen, und nichts passiert. Inzwischen muß ich mich um alles kümmern, und mein Erspartes wird mit jedem Tag weniger. Wenn Sie ihnen das Geld für die Rückreise geben, werde ich sie so schnell wie möglich zum Hafen bringen, und danach komme ich nach Portland und arbeitete drei Tage in der Woche für Sie. Christie kann das Billett selber kaufen, wenn's nach mir geht.«

Der Alte saß nur schweigend und stocksteif da. So hatte auch Koos Muller damals gesessen, als wir Kalanderbäume in Kom-se-Bos schlugen. Wir dachten, er wäre noch immer bei uns, aber plötzlich merkten wir, daß er schon mausetot war. Die Englein waren gekommen und hatten ihn uns unter der Nase weggeholt.

»Mr. Barrington«, rief ich halblaut, »sind Sie noch da?«

»Die Italiener haben die Bedingungen der Regierung akzeptiert, Silas. Auf meine Vorschläge sind sie nicht eingegangen. Ich verhandle gerade darüber, daß andere Italiener herkommen und hier in Portland eine große Seidenfabrik aufziehen.«

»Nehmen Sie doch die aus den Zelten im Hochland«, brüllte ich. »Holen Sie sie zu sich! Ich schwöre, daß Sie keine Besseren finden werden für die Seidenraupen!«

»Diese will ich nicht.«

Und dabei blieb es.

10

September ging vorüber, und zögerlich meldeten sich die ersten Anzeichen des Sommers im Hochland. Mal schien die Sonne, dann fror es wieder oder regnete, und an manchen Tagen gab es beides durcheinander. Roterle, Wilderle und Kampferbusch, all die Pflanzen, die in unserem Winter blühen, hatten ihr Blütenkleid längst abgelegt. Als der Oktober kam, sproß überall frisches, üppiges Grün; schwerer Duft wallte aus den feuchten Waldgründen. Die Alten glaubten, es sei das Moos, das so gut roch. Jetzt standen Falsche Olive und Waldkastanie in Blüte, wilder Wein fing an zu knospen und rankte an den Stämmen empor; aus dem Unterholz leuchteten Brombeersträucher, Kreuzbeere, Türkenbund und Numnum in violetter, rosafarbener und weißer Pracht. Oben an der Zisterne waren ein Granatapfel und eine wilde Stockrose ineinander verwachsen, von dort trugen Mauerschwalben winzige Erdklümpchen in den Schnäbeln davon, um ihre Nester mit Ton auszukleiden.

Mit dem 5. Oktober wurde Mirjam achtzehn Jahre alt. Als sie noch ein Kind war, nahm ich sie an den Geburtstagen immer ins Dorf mit und schenkte ihr für ein paar Pennies Süßigkeiten, und sie hatte ihre Freude dran. Später, als sie größer wurde, kaufte ich den älteren Portland-Töchtern Kleider ab, aus denen sie herausgewachsen waren. Aber heute hatte ich keine Überraschung für sie.

»Mit Gottes Hilfe werde ich dich nächstes Jahr reichlich entschädigen«, versprach ich.

»Mach dir keine Gedanken darüber, Pa. Ich kann's verstehen.«

An diesem Morgen war sie früh aufgestanden, hatte Feuer angefacht, den Boden gekehrt und die Betten gemacht. Ich war draußen im Garten und sortierte Saatkartoffeln aus, als sie mich zum Kaffee rief. In der Tür begegnete ich ihr, sie hatte ihr schönstes Kleid an und trug das Haar zu einem ordentlichen Zopf geflochten.

»Pa . . .« Sie hob den Blick, und als sie sprach, spürte ich, daß sie sich jedes Wort zurechtgelegt hatte. »Pa, du hast immer gesagt, daß ich an einem Tag im Jahr tun und lassen kann, was ich will, an meinem Geburtstag. Heute werde ich ein Jahr älter, und ich werde in den Wald gehen. Ich komme erst gegen Abend wieder.«

Seit Wochen war sie nicht mehr weggegangen. Tief im Innern hatte ich immer gehofft, daß es aus sei damit, was immer sie dort getrieben hatte. Das war offenbar ein Irrtum. Ihre Hand zitterte leicht, als sie mir Kaffee einschenkte; ihre ganze Haltung, ihre Miene, ihr Blick schienen nur eins auszudrücken: Halt mich nicht auf, ich muß fort.

Ich versuchte es trotzdem. »Mirjam«, beschwor ich sie, »ich habe Mr. Christie gestern eigens gesagt, wo heute dein Geburtstag ist, will ich kein Italienerkind bei mir am Haus sehen; ihn auch nicht. Ich hatte mir vorgestellt, wir könnten einen Ausflug nach Draaibos Eiland machen, zu deiner Tante Hannie!«

»Wollte Pa nicht heute die Saatkartoffeln aussetzen?«

»Das kann doch bis morgen warten. Ich lege sie an die Zisterne in den Schatten. Oder sollen wir ins Dorf spazieren? Oder nach Portland, damit du Imar und Gabrielle sehen kannst? Allerdings würde ich dann vor dem Gutshaus warten, bis du wiederkommst.«

»Wo ich hin will, werde ich allein gehen, Pa. Das Gewehr nehme ich mit.«

»Aber warum?« Wenn der Wald sie so sehr lockte, war nichts zu machen. »Warum denn, Mirjam?«

»Fang nicht schon wieder damit an, Pa. Dies ist mein Tag, und ich möchte allein sein.«

»Dann sag mir doch, wen du treffen willst! Muß es solche Geheimnisse zwischen uns geben? Ist es jemand von den Zelten?« Falls Pontiggia es aufgegeben hatte, mußte es sich um Taiani oder Lucinetti handeln. Manchmal hatte ich sogar den Verdacht, daß Christie weiche Knie bekam, wenn sie in der Nähe war.

»Warum darf ich es nicht wissen, Mirjam?«

»Warum verbirgt der Wald seine Lilien?«

»Sprich nicht schon wieder in Rätseln!«

»Dann frag mich nicht aus, Pa. Besonders heute nicht.« Sie wurde unruhig. »Und folge mir nicht wieder, Pa. Ich merke es sofort.«

Ich war machtlos. »Wie kann ich so leichtsinnig sein, dich ziehen zu lassen? Du hast doch selbst gestern von Jeremiah Eye gehört, daß Josafat Stander von den Grootvoeten totgetrampelt worden ist.«

»Das ist schon das dritte Mal, daß Josafat Stander totgesagt wird, und jedesmal ist er quicklebendig wieder aufgetaucht.«

»Nun, *irgendwen* haben die Grootvoete oben in

Kom-se-Bos erwischt. Jeremiah behauptet, Mantel und Knappsack des Toten wären in Stücke zerfetzt, Bäume entwurzelt, das Unterholz durchwühlt worden.«

»Ich hab ja das Gewehr mit.«

»Die Nilpferdpeitsche könnte dir auch nützlich werden, falls wirklich ein aufgeregter Bulle dort herumtobt.«

»Es wird Zeit für mich, Pa.«

Das schlimmste war, daß mir nichts mehr einfiel, um sie aufzuhalten. Ich konnte es nicht begreifen. Mit 32 verrückten Italienern wurde ich leichter fertig als mit meiner eigenen Tochter. Seit wann mußten sich Eltern solchen Trotz bieten lassen? Was immer sie in den Wald lockte, hatte mehr Macht über sie als meine Worte und Bitten. Hätte ich ein Seil genommen und sie rücklings festgebunden, dann hätte sie sich unter meinen Augen herausgewickelt und wäre trotzdem an ihr geheimnisvolles Ziel gelangt. Mit wem sie auch zusammenkommen mochte, sie behielt es für sich wie ein Pfirsich den Kern. Warum nur? Zweimal hatte ich versucht, ihr zu folgen, und beide Male war sie mir auf die Schliche gekommen. Kein Wunder, schließlich hatte ich sie selbst gelehrt, im Wald wachsam zu bleiben. Sie hatte viel zu feine Ohren.

Nachdem sie verschwunden war, zögerte ich eine ganze Weile, bis ich meinen Rundgang im Zeltlager machte. Lucinetti und Taiani waren da, Pontiggia fehlte. Christie behauptete, er sei mit Borolini und Tomé ins Dorf unterwegs. Übrigens schmollte der Engländer wie in letzter Zeit immer häufiger.

Ich hatte mich gerade ans Einpflanzen der Bataten begeben, als zwei Männer über das Hochland kamen. Ich sah sofort, daß es keine Italiener waren. Einer war merkwürdig gekleidet, und ich glaubte schon, es sei wieder der Priester. Als Christie aus Kapstadt zurückgekommen war, hatte er mir klargemacht, daß die Italiener einen Priester brauchten, den ich holen sollte. Welchen er meine, erkundigte ich mich. Es gab im Dorf zwei Gottesmänner, einer predigte englisch in der Anglikanischen Kirche, einer holländisch in der Burenkirche. Christie behauptete, das seien nicht die richtigen für die Italiener, es sollte einer aus der katholischen Kirche sein. Wo die denn zu finden wäre? In George, behauptete Christie, er habe sich schon erkundigt. Ich müsse zu Fuß nach George und den Mann zu uns holen. Dann könnten sie genauso gut ohne Priester bleiben, winkte ich ab, nach George würde ich mich nicht aufmachen. Das sei ein Fußmarsch von zwei Tagen; Sandhügel, Heideland und ein Fluß nach dem anderen waren zu überqueren.

Aber Christie ließ nicht locker. Ich empfahl, dem Mann zu schreiben. Die Postkutsche verkehrte dreimal die Woche zwischen Knysna und George, der Priester brauchte nur einzusteigen, dann war ich bereit, ihn in Knysna abzuholen. Er schrieb, und zum erstenmal wurde ein Brief aus dem Hochland beantwortet, und sogar ziemlich rasch. Noch bevor die Woche vorüber war, schickte der Priester seine Zusage, er würde Dienstagnachmittag gegen drei Uhr eintreffen. Wie versprochen, holte ich ihn von der Station ab. Als er aus der Kutsche kletterte, trug er ein langes schwarzes Tuch am Leib, fast wie ein Frauenrock, und auf dem Kopf einen runden schwarzen Hut. Ein junger Bursche, mit sanfter Miene und rosigen Wangen. Er spräche kein Holländisch, könne es aber verstehen; er beherrschte Englisch und Italienisch, und sein Name war Taramasso. Ich wollte gleich wissen, ob er mit Tomasso verwandt sei, der das Kind gestohlen hatte, aber seinem Gesichtsausdruck nach zu schließen wußte er von nichts. Und er hatte wirklich keine Ahnung – weder von Seidenraupen, noch vom Maulbeerenhain, er wußte nur, daß ein Kind ertrunken war. Ich weihte ihn in alles übrige ein, bis ihm vor Staunen der Mund offen stand.

»Priestersmann«, rief ich zurück, als wir die Fußhügel von Gouna hinter uns hatten, »nachher kommt die Furt, und ich hoffe, Sie haben ein sauberes Gewand im Koffer!« Die Kletterei hatte ihn erschöpft, und der Saum seines Rocks war staubig verkrustet.

»Wie weit ist es noch?« japste er.

»Noch ein bißchen mehr als die Hälfte.«

Und als wir endlich da waren, gab es einen Freudentaumel, wie ich ihn nie erwartet hätte. Sie standen da und empfingen ihren Priester in feinster Sonntagskleidung, sie fielen auf die Knie und küßten ihm einer nach dem andern die Hände. Amerika schämte sich seiner Tränen nicht, die Frauen schluchzten mit ihm, nur Petroniglia kniete stumm und regungslos vor ihm wie versteinert. Ilario hielt Antonio, seinen Jüngsten, im Arm und kniete ebenfalls nieder, auch er tränenüberströmt. Nur Pontiggia saß in einiger Entfernung und kümmerte sich nicht um den ganzen Trubel. Er schnitzte an einem Stück Holz und würdigte den Priester keines Blickes.

»Du Heide solltest eigentlich in der ersten Reihe knien«, fuhr ich ihn an, »statt dessen drückst du dich hinten herum, stimmt's?«

Der Gottesdienst gestaltete sich als sehr langwierig. Ich hatte gehofft, anschließend noch einen Nachmittag lang mit ihnen arbeiten zu können, aber vergebens. Das Ritual war mir unbegreiflich. Cuicatti und

Borolino hatten eine Art Tisch zusammengehauen, den der Priester mit einem Tuch bedeckte, bevor er sein Kommuniongeschirr darauf stellte, dazu ein Buch und ein Kruzifix. Dann streifte er sich ein frisches schwarzes Gewand mit Troddeln über, und als ich glaubte, nun könne der Gottesdienst endlich beginnen, holten sie einen Stuhl heran und stellten ihn in einiger Entfernung hin. Er nahm Platz und über eine Stunde lang traten sie einer nach dem anderen vor und flüsterten mit ihm.

»Was geht da vor?« wollte ich von Christie wissen. Ich wollte doch zumindest, daß sie einen der Zäune vor Einbruch der Dunkelheit reparierten. Christie meinte, erst müßten sie dem Priester ihre Sünden erzählen, dann würde die Totenmesse für Catarina gehalten und die Kommunion ausgeteilt. Wieder wandte ich mich an Pontiggia, er solle besser seine Sünden beichten, bevor ich hinginge und es für ihn täte. Aber er winkte ab.

Die beiden, die jetzt über das Hochland wanderten, ließen die Zelte links liegen und kamen näher. Offenbar war es nicht der Priester. Der Fremde trug einen weiten Mantel, in seinem Begleiter erkannte ich Paulus, einen Farbigen, der vor kurzem Mietas älteste Tochter geheiratet hatte.

»Guten Tag, Baas Silas.«

»Tag, Paulus. – Meneer«, grüßte ich den Fremden. Er nahm den Hut ab und fächelte sich Luft zu. »Wenn Fremde hierherkommen, bringen sie meistens Ärger mit«, setzte ich hinzu.

»Er spricht kein Holländisch, Baas«, mischte sich Paulus ein. »Den ganzen Weg hierher haben wir kein Wort gewechselt. Er traf gestern aus Kapstadt ein und hat in Horns Gasthof geschlafen. Der Wirt hat mich gebeten, in hierher zu führen. Er wollte ins Hochland.«

»Sag ihm, daß er hier bestimmt am falschen Ort ist.«

»Ich spreche doch kein Englisch, Baas.«

»Was hattest du denn im Gasthof zu suchen?«

»Arbeit, Baas Silas. Die Zeiten sind schlecht.«

»Bist du nicht Holzfäller in der Mannschaft von Klaas Ox?«

»Ja, aber der Trupp ist zu groß geworden in letzter Zeit. Alles mußte unter zu viele hungrige Mäuler verteilt werden. Johannes Meyer, Piet Barnard und ich haben den Abschied genommen. Ich habe keine Kinder, sie sind unverheiratet. Im Dorf gibt es aber auch keine freie Stelle mehr, Baas. Viele wollen jetzt ihr Brot dort verdienen. Johannes meint, wir sollten auf eigene Faust Bäume fällen. Leider haben wir nur eine einzige Axt. Der Aufkäufer würde uns Äxte geben und den Preis ins Schuldbuch eintragen. Zuerst aber sollen wir ihm Holz liefern, damit er sieht, ob wir unser Handwerk verstehen.«

»Ich kann euch eine Axt leihen. Stürzt euch nicht in Schulden, bevor ihr überhaupt angefangen habt zu arbeiten.«

»Es geht das Gerücht, der Wald soll verkauft werden. Stimmt das, Baas Silas?«

»Hab auch schon davon gehört.«

»Was soll dann aus uns werden?«

»Das muß die Regierung entscheiden. Wollen hoffen, daß nichts aus der Sache wird. Was will dieser Mensch?« Der Fremde stand noch immer da und blickte sich um.

»Ich weiß nicht. Es heißt, er will die Frau finden,

deren Kind mit dem Dampfer verunglückt ist. Er war auch an Bord, aber ihn hat es nicht erwischt.«

Vor mir stand ein leibhaftiges Wunder! »Meneer«, begann ich und suchte meine wenigen englischen Brocken zusammen, »mein Bekannter hier meint, sie wären auf dem Schiff gewesen.«

»Ja. Mein Name ist William Barrett. Ich suche nach den Eltern von Catarina Grassi.« Er wirkte bettelarm mit seinem Anzug, der ihm schlaff um den Leib hing und ihm ebenso wie der Mantel viel zu groß war. Sein Blick war trübe und wie erloschen.

»Dort im Zelt, Meneer. Ich bringe Sie hin.«

»Können Sie übersetzen, was ich den Eltern zu sagen habe?«

»Ein Dolmetscher hält sich auch dort auf.«

Ich erlaubte Paulus, sich eine Axt aus der Scheune zu holen und sie mir unversehrt wiederzubringen, wenn er sich eine eigene leisten konnte. Dann wollte ich keine Zeit mehr verlieren und drängte den Mann zu den Zelten. Tagaus, tagein löcherte Petroniglia uns, Christie möge nach Kapstadt schreiben und herausfinden, wie es Catarina in der Unglücksnacht ergangen war. Damit, daß ihre Tochter den Tod im Wasser gefunden habe und man weiter nichts in Erfahrung bringen könne, gab sie sich nicht zufrieden. Christie hatte sich auf den Standpunkt gestellt, er wüßte nicht, an wen er eine derartige Anfrage richten sollte. Sie ließ sich aber nicht abweisen und beharrte darauf.

Doch anstatt froh und dankbar zu sein, daß der Fremde uns aufgesucht hatte, stellte sich Christie quer und jammerte, wie unerträglich ihm die Arbeit als Übersetzer und Mädchen für alles sei. Den Mann informierte er darüber, daß er noch keinen Penny Honorar erhalten habe und daß die Grassis ihn für einen

Hellseher hielten, der das Schicksal ihrer Tochter enthüllen könne. Umständlich malte er noch aus, wie er von Kapstadt hergeeilt sei, um den Eltern beizustehen, welche Ratschläge er dort der Regierung erteilt habe über Baumschulen, die größere Regenmengen garantieren sollten, womit die Fäulnis bekämpft werden könne, welche die Blattern begünstigt; aber alles umsonst, man wolle nicht auf ihn hören und im Parlament säßen die falschen Leute.

Allmählich riß mir der Geduldsfaden. »Sehen Sie nicht, daß dieser Mann sich keinen Deut schert um das, was Sie verzapfen? Geben Sie ihm einen Stuhl, lassen Sie ihn ein wenig ausruhen und schicken Sie unterdessen nach Petroniglia, hier sei endlich einer, der ihr Kind gesehen hat. Sie wird sonst kein Auge mehr zutun, bevor sie alles erfährt.«

Wütend erinnerte Christie daran, daß ich wegen Mirjams Geburtstag heute eigentlich den ganzen Tag meine Ruhe haben und zu Hause bleiben wollte. Ich dachte gar nicht daran, nach Hause zu gehen. Immerhin hatte *ich* mir Blasen an den Füßen geholt, wenn ich hundertmal ins Dorf lief, um Erkundigungen wegen der Kleinen anzustellen, und ich war es auch gewesen, der die Schreckensmeldung gebracht hatte. »Ich rühre mich nicht von der Stelle, bis ich alles gehört habe, was der Mann uns mitzuteilen hat!«

Nicht nur Petroniglia und Ilario, auch alle anderen versammelten sich vor Christies Zelt. Zuerst starrte der Fremde teilnahmslos zu Boden und schwieg. Dann hob er mit seiner Geschichte an, und Christie hatte alle Mühe, mit dem Übersetzen nachzukommen. Es war, als durchlebte Barrett die Katastrophe noch einmal.

»Das Kind war nachmittags mit Mr. Brown an Bord

gekommen und mußte in die 3. Klasse; Mr. Brown reiste in der ersten. Der Dampfer sollte erst am folgenden Morgen auslaufen. Mr. Brown hatte mich und meine Frau gebeten, auf das Kind aufzupassen, weil wir auch 3. Klasse fuhren. Die Kleine sprach kein Wort Englisch, nur Italienisch, ihre Eltern sollten Seidenfarmer in Gouna sein, nördlich von Knysna. Sie hatte einen Koffer und eine Decke, aber keine Matratze mit. Am anderen Morgen glaubte meine Frau nicht, daß sie auch nur ein Auge zugetan hat; sie wollte sich ja nicht einmal hinlegen. Wir konnten nicht mit ihr reden, denn sie verstand unsere Sprache nicht. In aller Herrgottsfrühe versuchte das Kind einmal, das Schiff zu verlassen, aber ein Matrose entdeckte es und brachte es zurück. Dann frühstückten wir zu dreien.

Um zehn Uhr legten wir ab. Später vermißte meine Frau das Kind und schickte mich auf die Suche. An der Reling fand ich es wieder und merkte, daß es vor irgendwas große Angst hatte. Ich blieb bei der Kleinen und fand heraus, daß ihr Name Catarina Grassi war. Dauernd wollte sie mir etwas von einem gewissen Niccolo Tomasso erzählen und deutete zum Hafen, den wir gerade verließen.

Später ging es dem Mädchen besser, und meine Frau sorgte dafür, daß es auch etwas zu Mittag aß. Am Nachmittag spielte es mit unserem Baby.

Als es dämmerte, ging ich mit Joseph Allen, einem anderen Einwanderer aus England, an Deck. Er wollte ein Abendständchen auf der Ziehharmonika geben. Wenig später gesellte sich die Kleine zu uns, die Musik schien ihr zu gefallen. Es war kurz nach sieben, der Mond ging auf und stand hell über der völlig ruhigen See. Man konnte den Strand gut erkennen, und ich fragte mich schon, wieso das Schiff nicht mehr Abstand zur Küste hielt. Nach einer Weile ging ich wieder hinunter in den Laderaum, wo ich mit drei anderen Männern zum Kartenspielen verabredet war. Catarina blieb bei Joseph Allen an Deck, der mir versprach, auf sie aufzupassen.

Wir hatten die Karten gerade zum zweiten Mal ausgeteilt, als wir plötzlich heftig ins Schlingern kamen. Ich hörte ein gräßliches Knirschen in der Maschinerie. Einer der Mitspieler sprang auf und meinte, wir seien auf Grund gelaufen. Die Passagiere eilten an Deck. Einer der Mannschaftsoffiziere rief hinterher, es sei nichts passiert, der Kiel hätte den Meeresboden gestreift, sei aber längst wieder frei. Ich kehrte nach unten zurück, um meine Frau zu beruhigen. Sie schickte mich das Kind holen. Zuerst konnte ich Catarina in der aufgeregten Menge nicht finden, dann aber sah ich, wie sie von einem Passagier zum nächsten ging und jeden etwas fragte. Aber niemand verstand, was sie wollte. Ich nahm sie bei der Hand und wollte sie zu meiner Frau bringen, aber sie riß sich los. Hinterherlaufen konnte ich auch nicht, denn in diesem Augenblick wurden wir Männer zu den Pumpen geschickt, um beim Wasserschöpfen zu helfen.

Inzwischen war der Dampfer so weit vom Land abgedriftet, daß der Bug wieder nach Westen zeigte, wo wir hergekommen waren. Jemand brachte das Gerücht auf, der Kapitän wolle uns zur Simon's Bay bringen, die wir gerade hinter uns gelassen hatten. Einige der Männer an den Pumpen wurden unwillig darüber, sie wollten lieber anhalten und die Rettungsboote zu Wasser lassen.«

»Dov'era Catarina?« drängte Petroniglia. Sie wollte wissen, wo Catarina sich aufhielt. Die ganze Zeit hockte sie neben Barretts Stuhl und lauschte, ohne eine Miene zu verziehen.

»Catarina habe ich noch mehrmals bei den Passagieren gesehen«, erwiderte Barrett. »Es kamen immer mehr Frauen und Kinder herauf, und alle mußten sich auf dem Achterdeck versammeln. Wir warteten geduldig ab. Der Schiffsarzt Dr. Rose-Inness blieb die ganze Zeit bei den Leuten auf dem Achterdeck und redete ruhig auf sie ein. Alles sei halb so schlimm, selbst wenn das Schiff unterging, würden uns die Rettungsboote sicher an Land bringen. Gegen viertel nach acht war meine erste Schicht bei den Pumpen zu Ende, und ich brachte auch meine Frau mit dem Baby nach oben.«

Fardini unterbrach Barrett und ließ Christie nachfragen, ob Rettungsringe verteilt wurden. Niemand habe einen getragen, versicherte Barrett, nur in den Rettungsbooten seien welche gewesen. Gegen halb neun stand das Wasser im Schiffsrumpf schon sechs Meter hoch, und die Männer wurden angewiesen, Ladung über Bord zu werfen. Andere sollten für den Fall, daß es zum Schlimmsten kommt, die Rettungsboote klarmachen.

»Dov'era Catarina?«

»Auf dem Achterdeck war sie wieder in der Obhut meiner Frau, und es ging ihr den Umständen entsprechend gut. Die Pumpen kamen mit den eindringenden Wassermassen nicht mehr nach; die Rettungsboote wurden bis zur Höhe der Reling heruntergelassen, aber niemand versuchte, hineinzugelangen. Alle bewahrten ruhig Blut. Die meisten Männer blieben bei ihren Familien, und Dr. Rose-Inness ließ uns nicht im Stich. Dann wollte Catarina anscheinend noch einmal unter Deck, wo sie ihren Koffer vergessen hatte. Ich nahm sie bei der Hand und ging mit ihr. Wir kamen aber nur bis zur halben Höhe der Eisentreppe, wo es nicht mehr weiterging. Der Laderaum stand schon randvoll, Koffer, Hutschachteln und andere Gepäckstücke schwammen umher. Bei diesem Anblick fing Catarina zu weinen an, auch mich regte es sehr auf. Ich nahm sie auf den Arm und trug sie wieder an Deck. Ein Offizier, den ich fragte, wieso der Kapitän die Maschinen nicht stoppen und die Leute in die Boote steigen ließ, hielt es für zu gefährlich im Dunkeln. Dabei war es eine sternklare, mondhelle Nacht. Gegen halb zehn hatte der Dampfer schon schwere Schlagseite, und das Wasser strömte auf der Bugseite immer rascher in den Laderaum. Die Männer sollten jetzt aufhören mit dem Hinunterwerfen der Ladung, und ein Schiffsoffizier ließ Leuchtraketen abfeuern.«

»Dov'era Catarina?« fragte Petroniglia bohrend. Sie wurde immer unruhiger.

»Catarina war noch immer bei meiner Frau und dem Baby auf dem Achterdeck. Alle Passagiere hielten sich bis zum Schluß dort auf. Wir sollten uns alle hinsetzen, meinte der Arzt, wenn wir Simon's Bay nicht mehr rechtzeitig erreichten, würden alle ihren Platz im Rettungsboot bekommen, wenn wir Ruhe bewahrten. Auf keinen Fall sollten wir drängeln oder in Panik geraten. In den Booten sei genug Platz für alle. Und wir dürften auf keinen Fall Gepäckstücke mitnehmen, auch nicht heimlich. Man würde uns nur mit dem, was wir auf dem Leib tragen, an Bord lassen. Viele fingen an, sich mehr Kleider überzuziehen, alles Wertvolle stopften wir uns in die Hosentaschen. Männer, die Geld bei sich führten, gaben alles den Frauen, denn wenn das Schiff nicht mehr bis zur Landzunge durchhielt, würden Frauen und Kinder zuerst gerettet. Dann kamen Offiziere und klopften die Leute ab, falls jemand sein Gepäck unter den Kleidern versteckt hielt. Nur eine Frau trug ein Bündel unter ihrem Schultertuch. Man befahl ihr, es zu öffnen, und es entpuppte sich als ihr Baby, das sie so fest eingewickelt hatte.«

Das Kind hätte ja ersticken können, ging es mir durch den Kopf. Barrett fuhr fort: »Kurz nach zehn erfuhren wir, daß der Steuermann die Brücke verlassen hätte. Das Schiff kam zum Stehen, die Maschinen hörten zu stampfen auf und Dampf strömte aus den Ventilen. Niemand wies uns an, die Rettungsboote zu besteigen, und der Doktor redete noch immer beschwichtigend auf uns ein. Dann kam der Befehl, daß die ersten Frauen und Kinder nach vorn kommen sollten, um in Boot Nr. 3 einzusteigen. Erst jetzt fingen einige zu schluchzen an, denn es hieß Abschied nehmen von den Seinen.«

Barrett hielt plötzlich inne und schwieg eine ganze Weile. Alles war still. Man hörte nur den rotgefiederten Kuckuck von der Zisterne her rufen, und den Wind, der die Zeltplanen bauschte.

»Jemand soll ihm ein Glas Wasser besorgen«, forderte ich Christie auf. »Der Mann fühlt sich nicht wohl. Petroniglia und Ilario auch nicht; sie sehen aus, als wenn sie gleich ohnmächtig würden.«

Christie schickte Giuditta Wasser holen, und ich bat ihn, den Mann zu fragen, weshalb der idiotische Kapitän nicht früher anhalten ließ. Christie wußte die Antwort schon aus den Zeitungsberichten. Der Kapitän hatte seinen Kahn unter allen Umständen retten wollen, weil sein Verlust die Dampfschiffgesellschaft ein Vermögen gekostet hätte. Giuditta kam mit dem Glas, und als Barrett sich ein wenig gestärkt hatte, fuhr er fort.

»Etwa dreißig Frauen und Kinder kletterten ruhig und geordnet über die Gangway ins erste Boot hinunter. Catarina zwängte sich neben meine Frau auf die Ruderbank. Auch Joseph Allens Angehörige waren dabei, Catarina hielt eins von Allens Kindern im Arm und weinte ein bißchen. Inzwischen hatte sich der Kapitän zu den Leuten an Deck gesellt und regte sich auf, daß die Boote nicht schneller an die Gangway herangeführt wurden. Allen erkundigte sich, warum die gegenüberliegende Gangway nicht ausgefahren wurde. Dann hätte man die Rettungsboote zu beiden Seiten herablassen können. Niemand antwortete ihm. Und noch immer mußten die Boote von Backbord nach Steuerbord gehievt werden. Allen und ich standen beisammen, als der zweite Schub Frauen die Gangway hinunterkletterte. Das Boot mit den Unsrigen war immer noch am Heck festgemacht, wir beugten uns über die Reling, um Ausschau nach ihnen zu halten. In diesem Augenblick erschütterte uns ein Stoß, Wasser und Dampf spritzten auf, ein Luftzug warf uns zu Boden, und der Dampfer wollte in der Mitte entzweibrechen. Allen und ich hasteten zur anderen Seite, aber mit einemmal war das Achterdeck eine steile Wand, auf der wir ausglitten und abrutschten. In letzter Sekunde bekam ich ein Seil zu fassen und kroch auf allen vieren zur Reling hoch, gefolgt von Allen, der sich an mich klammerte. Das Wasser strömte jetzt in den Schornstein, und nur noch das Heck ragte aus den Fluten. Wir schafften es bis zur Reling und sprangen ins Meer. In diesem Augenblick muß das Schiff gesunken sein, denn es zog mich tiefer und tiefer in den Strudel, und als ich mich endlich mit letzter Kraft an die Oberfläche gekämpft hatte, war weit und breit nichts mehr zu sehen. Ich hielt mich, so gut es ging, oben. Schließlich zog mich der Schiffszimmermann, der in einem der Rettungsboote saß, aus dem Wasser. Ich wollte wissen, wo denn die Boote mit den Frauen und Kindern wären. Irgendwer antwortete, sie seien noch immer an der Reling vertäut gewesen und daher, als das Schiff sank, mit in die Tiefe gezogen worden. Wir ruderten bis Mitternacht umher und fischten noch ein paar Schwimmer auf, aber danach fanden sich keine Überlebenden mehr. Von schätzungsweise 140 Leuten haben 36 überlebt, und ich bin einer von ihnen.«

Petroniglia rührte sich nicht und zeigte keine Tränen. Zuerst glaubte ich, sie stünde unter Schock, aber dann bemerkte ich ihre Verbitterung. Für Ilario hatte jemand einen Stuhl herbeigeschafft, auf dem er jetzt saß. Er ließ die Fingergelenke knacken und starrte zu Boden. Längst war die Sonne untergegangen. Der rotgefiederte Kuckuck war verstummt, hier und da quakten Frösche. Als es einmal am Waldrand ganz in der Nähe vernehmlich knackte, dachte ich, meinetwegen soll es der Wind oder auch ein Elefant sein. Jetzt kümmert das niemanden. Er hätte kommen und direkt über Petroniglia hinweglatschen können, ohne daß sie auch nur aufblicken würde.

Als ich heimkam, begegnete ich Mirjam an der Regentonne. Das Haar war aufgelöst, und ihr Kleid starrte vor Schmutz, aber die Glut, von der sie beseelt war, schien aus ihrem tiefsten Inneren zu kommen, so glücklich wirkte sie.

11

Der Oktober zog sich hin. Nacht für Nacht rückten die Sterne den Positionen, die sie um Weihnachten einnehmen würden, ein wenig näher. Die Nächte wurden kürzer, und die Tage länger. Fleißige Hände konnten ein ansehnliches Tagwerk zuwege bringen – mehr Stühle fertigstellen und mehr Schlingen legen, größere Gartenflächen umgraben, mehr pflanzen und pflügen, mehr Zäune rund um die Beete der Italiener anlegen, mehr Brennholz holen und mehr Aale fangen. Nur das Ersparte in der Blechdose wurde davon nicht mehr, sondern weniger.

Manchmal betrachtete ich das Zeltlager von weitem und hätte es in Stücke reißen können, nur um der Regierung Beine zu machen. Wenn doch endlich jemand aus Kapstadt käme, der sich das Elend mit eigenen Augen ansehen wollte! Die Zelte standen kurz vor dem Zusammenbruch, sie würden einfach liegenbleiben, um wie Leichen verscharrt zu werden. Die Kleider der Italiener wurde allmählich fadenscheinig und zerlumpt. Die Frauen schlurften freudlos herum, ihre Spitzenkragen waren nicht mehr adrett und weiß, sondern vergilbt. Es ging sichtlich bergab. Nur ein stolzer Glanz in ihren Augen verriet, daß die Italiener noch lange nicht klein beigeben wollten. Früher oder später jedoch würden sie den kürzeren ziehen. Und auch ich hielt nur durch, weil ich wußte, daß alles doch einmal ein Ende nehmen mußte. Das Rad konnte überrollen, wen es wollte, aber irgend etwas würde ihm im Weg stehen und seinen Kurs aufhalten.

Anfang Oktober schrieb Christie tagelang an einem Brief, der so dick wie ein Buch wurde. Der Empfänger sollte ein bedeutender Adliger in England sein, der

Earl of Kimberley. »Sorgen Sie dafür, daß ich nicht gestört werde, Miggel. Lenken Sie die Italiener irgendwie ab, damit sie mich nicht behelligen. Von allen Dokumenten, die ich erstellt habe, ist dies das wichtigste. Damit wende ich mich an Lord Kimberley, den Staatssekretär für Kolonialfragen. Das Anwerben und Aussuchen der Seidenfarmer geschah auf *seine* Anordnung hin, und zufällig weiß ich, wie interessiert Seine Lordschaft daran war, sie hierherzubringen. White hat ihm auch einmal geschrieben, aber lange nicht so ausführlich wie ich.«

»Dann schreiben Sie, was Silas Miggel aus dem Hochland sagt. Ein nobler Herr mag er sein, aber wenn er geglaubt hat, daß die Italiener und ihre Seidenraupen hier gedeihen werden, ist er nicht ganz bei Trost.«

Eine Woche später war der Brief fertig; ich mußte ihn ins Dorf bringen und die Ein-Shilling-Sixpence-Marke aus eigener Tasche zahlen. Christie hatte noch immer keinen roten Heller, aber wenigstens handelte ich mir einen letzten Funken Hoffnung dafür ein.

Mieta kam zweimal zu Ilario, und sie verriet Mirjam nach und nach, was sie pflücken und worauf sie achten mußte, welche Mixturen zu brauen waren und wie. Mich freute das besonders, weil wir die Kinder auf diese Weise selbst verarzten und eine Menge Geld sparen konnten. Petroniglia fing wieder an, sich zu kämmen, aber sie trauerte noch immer und verhielt sich sehr still. Manchmal, wenn ich über den Stühlen saß, setzte sie sich dazu und blickte wortlos und geistesabwesend vor sich hin.

»Petroniglia«, schalt ich, »du darfst nicht so dasitzen und ins Leere stieren. Schau lieber nach, was um dich herum vorgeht! Und wenn ich Monica noch einmal in Canovis Zelt erwische, binde ich sie mit dem Seil an die Hobelbank.«

In Portland blieb alles ruhig. Hal kam eines Tages wieder ins Hochland; seine Mutter schickte ihn, um mich zu holen. Mit Barrington ginge es zu Ende. »Dazu, den Boden unter unseren Füßen zu versteigern, fühlt er sich noch munter genug, wie?« entgegnete ich. Hal behauptete, der Alte habe nicht mehr die Willenskraft, um dergleichen durchzusetzen. Nun habe sich John der Sache angenommen und schon etwas in die Zeitung gesetzt, um für größere Unterstützung zu werben. Das waren schlimme Neuigkeiten, aber ich ließ mir nichts anmerken und erwiderte bloß, John solle endlich den feinen Anzug ablegen und mal eine Arbeit anfassen, bei der man ins Schwitzen kommt.

An manchen Tagen weigerte sich Christie mittlerweile zu übersetzen. Es sollte wohl eine Art Protest sein; er streikte, da er noch immer nicht sein Gehalt bekommen hatte. Unterdessen mußte ich mir selbst helfen, so gut es ging, oder den jungen Pietro Fardini holen, der für mich zu den Italienern sprach. Aber meist kam ich allein zurecht, weil sie inzwischen recht gut begriffen, was man von ihnen wollte.

Eines Nachmittags Ende Oktober kam Mirjam aus dem Dorf zurück, und ich spürte gleich, daß etwas nicht stimmte mit ihr. Morgens war noch alles in schönster Ordnung gewesen, als sie gemeinsam mit den Frauen und Amerika zum Aufbruch die Ochsen angeschirrt hatte. Allerdings hielt ich die Zeit für gekommen, daß sie zum letzten Mal den Schlitten und mein Vieh zum Herschleppen ihrer Einkäufe benutzten. Künftig sollten sie das Zeug selber schleppen.

Bei der Rückkehr wirkte Mirjam ganz verstört. Sie konnte sich nicht entscheiden, ob sie stehenbleiben oder sich hinsetzen wollte, plapperte alles mögliche daher und kam von Hölzchen aufs Stöckchen. Wie immer, wenn sie große Angst – oder ein schlechtes Gewissen hatte. Ich wartete ab und beobachtete sie. Plötzlich wollte sie wissen, ob ich die Spitzenkragen und Ärmel an den Kleidern der Frauen gesehen hätte.

»Was soll denn sein damit?«

»Anna Fardini und Mariarosa können selbst Spitzen klöppeln, Pa. Von Hand. Und Vittoria Robolini hat versprochen, mir zu zeigen, wie man feine Küche zubereitet. Unterwegs hat sie dauernd Blätter gepflückt, zwischen den Fingern zerrieben und daran gerochen. Sie will sie kleingehackt an das Essen geben.«

»Bleib mir von ihren Kochtöpfen fern! Ich will keine Blätter aufgetischt bekommen. Bin ich eine Ziege?«

»Die Blätter sollen nicht gegessen werden, Pa, sondern anderen Gerichten besseren Geschmack verleihen. Ich habe ihnen gezeigt, wie die Blätter der Hartbirne aussehen. Sie riechen wie Mandeln, die vom weißen Eisenbaum wie Zitrone, und die Blätter vom Stinkholz erinnern an Zimt. Von unserem wilden Pfeffer waren sie ganz entzückt. Und du wirst sehen, eines Tages sprechen sie noch Holländisch. Dann werden wir alles verstehen, was sie sagen. Sie sind sehr gelehrig. Amerika hat wieder einen Brief an seine Familie zur Poststation gebracht, auch einen für Borolinis Leute. Wenn sie doch endlich antworten würden! Giuditta sagt, die Mangiagallis sind sehr reich. Sie würden Geld schicken, damit sie alle nach Hause fahren. Und bitte, sei nicht böse, wenn ein Penny fehlt, Pa. William hat sich gewünscht, daß ich eine Zeitung mitbringe.«

»William?« Ich kannte keinen William.

»Mr. Christie, Pa.«

»Seit wann heißt der Mensch William?«

»Er wollte, daß ich ihn beim Vornamen nenne, und der ist William.«

»Meinetwegen soll er Stachelschwein mit Vornamen heißen – *du* wirst ihn jedenfalls nicht so nennen! Fang bloß an, William zu ihm zu sagen, und als nächstes will er Händchen halten mit dir. Du hast ihm die Zeitung doch wohl hoffentlich nicht gekauft?«

»Die Italiener borgen ihm nichts mehr, Pa. Sobald sein Gehalt kommt, bezahlt er alle seine Schulden. Der Königsadler hat auf Witkop-se-Hogte ein Bergkaninchen gerissen.«

»Gib's auf, Mirjam«, seufzte ich, »du redest im Kreis, wenn du mal hierhin, mal dorthin ausweichst. Morgen gehst du mir nicht in den Wald! Ein paar Kilometer weiter sind mindestens zwanzig Grootvoete unterwegs. Als wir vorhin Brennholz holten, mußten wir unverrichteterdinge wieder heimkehren.«

»Ich wollte morgen gar nicht in den Wald, Pa!«

Erst jetzt merkte ich, wie ihre Hände zitterten.

»Verschweigst du mir etwas, Mirjam?«

»Es wäre gut, wenn du morgen einmal ins Dorf gehst, Pa.« Sie fing an zu weinen, und das gefiel mir gar nicht.

»Wieso?«

»Als ich die Shillings für die Italiener in Whites Büro holen ging, wie immer in letzter Zeit, saß ein fremder Mann hinter dem Schreibtisch. Er wollte mir das Geld nicht geben. Wo der Dolmetscher sei, wollte er wissen, dieser Mr. Christie. Ich erklärte, daß Mr. White mir das Geld immer anvertraut habe, daß Fardini genau Buch über die Einkäufe führte und ich nichts davon anrühren würde. Ich zeigte ihm die Italiener, die neben dem Schlitten auf der Straße warteten, aber er schaute gar nicht hin. Wenn John Barrington nicht aufgetaucht wäre und gesagt hätte, daß er mich kennt, würde er mir das Geld nicht gegeben haben. Ich mußte quittieren, als er es mir hinblätterte.«

Mir lief ein leiser Schauer über den Rücken. »Wo ist White?«

»Weiß ich nicht, Pa. Ich war zu schüchtern, danach zu fragen. Vielleicht ist er nach England gereist, um seine Familie zu besuchen, wie beim letzten Mal.«

»Da hat ihn doch sein Schreiberling vertreten, dieser Dreyer. War Dreyer nicht da?«

»Er saß an seinem Platz und blickte nicht auf. Geh doch morgen mal hin und erkundige dich.«

»Das muß ich wohl.«

Doch am anderen Morgen mußte ich zunächst die letzten Bataten pflanzen. Vollmond stand kurz bevor, und ich konnte es nicht mehr aufschieben. Noch in der vorigen Woche hatte ich White aufgefordert, den Italienern Saatkartoffeln zu verschaffen; Bataten waren teuer, und sie konnten nicht unaufhörlich welche kaufen. Und jetzt war White verschwunden; jedenfalls behauptete es Mirjam. Während ich den Kartoffelakker bestellte, konnte ich an kaum etwas anderes mehr denken.

Ich hatte gerade die erste Reihe eingesät, als Christie im Laufschritt von den Zelten kam. Sein Mantel flatterte, und er schien in größter Aufregung. Irgend etwas mußte ihn aus seinem Zelt getrieben haben, denn eigentlich war er wieder einmal im Streik und hatte sich seit Tagen mit niemandem mehr unterhalten.

»Miggel!« rief er schon von weitem.

»Was gibt's?« Wenn Christie es so eilig hatte, wäre

ich jedesmal am liebsten in entgegengesetzter Richtung geflohen. Mit vierzehn zusammenfallenden Zelten voll enttäuschter Italiener wußte man nie, wann der nächste Schicksalsschlag drohte. Und alle wußten, wohin sie laufen sollten, wenn Not am Mann war – zu Silas Miggel, wohin sonst? Ilario ging es besser, aber er war noch immer nicht halbwegs gesund. Robolinis Sprößling Giuseppe hatte hohes Fieber, und Mirjam hatte mich zweimal in den Wald geschickt, um nach Eisenholzwurzeln für seine Medizin zu graben.

»Miggel!« japste Christie atemlos, als er mit seiner Zeitung in der Hand ankam. »Ich muß Ihnen etwas vorlesen!«

»Wenn Sie mir vorlesen wollen, daß der sogenannte italienische Konsul in Kapstadt der Regierung endlich das Schiff abschwatzen konnte, dann legen Sie los. Mit anderen Klatschgeschichten aus Ihrem Blättchen wollen Sie mich bitte verschonen.«

»Nicht so hastig, Miggel, hören Sie doch erst mal zu! Es gibt neue Erkenntnisse über die *Teuton*, die ein völlig neues Licht auf die Katastrophe werfen!«

»Neue Erkenntnisse woher? Das Licht ist doch längst erloschen. Vergessen Sie's, Mann, nichts kann den Kahn vom Meeresgrund holen und wieder flottmachen.«

Christie konnte kaum an sich halten. »Hier ist ein Bericht, der in *The Globe*, einer kanadischen Zeitung, erschienen ist. Ich habe einmal in Kanada gelebt; die Zeitung genießt dort hohes Ansehen!«

»Was steht denn da?« Nach allem, was passiert war, werden sie doch nicht das Kind gefunden haben, fuhr es mir durch den Kopf.

Christie hielt sich die Zeitung mit beiden Händen vor die Nase und las, als hätte er mir das Neueste vom

Tage mitzuteilen: »Meldungen erreichen uns aus Kapstadt, Südafrika, über den Untergang des Dampfers *Teuton* vor Quinn Point, neunzig Meilen östlich vom Kap der Guten Hoffnung.«

»Soviel ich weiß, sind es sechzig Meilen«, korrigierte ich.

»›Das Schiff stieß mit dem Bug vor ein Riff und blieb eine Weile liegen.‹«

»Mr. Barrett hat erzählt, sie hätten gewendet und die Fahrt fortgesetzt. Sind Sie sicher, daß es sich um das gleiche Schiff handelt?«

»Natürlich. Hören Sie: Der Rumpf war stark, aber offenbar nicht irreparabel beschädigt. Fürchterliche Szenen spielten sich an Bord ab, wo eine Massenpanik ausbrach. Die meisten Passagiere, fast alle unter Deck, suchten ihr Heil in der Flucht, Mütter suchten nach ihren herumirrenden Kindern und sprangen über die Reling. Alles wälzte sich zum Achterdeck und von dort in die Rettungsboote. Vergebens wollten Kapitän und Besatzung die Fliehenden daran hindern, übereinander herzufallen. Einige wurden von der wütenden Menge totgetrampelt und mußten ihrem Schicksal überlassen werden, Kinder wurden den Eltern entrissen, und nur den stärksten der Männer gelang der Sprung ins rettende Boot.«

»Mr. Christie, entweder wollen Sie mich zum besten halten, oder die dämliche Zeitung hat das alles erfunden.«

»Hier steht es schwarz auf weiß, Miggel. Ich habe es mir nicht ausgedacht.« Er glättete die Seite und fuhr fort: »Unterdessen war der Dampfer von der Felsenbank heruntergespült worden, und die Matrosen wurden zu den Pumpen abkommandiert. Die mächtigen Dampfmaschinen setzten sich in Betrieb, und man trat die Rückfahrt in den Hafen an. Plötzlich ertönten Schreie, das Schiff würde sinken. Man hatte gerade noch Zeit, drei Rettungsboote herabzulassen. Eines war so überfüllt, daß es mit Mann und Maus kenterte. Diejenigen, die es wieder an die Wasseroberfläche trieb, wurden Opfer mordgieriger Haie, und ihr Blut rötete ringsum die Fluten.«

Allmählich geriet *mein* Blut in Wallung. »Das reicht, Engländer«, unterbrach ich. »Was Sie jetzt vorlesen, ist wirklich der reine Blödsinn.«

»*The Globe* ist ein anerkanntes Informationsorgan, Miggel! Und ich lese Wort für Wort, wie es hier steht!«

»Eine Zeitung dieses Titels hatten Sie, glaube ich, noch nicht. Bisher sollten wir Ihnen immer entweder die *Cape Times* oder die *Argus* kaufen. Wo haben Sie denn dieses Käseblatt her?«

»Es ist der *Cape Argus*; sie haben die Korrespondenznachricht direkt vom *The Globe* übernommen.«

»Dann haben sie einen Haufen Lügen übernommen! Mr. Barrett ist doch extra hergereist und hat uns aus eigener Anschauung erzählt, wie es war. Wie soll man im Dunkeln sehen können, ob das Wasser blutrot wird, weil die Haie einen fressen, selbst in einer mondhellen Nacht? Nur ein verdammter Narr schreibt so einen Mist, den andere verdammte Narren schlukken sollen.«

»Warten Sie's ab, Miggel. Lassen Sie mich erst zu Ende lesen: ›Die anderen zwei Rettungsboote landeten nach einer gefahrenreichen Irrfahrt endlich in Simon's Bay. Von den Überlebenden waren die wenigsten Passagiere, nur vier wurden gerettet. Das Benehmen der Mannschaft wird als äußerst eigensüchtig und roh geschildert . . .‹«

»Moment mal. Nach Mr. Barretts Worten sollen

mehr als vier Passagiere überlebt haben, und so steht es auch in der Zeitung, die mir Mr. White damals gegeben hat.«

»›Jeder für sich und Gott gegen alle, war das Losungswort der Besatzung. Die schwächeren Frauen wurden von rohen und mitleidlosen Matrosen brutal beiseite oder gleich über Bord gedrängt. Der Kapitän und die Schiffsoffiziere bemühten sich vergebens, Ruhe und Ordnung aufrechtzuerhalten ... der Kapitän selbst ging über Bord oder wurde hinuntergestoßen. Passagiere in einem der Rettungsboote wollten zu dem Hilflosen rudern, um ihn aufzunehmen, aber die Mannschaftsangehörigen weigerten sich. Als die Überlebenden Simon's Bay erreichten, waren sie nur noch Schatten ihrer selbst, und mehr als einer war unterwegs an Kälte und Erschöpfung zugrunde gegangen.‹«

»Noch eine dreckige Lüge. Nach Mr. Barrett sind sie um Mitternacht losgerudert, haben später ein Segel aufgezogen und haben anderntags gegen Mittag die Küste erreicht. Von Leuten, die unterwegs gestorben wären, oder irgendwelchen Widrigkeiten hat er nichts erzählt.«

»Wir können uns doch nicht ausschließlich auf Barretts Aussagen verlassen, Miggel. Ich schlage vor, daß wir den Grassis auch diesen Bericht zeigen. Sie sollen selbst entscheiden, wem sie Glauben schenken.«

»Passen Sie auf, was Sie sagen, Mr. Christie«, drohte ich. »Ich habe Mr. Barrett selbst in die Augen gesehen. Er hat uns nicht angelogen. Dafür lege ich die Hand ins Feuer.«

»Die Grassis haben ein Recht darauf, beide Versionen der Geschichte zu hören und ihre eigenen Schlüsse zu ziehen.«

Ich hätte ihn umbringen können, so wütend war ich. »Wenn Sie es wagen, den Italienern auch nur ein einziges Wort von dem zu übersetzen, was Sie in dieser Teufelsbibel gelesen haben, werden Sie an einem Baum so tief im Wald baumeln, daß nicht einmal die Geier Sie entdecken!« Ich riß ihm das Blatt aus der Hand, zerknüllte es und trat es vor seinen Füßen in den Staub. »Und das war die letzte Zeitung, die hier im Hochland schwachsinnige Lügenmärchen verbreitet hat.«

»Sie haben *mein* Eigentum vernichtet«, schrie er. »Ich verlange, daß Sie mein Eigentum respektieren, meine Person, meine Stellung, und daß Sie sich zuallererst für Ihr Benehmen entschuldigen! Von Ihren barbarischen Sitten und ihren Herabwürdigungen habe ich ein für allemal genug!«

Dann sprang er in einem Riesensatz davon, und mein Spaten verfehlte seine Fußspitzen nur um Millimeter.

White war wirklich verschwunden. Und wirklich saß ein Fremder an seinem Schreibtisch, ein gewisser Mr. Walker. Mir stellte er sich als der neue Bevollmächtigte der Einwandererbehörde in Knysna vor. Mr. White hatte den Dienst quittiert. Als erstes fragte er mich, wo sich der Dolmetscher aufhielte.

»In seinem Zelt oben im Hochland. Er schmollt wegen seiner Zeitung. Ich bin Silas Miggel, der sich um alles kümmert, was das Hochland betrifft.«

»Mr. Miggel!« rief er aus, sprang auf und gab mir die Hand. Wäre ich weniger argwöhnisch, hätte ich glauben mögen, daß er sich über mein Kommen freute.

»Ich wollte mich mal wieder nach dem Schiff erkundigen.«

»Welchem Schiff?«

»Das, worauf die Italiener schon seit Monaten warten. Weihnachten steht vor der Tür.«

Walker setzte sich wieder, nahm eine Schreibfeder auf und fing an, damit herumzuspielen. »Sie haben Land bekommen, um eine Seidenindustrie aufzubauen. Warum haben sie noch nichts in dieser Richtung unternommen, Miggel?«

»Weil der Maulbeerenhain, den man ihnen versprochen hat, nicht existiert. Weil die Eier ausgebrütet waren und die Seidenraupen verhungern mußten.« Ich ließ ihn die ganze Wahrheit hören, Punkt für Punkt.

Dann fragte ich: »Wo ist Mr. White?«

»Mr. White ist nach Kapstadt zurückgekehrt. Er war ziemlich nachsichtig, nicht wahr, Mr. Miggel?«

»Ich verstehe zwar nicht, was Sie damit sagen wollen, auch nicht, warum Sie dasitzen wie jemand, der sich heimlich amüsiert. Zu lachen gibt es da nichts, es steht schlimm oben im Hochland.«

»Seien Sie versichert, daß mir nicht nach Lachen zumute ist. Die Zelte werden demnächst für andere Einwanderer gebraucht und müssen Ende Dezember zurückgegeben werden. Hier im Büro, gereinigt und ordentlich zusammengefaltet.«

»Wie bitte?« Ich mußte mich vorbeugen und an der Schreibtischplatte festhalten. »Wo sollen sie denn danach wohnen? Im Freien?«

»Die Italiener sind nach dem Gesetz für landwirtschaftliche Besiedlungsmaßnahmen von 1879 hierhergekommen und haben von ihrem Land Besitz ergriffen. Die Bestimmungen sehen vor, daß Einwanderer innerhalb einer zumutbaren Zeit Hütten oder andere Unterkünfte errichten, und daß die Zelte wieder der Behörde aushändigt werden. Außerdem sollen sie innerhalb der ersten zwei Jahre ihrer Pacht auf die ihnen überlassenen Grundstücke Wohnhäuser im Wert von mindestens zwanzig Pfund Sterling stellen. Die Italiener sind jetzt seit fast sechs Monaten hier. Das dürfte wohl eine zumutbare Frist sein. Ich darf also annehmen, daß ihre Unterkünfte fertig sind?«

Seine sarkastische Tonart verhieß nichts Gutes. »Sie wollen weder Hütten noch Wohnhäuser, Meneer, sie brauchen ein Schiff, das sie wieder nach Hause bringt. Hat Ihnen Mr. White nichts davon erzählt, Meneer?«

»Mr. White war anscheinend wirklich zu nachsichtig.«

»Der Meneer hat ihn wohl ablösen müssen, um mich endgültig in den Wahnsinn zu treiben«, mutmaßte ich. »Wenn ihr glaubt, ihnen die Zelte wegnehmen zu können, dann seid ihr selbst nicht ganz richtig im Kopf!«

»Wenn sie die Zelte weiter nutzen wollen, mögen sie sich an mein Büro wenden, ich werde den Antrag an Mr. Merriman in Kapstadt weiterleiten.«

»Welchen Mr. Merriman? Bisher hat man immer alles einem Mr. Laing zugeschickt – ohne daß er uns jemals einer Antwort würdigte.«

»Mr. Laing hat neue Verpflichtungen übernommen. Mr. John X. Merriman ist der neue Verwalter des Kronlands und des öffentlichen Siedlungswesens. Ihm muß ich jede Beschwerde vortragen. Der wöchentliche Kredit von einem Shilling pro Kopf und Tag wird noch bis zum letzten Termin, dem 6. November ausgezahlt. Danach ist Schluß damit.«

Er erhob nicht die Stimme und hörte nicht auf, mit der Schreibfeder zu spielen. Vielleicht wollte er mich zum besten halten.

»Und für welchen Termin ist ihre Hinrichtung vorgesehen?« höhnte ich, aber er zuckte nicht mit der Wimper.

»Das Darlehen ist bis zum 6. November befristet und keinen Tag länger.«

»Und wovon sollen sie danach ihre Einkäufe bestreiten?«

»Sie sind am 6. Mai hier angekommen; am 6. November sind sie ein halbes Jahr hier. Ich gehe doch recht in der Annahme, daß sie schon die zweite Ernte einbringen? Außerdem leben sie in einem der reichsten Wälder im Distrikt. Bestimmt haben sie Holzfällerlizenzen erworben und schlagen Holz, um mit dem Verkauf ihr Einkommen aufzubessern?«

»Sie wissen nicht, was Sie daherreden, Meneer. Diese Leute sind weder Gemüsebauern noch Holzfäller, sie züchten Seidenraupen. Vor dem Wald haben sie dermaßen Angst, daß ich nur drei von ihnen unter größten Schwierigkeiten dazu bringen kann, Brennholz mit mir zu holen. Und was die Ernten angeht, von denen Sie sprechen – da wird nichts draus. Wir haben weder Wasser genug noch Dünger, um jedem ein Gemüsebeet anzulegen. Für jede Maispflanze, jeden Kürbis oder was immer sie dort anbauen wollen, muß man Äste schneiden und Zäune ziehen. Und da schlagen Sie in Ihrem Leichtsinn vor, es einstweilen ohne die Shillings zu versuchen!«

»Das Gesetz für landwirtschaftliche Besiedlungsmaßnahmen von 1879 sieht laut Paragraph 21 vor, daß die Einwanderer nach der Ankunft selbst für ihren Lebensunterhalt sorgen. Das betrifft auch die Italiener. Ihren Verträgen wurden besondere Klauseln mit Auszügen aus dem Gesetz in italienischer Übersetzung beigefügt. Sie wissen also, daß sie sich selbst versorgen müssen, während sie die Maulbeerbäume anpflanzen und ihre Häuser bauen.«

Es fiel mir schwer, die Fassung zu wahren; unruhig tigerte ich vor dem Schreibtisch auf und ab. »Auf dem Hochland wachsen aber keine Maulbeerbäume, Meneer«, hielt ich ihm entgegen. »Nur einen Spatenstich tief liegt Tonerde. Können Sie Holländisch, Meneer? Der ganze verdammte Seidenraupenzirkus geht auf die Wunschträume eines alten Mannes zurück und war von Anfang an verpfuscht. Hundertundein Briefe hat die Regierung von uns bekommen, in denen die Italiener darum bitten, nach Hause zurückgeschickt zu werden.« Jetzt hielt mich nichts mehr. »Haben Sie begriffen, Meneer? Sie wollen kein Gemüse pflanzen, auch keine Wohnhäuser bauen. Sie wollen nach Hause!«

»Wer sagt das?«

Einen Augenblick lang war ich sprachlos. »Soll das ein Witz sein?«

»Nein. Beantworten Sie nur meine Frage! Wer sagt, daß sie wirklich nach Hause wollen? Haben Sie das von ihnen selbst gehört?«

Es war eine Fallgrube, und ich hatte es nicht eilig und konnte sie bequem umgehen. »Sie sprechen meine Sprache nicht, Meneer. Zu Mr. White haben sie es gesagt, auch zu Mr. Christie. Rund ein Dutzend Petitionen mit allen ihren Unterschriften gingen nach Kapstadt, in denen es steht.«

»Sprechen sie denn Englisch?«

»Nein. Nur Italienisch.«

»Wie können sie dann Mr. White gesagt haben, daß sie zurück wollen?«

»Meneer, wenn Sie mir ein Bein stellen wollen, müssen Sie früher aufstehen. Haben Sie je einen feuchten und eiskalten Winter draußen im Zelt verbracht? Haben Sie bei sich in der Wohnung Streu auf dem Boden, damit Ihre Kinder es nachts wenigstens trocken haben? Und da fragen Sie noch, woher ich weiß, ob sie nach Hause wollen? Warum fragen Sie die Leute nicht selbst, statt mir zu unterstellen, daß ich lüge?«

»Ich habe Ihnen keineswegs dergleichen unterstellt. Ich frage nur, woher Sie Ihre Informationen haben? Von dem Dolmetscher? Und wenn wir annehmen – ich sage bloß: *angenommen* –, der hätte ihre Aussagen und Wünsche nicht immer völlig korrekt übermittelt?«

Ob das eine Feststellung oder eine Frage sein sollte, war schwer zu entscheiden.

»Jetzt versuchen Sie eine Unterstellung gegen die andere zu vertauschen, Meneer«, wandte ich zögernd ein. »Wir Waldleute haben da ein Sprichwort. Mach aus einer Roterle keine Weißerle, sonst wirst du lange Streit haben, heißt es. Ihr vom Amt müßt ein Schiff auftreiben für die Rückfahrt, sonst werdet ihr euch noch länger streiten, als euch lieb ist.«

»Ein Schiff ist ihnen doch gar nicht versprochen worden.«

Er verhielt sich wie eine begriffsstutzige Stubenfliege, die mit lautstarktem Gebrumm immer wieder gegen die Scheibe stößt, ohne den Ausweg zu finden. Ich sah nicht ein, wieso ein studierter Mensch mit weißgestärktem Hemd und anständigen Manieren in seinem Sessel thronte und so tat, als könne er nicht eins und eins zusammenzählen.

»Ich weiß, daß man ihnen kein Schiff versprochen hat, Meneer«, half ich nach, jedes Wort betonend, »aber sie *bitten* um das Schiff. Ist das so schwer zu verstehen, Meneer?«

»Ich glaube, Sie sind derjenige, der nicht ganz versteht, Mr. Miggel.«

»Wie sollen sie denn Ihrer Meinung nach ohne Zelte und Shillings auskommen?« Allmählich brummte ich auch schon wie eine Stubenfliege.

»Sie werden wie andere Neuankömmlinge auch mit dem auskommen, was sie haben. Die britischen Einwanderer haben keinen Penny Darlehen bekommen, man hat ihnen weder landwirtschaftliches Gerät noch Ochsen zur Verfügung gestellt, und die Zelte wurden lange vor Ablauf des ersten Halbjahrs wieder abgeliefert. Daß die Italiener sämtliche Kredite innerhalb von zwei Jahren tilgen müssen, ist ihnen hoffentlich klar?«

»Von was denn, Meneer? Von was?«

»Es wird sich finden. Sie sollten sich darüber mal keine Gedanken machen. Es ist hoffentlich auch klar, daß im Juni nächsten Jahres die erste Rate für die Parzellen fällig wird. Bis dahin ist es nicht viel mehr als ein halbes Jahr.«

»Meneer, ohne Shillings werden sie kaum etwas zu essen haben, und Sie reden hier von Abstottern und Zurückgeben und dies und jenes. Was passiert denn, wenn sie nicht zahlen können?«

»Auch das soll nicht Ihr Problem sein, Mr. Miggel.«

»Ich habe gefragt: *Was dann*?« Es interessierte mich.

»Gesetzlich steht ihnen eine Stundung von weiteren sechs Monaten zu. Wenn anschließend die ersten Rate nicht eingegangen ist, wird das Land in öffentlicher Auktion versteigert und die Schulden der Einwanderer aus dem Erlös bestritten.«

Von diesem Teil des Gesetzes hörte ich jetzt zum ersten Mal. Er gefiel mir gut. Plötzlich fiel es mir wie Schuppen von den Augen, und meine Gedanken überschlugen sich, während ich mir gleichzeitig Mühe gab, so zu tun, als berührte mich das alles kaum. »Wollen Sie damit sagen, daß die Parzellen im Dezember zum Verkauf stehen, wenn sie bis Juni nicht bezahlt sind?«

»Genau.«

»Und bis dahin sollen sie wohl von der Luft leben?«

»Seien Sie unbesorgt. Italiener sind sehr raffinierte Burschen, ehe Sie sich's versehen, werden sie sich etwas ausdenken. Sie werden sehen!«

»Kann jeder in einer solchen Aktion mitbieten?«

»Natürlich, vorausgesetzt, er legt den Kaufpreis bar auf den Tisch.«

»Und wenn die Regierung ihnen nun das Schiff besorgt, was passiert dann mit den Grundstücken?«

»Laut Gesetz werden sie dann auch versteigert.«

Silas Miggel, sagte ich mir, verhalte dich ruhig und gib dich so unbefangen wie möglich, aber eins dieser Grundstücke ist so gut wie deines. »Meneer«, räusperte ich mich, »die Probleme wären sehr rasch geklärt, wenn die Regierung endlich jemanden hinaus ins Hochland entsendet, der alles gründlich in Augenschein nimmt. Das einzige, was wir von der Regierung zu sehen bekommen, sind Waldhüter. Und Waldhüter sind eben nur Waldhüter . . .«

»Zufällig bin *ich* jetzt der Bevollmächtigte und die oberste Instanz für die Einwanderer im ganzen Distrikt, Mr. Miggel, und Beamter der Regierung obendrein. Eine meiner ersten Amtshandlungen wird es sein, Gouna zu besuchen, um einen Eindruck von der aktuellen Lage zu bekommen.«

»Wann?« Es war kaum zu glauben.

»Um die Wahrheit zu sagen, schon morgen.«

»Halleluja, Meneer.«

Endlich. Nach Monaten des Bittens und Bettelns, daß doch jemand kommen möge, war ein Regierungsbevollmächtigter bereit, die Mühe auf sich zu nehmen und selbst im Hochland zu erscheinen. Nicht, daß ich diesem Walker über den Weg traute. Aber für die Italiener gab es momentan keinen Besseren, und zum ersten Mal seit langer Zeit brachte ich eine einigermaßen gute Nachricht aus dem Dorf mit. Auch wenn es noch nicht das Schiff war.

»Engländer!« Christie saß in seinem Zelt und hatte sich wieder mal seit längerem nicht blicken lassen. »Kommen Sie aus den Federn und ölen Sie die Stimmbänder, es gibt etwas zu übersetzen. Mr. White hat uns im Stich gelassen, ein anderer sitzt an seinem Platz und wird morgen eine Inspektion bei uns durchführen. Wenn Walker nichts zu beanstanden findet, gibt es ab Anfang November keine Shillings mehr; die Zelte nimmt er uns erst Ende Dezember weg.« Er öffnete den Schlag und stand mit offenem Mund da. »Glotzen Sie keine Löcher in die Luft, holen Sie die Tinte, und schreiben Sie alle Beschwerden auf. Lassen Sie keine aus. Rufen Sie die Italiener zusammen, sie sollen sich vorbereiten. Es muß dem Kerl sonnenklar sein, wenn er wieder geht, daß es keine andere Wahl gibt als die Rückreise. Bedenken Sie! Endlich findet ein Regierungsbeamter den Weg hierher!«

»Ein Mr. Walker, sagen Sie?«

»Ja. Er kommt selbst hierher.«

Als ich mich abwandte, standen Lucinetti und Cuicatti ganz in der Nähe. Lucinetti strich mit dem Zeigefinger quer über den Hals, um anzudeuten, was sie am liebsten mit Christie machen würden. Offenbar hatte es wieder Streit gegeben. Mit meiner Erlaubnis konnten sie ihm ruhig die Kehle abschneiden, aber nicht, solange er sich im Hochland aufhielt.

Als ich über das Feld zu meinem Haus stapfte, zogen ein Sperber und sein Weibchen ihre Kreise weit über dem Hochland, und bei jeder neuen Runde pfiffen sie ihren Lockruf. Wären meine Arme Flügel gewesen, hätte ich mich zu ihnen emporschwingen und sie begleiten mögen, so überwältigt war ich vor Erleichterung. White hatte ich eines Tages auf den Kopf zugesagt, weshalb er seit der Ankunft der Italiener das Hochland stur gemieden hatte: er wolle nicht in den Mist treten, den er selbst angerichtet hatte. Höher und höher glitt das Sperberpärchen. Acht Pfund und ein paar Shillings lagen noch in meiner Blechdose; damit würde ich keine acht Hektar Land bekommen, aber bis zur Versteigerung war es ja noch mehr als ein Jahr, und egal wie, ich würde das Geld zusammenkratzen. Da war ich mir ganz sicher. Ich hatte zwei Hände, die anpacken konnten, ich war noch stark und mir war zum ersten Mal seit Monaten wieder leicht ums Herz. Die alten Leute pflegten zu sagen, solange du noch eine Kaffeebohne zum Aufbrühen hast, sei zufrieden; erst wenn du dir Pimpernüsse für den Kaffee rösten mußt, geht es mit dir bergab. Und was mich betraf, so lag der Pimpernußkaffee für mich in weiter Ferne.

Hinter mir kam Amerika vom Fuß des Hochlands her gerannt, mit leeren Händen. Nicht mal die Feder eines Haselhuhns hatte er gefangen. »Signor Miggel! Signor Miggel!« rief er. »Serpente, serpente!« Er war so durcheinander, daß ich ihn erst zu Christie mitnehmen mußte, um in Erfahrung zu bringen, was passiert war. Anscheinend war eine Baumschlange aus dem

Unterholz gekommen und war in einen Busch geschlüpft, den Amerika sich als Versteck für sein Fangnetz auserkoren hatte. Ich ließ Christie übersetzen, daß Baumschlangen scheue Kreaturen sind, die eher flüchten als zuschnappen würden. Doch Amerika schüttelte nur traurig den Kopf. »Nicht hingehen mehr, Signor Miggel, nicht hingehen mehr.« Wie ein trotziges Kind.

Beim Abendessen bat ich Mirjam, am anderen Morgen ein paar Schlingen auszulegen, sich aber möglichst zu beeilen. Wenn Walker kam, sollte sie zur Stelle sein und ihm von den Kindern und ihren ewig triefenden Nasen erzählen, von Crucis Tochter und ihrem Keuchhusten, von Mariarosas Schreikrämpfen, von Ilario, der sich mal eine Woche auf den Beinen hielt, und in der nächsten wieder das Bett hüten mußte. Jedes einzelne Wort zählte. Doch je mehr ich die Bedeutung dieser Inspektion unterstrich, desto weniger schien sie mir zuzuhören. Zwei Sonntage hintereinander war sie mit hängenden Schultern aus dem Wald heimgekehrt, längst nicht so fröhlich, wie ich es von ihr gewohnt war. Ich fragte sie geradezu, ob die Person, mit der sie sich traf, nicht aufgetaucht sei. Sie meinte bloß, ich sei auf dem falschen Dampfer. Und mehr bekam ich nicht aus ihr heraus.

Walker erschien in aller Herrgottsfrühe in Begleitung von Dreyer, seinem Sekretär. Hoch zu Roß. Christie hatte mich einmal gefragt, warum ich mir kein Reittier kaufte, und ich hatte erwidert, daß nur Narren und Ortsfremde sich zu Pferd in die Wälder wagten. Wenn ein Pferd Elefanten wittert, wirft es als erstes den Reiter ab.

Christie empfing die beiden in seinem Bürozelt,

und ich bezog meinen Posten vor dem Schlag. Er ließ mich merken, daß er mich ungern hier im Zeltlager sah, aber das war mir gleich. Er fing gleich mit dem Honorar an, das man ihm vorenthalten hätte. Walker sagte auf der Stelle zu, daß es ihm binnen einer Woche zur Verfügung stünde, Christie brauche es nur im Dorf abzuholen. Bei diesen Worten steckte ich den Kopf ins Zelt und erinnerte ihn an die vierzehn Pfund, die er mir noch schuldete. Er tat so, als hätte er nichts gehört. Dann fuhr er fort und klagte über die enorme Korrespondenz, die er ohne besondere Spesenzulage erledigen müßte. Ich fragte dazwischen, was all die Korrespondenz für einen Sinn hätte, wenn doch niemand antwortete. Auch der Earl von Soundso hatte bisher noch nichts von sich hören lassen. Das verdroß ihn, und mit barschen Worten scheuchte er mich an die Arbeit, die Italiener hätten kaum noch ein Stück Fleisch im Topf. Ich rührte mich nicht und blieb, wo ich war. Als Walker wissen wollte, wer der Sprecher der Italiener war, nannte Christie Robolini; eine Lüge, denn bisher war es immer Fardini gewesen. Schließlich entschied Walker, daß ich sie beide holen sollte. Als ich zurückkam, empfahl ich Christie, sie unter dem niedrigen Zeltdach nicht wie Angeklagte im Gerichtssaal zu behandeln und ihnen einen Platz anzubieten. Aber Christie ignorierte mich und ließ sie stehen. Walker erkundigte sich, seit wann sie jetzt schon im Hochland lebten, ob alle gesund und munter wären, wie viele Hektar Land sie schon beackert hätten, wie viele Kinder sich im Lager aufhielten und wie alt die Kinder seien. Er fragte. Christie übersetzte. Sie antworteten. Und anscheinend fiel weder Christie noch Walker auf, daß die beiden Italiener mit jeder Frage wütender wurden. Nur ich hatte es bemerkt, denn ich hatte seit längerem ihre Mienen- und Gebärdensprache studiert und las daran ab, was in ihnen vorging. Die Befragung ließ sie mißtrauisch werden. Überdies gehörte es zu Walkers schlechten Angewohnheiten, zu niemandem aufzublicken, mit dem er sich unterhielt, während sie ihren Gesprächspartnern lieber in die Augen sahen, schon um sie besser zu verstehen. Doch ich wollte mich nicht einmischen und blieb abseits; schließlich lag der wichtigste Teil, die Inspektion, noch vor uns.

Und Walker ließ wirklich kein Zelt aus. Überall schüttelte er Hände, stellte Fragen, strich den Kindern übers Haar, klopfte den Frauen tröstlich auf die Schultern – ob er sie beruhigen oder nur tätscheln wollte, ließ sich nicht sagen. Mir fiel bloß auf, wie die Italiener plötzlich sehr verschlossen wirkten, sie beobachteten ihn argwöhnisch, als wollten sie verhindern, daß er von ihren Habseligkeiten etwas mitgehen ließ. Ich rief Christie beiseite und bat ihn dringend, ihnen klarzumachen, daß der Besucher für ihr Wohlergehen sorgen wollte, daß sie mutig ihr Herz ausschütten und Lärm schlagen, vielleicht sogar einen kleinen Aufstand versuchen sollten! Aber der dumme Engländer nahm keine Notiz davon, er scharwenzelte hinter Walker her, als ginge es um *sein* Wohlergehen. Als Walker die Runde durch die Zelte beendet hatte, besichtigte er die Parzellen, und was er dort vorfand, schien ihm gar nicht zu gefallen.

»Ich habe ihnen ja gesagt, daß Wasser und Dünger nicht ausreichen, um jedem ein Beet anzulegen! Ehrlich gestanden lasse ich sie nur ein bißchen umgraben und pflanzen, damit sie nicht müßig herumsitzen, bis das Schiff sie abholen kommt.«

Er verzog das Gesicht, sagte aber nichts. Als er mit

den Grundstücken der Italiener fertig war, trat er vor mein Haus und besichtigte *meine* Gemüsebeete. Meine Feststellung, daß es dort für ihn nichts zu sehen gebe, bekümmerte ihn wenig. Christie und Dreyer folgten ihm wie zwei Pinscher ihrem Herrchen. Nach einer Weile wandte er sich zu Christie und raunte ihm etwas zu; daraufhin kehrte Christie zu seinem Bürozelt zurück. Als er mit meinen Gemüsebeeten fertig war, streunte er um das Anwesen und steckte die Nase sogar in meinen Holzschuppen. Und als wäre das nicht genug, drehte er noch eine zweite Runde und trat durch die offene Tür ein. Unaufgefordert setzte er sich an den Tisch, wo Mirjam ihren Brotteig knetete. Dreyer folgte ich. Silas Miggel, sagte ich mir, halt dich zurück, laß sie notfalls unter dem Bett nachschnüffeln, wenn es dir hilft, die Italiener loszuwerden.

»Machen Sie sich keine Sorgen um Ihre hübsche Tochter, Miggel?« ließ er sich vernehmen, als er Platz nahm. »Wenn ich an all die jungen Männer unten im Zeltlager denke . . .« Mißbilligend schnalzte er mit der Zunge. Statt einer Antwort zog ich mir selbst einen Stuhl heran und fragte ihn, wie ihm die Zustände bei den Italienern gefallen hätten.

»Ich finde es nach wie vor unerklärlich, daß Mr. White sich nicht mehr um sie gekümmert hat, nachdem sie einmal hier waren.«

»Unerklärlich ist das richtige Wort, Meneer«, nickte ich. »Wenn Sie nichts dagegen haben, wüßte ich gern, wie es nun weitergehen soll!«

»Mit größter Wahrscheinlichkeit werden sie die Genehmigung erhalten, die Zelte weiter zu benutzen. Falls nötig, versteht sich.«

Mach dir nicht zu viele Hoffnungen, dachte ich, sei auf der Hut! »Glauben Sie mir jetzt, daß sie selbst darum gebeten haben, nach Hause geschickt zu werden, Meneer?«

»Zweifellos.«

»Warum sind Sie dann so unzufrieden darüber, daß ihre Äcker nicht bestellt sind?«

Er nahm einen Löffel, der auf dem Tisch lag, und fing wieder zu spielen an. »Wie ich Ihnen bereits erklärt habe, sind die Italiener ein raffiniertes Volk, Miggel. Zweimal bin ich in ihrer Heimat gewesen; ein schönes Land, aber seine Bewohner sind sehr arm. Besonders im Süden.«

»Sie kommen aus dem Norden.«

»Auch da haben sie es nicht leicht. Sie brauchen sich, wie gesagt, keine Sorgen zu machen.«

»Die Sorgen fangen schon damit an, daß ihre Kinder ständig Schnupfen und Husten haben. Sie hätten in den härtesten Wochen des Winters hier sein sollen. Die Schweine und Pferde in Portland sind anständiger untergebracht. Mirjam, Mieta und ich mußten die meisten von ihnen wegen fiebriger Erkältung behandeln. Hier ist Regenwald, Meneer. Im Augenblick sieht es zwar nicht danach aus, denn die Sonne scheint und es ist eine Zeitlang trocken geblieben. Aber wenn es regnet, gießt es gleich wie aus Eimern. Wir mußten fuderweise Streu holen, von Brennholz, Fleisch und allem anderen ganz abgesehen.«

»Ich kann Ihnen meinen verbindlichsten Dank aussprechen für alles, was Sie für diese Seidenfarmer getan haben. Das war bestimmt keine leichte Aufgabe, Miggel.«

»Es übersteigt unsere Kräfte. Wenn die Regierung nicht bald etwas unternimmt, bin ich erledigt. Und die sowieso.«

»Da bin ich Ihrer Meinung.«

Allmählich schöpfte ich Mut. Es war närrisch, sich zu früh Hoffnung zu machen, aber irgendwie glaubte ich, es mir leisten zu können. »Mirjam«, sagte ich, »laß den Teig und braue Mr. Walker und Mr. Dreyer einen Kaffee auf.« Sollte er wirklich meiner Meinung sein, dann durfte ich jetzt nicht lockerlassen. »Es macht keinen Sinn, noch lange drumherum zu reden, Meneer. Die Italiener müssen nach Hause geschickt werden, das ist Tatsache.«

»Wie lange haben Sie gebraucht, um dieses Haus hier zu bauen, Miggel?«

»Das Bauen ist nicht der Rede wert, Meneer. Holzfällen und die Stämme aus dem Wald schaffen, Bretter sägen und das Holz trocken lagern, das ist die Kunst.« Ich ließ mir nicht anmerken, daß ich längst erkannt hatte, worauf er hinaus wollte. Jetzt galt es, meine Gedanken beisammenzuhalten, um ihn von seiner Fragerei abzubringen. Häuser wie meines würde er jedenfalls nicht auf das Hochland stellen für die Italiener. »Meneer«, begann ich, als wolle ich jedes Wort abschmecken, »was reden wir lange daher über Häuser? Wo sollten sie denn errichtet werden? Sie selbst haben ja angedeutet, daß die Einwanderer nichts geschenkt bekommen. Noch ein halbes Jahr, und die ersten Raten für die Grundstücke werden fällig. Wer baut sein Haus schon ohne einen Penny in der Tasche, und das noch auf fremdem Grund und Boden?« Jetzt war ich meiner eigenen Situation gefährlich nahe gekommen. »Wie Sie selbst festgestellt haben, kommen die Parzellen im Dezember nächsten Jahres unter den Hammer, wenn sie nicht ab Juni bezahlt werden.«

»Eigentlich erst im darauffolgenden März. Ich habe Sie nicht ganz korrekt informiert; eine Stundung von einem Vierteljahr kann noch gewährt werden, wenn die sechsmonatige Frist abgelaufen ist. Wenn bis dahin nicht gezahlt wird, werden die Grundstücke meistbietend versteigert.« Er pochte unausgesetzt mit dem Löffel in der Hand auf die Tischplatte. »Ich werde ihnen die Nutzung der Zelte für ein weiteres halbes Jahr zugestehen. In der Zwischenzeit möchte ich nicht, daß sie Ihre Hilfe im bisherigen Umfang erhalten. Sie sollen keine Schlingen mehr legen und kein Brennholz holen. Das werden sie künftig selbst besorgen.«

»Ich höre wohl nicht recht, Meneer?« Allmählich sah ich ein, daß Walker nicht zu trauen war. Mirjam ging es genauso; sie stellte die Blechkanne geräuschvoll ab und musterte ihn stumm. »Wenn ich den Italienern helfe, Meneer«, holte ich aus, »so geschieht das nicht umsonst. Ich tue es als Gegenleistung für Siedlerrechte. Mr. White hat deswegen nach Kapstadt geschrieben, und bis die Italiener von hier weggebracht werden, halte ich Wort und kümmere mich um sie. Niemand soll mir hinterher nachsagen, daß ich meinen Teil der Vereinbarung nicht erfüllt und damit meine Rechte verwirkt habe.«

»Ich will bloß nicht, daß sie verwöhnt werden, Miggel!«

Nicht ich gab ihm Antwort, sondern Mirjam. »Wenn Sie einen Hund nicht mehr haben wollen«, versetzte sie kühl, »können Sie aufhören, ihn zu füttern – in der Hoffnung, daß er geht und Sie ihn los sind.«

Er parierte den Hieb, ohne auch nur aufzublicken. »Ein Hund rennt nicht so leicht davon. Wenn er nichts mehr bekommt, wird er sich selbst das Futter und ein Obdach suchen.«

»Die Italiener *fürchten* sich vor dem Wald«, rief sie.

»Das Unbekannte ist nur so lange furchterregend, bis man sich daran gewöhnt hat, junge Frau. Und manchen muß man zwingen, das Ungewohnte kennenzulernen. Ein englisches Sprichwort sagt: Man muß bisweilen grausam handeln, um freundlich zu sein.«

»Hören Sie, Meneer«, unterbrach ich. »Wenn sich ein Bock noch lebend in der Schlinge verfangen hat, nehme ich ein Messer und schneide ihm die Kehle durch. Ich stelle mich nicht daneben und warte, bis er vor Erschöpfung und Hunger stirbt und sage dann, ich mußte grausam sein, weil ich freundlich bin. Wenn Sie in diesem Wald nicht aufgewachsen sind, wird er Ihnen nie ein Zuhause sein. Diese Italiener sind nicht wie wir, sie haben wohl auch zwei Augen und eine Nase im Gesicht, aber sie verhalten sich anders. Ihr Amtsleute könnt ihnen nicht einfach die Shillings wegnehmen, es sei denn, ihr schickt sie nach Hause, von wo ihr sie hergelockt habt – und wenn Sie meinen Löffel entzweibrechen, kaufen Sie mir gefälligst einen neuen!«

»Tut mir leid, Miggel, es war gedankenlos von mir.«

Ob er damit den Löffel oder die Italiener meinte, wußte ich nicht. Aber ich ließ Mirjam die Kanne wieder wegstellen, unter meinem Dach sollten sie keinen Kaffee bekommen. Er erhob sich und rauschte davon. Dreyer hinterher.

»Und nun, Pa?«

»Und nun weiter nichts.« Ich holte einen Spaten und begab mich zur Zisterne, um an einer Stelle den Erdwall zu öffnen und ein wenig Wasser in das Batatenbeet zu leiten. Cuicatti und Borolini legten gerade einen Zaun an, Mangiagalli und Cruci hockten im Schatten und pflanzten Saatkartoffeln ein, die ich unter ihnen verteilt hatte, Mariarosa und Giuditta schrubbten Wäsche, einige der Kinder spielten in der Nähe.

»Guten Tag, Signor Miggel!«

»Guten Tag, Signor Miggel!«

»Wie oft habe ich euch schon gesagt, ihr sollt eure Wäsche nicht über dem Zufluß meiner Zisterne spülen?«

»Anderes Wasser nix gut.«

Petroniglia stand ein wenig abseits, grüßte mich mit freundlichen Blicken, die mir gleichwohl sagten, daß sie Catarinas Tod noch nicht verwinden konnte. Sonderbar – bei ihr wußte ich immer, wie ihr zumute war.

12

Drei Tage später nahm ich die Arbeit in Portland wieder auf, als wäre nichts geschehen. Barrington lag noch immer krank zu Bett, als ich eintraf, John war ins Dorf unterwegs, Hal kümmerte sich um die Ställe, Will hielt sich in Karawater auf. Mrs. Barrington und Flos besprachen mit mir, was zu tun war. Der Garten kam zuerst dran; im Gemüsefeld stand das Unkraut so hoch, daß man die einzelnen Beete kaum noch voneinander unterscheiden konnte.

Die Italiener konnte man aushungern, wenn die Regierung sie loswerden wollte, aber Silas Miggel würde sich so leicht nicht vertreiben lassen. Am Tag der Versteigerung mußte ich das Geld für meine eigene Parzelle beisammen haben. Zu früh durfte ich mich zwar nicht freuen, aber sich bange machen lassen und

Däumchen drehen hatte auch keinen Zweck. Wenn ich schon Aussichten hatte, ein Stück Hochland zu erwerben, durfte die Blechdose nicht leer sein. Und wenn ich dafür notfalls Tag und Nacht schuften mußte.

»Aber was soll aus den Italienern werden?« jammerte Mirjam, als ich meine bevorstehende Rückkehr nach Portland verkündete. »Oder willst du Walker den Gefallen tun und sie sich selbst überlassen?«

»Mit Walkers Wünschen hat das gar nichts zu tun, vielmehr mit meinen. Du kannst die Schlingen auslegen, ich werde die Böcke schlachten. An den Tagen, wenn ich nicht in Portland bin, werde ich mit Amerika, Coccia und Taiani Brennholz holen.«

»Wie oft in der Woche wirst du denn weg sein?«

»Drei Tage. Das bringt fünfzehn Shillings die Woche ein. An den Tagen, wo ich zu Hause bleibe, werde ich Stühle schnitzen und ein bißchen Blockholz verkaufen. Jeder Penny zählt. Wenn ich eins dieser Grundstücke kaufen kann, bist du versorgt, und ich bin nie wieder von der Gnade irgendwelcher Siedlerrechte abhängig. Und wenn dieser Amerika nicht morgen wieder mit dem Fangnetz loszieht und ein paar Haselhühner fängt, sorge ich dafür, daß er die Schlangen vergißt und den Ochsenziemer kennenlernt!«

»Laß ihn in Frieden, Pa. Ich werde Lucinetti zeigen, wie man das Fangnetz spannt.«

Schon zwei Stunden hatte ich Unkraut gejätet und umgegraben, als Imar und Gabrielle vor das Haus traten und einen Stuhl unter den Zitronenbaum stellten. Barrington trottete hinterher; er konnte noch ohne Hilfe gehen, wirkte aber angeschlagen und gealtert.

»Silas.«

»Sir.«

Es war, als wäre ich nie weggewesen. Ich wandte mich ab, als er sich in den Stuhl sinken ließ; einen Menschen mit den körperlichen Gebrechen des Alters soll man nicht schamlos anstarren. Aber die Art, wie er sich aufrecht hielt und umherblickte, verriet den berüchtigten Eigensinn.

»Wie du festgestellt haben wirst«, ließ er sich von seinem Sitz vernehmen, »habe ich versucht, den Garten nicht ganz zu vernachlässigen.«

»Hab's bemerkt, Sir.« In einer Ecke hatte jemand mit der Hacke ein paar Erdlöcher geschlagen. »Der Mond ist bald voll; wir können pflanzen.«

»Stimmt. Ich habe mir sehr gute Saatkartoffeln aus England kommen lassen.«

Ich arbeitete weiter. Er sah mir zu. Wenn ich mich ein paar Meter zu weit entfernt hatte, rief er mich und ließ mich eine neue Reihe in seiner Nähe umpflügen. »Ich habe mit dir zu reden, Silas.«

»Mir müssen miteinander reden, Mr. Barrington.«

»Ich weiß nicht, wann es mit mir zu Ende geht.«

»Sie sollten Ihr Testament machen und Ihre Angelegenheiten ordnen, ehe es zu spät ist.« Ob ihm dazu noch viel Zeit blieb, war sehr zweifelhaft, aber ich wollte es ihm nicht direkt sagen.

»Es ist mein Wunsch, daß Georgina nach England zurückkehrt. Die Mädchen soll sie mitnehmen. Ein Teil meiner Ländereien muß verkauft werden, um die Fahrtkosten zu bestreiten und sie mit einer Rente zu versehen.«

Es war das erste Mal, daß er seine Frau mir gegenüber beim Vornamen nannte. »Alles wird nach Mr. Barringtons Wünschen geschehen«, beruhigte ich ihn.

»Ich will, daß du hierbleibst, bis sie weg sind.«

»Unter John kann ich nicht arbeiten.«

»Meine Söhne haben mich schwer enttäuscht, Silas. Aber sie sind gut zu mir. Über Will möchte ich gar nichts sagen. Von ihm habe ich Großes erwartet, und gerade er macht mir den meisten Kummer. Er kommt kaum noch aus Karawater herüber zu Besuch.«

»Die beiden andern sind auch nicht nach Ihrem Sinn geraten, Mr. Barrington. Doch wenn es das eigene Kind ist, vergibt man ihm alles. Aber unter John werde ich bestimmt nicht arbeiten, das sollten Sie bedenken.«

»Ich will in Ehren begraben sein, Silas. Meine Söhne wissen schon Bescheid, jetzt sollst auch du es erfahren. Ich will, daß meine sterblichen Überreste in meiner eigenen Kutsche zu Grabe gefahren werden, mit zwölf schwarzen Ochsen davor. Die sollst du für mich holen und vom Kutschbock aus lenken.«

»Wo soll ich denn zwölf schwarze Ochsen hernehmen?« protestierte ich.

Er winkte ab. »Irgendwo wirst du sie schon auftreiben. Vier gibt es in Redlands. Auf dem Belvidere-Hof bekommst du mindestens drei. Mr. Stewart hat zwei und unter dem Viehbestand von Lancewood sind auch drei schwarze. Das sind bereits zwölf.«

»Glauben Sie, daß ich zwölf Ochsen ins Joch bekomme, die noch nie zusammengespannt waren? Wie soll ich die ruhig halten? Das wird ein schönes Durcheinander geben!«

»Du wirst die Tiere schon bändigen.«

»Da bin ich mir nicht so sicher. Wenn es um eine Wagenladung Holz ginge, meinetwegen, aber der ehrenwerte Sir selbst? Das ist ganz was anderes.« Wen interessiert schon, wenn er im Sarg liegt, ob der Karren von zwölf schwarzen oder zwölf Ochsen gleich welcher Farbe gezogen wird? Die Seele liegt doch nicht im Sarg, die Seele ist schon mit den Englein unterwegs. Aber wenn er es unbedingt so haben wollte, würde es wohl nicht zu umgehen sein.

Als der Schatten des Zitronenbaums nach und nach weiterwanderte, trug ich ihn mitsamt Stuhl und allem hinterher. Es erschütterte mich, wie sehr er an Gewicht verloren hatte. Es sollte mich wundern, überlegte ich, wenn er bis Weihnachten durchhält. Und ich hatte ihn gerade zum dritten Mal umgesetzt, als ihm plötzlich etwas einfiel, das ich schon fast vergessen hatte.

»Du hast mir vor Jahren mal etwas gesagt, Silas«, begann er. »Es hat mir sehr zu denken gegeben.«

»Was soll das denn gewesen sein?« Mit ihm hatte ich über vieles gesprochen, aber er nahm selten Notiz davon.

»Du hast gesagt, der Sinn des Lebens besteht darin, ein guter Mensch zu sein. Dafür sei man auf der Welt. Damals war mir nicht klar, daß du in deiner schlichten Art einer ganz wesentlichen Wahrheit nahegekommen bist. Heute zweifle ich nicht mehr daran, daß dies unsere größte Aufgabe hier ist. Wenn einem das Ende seiner Erdentage nahe ist und man auf sein Leben zurückblickt, dann ist allein das Gute nicht vergebens gewesen, und man bereut nur, daß es so wenig war . . .«

»Mr. Barrington«, fiel ich ihm ins Wort, »damals wußte ich gar nicht, was ich daherredete. Wenn ich gewußt hätte, daß Sie noch immer über diesen Blödsinn nachdenken, hätte ich es schon früher richtiggestellt. Anscheinend habe ich Sie auf die falsche Spur gebracht.« Stirnrunzelnd und zutiefst gekränkt blickte er auf. »Tut mir leid, Sir. Aber wir sind nicht auf der

Welt, um gut zu werden. Wir sollen vielmehr lernen, nicht zu lügen. Das ist der Sinn. Das ist die schlichte und ganze Wahrheit, die ich nicht erkannt habe, bis diese Italiener ins Hochland kamen.«

Barrington rückte in seinem Stuhl seitwärts und wandte sich ab. Offenbar war er beleidigt, denn eine gute Stunde lang gab er keinen Laut mehr von sich. Schließlich räusperte er sich. »Mit der Lügerei hab ich es nie gehalten. Wenn dir einige der Ochsen zu dünn scheinen, wirst du andere besorgen. Es müssen zwölf fette, rabenschwarze Tiere sein, und du sollst ordentlich gekleidet sein, einen schwarzen Anzug tragen. Und jetzt trag mich wieder ins Haus und mach mit deiner Arbeit voran. Alles ist im Rückstand.« Als hätte ich daran schuld. Als wären da nicht die Italiener.

Ich hörte erst spät auf und ging zur Hintertür, um mich zu verabschieden. Gabrielle brachte mir den Taglohn und meinte, Mr. Barrington sei wieder zu Bett gegangen. Als das Geld in meiner Hand lag, sah ich, daß es nur drei Shillings waren. Ich starrte die Münzen an und überlegte, ob ich sie zurückgeben oder abhauen sollte oder was, als Flos die Treppe herunterkam und noch zwei Shillings brachte: Mr. Barrington hätte nicht mehr daran gedacht, daß er mir durch John ausrichten ließ, er werde mir künftig fünf Shillings am Tag zahlen.

Bei meiner Rückkehr dunkelte es schon und im Haus herrschte große Aufregung, weil ein Busch-Lori hereingeflogen war, vom Kerzenschein angelockt, und alles durcheinander gebracht hatte. Auf der vergeblichen Jagd nach ihm hatte Mirjam auch noch Geschirr zerschlagen. Jetzt saß er neben dem Putzeimer in der Ecke; ich nahm den großen Hut, fing ihn und brachte ihn hinaus. Als ich wiederkam, zitterte Mirjam vor Angst.

»Tante Hannie sagt, der Busch-Lori bringt schlimme Botschaften, wenn er nachts fliegt.«

»Deine Tante Hannie kann ihren Mund nicht halten. Walker ist der Unglücksbote, nicht der Lori.« Ich hob einen Stuhl auf und half ihr beim Aufräumen, bis alles wieder an seinem Platz war.

»Mr. Christie ist ins Dorf gegangen, um sein Gehalt abzuholen, aber Mr. Walker hat es noch nicht bekommen.«

Ich nahm die fünf Shillings aus der Tasche und legte sie mit einem Gefühl der Erleichterung in die Blechdose: Mich würde die Regierung jedenfalls nicht aushungern.

Von Montag bis Mittwoch arbeitete ich bei Barrington, die Donnerstage, Freitage und Samstage gehörten dem Hochland. Sonntags war ich so müde, daß ich mit der Bibel auf dem Schoß einschlief. Aber jeder Shilling in der Blechdose stellte eine Scholle vom eigenen Grund und Boden dar, und jeder Penny, den ich für Einkäufe wieder herausnehmen mußte, war ein Klumpen Erde weniger.

Bei den Zelten hatte sich nichts geändert: Lärm, Aufbegehren, Streit untereinander, Streit mit Christie, Blödsinn, grippale Infekte. Schlimmer noch war es, wenn der Trübsinn sie übermannte; dann verhielten sie sich mäuschenstill und spielten nicht einmal ihre Musik bei Sonnenuntergang. Es gab Tage, an denen sich die Frauen gegenseitig in die Quere kamen, an denen Cuicatti und Tomé über eine fehlende Zeltstange handgreiflich wurden, an denen Fardini auf dem Hochland hin und her tigerte, als wolle er einen

Trampelpfad anlegen, um ihnen allen aus der Klemme zu helfen. Christie schrieb ein ums anderemal an die Regierung, um sein Gehalt einzuklagen und den Italienern ein höheres Darlehen zu verschaffen. Schließlich gingen ihm Papier und Tinte aus, und er klopfte an, um fünf Pfund bei mir zu borgen.

Ich gab ihm Saures. »Sie schulden mir schon vierzehn – wer weiß, ob ich die je wiedersehe! Der Oktober ist fast vorbei, wenn die Regierung jetzt noch kein Gehalt zahlt, wird es nie geschehen. Und da wollen Sie mich noch mehr ausquetschen?«

»Die Regierung hat sich vertraglich zur Zahlung verpflichtet.«

»Vergessen Sie den Vertragszirkus, bringen Sie die Italiener, solange sie noch laufen können, nach Kapstadt und geben Sie sie dort bei der Regierung ab. Tun Sie's, bevor Walker ihnen keine Shillings mehr zahlt, denn ohne die Shillings bekommen wir hier über kurz oder lang Scherereien!«

»Sie werden es nicht wagen, die Darlehenszahlung einzustellen, Miggel. Walker will uns nur drohen. Nach allen meinen Reklamationen wird die Regierung ein Einsehen haben und weiterzahlen. Und für die fünf Pfund biete ich Ihnen Sicherheiten. Ich bin bereit, Ihnen meine Parzelle zu verpfänden, bis mein Gehalt eintrifft.«

»Sie können mir gar nichts verpfänden. Schließlich gehört die Parzelle nicht Ihnen, sondern der Krone.« Wäre es anders, hätte ich die Blechbüchse längst vor ihm ausgeleert. Trotzdem brachte mich das auf einen Gedanken. »Ich mache Ihnen ein anderes Angebot, Mr. Christie. Ein gutes obendrein. Ich schreibe alle ihre Schulden ab und gebe Ihnen zehn Pfund dazu, bar auf die Hand, gegen Ihre acht Hektar. Dafür werden

Sie an meiner Stelle zahlen und dafür sorgen, daß mein Name ins Grundbuch eingetragen wird.« Es war als wolle man einen Aal unter einem Stein hervorlokken, mit einem Froschschenkel als Köder – man durfte keinen Muckser tun, um ihn nicht zu verschrecken. Christie war drauf und dran, anzubeißen. Ich konnte es ihm vom Gesicht ablesen. »Zehn Pfund!«

Traurig schüttelte er den Kopf. »Es ist gesetzlich verboten, das Einwandererland vor Ablauf einer Frist von fünf Jahren zu veräußern. Selbst dann, wenn es schon bezahlt ist.«

Der Aal hatte keine Zähne, er konnte nicht beißen, selbst wenn er wollte. »Ewig schade«, bedauerte ich. »Zehn ganze Pfund könnten jetzt Ihnen gehören . . .«

»Aber das Gesetz läßt sich umgehen. Ich könnte Sie zu meinem Sachverwalter ernennen, Miggel, oder Ihnen das Land testamentarisch übermachen. Es gibt immer Mittel und Wege!«

»Lassen wir's. Wenn ich mir eines Tages ein Stück Hochland kaufe, will ich meinen Namen im Grundbuch sehen und sonst nichts. Bis dahin muß ich mich mit den Siedlerrechten zufriedengeben.«

»Ob Sie die bekommen, ist noch gar nicht sicher.«

Es ging ihn zwar nichts an, aber ich wußte, wie recht er damit hatte. Schließlich ließ ich mich doch überreden und gab ihm drei Pfund, im Beisein von Mirjam. Dann riet ich ihm, endlich die Italiener zusammenzurufen und ihnen klarzumachen, daß ab 6. November kein Geld mehr zu erwarten sei. Er glaube nicht, daß die Regierung ihre Drohung wahrmachen würde, meinte er. Aber die Zweifel blieben, und mir war, als spürte ich das Rad rollen, immer weiter bergab, mit wachsender Geschwindigkeit. Silas Miggel, dachte ich, paß auf, daß du den rechten Moment für den Absprung nicht verpaßt.

An den Wochentagen, die ich im Hochland zubrachte, arbeitete ich nicht weniger schwer als auf den Feldern von Portland. Kein Wink mit dem Ochsenziemer konnte Amerika dazu bewegen, das Fangnetz zu nehmen und den Haselhühnern nachzustellen. »Nicht Waldrand gehen, Signor Miggel, nicht gehen.« Dann kam Canovi und wollte an seiner Stelle die Jagd übernehmen. Also legte ich am Donnerstag den Hobel weg und zeigte ihm, wie man das Fangnetz spannt und Wache hält. Ich ließ ihn im Unterholz zurück und ging ohne Hintergedanken wieder an meine Stühle. Der Tag verging, und als Canovi wiederkam, trug er ein Haselhuhn in der Hand, an der anderen hielt er Monica Grassi. Ein unschuldiges Kind noch. Erst vierzehn Jahre alt. Unter meinen Augen war sie ihm in den Wald nachgeschlichen. Ich ließ die Säge fallen, schnappte mir Christie, holte Monicas Mutter aus dem Zelt und stellte sie zur Rede. Ich ließ ihr erklären, daß wir schon genug Ärger im Hochland hätten und uns noch mehr bevorstünde, daß sie gefälligst auf ihre Tochter aufpassen und sie von diesem Canovi fernhalten solle. Canovi sei ein Schürzenjäger.

Sie bemühte Christie gar nicht erst und antwortete gleich selbst. »Signor Miggel hat Mirjam, Petroniglia hat Monica.«

Ob ich nun den Beleidigten spielen sollte oder nicht, die Frau wußte offenbar nicht recht Bescheid. *Sie* hatte doch mit Mirjam nichts zu schaffen, *ich* mußte mir Sorgen um sie machen. Oder auch nicht. Denn ungefähr um diese Zeit geschah etwas Seltsames.

Eines Nachmittags hatte ich Barrington gebeten, früher nach Hause zu dürfen, ein Unwetter zog auf, und bevor es zu regnen anfing, wollte ich den Wassergraben, der im Osten des Zeltlagers verlief, breiter schaufeln. Jeder zusätzliche Eimer Trinkwasser wurde gebraucht und sorgte dafür, daß die Italiener von meiner Zisterne hinterm Haus wegblieben. Als ich ins Hochland kam, hatte es sich aufgeklart und für diesmal blieb der Regen aus. Und Mirjam war nicht zu Hause. Es war zu spät, nach Portland zurückzukehren, und so nahm ich das Beil und machte mich zum Reisigsammeln auf.

Ich war noch nicht weit gekommen, als ich am Roterlen-Schlittenpfad auf Mirjam traf. Sie wanderte mit verschränkten Armen und niedergeschlagenem Blick, als wäre sie tief in Gedanken versunken. Als sie aufschaute und mich sah, regte sie sich furchtbar auf und verdächtigte mich, ihr nachzuspionieren. Ich redete ihr gut zu, versicherte, ich sei nur früher von der Arbeit nach Hause gekommen, aber sie war kaum zu beruhigen. Dann trennten sich unsere Wege – sie kehrte heim, ich suchte Reisig zusammen.

Keine zehn Minuten später lief ich Jacob Terblans über den Weg, der auf einem Baumstamm hockte und den Kopf hängen ließ. Daß es ihn hierhin verschlagen hatte, wunderte mich. Die Terblans-Familie wohnte in Diepwalle, und Diepwalle lag ein gutes Stück weg von hier, zu weit, als daß einer ihrer Sprößlinge um diese Zeit noch am Roterlenpfad zu tun haben konnte. Jedenfalls kam nur selten ein Terblans in den Teil des Waldes, der zu Gouna gehört. Es waren anständige Leute. Nols Terblans hatte sieben Söhne; Jacob war der mittlere von ihnen, und weder die drei älteren noch die drei jüngeren konnten es bei der Holzarbeit mit ihm aufnehmen. Seit Jahren warb Jacob um Susanna, die Tochter meiner Kusine Grieta in Groot Eiland.

Grieta gab mit den beiden ganz schön an. Mehrmals hatte sie erzählt, die Hochzeit stünde unmittelbar bevor. Allerdings konnte sie auch stolz auf einen Jacob Terblans als Schwiegersohn sein; der junge Mann hatte sich in seiner freien Zeit schon einen eigenen Karren gebaut und das Holz dafür ganz allein gefällt und zersägt. Die Terblans waren eine anständige Familie. Seine Oma mütterlicherseits war so fett, daß kein Platz mehr für etwas anderes war, wenn sie auf dem Karren saß. Bei den Holzfällern hieß sie nur die ›Waldfee‹.

Als ich Jacob fragte, warum er so gedankenverloren da säße, schreckte er hoch und meinte, er habe sich bloß ausruhen wollen. Er sei auf dieser Seite des Waldes unterwegs, um nachzusehen, wieviel Weißbirne hier noch wächst. Bei ihnen drüben hätten sie schon fast alle Exemplare dieser Baumart gefällt. Anscheinend verlangten die Aufkäufer zur Zeit nichts anderes, und die Möbeltischler in Kapstadt wären ganz versessen auf Weißbirne. Ob er in letzter Zeit etwas von Josafat Stander gehört oder gesehen habe, wollte ich wissen. Nichts, kein Sterbenswörtchen. Der Mann war wie vom Erdboden verschluckt, vielleicht auch ohne Begräbnis gestorben wie ein Heide. Wir wanderten zusammen bis zu der Stelle, wo er nach Kom-se-Bos abbiegen mußte, und ich ließ meiner Kusine Grieta und ihren Leuten Grüße ausrichten.

Am Abendbrottisch erzählte ich Mirjam von der Begegnung mit Jacob, und überlegte laut, wann Susanna und er wohl heiraten würden. Abrupt stieß sie ihren Teller von sich und behauptete, daß es zwischen den beiden nicht mehr so gut stünde wie früher. Dann schwieg sie, und dieses Schweigen war sehr beredt. Silas Miggel, hüte deine Zunge, dachte ich. Entweder hast du jetzt auf das Herz des Waldes getreten oder bist ganz dicht davor. Ich fragte sie nicht, woher sie das mit Jacob und Susanna wußte, und wechselte das Thema. Wir redeten über diese getrockneten Teigfäden, die Petroniglia in meiner Abwesenheit gebracht hatte. Ich bekam sie auch gekocht nicht herunter, Mirjam mußte alles aufessen.

Als ich aber zu Bett ging, war ich traurig, denn ich hörte Mirjam in ihrem Zimmer schluchzen. Sie weinte. Ich blieb liegen und stand nicht auf, denn ich wußte, daß sie allein damit fertig werden mußte. Wenn ich alle Mosaiksteinchen zusammenfügte, gab es keinen Zweifel mehr, daß sie sich nachmittags im Wald mit Jacob Terblans getroffen hatte. Daß es Jacob war, tröstete mich wider Erwarten. Wenn es überhaupt einen Mann gab, dem ich meine Tochter zur Frau geben konnte, war es Jacob Terblans. Er würde zweifellos gut für sie sorgen. Und ich bräuchte keine Angst mehr zu haben, daß mir etwas zustoßen könnte, bevor ihr Auskommen gesichert war. Ja, von allen jungen Männern im Wald war Jacob Terblans derjenige, mit dem ich sie am liebsten verheiraten würde – wenn das möglich gewesen wäre.

Petroniglia hatte leicht reden. Was wußte sie schon von meinen Nöten? Mirjam war nicht Monica, und Jacob war kein Canovi.

Drüben in Portland kam allmählich alles wieder ins Lot. Nur Barrington ging es um keinen Deut besser. Wir heuerten zwei weitere Burschen zur Aushilfe an und ich sorgte dafür, daß John mit ihnen nicht in Berührung kam. Ich würde schon aufpassen, daß sie für guten Lohn gute Arbeit leisten, versprach ich dem Alten. In Wahrheit wollte ich Barrington davon abhalten, sich selbst tagsüber auf die Felder zu schleppen, um nachzusehen, ob auch genug geschafft wurde für den höheren Tagelohn.

Noch am selben Nachmittag kam John Barrington hoch zu Roß aus dem Dorf und ritt zu uns aufs Roggenfeld, das wir gerade für die Saat vorbereiteten. Als er uns dreinreden wollte, bat ich ihn, doch auszureiten und eine Küchenhilfe für seine Mutter zu suchen. Es sei eine Schande, daß eine Lady wie Mrs. Barrington am Herdfeuer schuften müsse. Das schlimme in Portland war, daß sich Barrington selbst immer wieder in die Hausfrauenarbeit einmischte, seine Nase in die Küche steckte, und wenn der Tag zu Ende ging, mußten all die kupfernen Tiegel und Pfannen auf Hochglanz poliert sein, bevor sie weggestellt wurden. Ich riet John, sich doch an Koos Matroos zu wenden. Dessen Tochter Mary würde sich vielleicht überreden lassen, in Portland zu arbeiten. Mit der Hausherrin war sie immer gut ausgekommen, als sie noch in Barringtons Diensten stand. John grinste unverschämt von seinem Pferd herab, ich solle doch Mirjam vormittags herschicken, um Mrs. Barrington zu helfen. Ein Pfund zehn Shillings im Monat würde er zahlen, weit und breit der beste Lohn für eine Küchenmagd. Seelenruhig erwiderte ich, daß ich mich von einer kleinen Brise nicht stören lassen würde, besonders wenn ein leichter Weingeruch darin liegt. Nicht, daß Mirjam sich für die Küchenarbeit zu fein wäre; ich würde sie nur nicht ungern arbeiten lassen, wo es Vipern gäbe – vor allem, wenn sie ihr beim Heimweg auflauerten, beispielsweise unten in der Schlucht am Flußufer, nicht wahr? Und wie alle, die ein schlechtes Gewissen haben, fing er gleich an, mit Dreck nach ihr zu werfen. Wenn Portland nicht gewesen wäre, hätte Mirjam nie ein paar Manieren gelernt, wäre nie aus dem Wald herausgekrochen, eines Tages würde sie in eine elende Bruchbude auf den Eilands ziehen, um für die Brut eines Holzfällers zu kochen. Dann würde sie sich noch einmal danach sehn, in Portland die Fußböden schrubben zu dürfen . . .

Anderntags hörte John sich bei den Zelten um, ob von den Frauen und Töchtern der Italiener niemand als Küchenmagd in Portland arbeiten wolle. Für einen Pfund Lohn im Monat. Mariarosa warf einen Kochtopf nach ihm, und er verschwand so schnell wie er gekommen war.

Der alte Barrington fragte nicht nach den Italienern und brachte dieses Thema von sich aus nie zur Sprache. Nur Mrs. Barrington erkundigte sich eines Tages danach, wie es im Zeltlager stünde.

»Herzlich schlecht, Missus«, entgegnete ich, »und es wird noch schlimmer. Mir bleibt nur der Trost, daß der Tag kommen *muß*, an dem die Regierung sie zurück übers Meer schickt. Es werden sicher nicht alle diesen Tag erleben, ein paar bleiben wohl zurück und kommen eher ins Grab als nach Hause.« Ich übertrieb absichtlich, damit sie es Barrington hinterbrachte. Vielleicht konnte sie ihn dazu bewegen, sich für ihre Heimkehr einzusetzen. Als ich mich nachmittags verabschiedete, gab sie mir eine Kanne Milch für die Italienerkinder mit.

Einige Zeit später wollte ich von Barrington wissen, wie weit sein Projekt mit dem Waldverkauf gediehen sei. Schließlich hätte ich ein Recht darauf, es zu erfahren. Es stellte sich heraus, daß seine Vorschläge bei der Regierung kein Gehör gefunden hatten. Die Honoratioren des Dorfes und der Umgebung interessierten sich zuwenig für die Privatisierung der Forstwirtschaft, sie seien untereinander zerstritten. Schließlich habe sich Oberst Harison auch noch Frechheiten erlaubt und in einem Brief geschrieben, für ihn, Barrington, gelte das Naturschutzgesetz genauso wie für jeden anderen, ihm sei keineswegs erlaubt, in den Wäldern, die zu Portland gehören, nach Belieben Holz zu schlagen.

»Und das mir, Silas«, stöhnte er. »Mich, einen verantwortungsbewußten Bürger und britischen Patrioten, hat er behandelt wie einen gewöhnlichen Holzfäller!«

»Wirklich nicht nett von ihm, Sir«, stimmte ich zu.

Der November kam, und mit ihm kehrte der Frost zurück, als sei nie Frühling gewesen. Eine ganze Woche lang lag jeden Morgen Rauhreif auf dem Hochland. Aber es war nur kalt, kein Tropfen Regen fiel. Ich öffnete die Zisterne und bewässerte meine Gemüsebeeten, leitete auch ein kleines Rinnsal in die wenigen Gräben der Italiener. Zweimal hintereinander kehrten Taiani und Lucinetti ohne Fisch von der Bucht zurück, und ich mußte mich noch bei Sonnenuntergang zum Aalfang aufmachen. Jedesmal, wenn ich aus Portland zurückkam, tischte mir Mirjam neue Schreckensmeldungen von den Zelten auf.

»Die kleine Cruci hat noch immer Schmerzen in der Brust, Pa. Heute konnte sie kaum atmen.«

»Gib ihr Honig in den Hustentee.«

»Könnten wir nicht Felitze bei uns unterbringen, bis es wärmer ist, Pa?«

»Nein. Wenn du ihn hierher bringst, haben wir im Handumdrehen den ganzen Kindergarten hier.«

»Angelo Borolini sitzt jetzt seit zwei Tagen in seinem Zelt und steht nicht mehr auf, Pa. Es heißt, er hat Sehnsucht nach seiner Freundin. Sie ist in Italien zurückgeblieben, und er sollte ihr vom Kokonverkauf Geld für die Überfahrt schicken.«

»Gib ihm von unserem Kräuterschnaps.«

»Mariarosa hat heute nachmittag wieder Schreikrämpfe gekriegt.«

»Vielleicht sollten wir es mal mit einem Aufguß aus Milchholzrinde versuchen?«

Noch in derselben Woche erkrankten zwei der älteren Kinder an Masern. Ich wies Christie und Mirjam an, es möglichst vor den Waldhütern geheimzuhalten. Wenn sie davon Wind bekamen, würden sie es für Blattern halten. Jeden Abend sagte ich mir: Silas Miggel, du mußt durchhalten. Bei ruhiger Überlegung war ich davon überzeugt, daß die Regierung die Italiener auf die Probe stellen wollte. Wie lange würden sie das Leben im Hochland überstehen, wenn sie dazu gezwungen waren? Wie lange konnte man noch auf Zeit spielen? Und wie weit würde man gehen? Was mit Christie geschehen sollte, blieb mir ein Rätsel; jedesmal wenn er im Dorf nachfragte, ließ er sich von Walker mit vagen Zusicherungen abspeisen. Das Geld müsse irgendwann in den nächsten Tagen eintreffen. Bloß daß es doch nicht kam.

»Sie wollen mich los werden, Miggel«, klagte er. »Sie wollen verhindern, daß ich die Fehler ihrer Kolonialpolitik aufdecke. Aber von Drohungen lasse ich mich nicht einschüchtern.«

»Was für Drohungen?«

»Daß ich von meinem Posten abgesetzt werde. Ich solle aufhören, mich in ihre Angelegenheiten zu mischen. Dabei will ich mich gar nicht einmischen, ich weise bloß auf die ausstehenden Gehaltszahlungen hin – und auf die Probleme der Italiener natürlich«, beeilte er sich hinzuzufügen. »Daß ich nicht aufgebe, bis ich mein Recht bekomme, wissen sie. Ich bin ihnen unbequem.«

Über den Waldhüter, der in der vergangenen Woche bei mir aufgetaucht war, schwieg ich mich aus. Er tat so freundlich, daß es mir schon verdächtig vorkam. Zuerst inspizierte er meinen Holzschuppen, dann wollte er die Lizenz sehen, schließlich steckte er sich ein Pfeifchen an und sah mir beim Schlachten zu. Ich würde mich ja schwer ins Zeug legen für die Italiener, meinte er. Was denn der Dolmetscher den ganzen Tag machen würde? Ich erklärte ihm, daß der Dolmetscher dolmetschte und Briefe schrieb, damit eines Tages ein Schiff auftauchte, das die Italiener wieder nach Hause brächte.

»Meinst du nicht, daß sie inzwischen ohne Dolmetscher zurechtkämen, Oom? Wie ich gehört habe, sollen sie schon ganz ordentlich Holländisch sprechen. Man erzählt sich, deine Mirjam hätte den Kindern Unterricht gegeben.«

»Ich weiß zwar nicht, wo du all das gehört haben willst. Aber falls du noch einmal dort hinkommst, dann frag mal nach, wie die Italiener ohne ihre Shillings leben sollen, wenn die Regierung das Darlehen nicht verlängert. Wenn du's weißt, kommst du wieder und erzählst es mir, damit ich es auch erfahre.«

Aber er ließ nicht locker und kam immer wieder auf Christie zurück. »Meinst du nicht, sie könnten auch ohne diesen Dolmetscher auskommen, Oom?«

»Nein. Und ohne die Shillings auch nicht. Geh und sag das dem Kerl, der dich geschickt hat.«

Der 6. November war ein Sonntag. Am Montag gingen Christie, Fardini und ein paar andere ins Dorf und holten das Geld für die Wocheneinkäufe. Abends kehrte ich von Portland zurück und erkundigte mich bei Christie, ob er ihnen mitgeteilt hätte, daß es diesmal das letzte Mal gewesen sei. Er verneinte. Er setze volles Vertrauen in den Erfolg seiner Beschwerdebriefe. Außerdem hoffte er, binnen kurzem etwas von seinem Earl zu hören, dem er schon wieder geschrieben hatte.

Die Woche verging. Am Sonntagabend vor dem 14. November machten die Italiener wieder Musik. Mirjam und ich gingen zu den Zelten hinüber und hörten zu. Inzwischen kannte sie die meisten Lieder so gut, daß sie mitsingen konnte. Auch Petroniglia sang uns etwas vor. Wunderschön. Sie war noch immer nicht über den Tod ihrer Catarina hinweg, und ich sorgte immer noch dafür, daß die besten Filetstücke ins Zelt der Grassis wanderten. Manchmal, wenn ich zur Dämmerstunde nach Hause kam, wartete sie oberhalb des Kloofs auf mich, um sich zu bedanken. Sie war anders als die übrigen Frauen, nicht so laut. Manchmal hätte ich ihr von den Lilien erzählen mögen, einfach so, um sie zu trösten, aber ich beherrschte ihre Sprache nicht. Und ebensowenig verstand sie die meine.

Soweit ich zurückdenken kann, ist das Geheimnis der Lilien mit dem Leben der Waldleute verknüpft. Man hörte oft die Geschichte von einem kleinen, tief im Forst verborgenen Heideland voller scharlachroter Blüten. Aber niemand wußte, wo es lag. Irgendwann gab es einem Teil des Gouna-Waldes sogar den Namen: Lelievleibos, das heißt in unserer Sprache Lilienbusch.

»Ich kenne jeden Stock und Stein im Wald«, pflegte mein seliger Vater zu sagen, »aber Lilien gedeihen hier nirgends. Oben in den Bergen wachsen sie!«

Als ich noch ein junger Bursche war, suchte ich eines Tages in Mietas Haus Schutz vor einem plötzlichen Regenguß. Wir redeten über dies und das, und irgendwie fiel mir ein, sie zu fragen, ob sie an die Lilien glaube. Statt einer Antwort gab sie mir ein rätselhaftes Orakel:

»Mancher glaubt etwas, ohne daß er es mit eigenen Augen sieht, andere glauben nur, was sie vor Augen haben. Wenn du sehen mußt, wirst du sehen!«

Alles nur Aberglaube, dachte ich, als ich wieder fortging. Genau wie das, was man von dem Baum am Ufer des Homtini-Flusses erzählte. Er stand dort, wo sich die Elefanten gern im Schlamm wälzen und war bestimmt der größte und schönste Gelbholzbaum im ganzen Wald. Niemand würde je die Axt an ihn legen, solange seine Geschichte noch von Mund zu Mund ging. Vor vielen Jahren, heißt es, seien einmal vier Holzfäller ausgezogen, ihn zu fällen. Sie wanderten einen ganzen Tag, und als sie ankamen, bauten sie sich eine Hütte, aßen zu Abend und legten sich schlafen. Bei Tagesanbruch wollten sie an die Arbeit gehen. Aber in der Nacht wurden sie von einem hellen Schein geweckt, und im ersten Schreck glaubten sie, ein Waldbrand sei ausgebrochen. Als sie die Hütte verließen, sahen sie, daß nur der Baum brannte – nicht mit offener Flamme, sondern mit einer Glut, die von den Wurzeln bis in die höchste Krone leuchtete. Zuerst dachten sie, der Blitz sei eingeschlagen, aber die Nacht war sternenklar und wolkenlos. Auch spürten sie keine Hitze, nur das Licht, das unter der Rinde hervorglühte. In ihrer Angst rührten sie sich nicht vom Fleck, dann ließ die Glut zusehends nach, bis das Holz allmählich dunkel wurde und nur noch Mondlicht durch die Zweige brach. Der Baum war verhext. Und so wurde er zur Legende, fand Eingang in den Sagenkreis der Waldleute, ganz ähnlich wie die Lilien.

Einmal – viele Jahre, nachdem ich Mieta nach den Lilien gefragt hatte – nahm ich eine Abkürzung durch den Wald, um zu den Honiggründen zu kommen, die längs des Knysnaflusses liegen. Mirjam war damals zwölf und begleitete mich, und ausnahmsweise erlaubte ich mir, was ich ihr stets verboten hatte, eine Abkürzung zu nehmen. Sich im Wald einen Weg abkürzen war ein gefährliches Unterfangen. Im Handumdrehen wußte man nicht mehr, wo man war und lief im Kreis. Verirrt. Sonderbarerweise hatte ich aber das Gefühl, daß wir einem Pfad folgten, keinem Fußpfad zwar und auch keinem Schlittenweg. Ich wurde immer unruhiger und nahm das Kind bei der Hand. Manchmal machten sich die Elefanten geheime Pfade zu unbekanntem Ziel. Wenn man versehentlich auf ihnen landete, mußte man sich sehr in acht nehmen.

Es war Februar und sehr heiß im Wald. Ab und zu fiel ein leichter Nieselregen, und der Boden dampfte so, daß wir wie durch einen leichten Nebelschleier wanderten. Wir durchquerten ein Tal, das mannshoch mit Farn überwuchert war, größtenteils Baumfarn, dessen trockene Stengel knackten, als wir uns hindurchkämpften. Mir gefiel das gar nicht; diesen Lärm konnten Grootvoete kilometerweit hören. Auch der Rückweg war jetzt nicht mehr ungefährlich, und so konnten wir ebensogut weitergehen.

Eine Weile später hörte ich einen Sturzbach fließen; das konnte nur der Roterlenfluß sein, so daß noch immer die Richtung stimmte. Als wir ans Wasser kamen, wurde klar, daß wir noch immer dem Elefantenpfad folgten, denn an dieser Stelle mußten sie wohl hundertmal den Fluß überquert haben. Doch fanden sich weder frischer Dung noch frische Spuren, so daß ich beschloß, weiterzugehen. Der Pfad war so ausgeklügelt, wie ihn nur ein Elefantenhirn ausdenken konnte, und man mußte höllisch aufpassen, ihn nicht zu verfehlen. Nach etwa einer Stunde erklärte ich Mirjam, daß wir uns jetzt westwärts halten und das Ufer des Knysna ansteuern mußten zum Honigsammeln. Ich hatte es kaum ausgesprochen, als sich auch der Pfad nach Westen schlängelte. Hier konnten wir nicht mehr heraus; ringsum lag Dickicht, alter Wald, und nur hier und da ließ sich ein Sonnenstrahl blicken.

»Haben wir uns verlaufen, Pa?«

»Nein.«

Ich erinnere mich noch, daß wir an einem Kamassi vorbeikamen. Links und rechts davon standen Eisenbäume, die riesigen Stämme dick und verflochten, wie Schildwachen zu beiden Seiten des Weges. Aber hinter ihnen schien das Dickicht durchlässiger und heller zu werden. Als gäbe es dort irgendwo eine Lichtung im dichten Blätterdach. Keine fünfzig Meter weiter hörte der Wald plötzlich auf. Ich blieb wie angewurzelt stehen, das Kind auch. Vor uns öffnete sich der Blick auf ein kleines Heideland, über und über bedeckt mit blutroten Feuerlilien. Wäre es Nacht gewesen, ich hätte geglaubt zu träumen. Hunderte und Aberhunderte fein geschwungener Blütenkelche glänzten in der Sonne, so schön, daß es mich traurig stimmte. Es war keine große Lichtung, nur etwa hundertdreißig Schritt breit und siebzig bis zur anderen Seite. Wir standen am Rand der Heide mit den Füßen im Schlamm, und mir war, als läge hier die Mitte des Waldes, sein Herzstück. Mich überkam eine Scheu, wie ich sie nie gekannt hatte, und die gleiche andächtige Scheu lag über der ganzen Gegend. Als ich aufblickte, sah ich einen Lori, der hoch im Himmel seine Bahn flog wie ein Wächter, und seine Federn leuchteten rot wie das Blumenmeer unter ihm. Kein Tierlaut war zu hören, kein Blätterrauschen, kein brechender Zweig, überall herrschte Stille. Als hielte alles den Atem an vor Spannung, ob wir das Lilienfeld betreten oder umkehren und den Frieden dieses Orts respektieren würden. Doch wir rührten uns nicht vom Fleck. Ich, Silas Miggel, ein Sünder aus dem Hochland, hatte zu den Lilien gefunden. Ich hatte das Paradies gesehen.

Wir setzten unseren Weg nicht fort zu den Honiggründen. Statt dessen nahm ich meine Tochter bei der Hand und kehrte um. Als wir die Lilien weit hinter uns gelassen hatten, machten wir Rast und aßen ein wenig. Und erst jetzt konnte ich wieder sprechen.

»Nun hast du das Herz des Waldes gesehen, Mirjam. Versprich mir, daß du nie jemandem davon erzählst, nie eine einzige Lilie pflückst, das Heideland nie betrittst, denn wer dorthin geht, tritt das Herz des Waldes mit Füßen.«

Am Montag, dem 14. November, begab ich mich nach Portland zur Arbeit; Christie und Fardini wollten wie üblich ins Dorf, die Shillings holen. Sie kehrten mit leeren Händen zurück. Als ich am Spätnachmittag nach Hause kam, hatte sich der erste Zorn schon gelegt, und bei den Zelten herrschte nur noch Panik

In solcher Verfassung hatte ich sie noch nie erlebt. Zum ersten Mal schienen sie an der Welt zu verzweifeln. Besonders die Frauen.

»Mr. Christie setzt eine neue Petition auf«, heulte Mirjam, »alle sollen unterschreiben. Amerika will noch den Namen seines Großvaters hinzufügen, der lebt zwar nicht mehr, hätte aber auch unterschrieben, meint er. Sie wollen sogar den Priester holen, Pa. Giuditta ist in Ohnmacht gefallen. Mariarosa hat nicht geschrien, aber sie rauft sich die Haare büschelweise aus. Tante Grieta hat ihren Klaas hergeschickt, am Samstag soll in Draaibos Eiland Hochzeit sein, Jacob und Susanna werden getraut.«

All das sprudelte hervor, ohne daß sie auch nur Luft holen mußte. Und alles auf einmal. »Soll das heißen, Jacob und Susanna heiraten?« Ich konnte es nicht verstehen. Und ich wollte es nicht glauben.

»Ja, am Samstag. Bei den Zelten geht es drunter und drüber, Pa. Du mußt hingehen und ihnen gut zureden. Pontiggia sitzt oben an der Zisterne und schmeißt einen Tonklumpen nach dem andern ins Wasser. Petroniglia weint nicht, sie steht nur am Lagerfeuer und stochert in der Asche.«

»Jacob und Susanna heiraten, sagst du?«

»Ja.« Und es schien ihr nicht das geringste auszumachen.

Das Geld ging den Leuten im Zeltlager nicht sofort aus. Fardini mußte in den vergangenen Monaten für alle etwas zurückgelegt haben, denn Anfang Dezember konnten sie nach wie vor Lebensmittel aus dem Dorf holen. Es wurde zwar immer weniger, bis schließlich ein einzelner die Einkäufe ins Hochland bringen konnte, aber immerhin. Mirjam legte zusätzliche Schlingen aus, ich schlachtete und verteilte das Fleisch.

Drei Tage in der Woche arbeitete ich in Portland, drei im Hochland. Und immer wieder sagte ich mir: Silas Miggel, du mußt durchhalten. Das Rad war gekommen und hatte die Italiener überrollt, aber es würde wiederkommen. Alles was ich brauchte war eine kleine Frist, bis es soweit war. In Portland verließ Barrington kaum noch das Haus, und oft bat ich ihn tief im Herzen, noch ein wenig auszuhalten, damit mir die Taglöhne nicht ausgingen. Unter John würde ich nie arbeiten können.

Am meisten bedrückte mich die wachsende Sorge um Mirjam. Wenn sie morgens aufstand, sah ich ihr die Trauer an, die sie schon abends zuvor mit ins Bett genommen hatte. Am Tag, bevor Jacob und Susanna getraut wurden, quälte sie mich so lange, bis ich einverstanden war, mit ihr nach Draaibos Eiland zur Feier zu gehen. Den ganzen Tag über bemerkte ich kein Zeichen des Bedauerns oder der Unzufriedenheit. Wenn jemand unzufrieden aussah, so war es Jacob; Arm in Arm mit seiner Braut stand er da und hatte doch nur Augen für Mirjam. Und Mirjam schien guter Dinge zu sein, doch nicht voll und ganz; in ihrem Blick war die zur Schau getragene Fröhlichkeit nicht zu erkennen. Der Tag nach der Hochzeit war ein Sonntag, und Mirjam verbrachte ihn von morgens bis abends im Wald, und als sie wiederkam, ließ sie wie ein krankes Vögelchen beide Flügel hängen. Ich konnte das alles nicht begreifen.

»Mirjam«, sagte ich, »kämpf nicht an gegen das, was sich nicht ändern läßt. Sonst vergeudest du deine besten Kräfte.«

»Es geht nicht um das, was ich nicht ändern kann«, brauste sie auf. »Ich kämpfe gegen etwas, das ich nicht verstehe!«

»Gegen was denn?«

»Pa sagt, Gott sieht alles und weiß alles. Wenn das die Wahrheit ist, wieso schickt Gott den Italienern nicht das Schiff, mit dem sie heimkehren könnten? Warum prüft er sie so hart?«

Ich stand auf, goß mir Kaffee ein und rührte zwei volle Löffel Zucker hinein. »Du fängst schon wieder bei den Füßen an, Mirjam. Worauf dein Kopf hinaus will, weiß ich nicht. Auf das, was bei dir an den Füßen nicht stimmt, kann ich dir Antwort geben. Wenn ich diese Tasse Kaffee verschütte, setze ich mich nicht betend und jammernd in den Sessel, bis Gott mir den Boden wischt. Ich könnte dich fragen, es für mich zu tun, oder es selbst in die Hand nehmen. Barrington hat den Kaffee ausgekippt, die Regierung ebenfalls, und nun will sich keiner bücken und das Scheuertuch schwingen – und da kommst du und gibst Gott die Schuld? Das ist die eine Hälfte von dem, was du nicht verstehst. Ich vermute, daß du von der andere Hälfte nichts hören willst. Aber ich sage dir auf den Kopf zu, daß du nicht verstehst, warum Jacob Susanna geheiratet hat, wenn er dich im Herzen trägt.«

»Das ist nicht wahr, Pa. Ich habe nichts gegen seine Ehe mit Susanna. Mich hätte er sowieso nicht heiraten können.«

»Ich werde den Verdacht nicht los, daß du noch immer weit vom Kopf entfernt bist.«

»Was soll aus den Italienern werden, Pa?«

»Ich weiß es nicht. Aber wenn das Rad der Regierung rollt, muß es rollen, und es bremst nicht ab, wenn irgendwer im Weg steht. Aber es wird weder Silas Miggel überrollen noch dich. Wir werden uns vor ihm hüten und den Weg freimachen, wenn es kommt. Und als erstes müssen wir dafür sorgen, daß genug Geld in der Blechdose ist, um Ende nächsten Jahres eine der Parzellen zu kaufen.«

»Und was wird dann aus den Italienern?«

»Wenn das Rad zurückkommt, Mirjam, werden wohl auch einige überfahren. Das solltest du bedenken.«

»Hast du denn keine Angst davor? Und wenn das Rad Petroniglia überfährt?«

Wieso kam sie ausgerechnet auf Petroniglia? Mir gefiel das gar nicht. »Heute kann noch niemand wissen, wer überfahren wird. Wir können nur hoffen, daß wir es zerstören können, wenn es zurückkommt, und daß sie zum Schluß noch nach Hause finden.«

»Ich wollte, ich wäre so hartherzig wie du.«

Was sollte ich darauf antworten? Das, was wirklich in ihr vorging, behielt sie für sich. Am Mittwoch gab ich meinen ganzen Taglohn für ein Kleid hin, das Mrs. Barrington aus Imars älteren Sachen heraussuchte. Als sie es noch am selben Abend anprobierte, stellte sich heraus, daß es ihr gar nicht paßte. Viel zu weit. Ich hatte gar nicht gemerkt, wie sehr sie in letzter Zeit abgemagert war.

Endlich hatte sich der Sommer dauerhaft im Hochland niedergelassen. Tagsüber glichen die Zelte Backöfen, und in den Abendstunden rührten die Italiener ihre Musikinstrumente nicht mehr an. Fardini teilte das Fleisch zwischen ihnen aus, ich verteilte mein Wasser zwischen ihren Gemüsebeeten und zankte mit den Kindern um jeden vergeudeten Tropfen. Und der Regen blieb aus. Als die zweite Dezemberwochen anbrach, kamen Nebelschwaden von der Küste herüber, waberten landwärts und hüllten die Wälder ein, bis man keine zehn Schritt weit mehr sehen konnte. Ich knotete einige Seile zusammen und band die kleinsten der Kinder an die Masten. Als ich bei Maria Cruci den letzten Knoten prüfte, steckte Christie die Nase aus dem Zelt: »Schämen Sie sich, Miggel. Wie grausam von Ihnen!«

»Grausam?« knurrte ich. »Grausam ist es, ein Kind bei diesem Nebel frei herumlaufen zu lassen und dann im Wald nach ihm suchen zu müssen, wie damals, als der Junge von Elias van Rooyen verlorenging. Er ist nie wieder aufgetaucht! In ihrem Leichtsinn laufen die Kinder weiß Gott wohin, wenn der Nebel die Menschen blind macht. Schon ein Erwachsener findet ja Weg und Steg nicht mehr. Und Sie bleiben auch besser, wo Sie sind!«

Am dritten Tag war der Nebel so dicht, daß man ihn eimerweise abfüllen konnte. Aus geringer Entfernung konnte man die erdfarbenen Zelte kaum voneinander unterscheiden; zwischen ihnen sah man die Italiener nur noch als schattenhafte Gestalten herumgeistern. Ich konnte keine Aale in den Wasserlöchern fangen, Lucinetti und Taiani nicht in der Bucht angeln gehen, Canovi konnte sein Fangnetz nicht spannen, denn die Haselhühner hörten auf zu pfeifen und verrieten ihre Ruheplätze nicht mehr. In den Schlingen fanden sich nur ein winziges Blauböckchen und ein Erdschwein, und es mußte sorgfältig zerteilt werden, damit jeder ein Stück Fleisch in den Topf bekam.

Am Samstag rannte mir Fardinis Sohn Pietro die Tür ein. Seine Schwester Luigia sei verschwunden. Sein Vater ließe fragen, ob ich ihm bitte bei der Suche helfen könne. Die Mutter weinte sich die Augen aus. Als erstes ging ich nachsehen, ob Cuicatti da wäre. Sein Zelt stand weit offen und war leer. Hatte ich mir gedacht. Ich fand sie im dicksten Nebel am Fuß des Hochlands und scheuchte sie fluchend ins Lager zurück. Am liebsten hätte ich sie auch an ihre Zeltmasten gebunden. Ein junges, unschuldiges Kind noch. Gerade erst dreizehn geworden.

Der Sonntag kam, und die Schwaden waren undurchdringlicher denn je. Beim Aufstehen fühlte ich die Erleichterung, mich heute ausruhen zu dürfen, am ganzen Leibe. Ich kann beschwören, daß ich an manchen Tagen nicht für zwei arbeitete, sondern für drei. So leise wie möglich kleidete ich mich an und machte die Feuerstelle sauber, damit Mirjam ein wenig länger schlafen konnte. Als ich nach draußen trat, um die Aschenpfanne zu leeren, lief es mir eiskalt über den Rücken. Das leichte Lüftchen, das mir entgegenwehte, führte den Geruch nach Elefantendung mit sich. Mein seliger Vater pflegte zu sagen, wenn man im dicksten Nebel Grootvoete riecht, könne man nur bleiben, wo man sich gerade befand, ein Loch graben und von der Bildfläche verschwinden.

Wie angewurzelt war ich stehengeblieben. Nur mein Herzschlag und Tröpfeln der Feuchtigkeit, die vom Dach in die Regentonne rann, waren zu hören. Ob es sich um einen Einzelgänger oder eine ganze Herde handelte, wo er oder sie sich jetzt aufhielten, wer mochte da entscheiden? Lautlos bückte ich mich und setzte die Aschenpfanne ab, dann schlich ich vor das Haus, um nachzusehen. Die Ungewißheit machte mich halb wahnsinnig. Als ich ans Gartentor kam, gab es kein Gartentor mehr – es war niedergewalzt wie der Zaun links und rechts von ihm. Ich folgte dem Zaun und entdeckte allmählich den ganzen Schaden; sie waren quer durch mein Kartoffelbeet getrampelt, hatten Kohl und Kürbisse nicht verschont und sich schließlich im Maisfeld niedergelassen. Alles entwurzelt, gefressen, verteilt und zerquetscht, daß auch ja nichts von meiner Ernte übrig blieb. Schließlich hatten sie den unteren Zaun durchbrochen und waren am Fuß des Hochlands im Nebel verschwunden. Weiter als bis dorthin wagte ich mich nicht.

Gegen alles kann man sich wehren, gegen einzelne Waldhüter und die Italiener in ihren Zelten, gegen Walker und Christie und gegen die ganze verdammte Regierung. Nur bei den Elefanten hilft alles nichts. Man muß stillhalten, wenn sie einen heimsuchen und niedertrampeln und fertigmachen. Widerstand ist so zwecklos, als wolle man gegen ein Gebirge anrennen, das einem zu hoch ist. Heute würde es keine Sonntagsruhe für mich geben. Ich kehrte ins Haus zurück, lud die schwere Büchse und brachte den Italienern die Schreckensmeldung. Dann untersuchte ich das Gelände zwischen Haus und Zeltlager. Die Elefanten verbargen sich im Hochland unter dichten Nebelschleiern. Auf drei Seiten schnitten ihnen Schluchten den Weg ab; wenn sie nordwärts zurück in den Wald wollten, mußten sie hier durchkommen oder links und rechts am Haus vorbeilaufen.

Die Italiener waren wohl nie im Leben so still wie an diesem Tag. Ob sie die Kinder geknebelt hatten, weiß ich nicht, aber von den Zelten her kam kein Laut. Wenn ich dort meine Runde drehte, folgten mir nur ihre angstvollen, wütenden Blicke. Beim zweiten Kontrollgang begegneten mir Petroniglia und Vittoria Robolini am Windschutz des Lagerfeuers. Petroniglia machte mir wild gestikulierend klar, daß es Ilario sehr schlecht ginge, ob ich nicht Mieta holen könne? Ich ließ ihr durch Christie sagen, daß Ilario aushalten müsse, bei diesem Wetter und angesichts der Gefahr könne ich Mirjam unmöglich nach Draai-se-Bos schikken.

Gegen Nachmittag lichtete sich der Nebel, und als

am Fuß des Hochlands die Sicht wieder aufklarte, sah ich nur die Ochsen ruhig dort grasen. Wann die Elefanten aufgebrochen waren, ließ sich nicht feststellen. Ihre Spur fand ich später westlich des Hauses, wo sie mucksmäuschenstill vorbeigezogen waren.

Mirjam verteilte den letzten Schluck vom Wildpetersilienbräu an die Frauen und Kinder. Als ich mich an den Tisch setzte und die Bibel aufschlug, standen Christie und Fardini vor der Tür.

»Dürfen wir eintreten, Miggel?« fragte Christie. Er hatte aufgehört, sich täglich zu rasieren, und seine Kleider sahen aus, als hätte er in ihnen geschlafen.

»Meinetwegen. Aber bleibt nicht zu lange, ich bin hundemüde.«

Als sie Platz genommen hatten, rieb sich Fardini die Knöchel. »Sehr schlecht, Signor Miggel, sehr schlecht. Nix Weizen, nix Geld. Alles alle.«

»Wir stecken in einer Versorgungskrise, Miggel«, bestätigte Christie. »Dem Zeltlager gehen die Lebensmittel aus.«

Ich klappte die Bibel zu und schob sie beiseite. »Wem sagen Sie das? Warum wenden Sie sich nicht an Walker?«

»Schlecht, Signor Miggel, sehr schlecht.«

»Es gibt kein Fleisch mehr«, zählte Christie auf, »kein Brennholz, so geht es nicht weiter!« Er hieb mit der Faust auf den Tisch.

»Das Brennholz reicht noch bis Donnerstag, ich habe schon nachgesehen. Daß es kein Fleisch gibt, liegt daran, daß die Schlingen leer bleiben. Und sie werden so lange leer bleiben, wie kein Tier sich hinein verläuft. Böcke kann ich nicht für sie zusammentreiben, ich bin kein Jagdhund! Den Mann, der mir ab und zu ein Tier zusätzlich geschossen hat, haben die Grootvoete umgebracht.«

»Wir wollten nur fragen, ob Sie uns nicht ein paar Pfund borgen könnten«, erklärte Christie.

Ich hätte ihm den Stuhl unter Hintern wegziehen mögen. »Sind Sie hergekommen, um mein Haus zur Stätte der Wechsler und Geldverleiher zu machen?« entrüstete ich mich. »Am heiligen Sonntag? Halten Sie mich für so gottvergessen?«

»Nein. Aber morgen ist Montag, und wenn wir aufstehen, sind Sie schon unterwegs nach Portland. Sie könnten das Geld morgen früh Mirjam hinterlassen, ich werde ihr eine Quittung geben. Sie bekommen es zurück, sobald das Darlehen wieder ausgezahlt wird!«

»Wer soll es wieder auszahlen?«

»Die Regierung natürlich! Sie wird sich nicht unterstehen, ihre Einwanderer Hungers sterben zu lassen, Miggel.«

»Irrtum, Mr. Christie«, entgegnete ich. »Genau das hat die Regierung vor: erst sind die Seidenraupen dran, dann die Italiener, und ganz zum Schluß Sie!«

Unter seinen Bartstoppeln erbleichte er. »Sie haben kein Herz, Miggel. Kein Gewissen. Da sitzen Sie mit der Bibel vor sich, und haben ganz vergessen, daß geschrieben steht: Liebe deinen Nächsten wie dich selbst.«

»Gerade Sie brauchen mir nicht zu erzählen, was in der Bibel steht! Ich habe ihnen schon vor Wochen geraten, mit den Italienern nach Kapstadt aufzubrechen und sie der Regierung bis vor die Türschwelle zu bringen. Wollen Sie die Leute jetzt etwa bei mir abgeben? Morgen früh vor Tagesanbruch sehe ich noch einmal nach den Schlingen. Donnerstag hole ich Brennholz, und wenn bei Lucinetti und Taiani nichts anbeißt, werde ich ein paar Aale fangen. Am Freitag bekommen sie frische Streu in die Zelte. Für Ilario werde ich Mieta holen lassen. Ich werde tun, was immer Sie wollen. Aber Geld bekommen Sie keins mehr, und Sie brauchen nie mehr danach zu fragen!«

»Nur fünf Pfund, Miggel.«

»Nein!«

Bis einen Tag vor Weihnachten blieb ich standhaft. Dann spannte ich den Ochsen vor, holte fünf Pfund aus der Blechdose und holte mit dem Schlitten Mehl und Zucker, Kaffee und Schmalz aus dem Dorf. Als ich vollgeladen hatte, hielt ich vor Walkers Büro und rannte ihm fast die Tür ein.

»Fünf Pfund«, verkündete ich, als er vor mir stand. »Die Regierung schuldet mir fünf Pfund, und ich brauche sie sofort. Und sagen Sie ihr, daß im Hochland eine Hungersnot ausgebrochen ist.«

»Nur die Ruhe, Mr. Miggel«, munterte er mich auf. »Fassen Sie Mut! Vielleicht ist die Lösung schon näher als Sie denken.« Er setzte sich an den Schreibtisch, streckte die Beine aus und nahm sich eine Feder zum Spielen.«

»Welche Lösung?« Ich war ihm ins Büro gefolgt und hätte mich am liebsten an seinen Worten festgeklammert wie jemand, dem der Boden unter den Füßen nachgibt. »Welche Lösung, Meneer?«

»Eine Lösung für alle.«

»Es gibt nur eine Lösung für alle, und das ist ein Schiff für ihre Rückkehr nach Hause.«

»Jedem steht es frei, zurückzukehren. Niemand würde sie hindern, wenn sie nach Hause wollen!«

»Gnade uns Gott, Meneer! Wo sollen sie das Geld dafür hernehmen?«

»Ich wiederhole: Die Lösung für alle ist näher als Sie denken. Oder glauben Sie mir nicht?«

»Welche Lösung?«

»Haben Sie Geduld!«

»Wo bleibt Christies Gehalt?«

»Er wird schon bekommen, was ihm zusteht.«

»Wann?«

»In Kürze. Was meinen Sie, werden sie noch lange einen Dolmetscher benötigen?«

»Gott der Allmächtige!« fluchte ich. »Weihnachten steht vor der Tür! Sie brauchen keinen Dolmetscher, schließlich können sie Christie nicht schlachten und aufessen! Die Kinder schreien nach Milch, den Frauen fehlt es an Mehl, sie essen nicht dasselbe wie wir, sie kochen getrocknete Teigfäden in Wasser. Seit Wochen haben sie keinen Kaffee mehr gesehen. Ich habe im Wald Pimpernüsse zum Rösten für sie gesammelt, aber Muckefuck kriegen sie nicht herunter. Sie sind verdammt übel dran da oben, Meneer! Die Kinder sind andauernd wund; Mirjam und ich machen Umschläge mit Schlangenkraut, aber die strampeln sie immer wieder ab.«

»Wund?« Plötzlich schreckte er hoch. »Wie sehen die wunden Stellen aus?«

»Na, aufgescheuert halt«

»Es sind nicht zufällig Blatternarben?«

»Es sind keine Blattern, es sind Hungerödeme!«

»Passen Sie bloß auf, daß Sie sich nicht anstekken . . .«

Es war hoffnungslos. Beinahe hätte ich die Nerven verloren, aber ich konnte mich gerade noch beherrschen.

Anderntags war Sonntag und Weihnachten zugleich. Christie und Robolini waren früh aufgebrochen, um den Priester von der Poststation abzuholen; er hatte sein Kommen schon für den Vortag angekündigt und im Dorf übernachtet. Als sie mit ihm heraufkamen, hatten die übrigen so etwas wie einen kleinen Thron unter dem Safranbaum errichtet, der in einiger Entfernung östlich des Zeltlagers stand. Dort stand auch die Gestalt einer Frau, von Pontiggia aus Ton geformt, so groß wie jene, die er damals an der Zisterne aufgestellt hatte. Aber diese hier bedeckte ihre Blöße mit einem weiten, faltigen Umhang. Über ihr bildeten geflochtene Zweige einen Bogen, der mit purpurroten Blüten aus Mirjams Bleiwurzstrauch geschmückt war. Zwischen den Blüten ragten ein Dutzend weißgelber Straußenfedern heraus.

»Und was soll das darstellen?« erkundigte ich mich bei Pietro.

»Mutter von Gesù, Signor Miggel.«

»Wo habt ihr denn die Federn her?«

»Antonio gibt Federn, Signor Miggel.« Antonio war Amerika.

Als der Priester Platz genommen hatte, mußten sie zuerst alle ihre Sünden beichten, bevor er unter dem Federthron die Messe lesen konnte. Ich versuchte dem Priester zu erklären, daß sie seit seinem letzten Besuch kaum Gelegenheit hatten, viel zu sündigen, und schlug vor, er solle doch mal im Dorf bei Walker nachhören, der hätte eine ganze Menge auf dem Gewissen. Er gab trotzdem keine Ruhe, sie brachten mit Müh und Not ein paar Sünden zusammen und beichteten sie. Ich wandte mich ab und ging im Wald spazieren. Mir dauerte das viel zu lange, aber Mirjam feierte den Gottesdienst mit.

13

Den Montag nach Weihnachten verbrachte ich wie üblich in Portland. Als ich bei Einbruch der Dämmerung zurückkehrte, standen vier neue Zelte direkt unterhalb meiner Zisterne. Werd bloß nicht nervös, Silas Miggel, dachte ich. Wenn es neue Raupenfarmer sind, wirst du sie mit Karacho vom Hochland jagen, denn ihre Zelte stehen direkt in der Rinne, durch die du nachher das Wasser in deine plattgewalzten Beete leitest. Mit jedem Schritt, den ich meinem Haus näher kam, wiederholte ich innerlich: Ruhig bleiben, ruhig bleiben.

Mirjam saß mit eingesunkenen Schultern untätig bei Tisch. Das Herdfeuer war erloschen.

»Mirjam?«

»Pa.«

Als sie aufschaute, waren ihre Augen von Tränen gerötet. »Was geht hier vor?«

»Reg dich nicht auf, Pa.«

»Wem gehören die Zelte?«

»Bitte reg dich nicht auf.«

»Wie kannst du verlangen, daß ich mich nicht aufregen soll? Wessen Zelte sollen das sein? Warum sitzt du hier und legst die Hände in den Schoß? Der Herd ist kalt, wo ist mein Abendbrot?«

»Es ist das Sägewerk, Pa. Diese Leute wollen den Zufluß der Zisterne eindämmen und einen Stausee anlegen. Mr. Christie hat den Priester ins Dorf zurückgebracht. Am Abhang hinter Gouna-se-drif hat er eine weitere Gruppe getroffen. Dort bauen sie eine Straße, auf der die Maschinen hochgekarrt werden sollen. Die Arbeiter sind sehr wütend, sagt Christie, weil sie hier im Straßenbau beschäftigt werden. Sie sind keine Bauleute, man hat sie aus England geholt, um das Sägewerk aufzubauen und Bretter zu sägen. Mit unserem Leben im Hochland ist es aus, Pa.«

Als damals die ersten Italiener aus der Schlucht gekommen waren, hatte ich zwar einen Schreck bekommen, aber das ganze Ausmaß der Katastrophe hatte sich erst nach und nach enthüllt. Jetzt erfuhr ich von der Ankunft der Sägemühle, und mir war, als hätte ich in glühende Kohlen gefaßt. Ich rannte hinaus, um Luft zu schnappen. Mein erster Gedanke war es, zu Christie zu gehen, aber unversehens war ich schon in die entgegensetzte Richtung unterwegs. Vor ihren Zelten saßen zehn Sägewerksleute vergnügt um ein kleines Feuer. Einer erhob sich, als er mich kommen sah, ein hochgewachsener Mann mit kantigen Gesichtszügen, und als wir uns gegenüberstanden, konnte er mir direkt in die Augen sehen.

»Seid ihr übergeschnappt?« erkundigte ich mich. »Sehen Sie nicht, daß hier kein geeigneter Platz für eure dämliche Sägemühle ist? Verstehen Sie Holländisch?«

»Klar.«

»Ob ihr übergeschnappt seid, will ich wissen!«

»Sind wir nicht.«

»Da drüben hat die Regierung ihren Blödsinn in vierzehn Zelten abgestellt. Jetzt kommen Sie und stellen vier weitere auf, und ich soll Sie nicht für übergeschnappt erklären?«

Er antwortete nicht, hielt mir aber die ausgestreckte Hand entgegen. »Dunn ist mein Name«, erklärte er. »Dunn von Fox & Dunn ist mein Bruder. Und Sie sind wohl Silas Miggel, von dem mir Mr. Walker schon so viel erzählt hat.«

»Lassen Sie Mr. Walker aus dem Spiel. Wer hat Ihnen weisgemacht, hier könne ein Sägewerk stehen?«

»Der frühere Einwandererbeauftragte, Mr. White, wußte genau, daß uns das Land zugeschlagen worden ist. Man hatte ihn deshalb angewiesen, die Italiener anderswo unterzubringen. Wollen Sie sich nicht setzen?«

»Mich setzen? Ich bin doch nicht hergekommen, um mich zu setzen! Ich bleibe stehen, bis ich umfalle. Ich bin Silas Miggel aus dem Hochland, Meneer. Ich kenne jeden Zentimeter Boden und jede Wasserpfütze hier. Für eure Sägemühle ist die Gegend ebensowenig geeignet wie für die Seidenraupen der Italiener. Zuletzt hieß es, man hätte euch anderes Land angeboten, als dieser Robinson nach Kapstadt zur Regierung gegangen ist. Warum habt ihr Kerle das nicht genommen?«

»Weil man uns versichert hat, daß dies der beste Platz weit und breit ist für das Werk. Wir dürfen im Umkreis von vier, fünf Kilometern alles benötigte Holz fällen lassen. In diesem Teil des Waldes ist wahrscheinlich noch sehr wenig abgeholzt worden.«

Mir lief eine Gänsehaut über den Rücken. »Meneer«, antwortete ich gedehnt, »hier gibt es kein Wasser für Ihre Dampfmaschinen!«

»Deshalb wollen wir doch den Damm bauen und ausreichend Wasser stauen.«

Ich wußte noch nicht, woran ich mit ihm war. Er betrachtete mich mitleidig, als sei *er* derjenige, der im Hochland bestens Bescheid wußte, und ich bloß ein Neuling, der eben erst vom Himmel gefallen war.

Er klopfte mir auf die Schulter, als seien wir seit Jahren gut Freund. »Ich glaube, wir beide brauchen einander, Miggel. Mir sind nur wenige über den Weg gelaufen, die diesen Teil des Waldes besser kennen als Sie: Fußpfade, Schlittenpfade, das Holz und alles was damit zu tun hat. Wir werden Sie vom Fleck weg einstellen. Die Löhne, die wir zahlen, sind besser als irgendwo sonst im Distrikt. Wir wollen auch so viele Italiener einstellen wie möglich. Sie bilden den Führungstrupp, der Blockholz fällen und die Stämme aus dem Wald schleifen soll. Und Sie, Miggel, werden ihr Vorarbeiter sein. Die Regierung drängt darauf, daß die Mühle so bald wie möglich in Betrieb genommen wird. Wir auch. Sie wissen wahrscheinlich, daß wir den Vertrag schon im Februar unterzeichnet haben, und das ist fast ein Jahr her. Aber wir hatten viele Transportprobleme mit unseren Maschinenteilen; bei der Überfahrt von England ging viel Zeit verloren. Das Schiff geriet unterwegs auch noch in einen Sturm. Wir hatten einen Schaden von mehreren hundert Pfund und mußten auf neue Anweisungen aus England warten. Mr. Robinson, der den Aufbau des Werks leitet, ist auch noch nicht wieder eingetroffen; auch sein Dampfboot mußte nach dem Sturm wegen Havarie nach Plymouth zurück.«

Mit einem Mal wurde mir klar, daß die von Walker verheißene »Lösung« nichts anderes sein konnte als das Sägewerk. Er mußte gewußt haben, daß es schon unterwegs war. Und wenn er die Italiener am ausgestreckten Arm aushungerte, würden sie früher oder später klein beigeben und die Arbeit aufnehmen. Er hatte sich das alles gut überlegt. Auch die Regierung hatte es sich überlegt. Ein fein ausgeklügelter, überaus weitsichtiger Plan.

»Hier im Hochland«, wandte ich mich an mein Gegenüber, »werden Sie mit Schlimmerem rechnen müssen als Sturmschäden, Mr. Dunn.«

Ob er es gehört hatte, weiß ich nicht. Aber er fuhr fort, als habe er nur darauf gewartet, mich mit allen Neuigkeiten zu versorgen, als wolle er mich ins Vertrauen ziehen. »Das allerwichtigste ist zunächst die Straße, Miggel. Wenn es nach der Regierung geht, hätte Thomas Bain schon vor Monaten hier anfangen sollen, die Trassenführung auszumessen und den neuen Weg nach Knysna zu bauen. Aber was ist passiert? Nichts. Wir müssen also vorerst den vorhandenen Schlittenpfad ausbauen, damit wir unsere Maschinenteile hierher transportieren können. Die Italiener sollen ganz groß im Straßenbau sein.«

»Die hier sind aber keine Bauarbeiter. Es sind Seidenfarmer, sie haben zarte Hände.«

»Sie werden froh sein, Arbeit zu bekommen. Daß aus der Seidenindustrie nichts geworden ist, geht ihnen sehr zu Herzen. Sie können wählen, ob sie an der Straße helfen oder direkt die Axt aufnehmen. Sobald die Sägemühle steht, brauchen wir Holz. Unmengen von Holz. Die ersten Bretter werden wir für die Häuser der Arbeiter sägen. Soviel ich weiß, müssen die Italiener ihre Zelte sowieso demnächst zurückgeben. Wenn sie bei uns Anstellung finden, können sie binnen weniger Monate ein eigenes Dach über dem Kopf haben. Inzwischen brauche ich noch eine kleinere Mannschaft, die Brennholz für den Dampfkessel schlägt. Das Brennholz braucht Zeit zum Austrocknen.«

Ich hob den einzigen Stein auf, den ich auf ihn werfen konnte: »Sie können nicht hierher kommen und nach Lust und Laune Bäume fällen, Meneer. Zuerst brauchen Sie Holzfällerlizenzen und eine Betriebsgenehmigung!«

»Wir haben Regierungsverträge, Miggel. Uns wurde

genehmigt, das Holz ohne Lizenz zu fällen. Zum Schluß will ich insgesamt vier Trupps losschicken, versteht sich. Wenn Sie also Leute im Wald kennen, die bereit sind, für uns zu fällen, sollen sie sich an mich wenden.«

»Die Waldleute schlagen für sich selbst, nicht für andere.«

»Für die Italiener gibt es sechs Shillings am Tag, ihr Vorarbeiter soll acht bekommen.«

»Ich werde es dem Dolmetscher sagen, er ist ihr Anführer.«

»Für Dolmetscher haben wir keine Arbeit«, winkte Dunn unwillig ab. »Sie wollen wir zum Vorarbeiter machen, Miggel! Die offene Holzscheune, unter der die Säge stehen soll, wird als erstes aufgebaut. Wir brauchen Balken und Stützpfeiler, die müssen sofort geschlagen werden. Auch im Dorf soll ein Holzlager angelegt werden. Die Mole unten im Hafen wird ebenfalls ausgebaut, die jetzige ist für unsere Zwecke zu klein. Wir haben enorme Mengen Eisenbahnschwellen zu versenden.« Wieder klopfte er mir auf die Schulter. »Die Sägemühle ist ein Gottesgeschenk für Sie alle, Miggel. Je länger Sie es ausschlagen, desto weniger haben Sie davon.«

In dieser Nacht tat ich kein Auge zu. Mirjam und ich blieben am Abendbrottisch sitzen.

»Unsere Zeit auf dem Hochland ist vorbei, Pa.«

»Niemals. Ich lasse mich nicht vom Rad der Regierung aus dem Hochland vertreiben. Bis die Grundstücke versteigert werden, billige ich mir eben selbst die Siedlerrechte zu.«

»Siedlerrechte zwischen zwei Lagerplätzen des Sägewerks? Ist es das, was du willst?«

»Notfalls kann ich das Haus versetzen. Aber ganz gehe ich nicht vom Hochland weg. Sie haben all das sorgfältig geplant, sage ich dir. Und sie haben Silas Miggel in ihre Pläne einbezogen, denn eins wissen sie: Wenn sie die Italiener gewinnen wollen, brauchen sie mich.«

»Wenn das so ist, wirst du mit ihnen untergehen, Pa.«

»Ich frage mich, ob das Rad mich vielleicht härter getroffen hat als ich wahrhaben will. Ob ich schon mit den andern überfahren worden bin?« Es wäre keine angenehme Einsicht, aber ich mußte herausfinden, ob es zutraf.

»Wir müssen ins Dorf übersiedeln, Pa. Die Italiener auch. Sie könnten dort Arbeit finden.«

Das Mädchen war nicht recht gescheit. Sie hatte ja keine Ahnung, daß es kaum noch freie Stellen gab. Erst vor kurzem hatte Koos Osthuys aus Streepbos verzweifelt die Axt an den Nagel gehängt und war im Dorf auf Arbeitssuche gegangen. Ihm blieb bloß die Wahl zwischen zwei Tätigkeiten: Straßenfeger oder Kalfaktor. Er entschied sich für die Straße und das Besenschwingen, aber kurz danach trat eine neue Verordnung in Kraft: jeder Hund, der ohne Steuermarke gesehen wurde, sollte vom Straßenfeger eingefangen und vor dem Dorf vergiftet werden. Zuerst war Koos nicht damit einverstanden, aber er mußte, er war gesetzlich verpflichtet dazu. Je früher man ein Exempel statuierte, desto eher würden die Hundebesitzer die fällige Steuer zahlen. Koos erwischte einen Hund, gab ihm Gift, danach aber schwor er, es nie wieder zu tun. Jetzt wollte er lieber die Nachttöpfe ausleeren. Kaum hatte er damit angefangen, als eine neue Verordnung kam, die den Preis für das Abholen von vier auf sechs

Pennies pro Topf erhöhte. Das hatte zur Folge, daß neues Nachtgeschirr in die Haushalte kam, größere Töpfe, damit die Leute ihre Geschäft häufiger machen konnten für den neuen Tarif. Koos nahm den Hut, kehrte in den Wald zurück und holte die Axt von der Wand.

Nein, ins Dorf flüchten war auch keine Lösung. Je länger wir in dieser Nacht aufblieben, desto klarer wurde es mir: Das Rad hatte mich überfahren. Aber noch hielt ich die Augen offen, und ich konnte mich immer noch aufrappeln. Angenommen, sie bauen den Staudamm, überlegte ich. Angenommen, es kommt genug Wasser zusammen, um den Kessel unter Dampf zu halten. Und angenommen, die Sägemühle nahm den Betrieb auf. Dann würde ich mindestens fünf Jahre gegen sie durchhalten müssen. Fünf Jahre und fünfhunderttausend Bahnschwellen. Es war wie ein Abgrund von unermeßlicher Tiefe. Aber angenommen, die Italiener waren bereit, für sechs Shillings am Tag zu arbeiten. Dann könnten sie ihr Fahrgeld selbst verdienen – und fünf Jahre würden sie bestimmt nicht dafür brauchen. Ich ließ mir von Mirjam Papier und Bleistift bringen, um mir Übersicht zu verschaffen.

»Soll das heißen, daß du für sie arbeiten wirst, Pa?«

»Die Italiener sitzen in der Falle, Mirjam. Sie werden kaum drum herumkommen, in der Sägemühle zu arbeiten. Und wenn sie zur Mühle gehen, muß ich's auch tun. Als Walker meinte, die Lösung sei ganz nahe, hat er vielleicht, ohne es zu wissen, den Nagel auf den Kopf getroffen. Wenn du's dir in aller Ruhe überlegst, werden wir vielleicht mehr als ein Problem damit los. Gib mir den Stift.«

»Pa, tu uns das nicht an.«

»Habe ich denn eine andere Wahl? Überleg doch mal!«

Es waren fünfzehn, die Holz fällen konnten, wenn ich Ilario wegließ: Fardini und seine beiden Söhne, Alberto und Giuseppe; Robolini, Cruci, Tomé, Mangiagalli, Canovi, Borolini, Cuicatti, Coccia, Taiani, Lucinetti, Pontiggia und Amerika Mazera. Ich brauchte eine Weile, alles auszurechnen, aber es klappte. Sie würden 89 Tage brauchen, um die Überfahrt für alle zu bestreiten. Die Fahrtkosten für Catarina waren ja jetzt entfallen. 89 Tage. Runden wir's zu einem Jahr auf, dachte ich, denn sie brauchten ja auch Lebensmittel, dann gab es unvorhersehbare Ausfallzeiten: Regentage, Sonntage, Krankheits- und Fehlzeiten ohne den Tageslohn. Aber die Gesamtsumme verhieß doch immerhin, daß sie in einem Jahr unterwegs nach Hause sein würden. Das bedeutete, daß ich während dieser Zeit ebenfalls für die Mühle arbeiten mußte. Aber bei acht Shillings am Tag konnte ich genug auf die hohe Kante legen, um zwei Parzellen zu kaufen, einen Pflug dazu, und auch noch etwas übrig zu behalten.

Aber dumm war ich nicht. Sein Glück im voraus berechnen war wie Fallgruben ausheben: man mußte alles doppelt und dreifach durchspielen. Laß es zwei Jahre sein, überlegte ich. Was sind zwei Jahre, gerechnet auf die Zeit eines Menschenlebens? Die erste Fallgrube waren die Fahrtkosten für die Grassis. Ob die anderen bereit waren, sie zu übernehmen? Und die Junggesellen, die nur für sich selbst aufkommen mußten? Die verheirateten Männer hatten Frauen und Kinder, die auch ihren Platz auf dem Schiff wollten. Das beste würde sein, dieses Problem Fardini zu überlassen. Nur eins mußte von vornherein klar sein: daß sie alle gemeinsam zurückkehren würden. Nicht einer nach dem andern.

Bei Tagesanbruch hatte ich beschlossen, das Angebot der Sägemühle anzunehmen. Eine andere Möglichkeit, das Hochland für uns zurückzuerobern, war nicht in Sicht. Wenn wir an Plätzen, wohin kein Ochsenkarren gelangte, das schwere Blockholz selbst herausschleifen mußten, pflegte mein seliger Vater uns anzufeuern. Wir sollten die Augen fest auf den Boden vor uns heften, nicht etwa aufschauen und die Entfernung abschätzen, die noch vor uns lag. Die Kluft, die mich von meinen Hoffnungen trennte, konnte auch fünf Jahre breit sein. Ich wußte, daß ich straucheln würde, wenn ich hinsah. Mein ganzer Trost war, daß Mirjam und ich es gemeinsam schaffen konnten. Unterwegs konnten die Italiener zurückbleiben und die Sägemühle in Stücke zerspringen, wir aber würden ohne Zweifel die andere Seite erreichen.

Bei Sonnenaufgang machte ich mich auf den Weg nach Portland. Nicht zur Arbeit wie sonst, sondern um Abschied zu nehmen und ihnen mitzuteilen, daß ich nicht mehr aushelfen konnte wie früher. Es fiel mir nicht leicht. Als ich an diesem Morgen Barrington Lebewohl sagte, wußte ich, daß es für immer war. Er hatte es bis Weihnachten geschafft, aber im nächsten Jahr würde er zum Fest nicht mehr bei uns sein.

»Zwölf schwarze Ochsen, Silas.«

»Es werden zwölf schwarze Ochsen sein, Sir.«

Anderntags brachte ich Dunn zum Zeltlager, damit er selbst mit Christie reden und die Italiener kennenlernen konnte. Er sollte erklären, was ihnen bevorstand, nicht ich. Binnen einer halben Stunde braute sich vor dem Bürozelt ein Unwetter zusammen. Ich hielt mich da heraus. Christie wollte, daß die Italiener der Regierung gegenüber an ihren Forderungen festhielten, Dunn wollte sie überreden, für sechs Shillings am Tag bei ihm zu arbeiten. Während sie herumstritten, plante ich bereits im voraus. Das Fangnetz für die Haselhühner konnte von den Frauen ausgelegt werden, die auch für Fisch und Aale sorgen würden, obwohl ich über den letzten Punkt noch nicht sicher war. Die einzigen Forderungen, die Christie noch zu stellen hatte, betrafen die Grassis. Irgendwie mußten Walker und die Regierung die Schiffskosten für sie bestreiten. Ich hatte Dunn schon angekündigt, daß fünfzehn der Männer gleich anfangen konnten, daß sie aber nur so lange bleiben würden, bis sie das Geld für ihre Rückfahrt beisammen hatten. Und wenn der Tag kam, an dem sie die Arbeit niederlegten, würde auch Silas Miggel kündigen. Dunn war bereit, es zu akzeptieren, solange sie das Schiffsgeld nicht allzu früh aufbrachten. Ich beanspruchte ferner die ersten Bretter, die das Sägewerk produzierte, für die Italiener; sie mußten heraus aus den Zelten. Wenn die Mühle lief, würde er als erstes für sie sorgen, versprach er.

Es wurde ein ausgedehntes Palaver. Die Frauen weinten und rangen die Hände, die Kinder brüllten und reagierten gereizt, die Männer stampften auf, als säßen sie in einer Falle, aus der es kein Entrinnen gab. Christie quasselte, bis ihm Schaum aus den Mundwinkeln trat. Dunn quasselte, bis er ins Schwitzen kam.

Schließlich erklärten sich fünf Mann bereit, beim Straßenbau zu arbeiten: Pontiggia, Amerika, Taiani, Lucinetti und Coccia. Zehn meldeten sich zum Holzfällen unter der Bedingung, daß ich alle Tage das Gewehr und sie die Leiter mitnähmen.

Das war am Dienstag. Mittwochmorgens zogen die

fünf los, die auf der Baustelle beschäftigt waren. Dunn wollte, daß die andern gleichfalls im Wald anfingen, aber ich erklärte ihm, daß es nicht vor Donnerstag möglich sei. Die einzigen, die einigermaßen mit dem Beil umgehen konnten, waren auf der Baustelle, und ihnen hatte man auch die letzten Vorräte mitgegeben. Fox & Dunn würde den andern einen kleinen Vorschuß für den Unterhalt zahlen müssen, denn mit leerem Magen konnte man nicht die Äxte schwingen. Mindestens zwei Sack Mehl waren nötig, dazu Kaffee, Zucker und Schmalz. Mirjam und die Frauen konnten die Einkäufe mit dem Ochsenschlitten holen. Dunn rückte das Geld heraus. Den Rest des Tages verbrachte ich damit, zehn Männer ins Holzfällergewerbe einzuweisen. Sie mußten mit den verschiedenen Äxten hantieren und die Bügelsäge von der beidhändigen Säge unterscheiden lernen. Ich zeigte ihnen, wie sie die Schneiden schärfen sollten – zuerst mit der flachen Feile, dann mit dem Wetzstein; in meinem Trupp würden die Äxte stets blitzsauber und rasiermesserscharf sein. Kein einziges »sì sì signor« brachten sie heraus, aber ich ließ nicht locker. Später am Nachmittag zeigte ich Luigia Fardini und Monica Grassi, wie man Fangnetze spannt und Haselhühnern auflauert. Wenn sie Cuicatti und Canovi nachlaufen konnten, waren sie auch alt genug zum Fallenstellen. Wie wir an Fisch und Aale kommen sollten, wußte ich noch nicht so recht. Mirjam wollte ich nicht allein ans Wasserloch schicken, und die Frauen würden auf dem Weg zur Bucht an den Bautrupps vorbeikommen. Sollten sie freitags doch gekochte Teigfäden essen.

»Ich glaube, du begehst einen Fehler, Pa«, warnte Mirjam. »Wir sollten mit ihnen ins Dorf ziehen.«

»Welchen Unterschied macht es, ob sie hier zugrunde gehen oder dort?«

»Pa!«

»Hier hätten sie mindestens eine Überlebenschance! Sie sind nicht dumm, Mirjam, und sehen ein, daß sie nur so nach Hause kommen, wenn überhaupt. Fardini hat schon Christie beauftragt, sich nach den Preisen für die Schiffskarten zu erkundigen!«

»Es sieht fast danach aus, als bekäme die kleine Maria Cruci die Masern, Pa.«

»Geh und wickle ihr einen Verband um den Kopf, damit sie die Augen geschlossen hält. Die andern Kinder sollen sich von ihr fernhalten.«

»Mariarosa sitzt seit gestern zusammengekauert im Zelt und redet mit niemandem. Ich weiß nicht, was ich mit ihr anfangen soll, Pa.«

»Gib ihr einen Spaten und befiehl ihr, die Beete umzugraben. Das kommt alles vom Nichtstun.«

Als die Sonne sank, trotteten fünf staubbedeckte Männer von der Baustelle nach Hause. Amerika hielt mir seine Hände hin: »Blasen, Signor Miggel, Blasen!«

»Macht nichts«, tröstete ich ihn. »Denk an die sechs Shillings, die du in der Tasche hast. Morgen sind es schon zwölf.«

Am Donnerstag mußten auch die übrigen an die Arbeit. Als ich zu den Zelten kam, standen sie schon mit Äxten und Leiter abmarschbereit. Soviel offenen Abscheu wie heute früh hatte ich noch nie erlebt. Und Ilario Grassi hatte sich auch dazugesellt.

»Du bleibst im Zelt«, befahl ich. Das Gewicht der Axt über seiner Schulter bog ihm fast die Knie durch.

»Mitgehn, Signor Miggel.«

»Du bist doch jetzt schon außer Atem, wir können dich nicht brauchen!«

»Mitgehn, Signor Miggel.«

Robolini trat vor. »Wir ihm helfen, alle Holz hacken, Signor Miggel.«

Plötzlich wurde mir klar, daß sie sich verabredet hatten. Sie waren also übereingekommen, selbst Pläne zu schmieden, und zum gleichen Schluß gelangt wie ich. »Meinetwegen«, brummte ich. »Er mitgehn.«

An diesem Morgen fiel es mir selbst schwer, mit ihnen aufzubrechen. Meine mühsam wiederhergestellten Beete blieben ebenso verwaist zurück wie die der Italiener. Noch immer hatte es nicht geregnet, und meine Zisterne spendete kein Wasser mehr. Ein Hügel aus gelbem Ton war davor aufgeschüttet worden und schloß ein rundes Staubecken ab. Noch war kein Wasser darin; wo es herkommen sollte, war mir ein Rätsel. Fern im Westen war alles still, und mir war, als habe der Gutsherr von Portland dort schon sein Grab gefunden. Mein eigenes Haus blieb verlassen zurück, wohin und wann ich es abreißen und umsetzen mußte, war nicht abzusehen. Aber eines hatte ich mir vorgenommen. Als nächstes würde ich einen Zaun ziehen, der so hoch aufragte, daß er die Sicht auf meine Fenster versperrte. Niemand würde ins Schlafzimmer meiner Tochter glotzen. Ich hatte Dunn schon gedroht, daß ich den ersten seiner Dammgräber gnadenlos abknallen würde, der sich an Mirjam heranmachte. Auch Mirjam hatte ich Bescheid gegeben.

»Fang nicht schon wieder damit an, Pa. Damit ist es vorbei.«

»Was ist vorbei?«

»Mit dem ausgedachten Mann, der für eine Weile lebendig war.«

»Deine Rede ist dunkel.«

»Ich bin im dunkeln, Pa. Alles hat sich verfinstert.

Du sagst, daß du gegen das Sägewerk durchhalten willst, auch wenn es fünf volle Jahre dauert. Und die Italiener?«

»Sie werden ebenfalls durchhalten, bei sechs Shillings pro Tag.«

»Davon rede ich gar nicht, Pa. Wie sollen sie gegen den Wald durchhalten? Gut, sie haben sich einverstanden erklärt und gehen mit. Aber doch nur, weil sie in der Falle sitzen. Die Angst vor dem Wald ist geblieben. Merkst du nicht, wie demütigend es für sie ist, die Axt zu ergreifen? Es ist grausam, Holzfäller aus ihnen zu machen.«

»Grausam? Was ist grausamer – sie Hungers sterben zu lassen, oder sie in den Wald zu schicken?«

»Sei gut zu ihnen, zeig doch ein wenig Mitleid.«

»Und wer hat Mitleid mit mir?« Keine Menschenseele.

Ich schlug den Roterlenpfad ein und betrat den Schatten der Bäume. Wenn ich mich umwandte, spürte ich, wie mir wachsender Haß entgegenschlug. Doch Fardini war der einzige, um den es mir leid war. Er war älter als ich und galt, wenn Christie recht hatte, in seiner Heimat als hochangesehener Mann, den man mit Respekt behandelte. Nun mußte er sich herabwürdigen und mit den andern Holz fällen. Es war, als hätte man den alten Barrington zur Waldarbeit gezwungen.

Gelbholz hatte Dunn verlangt. Gelbholz und nichts anderes. Es gab zwei Sorten Gelbholz: Kalander und Upright, und beides war ihnen recht. Hauptsache, die Bäume waren voll ausgewachsen. Und bevor wir die Stämme herausschleppten, mußten Blöcke von zwei Metern Länge herausgesägt werden. Bahnschwellenformat.

»Nächste Woche schicken wir einen zweiten Trupp aus, die Woche darauf einen dritten, und sobald die Straße fertig ist, einen vierten. Inzwischen können Sie Ihren Waldleuten ausrichten, daß sie bald merken werden, wieviel sie durch ihren Eigensinn verlieren.«

»Die Waldleute werden für Sie nie einen Finger rühren.«

Wenn ich je ein Komödienspektakel gesehen habe, dann an jenem Morgen im Wald. Wir waren keine drei Kilometer tief im Unterholz, als der erste Elefantendung in Sicht kam. Der Haufen war so frisch, daß er noch dampfte. »Schießen, Signor Miggel, schießen!« kreischten sie alle wie mit einer Stimme. Borolini zog die Leiter in eine Richtung, Cuicatti in die andere, jeder wollte zu einem anderen Baum. Westlich von uns hörte ich Zweige knacken und wußte uns in Sicherheit, denn von Süden her wehte eine leichter Wind.

»Laßt die hübsche Leiter stehen«, empfahl ich. »Die Grootvoete nehmen eine andere Richtung als wir!« Aber sie hörten nicht auf mich und balgten sich weiter um die Leiter. Dann gewann Cuicatti die Oberhand, und wenige Sekunden später saß die Hälfte wie ein Finkenschwarm auf dem Ast eines mächtigen Kwars, während die übrigen die Leiter zu einer Weißerle schleppten. Nur Fardini und ich blieben auf dem Schlittenpfad zurück. Mir fiel nichts Besseres ein als das, was ich schon mit Petroniglia damals praktiziert hatte. Ich ließ sie einfach stehen und setzte unseren Weg fort. Keine fünfzig Meter weiter hörte ich sie vom Baum plumpsen wie reife Äpfel. Schließlich hatten sie wieder aufgeholt und japsten: »Torniamo indietro, Signor Miggel! Torniamo indietro!« Sie wollten zurück.

»Es ist zu spät, jetzt noch heimzukehren. Kommt!«

Ich hatte fürs erste das Tal von Diepdraai ausgesucht. Dort wollte ich sie mit dem Fällen beginnen lassen: Dichter Wald, gutes Holz, westlich lag ein Schlittenpfad, der Abhang nicht zu steil, um die Stämme herauszuholen, nah genug an einem Bach und einer Lichtung, wo man ohne weiteres ein Lagerfeuer machen konnte. Es hatte keinen Zweck, mal hierhin und mal dorthin zu gehen, wenn man eine solche Menge fällen wollte. Besser war es, sich eine Sektion mit dem gewünschten Bestand auszusuchen und abzuholzen. Es erleichterte auch den Abtransport.

»Torniamo indietro!«

»Los, weiter!«

Ilario hielt sich besser, als ich im zugetraut hätte. Fardini und Robolini kümmerten sich um ihn, Mangiagalli trug seine Axt. Klar, daß er sie kaum anlegen würde, aber er würde schon genug zu tun bekommen. Man brauchte immer jemanden, der beim Unterstand blieb, und ein brauchbarer Unterstand war das erste, wofür wir nicht zuletzt seinetwegen sorgen mußten. Bei Regen brauchte man ein dichtes Dach über dem Kopf, auch um den Proviant vor der Sonne zu schützen und Mantel oder Knappsack zu verstauen. Und irgendwer mußte immer dort aufpassen und das Feuer schüren und Kaffeewasser kochen und ähnliches. Ilario würde dort ausruhen können, wenn ihm nicht wohl war.

Es gab noch einen andern Grund, ausgerechnet nach Diepdraai zu gehen. Dunn wollte nach und nach mindestens vier Trupps aussenden. Leute von außerhalb. Ich konnte mir denken, daß sie zu ängstlich wären, bis nach Diepdraai zu gehen. Ich und die Männer würden darauf achten, daß keiner der Fremden allzu weit in den Norden vorstieß. Denn dort lagen die Lilien, und man wußte nie, wohin einer sich verirrte, der hier nichts zu suchen hatte.

Als erstes ließ ich die Italiener das Gelände rund um die Feuerstelle freilegen. »Der kleinste Funkenflug kann einen Waldbrand verursachen«, mahnte ich. »Jeder Zweig, jedes trockene Blatt muß entfernt werden. Wo Silas Miggel Feuer macht, darf in weitem Umkreis nur nackter Erdboden sein.« Während sie sich ans Werk machten, errichtete ich zwischen einem Eisenholzbaum und einer Hartbirne eine primitive Hütte aus Reisig und Ästen. Für den richtigen Unterstand würde ich demnächst Wellblech mitbringen. Dann hackte ich mir zwei starke gegabelte Äste, an denen wir den Kochtopf übers Feuer hängen konnten. Die ganze Zeit über tat ich so, als ob mir ihre Nervosität und die unruhig flackernden Blicke völlig gleichgültig wären. Als das Feuer brannte, ließ ich sie etwas essen und einen Moment ausruhen. Dann nahm ich sie mit zu der Stelle, wo wir anfangen wollten. Fünf Bäume markierte ich für sie im voraus. Ilario ließen wir beim Lagerplatz zurück, er sollte das Feuer bewachen.

»Zwei Männer an einem Baum«, erklärte ich mit Händen und Füßen, wie ich es schon gewohnt war. »Aber nur einer wird den Schlag führen, der darüber entscheidet, wohin der Stamm fällt. Und das bin *ich*, verstanden? Jeder Baum wird dorthin fallen, wo ich will. Einen Baum zu fällen, der drei, vier weitere mit sich reißt, wenn er fällt, führt nur zu sinnloser Zerstörung. Folgt den Kerben, die ich vorgebe, je einer vorn und einer hinten.« Als wir alles ein zweites Mal durchgingen, erntete ich ein zögerndes »Sì, sì, signor«. Ich hieb in jeden Baum zwei tiefe Kerben und überließ jeweils zweien das Weitere. Den sechsten

Baum suchte ich für mich aus. Bei der ungeraden Zahl unseres Trupps mußte ich allein arbeiten.

Welcher Aufwand! Nie hätte ich gedacht, daß man es sich so kompliziert machen könnte. Kaum daß ich dazu kam, die eigene Axt zu schwingen. Statt dessen mußte ich von Baum zu Baum patrouillieren und sie anfeuern. »Füße ruhig halten! Bleibt auf der Stelle! Ihr köpft doch keine Seidenraupen, ihr hackt Holz! Weiter ausholen mit der Axt! Kräftiger zuschlagen!«

»Holzfällen nix gut, Signor Miggel!«

»Hau rein, Mann!«

Jedesmal nach zehn, zwölf Hieben hielten sie inne und spuckten kopfschüttelnd in die Hände, als wollten sie sagen, daß sie es nie schaffen würden. Dann lauschten sie wieder angstvoll, als könne jeden Augenblick etwas von hinten aus dem Dickicht springen und über sie herfallen. Wenn ich mich auch nur einen Schritt zu weit vom Gewehr entfernte, zitterten sie schon wie Espenlaub. Die ganze Zeit über stand die Leiter einsatzbereit gegen einen Kalander gelehnt.

»Schlag zu! Ich achte schon auf mögliche Gefahren.«

»Müde, Signor Miggel.«

»Nichts da mit müde, haut rein! Sagt euch, daß ihr nach Hause kommt. Jeder Hieb bringt euch dem Schiff einen Schritt näher. Höher ausholen! Die Schatten werden schon länger und ihr habt noch kaum genug für einen Shilling geleistet. Dunn will, daß ich ihm jeden Abend Bericht erstatte, wieviel wir im Lauf des Tages geschafft haben!«

»Müde, Signor Miggel!«

»Augen nach vorn! Paß auf die Axt auf, Cuicatti. Ich sag euch schon rechtzeitig, von welcher Seite die Grootvoete kommen und euch überrennen.«

Die Hemden wiesen schon feuchte Stellen unter den Ärmeln auf, und der Schweiß troff ihnen von der Stirn. Immer weniger Hiebe folgten den länger werdenden Pausen.

Ab und zu sah ich nach Ilario, der nahe ans Feuer gerückt war, obwohl die Sonne noch immer über der Lichtung glühte. »Morgen zeige ich dir, wie man Bataten in der glühenden Asche gart und Kaffee im Blechtopf aufbrüht. Wenn du dich stark genug fühlst, könntest du nachmittags ein paar Schlingen auslegen und jeweils am andern Morgen prüfen, was drin ist. Was immer wir fangen können, nehmen wir mit heim. Dunn wird dich kaum fürs Herumsitzen bezahlen.«

Irgendwie würden wir auch noch Zeit finden, Brennholz zu schlagen, den Frauen war das nicht zuzumuten. Sie konnten es kleinmachen und stapeln, aber fällen mußten wir es selbst.

Als sich der erste Lori-Schwarm zur Nachtruhe begab, gab ich das Zeichen zum Aufhören. Nur zwei Stämme lagen da, und das waren die, bei denen ich am meisten nachgeholfen hatte. Nicht gerade vielversprechend, das Ganze. Ich war verzweifelt. Wenn es nicht um das Geld gegangen wäre, das sie letztlich vom Hochland wegbringen würde, hätte ich Dunn erklärt: ein Pavian ist ein Pavian, ein Italiener ein Italiener, zum Holzfäller taugen sie beide nicht. Niemals.

Bei der Rückkehr ins Zeltlager sah mein Trupp nicht viel anders aus als ihre fünf Landsleute, die von der Baustelle kamen. Sie waren zu Tode erschöpft. Bei mir zu Hause lagen zwei Sack Bataten vor der Tür. Martiens Botha habe den einen geschickt, meinte Mirjam, Jeremiah Eye den anderen.

»Können wir gut brauchen.«

»Mr. Christie war im Dorf und hat sein Gehalt bekommen.«

»Wie bitte?«

»Doch, wirklich! Jeden einzelnen Penny.«

»Kurz und gut, das gehörte also auch zu dem Plan. Sie haben abgewartet, bis die Italiener in Arbeit und Brot stehen, und nun zahlen sie ihn aus. Na, wenigstens kann er jetzt seine Schulden begleichen.«

»Monica und Luigia haben sechs Haselhühner gefangen. Und Mr. Dunn war hier und fragte nach Trinkwasser. Er will dich dringend sprechen.«

Ich spürte, daß Mirjam wieder drumherum redete. War etwas nicht in Ordnung? »Dunn hat in meiner Abwesenheit nichts bei uns zu suchen. Er soll sich das Wasser gefälligst aus der Zisterne holen.«

»Dort ist es zu lehmig wegen der Arbeit am Staudamm, Pa.«

»Soll er doch zum Fluß hinunterklettern! Wir müssen uns auch dort versorgen, wenn es nicht bald regnet. Oder er holt sich das Wasser hinten beim Zeltlager.«

»Der Bach dort ist fast ausgetrocknet, Pa. Die Italiener haben momentan selbst sehr wenig. Und Konstabler Clark war hier.«

»Konstabler Clark? Wer soll das sein?«

»Er ist neu im Dorf, sagt er.«

»Und? Was wollte er?«

»Es geht um Amerika, Pa. Er soll Dienstag früh vor Gericht erscheinen. Am 3. Januar. Da soll wegen einem Strauß verhandelt werden.«

Strauß. Weihnachten. Die Straußenfedern in dem Kranz über der Frauenstatue. Aber nicht nur Amerika war in die Sache verwickelt. »Was hat er denn mit dem Strauß angestellt?«

»Weiß ich nicht, Pa. Du müßtest vielleicht zu Mr. Christie gehen und dich erkundigen.«

Das tat ich. Und Christie saß in seinem Zelt wie der Polizeirichter höchstpersönlich. Amerika und Taiani, Coccia und Borolino standen vor ihm und reden alle wild gestikulierend durcheinander.

»Was höre ich da von einem Straußenvogel«, ließ ich mich aus dem Hintergrund vernehmen und brachte sie mit einer Handbewegung zum Schweigen. »Was hat ein Konstabler hier im Hochland wegen einem Strauß zu suchen?«

»Das, Mr. Miggel«, verkündete Christie, »ist wieder eine dieser finsteren Machenschaften der Kolonialverwaltung und ihrer Beamten. Antonio Mazera, ein unbescholtener Mann, wird der böswilligen Verwüstung fremden Eigentums angeklagt. Man will an ihm ebenso wie an mir und den übrigen Italienern ein Exempel statuieren. Das ist der wahre Hintergrund!«

»Ich verstehe kein Wort. Was ist mit dem Strauß gewesen?«

Es war eine langwierige Geschichte. Christie fing bei den »armen Italienern« an, die nie im Leben Bekanntschaft mit Straußenvögeln gemacht hatten. »Sie wissen von diesen Geschöpfen nur, daß sie in Afrika frei herumlaufen, Miggel. Zwei Tage vor Weihnachten waren Antonio, Taiani, Coccia und Borolini gerade auf dem Weg ins Dorf, als sie einen, wie sie glaubten, wilden Strauß beobachteten, der auf dem gegenüberliegenden Abhang der Schlucht saß. Antonio, den Sie Amerika zu nennen belieben, riskierte sein Leben, als er in den Abgrund hinunter- und auf der anderen Seite wieder heraufkletterte. Er wollte den Vogel retten, der offenbar in die Tiefe gestürzt war und sich nicht zu helfen wußte. Als er ihn zu fassen versuchte, bekam das Tier Angst und attackierte ihn so heftig, daß Antonio sich mit seinem Stock wehren mußte. Daraufhin flüchtete der Strauß in wahnwitziger Geschwindigkeit den Abhang hinunter, glitt auf den Felsen aus und brach sich den Hals, als er im Flußbett landete. Taiani, Coccia und Borolini, die den Vorgang vom Wegrand aus beobachtet hatten, können alles bezeugen. Sie kletterten auf allen vieren hinterher und wollten nachsehen, ob dem Vogel noch irgendwie zu helfen sei. Doch alle Tierliebe war vergebens, er ließ sich nicht wiederbeleben. Schließlich rupften sie ihm die Federn aus und verkauften die meisten bei Smit im Laden. Ein paar behielten sie als trauriges Andenken an dieses Abenteuer.«

»Manchmal frage ich mich, Mr. Christie, ob ihr Engländer alles glaubt, was erzählt wird. Ist das Unwissenheit oder Naivität?«

»Antonio hat *drei* Zeugen, die jedes seiner Worte beschwören können«, versetzte er wütend.

»Meinetwegen soll er eine Hundertschaft vor Gericht zitieren. Ich behaupte, daß sie lügen. Ich kenne die Straußenvögel und kann ihnen erzählen, wie es wirklich war. Ich will weder bestreiten, daß sie unterwegs ins Dorf waren, noch leugne ich, daß sie den Strauß bei Stewarts Hof gesehen haben, der gleich über dem Abhang liegt. Er hält sich ein paar dieser zahmen Viecher. Aber alles andere kann nicht stimmen. Wenn Sie mich fragen, hat sie das Jagdfieber gepackt, vielleicht auch die Hoffnung auf ein paar lukrative Federn. Mag sein, daß Amerika einen Stock aufgehoben hat, um sich zu verteidigen, denn er ist der größte Feigling von allen. Offenbar haben sie nicht damit gerechnet, wie dumm so ein Strauß sein kann. Wenn er einen Schreck bekommt, rennt er um sein Leben, ohne auf den Weg zu achten oder wo er hinläuft. Er haut einfach ab. Diesmal ging es halt abwärts, und die Felsen waren im Weg. Der Strauß blieb nicht stehen, sondern stürzte sich im Flußbett zu Tode. Jetzt bescherte ihnen ein günstiges Geschick nicht nur ein paar Federn, sondern gleich das ganze Schwanzbüschel. Bloß Pech, daß sie später damit erwischt wurden. Und nun muß Amerika vor Richter Jackson erscheinen, weil er derjenige mit dem Stock war. Und vor Richter Jackson zu stehen kann schlimmer sein, als in den Abgrund zu stürzen!«

»Ich bin ganz und gar nicht ihrer Ansicht, Miggel«, gab Christie zurück. »*Ich* werde Antonios Fall übernehmen und dafür sorgen, daß ihm Gerechtigkeit widerfährt. Hierzulande weiß man es nicht besser. Ihr zittert vor eurem Polizeirichter, aber mich kann ein Maximilian Jackson nicht einschüchtern. Als ehrlicher britischer Staatsbürger werde ich nicht zögern, für Recht und Wahrheit einzutreten!«

»Wenn Sie sich von jemandem fernhalten müssen, dann ist das Richter Jackson, Mr. Christie!« Ich versuchte ihn so freundlich wie möglich von seiner Idee abzubringen, als hätte ich es mit einem Geisteskranken zu tun. »Ich kenne ihn nicht persönlich, aber wer vor ihm erscheinen muß, hat nichts zu lachen. Wo er zuschlägt, wächst kein Gras mehr. Einem Bekannten von mir namens Esau Esau hat er einen ganzen Monat Zwangsarbeit aufgebrummt, weil er ein Sixpencestück unterschlagen hat. Und Jan Alie bekam zwölf Monate und fünfundzwanzig Hiebe mit der neunschwänzigen Katze wegen ein paar gestohlener Hühner. Wenn Sie im Kittchen landen, kann er Ihnen zwei Tage in der Woche Dunkelarrest verordnen, damit Sie Ihre Sünden bereuen. Schon bei seinem Amtsantritt hat er die Konstabler zusammengerufen und befohlen, jeden einzulochen, den man beim Fluchen in der Öffentlichkeit ertappt, egal wen. Und dem wollen Sie ein blödsinniges Lügenmärchen über Stewarts Straußenvogel auftischen? Amerika kann sich jetzt keinen Ärger leisten, er muß an die Arbeit, jeder Tag bringt ihm sechs Shillings! So wie die Dinge stehen, gehen ihm und den andern am Dienstag je sechs Shillings durch die Lappen. Wenn ich Ihnen einen Rat geben darf, nehmen Sie ihn mit und lassen sie ihn die Wahrheit sagen und um Gnade flehen, besser noch, gehen Sie vorher mit ihm zu Stewart. Vielleicht zieht der Mann seine Anklage zurück, wenn Sie ihm erklären, daß Amerika keine Ahnung gehabt hat, wem der Vogel gehörte, und daß es ihm aufrichtig leid tut. So freundlich wie möglich!«

»Weshalb sollte sich Antonio schuldig bekennen, wenn er nichts verbrochen hat? Ich verstehe Sie nicht, Miggel. Hier sind drei Männer, die einen Eid auf seine Unschuld ablegen, und Sie schlagen vor, daß er um Gnade bettelt?«

»Genau. – Übrigens habe ich gehört, Sie hätten inzwischen Ihr Gehalt, so daß Sie mir meine siebzehn Pfund zurückgeben können.«

»Darüber reden wir später. Ich habe einen Rechtsfall zu klären!«

Als ich mich zum Gehen wandte, zupfte Amerika mich beim Ärmel. »Signor Miggel mitgehen?« fragte er. »Signor Miggel sagt wegen lo struzzo?«

»Lo struzzo?«

»Der Strauß«, übersetzte Christie.

»Nein, ich gehe nirgendwohin. Am Dienstag muß ich in den Wald, damit ihr arbeiten könnt! Geh und sag dem Richter, daß du den Strauß gejagt hast, und daß es dir leid tut.«

»Signor Miggel mitgehen?«
»Nein!«

Am zweiten Tag wurde ein wenig mehr gefällt als am ersten. Doch ich mußte Augen und Ohren für alles haben: die Äxte, das Lagerfeuer, die Bataten in der Asche, Ilario und vieles mehr. Wenn einer nicht mehr konnte, nahm ich ihm die Axt ab und hackte weiter, bis er wieder zu Kräften kam. Fardini fiel es am schwersten, bei der Stange zu bleiben.

Am Samstag erlöste ich vier von den Äxten und ließ sie mit beidhändigen Sägen arbeiten, damit die Stämme passend zurechtgekürzt wurden. Dunn hatte angekündigt, daß die Ochsen für den Transport unterwegs seien. Sobald sie eingetroffen waren, sollten wir das erste Holz liefern.

Kurz nach Mittag ließ sich ein Waldhüter sehen. »Der Mann, in dessen Amtsbereich dieser Wald liegt, der Comte de Vaselot de Regné, hat vom Holzschlag für die Sägemühle gehört, Oom«, ließ er mich wissen. »Jetzt soll ich aufpassen, daß deine Burschen in Sektionen fällen. Ich fürchte, du kannst nicht abholzen, wie's dir grade paßt, Oom.«

»Geh und sag ihm, daß er Silas Miggel keine Vorschriften machen soll. Wenn er lernen will, wie man Holz fällt, soll er herauskommen, dann bring ich's ihm bei.«

»Hör mal, Oom, du sprichst von einem, der hier im Wald die höchste Position bekleidet. Sein Wort hast du zu respektieren.«

»Meinetwegen kann seine Position so hoch sein, daß er mit der Nase die Wolken berührt. Für mich ist er bloß ein Kürbiskopf, sonst hätte er nie die Genehmigung erteilt, ein Sägewerk ins Hochland zu setzen. Und du kommst daher und willst mich lehren, was ich zu respektieren habe?«

»Du suchst wohl Ärger, Oom?«

»Nein, der Ärger sucht anscheinend nach mir. Geh und sagt deinem Herrn, ich habe von Anfang an in Sektionen gefällt. Silas Miggel weiß, was er tut.«

Anderntags war Sonntag und Neujahr zugleich. Bei den Zelten war alles ruhig, die Männer waren todmüde und schliefen sich aus. Ich wanderte mit Mirjam nach Draaibos Eiland wie zu jedem Neujahrstag, aber nichts schien sie aufheitern zu können. Nicht einmal Smal Martiens oder Sias vermochten, sie aus ihrer trüben Stimmung zu reißen.

Am Montag war der Trupp wieder vollzählig mit mir im Wald, und als erstes suchte ich mit Ilario nach möglichen Wasserstellen der Böcke und Erdschweine. Dort zeigte ich ihm, wie man aus einem Lederriemen eine schöne Schlinge knüpft. Die ersten beiden legte ich für ihn aus, beim dritten Mal versuchte er es selbst und gar nicht mal ungeschickt.

Als wir uns gegen Mittag beim Unterstand zum Essen versammelten, wandte sich Fardini an mich: »Signor Miggel, Antonio groß Angst, morgen nicht Gefängnis gehen bitte.«

»Wir müssen abwarten, was kommt. Wenn Christie tut, was ich ihm geraten habe, kommt Antonio mit einem blauen Auge davon.«

»Christie nix gut.«

»Warten wir's ab.«

Offengestanden war mir auch nicht gerade wohl bei der Sache. Wäre Pontiggia von einer Haftstrafe bedroht, hätte es mir vielleicht weniger ausgemacht.

Aber Amerika tat mir wirklich leid, er war ein gutmütiger Kerl und hatte sich bloß an ein paar Federn bereichern wollen.

Dienstags ließ ich sie ein bißchen früher Schluß machen. Als wir aus dem Wald kamen, hockte Amerika niedergeschlagen vor seinem Zelt und barg das Gesicht in den Händen.

»Na und?« neckte ich ihn, als wir bei ihm waren. »Wenigstens bist du noch unter uns.«

»Jackson nix gut, Signor Miggel.«

Ich ging zu Christies Zelt, wo er gerade bei Tisch saß und wie ein Besessener Papier vollkritzelte. »Vermutlich schreiben Sie jetzt Berichte über Polizeirichter Jacksons Benehmen«, grinste ich.

»Richtig geraten!«

»Was war denn los?«

»Jackson stellt eine Bedrohung für Justiz und Öffentlichkeit dar, und niemand scheint es zu kümmern.«

»Das ist nicht wahr. Mr. Barrington hat mir erzählt, daß die Dorfbewohner sich einmal über ihn beschwert haben, leider ohne Erfolg. Und was ist passiert?«

»Sie sollten lieber fragen, welche Schmähungen ich mir anhören mußte! Nicht nur, daß die Italiener beleidigt wurden, sie wurden sogar gewarnt, daß man sie wie Strauchdiebe von ihrem Land jagen würde, wenn sie sich nicht vorsehen. Auf Argumente ging der Tyrann ebensowenig ein wie auf unsere Zeugen. Die Prozeßordnung wurde, soweit ich es beurteilen kann, gröblich mißachtet; der Angeklagte wurde nicht verhört, sondern einfach beschuldigt. Der Fall wird allerdings noch ein Nachspiel haben!«

»Wie lautete das Urteil?«

»Weil ich mich seiner angenommen habe, blieb Antonio das Gefängnis erspart. Er mußte allerdings eine Kaution in Höhe von sechs Pfund bezahlen.«

»Wo nimmt er denn diese enorme Summe her?«

»Ich habe sie ihm auf sein Gehalt vorgestreckt. Er wird sie wöchentlich abstottern.«

»Da kann er von Glück sagen, daß es nur sechs Pfund waren. Straußenfedern haben heutzutage ihren Preis!«

»Damit geben wir uns aber nicht zufrieden!«

»Auf manche Bäume kann man klettern, auf andere nicht mal mit einer Leiter, Mr. Christie. Lassen Sie Jackson und seine Gerichtsbarkeit, wo sie sind. Und vergessen Sie nicht, daß auch Sie mir noch etwas schuldig sind!«

Keine zwei Wochen später packten Amerika und Lucinetti, Pontiggia, Cavoni und Taiani ihre Siebensachen und verließen das Hochland. Weder Christie noch Dunn noch ich konnten sie aufhalten. Im Hafen lag die *Natal* vor Anker, und sie hatten genug verdient, um bis Port Elizabeth zu kommen, wo sie eine Anstellung finden und für ihre Heimkehr sparen wollten. Sie hätten genug von der Wildnis, meinten sie. Von Schaufeln und Spitzhacken und fremder Leute Straßenbau hatten sie die Nase voll, vom Äxteschwingen für fremder Leute Holz auch.

Donnerstagmorgens kamen sie sich bei mir verabschieden und brachten für alle Fälle Pietro Fardini zum Dolmetschen mit.

»Ihr begeht eine Riesendummheit«, warnte ich. »Sechs Shillings am Tag ist eine Stange Geld. Wer sagt euch, daß ihr in Port Elizabeth mehr bekommt? Ihr wißt doch noch nicht einmal, wo das liegt.« Nicht, daß ich es ihnen unter allen Umständen ausreden wollte, aber jemand mußte ihnen die Folgen klarmachen.

»Schluß mit Wald, Signor Miggel. Schluß mit Vorarbeiter bei Straße«, lachte Lucinetto. »Finito!«

»Finito«, echoten die anderen.

»Ihr werdet euch eine Unterkunft suchen und Miete zahlen müssen. Hier wohnt ihr wenigstens umsonst!«

»Schluß mit Zelt. Finito.«

Mirjam setzte ihnen Brot und Kaffee vor, und sie stärkten sich. Als sie sich erhoben hatten und aufbrechen wollten, sagte Amerika als letzter Lebewohl. »Ich Signor Miggel Brief schreiben, Signor Miggel wissen wie geht«, versprach er.

»Einverstanden, schreibt mir. Werd's mir von Christie übersetzen lassen.«

»Christie nix gut. Nimmt Amerika Schlafsack, Matratze, Taschenmesser weg für lo struzzo.«

»Es wird dir eine Lehre sein. Laß die Finger von den Straußenfedern!«

Mirjam und ich begleiteten sie noch bis ins Zeltlager. Als sie Abschied nahmen, heulte Mirjam mit den andern Frauen im Chor, als wären sie eine große Familie. Und Monica Grassi warf sich Canovi im letzten Moment schamlos in aller Öffentlichkeit an den Hals. Mirjam behauptete, er wolle sie abholen und mit nach Italien nehmen, sobald er das Geld beisammen hatte. Da war ich aber mal gespannt. Als Pontiggia an der Reihe war, Mirjam Lebewohl zu sagen, behielt ich sie im Auge. Gott sei Dank wahrte sie den Anstand und hielt sich auf Distanz. Doch sie blickten sich an, als hätten sie sich Dinge zu sagen, die kein anderer hören durfte. Ich mußte mich ein paarmal deutlich räuspern, um sie auseinanderzubringen.

»Wenn ihr eines Tages abreist«, wandte ich mich an die Übriggebliebenen, die traurig umherstanden, »dann nicht zu Fuß. Ich werde den größten Schlitten mieten, um euch ins Dorf zu bringen. Aber dieser Tag wird nie kommen, wenn wir hier müßig herumhängen. An die Arbeit!«

Ich hatte einen Neuling im Trupp, Coccia. Er war entschlossen, nicht zur Baustelle zurückzukehren und statt dessen Canovis Stelle einzunehmen. Gut, daß er schon mit der Axt umgehen konnte, seit wir zusammen Brennholz geholt hatten.

Als wir an diesem Morgen auszogen, war ich erleichtert, daß wenigstens die ersten fünf weggegangen waren. Noch mehr freute mich der Entschluß, den mir Dunn am Vorabend mitgeteilt hatte: Er würde das *Blockholzlager* und das *Nutzholz- und Bahnschwellenlager* ebenso wie das ganze Sägewerk rund fünfhundert Meter weiter westlich anlegen, näher an den Stausee. So konnte mein Haus stehenbleiben, wo es war. Mir fiel ein Stein vom Herzen. Wenn man über sechzehn Jahre in seinen vier Wänden lebt, hat man sich an seinen Standort gewöhnt; ein solcher Wechsel war nicht dasselbe, als ob man einen Hühnerpferch umsetzt. Jetzt mußte ich nur noch einen soliden höheren Zaun ziehen, rund um das Haus und damit rund um Mirjam. Wo ich die Zeit dazu hernehmen sollte, wußte der Himmel. Ich würde die Pfähle wohl bei Nacht und Nebel einschlagen müssen.

Mirjam hatte noch immer eine Aura von Traurigkeit um sich, deren Ursache ich nicht ergründen konnte. Einige Dammgräber und Junggesellen im Zeltlager, die sie nicht in Ruhe ließen, hatte sie geradezu angeschnauzt. Tröstlich für mich, aber sonst nicht Mirjams Art. An Wochenenden besuchte sie regelmäßig die Barrington-Töchter und kehrte abends mit Neuigkeiten aus Portland zurück. Zwischen die Apfelbäume waren Kürbisse gepflanzt worden; der Alte ließ einen Keller anlegen, um Apfelmost zu gären, sobald es mit seiner Gesundheit wieder bergauf ging. John Barrington war ans Kap gereist, um den Schoner *Hettie* in Empfang zu nehmen, der eine große Ladung Holz aus Portland mit sich führte, die in Kapstadt verkauft werden sollte.

»Hoffentlich sehen Sie ihn je wieder«, warf ich ein.

Dunn war sehr verstimmt über die Kündigung der fünf Italiener, die sich aus dem Staub gemacht hätten. Jeder Mann würde gebraucht, meinte er, um die Straße so schnell wie möglich fertigzustellen. Als ich ihn nach den anderen Holzfällertrupps fragte, die längst schon die Arbeit hätten aufnehmen sollen, hieß es, die seien unterwegs. Und die Ochsen? Auch unterwegs. Anscheinend war alles mögliche unterwegs.

»Und das Wasser?« erkundigte ich mich. »Wo soll das Wasser für den Stausee herkommen?«

»Irgendwann muß es ja regnen. Hauptsache, das Becken läuft voll, sobald wir den Betrieb aufnehmen. Das wäre früh genug.«

»Und bis dahin sollen wir nichts mehr ernten?« protestierte ich. »Die paar Eimer, die Mirjam und ich jeden Morgen zu den Beeten schleppen müssen, reichen nie und nimmer. Die paar Felder, die sich die Italiener da drüben angelegt haben, sind längst verdorrt, weil wir das Wasser nicht mehr aus der Zisterne ableiten können. Euer blödsinniger Damm schneidet uns den Zufluß ab!«

»Ihr verdient doch genug, um euch Gemüse zu kaufen!«

»Die Italiener arbeiten nicht für Gemüse, sondern um die Kosten für ihre Rückfahrt zu bestreiten«, erinnerte ich ihn.

»Meinetwegen. Wenn sie's nur nicht zu schnell beisammen haben, Miggel! Und bei dieser Gelegenheit wollte ich nach diesem Grassi fragen. Der scheint mir viel zu schlapp, eine Axt zu führen. Wozu soll der eigentlich jeden Morgen mitgehen und einen vollen Taglohn einstreichen?«

»Lassen Sie ihn in Ruhe. Ich sorge dafür, daß er zu tun bekommt.«

Am folgenden Abend klopfte Dunn schon wieder bei mir an. Ich glaubte, er wollte schon wieder über unsere Arbeit reden, aber diesmal ging es um etwas ganz anderes. »Am Samstag ist Tanz im Dorf, Miggel«, verkündete er. »Ich würde gern Ihre Tochter ausführen, vorausgesetzt, sie hat etwas Schickes zum Anziehen.«

Einfach so. Und noch bevor ich aufspringen und ihn mit einem Fußtritt hinausbefördern konnte, kam Mirjam aus ihrem Zimmer hervor, so wütend wie noch nie. Und als sie ihre Sache selbst verfocht, nahm sie kein Blatt vor den Mund – wie eine richtige Lady.

»Wenn Sie mit mir ausgehen wollen, Mr. Dunn«, erwiderte sie kühl, »wenden Sie sich gefälligst zuerst an mich und zweitens an meinen Vater. Hätten Sie mich gefragt, wäre die Antwort nein gewesen. Meines Vaters Abfuhr hätten Sie sich damit ersparen können. – Und wenn Sie mich je ein zweites Mal auffordern sollten«, fuhr sie gefährlich leise fort, »dann entscheiden Sie sich zuerst, ob Sie mit *mir* tanzen wollen oder mit meinem Ballkleid!«

Ich war entgeistert. Auch Christie bekam den Mund nicht mehr zu. So hatte ich meine Tochter noch nie erlebt. Eins wurde mir plötzlich klar: Ein Verehrer, den sie derart zurückwies, mußte die Hölle durchmachen, um sie sich aus dem Kopf zu schlagen. Und ich konnte mir vorstellen, wie es zwischen Jacob und Susanna zugegangen sein mußte.

Dunn schüttelte den Kopf und kicherte nervös. »Hm, tja«, druckste er, »daß Ihr Herr Vater ein wenig heikel sein soll, habe ich schon gehört. Aber vor Ihnen hat mich keiner gewarnt.«

Sie machte auf dem Absatz kehrt und verschwand grußlos in ihrem Zimmer. Später wollte ich nach ihr sehen, aber ich erkannte sie nur noch als Schatten weit unten am Fuß des Hochlands, wo sie im Mondlicht wanderte.

14

Mitte Februar ragte rings um mein Haus ein neuer Zaun hoch: kräftige, mannshohe Pfähle mit einem solide verriegelten Tor an der Ostseite. Die Hölzer dafür hatte ich nachts beim Schein der Petroleumlaterne gehackt, entrindet und zugespitzt. Mein Holzschuppen und die Hälfte von Mirjams Garten waren ebenso eingeschlossen wie das kleine südlich gelegene Gemüsebeet. Mochte kommen, was da wolle – ich fühlte mich gut gerüstet.

Der Zaun war keinen Tag zu früh fertig geworden. Als der Monat zu Ende ging, wurde die Straße eröffnet, und die ersten Karren trafen ein. Insgesamt sechs Karren: drei gehörten Fox & Dunn, die übrigen brachten Holzfällertrupps, die mit Kutschern, Ochsen und allem Drum und Dran angeheuert worden waren. Tagelang schaffte man Gerät und Ausrüstung ins Hochland. Zuerst die Zelte für Dunns Arbeiter, die wenigstens zum größten Teil am Fuß des Hochlands errichtet wurden. Dann kam die Sägemühle selbst: Maschinen, Bänder, Werkzeug, Eisenplatten, Seekisten mit riesigen aufgeprägten Buchstaben, Koffer, Bündel; drei Fuhren brauchte es allein, die Bestandteile des Dampfkessels hochzukarren. Die Ochsen hatten abends aufgescheuerte Rücken vom höllischen Gewicht der übermäßig beladenen Wagen. Am schlimmsten war das Vieh von Fox & Dunn dran; die Holzfäller wußten wenigstens, was man einem Ochsen zumuten konnte, ohne ihn umzubringen.

Mirjam wurde bang zumute. »Wann wird das aufhören, Pa?«

»Gott weiß es.« Mich erinnerte das Ganze an die sieben Plagen, von denen man in der Bibel lesen konnte. Täglich wurde das Hochland aufs neue heimgesucht. Silas Miggel, schau auf den Boden zu deinen Füßen, ging es mir durch den Sinn. Blick nicht auf, und miß nicht die Entfernung von hier zur anderen Seite aus. In Panik geriet ich erst, als eines Tages die Herde kam. Verzweifelt versuchte ich sie zu zählen und kam auf 121 Stück. Dann ging ich zu Dunn und fragte, ob er den Verstand verloren habe. Wo sollten sie grasen, wo trinken? 121 Ochsen!

Im Zeltlager der Italiener wurde das Leben unerträglich. Die winzige Wasserstelle diente den Ochsen zur Tränke, und binnen einer Woche schwamm alles im Kot, und der Erdboden war von Hufspuren zerwühlt. Die Frauen mußten jetzt in den Kloof steigen, um Flußwasser zu holen. Christie leierte Dunn immer wieder die Paragraphen des Einwanderergesetzes vor, fand aber kein Gehör. Überall lagen Maschinenteile herum. Ich konnte nur noch darauf hoffen, daß Robinson, der aus diesem Tohuwabohu ein Sägewerk bauen sollte, damit nicht zu Rande kam.

Die drei Mannschaften hatten Waldhüter mitgebracht, die ihnen zeigten, wo sie fällen durften und wo nicht. Morgens sah ich zu, daß wir die ersten waren, die in den Wald gingen, und wir kehrten auch als letzte zurück. Kein Trupp würde weiter nördlich schlagen als wir.

Am ersten Sonntag im März wachte ich auf und hörte den Ruf des Heide-Lori. Noch in derselben Nacht fielen die ersten Tropfen. Bei Tagesanbruch machte ich mich bereit zum Aufbruch, und Mirjam hätte fast der Schlag getroffen.

»Wo willst du hin, Pa? Du kannst sie doch nicht bei solchem Wetter in den Wald jagen!«

»Sie sind doch nicht aus Zucker. Das ist doch bloß ein Nieselregen, gerade richtig, um die Stämme herzuschleifen!«

»Sie werden krank, Pa!«

»Sag nicht so etwas, Mirjam. Es sind wetterfeste Leute. Sie sollen bloß lernen, das Holz aus dem Wald abzuschleppen. Schließlich werden sie dafür bezahlt!«

Bei feuchtem Wetter brauchte man keinen Schlitten für die Stämme, sie gleiten von selbst über die Rieswege. Wenn man bei trockenem Wetter versucht, sie auf diese Weise zu transportieren, sinkt das Holz in den weichen Waldboden ein und läßt sich nur mühsam herausziehen; selbst die Ochsen schaffen es kaum auf die Steilhänge, und am Ende schleppt man sich dreimal so lange ab.

Ich begab mich zu den Zelten und holte meinen

Trupp aus den Federn. Nur Ilario ließ ich schlafen. Wir trieben zwölf der besten Ochsen zusammen und machten uns auf den Weg. Von den anderen Trupps ging keiner an die Arbeit. Als wir mittags dem Vieh die erste Ladung Holz vom Geschirr nahmen und auf dem neuen Lagerplatz stapelten, pries Dunn uns in höchsten Tönen, als hätten wir mindestens hundert Elfenbeinzähne angeschleppt.

»Gut gemacht, Miggel, meinen Glückwunsch!« Er muß es ein dutzendmal und mehr gesagt haben; alle Sägewerksleute sollten es hören. »Sie und Ihre Männer geben ein leuchtendes Vorbild ab!« Ich zeigte ihm die kalte Schulter. Auch die Italiener blieben gleichgültig. Es war wieder einer dieser Tage, an denen sie wie geprügelte Hunde keinen Laut, nicht einmal ein Knurren mehr von sich gaben.

Bis Mittwoch hatten wir alles Holz herausgeholt. Als wir mit dem Fällen weitermachten, schien sich ihre Laune zu bessern. Manchmal ließen sie sich sogar fast ein wenig anfeuern: »Schwingt die Axt, Leute! Haltet euch immer den Lohn vor Augen. Ihr kommt nach Hause! Mailand! Florenz! Venedig!« Inzwischen kannte ich die meisten Städte ihrer Heimat. Manchmal machte ich ein Spiel daraus und ließ sie jeden Hieb beim Namen nennen, damit niemand aus dem Rhythmus kam.

»Milano!« Mangiagallis Vaterstadt.

»Treviso!« brüllte Borolini. »Bergamo«, fügte er meistens hinzu, wenn er wieder an der Reihe war. Dort wohnte seine Freundin – die er ursprünglich nachkommen lassen wollte.

»Como!« Diesen Namen riefen sie alle im Chor, denn dorthin wurden die meisten ihrer Kokons zu den Webereien geschickt.

»Milano!« Auch Cruci kam von dort.

»Gouna!« mischte ich manchmal ein.

»Bergamo!«

»Firenze!« Das riefen sie am häufigsten. Florenz war die Heimat der Fardinis, Cuicattis, Robolinis und Coccias.

»Ilario, wo kommt Ilario her?«

»Milano!«

Echte Holzfäller würden sie nie werden. Aber sie stellten sich recht geschickt an. Und inzwischen war es soweit, daß sie selbst die Stämme kerben durften; jeder Baum landete genau dort, wo ich ihn auch niedergelegt hätte.

»Venezia!« Tomés Vaterstadt.

»Gouna!« Da war ich zu Hause.

»Roma!« Dort wohnte keiner von ihnen, aber diesen Namen riefen sie besonders gerne im Chor.

Als wir eines Tages in dieser Weise fällten und uns mit dem Brüllen abwechselten, stand plötzlich der Waldhüter von Diepwalle vor mir und glotzte mich verständnislos an. Er verzog das Gesicht.

»Waldhüter«, warnte ich, »du stehst genau an der Stelle, wohin der Baum stürzen soll. Geh lieber beiseite!«

Hastig zog er sich zurück und fragte: »Ist ihr Anführer bei den Zelten, Oom?«

»Welcher Anführer? Im Hochland haben jetzt viele etwas zu sagen.«

»Der Übersetzer, Oom. Ich habe eine dringende Nachricht für ihn.«

»Was für eine Nachricht?«

»Mr. McNaughton, der stellvertretende Verwalter des Kronlands aus Kapstadt, kommt morgen nach Gouna, um sich die Klagen der Italiener anzuhören.«

Ich ließ die Axt sinken. »Was sagst du da?«

»Er macht eine Rundreise zu allen Einwanderern im Distrikt und ist morgen in Gouna. Anscheinend kommen von da die meisten Beschwerden. Deshalb will er persönlich nach dem Rechten sehen. Ich wollte gestern schon Bescheid sagen, aber eine Herde Grootvoete hat mich aufgehalten.«

»Wie heißt der Kerl gleich?«

»McNaughton, Oom.«

»Hoffentlich ist er vor Sonnenaufgang da oder erst nachmittags. Sie können nicht herumsitzen und auf ihn warten, sonst verlieren sie einen ganzen Taglohn.«

»Hör auf, uns Scherereien zu machen, Oom. Denk an Pieter Kapp!«

Ich hatte keine Ahnung, was mit Pieter Kapp sein sollte. Da ich kaum noch ins Dorf kam, erfuhr ich nur noch selten Neuigkeiten. Pieter Kapp war Holzfäller, er lebte seit Jahren in Kran-se-Bos. »Was meinst du damit?«

»Der hat sich auch ein Haus auf Kronland gebaut in Kran-se-Bos. Genau wie du, Oom. Jetzt hat er den größten Ärger am Hals. Bis Ende des Monats soll er verschwinden und darf nicht den kleinsten Dachbalken mitnehmen. Einwanderer aus England sind unterwegs und übernehmen das Land.«

Das gefiel mir nicht. Ganz und gar nicht. Aber Pieter Kapp ist nicht Silas Miggel, dachte ich. Bei ihm war es etwas anderes. Schließlich mußte er nicht auf einen Haufen verrückter Italiener aufpassen. Trotzdem – als ich zu einem neuen Hieb ausholte, war mir bang zumute. Noch vor Sonnenuntergang würde ich Christie das Geld abknöpfen, das er mir noch schuldete. Mehr als ein dutzendmal hatte ich ihn daran erinnert. In meiner Blechdose lagen 23 Pfund und drei Shillings. Zusammen mit den siebzehn, die er mir noch schuldete, verfügte ich insgesamt über 40 Pfund und drei Shillings. Ich konnte dem Tag, an dem die Parzellen versteigert wurden, beruhigt entgegensehen. Einen Pieter Kapp würde man nicht aus mir machen. Soweit durfte es weiß Gott nicht kommen.

Als wir an diesem Nachmittag heimkehrten, ging ich gleich zu Christie. Mir fiel sofort auf, daß er sich die Haare geschnitten und ein nagelneues Paar Schuhe angezogen hatte. Jetzt eilte er von Zelt zu Zelt und kommandierte herum.

»Was ist los?« wollte ich wissen.

»Morgen wird Mr. McNaughton, der stellvertretende Leiter der Kronlandverwaltung, hier sein. Anscheinend bin ich der einzige, der diesen Besuch in seiner ganzen Tragweite zu würdigen weiß!« Er bebte vor Stolz. »Wenn ich doch diesen Leuten klarmachen könnte, welche Folgen der Besuch für sie haben kann!«

»Ich glaube, die trauen allmählich der Verwaltung und ihren Folgen nicht mehr über den Weg.«

»Mr. McNaughton ist *stellvertretender Verwalter des Kronlands*, Miggel!« brüllte er, als wäre ich taub. »Wissen Sie eigentlich, was es gekostet hat, ihn herzubringen?«

»Zeit wird es kosten, vermute ich.«

»*Ich* war derjenige, der ihm bei der Zusammenkunft vorgeschlagen hat, die Angelegenheit an höchster Stelle zur Sprache zu bringen. Ich habe ihm erklärt, daß wir uns mit den Maßnahmen der Lokalbehörden nicht mehr zufriedengeben. Und was ist der Dank? Diese Frauen zeigen nicht das geringste Interesse dafür!«

»Von welcher Zusammenkunft reden Sie?«

»Na, vom Treffen aller Einwanderergemeinden, das im Februar stattgefunden hat.«

»Wieso weiß ich nichts davon?«

»Sie sind doch kein Einwanderer!«

»War von den Italienern keiner da?«

»Die sprechen sowieso kein Englisch. Alle übrigen Einwanderer im Distrikt sind englischsprachig; ich war im Dorf und habe meine Interessen ebenso wie die der Italiener vertreten. Dunn habe ich schon gesagt, daß sie morgen nicht zur Arbeit gehen werden. Er muß allerdings auch damit rechnen, daß sie überhaupt nicht mehr für ihn arbeiten. Mr. McNaughton wird nicht damit einverstanden sein. Vielleicht bekommen sie für den Aufbau ihrer Seidenindustrie anderes Land, solches, auf dem Maulbeerbäume gedeihen.«

»Mensch, Christie, wollen Sie die Seidenraupen wieder aus ihren Gräbern buddeln?« Es war kaum zu glauben. Und das war noch längst nicht alles.

»Ich werde über Dunn Bericht erstatten müssen, weil er die Zelte der Arbeiter unrechtmäßig dort errichtet hat, wo unser Gemeindeland liegt. Außerdem erlaubt er seinen Leuten, die Grundstücke der Italiener zu betreten und weigert sich, herumliegende Teile des Sägewerks von Tomés und Robolinis Parzellen zu entfernen.«

»Sie dürfen sich mit Dunns Arbeitern nicht mehr anlegen. Sonst kommt es noch zu Handgreiflichkeiten. Aber das ist jetzt nicht so wichtig. Statt dessen sollten Sie einmal in aller Ruhe nachdenken, Mr. Christie. Ich hänge nicht an Ihnen, auch nicht an den Italienern, und an der Sägemühle schon gar nicht. Aber momentan sehe ich keinen anderen Ausweg für sie als zu arbeiten. Wenigstens können sie sich mit Lebensmitteln versorgen, und, was noch besser ist, sich das Schiffsgeld zusammensparen. Wenn Mr. McNaughton einen besseren Vorschlag hat, meinetwegen, aber dann muß er ihn auch allen auf den Tisch legen und nicht bei irgendeiner Zusammenkunft aushecken. Und Sie legen mir jetzt das Geld auf den Tisch, das Sie mir noch schulden. Jetzt gleich, wenn ich bitten darf. Sofort.«

Er blinzelte verwundert, als habe ich ihn geohrfeigt. »Ich bereite mich soeben auf den höchst wichtigen Besuch eines Regierungsbevollmächtigten vor, und Sie wollen mit mir über lächerliche Außenstände zanken? Kommen Sie übermorgen wieder, dann regeln wir das in aller Ruhe.«

»Her damit!«

»Wir wollen nichts überstürzen, Miggel. Ich weiß, daß Sie eins der Grundstücke haben wollen, und ein besseres als meins werden Sie nicht finden. Ich versichere Ihnen, wir werden eine Möglichkeit finden, daß sie es mir ganz legal abkaufen können.«

»Und zu welchem Preis?« Ich blieb auf der Hut.

»Über den Preis einigen wir uns schon.«

»Ich will's aber jetzt wissen.«

»Für weniger als 500 Pfund kann ich es nicht hergeben.«

»*Wie bitte*?« Vielleicht hatte er sich nur versprochen? Aber er nickte bestätigend; offenbar war es ihm ernst. »Haben Sie in letzter Zeit Tobsuchtsanfälle? Mit 500 Pfund kann ich die halbe Welt von hier bis zum Dorf kaufen und hab noch was übrig. Barrington hat 45 Pfund hingelegt für ganz Karawater mit seinen vierhundert Hektar, und Sie wollen für lumpige zwanzig Hektar Tonerde eine solche Summe?«

»Es heißt, daß sich hier Gold findet, Miggel!«

»Rutschen Sie mir den Buckel runter damit! Seit Jahren gehen diese Gerüchte um, und 'ne Menge Leute schnüffeln im Distrikt nach Gold. Was haben sie gefunden? Allenfalls ein paar Krümelchen. Mr. Dunn behauptet zu wissen, wo es Gold gibt, aber wenn sie mehr als einen Eimer voll im Wald schürfen, dann wäre das schon viel. Und da schrauben Sie den Preis für ihr Land hoch, als wäre es mit Gold gepflastert! Sie sollten sich mal unten im Dorf von Dr. Gorman behandeln lassen, damit er Ihren Geisteszustand untersucht.«

»Ich könnte mir überlegen, bis 450 Pfund entgegenzukommen.«

»Überlegen? Ich überlege, ob ich Ihnen den Schädel einschlage.«

»Soll das eine Drohung sein?«

Plötzlich merkte ich, wie er dem eigentlichen Thema auswich. »Rücken Sie das Geld raus, ich bin müde.«

»Übermorgen bekommen Sie es bar auf die Hand.«

Jetzt war das Maß voll. Ich stand noch immer mit dem Beil in der Hand da, denn ich mußte noch Reisig besorgen. Jetzt hob ich den Arm, als wollte ich ausholen. Er tat einen Satz zurück und verkroch sich hinter dem Koffer. Aber ich ließ nicht locker, bis er mir das letzte Pfund ausgehändigt hatte.

Er war kreidebleich vor Zorn. »Einst wird kommen der Tag, Miggel«, murmelte er. »Dann werde ich Sie drankriegen, verlassen Sie sich drauf.«

Als ich sein Zelt verließ, gellten mir seine Drohungen nach. Als letztes hörte ich noch, daß er sich während McNaughtons Besuch meine Anwesenheit im

Zeltlager verbitten würde. *Er* vertrete die Interessen der Italiener, keifte er, nicht ich.

Aber niemand durfte Silas Miggel verbieten, im Hochland zu gehen, wohin es ihm gefiel.

Gegen Mittag tauchte McNaughton auf, mit Walkers Sekretär Dreyer in seiner Begleitung. Als er vom Pferd absaß, war ihm anzusehen, daß ihm alles weh tat. Vorsichtig und mühevoll ließ er sich herabsinken: Hexenschuß. Ein schlimmes Vorzeichen, dachte ich. Ein Mann, der Schmerzen hat, wird die nötige Geduld nicht aufbringen. Was die Italiener seit dem frühen Morgengrauen getrieben hatten, war mir ein Rätsel.

Jahre zuvor, als Mirjam drüben in Portland am Privatunterricht teilnahm, ließ Miß Ritchie die Kinder ab und zu eine Aufführung machen. Das bedeutete, daß sie sich verkleiden, anders sprechen und auffallend bewegen mußten, wozu die Erwachsenen anschließend Beifall klatschten. Einmal rief mich Mrs. Barrington ins Schulzimmer, und ich kam, um mir das anzusehen. Es war ein närrisches Getue. Mirjam mußte Lumpen anziehen und wurde Aschenbrödel gerufen. Ich erklärte Miß Ritchie, daß mir das ganz und gar nicht zusagte.

Am Tag, als uns McNaughton besuchte, fiel mir für das Verhalten der Italiener nur eines ein: Sie bereiteten eine Aufführung für ihn vor. Vielleicht wollten sie auch bloß Christie zur Weißglut bringen. Der Engländer war morgens vor dem Bürozelt erschienen, geschniegelt und gebügelt wie es sich für einen Gentleman gehört, und benahm sich auch so. Er fegte sogar vor dem Eingang. Bei den Italienern geschah das genaue Gegenteil. Die Männer drehten ihre Jacken von innen nach außen, die Frauen verzichteten darauf, sich und die Kinder zu kämmen. Sie lockerten die Zeltschnüre, bis die Planen häßlich und schlapp vom Mast baumelten, und die Wäschestücke verschwanden spurlos von der Leine. Hier und da stellten sie einen leeren Wassereimer neben ein paar faulige Reisigbündel. Am meisten beeindruckten die beiden zerbrochenen Pflüge, die sie irgendwo vom Waldrand herholten und mitten in den Weg stellten. An einem befestigten sie zwei winzige nackte Haselhühner, die noch vom Vortag übriggeblieben waren; die mageren Beinchen verknotet, hingen sie mit dem Kopf nach unten. Als sich die Fliegen darauf setzten, wirkten sie wie ein Sinnbild des sicheren Hungertodes.

Schließlich ließ Christie mich holen. »Reden Sie mit ihnen, Miggel! Sie müssen mir beistehen. Mr. McNaughton kann jeden Augenblick hier sein. Nicht nur mein guter Ruf steht auf dem Spiel, sondern auch die Zukunft der Italiener! Wir müssen unter allen Umständen einen guten Eindruck hinterlassen . . .«

»Ich fürchte, ich denke heute genau wie die Italiener«, wandte ich ein. »Mir scheint, es wäre besser, ihn vom Elend ihrer Lage zu überzeugen statt vom Gegenteil!«

»Mr. McNaughton ist über die Lebensbedingungen hier im Lager seit Monaten informiert. Schließlich habe ich nicht umsonst die vielen Beschwerden vorgebracht. Zumindest kann ich verlangen, daß er mit Anstand und Würde empfangen wird, aber diese Kerle starren mich verständnislos an und zucken die Achseln. Schauen Sie sich das Durcheinander bei den Zelten an! Und wie sie aussehen! Was soll Mr. McNaughton von uns denken, wenn er das alles sieht? Er wird glauben, daß unter meiner Aufsicht Mißwirtschaft und Nachlässigkeit eingerissen sind. Bitte, legen Sie ein gutes Wort ein, Miggel!«

Als die beiden Männer über das Hochland geritten kamen, verpaßten sie der Aufführung den letzten Schliff. Die Kinder hockten sich vor dem Zeltlager auf den nackten Erdboden und malten Bilder in den Staub; einige warfen kleine Steine in die Luft und schnappten sie wieder auf. Vittoria Robolini und Antonia Tomé griffen nach ihren Besen und fingen stumpfsinnig zu kehren an, während sich Fardini, Cruci und Cuicatti tief über ihre Äxte beugten und die Schneiden mit der Feile traktierten. Normalerweise schliffen wir in den Abendstunden. Ilario hatten sie vor sein Zelt gesetzt, trotz brütender Hitze trug er einen von Petroniglias Schals um die Schultern.

Selbst Mirjam blieb verwundert stehen, als sie der kleinen Cruci ihre Medizin bringen wollte. »Was in aller Welt geht hier vor, Pa?«

»Ich glaube, sie veranstalten für Mr. McNaughton eine Aufführung.«

Wessen Aufführung zum Schluß erfolgreicher war, die der Italiener oder Christies, ließ sich schwer entscheiden. Der strohdumme Dolmetscher hatte gar nicht bemerkt, daß der Mann mit einem Hexenschuß vom Pferd gekrabbelt war. Statt ihm aufzuhelfen, hielt er eine nervtötende Begrüßungsrede, die kein Ende nehmen wollte, als sollten die blumigen Phrasen das Spektakel hinter seinem Rücken übertönen. Im gleichen Atemzug zählte er jedes Unrecht auf, das ihm und den Italienern widerfahren war. Er führte gerade aus, wie schäbig die Einwanderer am Kap empfangen worden waren, als Mariarosa und Petroniglia hinter den Zelten hervorkamen. Sie brachen fast zusammen unter den schweren Eimern, die sie mit Tragbügeln geschultert hatten. Der Zeitpunkt, zu dem sie mit den schwappenden Wassereimern auftauchten, schien genau abgepaßt; sie stellten ihre Last McNaughton vor die Füße, und als Mariarosa abgesetzt hatte, ließ sie eine Schimpfkanonade über ihn ergehen. Für mein Leben gern hätte ich gewußt, was sie ihm alles an den Kopf warf. Christie übersetzte nicht, sondern wollte sie wegscheuchen, während er sich unausgesetzt bei McNaughton entschuldigte. McNaughton ahnte nicht, daß es nur eine Aufführung war, und hätte schon sehr scharf hinsehen müssen, um es zu merken. Und mir fiel auf, daß die Italiener beobachteten, ob er darauf hereinfiel. Doch Christie mit seinem unruhigen Hin-und-her-Laufen verdarb schließlich alles. Zum Schluß brachte er McNaughton noch selbst auf die alte Ausrede, wie sehr die Italiener gegenüber anderen Einwanderern bevorzugt worden seien. Das wolle er alles der Regierung berichten, sagte McNaughton. Nichts als Geschwätz und Gerede. Warum die Italiener nur so halbherzig versuchten, das ihnen überlassene Land zu kultivieren? Wieso es keine Anzeichen für einen ernsthaften Versuch der Seidenraupenzucht gebe? Er könne nur einen Schluß daraus ziehen, daß sie dreist und faul und der Kolonie nur eine Last seien. Ich nahm Christie beiseite, er solle doch mal von der Dürre und den toten Seidenraupen erzählen, und daß die Sägewerk-Ochsen mit ihren Hufen alles unterpflügten. Aber Christie schwieg sich aus. Der Dolmetscher dolmetschte nicht, sondern blieb stumm wie eine Salzsäule. Und vielleicht war das ja auch besser für uns alle. Hätte er übersetzt, wäre aus der Aufführung noch ein Aufruhr geworden. Jedenfalls verließ ich das Spektakel lange bevor der Vorhang fiel.

Eine Woche später fing der Regen an. Richtige Regengüsse, nicht bloß Nieselwetter. Drei Tage ohne Unterlaß, Tag und Nacht, und niemand ging mit der Axt in den Wald, auch nicht mit den Ochsen, um Stämme zu holen. Nichts zu machen. Als die ersten Tropfen fielen, verdrückte sich Dunn ins Dorf und ward nicht mehr gesehen. Am zweiten Tag kamen seine Arbeiter zu mir und klagten, ihre Zelte stünden unter Wasser. Was behelligten sie mich damit? Ich hatte nichts mit ihnen zu schaffen. Das Zeltlager der Italiener bekam schließlich dieselbe Sintflut ab, nur daß sie nicht überschwemmt wurden. Als der Heide-Lori rief und der Wind auf Westen drehte, hatte ich Mirjam mit den Frauen zum Streusammeln geschickt und dafür gesorgt, daß der Wetterschutz dort, wo die Kinder im Spiel die Erde abgetragen hatten, ausgebessert wurde. Die Männer und ich hatten Brennholzvorräte angelegt und sie rechtzeitig in den Unterstand gebracht, wo sie trocken blieben. Nachts, als der Regen einsetzte, konnte ich mich getrost auf die andere Seite drehen. Nur Mirjam bereitete mir Kummer, denn sie hatte sich seit Wochen still zurückgezogen und strahlte eine Traurigkeit aus, die mir weh tat.

Schließlich hörte der Regen auf, und mit ihm waren uns drei Taglöhne durch die Lappen gegangen. Dunn kehrte vom Dorf zurück und ließ mich rufen. Ob ich mir nicht mal das Staubecken ansehen wolle? Tatsächlich, wir standen auf dem Damm und es war, als ginge ein alter Traum von mir in Erfüllung. Schon seit Jahren hatte ich einen Damm ins Hochland bauen wollen, aber die Idee schließlich verworfen, weil sie aus eigenen Kräften undurchführbar war. Nie hätte ich gedacht, daß ausgerechnet eine Sägemühle mir dazu verhelfen würde.

Als ich anderntags nach Hause kam, überraschte mich Mirjam mit der Nachricht, daß Chefkonstabler Ralph dagewesen sei. Christie und drei der Italiener seien angeklagt worden, einen Ochsen getötet zu haben. Kommenden Donnerstag sollten sie vor Gericht erscheinen. Die drei Komplizen sollten Mangiagalli, Tomé und Cuicatti gewesen sein. Ich schob das Abendbrot beiseite und erhob mich. Kaum hatte man eine Schwierigkeit hinter sich, tauchte eine neue auf. Und jedesmal blieben die Äxte liegen und die Löhne aus.

Ich trat vor Christies Zelt. »Was höre ich da von einem Ochsen«, schnauzte ich ihn an.

»Sie wollen mich loswerden, Miggel.« Er saß beim Schein einer Kerze am Tisch seines Bürozelts. »Wenn sie mich aus dem Weg haben, glauben sie, ihre Verpflichtungen den Italienern gegenüber nicht mehr erfüllen zu müssen. Solange ich noch hier bin, Beschwerdebriefe schreibe und mein Recht verlange, schämen sie sich für das Fiasko mit der Seidenindustrie.«

»Was ist mit dem Ochsen?«

»Jetzt, wo sie gemerkt haben, daß ich mich nicht von Drohungen einschüchtern lasse, wird mir dieser konstruierte Vorwurf wegen einem toten Ochsen in die Schuhe geschoben.«

»Na und?«

»Laut Konstabler Ralph handelt es sich um den Ochsen, den die Waldhüter an Heiligabend im ersten Kloof östlich von hier gefunden haben.«

»Warum weiß ich nichts davon?«

»Weil Sie und ich nichts damit zu tun haben, auch keiner der Italiener. Damals waren Sie in Portland. Ich kam vom Dorf zurück und stieß im Kloof auf Mangiagalli, Cuicatti und Tomé. Sie waren auch im Dorf gewesen und ruhten sich am Ufer der Furt aus, wo ich sie antraf. Zusammen machten wir uns auf den Heimweg, waren aber noch nicht weit gekommen, als uns auf dem Fußpfad einer der Waldhüter ansprach. Er habe ganz in der Nähe einen geschlachteten Ochsen im Unterholz gefunden, ob wir irgendwas damit zu tun hätten. Ich versicherte ihm, daß wir von nichts wüßten.«

Da war ich mir nicht so sicher. Nicht daß ich Christie zutraute, in die Sache verwickelt zu sein, aber kurz vor Weihnachten war die Stimmung bei den Zelten ziemlich trostlos gewesen. Ungefähr um diese Zeit war auch der letzte Ochse, den die Regierung mit den Pflügen geschickt hatte, spurlos verschwunden.

»Sind Sie sicher, daß es nicht um eins der Rindviecher ging, die kurz nach ihrem Eintreffen geschlachtet wurden?« erkundigte ich mich.

»Ich weiß von gar keiner Schlachtung«, leugnete er steif und fest. »Das war doch ein Vorschlag von Ihnen gewesen! Wo doch die Ochsen Regierungseigentum sind. Am besten kommen Sie mit uns vor Gericht, falls wir womöglich einen Zeugen brauchen . . .«

»Hören Sie, Mr. Christie – wenn es um Leben und Tod ginge, würde ich vielleicht vor Polizeirichter Jackson die Schwurhand heben, aber nicht wegen eines toten Ochsen. Erzählen Sie ihm von dem abgemagerten Vieh, das nach der Ankunft der Italiener von der Regierung ins Hochland geschickt wurde. Es sei weggelaufen, und Sie wüßten nicht wohin. Versuchen Sie bloß nicht, ihm Märchen zu erzählen! Gehen Sie hin und stellen Sie sich dumm, das kann Ihnen doch nicht schwerfallen.«

»Sie haben's noch nicht begriffen, Miggel. Es geht

gar nicht um den Ochsen! Das alles ist ein Komplott, um mich auszuschalten. Sie müssen mitkommen und meine Unschuld bezeugen . . .«

»Ich werd mich doch nicht freiwillig in Jacksons Nähe wagen«, unterbrach ich ihn. »Wenn Sie den Ochsen nicht geschlachtet haben, ist doch alles in Butter. Vielleicht waren es die Italiener. Vielleicht bilden Sie sich auch bloß ein, daß man Sie loswerden will. Vielleicht sollten Sie weniger Briefe schreiben und nicht jeden anschwärzen. Sagen Sie Jackson, die verdammte Prozessiererei muß mal ein Ende haben. Die Italiener können nicht ständig auf ihren Lohn verzichten, nur weil's ihm Spaß macht. Richten Sie ihm das von mir aus.«

Es ging gut aus, aber knapp; Christie wäre wegen des Ochsen beinahe eingelocht worden. Holzaufkäufer Jeary und De Klerk, einer der Notare im Dorf, stellten die Kaution, die ihm Haftverschonung gewährte. Doch in Wahrheit hatte er es den drei Italienern zu verdanken, die ihn und sich selbst aus der Affäre zogen. Ob bewußt oder unbewußt, war schwer zu entscheiden, aber vermutlich eher bewußt. Christie behauptet, als sie morgens auf der Anklagebank saßen, wären sie plötzlich so geistesschwach gewesen, daß sie kein Wort verstanden hätten. Er konnte sich den Mund fußlig übersetzen, sie schüttelten nur milde die Häupter und drehten die Augen gen Himmel. Offenbar hatten sie das verabredet. Und niemand konnte sie bewegen, auf die Bibel zu schwören. Als sie dazu aufgefordert wurden, zuckten sie bloß die Achseln und stellten sich dumm.

»Anstatt, daß ich zur Sache gehört wurde, zitierte der Richter vor sich«, jammerte Christie. »Und dann hieß es, ich sei wegen Tötung eines Ochsen angeklagt. Ich wollte wissen, wer der Ankläger sei, und Jackson erwiderte, die Krone, und zwar vertreten durch ihn. Dieser sogenannte Jurist ist ein tollwütiger Bluthund, Miggel! Er wollte mein Ankläger, Staatsanwalt, Richter und Geschworener zugleich sein. Als nicht genug Beweise gegen mich vorlagen, wurde mir erlaubt, eine Kaution aufzubringen, bis der Fall vor dem Generalstaatsanwalt in Kapstadt verhandelt wird.«

»Und jetzt?« fragte ich.

»Jetzt müssen wir abwarten, ob der Generalstaatsanwalt ein besseres Komplott gegen mich schmiedet.«

Ich hatte nicht viel von der ganzen Angelegenheit verstanden, aber irgendwas stimmte tatsächlich nicht. Christie wäre nie imstande gewesen, einen Ochsen zu schlachten. Er konnte ja keiner Fliege etwas zuleide tun, geschweige denn einem Schlachttier die Kehle durchschneiden. Nach und nach begann ich mich zu fragen, ob er womöglich recht hatte mir seiner Vermutung, daß sie ihn loswerden wollten. Wieso redete man dann nicht offen darüber mit ihm? Zwar war er alles andere als mein Freund, aber ohne ihn konnte manches schiefgehen.

Zwei Tage später tauchte wieder ein Waldhüter auf, wo wir abholzten. Walker hätte ihn geschickt, die Italiener müßten Samstag ins Dorf, um geimpft zu werden.

»Waldhüter, euer Hirngespinst mit den Blattern fällt mir allmählich auf die Nerven«, stöhnte ich.

»Es läßt sich nicht ändern, Oom.«

»Warum gehst du nicht ins Zeltlager und erzählst es Christie? Wieso werde ich damit behelligt?«

»Mr. Walker hat ausdrücklich verlangt, daß ich mich gleich an dich wende, Oom.«

»Na gut, dann kannst du ihm ausrichten, daß sie am Samstag Holz fällen müssen. Von mir aus kann er sich selbst impfen lassen, am besten im Hirn, denn sie haben nicht die Blattern.«

»Du weißt genau, daß ich ihm so etwas nicht ausrichten kann. Sorg lieber dafür, daß sie am Samstag zur Stelle sind, Oom!«

Ich warf die Axt zu Boden. »Jetzt hör mal zu, Waldhüter. Christie hat mir glaubwürdig versichert, daß sie in Italien geimpft worden sind, bevor sie an Bord gingen.«

»In England hat das niemand bestätigen können, Oom. Auch nicht in Kapstadt. Die Unterlagen sind irgendwo unterwegs verlorengegangen. Bring sie am Samstag ins Dorf, damit Dr. Gorman sie eingehend untersuchen kann.«

»Sie können nicht auf ihren Taglohn verzichten am Samstag. Der März ist schon zu drei Vierteln vorüber, und wir haben fast eine Woche verloren. Wegen der Regentage will ich mich nicht beklagen, aber wenn sie wegen der Dummheit anderer Leute die Axt weglegen müssen, ist das ein starkes Stück. Die Italiener müssen ihren Lebensunterhalt verdienen und auch für ihre Rückfahrkarten noch etwas zurücklegen, klar?«

»Das wird Mr. Walker gar nicht gefallen. Wirst dir 'ne Menge Ärger einhandeln, Oom.«

Ich gab keine Antwort. Bis der Samstag kam, wußte ich auch noch nicht, daß ich selbst verhindert sein würde. Als ich morgens die Männer aus den Zelten holte, kam ein Reiter in gestrecktem Galopp über das Hochland. Von weitem erkannte ich Hal. Ich legte die

Axt hin und nahm den Hut ab, denn ich wußte schon, was er von mir wollte.

»Guten Morgen, Oom Silas.«

»Guten Morgen, Hal.«

»Ich wollte dir nur mitteilen, daß mein Vater letzte Nacht von uns gegangen ist, Oom.«

»Gott steh deiner armen Mutter und euch allen bei.«

»Danke, Oom.«

»Hat dein Vater lange mit dem Tod ringen müssen?«

»Ja, Oom. Er litt starke Schmerzen.«

»Komm mit ins Haus, trink einen Kaffee mit.«

»Leider habe ich keine Zeit, Oom. Ich muß noch anderen die Nachricht bringen. Meine Mutter meint, du hättest versprochen, Ochsen zu besorgen und beim Begräbnis den Wagen zu lenken.«

»Das habe ich deinem Vater geschworen, und so soll es geschehen.«

»Am Montagnachmittag um zwei Uhr soll er zur letzten Ruhe gebettet werden, Oom.«

»Ist die Achse des Wagens geschmiert?«

»Ich glaube nicht.«

»Ich werde mich darum kümmern und die Ochsen zusammentreiben.«

»Dank dir, Oom.«

»Ist John schon aus Kapstadt zurück?« John Barrington war seit über drei Monaten unterwegs, um Holz aus Portland zu verkaufen.

»Letzte Woche ist er eingetroffen, wir hatten uns schon Sorgen gemacht.«

Als Hal davonritt, verharrte ich einen Moment. Eine düstere und seltsame Trauer befiel mich. Barrington war stets Barrington gewesen, ein hoher Herr, und ich nur ein Mann aus den Wäldern. Aber wir hatten uns oft die Hände gereicht. Als ich aufblickte, schwebte ein Königsadler über der Schlucht zwischen Portland und hier. Er zog seine Kreise im Wind. Auch das war seltsam, denn seit Jahren hatte ich keinen Königsadler mehr im Hochland gesehen.

Ich kehrte nach Hause zurück und brachte Mirjam die Nachricht. Ich nahm den Trauerflor aus der Schublade, den ich zuletzt bei Margriets Tod getragen hatte, und steckte das Band an den Ärmel. Dann begab ich mich ins Zeltlager und erklärte den Italienern, daß ich, mit Gottes Willen, erst am Dienstag wieder mit ihnen in den Wald gehen könne. Schließlich gab ich auch Dunn Bescheid.

»Waren Sie nicht jahrelang in Portland beschäftigt, Miggel?« fragte er neugierig. »Soviel man hört, hatte der alte Gutsherr vier bildhübsche Töchter, die er wie im Kloster eingesperrt hielt.«

»Erstens war ich nie in Portland beschäftigt; ich habe dem seligen Mr. Barrington bloß ab und zu ausgeholfen, so wie ich bei den Italienern aushelfe«, korrigierte ich. »Silas Miggel ist sein eigener Herr und steht bei niemandem in Diensten, wie es bei den Waldleuten der Brauch ist. Und zweitens hinterläßt Mr. Barrington vier Töchter, aber ich wüßte nicht, daß er sie nie aus dem Haus gelassen hätte.« Daß sie kaum mehr als Portland und Karawater von der Welt gesehen hatten, verschwieg ich wohlweislich. Barrington hatte jede Einladung, die seine Töchter zu Festen oder Tanzabenden erhielten, von sich aus abgelehnt, und viele Tränen wurden darüber vergossen. Aber das ging Dunn sowieso nichts an. »Am Dienstag komme ich wieder zur Arbeit.«

»Macht nichts, Miggel, ich gebe den Italienern einen anderen Vorarbeiter mit.«

Ich erwiderte nichts darauf.

Mirjam weinte noch immer, als ich nach Hause kam. »Er war ein guter Mensch, Pa.«

»Du hast recht. Wenn einer gestorben ist, kann man ihm sowieso keine Vorwürfe mehr machen.« Wann immer ich all das Durcheinander auf dem Hochland betrachtete, hatte ich innerlich auf Barrington geschimpft und ihn für alles verantwortlich gemacht. »Ja, auf seine Art war er gut«, fuhr ich fort. »Nur, daß er jetzt oben im Himmel thront, und ich noch immer mit seinen Italienern fertig werden muß.«

»Schäm dich, daß du so über einen Toten sprichst, Pa.«

»Wer die Wahrheit sagt, braucht sich nie zu schämen. Und nun hör zu weinen auf. Bevor ich ihn im Sarg auf den Wagen lade, muß ich überall zu Fuß hin und meine Pflicht tun. Mach mir einen großen Proviantsack, allein der Ochsen wegen muß ich kilometerweit laufen. Wenn ich bei Einbruch der Dunkelheit noch nicht zurück bin, verriegelst du die Tür und lädst das Gewehr. Ich lege mich dann irgendwo im Freien schlafen.«

»Du wirst nie allein mit zwölf Ochsen fertig, Pa.«

»Natürlich nicht. Ich werde Koos Matroos fragen, ob er mir heute hilft, und am Montagnachmittag ebenso, wenn wir die Ochsen zurückbringen müssen. Möge Gott mir verzeihen, daß ich morgen die Sonntagsruhe entweihe, aber ich brauche den Tag, sonst schaffe ich es nicht. Barrington hätte zu Beginn der Woche sterben müssen, dann wäre vieles leichter.«

»Pa!«

»Pack den Proviant ein, Mirjam, ich habe keine Zeit zu verlieren!«

Sonntagmittag hatten Koos und ich den letzten Ochsen nach Portland gebracht. Zwölf rabenschwarze, gut genährte Tiere, und trotzdem war mir bange. »Ich muß ein Erdschwein erlegen«, ließ ich Koos wissen, »sonst werden mir die Ochsen zu störrisch.«

»Seit gestern kann ich an nichts anderes denken, Baas Silas. Einige aus der tobenden Herde werden dir ausbrechen und durchgehen.«

Es half nichts, ich mußte in den Wald gehen und Schlingen legen. Wenn man ein Erdschwein schlachtet und die Karbatsche durch das geschmolzene Fett zieht, wird auch der ungebärdigste Ochse Respekt vor ihr haben. Den zwölfen, die ich für Barringtons Grablegung einspannen wollte, war trotzdem nicht zu trauen. Löwenfett wäre das richtige für sie gewesen. Und erstmals in meinem Leben legte ich an einem Sonntag Schlingen aus, vier Stück. Ganz wohl war mir nicht dabei. Dann wandte ich mich nordwärts und wanderte nach Draaibos Eiland zu meiner Schwester Hannie, um mir die dunklen Hosen und den Mantel ihres seligen Gatten zu borgen. Barrington hatte gewollt, daß ich in Schwarz gekleidet auf dem Kutschbock saß.

Als Hannie mich mit dem Trauerflor am Ärmel in der Tür stehen sah, wäre sie vor Schreck fast in Ohnmacht gefallen.

»Hab ja gewußt, daß sie ihren zwanzigsten Geburtstag nicht erleben würde«, stöhnte Hannie und brach in Tränen aus. »Ich habe es immer vorhergesehen.«

»Es ist Mirjam, nicht wahr?«

»Red nicht so unsäglich dumm daher, Frau! Willst du das Schicksal herausfordern? Mirjam erfreut sich bester Gesundheit. Aber Barrington hat das Zeitliche gesegnet!«

»Ach so!«

»Ich komme, um den schwarzen Anzug von Hans für das Begräbnis auszuleihen.«

»Dann komm rein und setz dich. Ich habe mit dir zu reden.«

Wenn Hannie einen zum Hinsetzen einlud und reden wollte, saß man in der Falle. »Heute hab ich keine Zeit, mir deine Gardinenpredigten anzuhören, Hannie. Ich wäre dir dankbar, wenn du mir den schwarzen Anzug leihen könntest, aber laß es gut sein damit.« Wir traten ins Wohnzimmer.

»Der Anzug von Hans ist bei Willem in Groot Eiland. Er hat ihn für Cornelius van Huyssteens Beerdigung ausgeliehen – mögen die Englein seine Seele hüten! Dein eigen Fleisch und Blut, aber du hast es noch nicht mal für gut befunden, ihn begraben zu helfen. Du bist zu sehr damit beschäftigt, dein eigenes Grab da oben auf dem Hochland zu schaufeln, zwischen all den Fremden und einer Sägemühle. Und da unterstehst du dich noch, mir zu sagen, deine Mirjam sei bester Gesundheit! Bist du taub und blind, wenn es um deine Tochter geht? Deine Mirjam war gestern hier, sie ist so unglücklich, daß sie kaum noch einen Fuß vor die Tür setzt!«

»Laß Mirjam aus dem Spiel, es wird ihr bald bessergehen.«

»Bessergehen? Ich denke, es geht ihr gut?«

»Steck deine Nase nicht in meine Angelegenheiten, Frau!«

»Wenn ich mich einmische, dann nur, weil ich mir Sorgen um Mirjam mache. Warum ziehst du nicht hierher, damit ich sie in meine mütterliche Obhut nehmen kann, wie es meine Pflicht wäre? Warum ist sie so bekümmert? Hat sie sich in einen dieser Italiener verguckt?«

Mühsam zwang ich mich, Ruhe zu bewahren. »Solange ich lebe, Hannie, wird sie in meiner Obhut bleiben, nicht in deiner. Schlimm genug, daß du ihr dieses schwachsinnige Ammenmärchen von dem Fluch erzählen mußtest!«

»Ich habe gefragt, ob sie sich einen Italiener angelacht hat?«

»Nein.«

»Und du? Hast du dich verguckt?«

»Was soll das heißen?«

»Ich frage, ob du dich verguckt hast? Denkst du gar nicht mehr an Johanna? Hast du dein Herz an eine dieser schwarzäugigen, leidenschaftlichen Italienerinnen verloren, die mit Mirjam ins Dorf gehen?«

»Hannah! Wenn ich an diesem geheiligten Tag wegen dir die Beherrschung verliere, werde ich aufstehen und gehen und dein Haus nie wieder betreten!«

»Und? Würde das einen Unterschied machen? Du kommst doch auch so schon kaum noch her. Daß du all die Jahre mit dem Kind allein geblieben bist, habe ich eingesehen. Ich wußte ja, warum du sie von der Außenwelt fernhalten wolltest. Für das, was du jetzt tust, fehlt mir jedes Verständnis. Auf dem Hochland geben sich alle möglichen Ausländer ein Stelldichein, und du weißt noch nicht einmal, wohin du mit ihr umziehen willst. Hast du deine Vaterpflichten völlig vergessen? Warum wohnst du noch immer dort?«

»Das Hochland ist unsere Heimat. Da gehöre ich

hin. Ich habe ein Recht, dort zu wohnen. Auch Mirjam hat ein Recht dazu, und niemand wird es mir oder ihr streitig machen. Wir müssen höchstens noch fünf Jahre durchhalten. Danach werden Italiener und Sägemühle spurlos verschwunden sein, du wirst sehen. Es ist eine Frage des Stehvermögens. Dann wird auch Mirjam wieder guter Dinge sein, wart's ab. Ich hatte gehofft, daß ich Hans' schwarzen Anzug bekomme, damit ich halten kann, was ich Barrington versprochen habe. William hat ihn noch bei sich, sagst du?«

»Ja. Du kannst ihn dir holen, wenn du willst. Ich leihe ihn dir und nicht Barrington, verstanden? Der alte Geizkragen hatte nie ein Herz für die Waldbewohner. Ich begreife nicht, wieso du Trauer um ihn trägst.«

»Sein Haus hat Mirjam immer offen gestanden.«

So mußte ich weiterwandern nach Groot Eiland, um den Anzug zu holen. Bei meiner Heimkehr war es schon fast dunkel.

»Sind die Italiener gestern zum Holzfällen ausgezogen?« fragte ich Mirjam.

»Nein, Pa. Dunn schickte ihnen einen Vormann, aber er konnte sie nicht zum Mitkommen überreden. Nicht einmal, als Mr. Christie für ihn sprach.«

»Was hast du gestern bei deiner Tante Hannie gewollt?«

»Ich ging im Wald spazieren, Pa. Eigentlich wollte ich nur ein wenig allein sein. Und schließlich bin ich bis Draai-se-Bos gewandert.«

»Hattest du das Gewehr mit?« Seit die Sägewerkleute da waren, wollte ich sie nicht einmal sonntags mehr ohne Gewehr fortlassen.

»Ja, Pa.«

»Warum wolltest du allein sein?« wunderte ich mich. »Du warst doch allein zu Haus gewesen, oder etwa nicht?«

»Man findet doch keinen Frieden mehr im Hochland, Pa. Solange es nur die Italiener waren, ging es uns noch gut. Jetzt ist es gar nicht mehr schön hier. Zu viele Fremde, zu viel Vieh, zu viele Zelte machen mir angst. Und das Haus kommt mir wie ein Gefängnis vor, mit diesem riesigen Zaun ringsum.«

»Es hilft alles nichts. Wir müssen aushalten und nach vorn schauen. Die Sägemühle wird uns von den Italienern befreien und die Blechdose füllen. Ich weiß, es ist ein bitterer Schluß, und wir müssen uns lange damit hinschleppen. Aber wenn wir es geschafft haben, haben wir wieder unsere Ruhe.«

»Borolini sagt, er verschwindet, sobald er das Schiffsgeld für sich beisammen hat. Aber Fardini will, daß alle gemeinsam zurückkehren.«

»Dieser Fardini ist ein kluger Mann. Gib mir die Bibel, Mädchen, ich muß mich sammeln und Kraft für morgen finden und für die ganze Woche. Mit den Ochsen ist nicht zu spaßen.« Sie reichte mir das Buch und ging auf ihr Zimmer. Ich dankte Gott, daß die Italiener nicht mit einem anderen Holz fällen gingen. Sobald Dunn ohne mich zurecht kam, stand mein Lohn auf dem Spiel, und ich brauchte das Geld, um eine der Parzellen zu ersteigern. Ich flehte zu Gott, die Ochsen mit Seiner Hand zu lenken, so daß ich Barringtons sterbliche Überreste in Würde an ihren Ruheplatz bringen könne. Als ich aufsah, stand Mirjam in der Tür.

»Pa?«

»Was gibt's, meine Tochter?«

»Pontiggia ist wieder da.«

»Ist das wahr?«

»Ja, Pa. Er kam heute nachmittag. In Port Elizabeth haben sie zwei Wochen gearbeitet, sagt er, dann sind sie auf einem Frachter nach Kapstadt gereist. Dort hat er alle möglichen Stellen angenommen, um die Rückreise hierher zu bezahlen.«

Mir gefiel das nicht. »Wieso kommt er zurück?«

»Weiß ich nicht, Pa.«

»Und die andern?«

»Die sind noch in Kapstadt. Amerika läßt durch Pontiggia ausrichten, du sollst ihm Geld schicken, damit sie alle wiederkommen können.«

Das waren keine guten Neuigkeiten. »Sie können doch nicht einer nach dem andern wieder hier antanzen«, schimpfte ich. »Einmal weggehen heißt für immer weggehen!«

»Pontiggia will mit den andern Holz fällen gehen, damit er sein Schiffsgeld für die Heimkehr verdient.«

»Wenn ich ein reicher Mann wäre, würde ich es ihm auf der Stelle schenken!«

»Sei nicht so garstig zu ihm, Pa.«

Als sie sich abwandte und wieder auf ihr Zimmer ging, fiel ich auf die Knie und betete zu Gott. Wenn Er nur meine Mirjam unter seinen Schutz stellte, würde ich mit den Ochsen schon allein fertig werden. Daß Pontiggia wieder aufgetaucht war, raubte mir den Schlaf.

Montagmorgens hielt ich noch vor Tagesanbruch nach den Schlingen Ausschau. Als die Sonne aufging, hatte ich den Ochsenziemer gut mit Schweineschmalz gefettet, und gegen Mittag schirrten Koos und ich in Portland die Ochsen an den Wagen. Wir zogen einen weiten Kreis rund um das Gutshaus, um sie aneinander zu gewöhnen. Auf jeder Flanke wollten ein paar dieser schwarzen Teufel das Joch abwerfen oder ausscheren. Wenn ich aber die Karbatsche schwang, heulte der Lederriemen wie eine Stimme, die sie vom Himmel zurück an ihren Platz kommandierte. Als wir schließlich vor dem Vordereingang hielten, bildeten sie einen breiten, nachtschwarzen Strom, der begradigt und ruhig dahinfloß, und die weißen Hörner tanzten wie zwölf leuchtende Halbmonde darüber. Alles klappte hervorragend.

Die Träger kamen und luden den Sarg auf, andere dekorierten herrliche Totenkränze ringsum. Kränze aus Loquat-Blättern mit eingeflochtenen Blüten, Gebinde aus Rosen, die er selbst gezüchtet und mit liebevoller Sorgfalt gepflegt hatte. Den Kranz, den Mirjam gewunden hatte, legte ich zu seinen Füßen. Mrs. Barrington trat mit ihren vier Töchtern vor das Haus. Während sie Aufstellung hinter dem Wagen nahmen, mußte ich hart schlucken. Aber dann ließ ich den Wagen anfahren, und die Ochsen zogen ihn so sachte und ruhig, daß sich Barrington in seinem letzten Ruhebett keinen Millimeter bewegt haben dürfte. Ich führte den Trauerzug an, und wir bogen in die Redlands-Straße ein. Dieser Weg war auch eines von Barringtons gescheiterten Projekten gewesen, er sollte in die Straße münden, die erst kürzlich durch die Schlucht am Homtini-Fluß geschlagen worden war. Während sie all die Jahre an dem Paß arbeiteten, hatte Barrington davon geträumt, daß er seinen Namen tragen würde: Barrington-se-pas. Doch sie nannten ihn nicht nach ihm, und statt dessen hieß er nun Homtini-Paß, und die Redlands-Straße wurde nie zu Ende gebaut.

Ich ließ das Zwölfergespann keinen Augenblick aus

den Augen. Wenn einer der Ochsen ausscheren wollte, gab ich ihm das Erdschweinfett zu riechen, und er trottete brav in der Reihe. Trotzdem konnte ich die ganze Zeit über das eiskalte Grauen nicht abschütteln. Mir war, als wenn der alte Barrington direkt hinter mir aufrecht im Wagen säße und mir argwöhnisch über die Schulter sähe. Und als ich an die letzte Kurve vor der Gruft kam, in die sie ihn betten wollten, sprach ich im stillen mit ihm: Sir, der ehrenwerte Sir mag jetzt gehen und in Frieden ruhen, ich habe den ehrenwerten Sir hierhergebracht, wie er es wünschte, ohne auch nur einmal zu straucheln. Und wenn der ehrenwerte Sir unzufrieden ist, weil die Hosen meines seligen Schwagers Hans mir ein wenig knapp sitzen, dann bitte ich um Vergebung, Sir, er war viel schmaler und unscheinbarer als Silas Miggel.

Es wurde ein feines Begräbnis. Anständig und rührend, wie es sich für einen Mann vornehmer Herkunft geziemt. Als sie den Sarg versenkten, fuhren mit ihm die sechzehn Jahre der Verbundenheit zwischen Portland und mir in die Grube.

Und nie wieder habe ich die Güter von Portland betreten.

Noch in derselben Nacht trieben Koos und ich jeden Ochsen zurück in seinen angestammten Hof. Als ich heimkehrte, schaffte ich es vor Erschöpfung kaum über die Schwelle. Und um mich herum drehte sich alles immer schneller im Kreis: Sägewerk-Ochsen, Sägewerkteile, Sägewerkzelte voll gelbem Kerzenschein und Lärm. Irgendwer bei den Dammgräbern spielte Mundharmonika, im Zeltlager der Italiener kreischten die Kinder. Schau nach vorn auf die Füße, Silas Miggel, ein müder Mann kommt leicht ins Stolpern. Als ich nach der Beerdigung den Ochsen das Joch abnahm, war Hal zu mir gekommen und hatte gefragt, ob er wohl Arbeit in der Sägemühle finden würde. Wozu? Ein Mann, dem viele Hektar Land in Karawater zu Gebote standen, brauchte sich doch nicht in einer Bretterfabrik zu verdingen. Daraufhin hatte er mir anvertraut, daß er enterbt worden sei. Karawater gehörte nicht mehr ihm. Zwischen ihm und seinem Vater war es nicht mehr zu einer Aussöhnung gekommen. Ich verstand die Welt nicht mehr. Wie konnte man sein Kind enterben und die eigene Familie in Zank und Hader zurücklassen?

Nicht, daß es mir in meinem Haus besser erging. Als ich eintrat, war das Abendessen bereitet, das Brot gebacken, und alles stand an seinem Platz. Doch Mirjams Augen waren vom vielen Weinen geschwollen und rot unterlaufen, und ich war zu müde, sie zu trösten.

15

Am andern Morgen brach ich mit dem vollzähligen Trupp, einschließlich Pontiggia, wieder in den Wald auf. Und beinahe hätte ich abends einen weniger mit nach Hause gebracht. Als wir auf dem Rückweg zum Unterstand kamen, um unsere Sachen zu holen, war Ilario nicht mehr da. Wir riefen ihn, erhielten aber keine Antwort. Sofort bekamen die übrigen Angst, aber ich blieb zuversichtlich. Mittag hatte er vorgehabt, nach den Schlingen zu sehen, vielleicht war ein Buschbock dabei, mit dem sich die schrumpfenden Fleischvorräte im Zeltlager auffüllen ließen. Allerdings wußte ich, daß er in diesem Falle längst wieder zurück sein mußte.

»Grootvoete ihn holen, Signor Miggel?« fragte Giuseppe, einer von Fardinis Söhnen.

»Nein. Bleibt beim Unterstand, ich nehme das Gewehr und suche ihn.«

Man konnte natürlich nie wissen, aber ich mochte nicht glauben, daß ihn ein Elefant totgetrampelt hatte. Obwohl sich die Elefanten in letzter Zeit für meinen Geschmack ein wenig zu ruhig verhielten. Jeden Montagmorgen fanden wir ihre Spuren. Sonntags hinterließen sie dort, wo wir in der Woche zuvor gefällt hatten, allenfalls ihren Dung. Sonst ließen sie an Werktagen nichts von sich sehen oder hören. Mirjam gegenüber äußerte ich den Eindruck, daß sie die Bäume nachzählten, die wir unter der Woche abgeholzt hatten. Eins war klar: *Wenn* Ilario einem Elefanten unter die Pfoten gekommen war, dann konnte Dunn nicht mehr damit rechnen, daß die Italiener je wieder einen Finger für ihn rührten. Kein Tag verging, ohne daß die Leiter mitgenommen und, bereit für jeden Notfall, gegen einen Baum gelehnt wurde. Kein Zweiglein knackste in der Nähe, ohne daß sie sich umblickten und auf meine Reaktion achteten.

Während ich durch das Dickicht streunte, dachte ich nach. Ilario mußte sich entweder irgendwo von einem Unwohlsein ausruhen, oder er hatte sich verirrt. Wenn letzteres der Fall war, würde ich ihm den Hals umdrehen, denn ich hatte ihm ausdrücklich untersagt, sich aus dem Bereich herauszuwagen, in dem die Schlingen ausgelegt waren.

Eines Tages hatte ich den Vormann eines der anderen Holzfällertrupps gefragt, ob sie keinen Elefanten begegnet wären. Der dumme Kerl verneinte. Man hätte ihnen bei der Anwerbung zugesichert, daß es in dem Teil des Waldes, der zu Gouna gehört, gar keine Elefanten gebe! Wer ihm diese Zusicherung gegeben hätte, wollte ich wissen?

»Mr. Dunn von Fox & Dunn. Und man hat uns gewarnt. Wir sollen bloß nicht darauf hören, wenn Sie uns etwas anderes weismachen wollen. Sie wären bloß für die Italiener zuständig, sonst nichts!«

»Ach, so ist das!« Gut zu wissen, was hinter dem Rücken über einen geredet wurde. »Trotzdem würde ich euch raten, sie nicht beim Namen zu nennen. Merkt's euch: Wenn ihr den Namen im Wald genauso lauthals aussprecht wie jetzt, dann hören sie es von weitem und denken, ihr habt sie gerufen! Die Italiener in meinem Trupp wissen das schon.«

Er kümmerte sich nicht weiter um mich.

Ich war wohl anderthalb Kilometer weit gegangen, als ich von irgendwo in der Nähe Ilarios schwachen Hilferuf vernahm. Ich eilte darauf zu und schrie seinen Namen. Er rief zurück. Ich hörte ihn, konnte ihn aber nicht sehen, denn das Dickicht war finster und unwegsam. Wieder rief ich nach ihm, und als er jetzt antwortete, merkte ich, daß er sich nicht im Unterholz aufhielt, sondern irgendwo in der Luft schweben mußte.

»Wo zum Teufel steckst du?« Allmählich dunkelte es schon im Wald. Und als ich ihn endlich erwischt hatte, sah ich zuerst nur seine Füße, die vom Geäst einer Weißerle herabbaumelten. Ein Riesenschreck durchfuhr mich, denn als erstes fiel mir ein, daß er bei dem Versuch, sich zu erhängen, ausgerutscht und falsch gefallen sein konnte. »Was machst du da oben?« brüllte ich. »Und warum bist du so weit hoch gekraxelt?«

»Hilfe, Signor Miggel! Nicht kommen runter!«

Wenn es nicht so spät am Tag gewesen wäre, hätte ich ihn allein vom Baum absteigen lassen. Für einen kranken Mann hatte er sich mit affenartigem Geschick in schwindelnde Höhen emporgeschwungen, und nun war ich es, der ihm nachklettern durfte, um ihn herunterzuholen.

»Was wolltest du denn in dieser Höhe – Buschböcke fangen?« japste ich, als wir endlich auf sicherem Boden standen.

»Grootvoet, Signor Miggel. Mächtig groß. Zähne mächtig dick.«

»Wo war der Grootvoet?«

»Als ich zu Schlinge hocken und wieder aufstehen.«

»Alles nur Einbildung, Mensch. Hast du ihn *gesehen*?« Ich deutete auf meine Augen.

»Grootvoet mächtig hoch.«

»Ist auch egal«, beruhigte ich ihn. »Du kannst später entscheiden, ob du nur geträumt hast oder nicht. Es wird schon Abend.«

Wir waren keine hundert Meter weiter gegangen, als ein Elefant ganz in unserer Nähe einen Trompetenstoß aus dem Dickicht erschallen ließ. Der ganze Wald schien zu erzittern. Etwas mußte ihn sehr wütend gemacht haben. Ich brüllte Ilario zu, er solle die Jacke fortwerfen und um sein Leben rennen. Was oder wer den Elefanten so erbost hatte, war mir nicht klar; einen Schuß hatten wir den ganzen Tag noch nicht gehört, auch sonst nichts Auffälliges bemerkt, aber irgendwas stimmte nicht in diesem Teil des Waldes. Ilario konnte nicht mit mir Schritt halten, daher wartete ich, bis er aufgeholt hatte, faßte ihm beim Kragen und unter den Allerwertesten und schob ihn so vor mir her.

Beim Unterstand saßen alle außer Fardini in den Bäumen.

Anderntags wollte kein einziger die Axt aufnehmen und in den Wald gehen. Weder bei den Italienern noch in Dunns Mannschaften. »Gefahr, Signor Miggel, großes Gefahr!« erklärte Robolini stellvertretend für die anderen. Auch Dunn blieb drüben in seinem Zelt sitzen. Wenn ich die Italiener zum Mitkommen überredete, so hoffte er, würden auch die übrigen Trupps unserem Beispiel folgen. Der Trompetenton vom Vortag war bis ins Hochland zu hören gewesen, und sogar Christie schlotterten vor Angst die Knie.

»*Ich* bin für das Wohlergehen der Einwanderer verantwortlich«, jammerte er. »Ich verlange eine Untersuchung des Vorfalls und eine Garantie für ihre künftige Sicherheit.«

»Was für eine Garantie?«

»Die Elefanten müssen erlegt werden!«

»Reden Sie doch keinen Stuß, Mann. Wer soll denn herkommen und mehr als fünfhundert Elefanten abschießen? Wie wollen Sie die von überall zusammentreiben? Wie lange wird das wohl dauern, und von was sollen die Italiener in der Zwischenzeit leben, wenn sie so lange nicht in den Wald gehen? Und dann sollen sie noch an ihr Schiffsgeld kommen?«

»Ich werde nicht zulassen, daß sie noch einmal fällen gehen, bevor das mit dem Elefanten nicht aufgeklärt ist!«

Ich war so wütend, daß ich ihm den Lauf meiner Büchse in die Rippen stieß. »Da gibt's nichts zu untersuchen!« entgegnete ich. »Und wenn Sie jetzt noch einmal ihren Namen auf dem Hochland aussprechen, kriegen Sie's mit mir zu tun!«

»Ich lasse Sie wegen versuchten Totschlags verhaften!«

»Tun Sie's, und damit basta. Aber vorher erklären Sie diesen feigen Einfaltspinseln, was ich sage: Sie sollen bloß nicht mehr angedackelt kommen, wenn sie nichts mehr zu essen haben. Sollen sie doch in ihren verdammten Zelten verrotten. Ich kann mir neue Leute bei den Waldleuten holen!«

Ich packte meine Äxte und die Seile ein, nahm das Gewehr und den Proviantsack und machte mich auf in Richtung Schlittenpfad. Christie übersetzte nicht, aber die Italiener verstanden auch so, was die Stunde geschlagen hatte.

Als ich mitten im Wald war, spürte ich, daß ich nicht allein war, aber ich sah mich nicht um. Beim ersten Haufen Elefantendung, auf den ich stieß, entsicherte ich die Büchse, denn es waren Oupoots Spuren. Der Schweiß brach mir am ganzen Leib aus, aber ich schaute noch immer nicht zurück. Stur lief ich weiter geradeaus. Erst als ich fast an unserem Holzplatz war, wandte ich mich um und blickte in die grimmigen Gesichter. Außer Pontiggia waren alle gekommen, und der würde nie wieder eine Axt anrühren.

Als ich an diesem Abend über die Schwelle meines Heims trat, wußte ich, daß es nicht mehr dasselbe war wie in den letzten Monaten. Der Tisch stand noch immer an seinem alten Platz, auch die Stühle, der Geschirrschrank, die Wassereimer, aber es war wie verwandelt. Und meine Mirjam war auch nicht mehr dieselbe.

»Hallo, Pa.« Wieder schien eine warme Glut von ihr auszugehen, es war, als ob sie innerlich strahlte.

»Mirjam?«

»Was stehst du denn da im Türrahmen, Pa!« begrüßte sie mich mit heller, klingender Stimme, fast lachend.

»War jemand bei dir?«

»Mr. Dunn kam vorbei, um sich über Mr. Christie zu beklagen, Mr. Christie schimpfte hinterher auf Mr. Dunn.« Wie zu einem Spaß aufgelegt. »Ich hab ein schönes Haselhuhn für dich im Topf, und in der Asche liegen Bataten.« Die Traurigkeit war wie weggeblasen, und sie jauchzte förmlich vor Freude.

»Wer war noch hier?«

»Petroniglia. Sie hat dir wieder eine Wurst gebracht.«

»Und sonst? War Pontiggia hier in meinem Haus?«

»Er hat den ganzen Tag im Dorf verbracht, auf der Suche nach Arbeit. Geh und wasch dir die Hände, das Essen ist fertig.«

»Mirjam, ich kriege keinen Bissen herunter, bevor ich nicht weiß, was hier vorgeht! Als ich heute früh wegging, hast du die Flügel hängen lassen wie ein kranker Vogel. Jetzt schwingst du dich wieder empor. Bist du im Wald gewesen?«

»Ja.« Noch immer spaßte sie. »Und im Wald grünt alles, im Bach gibt es Krebse, die Glühwürmchen fliegen und auch die Vögel und Frösche sind wieder da. Man darf nie aufgeben, Pa. Niemals.« Ein Anflug von Ernst mischte sich in ihre Stimme, als sie das sagte.

»Sprich nicht in Rätseln, Mirjam, ich will die Wahrheit wissen. Was ist hier passiert, daß du wie ausgewechselt bist? Laß mich nicht länger im unklaren, ich bitte dich.« Das Herz klopfte mir bis zum Hals.

»Setz dich und iß was, Pa.« Als wenn der Baum sprechen könnte: Schlag zu, aber fällen wirst du mich nicht.

»Hast du dich im Wald mit Jacob, Susannas angetrautem Mann, getroffen?«

»Frag mich nicht aus, Pa. Vergiß es.«

Aber ich bohrte nach, wieder und wieder. Ich wollte ihr die Wahrheit abpressen, aber sie gab nicht klein bei. Sie ging auf ihr Zimmer und hüllte sich in undurchdringliches Schweigen.

Es waren schwere Zeiten für mich. Wenn ich den ganzen Tag die Axt geschwungen und mich mit den Italienern abgemüht hatte, die sich noch immer nicht an den Wald gewöhnt hatten, spürte ich nachts die Erschöpfung am ganzen Leib. Zugleich litt ich Seelenqualen um Mirjam, und manchmal fielen mir schon beim Abendbrot die Augen zu. Ich durfte meinen Holzfällertrupp nicht im Stich lassen, um mich ihr zu widmen, ich konnte sie schlecht im Haus einschließen, und mit zur Arbeit in den Wald nahm ich sie auch nicht, obwohl ich es ihr manchmal androhte.

»Ich verstehe dich nicht, Pa. Als ich unglücklich war, warst du nicht zufrieden mit mir; jetzt, wo es mir wieder gutgeht, gefällt es dir immer noch nicht. Du weißt nicht, was du willst!«

»Du brauchst mich nicht für dumm verkaufen, Mirjam. Dein Glück ist kein normales Glück, das weißt du ganz genau.«

Wenn ich offen zu ihr sprach, zog sie sich immer wieder in ihr Schweigen zurück. An Sonntagen blieb sie daheim. So mußte sie sich wohl unter der Woche mit jemandem treffen, folgerte ich. Ob er in mein Haus kam, wußte ich nicht; morgens fegte ich vor der Tür den Erdboden und inspizierte abends jede Fußspur. Dunn besuchte uns für meinen Geschmack viel zu oft, und ich ließ ihn nicht aus den Augen. Trotzdem wurde ich den Gedanken nicht los, daß sie sich mit dem Betreffenden eher im Wald verabredete. Den ganzen März über war Nols Terblans mit seiner Mannschaft in Kom-se-Bos, und das lag nahe genug für Jacob, sich zeitweise nach Gouna-se-Bos abzusetzen. Es kostete mich allerhand Überwindung, aber schließlich war ich so verstört, daß ich mich eines Sonntagmorgens im April nach Draaibos Eiland aufmachte, um Mieta zu besuchen. Wenn irgendwer wußte, was im Wald vor sich ging, war es Mieta. In dieser Beziehung ähnelte sie den Grootvoeten. Nichts vom Leben und Treiben in unserer Gegend blieb ihr verborgen.

»Meine Mirjam läuft einem Kerl nach«, seufzte ich, als ich bei ihr saß. »Es ist nicht recht von mir, dich hinter ihrem Rücken deswegen anzusprechen. Aber ich weiß mir keinen Rat mehr. Nachspionieren will ich ihr nicht, aber ich muß Klarheit darüber haben. Bei all meinen Sorgen kann ich das jetzt nicht auch noch verkraften.«

»Einer von den Italienern?«

»Nein. Ich hoffte, es von dir zu erfahren!«

»Einer von den Arbeitern in der Sägemühle?«

»Bestimmt nicht.«

»Kann es nicht einer der Söhne des alten Barrington sein? Mögen die Englein seine Seele hüten! Es scheint mir nicht ganz abwegig, nachdem ich sie ein paarmal beobachtet habe.«

»Keiner von denen.«

»Bist du ganz sicher, daß es ein Mann ist, Silas Miggel?«

»Ja. Ich kam in der Hoffnung her, daß du etwas darüber weißt.«

»Vielleicht weiß ich, vielleicht auch nicht.«

»Ich will keine Rätselsprüche hören, Mieta. Damit lasse ich mich schon lange genug abspeisen!«

»Angenommen, ich weiß etwas und sage es dir? Dann würdest du dein Gewehr nehmen und den Mann töten, Silas Miggel, und sein Blut käme über mich!«

»Ich will ihn nicht erschießen. Aber etwas muß geschehen, um sie von ihm fernzuhalten, denn sie geht schon umher wie jemand, der nicht mehr auf Erden weilt.«

»Sprich nicht so!«

»Ihr fehlt die Mutter.«

»Glaubst du wirklich, eine Mutter könnte sie bändigen? Sie ist *dein* Kind, Silas Miggel. Sie wird überallhin gelangen, wo sie sein will. Sie wird niemanden um Erlaubnis fragen.«

»Ich muß aber herausfinden, wo!«

»Bei den Lilien habe ich sie gesehen, aber da sitzt sie allein. Auf einem Fußpfad habe ich sie getroffen, aber sie ging allein. Über einen Schlittenpfad ist sie gelaufen, aber noch immer allein. Sie ist sehr umsichtig, wenn sie den Wald betritt.«

»Was willst du damit sagen?«

»Daß ich dir nicht helfen kann. Aber von jetzt an werde ich ein wenig mehr auf sie achten. Vielleicht werde ich kommen und dir mehr sagen, Silas Miggel. Vielleicht.«

Warum ich der alten Hexe nicht über den Weg trauen mochte, wußte ich selbst nicht.

Und Mirjam ging auch nicht täglich in den Wald. Manchmal verging eine Woche, in der sie jeden Tag im Haus verbrachte. Aber wenn sie fortging, merkte ich es an der Fröhlichkeit, mit der sie mich abends empfing. Es gab Nächte, in denen sie nicht weniger erschöpft war als ich. Dann mußte ich ihr die Schuhe abstreifen und sie zu Bett bringen.

»Petroniglia und ich sind auf Aalfang gegangen, Pa. In die Fangnetze verirrt sich nur noch selten ein Haselhuhn. Es ist einfach zuviel Lärm im Hochland.«

Wenn ich auf die Männer aufpaßte, kümmerte sie sich um die Frauen und Kinder, und manchmal fragte ich mich, wer von uns beiden die schwerere Pflicht übernommen hatte, sie oder ich. Mit den Männern sorgte ich für Brennholz und Fleisch, das ich schlachtete, während Mirjam es verteilte. Mirjam sammelte Kräuter und Wurzeln, sie braute die Medizin, Mirjam pflegte die Kranken, hielt ihren Schulunterricht für die Kleinen. Mirjam fand tröstende Worte, wo ich längst die Geduld verloren hatte. Wenn Mariarosa ihre Schreikrämpfe bekam, eilte Mirjam hinüber und brachte den Kräuterschnaps aus Wildpetersilie.

»Wenn sie endlich aus den Zelten herauskämen, Pa. Seit fast einem Jahr geht das schon so.«

Wenn die ersten Bretter die Mühle verließen, sollten sie den Italienern gehören, hatte Dunn versprochen. Er war zuversichtlich gewesen, den Betrieb noch im März aufnehmen zu können, aber Ende April lagen die Teile des Sägewerks noch immer dort, wo sie aus den Karren geladen worden waren. Ein Rückschlag nach dem anderen traf die Firma – die offene Halle war noch nicht gebaut, unter der die Dampfsäge arbeiten sollte, und Robinson ließ sich nicht blicken, der die Maschinenteile zusammensetzen mußte.

»Dieser Wald birgt einen Fluch für Sägemühlen, Mr. Dunn«, ließ ich eines Tages verlauten. An diesem Tag hatte eine der übrigen Mannschaften wieder einmal den Ochsen verloren, der zum Herausholen der Stämme gebraucht wurde. Von den 121 Stück Vieh seiner Herde waren noch 89 übrig.

Dunn reagierte gereizt. »Sparen Sie sich Ihre Ammenmärchen, Miggel! Konzentrieren Sie sich auf die Italiener und das Holz. Letzte Woche haben Sie weniger geliefert!«

»Die Tage werden kürzer, und bei Dunkelheit können wir nicht arbeiten. Und selbst wenn wir mal weniger bringen, schleppen wir – verglichen mit den anderen – noch das meiste und beste Holz raus!« Meine Arbeit ließ ich mir nicht schlecht machen, von ihm schon gar nicht. Aber ich hatte etwas auf dem Herzen, das ich loswerden mußte. »Wann haben Sie sich das letztemal die Gegend angeschaut, in der die anderen Holzfäller schlagen?« Ich wußte, daß Mr. Dunn noch keinen Schritt in den Norden des Waldes getan hatte. »Der einzige Trupp, der sich an ausgewählte Sektionen hält, ist meiner. Ihre Burschen holzen ab, als wollten sie die ganze Gegend roden!«

»Gut, daß Sie das Thema ansprechen, Miggel. Einer meiner Vorarbeiter hat sich neulich beschwert, Sie hätten ihn niedergeschlagen. Dagegen muß ich mich aufs schärfste verwahren!«

»Wenn ich ihn noch mal dabei erwische, daß er eine Weißerle als Brennholz schlägt, breche ich ihm das Genick. Die Weißerlen sind zum Hinaufklettern da, wenn einen die Grootvoete jagen, und die Bienen brauchen ihre Blüten für den Honig!«

»Sie erwarten doch wohl nicht, daß britische Holzarbeiter jeden Baum in dieser Wildnis kennen?«

»Waldhüter waren hier und haben ihnen die beiden Gelbholzarten gezeigt, die sie schlagen dürfen. Sie wissen genau, wie totes Holz aussieht, das sie verfeuern dürfen. Aber wenn Ihre Trupps Brennholz holen, legen sie die Axt an alles, was ihnen in die Quere kommt! Stinkholz, Gelbholz, Weißerle, Kamassi, selbst die paar Knoppiesdorings, die noch auf dieser Seite des Waldes stehen, haben sie nicht verschont!« Dunn wollte einlenken, aber ich ließ mich nicht unterbrechen. »Keiner Ihrer Leute arbeitet in Sektionen! Für einen Baum, den sie fällen, werden zwei, drei, vier in der Umgebung gleich dazu unheilbar ruiniert. Einige lassen sie irgendwo im Dickicht liegen, weil kein Mensch sie je aus dem Wald ziehen kann. Und das schlimmste ist, daß sie einige Stämme bloß ansägen und einkerben und es sich hinterher anders überlegen, weil es über ihre Kräfte geht. Diesen Schindluder haben Sie zu verantworten!«

»Fangen Sie mit meinen Mannschaften keinen Streit an, Miggel!« Er wurde jetzt ernstlich böse. »Unser Regierungskontrakt enthält eine Erlaubnis, alles zu fällen, was wir brauchen. Wir arbeiten nach Richtlinien der Regierung und lassen uns von Ihnen keine Vorschriften machen. Der Beauftragte für Waldbestand und Forstwesen, Comte de Regné, hat genaue Vorschriften für den Erhalt der Wälder erlassen. Danach richten wir uns, nicht nach Silas Miggel!«

Fardini hatte mir einmal geraten: Wenn dein Vorgesetzter Unsinn schwätzt, bleib ruhig und tu so, als wenn du aufmerksam zuhörst. Eines Tages, wenn du etwas von ihm willst, wird er sich daran erinnern. Ich wollte den Mund halten und meiner Wege gehen, aber mein Verstand arbeitete anders als der eines Italieners. »De Regné sitzt auf seinem Hintern am Schreibtisch und ist noch nie aus dem Dorf herausgekommen«, widersprach ich. »Seine unsinnigen Maßregeln gibt er den Waldhütern auf den Weg, und Sie nennen das Richtlinien der Regierung? Zum Erhalt der Wälder, daß ich nicht lache! Ich habe nie begriffen, was ihr unter Naturschutz versteht, aber restlose Zerstörung der Natur erkenne ich, wenn ich sie sehe!«

»Sparen Sie Ihre Kräfte für das Holzfällen mit den Italienern auf, Miggel, sonst könne Sie Ihre Sachen packen und gehen!«

Das war ein Schuß vor den Bug. Er wußte genau, daß ich nirgendwo acht Shillings am Tag verdienen konnte. Andererseits schien er zu vergessen, daß er die Italiener brauchte. Ohne mich würden sie keinen Schritt in den Wald tun. Trotzdem – er hatte die schärfere Axt in der Hand, nicht ich.

Kaum eine Woche später tauchte ein Waldhüter an unserem Holzplatz auf und brachte einen Fremden mit, einen gewissen Mr. Dumbleton.

»Er ist der neue Forstinspektor«, erklärte der Waldhüter, »und er ist gar nicht zufrieden mit der Art, wie sich das Sägewerk mit Holz versorgt. Er versteht kein Holländisch, Oom.«

»Macht nichts. Hauptsache, er hört und sieht, was hier vorgeht, und tut etwas dagegen. Dunn will, daß ich mich bei seinen Leuten heraushalte.«

»Es ist eine Schande, eine gottverdammte Schande«, fluchte der Inspektor.

»Das können Sie laut sagen, Meneer!«

Der Waldhüter mischte sich ein. »Ich habe ihn schon zu den Holzplätzen der anderen Trupps geführt, Oom. Er wird einen geharnischten Bericht über die Sache schreiben.«

»Eine gottverdammte Schande ist das!«

»Stimmt«, nickte ich. Aber Dumbleton ließ sich nie wieder blicken im Wald. Und nach wie vor waren wir der einzige Trupp, der sich an Sektionen hielt.

Man kann nicht Tag für Tag gemeinsam die Äxte schwingen, ohne daß es allerseits Reibereien gibt. Mit der Zeit lernte ich die Italiener besser kennen, wenn auch zumeist nur oberflächlich, nicht mit dem Herzen. Dreimal am Tag legten wir die Arbeit nieder und begaben uns zum Unterstand, um zu essen und auszuruhen. Wer rauchen wollte, steckte sich eine Pfeife an. In diesen Pausen redeten wir oft miteinander. Sie wurden nie müde zu reden. Inzwischen sprachen die meisten recht gut Holländisch, und ich verstand sie fast immer. Wenn es etwas zu übersetzen gab, spielte Fardini den Dolmetscher. Er war der Klügste von allen und hatte die meiste Erfahrung.

Sie liebten es, mir von ihrer Heimat zu erzählen und beschrieben mir das Land ihrer Herkunft. Vom Schnee im Winter war die Rede, von der Hitze im Sommer. Von den Städten mit den erhabenen Kirchen, ganz aus Stein – Christie hatte nicht übertrieben. Sie erzählten von den vielen Menschen in den Straßen, mit denen man lachen und sich unterhalten konnte. Von vornehmen Leuten und schönen Frauen. Von den riesigen Palästen mit goldenen Leuchtern, wo man Musik machte; eigens gebaut für Aufführungen, die sie sehr zu mögen schienen. Von großen Seen, viel größer als die Lagune von Knysna, über denen sich wie Festungen mächtige Berge erhoben. Von Statuen, aus schneeweißem Stein gemeißelt, den sie *marmo* nannten. Manche waren baumhoch und standen am Straßenrand, Statuen von allen Heiligen der Bibel, wie es schien. Von Quellen, die nie einfach so aus dem Fels sprudelten, sondern stets von Löwenmäulern und Fischen oder Engelsgestalten eingefaßt waren. Sie erzählten mir von Fardinis Heimat Firenze, Christie nannte sie Florenz; alle Häuser dort hatten rote Ziegeldächer, die Kirche aber war aus grünen und weißen Steinen erbaut. Von Tomés Vaterstadt, wo Wasser in den Straßen floß und die Leute mit Booten ruderten, anstatt sich zu Pferd und auf Karren fortzubewegen.

Zuerst glaubte ich, sie wollten mich bloß zum Lachen bringen, aber dann sah ich Tomés Tränen, denen er, ohne sich zu schämen, freien Lauf ließ. Das verdroß mich wieder.

»Warum zum Henker seid ihr dann hierher gekommen?«

»Lügen, Signor Miggel. Alles Lügerei.«

»Versprechen gutes Land.«

»Maulbeerhain.«

»Häuser für Raupen.«

»Viel Geld.«

»Jetzt wir Holz hacken.«

»Keine Kirche.«

»Keine Schule für Kinder.«

»Kaffee nix gut.«

»Wein nix gut.«

Alle sagten ihr Sprüchlein auf, bis Fardini sie unterbrach: »Signor Miggel sieht, altes Elend immer besser als neues.« Mit der Zeit rückte Fardini allmählich mit der Wahrheit heraus. Jahrelang machte ihnen eine Raupenkrankheit zu schaffen, die in jeder Saison ihre Seidenraupen zur Hälfte dahinraffte. Die Hälfte der Kokonernte war eine ganze Menge, denn sie hatten die Seide en gros produziert. Allerdings war ihr Land nur gepachtet, und sie mußten hohen Zins dafür zahlen. Sie waren erstklassige Farmer und nahmen nicht mit den billigen Eiern vorlieb, die zum Ende des Sommers auf den Markt kamen. Nur die besten Eier waren gut genug. Als die gelben Würmchen aus ihrer Zucht starben, besorgten sie sich die Eier von weit her, aus einem Land namens Japan. Doch es dauerte nicht lange, bis auch die Raupen aus diesen Eiern von der Seuche befallen waren. Außerdem spannen die Raupen aus Japan-Eiern weniger Seide in einem Kokon als ihre gelben Raupen. Seidenraupen waren sehr empfindliche Tiere; bei kaltem Wetter starben sie, während die Japan-Raupen die Sommerhitze nicht vertrugen. In den kühlen Berggegenden ihres Landes hielten sich die Japan-Raupen besser, die gelben italienischen dagegen fühlten sich in den sonnigen Tälern wohl. Im Jahr vor ihrer Auswanderung hatte ein vorzeitiger Frost nicht nur fast die ganze Kokonernte zerstört, sondern auch die Maulbeerbäume. Daher fehlte es an Blättern, um Tausende und Abertausende Raupen zu füttern. Alle Seidenfarmer ihres Distrikts konnten kaum die Hälfte der Kokons liefern, die von den 600 Seidenspinnereien benötigt wurden. Die Seidenindustrie ging dazu über, Kokons aus anderen Ländern zu importieren.

Aber ich erfuhr noch mehr, nach und nach, und vieles konnte ich nicht verstehen.

»Italien alt, Signor Miggel«, seufzte Robolini einmal, als wir an einen Baum gelehnt ausruhten. »Viel Kriege, viel Blut.« An diesem Tag lernte ich, daß alle ihre Landsleute eine Heidenangst vor der Armut hatten. Eigentlich nicht anders als die Waldleute, fand ich. Nun, vielleicht nicht ganz, gab Mangiagalli zu bedenken. Diejenigen, die kein Geld hatten, mußten befürchten, nie welches zu bekommen, und mit dem Geld hatte man auch die Sorge, es zu verlieren. Die Armen ängstigten sich vor den reichen Landeigentümern, die reichen Gutsbesitzer vor den Tausenden Notleidender, die immer wieder rebellisch wurden und Aufruhr anzettelten. Die gewöhnlichen Bürger standen in der Mitte und fürchteten sich sowohl vor den wenigen, die alles hatten, als auch vor den vielen Habenichtsen. Um Ruhe und Ordnung zu erhalten, waren die Gesetze da, viele Gesetze. Einige Gesetze galten seit Hunderten von Jahren, andere wurden täglich neu erlassen oder in Aussicht gestellt. Mit jeder falschen Bewegung übertrat man ein Gesetz. Robolini meinte, er hätte nur den Wunsch, daß es seine Kinder einmal besser haben sollten, aber es gab wenig Schulen, zahllose Kinder lernten nie lesen oder schreiben, und Arbeit für alle gab es auch nicht.

Schließlich hatte ein Onkel von Cruci, ein vornehmer Mann in Mailand, eines Tages in der Zeitung von einem Ort gelesen, der Il Capo di Buona Speranza hieß, ein Ort der Guten Hoffnung, wo Seidenraupenzüchter gebraucht wurden. In der Zeitung hieß es auch, es gäbe gutes Land für diejenigen, die sich dorthin aufmachten. Robolinis Schwager, ein steinreicher Kaufmann in Florenz, las dasselbe in einer anderen Zeitung. Einer erzählte es dem anderen und sie tauschten die Adresse aus, wohin man schreiben sollte – an einen gewissen Mr. Burnett in London. Hunderte schrieben, und wer nicht schreibkundig war, fand einen anderen, der es für ihn tat. Von den vielen Zuschriften wurden etwa zweihundert beantwortet. Die Empfänger einer Antwort sollten sich an einem bestimmten Tag in die Stadt Turin begeben, wo der britische Konsul sich die passenden Leute aussuchen wollte. Viele gingen zu Fuß nach Turin.

»Und wer hat euch den Scheiß von einem Maulbeerhain in Gouna erzählt?«

»Scheiß-Mann in Turin.«

Man mußte seine Zunge hüten, wenn man mit ihnen sprach, sonst gewöhnten sie sich das Fluchen an. »Vergiß den ersten Teil des Worts wieder, so etwas sagt man nicht. Was hat der Mann denn erzählt?«

»Nix Konsul, anderes Mann bei Konsul uns sagen Maulbeerhain, als wir fragen wohin gehen. Platz mit viel gute Hoffnung!«

Als sie schließlich an Bord kamen, wußten die meisten nicht, wohin die Reise ging. Nur Fardini und Robolini wußten Bescheid. Wenigstens ungefähr.

»Wann kam denn Christie dazu?«

»Genova, wo wir erstes Schiff nach London nehmen.«

»Und wohin dann?«

»Platz mit gute Hoffnung. Sehr, sehr weit.«

»Und jetzt?«

»Wald nix gut, Italia besser. Italia mit Kirche für Kinder.«

»Niemand hier für unsere Sünden beten, Signor Miggel.«

»Na und? Ich bete für meine eigenen«, versetzte ich.

»Wir nicht wollen in Wald leben«, erklärte Tomé. »Wald nur gut für Räuber und Grootvoete.«

Regelmäßig fragte ich jeden, wieviel Geld er schon für das Schiff beiseite gelegt hätte.

»Drei Pfund.«

»Zwei Pfund.«

»Ein Pfund zehn Shillings, Schuhe kaufen für Kind.«

»Essen teuer, Signor Miggel, alles teuer.«

»Ihr müßt halt den Gürtel enger schnallen«, riet ich.

Hätten wir nur für jedes Zelt wenigstens ein Gemüsebeet anlegen können! Aber alles lag unter den Sägewerkteilen begraben. Jede Süßkartoffel, jede Zwiebel, jeder Tropfen Milch und jedes Gramm Butter und Schmalz, alles mußte von ihren Löhnen bestritten werden. Bataten konnte ich zu einem guten Preis für sie aus den Eilands beziehen; manchmal verlangten die Waldleute überhaupt nichts dafür. Nur Mirjam und ich zogen noch Gemüse auf dem Hochland, und mein letzter Kürbis war vom Dach gestohlen worden, wo ich ihn trocknen ließ. Ich hatte Dunn schon gewarnt, daß der Dieb in einem seiner Zelte saß, er solle ihn ausfindig machen und aus dem Hochland jagen. Auch im Lager der Italiener fehlte dies und das.

Mitte April wurde Christie mitgeteilt, daß der Generalstaatsanwalt den Fall mit dem toten Ochsen niedergeschlagen hatte. Zugleich wurden jedoch seine Gehaltszahlungen eingestellt. Und keine Woche verging, ohne daß er irgendwen bei der Regierung anschwärzte. Mal ärgerte er sich über Dunn, mal über Walker oder einen der Waldhüter, einen Konstabler oder gar den Mann an der Poststation, der ihn beleidigt haben sollte.

»Sie wollen mich loswerden, Miggel!«

»Warum packen Sie dann nicht ihre Sachen und gehen nach England zurück?« wollte ich wissen.

»Ich bin mit den Italienern hergekommen und kehre mit ihnen zurück. Für jeden von uns habe ich die kostenlose Rückfahrt gefordert und die Fortsetzung des Darlehens von einem Shilling pro Kopf und Tag. Und ich will mein Gehalt haben, pünktlich an jedem Monatsersten. Außerdem habe ich beantragt, mein Land verkaufen zu dürfen. Dies ist eine britische Kolonie, und ich bin britischer Staatsbürger. Der Preis beträgt 300 Pfund, Miggel, und keinen Penny weniger. Drunter geh ich nicht mehr.«

»Sie würden nicht mal 300 für das ganze Hochland kriegen, Mr. Christie. Wann müssen die Italiener ihre erste Rate für die Grundstücke zahlen?«

»Spätestens am 20. Juni.«

Vorher würde es für mich kein Aufatmen geben. Ich mußte vorsichtig sein und Geduld haben. An Fardinis und Crucis Parzellen war ich nicht interessiert; ich wollte kein Land, über das der sogenannte *neue Weg nach Knysna* verlaufen würde. Wenn schon, dann sollte es Christies Grundstück sein, an zweiter Stelle kam das von Robolini, an dritter das von Ilario in Frage.

Gegen Ende Mai tauchte endlich Mr. Robinson auf und setzte die Teile der Sägemühle zusammen. Stück für Stück. Mehr Arbeiter trafen ein. Mehr Zelte. Ein besonderer Holzfällertrupp wurde in den Wald geschickt, um Brennholz für den Dampfkessel zu schlagen. Allabendlich, wenn ich nach Hause kam, wuchs das Werk unter dem offenen Unterstand zu gespenstischer Größe heran. Wenn ich es sah, spürte ich einen gleichzeitig dicker werdenden Kloß im Hals.

»Im Hochland wird ein Laden eröffnet, Pa«, meldete Mirjam eines Tages, als wir uns zu Tisch setzten.

»Das hast du wohl geträumt.«

»Nein, Pa. Sie haben vier Ladungen Bretter gebracht und schon zu zimmern begonnen. Unten am Fuß des Hochlands, wo die Zelte der Arbeiter stehen.«

Ich konnte es nicht fassen. Sollte das wahr sein? »Vielleicht wird eine Scheune daraus?«

»Es soll ein Laden sein, Pa. Einer der britischen Einwanderer wird ihn führen, und der Heide-Lori hat den ganzen Tag gerufen, Pa. Es wird Regen geben.«

»Kein Pennie von meinem Ersparten wird in diesen Laden wandern, hörst du? Auch nicht das Geld der Italiener. Der Engländer soll verschwinden, hier entsteht doch keine Stadt!«

»Sei nicht so stur, Pa. Schließlich muß ich an Samstagen mit dem Ochsenschlitten ins Dorf und mit den Italienerinnen einkaufen. Meinst du, die würden wegen ein paar Pennies weniger für das Salz fünfzehn, zwanzig Kilometer weit laufen, wenn sie's auch hier bekommen?«

Sie hatte recht. Und ich war viel zu müde, um groß zu zanken. Aber ein Lebensmittelladen im Hochland – das saß mir wie eine Laus im Pelz. Hinzu kam noch, daß der Dampfkessel fertig war, als wir an diesem Nachmittag heimkehrten.

»Pa?«

»Ja, Mirjam?«

»Canovi ist zurück. Er kam heute früh.«

Eine zweite Laus hatte zugebissen. »Was will er noch hier?«

»Es ist wegen Monica, glaube ich. Er sagt, die drei übrigen sind noch in Kapstadt und haben Arbeit beim Schienenbau gefunden, dort wo die Eisenbahn hinkommt. Amerika läßt noch einmal dringend fragen, ob wir ihm nicht Geld für die Rückfahrt schikken können. Hier ist seine Adresse.«

»Der soll bleiben, wo er ist.« Canovi war der zweite von den fünfen, der wiedergekommen war, und mir paßte das gar nicht. Er würde bloß die anderen nervös machen. »Wenn Canovi bleiben will«, knurrte ich, »wird er sich gleich morgen dem Trupp anschließen. Herumsitzen und faulenzen wird nicht mehr geduldet. Jeder muß mithelfen, das Schiffsgeld zu verdienen. Schlimm genug, daß Pontiggia Däumchen dreht.«

»Er arbeitet, Pa. Er hat schon drei Kutschen bemalt und schon ein paar weitere Aufträge.«

»Was für Kutschen?« Davon war mir nichts bekannt.

»Er malt Kringel und Muster und Inschriften darauf. Ich hab Mr. Duthies Karren gesehen, er ist wunderschön, und die Leute zahlen gut. Noch vor Jahresende wird er wieder in Italien sein, meint er.«

»Wollen hoffen, daß er recht behält.« Pontiggia gegenüber war ich noch immer mißtrauisch, obwohl ich nicht recht wußte, worauf sich mein Argwohn gründete. Die Kleider saßen ihm zu eng am Leib, und seine Augen glänzten merkwürdig, wenn er Mirjam anschaute.

»Heute war ich in Draaibos Eiland, Pa.« Unvermittelt wechselte sie das Thema.

Der Ton, in dem sie es sagte, war der einer Anklage. Plötzlich merkte ich, daß ich sie gekränkt haben mußte. Sie schmollte schon, seit ich nach Hause gekommen war. »Soso, du warst also in Draaibos Eiland.« Ich stellte mich dumm; vielleicht ließ sich die drohende Auseinandersetzung noch abwenden.

»Genau. Tante Hannie behauptet, du hättest Mieta besucht, Pa. Und sie glaubt, es sei wegen mir gewesen.«

Der alte Sarel van Rensburgh hatte immer gesagt: Wo eine Frau ihre Zunge hüten lernt, kehrt der Hausfriede ein. »Deine Tante Hannie ist ein zänkisches Waschweib. Ich habe ihr schon hundertmal gesagt, daß sie sich aus unseren Angelegenheiten heraushalten soll.«

»Was hast du bei Mieta gewollt, Pa?«

Ich gab keine Antwort. Mein eigenes Kind war schließlich nicht der Polizeirichter.

»Ich will wissen, wieso du Mieta besucht hast. Wenn es nicht wegen mir war, hättest du's mir bestimmt erzählt.«

»Mirjam«, begann ich – und merkte plötzlich, wie alles in mir aufwallte, was ich ihr seit langem sagen wollte. »Tag für Tag muß ich zum Holzfällen in den Wald, und nachts kann ich nicht schlafen, weil du wie ein Dieb deine Spuren verwischst. Wenn ich zu Mieta gegangen bin, dann nur, weil ich mußte! Solange du mir nicht die Wahrheit sagst, muß ich versuchen, sie anderswo in Erfahrung zu bringen!«

»Und?« Sie blieb auf der Hut.

»Die Wahrheit wird herauskommen, verlaß dich drauf!«

»Hat Mieta deshalb zweimal in der letzten Zeit versucht, mir nachzuschleichen? Glaubst du, daß ich es nicht gemerkt habe? Hast du sie mir als Spitzel auf die Fersen gesetzt? Wenn ja, dann hast du wohl vergessen, daß ich von dir gelernt habe, mich leise zu bewegen im Wald. Leiser, als sie es vermag.«

»Ich habe dir nicht beigebracht, wie ein Schmuggler zu schleichen!«

»Ich schleiche nicht.« Sie trat vor das Herdfeuer und sah mir direkt in die Augen. »Zum ersten Mal im Leben möchte ich tun, was ich will, Pa. Ein einziges Mal sollst du mir erlauben, zu gehen, wohin ich will, und wohin niemand mir folgt. *Niemand.* Ich werde nie wieder darum bitten. Wenn es vorbei ist und Zeit, zurückzukehren, werde ich nicht jammern und klagen, das schwöre ich jetzt und hier. Ich werde dir nie mehr trotzen und den Rest meines Lebens brav und friedlich sein. Aber jetzt will ich meine Freiheit. Ich weiß, was du denkst, Pa, ich weiß, was dich nachts nicht schlafen läßt. Aber es geht um *mein* Leben. Es ist *mein* Schicksal, gegen das ich mich auflehnen möchte, nur diesmal und dann nie wieder. Gib mir diese Freiheit, Pa!«

Tränen rannen ihr über die Wangen. Meine schöne Mirjam stand da, bettelte schamlos um ein Stück Leben, als läge es in meiner Macht, es ihr zu geben. Hätte ich sie dadurch von ihrem Schicksal erlösen können, in diesem Augenblick wäre ich bereit gewesen, beide Arme auf den Hackklotz zu legen und sie mir abschlagen zu lassen. So leid tat sie mir. Gott weiß, keiner hat die Macht, sein Herz zu kommandieren. Wenn uns die Sehnsucht nach einem geliebten Wesen überkommt, so bleibt der Schmerz ungestillt, bis wir es in die Arme schließen. Das wußte ich wohl. Für manche gab es Heilung, für andere nie.

»Ist es Jacob, Mirjam?« fragte ich leise.

»Ich darf es dir nicht sagen, Pa. Bitte. Du weißt ja, wie die Lilien aussehen, nachdem sie verblüht sind und die Erdschweine ihre Knollen herauswühlen.«

»Ist es Jacob?«

»Frag mich nicht, Pa. Aber ich verspreche dir, daß es nicht mehr lange dauert, bis ich mich abwende und zurückkehren muß.«

Kein Zweifel, es konnte nur Jacob sein. Meine eigene Tochter wandelte auf ehrlosen Pfaden. »Wenn Mieta dich findet, wird dein guter Name für immer zuschanden sein!«

»Sie wird mich nie finden.«

»Du spielst mit dem Feuer!«

»Ich weiß, Pa. Aber ich bin nicht mehr klein. Ich werde mich vorsehen.«

»Du weißt nicht, was du redest! Komm zurück,

Kind!« Die Angst überwältigte mich, und ich brachte kaum die Worte heraus.

»Ich komme rechtzeitig wieder. Das verspreche ich, Pa.«

»Rechtzeitig?«

»Ja. Aber du darfst mich nicht länger aufhalten.«

»Das kannst du nicht von mir verlangen, Mirjam.«

»Ich werde nicht lange brauchen, Pa.«

»Bis wann?«

»Erinnerst du dich noch an damals, als meine Katze starb? Weißt du noch, was du da getan hast?«

Ich wußte es noch gut. Barrington hatte ihr ein unnützes Katzenjunges mitgegeben, das in den Ställen von Portland zur Welt gekommen war. Obwohl ich ihn dringend gebeten hatte, es zu lassen. Als ich ihn fragte, warum er gegen meinen entschiedenen Willen handle, hatte er gemeint, ein edler Charakter sei auch tierlieb. Meine Mirjam sei ein gutes Kind, deshalb habe er ihr das Kätzchen geschenkt. Ich mußte gleich zugeben, daß ich kein edler Charakter sei, denn ich hätte vor, den verflohten Bastard nachher auf dem Heimweg zu ertränken. Als ich mich später zum Aufbruch rüstete, suchte ich vergeblich nach Mirjam. Sie war vorausgegangen und hatte den Fluß schon überquert, bevor ich ans Ufer kam. Und fünf lange Jahre mußte ich mit dem ungebetenen Gast unter einem Dach leben. Nachts schlief er zu ihren Füßen, tagsüber schlief er in der Sonne, und ansonsten fraß er, was das Zeug hielt. Als das Tier eines Tages krank wurde und starb, ließ ich Mirjam ihren Willen und stand neben dem Grab, das sie selbst ausgehoben hatte. Sogar mitgesungen habe ich, denn ich war froh, daß die Katze ein für allemal tot und begraben war. Sie blieb untröstlich und hörte nicht auf zu heulen.

Am dritten Tag sprach ich ein Machtwort und erlaubte ihr, noch bis Freitag zu weinen, aber damit sollte es genug sein. Wenn ich dann noch eine Träne sähe, drohte ich, würde die Katze wieder ausgebuddelt. Dann sollte sie selbst sehen, ob sie ihr weiter nachweinen wolle. Bis Freitag galt die Frist. Donnerstagabends beruhigte sie sich und hörte auf mit der Heulerei.

»Wie lange wird es dauern, bis du soweit bist, Mirjam?«

»Bis die Lilien wieder blühen, Pa. Wenn der Februar kommt.«

Und ich, Silas Miggel, ein schlichter, aber ehrbarer Mann, hielt sie nicht zurück und ließ sie ihrer Wege gehen. Das galt ebensoviel, als gäbe ich mein Einverständnis. In diesem Moment der Schwäche und des Mitleids, als ich mein Leben für sie opfern wollte, gab ich nach. Ich erklärte mich im voraus einverstanden, und als ich später erfuhr, was sie getan hatte, wollte ich es nicht wahrhaben. Doch damals, in jener Nacht, hätte ich sie nicht mehr aufhalten können, denn sie schwang sich empor wie ein Vogel, dessen Käfig weit offen stand.

16

Das erste Blockholz lief am siebten Tag des Monats Juni durch die Sägeblätter. Dunn erklärte ihn zum Feiertag für die Holzfällertrupps; heute brauchte keiner einen Finger krumm zu machen, und trotzdem gab es den vollen Lohn. Es war das erste Mal in meinem Leben, daß ich Geld fürs Nichtstun bekam.

Schon morgens früh erschienen seltene Gäste im Hochland: Walker, Polizeirichter Jackson, der Naturschutzbeauftragte Harison und hoch zu Roß John Barrington, der mich keines Blickes würdigte; Mr. Stewart, Mr. Smit. Christie mußte sich natürlich gleich vordrängen. Was aus Hal Barrington geworden war, erfuhr ich nie; jedenfalls fragte er nie nach Arbeit in der Sägemühle.

Auf dem Damm fanden Fardini und Cuicatti, Mangiagalli und Mirjam, Petroniglia, Mariarosa und ich einen Platz, von wo aus wir gute Sicht hatten, auch wenn wir mit den Füßen im Matsch standen. Warum ich mich überhaupt unter die Zuschauer einreihte, wußte ich nicht. Der Stausee hatte einen schmalen Ablauf, der durch eine Schleuse in ein zweites, kleineres Becken mündete und so den Dampfkessel speiste. Südlich der Mühle gab es jetzt kein Wasser mehr im Hochland.

»Kopf hoch, du machst ja ein Gesicht wie auf einer Beerdigung«, flüsterte Mirjam mir zu.

Eine Beerdigung war es natürlich nicht; dort versammelt man sich, um die Toten zur Ruhe zu betten. Hier galt es, eine riesige tote Maschinerie zum Leben zu erwecken. Von Anfang an war mir das Sägewerk gespenstisch vorgekommen, und als Gespenst ragte es jetzt düster empor. Auf der Rückseite stand der Boiler mit seinem unersättlichen Wasserbauch, oberhalb spie der Kamin dicke schwarze Rauchschwaden aus. Schon seit Tagesanbruch kämpfte der Heizer darum, das Feuer nicht ausgehen zu lassen, damit der Kessel unter Dampf kam. Erst wenn genügend Druck auf dem Ventil war, konnten die Stämme vom Kran aufgenommen und versetzt werden, konnten Treibriemen die gezackten Stahlsägen in Betrieb nehmen, konnte das Holz sauber in einzelne Bretter zerlegt werden. Robinson inspizierte alles noch einmal, fühlte hier einen Riemen, drehte da eine Schraube fest, gab den Arbeitern letzte Anweisungen und achtete darauf, daß jeder an seinem Platz war: sechs Männer am Einlauf, wo die Stämme zunächst gespalten wurden, vier an der Blockbandsäge, zwei an der Kreissäge, drei an der Heizkammer nahe beim Boiler, und ein bis zwei mitten dazwischen. Als alles zu seiner Zufriedenheit war, hob er den Daumen, und Dunn von Fox & Dunn kletterte auf eine Holzkiste, um eine Begrüßungsrede zu halten. Nachdem er geendet hatte, trat Jackson an seine Stelle, dankte der Firma, daß sie diese großartige Aufgabe übernommen habe, erklärte das Sägewerk für eröffnet und sprang von der Kiste.

Als der Heizer das Dampfdruckventil öffnete, erklang von den Gouna-Hügeln im Norden her ein Schuß. Noch bevor er verhallte, ein zweiter und schließlich ein dritter. Dann war alles ruhig. Irgendwo hatte irgendwer einen Grootvoet erlegt.

Aller Augen hefteten sich jedoch auf das Sägewerk, wo der Dampf den großen Hebekran in Bewegung angehoben und alle Räder in Bewegung gesetzt hatte. Ein Arbeiter, ein einzelner nahm mit dem Kran einen Gelbholzstamm auf, den ich und die Italiener mit Hilfe von zwölf Ochsen hierhergeschleppt hatten. Er legte ihn ordentlich in die Rinne, die zu den Sägezähnen führte, ohne auch nur einen Tropfen Schweiß zu vergießen. Die Umstehenden klatschten Beifall und drängten nach vorn, bis sie der Maschinenmeister von den rasenden Treibriemen und gezackten Sägezähnen scheuchen mußte. Als der erste Block das erste hungrige Sägeblatt berührte, kreischte das Holz laut auf wie eine arme Seele in der Hölle. Ich wollte wegschauen und davonlaufen, aber wie angewurzelt blieb ich stehen und konnte den Blick nicht abwenden, bis der Block das letzte Sägeblatt passiert hatte und die fertigen Bretter für alle sichtbar hochgehalten wurden. Am Einlauf ruckte schon der zweite Block zwischen die mahlenden Kiefern der Säge. Wofür im Wald zwei Leute mit einer Bügelsäge einen ganzen Tag gebraucht hätten, das konnte dieses verdammte tote Maschinending in der Zeit eines Wimpernschlags bewältigen.

Jetzt wandte ich mich ab, wanderte in den Wald und lief so weit, bis das Geräusch der Sägen nicht mehr zu hören war, dorthin, wo ich mit dem Wind, den Vogellauten und dem eigenen Herzschlag allein war. An der Stelle, wo der Roterlenfluß über die Felsbänke springt, hockte ich mich hin und dachte: Silas Miggel, blick nicht auf, schau auf deine Füße und sonst nichts. Fünf Monate von fünf Jahren Sägemühle liegen hinter dir. So gewiß die Sonne morgens aufgeht, so sicher wird der Tag kommen, an dem die Mühle vom Hochland verschwindet. Silas Miggel aber wird bleiben.

Am folgenden Montag schickte Walker mir einen Waldhüter hoch. In zwölf Tagen sei die erste Rate für ihre Parzellen fällig, ließ er den Italienern ausrichten. Mit demselben Datum würde die verlängerte Zeltnutzung enden. Die Planen seien sauber und ordentlich gefaltet zu übergeben, nicht der kleinste Hering dürfe fehlen.

Über die Ratenzahlung mochte ich mir zunächst keine Gedanken machen, das Problem war vielmehr die Rückgabe der Zelte. »Warum kommst du damit zu mir? Christie ist der Ansprechpartner«, erklärte ich dem Waldhüter.

»Mr. Walker wollte ausdrücklich, daß ich es dir mitteile, Oom. Am selben Tag läuft auch Christies Vertrag als Dolmetscher und Anführer aus, und einen neuen wird er nicht bekommen. Soviel ich weiß, kann er als normaler Einwanderer bleiben und basta. Übrigens läßt Mr. Walker fragen, ob du Zelte und Zubehör mit deinem Schlitten ins Dorf transportieren könntest.«

Ich tat so, als ginge es um nichts weiter als eine Fuhre Holz. »Dagegen ist nichts einzuwenden. Du kannst Mr. Walker bestellen, daß ich morgen zu ihm komme, und zwar in aller Frühe.«

Es blieb mir nichts anderes übrig, als auf den morgigen Taglohn zu verzichten, auch den Italienern, falls sie nicht freiwillig ohne mich loszogen. Um Schlimmeres zu verhüten, mußte ich persönlich in Walkers Büro erscheinen. Für Christies Zelte und seine Stellung als Dolmetscher mochte ich nicht geradestehen, er hatte es sich mit seiner Schreiberei selbst eingebrockt. Wie oft er mich angeschwärzt hatte, wußte ich nicht und wollte es auch nicht wissen, trotzdem würde es ohne ihn nicht einfach sein. Man soll jedem Gerechtigkeit widerfahren lassen, selbst Christie. Zumindest hatte er versucht, Steine vor das Rad der Regierung zu rollen, auch wenn sie sich oft bloß als Sandkörner entpuppten. Solange er bei uns im Hochland war, wußte die Regierung zumindest von uns. Allein konnte ich für die Italiener nichts ausrichten. Wer kannte schon Silas Miggel und wußte, daß es ihn überhaupt gab? Walker schon, aber damit hatte es sich. Mangiagalli hatte einmal gesagt, nur ein mächtiger Mann könne einen andern bedrohen und einschüchtern. Damit hatte er recht. Nicht, daß ich Angst hatte, weil ich machtlos war – immerhin würden sie mich nicht aus dem Hochland vertreiben.

Als Walker anderntags sein Büro betrat, folgte ich ihm auf dem Fuße. Als er sich an seinen Arbeitsplatz setzte und eine Feder zur Hand nahm, blieb ich vor dem Schreibtisch stehen und rührte mich nicht von der Stelle, als wollte ich Wurzeln schlagen. Noch bevor er einen Laut herausbrachte, erklärte ich ihn zum gutaussehendsten Mann im Dorf, es sei geradezu ein Vergnügen, vor ihm zu stehen. Das mit dem Aussehen war nicht gelogen, er war ein hübscher Bursche, ob er mir Vergnügen machte, würde sich noch zeigen müssen. Aber Robolini hatte mir geraten, wichtigen Leuten zuerst immer etwas Schmeichelhaftes zu sagen, um sie milde zu stimmen.

»Was kann ich für Sie tun, Miggel?« Es klang nicht eben milde, eher wachsam.

»Nicht allzuviel, nur daß ich nicht weiß, wie ich in elf Tagen solide Unterkünfte für die Italiener zimmern soll. Sie wissen ja, daß die Sägemühle erst seit Mittwoch arbeitet. Laut Mr. Dunn hätte sie schon im März anfangen sollen, und die ersten Bretter aus seiner Produktion hat er den Italienern zugesagt. Inzwischen haben wir Juni, und sie fängt gerade erst an. Was die Mühle betrifft, so ist alles mögliche schiefgegangen; es kommt mir vor, als stünde sie unter einem Fluch.«

»Das ist bloß schlechte Planung, Miggel.«

Mir schien, als hätte ich den rechten Ton getroffen. »Sie kennen sich da besser aus als ich«, erwiderte ich. »Mich kümmert nur das Holz, und daß die Italiener arbeiten. Ohne ihren Lohn werden sie nicht durchkommen, ohne die Zelte schon gar nicht. Der Winter steht vor der Tür, und für einen Menschen ohne Obdach wird es schnell ungemütlich.« Mr. Walker wollte widersprechen, aber ich war schneller als er. »Hätte ich die versprochenen Bretter bekommen, dann müßte ich jetzt nicht vor Ihnen stehen. Die Italiener säßen in eigenen vier Wänden und könnten ohne weiteres die Zelte zurückgeben. Doch das Holz, aus dem momentan die Bretter geschnitten werden, ist noch grün. Im Sommer werden die Bretter arg schrumpfen und große Ritzen bilden, die wir dann aufs neue mit Brettern vernageln müssen. Meinetwegen können wir bis dahin die Häuser zusammenpfuschen, so schnell Fox & Dunn mit dem Sägen nachkommt, aber sie müssen Ihnen wegen der Zelte einen kleinen Aufschub gönnen.«

»Ich habe die Nutzung schon sechs Monate über den vorgeschriebenen Termin hinaus verlängert.«

»Stimmt, aber ohne diesen Aufschub wäre die Hälfte von ihnen längst nicht mehr am Leben.«

»Warum haben sie nicht längst angefangen, Holz für ihren eigenen Bedarf zu schlagen und die Bretter selbst zu sägen?«

»Daß ich nicht lache, Meneer. Sie hatten zuviel Angst vor dem Wald!«

»Richtig, und wir mußten ihnen erst den Kredit streichen und sie zwingen, selbst für ihren Unterhalt aufzukommen. Sonst wären sie bis ans Ende ihrer Tage in den Zelten geblieben.«

»Alle Zelte auf einmal kann ich Ihnen nicht geben. Doch sobald sie nicht mehr gebraucht werden, schikke ich sie ins Dorf. Sauber zusammengefaltet. Zuerst brauchen die vier Familien mit Kindern ein Dach über dem Kopf, dann Giuditta, die kurz vor der Niederkunft steht. Diese Zelte schicke ich zuerst zurück. Aber ohne Dach kein Haus, und für die Dächer brauchen wir Wellblech, und ich hatte gehofft, vielleicht kann die Regierung ...«

Beinah hätte Walker die Feder nach mir geworfen. »Die Regierung wird ihnen unter gar keinen Umständen Wellblech kaufen, Miggel! Was zuviel ist, ist zuviel! Land hat man ihnen zugewiesen, Arbeitsstellen stehen zur Verfügung, und nach dem 20. Juni möchte ich keinen Muckser mehr von ihnen hören. Sie sind jetzt bei Fox & Dunn beschäftigt. Was sie benötigen, sollen sie künftig aus eigener Tasche bezahlen. Auch der Dolmetscher wird nicht mehr für sie arbeiten.«

»Mit anderen Worten: nach dem Zwanzigsten zeigt ihnen die Regierung die kalte Schulter?« Daß sie nicht länger bereit ist, Christie durchzufüttern, kann ich verstehen. Daß sie eines Tages ihre Zelte wiederhaben will, auch. Für all das habe ich mehr oder minder Verständnis – doch warum läßt die Regierung sie auch noch fallen wie eine heiße Kartoffel? Wer wollte denn unbedingt die Raupenzüchter ins Land holen?

»Und was soll jetzt aus mir werden, Meneer?« fragte ich entgeistert.

»Soviel ich weiß, sind auch Sie bei Fox & Dunn angestellt.«

»Mr. White hatte mich beauftragt, Mr. Christie bei der Arbeit mit den Italienern zu helfen. Mir wurden Siedlerrechte dafür angeboten. Was ist daraus geworden?« Jetzt mußte es heraus.

»Nach dem Zwanzigsten dieses Monats sind die Italiener niemandem mehr unterstellt. Weder Ihnen noch Mr. Christie. Was die Siedlerrechte anlangt, die Ihnen Mr. White versprochen haben soll, so ist das nicht meine Sache. Die Beschäftigten bei Fox & Dunn genießen Siedlerrechte auf dem Hochland, solange sie bei Fox & Dunn unter Vertrag stehen.« Er stand auf, nahm einige Papiere aus dem Regal und übergab sie mir. »Würden Sie dies bitte Mr. Christie aushändigen. Es handelt sich um eine Liste der Ratenzahlungen, die jeder der Einwanderer spätestens bis zum 20. Juni beim Gericht zu hinterlegen hat. Die Zelte sollen sie in Gottes Namen bis Ende Juli behalten, aber keinen Tag länger. Guten Tag.«

Kurz, man hatte mich durch einen Tritt in den Allerwertesten hinausbefördert, Christie und die Italiener gleich mit. Vor Walkers Büro blieb ich stehen und betrachtete das Straßenbild. Zur Linken wie zur Rechten rollten Pferdewagen, schlenderten Leute, trabten Reiter vorbei; eine Herde Jungochsen wurde von zwei jungen Burschen gehetzt; eine elegant gekleidete Lady überquerte die Straße und balancierte mit gerafftem Kleid zwischen den Dunghaufen; ein Karren aus dem Wald näherte sich, schwer beladen und unter einem riesigen Gelbholzblock fast zusammenbrechend. Auf dem Bock saß der greise Bart van Huyssteen.

»Silas.«

»Oom Bart.«

Drei Seeleute trugen Proviant unterm Arm, darunter ein lebendes Huhn. Die Welt ringsum kam mir vor, als gehörte ich nicht dazu. Silas Miggel, sagte ich mir, geh heim und reiß dein Haus ab, pack dein Hab und Gut, nimm Mirjam bei der Hand und verschwinde vom Hochland. Zieh in den Wald, und wandere weiter, bis sich die Berge dir in den Weg stellen. Du brauchst dich nie mehr im Leben mit Regierungsbeamten, Italienern oder einer Sägemühle herumzuschlagen. Geh und pack deine Siebensachen. Mach, daß du fortkommst.

Während ich noch dastand, floh ich im Geiste längst in die Wälder, rodete mir ein Stück Land für mein Haus, für Holzschuppen und die Gemüsebeete. Dort würde ich Frieden finden. Es war ein Traum, das wußte ich wohl, denn wenn mir etwas zustieße, konnte ich unmöglich Mirjam allein im Wald zurücklassen. Ihre Heimat war das Hochland. Meine auch. Ich riß mich zusammen und kehrte wieder auf den Boden der Tatsachen zurück. Fünfhunderttausend Bahnschwellen sicherten der Sägemühle ihr Auskommen. Die Italiener würden verschwinden, wenn sie das Schiffsgeld hatten. Die Sägemühle konnte ich nicht bewegen, schneller zu arbeiten. Aber ich konnte die Italiener die Äxte schwingen lassen und Holz fällen, je mehr, desto besser. Das gab mir Mut, und ich setzte mich in Bewegung. Als ich an diesem Morgen von Walkers Büro aufbrach, wünschte ich ihn und die ganze verdammte Regierung zur Hölle. Von nun an regierte Silas Miggel sich selbst.

Kurz hinter dem Dorf packte mich der Teufel am Kragen und flüsterte: Was, wenn die Italiener ihre erste Rate für die Parzellen zahlen? Mir fiel keine Antwort ein, und ich bekam ein mulmiges Gefühl in der Magengrube. Am besten würde ich sie gleich nach meiner Rückkehr fragen. Ich ging geradewegs zu Christies Zelt und teilte ihm mit, daß ich ein Treffen der Italiener einberiefe, wenn es ihn interessierte, könne er dabei sein. Wenn er Lust habe zu dolmetschen, meinetwegen; wenn nicht, würde ich auch allein zurechtkommen. Ohnehin sei er zum 20. Juni gefeuert. Er sprang aus dem Zelt und brüllte, noch sei der Zwanzigste nicht gekommen, *er* werde die Italiener zusammenrufen, schließlich sei *er* es, der für sie bis zum bitteren Ende für Gerechtigkeit kämpfen würde.

»Gerechtigkeit?« lachte ich. »Welche Gerechtigkeit?

Wissen Sie überhaupt, was das ist, Mr. Christie? Auf Holländisch sagen wir *geregtigheid* dazu, das heißt ›ein Recht haben zu‹. Es bedeutet, daß Barrington – mögen die Englein seine Seele hüten – ein Recht auf sein Marmeladenglas mit den Seidenraupen hatte. Eisenbahnzüge haben ein Recht auf Schienen, Schienen ein Recht auf Bahnschwellen, Bahnschwellen auf Sägemühlen, Sägemühlen auf Holz, egal woher. Die Italiener haben kein Recht auf ihr Schiffsgeld, denn das Gesetz sagt, daß nur dem die Fahrtkosten erstattet werden, den man zurückschicken *will.* Die Regierung hat ein Recht zu entscheiden, wen sie zurückschicken will und wen nicht. Vergewissern Sie sich, ob das Recht auf Ihrer Seite ist, bevor Sie für Gerechtigkeit eintreten, Meneer. Mir scheint, als wenn Sie beide Augen zudrücken, um sich nicht der Wirklichkeit zu stellen. Die Italiener werden sich ihr Recht durch Arbeit erkämpfen wie ich meines. Wenn Sie noch immer glauben, daß nur Sie das Recht haben, die Italiener zu rufen, tun Sie's doch!« Ich reichte ihm die Papiere, die Walker mir mitgegeben hatte. »Richten Sie von Mr. Walker aus, daß die Zelte bis Ende Juli hierbleiben können. Vergessen Sie aber nicht hinzuzufügen, daß am 20. Juni die erste Rate für das Land fällig ist. Die Zahlungen können drei Monate gestundet werden, für die Zelte gibt es keinen Aufschub. Wir werden ein paar Bretter zusammenhauen müssen, damit sie nicht auf der grünen Wiese hockenbleiben. Das bedeutet ein paar Wochen ohne Lohn, es sei denn, wir bekommen unerwartet doch noch Hilfe. Und Wellblech für die Dächer müssen sie selbst kaufen.«

Wieviel er zu alledem hinzudichtete, wußte ich nicht, aber er hielt einen endlosen Vortrag. Sie hörten mucksmäuschenstill zu, ließen sich nichts entgehen und beobachteten ihn genau. Als er geendet hatte, las er vor, was jeder einzelne am 20. Juni hinblättern mußte.

»Robolini: Parzelle Nr. 10 mit 8,83 Hektar. Erste Rate am 20. 6. 1882: 1 Pfund 1 Schilling 20 Pence zuzüglich 10 Pfund für Ausrüstung, Ochsen und Darlehenszahlung. Grassi: Parzelle Nr. 14 mit 8,76 Hektar. Erste Rate: 1 Pfund 1 Shilling 2 Pence, zuzüglich 10 Pfund für Ausrüstung, Ochsen und Darlehenszahlung.«

Ob sie es verabredet hatten, ließ sich schwer sagen. Als Christie das Blatt wendete, um mit der Schuldenliste fortzufahren, hatten sie sich einfach verkrümelt. Fardini wandte sich im Weggehen zu mir: »Signor Miggel, nix anders gehen, müssen anfangen Häuser bauen.«

Ende Juli standen auf den Parzellen Fardinis und Robolinis, Ilarios, Mangiagallis und Crucis Holzhäuser mit je zwei Zimmern. Weil die Bretter nicht für alle reichten, errichteten wir auf Cuicattis Grundstück, das er gegen Taianis ausgetauscht hatte, sowie bei Tomé solide und stattliche Lehmhütten. Jedes Haus war mindestens so groß wie vier Zelte zusammen, aber die Frauen waren noch immer nicht zufrieden.

»Sturm Häuser umwerfen, Signor Miggel.«

»Stellt euch nicht so an. Der Sturm, der diese Häuser umwerfen soll, würde den ganzen Wald ins Meer pusten!«

»Grootvoete Häuser umwerfen, Signor Miggel.«

»Grootvoete reißen nur die Häuser ein, die auf ihren geheimen Pfaden erbaut werden. Über das Hochland führen aber keine Elefantenpfade!«

»Nicht bleiben wollen, Signor Miggel.«

»Ihr werdet durchhalten müssen. Wir sind zwar mit

dem Tagelohn im Rückstand, aber nicht allzu weit; noch können wir aufholen!«

Keiner von ihnen hatte einen Penny Ratenzahlung für die Parzellen geleistet, weder am 20. Juni noch danach. Auch Christie nicht. Ich wollte mich nicht zu früh freuen, aber der Druck, den ich in der Magengrube fühlte, löste sich allmählich. Elf Zelte waren zurückgegeben worden, und nur noch drei blieben bei uns: Christies Büro- und Wohnzelt sowie eins, das Pontiggia und Canovi, Borolini und Coccia beherbergte. Canovi hatte kein Grundstück, die übrigen drei bauten an einem großen gemeinsamen Einzimmerhaus auf Borolinis Land. Mit Borolini stimmte etwas nicht. Ich konnte nicht ergründen, was: er ließ sich hängen, wirkte gramgebeugt und bedrückt.

»Bist du krank?« fragte ich ihn.

»Nix gut, Signor Miggel, nix gut.«

»Wo fehlt's denn?«

»Nix gut.«

Mehr brachte ich nicht aus ihm heraus, und den Petersilienschnaps rührte er auch nicht mehr an. Eines Tages fragte mich sogar der Waldhüter, ob Borolini vielleicht rote Flecken auf der Haut habe.

»So ein Quatsch, Mann!« fluchte ich.

»Du mußt ihn im Auge behalten, Oom. Bei Steenbok Eiland an der Bucht wird ein Spital gebaut, ganz aus Holz, falls die Blattern ausbrechen. Wenn du irgendwelche Anzeichen siehst, bring ihn sofort hin, damit er in Quarantäne kommt.«

»Borolini hat nicht die Blattern. Wenn du das endlich kapieren würdest!«

Unten am Fuß des Hochlands waren rund um den sogenannten Laden ein paar Hütten aus dem Boden gestampft worden. In drangvoller Enge waren dort ein paar Sägewerkarbeiter untergebracht, die übrigen kampierten noch im Freien. Gott sei Dank waren Mirjam und ich in der Mitte geblieben; Dunns Leute und die Italiener wohnten auf jeweils gegenüberliegenden Seiten des Hochlands. Nur das liebe Vieh streunte überall herum, allerdings wurde es täglich weniger.

Als ich Dunn damals mitteilte, daß Walker die Zelte Ende Juli zurückhaben wollte, hatte er kaum hingehört. Aber daß wir ein paar Tage später Bretter zu Mangiagallis Grundstück schleppten, damit die schwangere Giuditta ein Dach über den Kopf bekam, machte ihm Beine.

»Miggel«, brüllte er schon von weitem.

»Ja, Mr. Dunn?«

»Wie lange soll's denn noch dauern, bis Sie wieder in den Wald gehen?«

»Das kann warten, Meneer. Wir haben jede Menge Frauen und Kinder hier, die müssen als erstes untergebracht werden.«

»Mr. Walker will, daß ich darauf achte, daß jeder sein Haus auf dem eigenen Grundstück baut. Wer soll hier wohnen?« Er deutete auf unseren Bauplatz.

»Mangiagalli. Seine Frau kann jeden Tag ihr Kind zur Welt bringen. Noch ein Esser mehr . . .«

»Wem gehört das Land?«

»Offiziell gehört es der Regierung. Rein menschlich gesehen steht es aber Mangiagalli zu, jedenfalls vorläufig.«

»Na gut. Ich muß heute abend mit Ihnen reden.«

Als wir mit dem Häuserbau anfingen, hetzte Walker einen Waldhüter hinauf. Er sollte die Standorte auskundschaften. Dunn widersprach nicht, als wir uns mit Brettern aus seiner Mühle versorgten, und Fardini, Robolini und Pontiggia kamen mit einer großen Papierrolle, die sie auf meinem Eßtisch ausbreiteten. Dunn und Christie waren auch dabei. Zwölf Häuser waren, offenbar von Pontiggias Hand, säuberlich auf das Papier gezeichnet. Und die zwölf Grundrisse waren im Viereck angeordnet: Je drei lagen im Osten, Süden, Norden und Westen. Haus an Haus nebeneinander. Auf den freien Platz in der Mitte hatte Pontiggia sogar ein Pflaster schraffiert.

»Und was ist das?« wollte ich wissen und bat Mirjam, das Fenster zu öffnen; bei so vielen Besuchern wurde es schnell stickig.

»Piazza«, erwiderte Pontiggia. »Häuser rund um Piazza.«

Das sähe ja ganz wie ein Innenhof aus, bemerkte Christie. Sie wollten die Häuser rund um einen Hof anordnen, nicht in Reihen nebeneinander, nicht auf Parzellen verteilt. Christie erklärte, daß man in Italien gern nah beieinander wohne. Die Kinder spielten auf der Piazza, ältere Leute saßen an der Piazza, wie in einem großen Wohnzimmer. Dunn war es recht, auch ich hatte keine Einwände. Wenn sie aber wirklich vorhätten, ein Pflaster zu legen, durften sie die Steine allerdings selbst vom Fluß hochschleppen. Und zwar in der Freizeit, damit die Holzfällerei nicht länger unterbrochen würde als unbedingt nötig. Alle waren einverstanden. Nur Christie plusterte sich auf; bevor die Häuser rund um eine Piazza angelegt wurden, müsse zuerst Walkers Genehmigung eingeholt werden. Nach dem Wortlaut des Einwanderergesetzes müsse jedes Haus auf einer eigenen Parzelle stehen.

Es war eine Kriegserklärung. Schließlich stürmten sie alle Walkers Büro, wo es beinahe zu Handgreiflichkeiten gekommen wäre. Dreyer, der Sekretär, bekam unglücklicherweise eine Schramme ab, als er Cuicatti den Weg abschneiden wollte, aber wir, Dunn, Christie und ich, konnten die Italiener gerade noch davon abhalten, über Walker herzufallen. Walker rief um Hilfe, aber der Konstabler, der draußen stand, fürchtete sich dermaßen vor den wild gestikulierenden Italienern, daß Walker zum letzten Mittel griff. »Also gut«, erklärte er seelenruhig. »Wenn Sie sich nicht an das Gesetz halten, müssen Sie die Parzellen räumen und unverzüglich vom Hochland verschwinden.«

Unverzüglich. Ohne Zelte. Was konnten wir dagegen tun? Nichts. Und Mangiagallis Haus mußte schleunigst fertig werden, denn Giuditta hielt es keine Nacht mehr auf dem Feldbett aus, sie war zu schwer geworden. Mirjam gab keine Ruhe mehr und bearbeitete mich tagtäglich, Giuditta doch bei uns unterzubringen. Aber ich gab nicht nach. Auch sie mußte durchhalten.

An jenem Abend kam Dunn wie angekündigt zu mir. Vielmehr, er kam zu mir und redete auf mich ein, hatte aber nur Augen für Mirjam. »Die Regierung ist sehr ungehalten, weil wir noch immer keine Bahnschwellen liefern, Miggel!«

»Ich bin auch ungehalten, Meneer, über so manches!«

»Wir können es uns momentan nicht leisten, einen Trupp weniger in den Wald zu schicken. Am allerwenigsten Ihren, Miggel!«

Es war kühl geworden, und ich stand mit dem Rükken zum Herdfeuer. »Was schlagen Sie vor, Meneer?« erkundigte ich mich. »Soll ich nun Mr. Walker die Zelte zurückbringen oder Holz für Ihr Sägewerk schlagen?«

»Sie brauchen doch bestimmt nicht den ganzen Trupp für die paar Bretterbuden, oder?«

»Nein. Aber die Italiener sind keine geschickten Zimmerleute. Wo sie herkommen, baut man Häuser aus Stein. Bei jedem Brett, das sie nageln, muß ich daneben stehen. Außerdem wissen Sie ja, daß sie sich ohne mich nicht in den Wald trauen. Anscheinend müssen Sie mich vor die Kreissäge legen und mich in zwei handliche Teile zerlegen.«

Er fand das gar nicht komisch. »Seit einem Jahr sind wir mit dem Auftrag über Gelbholz-Bahnschwellen im Rückstand, und bis jetzt sägen wir ausschließlich Bretter. Ich hatte geglaubt, Sie sind auf meiner Seite, Miggel. Ich dachte, es geht Ihnen um die Löhne für die Italiener, um das Geld für ihre Rückreise. Aber zur Zeit schlagen die einen Nägel krumm, während ihnen die andern im Weg stehen.«

»Wenn Sie einen besseren Vorschlag haben, nur zu! Wir könnten schon morgen in aller Frühe wieder losziehen. Ich werde wahnsinnig, wenn ich an die entgangenen Löhne denke, aber was soll ich machen? Walker will die Zelte zurück. Gesetz ist Gesetz.«

»Wäre es eine Lösung, wenn die Leute, die den Holzschuppen im Dorf bauen, ihre Arbeit unterbrechen und den Italienern zuerst die Buden bauen?«

Vor Erleichterung wäre ich ihm beinahe um den Hals gefallen. Ich hatte es mir von Anfang an überlegt, brauchte aber drei Tage, um ihm den Gedanken schmackhaft zu machen. Wozu mußte eine komplette Mannschaft einen Schuppen am Hafen hochziehen, wenn die dazugehörigen Bahnschwellen noch gar nicht existierten?

Ende Juli waren vier Häuser bezugsfertig, und Giuditta hatte einen strammen Jungen zur Welt gebracht: Giuseppe. Dann kam Cuicatti an und verlangte auch ein Haus für sich, weil er und Luigia heiraten würden.

Sie war kaum den Kinderschuhen entwachsen. Gerade mal vierzehn und bildete sich schon ein, ihn unter den Pantoffel zu kriegen. Eben erst hatte ich Cuicatti den Marsch geblasen, als Canovi auftauchte und ebenfalls ein Haus wollte. Er habe schon im Dorf die nötigen Formulare ausgefüllt, damit ihm Borolinis Parzelle überschrieben werden könne, sobald er und Monica Grassi getraut wären. Schnurstracks ging ich zu Petroniglia und erinnerte sie, daß niemand über die Herkunft dieses Menschen Bescheid wüßte. Ob sie und Ilario damit wirklich einverstanden seien?

»Monica wollen, Signor Miggel.«

»Seit wann hat ein vierzehnjähriges Gör eine eigene Meinung?«

»Sie jetzt fünfzehn, Signor Miggel.«

An zwei Sonntagen hintereinander beobachtete ich, wie Pontiggia und Coccia nachmittags mit der Leiter aus dem Wald kamen. Ich hatte ihnen gezeigt, wo sie Honig finden und wie man die Waben aus dem Baum zeidelt. Aber ich hatte ihnen nicht gerade beigebracht, es am Tag des Herrn zu tun, nicht unter Silas Miggels Augen und solange sie im Hochland waren. Von Mirjam wollte ich wissen, ob sie mir das erklären könne, aber sie lachte mich nur aus.

»Machst du dich lustig über mich? Was haben diese Burschen am heiligen Sonntag mit der Leiter im Wald verloren?«

»Du weißt doch, wofür sie die Leiter brauchen. Damit sie vor den Grootvoeten in die Bäume flüchten können. – Aber davon abgesehen bist du wohl mit Blindheit geschlagen. Hast du wirklich nicht gemerkt, daß sie jedes Wochenende in den Wald gehen? Schon seit längerer Zeit gehen sie an ihrem freien Tag nach Draaibos Eiland.«

Mir blieb die Spucke weg. Sie wußten doch gar nicht, wo Draai-se-Bos lag, vom Eiland ganz zu schweigen. »Wie kommst du denn darauf?«

»Pontiggia besucht Susie, die Tochter von Tante Emma. Und Coccia trifft sich mit Tante Hannies Anna.«

Beinahe wäre ich vom Stuhl gefallen. »Wie haben sie denn Susies und Emmas Bekanntschaft gemacht?«

»Wir sind doch nicht die einzigen, die durch Gouna-se-drif zum Dorf gehen, Pa.«

»Und die Waldbewohner? Wieso erlauben sie ihren Töchtern solchen Besuch?«

»Bisher hat sie keiner davongejagt, Pa.«

Auf jede Nachfrage konnte sie mit einer Antwort aufwarten. Anscheinend war ich der letzte, der von dieser Angelegenheit nichts wußte. Ich würde das keineswegs durchgehen lassen. Ich erhob mich und ging zu Christie hinüber. Von den Eilandtöchtern würden sie jedenfalls keine mit aufs Schiff bringen, soviel war klar.

»Bestellen Sie ihnen, daß sie keine Geschichten anfangen sollen, die kein gutes Ende nehmen!«

Christie blickte kaum auf. Seit er von einem Fox & Dunn-Vorarbeiter Prügel bezogen hatte, war er eingeschnappt. Ich hatte ihn immer wieder gewarnt, sich nicht mit den Sägewerkern anzulegen, aber vergebens. Als sie am Fuß des Hochlands ihre Hütten bauten, lief er immer wieder dorthin, um sie daran zu hindern, das angebliche Gemeindeland der Italiener zu besiedeln. Die Vorarbeiter hatten die Nase voll von ihm. Ich konnte nicht begreifen, wieso Christie noch immer an dem zugewiesenen Land festhielt; eine Anzahlung darauf hatte bisher noch keiner geleistet.

»Bis die Stundung abgelaufen ist, haben wir noch

drei Monate lang alleiniges Besitzrecht, Miggel. Mein Preis liegt jetzt bei 150 Pfund. Sie werden es noch bedauern, wenn Sie jetzt nicht zugreifen.«

»Mr. Dunn meint, bei einer Versteigerung brächte keine der Parzellen mehr als 20 Pfund.«

Jedenfalls hatten sie jetzt ihre vier Wände. Die meisten waren wie mein eigenes aus Brettern gezimmert und mit Wellblech gedeckt, aber vieles wirkte fremd, weil ein anderer Menschenschlag darin wohnte. Vor jeder Tür hatten sie flache Steine verlegt, auf denen man sich die Füße abtreten sollte. Neben den Häusern hatten sie Gräben verlegt und am Rand mit Kieseln gesäumt; dorthin leiteten sie über Abflußrohre das Regenwasser vom Dach. Nicht dumm. Die Drainagen waren mit Wellblech oder Hartholz abgedeckt, und daneben stand ein Eimer bereit, um das Wasser abzuschöpfen.

»Sorgt dafür, daß die Gräben nicht offen stehen. Kommt bloß nicht angerannt, wenn die Kinder hineinfallen.«

Für jedes fertiggestellte Haus schnitzte Pontiggia ein kleines Kruzifix, das auf ein kleines Regal im vorderen Zimmer gestellt wurde. Neben die Kreuze kamen kleine puppenähnliche Figuren, Vasen mit Zweigen und Blumen aus Mirjams Garten oder auch ein gerahmtes Bild. Wo sie all den Schnickschnack aufgetrieben hatten, war mir ein Rätsel.

»Das hatten sie im Gepäck, mit dem sie damals angekommen sind, Pa.«

Tücher aus feinstem Damast wurden über die rohen Holzmöbel gelegt, Kissenbezüge ohne Füllung auf die Sitzflächen der Stühle drapiert. Hübsche Schondecken zierten die Betten. Dunn wollte keine weiteren Bretter mehr hergeben; das Material für die Möbel sollten sie sich selbst schlagen und zersägen. Ich hielt den Mund; bei den Sägewerkern hatten sie längst Holzplatten gegen Würste und Fleisch eingetauscht. Zwei Spitzenkragen für Mirjam und Zierkämme zum Hochstecken des Haars gaben sie für meinen Kleister und ein paar Werkzeuge her. Ich bestand aber darauf, daß sie ihre Möbel am Feierabend beim Licht der Laternen tischlern sollten, nicht tagsüber, wo sie den Lohn verdienen mußten.

Alles rund um die Häuser und drinnen wirkte akkurat wie mit der Schnur gezogen. Nichts, was nicht an seinem Platz lag. Als alles fertig war, wurden die Türen geschlossen und Riegel vorgeschoben, die sich nur selten für Gäste öffnen sollten. Trotzdem kamen sie nie darüber hinweg, daß die Häuser so weit auseinander liegen mußten.

»Nix gut, Signor Miggel, nix gut.«

Die ersten Bahnschwellen wurden Ende Juli gesägt.

»Jetzt wird Ihr Trupp mehr Holz schlagen und herbringen müssen denn je, Miggel«, drängte Dunn. »Sorgen Sie dafür, daß die Säge nicht aufholt!«

»Eure verdammte Säge ist ein Ungeheuer«, versetzte ich. »Es frißt und frißt und kriegt den Hals nicht voll. Meine Mannschaft leistet das Doppelte dessen, was Sie von den anderen verlangen. Und für den gleichen Lohn!«

»Über die Löhne könnt ihr euch nicht beklagen, Miggel. Ihr werdet anständig bezahlt. Noch vor Juli nächsten Jahres sollen Fox & Dunn 100 000 Bahnschwellen liefern. Ich rate euch, schwingt die Äxte!«

Schon vor Tagesanbruch hörte ich den Heizer auf dem Weg zum Kessel, um das Feuer zu schüren. Wenn die übrigen Arbeiter kamen, mußte ausreichend Druck auf dem Kessel sein. Jeden Morgen war ich froh, mich in den Wald flüchten zu können, weit weg vom Gekreisch der Sägen. Nie blickte ich auf, wenn ich an Stellen vorbeikam, wo andere Holzfällertrupps schlugen. Den Kahlschlag, den sie anrichteten, wollte ich gar nicht erst in Augenschein nehmen, lieber hätte ich ihnen den Hals umgedreht. Wenn in so kurzer Zeit schon soviel zerstört war, wie sollte es dann erst in fünf Jahren hier aussehen?

Mein ganzer Trost war es, wenn ich Samstagabends das Geld in der Blechdose zählte. Als die ersten Schwellen auf das *Nutzholz- und Bahnschwellenlager* verfrachten wurden, lagen vierzig Pfund in der Dose. Noch kein Anlaß zum Jubeln, aber nach dem Gesetz und Walkers Worten sollte die Versteigerung im kommenden März stattfinden. Wenn die Parzellen bis dahin nicht bezahlt waren, versteht sich. Noch immer schwebte dieses Verhängnis über mir, und oft fragte ich Fardini danach.

»Wir zurückgehen, Signor Miggel.«

»Alle?«

»Alle.«

Und in all der Zeit strahlte Mirjam mir wie ein Licht entgegen. Sonntags fiel ich auf die Knie und flehte, Gott möge sie schützen und mir verzeihen, wenn ich mein Einverständnis für etwas Unrechtes gegeben haben sollte. Eine bessere Hüterin der Italienerfrauen und -kinder als Mirjam konnte ich mir nicht wünschen, auch keine bessere Haustochter. Allabendlich stand das Essen auf dem Tisch, war das Brot frisch gebacken, der Garten gejätet und bewässert. Sie war genauestens über die Familien unterrichtet und erstattete mir regelmäßig Bericht. Keine Spuren vor meiner

Tür zeugten gegen sie, und wenn sie in den Wald ging, spürte ich das Glück und den inneren Frieden, den sie gefunden hatte.

Ich gewöhnte mir an, immer weniger Fragen zu stellen. Aber ich zählte die Tage bis zur Lilienblüte.

Die Kälte überraschte uns in diesem Jahr früher als sonst. Schon Ende Juli schien die Sonne so fern von uns, daß kaum ein Hauch Wärme unter das Blätterdach drang. Noch gegen Mittag tropfte der Tau von den Bäumen. Der Waldboden verwandelte sich unter unseren Schritten zu Matsch. Der Frost kroch unter die Kleider, die Arme wurden steif, und man konnte kaum die Axt halten.

»Kalt, Signor Miggel.«

»Haut rein!«

»Krank, Signor Miggel.«

»Haut rein!«

»Nicht mehr Holz fällen.«

»Wenn wir Pause machen, könnt ihr euch am Feuer aufwärmen.«

Coccia jammerte unaufhörlich. »Will nach Kapstadt, Signor Miggel. Nix gut hier.«

»Mach, daß du fortkommst. Aber wehe, du kommst wieder wie Pontiggia und Canovi!« schimpfte ich. »Glaub ja nicht, deine Anna käme dir nachgelaufen.« Noch immer spazierte er mit Pontiggia jeden Sonntag nach Draaibos Eiland. Sie hörten nicht auf mich. Schließlich wanderte ich selbst dorthin, um der Sache ein Ende zu machen. Sie sollten bloß nicht zu mir kommen, wenn es zu spät war. Aber die Mädchen stellten sich stur wie sonstwas.

»Ich Anna mitnehmen, Signor Miggel!«

Das war nur Gerede, und ich würdigte es keiner

Antwort. Übrigens war es gerade Samstag, und die Woche ging zu Ende. Alle waren ausgelaugt. Zum Ende einer Woche entwickelten sie einen regelrechten Haß auf Äxte und Bäume.

»Stumpfe Axt nix gut.«

»Hab ich dir nicht gesagt, du sollst sie vorschriftsmäßig schleifen, Cuicatti?«

»Christie sagen, an Gouverneur Sir Hercules Robinson geschrieben. Er uns helfen.«

»Wie, der kommt her und hilft dir Holz fällen?!«

»Er will Schiffsgeld schicken.«

»Die Axt da in deiner Hand, die besorgt dir das Schiffsgeld. An die Arbeit!«

Anderntags war Sonntag. Ich saß bei Tisch und las in der Bibel, als plötzlich Christie im Türrahmen stand. Seit Wochen war er nicht mehr bei mir gewesen und hatte tagelang mit niemandem ein Wort gesprochen.

»Sind Sie krank?« erkundigte ich mich mitfühlend.

»Ich komme nur, um mich zu verabschieden.«

Daß er früher oder später weggehen würde, war mir längst klar. Seine Zeit im Hochland ging zu Ende. Von der Luft allein konnte er nicht satt werden, und er kam sich viel zu fein vor, die Axt zu schwingen. Doch wie er jetzt vor mir stand und sich zum Aufbruch rüstete, fühlte ich mich gar nicht wohl in meiner Haut. Mir schien es, als würde mir nun auch noch sein Teil der Verantwortung für die Italiener aufgeladen. Er war oft begriffsstutzig und verdreht gewesen, doch hatte er immerhin übersetzt und war dageblieben, wenn es ernst wurde. An den Erfolg seiner Schreiberei glaubte ich schon lange nicht mehr, doch blieb immerhin ein Fünkchen Hoffnung, daß die Briefe irgendwann in die richtigen Hände kamen. Wenn wenigstens ein Teil des Schiffsgeldes dadurch beschafft werden konnte, war schon viel gewonnen.

Er trat an den Tisch, und Mirjam kam aus ihrem Zimmer, fast noch aufgeregter als ich.

»Setzen Sie sich«, forderte ich ihn auf. »Wir haben vorher noch etwas zu besprechen.«

Seiner Kleidung war anzusehen, daß er viel zu lang im Freien kampiert hatte. Trotzdem lag der gleiche Dünkel wie bei seiner Ankunft auf seiner Miene. Diesen Stolz hatte ich auch an Barrington bemerkt. Die Engländer sind nicht wie andere Menschen, hatte Fardini mir einmal erklärt. Es läge wohl daran, daß ihr Blut weniger warm sei. Nie wüßte man, was in ihnen vorginge; ihre Gesichtszüge blieben unbewegt und kühl, weil sie kaltblütig seien, meinte er. Wenn das so ist, folgerte ich, müßte bei den Italiener das Blut ständig auf dem Siedepunkt sein. Zu Christie hatten sie nie Vertrauen gefaßt. Sie nahmen es ihm nicht ab, daß er für ihre Sache kämpfte. Er wolle bloß für sich das Beste herausschlagen, behaupteten sie.

»Wohin werden Sie gehen?« wollte ich wissen.

»Zunächst fahre ich nach Kapstadt. Dort muß ich mit gewissen Leuten aus höchsten Regierungskreisen verhandeln. Wenn alles klappt, komme ich wieder. Sollte sich keine befriedigende Lösung abzeichnen, werde ich nach London weiterreisen, und Mr. Burnett persönlich ansprechen.«

»Und ich sitze da und soll wohl allein fertig werden.«

»Vielleicht gehört auch dies zum Komplott der Regierung, Miggel. Wer weiß? Ich werde umfassende Ermittlungen anstellen lassen, um die Sache restlos aufzuklären.«

»Was passiert mit Ihrer Parzelle?«

»Meine Zelte sollen bleiben, wo sie sind. Ich lasse ein paar persönliche Dinge bei Coccia zurück. Sollte ich in Kapstadt etwas erreichen, bin ich schneller zurück als Sie denken. Ansonsten werde ich Ihnen schreiben, wohin mein Eigentum nachgesandt werden soll.«

»Ich hatte nach Ihrem Land gefragt!« Sein Grundstück war das beste von allen. Sollte es eines Tages versteigert werden, würde ich mich in die erste Reihe stellen.

»Alles hängt vom Erfolg meiner Bemühungen in Kapstadt ab.«

»Und wie kommen Sie ins Dorf?«

»Tomé und Cuicatti werden meine Seekisten ins Hotel bringen. Wenn das Wetter es zuläßt, reise ich anderntags mit der *Ambulant* ab. Vergessen Sie nicht, kommenden Freitag den Priester abzuholen. Das Aufgebot für Cuicatti und Canovi ist schon bestellt, am Samstag soll die Hochzeit sein.«

»Ich hör wohl nicht recht!« Ich dachte, sie hätten sich diesen Blödsinn längst aus dem Kopf geschlagen.

»Alle Papiere, die sich noch bei mir befinden, habe ich Fardini anvertraut.«

Ich erhob mich und schüttelte ihm die Hand zum Lebewohl. Mirjam trat hinzu, und fast wäre sie in Tränen ausgebrochen. Sie schämte sich nicht einmal, ihm zu sagen, wie sehr sie ihn vermissen würde. »Gib ihm die Hand, und dann laß es gut sein«, raunzte ich. Wollte sie ihm womöglich noch einen Abschiedskuß geben? Selbst am Schluß mußte Christie noch einmal sticheln. Als sie sich die Hände reichten, wandte er sich zu mir: »Miggel, Ihre Tochter ist ein so gutherziges und freundliches Wesen. Von Ihnen hat sie das nicht!«

Was für ein Wesen war denn ich?

Als wir Montagnachmittags die letzten Stämme aus dem Wald schafften, waren seine beiden Zelte verschwunden. Walker habe sie durch einen Waldhüter abholen lassen, sagte Mirjam. Was aus Stühlen, Tisch und Bett geworden war, wußte niemand. Beim Zubettgehen sagte ich mir: Silas Miggel, jetzt bist du allein – Vorarbeiter, Aufpasser, Medizinmann und so weiter, alles in einer Person, und Fox & Dunn zahlt dir den Lohn dafür. Die Regierung war entweder klüger als ich gedacht hatte, oder die Vorsehung selbst schmiedete ein Komplott gegen mich.

»Also los«, ermunterte ich die Italiener anderntags vor dem Aufbruch. »Wenn alles gutgeht, seid ihr nächstes Jahr um diese Zeit schon unterwegs nach Hause.« Sie musterten mich wie Leute, die kaum noch auf ihr Glück vertrauen. Aber als sie ins Holz hieben, taten sie es mit unbändiger Kraft wie nie zuvor.

Den ganzen Tag spürte ich eine seltsame Unruhe im Wald. Schon die Vögel verhielten sich anders als sonst. Wenn ein Lori aufhörte, nervös zu keckern und zu gurgeln, löste ihn schon der nächste ab. Ein Schwarm rotgeschnäbelter Wiedehopfe erschien über uns; sie konnten sich aber nicht entscheiden, wo sie sich niederlassen wollten und hüpften aufgeregt von Wipfel zu Wipfel. Vielleicht ist es ein Tiger, dachte ich, aber warum sollten sie soviel Wesens darum machen? Wahrscheinlich fiel mir der Tiger ein, weil ich den Gedanken an die Elefanten verdrängen wollte. Es war wohl wieder einer der Tage, an dem so ein alter Schwerenöter plötzlich hinter dir im Dickicht steht, ohne daß du es merkst. Oder erst, wenn er angreift. Manchmal beobachteten sie einen und führten gar nichts im Schilde. Leider konnte man es nie im voraus wissen.

Es war keine Einbildung, ich kannte den Wald und alle seine Stimmungen. Schließlich hatte ich die Gänsehaut am ganzen Leib.

»Signor Miggel sehen was?« fragte Cuicatti, als ich zum vierten Mal die Axtschneiden kontrollierte. Sie waren messerscharf.

»Ich sehe nichts, haut rein!«

»Signor Miggel hören was?«

»Ich höre nichts, haut rein!«

Fardini und Robolini zerteilten das Holz der Länge nach mit der Zweihandsäge. Am liebsten wäre mir gewesen, wenn sie für kurze Zeit aufgehört hätten, damit ich ungestört lauschen konnte. Manchmal hörte man die Elefanten aus einiger Entfernung geräuschvoll verdauen. Aber wenn ich sie jetzt mit den Äxten und der Säge innehalten ließ, hätten sie Lunte gerochen, und es hätte mich den Rest des Tages gekostet, sie wieder ans Arbeiten zu bringen.

Coccia fällte heute seinen eigenen Stamm, so daß ich gemeinsam mit Borolino einen anderen übernahm, um ihn im Auge zu behalten. Er war ein kräftiger Bursche, der aber von Tag zu Tag mehr in sich zusammenfiel. Erst in der letzten Woche hatten wir beim Unterstand gesessen und Mittag gemacht, als westlich vom Bach ein Zweig krachte. Binnen Sekunden flog das Essen beiseite und die Italiener rasten zu ihrer Leiter. Ich rief ihnen nach, wir seien in Sicherheit, der Wind wehe uns entgegen, und die Furt der Grootvoete läge mehr als anderthalb Kilometer stromaufwärts. Dann aber krachte ein zweiter Ast, und Fardini half Ilario noch ein Stück höher. Nur Borolini war gleichgültig sitzen geblieben wie einer, den es nicht weiter kümmert, ob ihn ein Elefant überrennt oder nicht. Ein Mann, der einfach so sitzen blieb, mußte entweder sehr krank oder schwermütig sein.

Daher hatte ich beschlossen, an diesem Morgen mit ihm zu arbeiten, um ihn mir näher anzusehen. »Du schlägst nicht richtig zu, Borolini«, mahnte ich. »Du tust ja nur so als ob! Tut dir etwas weh?«

»Nix Schmerzen.«

»Fehlt dir sonst etwas?«

»Will nach Hause, Signor Miggel. Ein Jahr zu lang.«

»Wieviel hast du schon beiseite gelegt für das Schiffsgeld?«

»Sechs Pfund, Signor Miggel. Fardini behält Schiffsgeld.«

»Sehr vernünftig, daß er es verwahrt. Schließlich müßt ihr alle zusammen aufbrechen!«

Ich wollte ihm gerade Mut zusprechen, ein Jahr sei schließlich schneller vorbei als man glaubt, aber ich kam nicht dazu, denn aus den Augenwinkeln sah ich, wie sich etwas im Dickicht bewegte. Ich ließ die Axt sinken. Keine zehn Schritte von mir erschien Josafat Stander im Unterholz. Er war es selbst. Kein Gespenst, und doch schien er nicht ganz er selbst zu sein. Zuerst dachte ich, er sei angeschossen worden und verletzt. Er hatte einen Mantel an, nicht den Überwurf aus Bocksfell, den er sonst im Winter trug. Ein feiner Mantel, aber er schien blutverschmiert und einer der Ärmel war an der Schulternaht eingerissen. Er starrte mich unverwandt an und blieb wortlos und wie angewurzelt stehen. Sein Haar war kürzer, der Bart gestutzt, und fast glühte in seinem Blick so etwas wie Haß. Oder war er nur erregt?

»Josafat Stander?« grüßte ich.

»Ich bin's«, gab er kurz angebunden und fast wütend zurück. Als ob er mit der Welt zerstritten wäre und ich sei daran schuld. Zuerst bekam ich einen Schreck, aber dann wurde ich böse. War er nur von den Toten auferstanden, um Streit anzufangen?

»Wollten sie dich im Himmel nicht haben?« fragte ich.

»Nein, ich bin aus der Hölle entlassen«, versetzte er und lachte wie ein alter Heide.

»Kein Wunder, daß die Loris schon seit heute früh so ein Spektakel machen. Ich wußte ja, daß es nichts Gutes bedeuten kann.« Als er aus dem Gehölz trat und näherkam, sah ich den Schmutz an seinen Kleidern. Offenbar hatte er im Freien geschlafen. »Wir haben dich schon für tot und begraben erklärt, Josafat Stander«, erklärte ich, als er mir die Hand reichte.

»Weiß ich.«

»Wo hast du denn gesteckt?«

»Dort, wo du niemals hinkommen wirst, Oom. Wo Elfenbein einen guten Preis hat.«

»Das muß ja sehr weit weg sein.«

»War es auch.«

»Seit wann bist du wieder im Lande?«

»Seit einiger Zeit. Hast du irgendwas zu beißen für mich, Oom?«

»Ja, drüben im Unterstand.«

Mit Josafat Stander konnte man nicht streiten. Er war wie Oupoot: Alle haßten und fürchteten ihn, und doch wäre der Wald ohne diese beiden nicht das, was er war. Seltsam, daß ich gerade jetzt an Oupoot dachte, denn kaum hatten wir Platz genommen, als er mir erzählte, daß der Bulle von Petrus Brand Eiland gestern erschossen worden war. Das ließ mich wieder ärgerlich werden. »Warum zum Henker hast du das getan?« Petrus Brand Eiland lag mehr als einen halben Tagesmarsch östlich von Gouna an der Straße zum

Lange Kloof. Jeder kannte den Bullen von Petrus Brand Eiland. Man erzählte sich, er sei Oupoots ältester Sohn; nicht ganz so mächtig wie sein Altvorderer, auch nicht ganz so heimtückisch, aber noch immer ein wildes und stattliches Tier. »Warum hast du ihn erlegt?«

»Ich war es nicht.«

»Wer dann?«

»Thesen, Duthie und Metelerkamp, auch ein Mann namens Harran oder so ähnlich war dabei.«

Harran kannte ich nicht, die drei andern dafür um so besser. Sie waren wichtige Honoratioren im Dorf und im Distrikt. Leute von Barringtons Kaliber. »Bist du sicher, daß die es waren?«

»Ich weiß es. Als ich gestern früh zum Poort aufbrach, begegneten sie mir bei Job Terblans Haus. Ich hatte in der Stadt übernachtet. Ihrer Ausrüstung nach hatten sie es nicht bloß auf Erdschweine abgesehen. Sie trugen Zehnpfündergewehre und hatten eine Menge Blei mit. ›Bist du nicht dieser Stander?‹ rief mir Thesen zu. ›Der übelste Elfenbeinräuber weit und breit, wie man hört.‹ Ich gab keine Antwort. Job hatte ihnen angeblich erzählt, daß in der Nähe des Poort eine große Herde Grootvoete gesehen worden sei. Sie hätten die Genehmigung, einen zu erlegen. Eigentlich sogar mehr als eine Genehmigung, sie waren sogar von Kapstadt ausdrücklich beauftragt, einen für das Museum dort zu schießen. Sie wollten ihn ausstopfen.«

»Ausstopfen?« Wahrscheinlich hatten sie ihm einen Bären aufgebunden, und jetzt wollte auch er mich zum besten halten.

»Genau. Er sollte ausgestopft und aufgestellt werden, damit die Leute kommen und sich die Grootvoete aus der Nähe ansehen und sie berühren können. Dafür ist ein Museum da.«

Das ging mir über den Verstand. »Meinst du, mit Sägemehl füllen wie eine blöde Puppe?«

»Mehr oder weniger, ja.«

»Da braucht man aber 'ne Menge Sägemehl, um einen Grootvoet auszustopfen.« Die Italiener saßen da und lauschten auf jedes Wort. Sie hatten längst zu arbeiten aufgehört; ohne mein Beisein würden sie sowieso nicht weitermachen. Josafat betrachteten sie mit einer Mischung aus Scheu und Mißtrauen, und ich mußte Ilario zweimal bitten, ihm einen Kaffee einzuschenken. »Und weiter?«

»Thesen lud mich ein, mitzukommen. Ich erklärte ihm, daß mir die Gewehre, die sie bei sich hatten, nicht so besonders behagten, und meins hatte ich nicht mit. Er beharrte darauf, daß ihre Gewehre völlig in Ordnung seien, und daß sie das Tier sowieso lieber selbst schießen wollten, es sei ein ziemlich bedeutender Auftrag. Außerdem würde der Name des Schützen auf ein kleines Messingschild graviert, das neben dem Grootvoet im Museum stehen soll. Aber vielleicht hätte ich ja trotzdem Lust, mitzukommen, wenigstens bis sie Anzeichen oder Fußspuren der Herde gefunden hätten. Die anderen beiden redeten mir auch zu. Duthie behauptete, er habe von Job Terblans erfahren, die Herde hielte sich in einer Lichtung drei, vier Kilometer nördlich auf. Ich kannte die Lichtung. Du weißt ja, daß solche Kerle, die mit großen Vorsätzen und schweren Büchsen auf Grootvoete aus sind, leicht den Kopf verlieren, wenn sie im tiefsten Dickicht sind. Deswegen wollten sie wohl, daß ich sie begleite.«

»Dann wärst du der Anführer gewesen, versteht sich.«

»Ungefähr so. Der Wind war auf unserer Seite, und wenn es so bliebe, hätte es nicht allzu lang dauern müssen. Ich erklärte mich einverstanden und fragte Thesen, ob er eine Kuh oder einen Bullen haben wollte? Einen Bullen, meinte Duthie. Wir zogen los. Sie stellten sich zunächst gar nicht mal so dumm an, offenbar gingen sie nicht zum ersten Mal auf Jagd. Keine halbe Stunde später liefen wir geradewegs einer Herde von mindestens dreißig Grootvoeten über den Weg. Ob es die Herde war, von der Job erzählt hatte, weiß ich nicht. Wir waren noch ein Stück weit unterhalb der Lichtung. Die Tiere bekamen unsere Witterung in die Nase; im Dickicht rauschte es und Zweige brachen, als sie flüchteten. Zum Schießen kamen wir gar nicht erst, es war viel zu undurchsichtig und sie waren im Nu verschwunden. Alle – außer einem, ein Bulle mit meterlangen Stoßzähnen auf beiden Seiten, und ich wußte gleich, was er vorhatte. Ich sah ihn mit den Ohren schlenkern und den Rüssel recken, trotzdem hatte er nicht vor, uns anzugreifen. Er wollte uns bloß Angst einjagen. Er bluffte. Doch die Männer rannten an mir vorbei, und Duthie feuerte als erster. Dann Thesen. Und Metelerkamp. Schließlich Harran. Der Bulle ging noch immer nicht auf uns los, aber sie hatten getroffen, denn er wankte schon und rupfte die jungen Bäume ringsum aus. Dann erst ging er zum Angriff über. Thesen und Metelerkamp waren am dichtesten dran und schossen zugleich. Der Bulle blieb unvermittelt stehen und gab ein lautes Trompetensignal von sich, als wolle er sie wegpusten. Es hatte ihn am Vorderfuß erwischt. Im nächsten Moment trafen ihn Duthie und Harran gleichzeitig in die Schulter, und das gab Thesen und Metelerkamp die Gelegenheit, einen umgestürzten Baum zu erklimmen. Von dort aus konnten sie allerdings nicht weiterschießen, denn sie hatten keinen sicheren Halt. Wieder schoß Duthie, Harran hinterdrein. Der Bulle verkroch sich im Unterholz und ward nicht mehr gesehen, aber der Lärm verriet uns, wo er sich aufhielt. Als er herausbrach, stand Thesen wieder mit beiden Beinen auf der Erde und ballerte drauflos. Harran auch. Duthie schoß ebenfalls. Metelerkamp kletterte vom Baum und feuerte. Nun raste der Bulle vor Wut. Immer wenn er trompetete, regnete es Blutstropfen. Ich wollte Harran die Büchse wegreißen, aber er machte einen Satz, als der Bulle auf ihn zu kam. Von da an weiß ich nicht mehr, wer alles geschossen hat. Ich wollte nur noch meine Haut retten. Der Bulle genauso. Mal attackierte er von rechts, dann wieder von links. In seiner Not stampfte er alles, was ihm in die Quere kam, zu Boden oder riß es aus, um es herumzuschleudern. Thesen und Duthie retteten sich auf einen Baumstumpf, Metelerkamp und Harran direkt gegenüber. Kugel auf Kugel traf den Bullen, aber unermüdlich griff er an und wütete blindlings umher. Harran traf ihn aus zwanzig Schritt Entfernung in den Rüssel, zehn Schritte weiter, und der Bulle hätte ihn erwischt. Auch Duthie zielte auf den Rüssel und traf. Der Rückstoß warf ihn vom Baumstumpf, und er ging zu Boden. Der Bulle rannte los, und kurz bevor er ihn erreichte, traf ihn ein Schuß von gegenüber in die Flanke, so daß er abdrehte. Duthie traf ihn abermals in die Flanke, und zum ersten Mal sah ich den Bullen straucheln. Was er dann tat, habe ich noch nie erlebt. Er schleppte sich zu einem Kalanderbaum in der Nähe und lehnte sich daran, als wolle er ausruhen. Er blutete aus allen Wunden, aber er gab nicht auf. Metelerkamp feuerte. Duthie feuerte. Der Bulle griff an. Zurück zum Baum. Ruhepause. Blut strömte ihm aus den Ohren. Harran feuerte. Thesen feuerte. Der Bulle war am Ende, das war mir klar, aber er versuchte es ein letztes Mal. Er griff Metelerkamp an und wurde noch einmal getroffen, bevor er in die Knie sackte. 27 Schuß haben sie gebraucht, ihn zur Strecke zu bringen. Ich habe sie alle gezählt.«

»Jesus Christus«, stammelte ich. »Sie werden ihn erst zusammenflicken müssen, bevor sie ihn präparieren.«

»Stimmt. Stell dir vor, der Bulle von Petrus Brand Eiland!«

»Kein Wunder, daß der Wald unruhig ist.«

»Heute früh haben sie angefangen, ihm die Innereien und das Fleisch herauszuschneiden. Der Kadaver soll nach Kapstadt verschifft werden. Dort wird ihn ein Experte ausstopfen.«

»Stopfen nix gut«, meldete sich Mangiagalli zu Wort, der drüben am Feuer saß. »Marmo. Gebt Pontiggia Marmo, er schnitzen schönen Grootvoet. Ausstopfen nix gut.«

Alles war wie ausgewechselt. Christie war fort. Josafat Stander war zurückgekehrt. Und den Bullen von Petrus Brand Eiland hatten sie erlegt. Und als wir an diesem Nachmittag heimkehrten, kam uns Mariarosa schreiend entgegen: »Aiuto, Signor Miggel! Aiuto! Hilfe! Schlange beißt Felitze!«

Ich warf die Axt beiseite und rannte mit ihr zu Borolinis Haus. Mit jedem Schritt verscheuchte ich die Gespenster, die sich in mir regten. Es war zu spät am Tag, um Mieta zu holen. Wenn es eine Krummstabnatter war, konnte ich ihn vielleicht selbst retten, war es eine Puffotter, so würde er nicht überleben, bis wir ins

Dorf kamen. Wer war bei ihm gewesen? Wer konnte die Schlange gesehen haben? Wo steckte Christie, der sie die Schlange beschreiben lassen konnte? Wenn die Italiener erregt waren, brachten sie fast kein Wort Holländisch mehr heraus. Sollte Felitze von der Hornotter gebissen worden sein, würden wir es nicht mehr bis zum Doktor schaffen. Eine Baumschlange war es nicht, sonst hätte uns Mariarosa gleich seinen Tod gemeldet. August war noch reichlich früh für Schlangen, aber Koos Matroos' Ältester – mögen die Englein seine Seele hüten! – war auch im August gebissen worden. Als wir ins Haus traten, weinte Mirjam mit den Frauen. Falls wir das Kind zur letzten Ruhe betten müßten, würde sie lange nicht darüber hinwegkommen. Schließlich war es diesmal keine Katze.

Sie bahnten mir den Weg zu dem Kind. Petroniglia trug ihn auf dem Arm und Mirjam hielt seine Füße. Jemand hatte ihm das Bein unterhalb des Kniegelenks mit einem Riemen abgebunden. Ich warf einen kurzen Blick auf die Wunde und löste den Knoten.

»Haben die Kinder im Wald gespielt?« fragte ich streng.

»Wir müssen ihn zum Arzt bringen, Pa!«

»Ich habe gefragt, ob sie im Wald waren«, schrie ich, denn auf einmal redete und gestikulierte alles durcheinander.

»Ja, wir haben draußen Pfähle geschnitten, Pa. Ein paar der Kinder waren mit. Bitte laß ihn nicht sterben, Pa.«

»Das ist kein Schlangenbiß. Er hat sich am Kampferbusch geritzt!« Ich kannte den Unterschied zwischen Schlange und Kampferdornen. Er war nur schwer zu erkennen, besonders bei Kindern.

»Was sollen wir tun, Pa?«

Das Gift hatte sich schon im Körper verteilt; der Kopf war rot angeschwollen, die Stirne heiß. »Bring ihn zu mir«, entschied ich. Es gab keine andere Wahl mehr. »Legt ihn auf den Tisch, trennt Stoff auf für die Umschläge. Wir brauchen viel heißes Wasser. Mirjam, nimm dich zusammen. Es ist noch etwas von dem Aufguß aus Blättern der Hundspflaume übrig. Mieta hat ihn für die Kinder dagelassen, als sie wund waren. Gib ihm eine gute Portion davon, wir müssen das Blut reinigen.«

»Sollten wir ihn nicht besser ins Dorf bringen, Pa?«

»Nein.« Für Diskussionen war jetzt nicht der richtige Zeitpunkt. Ich mußte einen Nadelbusch suchen, und der nächststehende, den ich kannte, wuchs in der Schlucht westlich vom Hochland. Besonders üppig wucherten die Nadelbüsche bei Goukamma. Aber das war weit von hier, und es wurde schon dunkel. Ich holte mir eine Laterne und ein Beil aus dem Schuppen und sagte mir: Silas Miggel, jetzt mußt du laufen, und zwar schnell!

Ihn in die Stadt zu bringen, hatte keinen Zweck. Ein Mann, der trinkt, dem schmeckt es nach Sonnenuntergang am besten. Und der Doktor war ein Trinker. Warum sollten wir das Kind hinunterschleppen, wenn er dann doch unfähig war, ihm zu helfen? So war es Dunn ergangen, als neulich nachmittags einer seiner Leute sich an der Säge verletzt hatte.

Wie oft hatte ich sie gewarnt, die Kinder nicht in den Wald mitzunehmen! Als die Frauen mir keine Ruhe ließen, weil sie Zäune um die Häuser haben wollten, hatte ich sie angewiesen, die Pfähle selber zu schneiden. Mirjam würde ihnen schon zeigen, wie sie einzusetzen waren. Kurz darauf fühlten sie sich zu meiner Überraschung schon regelrecht heimisch im

Wald. Sie wagten sich zum Pfähleschneiden immer tiefer ins Dickicht, aber die Kinder durften sie nicht mitnehmen. Wenn sie angelaufen kämen und eins vermißten, drohte ich, sollte es meinetwegen vermißt bleiben. Und Mirjam kannte die Kampferbüsche. Sie wußte, daß ich nie dort fällen würde, wo sie wuchsen. Vor Jahren wollte Stefaans van Rooyen für einen Fremden Kampferbüsche schneiden. Der Mann versprach ihm einen saftigen Lohn, denn er wollte das Holz nach England bringen und sich eine Geige davon bauen lassen. Stefaans ging sehr behutsam vor, aber beim Abschälen der Rinde geriet ihm ein Splitter in den Daumen, und er wäre beinahe daran gestorben.

Bevor ich in die Schlucht kletterte, mußte ich die Laterne anzünden, und mit Gottes Hilfe fand ich sogleich einen Nadelbusch und hackte ihn mitsamt der Wurzel heraus. Man mußte sowohl die Blätter als auch die Wurzeln mitkochen, sonst wirkte das Gegengift nicht. Unterwegs pflückte ich auch noch Blätter vom Schlangenkraut und füllte alle Taschen damit. Alles, was das Gift aus dem Körper trieb, konnten wir brauchen. Als ich heimkehrte, stand Petroniglia und wartete im Dunkeln auf mich. Sie jagte mir einen ordentlichen Schreck ein. »Ist er tot?« fragte ich leise.

»Nein. Viel krank.«

»Kommen Sie.« Als sie neben mir ging, merkte ich, daß sie nichts an den Füßen hatte. »Wo haben Sie denn Ihre Schuhe gelassen, Petroniglia?« wunderte ich mich. »Warum in aller Welt laufen Sie bei dieser Kälte barfuß?«

»Nix Schuhe mehr, Signor Miggel. Ilario nix kaufen Schuhe, alles Geld für Essen und Schiff.«

»Ich schaue nachher, ob Mirjam noch ein altes Paar

erübrigen kann.« Mir war schon aufgefallen, daß die Familien immer weniger einkauften.

Die ganze Nacht hindurch stand Petroniglia auf bloßen Füßen da und kämpfte mit Mirjam und mir um das Leben des Kindes, als wäre es ihr eigenes. Gegen Mitternacht schickten wir die anderen zu Bett, nur sie blieb. Doch wir brachten das Gift nicht aus seinem Blut. Wir machten heiße Umschlägen für den Fuß, legten Schlangenkrautblätter darauf und gaben ihm Nadelbuschtee. Wir flößten ihm alles ein, was wir hatten, aber das meiste konnte er nicht bei sich behalten, und wir versuchten es von neuem. Ich stopfte ihm das bittere Schlangenkraut in den Mund und zwang ihn zu kauen. Mirjam wurde zusehends stiller und ängstlicher. Petroniglia legte dem Kleinen ihre Holzperlen mit dem kleinen Kruzifix auf die Brust. Es war, als ob es ihn beruhigte und eine Weile einschläferte. Doch als der Tag anbrach, wußte ich, daß wir ihn nicht durchbringen würden.

»Lauf«, herrschte ich Mirjam an. »Nimm das Gewehr und hol Mieta. Sag ihr, es ist Kampferbusch. Sie soll sich beeilen. Paß aber auf Grootvoete auf; der Bulle von Petrus Brand Eiland ist erlegt worden, der ganze Wald zürnt, und Josafat Stander ist wieder da. Achte darauf, ob du etwas hörst und lauf ihm nicht in die Schußlinie.«

»Was sagst du da?« Sie wollte gerade das Gewehr von der Wand nehmen und machte auf dem Absatz kehrt.

»Mach schnell!« rief ich. »Es ist nicht Josafats Geist, er ist es selbst!«

Mariarosa kam und löste Petroniglia ab, so daß sie sich eine Weile ausruhen konnte. Ich lief zu Dunn hinüber. Er solle die Italiener einen Tag lang in der Sägemühle beschäftigen, ich könne heute das Haus nicht verlassen. Vier nahm er bei vollem Lohn, die übrigen für die Hälfte des Geldes. Besser als gar nichts. Nur Ilario riet ich, daheim zu bleiben.

Während ich auf Mirjam und Mieta wartete, raubte mir die Mühle mit ihren kreischenden Sägeblättern den letzten Nerv. Der gesunde Menschenverstand sagte mir, daß sie unmöglich schon wieder da sein konnten, aber in meiner Unrast tigerte ich zwischen Gartenzaun und Krankenlager hin und her. Dann kam Petroniglia und übernahm erneut die Wache. Wir legten neues Schlangenkraut auf, gaben ihm, was vom Nadelbuschaufguß übrig war, aber er schien mit jeder Minute schwächer zu werden. Als wir ihn gerade versorgt hatten, klopfte es. Wer es auch sei, solle gefälligst eintreten, rief ich. Ich glaubte, es sei noch einmal Dunn oder Fardini oder Robolini, die sich nach dem Kind erkundigen wollten. Aber nicht die waren es, sondern einer der dämlichen Waldhüter, der sich den schlechtesten Moment ausgesucht hatte, um mich zu belästigen. Als er in der Tür stand und das Kind sah, wich er abrupt zurück.

»Was ist los mit dem Kind?« stammelte er und hob die Hand schützend vor Mund und Nase.

»Kampferbusch. Und was hat dich gestochen?«

»Ich soll euch die Schreckensnachricht bringen: In Kapstadt sind die Blattern ausgebrochen. Die Schiffe segeln vorbei und legen nicht mehr an. Mr. Jackson, der Polizeirichter, hat angeordnet, daß sich jeder Einwanderer des Distrikts unverzüglich bei Dr. Gorman melden soll. Draußen vor dem Dorf bauen sie den Red Store zu einem Blatternspital aus. Die Fälle sollen sofort isoliert und nicht erst nach Steenbok Eiland gebracht werden.«

»Es ist nur Kampferbusch«, murmelte ich und rang mühsam um Beherrschung.

»Weiß man's, Oom?«

»Ja! Untersteh dich und behaupte etwas anderes, dann dreh ich dir den Hals um!«

»Die Blattern sind da, Oom! Weißt du überhaupt, was das heißt? Die Pest kommt über uns!«

»Schrei nicht, ich höre sehr gut. Und ich freue mich für euch. Schließlich habt ihr Neunmalklugen sie seit Monaten eingeladen, alle habt ihr darauf vorbereitet. Die Mühe hat sich gelohnt! Ich habe keine düsteren Prophezeiungen gemacht und die Seuche bestellt. Die Einwanderer unter meiner Aufsicht haben keine Blattern. Geh zu Mr. Dunn vom Sägewerk, vielleicht tut er dir den Gefallen und hat ein paar Fälle da.«

»Wenn Mr. Jackson von deinem Verhalten erfährt, bekommst du Ärger, Oom. Er hat befohlen, daß Dr. Gorman zuallererst die Italiener vorgeführt werden. Morgen. Und zwar alle. Sorg dafür, daß sie vollzählig erscheinen, das ist ein Befehl der Regierung!«

Wäre nicht in diesem Augenblick Mieta erschienen und hätte ihn beiseite gestoßen, dann wäre er mit Karacho aus dem Haus und vom Hochland geflogen.

Alles Weitere übernahm Mieta. Als der Abend kam, schlug ich mein Nachtlager im Holzschuppen auf. Wenn Mieta am Werk war, hielt es kein Mann unter demselben Dach aus. Zuerst hatte ich vorgeschlagen, Mirjam solle den Kleinen gut einwickeln und zu Robolini ins Haus bringen, damit Mieta dort nach ihm sah. Dabei traf mich ein Blick, als hätte ich verlangt, ihn einzuhüllen und zu beerdigen.

Ich hatte es mir gerade in meinem provisorischen Bett bequem gemacht, als Dunn auftauchte, um mir vom Besuch des Waldhüters zu erzählen. Mit Blattern sei nicht zu spaßen, warnte er, ich solle einsehen, daß die Italiener zum Arzt müßten. Übrigens wolle er Coccia aus dem Trupp herausnehmen, weil er ihn gut als Heizer am Kessel brauchen könne.

»Ich kann auf keinen meiner Männer verzichten«, entgegnete ich.

»Seit Canovi wieder da ist, seid ihr dreizehn. Das ist eine ungerade Zahl, Miggel. Zufällig fühlt sich mein Heizer nicht wohl, und Coccia muß ab kommenden Montag für ihn einspringen.«

Ich konnte ihm schlecht sagen, daß wir wieder eine gerade Anzahl zum Fällen waren und Ilario stets beim Unterstand blieb. Wenn er mir nun auch noch Coccia nahm, mußte ich wieder für zwei schuften. Nicht, daß ich nicht die Arbeit von zweien gemeistert hätte, daran war ich gewöhnt. Aber über Ilario ließ er nicht mit sich reden. Wenn er es nun in den falschen Hals bekam und die Grassi-Familie ohne Lohn dastand? Was dann? Sobald ich nicht aufpaßte, machte ich zwei Schritte vor und einen zurück. Ausgerechnet jetzt, wo alles ins Lot zu kommen schien, mußte sich der verdammte Bastard einen Kampferdorn ins Bein rennen und Mieta geholt werden. Und Mieta hatte ihren Preis, Robolini würde zahlen müssen. Dann waren es die Blattern, die in Kapstadt ausbrachen, und Jackson sorgte dafür, daß ihnen ein Taglohn durch die Lappen ging. Als nächstes würde der Mehlpreis steigen, oder einer von ihnen brauchte ein neues Paar Hosen oder eine zusätzliche Decke.

Nicht einmal in meinem Holzschuppen ließ man mich in Frieden. Dunn war kaum fort, als ich die Kerze wieder anzünden mußte. Diesmal war es Petroniglia, die vor dem Eingang auftauchte wie ein Geist.

»Kommen Sie rein, nehmen Sie auf dem Hackklotz

Platz, Petroniglia. Kopf hoch, gute Frau. Sie sehen ja aus, als hätten Sie eine zentnerschwere Last zu tragen.«

»Wir in Kirche müssen, Signor Miggel. Gott uns vergessen. Alles geht schief. Wir nicht in Kirche, Gott uns nicht sehen, Er uns vergessen.«

»Gott schaut direkt auf das Hochland hinab, Petroniglia«, munterte ich sie auf und wurde damit auch noch zum Prediger. »Ihr müßt mehr Geduld haben.«

»Gott nicht sehen Hochland. Gott nur in Kirche sehen. Wer wird für unsere Sünden beten?«

»Ihr werdet wohl oder übel selbst für euer Seelenheil beten.«

»Signor Miggel versteht nicht. Gott uns nur in Kirche sehen.«

Ich wußte, worauf sie hinaus wollte. »Wenn Sie hergekommen sind, damit ich euch alle nach George führe, dann können sie gleich wieder nach Hause gehen. Im Dorf gibt es zwei Kirchen. Meinetwegen bringe ich euch dort hin. Aber nicht nach George, das sind zwei Tagesmärsche!«

»Knysna-Kirche keine richtige Kirche. Gott sieht nur in richtige Kirche.«

»Stellen Sie sich nicht dumm, Petroniglia. Gott sieht Sie überall!«

»Nur in Kirchc.«

»Hören Sie auf, mich überreden zu wollen, Petroniglia!«

»Nur in richtige Kirche! Und ich nicht alte Schuhe von Mirjam tragen, Signor Miggel.«

Man wußte nie, was ihnen durch den Kopf ging. Nachdem Petroniglia weggegangen war, mußte ich die Kerze abermals anzünden. Diesmal war es Mieta. »Gönnt man mir denn gar keine Ruhe«, stöhnte ich. »Wie geht's dem Kleinen?«

»Das Gift läßt nach. Er wird leben. Du kamst zu mir und wolltest wissen, wo Mirjam hingeht. Aber du bist nie wiedergekommen, die Antwort zu hören.«

»Ich weiß.«

»Sie besucht die Eilandtöchter nicht mehr. Sie ist wie eine Kuh, die von der Herde verstoßen wird.«

»Wo soll sie die Zeit hernehmen, mit den anderen Weibern herumzutratschen. Du siehst ja, was hier im Hochland los ist.« Ich hatte keine Lust, mich über Mirjam auszusprechen.

»Was hat die dunkeläugige Fremde vorhin hier im Schuppen gewollt, Silas?«

Am liebsten hätte ich ein Holzscheit nach ihr geworfen. »Schau nicht hin, wo es nichts zu sehen gibt, Mieta! Mir paßt das nicht. Warum gehst du nicht und heilst das Kind, damit ich endlich wieder mein Haus betreten kann?«

»Du bist noch immer ein stattlicher Kerl, Silas Miggel. Und Johanna hat all die Jahre auf dich gewartet und gehofft.«

»Aber Mieta!«

»Es ist dein Blut, das in Mirjams Adern pulst. Ich finde ihre Spuren dort, wohin wenige zu gehen wagen.«

Ich fuhr hoch. »Was willst du mir damit andeuten?«

»Sie geht zu leise für uns beide, Silas Miggel. Ihr Wille ist ihr Wille, und ihr Schicksal wird ihr Schicksal sein.«

Mir stockte der Atem. »Wo hast du ihre Fußspur gefunden? Sag's mir! Ich habe ein Recht darauf, es zu wissen.«

»Ich sah sie im Feuer. – Und es *war* ein Schlangenbiß, kein Dorn des Kampfers.«

Mich überlief es kalt, als ob der Tod mich berührt hätte.

17

Am folgenden Morgen brachte ich sie alle ins Dorf. Ilario und Felitze auf dem Schlitten, die andern zu Fuß. Mirjam blieb daheim. Freiwillig wären sie nicht gegangen; seit Tagesanbruch hatte ich meine liebe Not, sie zu sammeln und beieinander zu halten.

»Nicht krank, Signor Miggel! Alles in Papieren«, protestierte Mangiagalli. »Papiere in London geschrieben.«

»Sie wollen nur sehen, wer geimpft ist und wer nicht.«

»Alle geimpft. In Papieren geschrieben.«

»Die Papiere sind verlorengegangen, und es hat keinen Zweck, sich zu sträuben. Jackson will, daß der Arzt euch untersucht. Beeilt euch, die Sonne ist schon fast da.«

»Jackson nix gut«, murrte Coccia.

»Er ist der Richter. Wenn du heute nicht hingehst, schickt er einen Konstabler und führt euch im Gänsemarsch ins Dorf wie Sträflinge.«

Das machte ihnen Beine. Kurz nach dem Ärger mit dem Straußenvogel war mir aufgefallen, daß sie sehr auf ihren Ruf hielten. Fardini hatte damals gesagt, sie seien in Ehren angekommen und wollten in Ehren wieder abreisen. »Armut kann man verstecken, Signor Miggel. Schlechten Namen kann man nicht verstecken.«

Noch vor zehn Uhr hatte ich sie zum Haus des Doktors auf der Dorfstraße gebracht. Gegen Mittag standen wir immer noch dort. Die Kinder fingen an zu quengeln, Felitze fror auf seinem Schlitten, die übrigen widmeten sich dem Kartenspiel. Immer wenn ich eintrat und nach dem Doktor fragte, antwortete mir die sauertöpfische Schwester am Empfang das gleiche: »Er hat zu tun, warten Sie, bis Sie drankommen.« Beim fünften Mal wurde ich ungehalten und meinte, jetzt hätten wir genug Zeit verplempert. Das Wetter schlug um, und wir mußten noch zurück durch Gou-na-ṣe-drif. »Warten Sie, bis Sie drankommen.« Schließlich marschierte ich über die Straße geradewegs in Walkers Büro. Als ich vor ihm stand, schien er sich kaum an mich erinnern zu wollen.

»Ja bitte? Kann ich etwas für Sie tun?«

»Ich wollte Sie bitten, dem Richter Bescheid zu sagen. Wir waren wegen der Blatternimpfung hier, aber der Doktor hat zuviel zu tun. Wir stehen auf der Straße herum, da ist nicht einmal ein Baum, wo die Kinder pinkeln können. Jedesmal muß ich sie den halben Weg zum Hügel hinauf bringen. Bestellen Sie dem Richter, wir hätten stundenlang gewartet, und jetzt gehen wir wieder.«

»Von wem sprechen Sie eigentlich?«

»Na, von den Italienern!«

»Welche Italiener?« Er sah mir unverwandt in die Augen, aber sein Blick wirkte nichtssagend und leer. Doch das war nur Tarnung.

»Die Italiener, die von der Regierung in Gouna abgeladen wurden, im angeblichen Maulbeerenhain!« Wenn er mich zum besten halten wollte, konnte ich es ihm mit gleicher Münze heimzahlen.

Ohne mit der Wimper zu zucken nahm er sich eine

Feder zur Hand und spielte damit. »Soweit ich informiert bin, gibt es oben in Gouna keine Italiener«, erwiderte er dreist. »Da *gab* es mal Italiener. Ich entsinne mich noch gut, daß Grundstücke unter ihnen verlost wurden. Aber weder sind die Raten dafür bezahlt worden, noch wurde die geplante Seidenindustrie eingerichtet.«

Jetzt hielt mich nichts mehr. »Meneer«, versetzte ich, »in Wahrheit hat die Regierung dort oben einen großen Scheißhaufen hinterlassen. Die Italiener sind hineingestolpert, und Silas Miggel sollte sie wieder herausziehen.«

Er jagte mich davon.

Vor dem Haus des Doktors stellte sich heraus, daß schon die Hälfte der Italiener untersucht worden war. Drei der kleinsten ihrer Sprößlinge liefen mit hochgekrempelten Ärmeln durch die Gegend, geimpft und heulend. Über die Straße stolzierten zwei Damen in großer Robe und fragten mich hinter zart behandschuhter Hand: »Sind das die Seidenleute?«

»In der Tat«, antwortete ich.

»Eine Schande ist das.«

»Ja«, bestätigte ich. »Eine Schande.« Eine holte einen Penny aus ihrem Beutel und drückte ihn dem Kind von Mariarosa in die Hand, das ihr am nächsten stand. Bevor ich sie aufhalten konnte, schnappte Mariarosa nach der Münze und warf sie der Lady vor die Füße.

»La mia bambina non è una zingara«, spie sie der anderen ins Gesicht.

»Kein Zigeunerkind«, übersetzte Fardinis Sohn, der hinter mir stand. Und ich, Silas Miggel, mußte mich bücken und den Penny aufheben. Gönnerhaft meinte die Lady, ich könne ihn behalten. Vielleicht wüßte ich es besser zu schätzen, schließlich sähe man mir an, daß ich zu den Waldleuten gehörte.

Den ganzen Rückweg lang brannte mir der Penny in der Hosentasche.

Und Mirjam war nicht zu Hause, sie war wieder in den Wald gegangen.

Hatte ich bis dahin noch die winzige Hoffnung gehegt, die Regierung würde wenigstens die Reisekosten für eins der Kinder übernehmen, so war dieser Funken Hoffnung erloschen, als ich an diesem Abend zu Bett ging. Es gab nur noch einen Weg nach Hause für die Italiener. Sie mußten Holzfällen und Stämme schleppen, um die Sägemühle zu füttern.

Und sie leisteten ganze Arbeit. Schlagen, sägen, schleppen. Schlagen, sägen, schleppen. An Sonntagen lagen sie da wie tot.

»Du schindest sie härter als Ochsen, Pa.«

Wie Dunn angekündigt hatte, nahm er mir Coccia weg und stellte ihn an den Kessel. Ende September holte er sich auch noch Canovi und wies ihm einen Platz an der Bandsäge zu. Ich mußte sehen, wie ich zurecht kam, und dabei noch immer die gleiche Menge Holz liefern.

»Tut mir leid, Miggel. Anders geht es nicht.«

Unterhalb der Mühle türmten sich stapelweise die Schwellen. Hinter ihr Berge von Sägemehl. Ich riet Dunn, sie regelmäßig umwenden zu lassen. Sägemehl war wie Kuhmist, er liegt friedlich herum, und ehe man sich versieht, fängt er von unten an zu schwelen. Ich solle ihn nicht lehren, was er längst wüßte, hieß es. Aber als ich am folgenden Sonntag mit der Bibel bei Tisch saß, hörte ich plötzlich Mirjams Geschrei. Ich schnappte mir die Büchse und lief hinaus, denn ich glaubte, es seien Elefanten. Doch draußen sah ich eine dünne Rauchfahne aus dem Sägemehlhaufen steigen. Noch bevor ich alle zusammentrommeln konnte, um Wasser zu holen, schlugen schon die ersten Flammen heraus.

Wäre es an diesem Tag nicht windstill gewesen, so hätte eine leichte Brise aus Westen die Firma Fox & Dunn bis auf die Grundmauern niedergebrannt und mein Haus dazu.

Am anderen Morgen war es noch finster, als jemand an mein Fenster klopfte. Mein erster Gedanke galt dem Sägemehl. Ich sprang auf und rannte zur Tür, während ich zugleich mit den Hosenbeinen kämpfte. Es war Coccia. Er bibberte vor Angst und bekreuzigte sich ununterbrochen.

»Was ist los?« rief ich.

»Licht am Himmel, Signor Miggel.«

»Was?«

»Licht am Himmel. Ich gehen Feuer für Kessel machen, gucke hoch, sehe Licht, Signor Miggel müssen kommen und sehen.«

Der Mann war wie besoffen. Hinter mir kam Mirjam aus dem Zimmer und sah genauso verstört aus. »Was redet er von einem Licht am Himmel, Pa?«

»Er phantasiert. Hol meinen Mantel und zieh dir selbst etwas über.«

Als ich nach draußen trat, glaubte ich mich selbst im Delirium. Östlich vom Kreuz des Südens und der Großen Wasserschlange lag ein ungewöhnlich heller Schein zwischen den übrigen Sternen. Als hätte jemand einen Eimer voll Glühwürmchen ausgeschüttet. Reib dir die Augen, Silas Miggel, es ist nur ein wenig Schlafsand. Ich rieb mir die Augen, aber das Leuchten blieb.

»Cometa, Signor Miggel.«

»Ja. Ich glaube auch. Was soll es sonst sein.«

»Was ist das, Pa?«

»Ein Schweifstern. Man nennt sie auch Kometen.«

»Was macht er denn da oben? Warum ist Coccia so aufgeregt?« Sie klang auch nicht gerade froh. »Hast du so etwas je gesehen, Pa?«

»Nein, ich war noch zu klein. Aber meine selige Mutter hat mir immer erzählt, daß bei der Geburt von Tante Hannie der Himmel zur Hälfte von einem Schweifstern bedeckt war. Wahrscheinlich ist Hannie deshalb so dickschädelig geworden. Ein Fremder hat ihnen damals erzählt, daß derselbe Schweifstern wiederkommt, wenn Hannie hoch in den Siebzigern ist. Das kann nicht derselbe Komet sein, denn Hannie ist noch keine fünfzig. Vielleicht ist er früher zurückgekommen, oder es ist ein anderer.«

»Nix gut, Signor Miggel, nix gut. Welt zu Ende.«

»Red keinen Schwachsinn, Coccia.«

»Du sollst nicht fluchen, Pa!«

»Die Welt ist untergegangen, als White mit euch Kerlen hier im Hochland auftauchte! Und jetzt geh und mach das Feuer an.« Auch Mirjam befahl ich, ins Haus zu gehen und sich nicht aufzuregen.

Ich war nie jemand, der sich leicht aus der Fassung bringen läßt. Wie oft war ich durch die Furt bei Oudebrand gegangen, wo der Geist des alten Samuel Terblans, der sich dort erhängt hat, sogar am hellichten Tag spuken soll. Kein einziges Mal verschwendete ich auch nur einen Gedanken daran. Doch eine Erscheinung auf Erden ist etwas anderes als eine Erscheinung im Himmel. Was auf Erden vorgeht, damit kann man fertig werden, doch Himmelszeichen übersteigen die Kräfte des Menschen. Sonne, Mond und Sterne haben ihren festen Platz im Himmel. Niemand käme auf die Idee, daß sie dort nicht hingehören. Aber wenn ein heller Streifen erscheint, der dort nicht hingehört, werden die Menschen auf Erden unruhig. Wie immer lag das Hochland ringsum in schweigendem Dunkel. Die Tierlaute der Nacht waren abgeebbt. Nur die Luft war nicht so wie sonst, sie erschien mir dichter und nebliger, was mir für diese Jahreszeit sehr ungewöhnlich vorkam. Auch ich fühlte mich nicht ganz wohl. Ich stand da und betrachtete die Erscheinung, und die Erscheinung blickte mich an. Nur wir beide waren zugegen. Silas Miggel, sagte ich mir, sei nicht so abergläubisch. Aber im selben Atemzug dachte ich, wenn das Ding nun näherkommt und die Welt immer heißer wird? Von so etwas hatte ich schon geträumt, von Waldbränden, die auf mich zukrochen und alles in ihren Flammen verzehrten. Es mußte ein furchtbarer Tod sein.

Während ich noch dastand, wurde es langsam hell, und mit den Sternen verblaßte auch die Erscheinung. »Es kann nur ein Schweifstern sein«, erklärte ich Mirjam, als ich die Gardinen aufriß. Sie hatte sie so fest zugezogen, als wolle sie das Ding aussperren. »Es hat keinen Zweck, sich graue Haare wachsen zu lassen«, tröstete ich sie. »Diese Erscheinung ist viel zu weit weg von uns.«

»Woher wird einem denn davon so unheimlich, Pa?«

»Daran ist nicht der Komet schuld. Deine Vorstellungskraft weiß nichts damit anzufangen. – Wie steht es bei den Italienern mit Lebensmitteln?«

»Bis Donnerstag reichen sie noch. Aber Dienstag müssen wir Aale fangen, denn letzte Woche hat kein einziger angebissen.«

»Sie werden unruhig, wie alles andere.«

»Glaubst du, der Schweifstern ist ein böses Vorzeichen, Pa?«

»Mirjam, red nicht wie ein altes Waschweib, das sich unter der Bettdecke verkriecht. Das böse Vorzeichen besteht darin, daß Silas Miggel noch nach Sonnenaufgang im Haus ist.« Ich begriff nicht, warum sie so empfindlich war. Zwar nahm ich die Erscheinung auch nicht auf die leichte Schulter, aber so etwas konnte mich nicht in Angst und Schrecken jagen. »Bring ein bißchen Wasser zu den Kürbis- und Maisfeldern. Und die Bretterwände bei Cruci und Robolini müßt ihr mit Wachs behandeln, ich will nicht, daß sich Läuse einnisten! Wann seid ihr den Kindern das letzte Mal mit dem Läusekamm durch das Haar gegangen?«

»Ihr Haar ist in Ordnung, Pa. Wir haben sie erst letzte Woche gekämmt.«

Soweit ich feststellen konnte, hatte niemand sonst den Stern beobachtet. Hoffentlich konnte ich im Lauf des Tages mit Fardini darüber sprechen. Am Sternenhimmel schien er sich auszukennen. Einmal standen wir nachts im Freien beieinander, und er hatte unverwandt nach dem Frühlingsstern Ausschau gehalten, der heller als die anderen leuchtete.

»Er gehört zu den Wandelsternen«, erklärte ich. »Unsere alten Leute nennen ihn Frühlingsstern, weil es die Zeit der Aussaat ist, wenn er erscheint.«

»Wir nennen ihn Saturno. Es ist der Stern meiner Heimat. Saturno, der Vater der Götter.«

Ich erkundigte mich, ob man bei den Italienern mehr als einen Gott verehrte. Nein, jetzt nicht mehr, hatte er erwidert. Heutzutage hätten sie nur noch einen. Sein Thron auf Erden stehe auch in Italien, in Roma. Das machte mich gleich wieder ärgerlich: Sie hat-

:en Gottes Thron auf Erden, sie hatten ihren eigenen Stern am Himmel, warum waren sie nicht dort geblieben, wo sie herkamen? Zuerst hatte er keine Antwort gegeben, nur zu dem hellen Stern aufgeschaut, und im Zwielicht konnte ich erkennen, wie ihn eine große Sehnsucht überkam und traurig stimmte. Schließlich meinte er, ich könne das nicht verstehen. Sein Land sei anders als das unsre. Italia sei wie eine schöne Frau: mal fröhlich und mal traurig, voller Unschuld und verrückter Launen, oft freundlich und bisweilen grausam, manchmal zwang sie einen in die Knie. Doch erst, wenn man nach den Fehlern einer Geliebten sucht, gleicht sie dem Bild, das man sich von ihr gemacht hat. Dann verliert sie jede Anmut und man verläßt sie, sehnt sich aber sogleich nach ihr zurück.

Er tat mir leid. Wenn man sich von den Gefühlen für eine Frau überwältigen ließ, gab es kein Halten mehr. Man überwindet sie nie.

Als wir an diesem Nachmittag aus dem Wald kamen, hatte der törichte Coccia den Stern aufgebläht, bis er von Horizont zu Horizont reichte. Frauen und Kinder hatte er in Angst und Schrecken versetzt. Als die ersten Sterne funkelten, versammelten sich alle vor Fardinis Haus und richteten die Augen gen Himmel.

»Es kam zugleich mit der Großen Wasserschlange«, gab ich zu bedenken, »und die Wasserschlange erscheint erst lange nach Mitternacht. Holt eure Sprößlinge herein, sonst laufen sie morgen mit Keuchhusten, Triefnasen und Ohrensausen herum. Dann sollen Mirjam und ich euch wieder helfen!«

Ich wollte zu Abend essen, aber Dunn kam mir dazwischen. »Einer meiner wichtigsten Leute, Tomlinson, der den Kran steuert, hat gekündigt und ist unterwegs nach England. Ich werde Tomé aus Ihrem Trupp nehmen und zum Kranführer anlernen müssen!«

»Sie nehmen mir einen Mann nach dem anderen, Meneer. Wie sollen wir da mit den Lieferungen nachkommen?«

»Ihnen bleiben noch genug Leute. Dieser Grassi war letzte Woche zwei Tage nicht mit draußen, stimmt's?«

»Es ging ihm nicht gut.« Jedesmal, wenn Dunn von Ilario anfing, wurde mir mulmig. »Wenigstens hatte er einen besseren Grund als die beiden in Ihren beiden Trupps, die letzte Woche überhaupt nicht erschienen sind!« Ich wußte zwar, daß die Elefanten sie gejagt hatten, und daß sie zwei Tage lang überredet werden mußten, wieder in den Wald zu gehen. Aber vielleicht wußte er nicht, daß ich es wußte.

»Könnten es bei Grassi die Blattern sein?«

»Sie reden ja schon wie die Waldhüter, Meneer!«

»Das gibt es nichts zu lachen, Miggel! Wenn Sie ab und zu Ihre Nase in eine Zeitung stecken würden, wüßten sie, was in der Welt vor sich geht – und daß die Fälle von Blattern in der Kapregion alarmierende Ausmaße angenommen haben.«

»Ich hab nichts zu schaffen mit dem Rest der Welt, auf dem Hochland gibt es schon genug Aufregung. Allerdings wüßte ich gerne, was Ihre Zeitung über diese Erscheinung am Himmel bringt. Oder schauen diese Schreiberlinge nie nach oben?«

»Damit bringen Sie mich auf den zweiten Punkt, den ich besprechen wollte. Vier meiner Holzfäller weigern sich seit heute morgen, in den Wald zu gehen, weil Ihr Coccia Orakelsprüche und Schwachsinn verkündet. Der erste, der aus diesen Gründen die Arbeit verweigert, wird auf der Stelle gefeuert, verstanden? Das gilt auch für Sie und die Italiener!«

»Was steht denn in der Zeitung?«

»Es ist ein Komet, Mensch! Keine abnorme Himmelserscheinung. Überall in der Welt wurde er seit September beobachtet, und seitdem heißt er der Septemberkomet. An manchen Stellen ist er sogar am hellichten Tag zu sehen.«

»Sollte das Ding auch noch bei Tag über dem Hochland auftauchen«, warnte ich, »dann werden Sie so schnell niemanden mehr finden, der für Sie die Axt aufnimmt, Meneer.«

»Ich appelliere an Sie, die Italiener bei Verstand und an der Arbeit zu halten. Sie müssen ein ernstes Wort mit Coccia reden.«

»Ich kann das Ding ja nicht vom Himmel wegschieben!«

»Zumindest könnten Sie dem Getratsch ein Ende machen. Wir sind schon Monate im Rückstand.«

»Mir scheint, die Regierung übt Druck auf Sie aus, und nun leiten Sie den Druck auf mich weiter. Wie weit sind sie mit dem neuen Pier?«

»Halb fertig. Wir können die Schwellen noch nicht herunterbringen und verladen, bevor er nicht eröffnet wird. Nichts läuft so, wie es sollte.«

»Das stimmt nicht«, widersprach ich. »Dort, wo ich die Verantwortung trage, läuft alles wie geschmiert.«

»Dann sorgen Sie dafür, daß es so bleibt. Und sagen Sie Tomé Bescheid, daß er morgen beim Kran anfängt.«

Kurz vor Tagesanbruch war der Schweifstern wieder da. Einer nach dem andern wandelten sie mit ihren Blendlaternen über das Hochland und vor mein Haus: Fardini, Robolini, Cuicatti, Mangiagalli, Tomé, Canovi, Cruci, Petroniglia, Mariarosa, Vittoria Robolini, Antonia, auch ein paar der älteren Kinder durften mit.

»Cometa«, begann Fardini.

»Welt zu Ende. Finito«, triumphierte Coccia. Die Frauen zählten ihre Gebete von den Perlenkränzen ab.

»Großes Katastrophe kommt«, mutmaßte Tomé.

»Stimmt!« nickte ich. »Du sollst nämlich morgen im Sägewerk arbeiten. Paß bloß mit dem Kran auf.«

»Unsere Sünden nicht vergeben«, fing Antonia an zu klagen. »Wer für unsere Sünden beten?«

»Bretterhäuser nix gut.«

»Wir nix dürfen sterben hier.«

All ihr Ärger und die rebellische Trauer flammten wieder auf. Wäre ich ein reicher Mann gewesen, ich hätte ihnen auf der Stelle jedes Schiff gekauft, das sie vom Hochland fort und aus der Reichweite des Schweifsterns gebracht hätte. Ich machte mir zwar Gedanken über dieses Ding, war aber nicht so dumm, es als ein Zeichen für den bevorstehenden Weltuntergang zu deuten. Barrington hatte einmal aus einem Buch vorgelesen, daß die Welt an dem Tag untergeht, wenn Menschen den letzten Baum fällen, den Gott gepflanzt hat. Ein Glück, daß unser Wald so enorm groß ist, hatte ich ergänzt.

»Signor Miggel?«

»Ja, Petroniglia?«

»Ilario nix gut, kann nicht mehr arbeiten gehen.«

»Am besten kommst du morgen früh mit und arbeitest an seiner Stelle, wenn ihr je nach Hause kommen wollt.« Ich konnte mich doch nicht zweiteilen und seine Arbeit auch noch übernehmen. Er würde durchhalten wie wir alle, und wenn ich ihn an den Füßen in den Wald schleifen mußte.

Im Osten rötete sich allmählich der Himmel und zeigte purpurne Feuergarben, die den Aufstieg des Sonnenballs ankündigten. Ab und zu schwirrte uns eine letzte Fledermaus über die Köpfe, und das Konzert der Vogelstimmen erwachte in den Bäumen. Bevor die Italiener und die Sägemühle hierher kamen, war dies – im Sommer und Winter – die Tageszeit gewesen, in der ich nach draußen trat und die Müdigkeit aus den Gliedern schüttelte. Nie dämmerte ein Tag, an dem ich mir nicht sagen konnte: Silas Miggel, du hast nur wenig irdischen Besitz, du bist mit vielerlei Kummer und der Sorge um Mirjam geschlagen, aber kein König hat ein Hochland wie das deine.

Am 5. Oktober, es war ein Donnerstag, wurde Mirjam neunzehn. Ich holte zehn Shillings aus der Dose und reichte sie ihr. »Weißt du noch, wie ich letztes Jahr nichts hatte? Wie ich dir versprochen habe, es beim nächsten Mal wieder gutzumachen?«

»Ich wünsche mir nichts, Pa.«

»Nimm's doch, kauf dir was Schönes.«

»Wie alt war Ma, als ich geboren wurde?«

Daß sie ausgerechnet heute morgen danach fragen mußte! »So alt wie du jetzt bist. Kauf dir ein Stück Tuch für ein Kleid, Mariarosa hilft dir bestimmt beim Nähen. Ein richtig hübsches Kleid könntest du gebrauchen. Vielleicht grün mit roten Ärmeln?«

»Ich hab genug zum Anziehen, Pa. Aber danke für das Geld, ich nehme es.«

Ob sie in den Wald gehen würde, brauchte ich gar nicht erst zu fragen. Sie trug schon ihr schönstes Kleid, das Haar hatte sie zurückgekämmt und mit Zierkämmen hochgesteckt, wie sie es bei den Italienerfrauen abgeguckt hatte.

Dunn hatte mich einmal gefragt, ob es nicht ungerecht sei, daß ich ein so schönes Kind im Wald leben ließ. Ich wies ihn ab, sollte er sich doch um seine Mühle kümmern. Was wußte er schon vom Waldleben? Hinterher kam ich ins Überlegen und beschloß, daß Mieta ihr alles über die Kräuterkunde beibringen sollte. Es wäre schön, wenn Mirjam an ihre Stelle treten würde, wenn sie eines Tages aufhörte. Nicht nur, daß es ein kleiner Dank an den Wald wäre, auch Mirjam würde sich ein kleines Einkommen dadurch schaffen, für Notfälle. Mieta selbst staunte, wie geschickt Mirjams Hände beim Pflücken und Bereiten der Medizin waren. Nicht, daß ich meiner Tochter erlauben wollte, alles bei Mieta zu lernen. Manchmal würde ich ein Machtwort sprechen müssen, so wie damals, als ich von jedem Zeltmast ein Bündel Hundspflaumenzweige baumeln sah. Damals herrschte große Not im Zeltlager, und Crucis Kleiner wollte gar nicht mehr gesund werden. Ich erkundigte mich bei Mirjam nach den Zweigen.

»Ich weiß nicht mehr ein noch aus«, hatte sie erwidert. »Mieta hat mir erzählt, daß die Hundspflaume das Unglück fernhält. Sie bot mir sogar an, getrocknete Blätter davon in einen Beutel einzunähen, den ich um den Hals tragen soll.«

»Nimm das Zeug sofort von den Zelten«, befahl ich und begleitete sie, damit sie es auch tat. »Hier ist kein Platz für Hexerei und heidnisches Treiben.«

Ich mußte aufpassen wie ein Schießhund. Als Luigia und Monica die Doppelhochzeit mit Cuicatti und Canovi vollzogen, hatte Mirjam kleine Brautsträuße geflochten; unter den Blüten lagen Hundspflaumenblätter verborgen. Ich konnte mir den Mund fußlig reden, aber immer entging irgendeine Kleinigkeit meiner Aufmerksamkeit.

Wenigstens trieb der Schweifstern die Italiener zur Arbeit an. Mit jedem Abend kam er früher heraus und glänzte heller, er hielt sie im Bann und hetzte sie, die Rückkehr nach Italien zu beschleunigen. Immer weniger kauften sie von ihren Löhnen. Und nicht nur die Italiener machte der Komet verrückt; im November war er von der Wasserschlange abgerückt und in den Zenit gewandert, er wurde heller, größer, und drei weitere Holzfäller aus Dunns Mannschaften nahmen den Abschied und machten sich auf den Heimweg nach England. Als noch zwei weitere nach Kapstadt entwichen, holte Dunn Alberto, einen von Fardinis Söhnen aus meinem Trupp, und anderntags auch noch Cuicatti.

Gemächlich rückte der Komet in den Westen des Nachthimmels. In manchen Nächten schien er einen doppelten Schweif zu haben. Dann zogen die Frauen die Vorhänge schon vor Sonnenuntergang zu und behielten die Kinder daheim. Auch Mirjam war verstört. Sie glaubte, ich würde es nicht merken. Und ich hielt den Mund, als ich einmal nach Hause kam und eine ganze Schüssel voller Hundspflaumenblätter auf dem Tisch fand. Ich nahm keinen Anstoß, denn die Tage waren hart genug, für häuslichen Zwist fehlten mir die Kräfte. Allabendlich beobachtete ich den Kometen und sagte mir: Silas Miggel, da stimmt etwas nicht. Was es war, konnte ich nicht ahnen, aber es lag in der Luft, als wenn Füße und Beine und Arme und Hände es wüßten, aber Leib und Seele noch keinen Begriff davon hatten.

Gegen Ende Dezember erhöhte Dunn meinen Lohn um einen Shilling, den der Italiener um acht Pennies täglich. Fardini führte Buch über das ersparte Schiffsgeld, und nach und nach wurde es mehr. Die Sägemühle kreischte und die Bahnschwellen türmten sich immer höher. Ich legte keinen freien Tag mehr ein, wenn es regnete. An solchen Tagen schleiften wir die Stämme ins Hochland, egal wie matschig die Rieswege waren.

»Wie lange wirst du sie noch so schinden, Pa?«

»Du hast ja gehört, was Robolini am Weihnachtsmorgen gesagt hat: Das nächste Weihnachten wollen sie zu Hause verbringen!«

»Hast du dich in letzter Zeit einmal angeschaut, Pa? Schau doch, wie heruntergekommen du bist. Schon die Kleider – nur daß es gar keine Kleider mehr sind, eher Lumpen. Warum nimmst du dir nicht ein bißchen aus der Dose und kaufst dir wenigstens einen Mantel?«

»Laut Dunns Worten hat Walker gesagt, die ersten Parzellen würden im März versteigert. Gesetz ist Gesetz.«

Kein Zweifel, das schlimmste Elend lag hinter uns. Jetzt galt es nur noch durchzuhalten. Aber noch immer war irgend etwas nicht in Ordnung. Ich hätte für mein Leben gern gewußt, was es war, aber es blieb mir verborgen. Manchmal glaubte ich, es von den Gesichtern anderer ablesen zu können. Selbst Dunn schaute sonderbar drein. Ihre Blicke wirkten befremdet, wenn sie mich ansahen, gerade als hätte ich die Blattern und wüßte als einziger nichts davon.

Die Bahnschwellenpyramide wuchs hinter meinem Zaun empor, und der Komet dehnte sich aus, bis er sich von Horizont zu Horizont spannte. Irgendwie schafften wir es, eine stattliche Menge Kartoffeln und Zwiebeln für die Italiener zu ernten. Das half sparen; Kartoffeln kosteten zwölf Shillings Sixpence der Sack, Zwiebeln lagen bei zehn Shillings.

»Wann werden Sie die ersten Schwellen ins Dorf transportieren?« fragte ich Dunn.

»Spätestens Februar. Dann brauche ich zusätzliche Karren, sagen Sie den Waldleuten, für jede am Hafen abgeladene Schwelle bekommen sie Sixpence!«

»Wie weit sind Sie mit dem neuen Pier?«

»Fast fertig. Sie müssen mir sagen, wenn ich irgendwie helfen kann.«

»Helfen – wobei?«

»Ich will nur, daß Sie's wissen. Auf mich können Sie rechnen.«

Was meinte er damit? »Wenn ich einen Karren hätte, würde ich die Schwellen notfalls nachts mit den Italienern herausschaffen. Sixpence pro Schwelle ist gutes Geld, es könnte ein oder zwei Kindern die Schiffskarte einbringen.«

»Wie lange werden sie noch brauchen, bis sie das Geld für die Rückfahrt haben?«

»Höchstens noch zehn Monate. Und eins sage ich Ihnen: Sobald ich sie alle an Bord gebracht habe, werde ich keinen Tag länger für Ihre verdammte Mühle arbeiten!«

»Sie sind geschickte Arbeiter, Miggel. Ich weiß, daß sie hier nicht bleiben können, aber wenn sie noch ein Jahr länger für mich arbeiten, würde ich ihnen den Lohn verdoppeln. Wir haben einen Vertrag zu erfüllen, Miggel!«

»Vielleicht irre ich mich, Meneer, aber ich glaube nicht, daß sie auch nur eine Stunde länger bleiben als nötig.«

»Mein Bruder möchte einen Teil von Portland kaufen. Er würde Coccia und Pontiggia liebend gern einstellen!«

»Das soll er schön bleiben lassen. Wenn einer geht, gehen alle!«

»Wenn sie nur ein halbes Jahr länger bleiben, zahle ich zwei von den Grassi-Kindern die Rückfahrt!«

»Sie lassen sich nicht kaufen, Meneer.« Falls Ilario etwas zustieße, würde ich Petroniglia in jedem Fall helfen und ihr das Schiffsgeld für ein oder zwei der Kinder geben.

Am Tag darauf kamen wir mittags zum Unterstand und trafen Mieta an, die mit Ilario Kaffee trank. Sie warf mir einen bedeutungsvollen Blick zu. »Silas Miggel, die Lilien blühen!«

»Weiß ich«, gab ich zurück. »Es ist Februar, aber ob ich dieses Jahr dorthin kann, ist noch die Frage. Hoffentlich hast du Ilario wieder von deinem Kräuterzeug gebracht. Augenblicklich geht es ihm besser, und so soll es bleiben!«

»Ich mache mir mehr Sorgen um dich als um ihn. Wenn du dich sehen könntest! Du arbeitest zuviel und merkst nicht mehr, was ringsum vor sich geht. Die Lilien blühen, habe ich gesagt.«

Inzwischen redete sie manchmal wirklich dummes Zeug daher. »Ich weiß, daß die Lilien blühen! Bitte sag deinem Sohn, daß ich seinen Wagen brauche, den mit der gebrochenen Achse. Ich werde sie flicken, dafür soll er ihn mir leihen, damit ich nachts Bahnschwellen ins Dorf bringen kann.«

»Ein Zeichen ist am Himmel erschienen.«

»Der Komet wird schon mit jeder Nacht schwächer.«

»Stimmt. Wenn du gesprochen hast, hast du gesprochen. Derjenige, der Ohren hat zu hören, ist taub geblieben. Derjenige, der Augen hat zu sehen, hat die Wahrheit nicht erkannt.«

Offenbar hatte sie schon Momente, in denen sie nicht mehr ganz klar im Kopf war.

Seit Mitte Februar kamen Karren ins Hochland und transportierten die Bahnschwellen ins Dorf. Fuhre um Fuhre. Stefaans van Rooyen und Jeremiah Eye und Adam Barnard, alle kamen aus dem Wald und wollten sich mit den Karren etwas dazuverdienen.

»Diese Mühle nimmt uns die Butter vom Brot, Silas«, schimpfte Adam. »Wir werden kaum noch Gelbholz von Bahnschwellenformat los, die Aufkäufer sagen, es kommt zuviel davon aus dem Wald. Auch der Stinkholzpreis ist gesunken. Annie läßt dir ausrichten, daß wir dir helfen, wenn wir können.«

»Wobei helfen?«

»Falls wir etwas tun können für dich und Mirjam.«

»Wir haben noch genug zum Leben, trotzdem danke. Das schwerste ist zur Zeit, die Italiener bei der Stange zu halten. Der Wald wird sie noch umbringen.«

»Ja, man sieht ihnen an, daß sie nicht mehr dieselben sind wie bei ihrer Ankunft. Sie sind völlig heruntergekommen.«

»Wenn alles klappt, bringe ich sie im November an Bord.«

»Sag uns, wenn du Hilfe brauchst.«

Der folgende Tag war ein Samstag. Sias van Rooyen kam aus Draaibos Eiland zu der Stelle, wo wir jetzt fällten. Er brachte mir einen Gruß von meiner Schwester Hannie, ich solle sie am Sonntag besuchen. Es sei dringend. Ob irgendwer krank geworden sei, wollte ich wissen, aber er meinte, ihm sei nichts Besonderes aufgefallen. Nur daß Hannie in letzter Zeit viel geweint habe. Nun, Hannie hatte schon immer nah am Wasser gebaut. Ich ließ ihr ausrichten, daß ich kommen würde. Übrigens war es schon das dritte Mal, daß sie mich auf diese Weise einlud.

Am anderen Morgen fragte ich Mirjam, ob sie mitkommen wolle. Sie wollte lieber zu Hause bleiben; vermutlich hätte Roberto, Robolinis Ältester, die Masern. Sie solle ein frisches Kleid anziehen, meinte ich, schließlich sei Sonntag und sie habe schon die ganze Zeit das gleiche an. Sie versprach es. Während meiner Abwesenheit solle sie sich einmal ausruhen, bei Hannie würde ich bestimmt zu essen bekommen, so daß sie nichts zu kochen brauche. Die ganze Woche über hatten sie und Petroniglia, Mariarosa, Antonia und einige ältere Kinder Äste geschnitten und Zäune gezogen. Zwei Gemüsebeete auf dem Land, das Cuicatti von Taiani eingetauscht hatte, mußten noch abgesichert werden. Es lag am weitesten westlich, und die Sägemühle stand nicht im Weg. Jedes Maiskorn, das die Frauen ernten konnten, bedeutete bares Geld. Woher sie die Weinrebe hatten, die sie in der hinteren Ecke angepflanzt hatten, wußte ich nicht. Solange sie nur beschäftigt waren. Das half auch gegen Mariarosas Schreikrämpfe.

»Sie haben angefangen, die Matratzen auszubessern und neu zu füllen.«

»Gut. Auch Borolini braucht noch eine Matratze, er hatte keine, als er herkam.«

»Wir nähen ihm gerade eine.«

»Wir reden um den heißen Brei, Mirjam. Es liegt etwas in der Luft, es läßt sich dir vom Gesicht ablesen. Aber wir sprechen es nicht aus. Es ist Februar. Die Lilien blühen.«

»Ich weiß, Pa. Ich habe Pa versprochen, wenn die Lilien blühen, kehre ich still zu ihm zurück. Ich werde nicht mehr in den Wald gehen. Es ist aus.«

Mir wäre wohler gewesen, wenn sie trotziger reagiert oder geweint hätte. Aber nichts dergleichen geschah. Sie ging einfach ihrer Wege, half mit unendlicher Geduld den Frauen und machte die Hausarbeit. Als sie klein war, pflegte sie immer ein Grinsen aufzusetzen, wenn sie sich den Fuß geritzt hatte. Unter allen Umständen vermied sie es zu humpeln, damit ich es nicht merkte und ihr den Dorn herauszog. Lieber ließ sie ihn eitern und zog ihn später selber heraus.

Als Hannie mir öffnete, fing sie gleich zu weinen an. Ich fragte, ob jemand krank geworden sei. Nein, alle seien wohlauf. Sie schenkte Kaffee ein und brach mir eine Batate auf. Sie sprach kein Wort und schluchzte nur, während ich mir Mühe gab, die Beherrschung zu wahren.

»Hannie«, sagte ich schließlich, »ich habe mich nicht todmüde hierhergeschleppt, um dir beim Weinen zuzuschauen. Die Sägemühle macht uns alle fertig, und wenn ich nicht wenigstens einen Tag ausruhen kann, stehe ich die kommende Woche nicht durch. Wenn du in Not bist, dann sag's mir und ich hol dir etwas aus der Blechdose. Allerdings würde ich, ehrlich gesagt, momentan nicht gerne allzuviel vom Ersparten abzweigen. Wenn du bloß aufhörst zu schluchzen!«

»Die Bibel sagt, es werden in den letzten Tagen Zeichen am Himmel stehen!«

»Dem Schweifstern brauchst du nicht mehr nachzuweinen, Hannie, er wird zusehends blasser, und die Welt steht noch immer fest in ihren Angeln.«

Unvermittelt schneuzte sie sich lautstark und blitzte mich aus trockenen Augen an. »Deine Welt steht noch in den Angeln, Silas. Aber es gibt auch noch andere, für die sie nie mehr so sein wird, wie sie einmal war. Wann hast du zum letzten Mal einen Blick auf deine Tochter geworfen?«

»Ich sehe sie doch jeden Tag! Es geht ihr prima. Ich weiß, daß sie hart arbeiten muß, aber wir sind bald aus dem Gröbsten raus. Wir müssen nur durchhalten.«

»Deine Tochter, Silas, trägt ein Kind unter dem Herzen!«

Meine Füße und Beine wußten es, meine Hände und Arme. Aber Leib und Seele hatten noch keinen Begriff davon. Der Leib hielt es vor der Seele verborgen, das Gefühl vor dem Verstand, denn die ganze Wahrheit auf einmal hätte die Seele krank werden lassen. Ich erhob mich und verließ Hannies Haus, um mich in der Einsamkeit dem Zusammenbruch hinzugeben. Zuerst gehorchen die Augen nicht mehr, nichts bleibt an seinem Platz: Du gehst durch den Wald, aber die Bäume stehen nicht mehr fest verwurzelt im Boden, sie sind gelockert und schwanken wie kurz vor dem Fall. Nein, du bist es selbst, den es umwirft. Der Kopf wird schwer. Du willst schlucken, doch etwas sperrt sich in der Kehle. Du keuchst, als ob du dich nicht räuspern könntest. Du siehst nicht, wohin du die Füße setzt, gehst einfach drauflos, denn du willst vor dem, was Hannie sagt, davonlaufen, willst ihre Worte Lügen strafen. Du willst rennen, aber der Kopf wird dir schwer; du rufst nach Gott, aber niemand hört dich dort oben, von den Baumwipfeln her lacht dich bloß der rotgeschnäbelte Wiedehopf aus. 27 Schüsse hatten sie dem Bullen von Petrus Brand Eiland verpaßt; für Silas Miggel hatte dieser eine genügt. Der Bulle von Petrus Brand Eiland starb gegen einen Kalander gelehnt, Silas Miggel lehnte sich gegen einen Upright. Und Mieta? Mieta hatte gesagt, ich solle sie rasch bringen, wenn es soweit wäre. Wie rasch? Jetzt mußte ich zu ihr, Gott konnte mir später vergeben. Füße und Beine fanden eine Abkürzung durch das Dickicht zurück nach Draai-se-Bos, Arme und Hände wehrten die peitschenden Hiebe des Gesträuchs und der Zweige nicht ab. Doch der Leib fühlte keinen Schmerz, denn ich hatte es eilig. Und Mieta saß schon vor ihrem Haus, als ich kam, als hätte sie mich längst erwartet.

»Es ist zu spät. Sie trägt schon zu lange daran.«

Du läufst. Du läufst und bleibst nicht stehen. Könnte sie doch mit einer Elefantenherde weiden, bis es soweit war! Die Elefantenkühe halfen sich gegenseitig beim Kalben. Ich war verwirrt, fühlte mich wie im Rausch. Wenn es die Blattern gewesen wären, hätte ich ihr Gesicht mit Öl einreiben können, um ihr die Narben zu ersparen. Aber dann würde ich sie durchbringen, sie würde überleben. Und endlich meldete sich der Zorn. Er wuchs in mir heran, zuerst langsam, zugleich mit meinen Schritten immer schneller, bis ich drauflos rannte. Als ich über meine Schwelle trat, brach es aus mir heraus.

»*Wer?*« Ich tastete nach dem nächstbesten Gegenstand und warf ihn ins Herdfeuer; es war eine Lampe, und sie zerbarst. »*Wer?*«

»Willst du uns das Dach über dem Kopf anzünden, Pa?« murmelte sie abwesend, als ginge es sie gar nichts an. Aber das regte mich noch mehr auf. Die Flamme loderte hoch im Kamin, und die schwere Süße des Lampenöls verbreitete sich im Zimmer.

»*Wer?* Ich will wissen, wer dir das angetan hat!«

»Beruhige dich doch, Pa.«

»War es Jacob?«

»Wirst du jetzt jeden Namen einzeln aufzählen, Pa?«

»Ich will es wissen!«

»Du kannst mich umbringen, Pa, aber ich sage es nicht.«

»Gott steh uns bei!« Ich war ausgepumpt, mußte mich setzen. Die Angst überkam mich, hüllte mich ein, finster wie die Nacht. »Wir müssen etwas tun!« schrie ich sie an.

»Wir können nichts tun, Pa. Es tut mir leid. Vergib mir, daß ich Schande über dein Haus und über dich gebracht habe. Ich schäme mich, daß du dich so aufführst. Ich werde beten, daß es ein Junge wird. Denn wenn mir etwas passiert, wirst du ihn aufziehen müssen.«

Als Margriet starb, bin ich in den Wald gegangen, um mich auszuweinen. Jetzt stand ich auf und trat hinaus in den Holzschuppen. Dort ließ ich mich auf dem Hackklotz nieder, ohne zu weinen, einfach so, und es war schlimmer als damals. Der schwere Kopf sinkt in die Armbeuge, die Schultern fallen nach vorn, der Rücken biegt sich durch. So hatte Amerika anfangs vor seinem Zelt gesessen, so hockte Borolini jetzt an den Sonntagen da. Nichts zu machen, der Leib knickt wie ein Klappmesser durch.

Bei Tagesanbruch brachte Mirjam den Kaffee.

»Warum? Sag mir doch bloß, warum!«

»Trink deinen Kaffee, Pa.«

»Wann?«

»Ende April ist es soweit.« Wie konnte sie so seelenruhig bleiben? Es war mir unbegreiflich. »Trink, Pa. Robolini und Mangiagalli warten schon am Tor.«

»Sie sollen verschwinden. Mit der Mühle ist es vorbei.«

»Du kannst sie doch nicht im Stich lassen, Pa! Sie haben schon mehr als die Hälfte des Fahrgelds. Jetzt mußt du es auch zu Ende bringen.«

»Aus und vorbei. Und du wirst keinen Spaten oder Besen mehr anrühren. Du legst dich ins Bett. In deinem Zustand kannst du keine Aale mehr fangen, geschweige denn Böcke aus den Schlingen holen und schlachten. *Ich* werde das übernehmen. Im Dorf ist ein neuer Arzt, und wir haben Geld in der Dose. Ich kann zahlen. Und wenn es der letzte Penny wäre.«

»Du redest dummes Zeug, Pa, aber das macht nichts. Steh auf und geh in den Wald, du kannst sie nicht im Stich lassen.«

»Nein! Ich mache Schluß damit!«

»Dann hole ich selbst das Gewehr und gehe mit ihnen.«

Das schlimmste war, daß sie es ernst meinte. Bei aller Sturheit konnte sie immer noch eins draufsetzen. Also zwang ich mich mühsam hoch, und als ich die Axt aufnahm, war mir hundeelend zumute.

Wie ich diese Woche durchgestanden habe, weiß ich nicht mehr. Täglich wog die Axt schwerer in der Hand, und nachts konnte ich mich kaum nach Hause schleppen.

»Signor Miggel uns zeigen den Kerl, wir ihn in Dorf bringen, er Mirjam heiraten!«

»Ihr wißt ja nicht, wovon ihr redet.«

»Wir ihn für Signor Miggel kriegen.«

Am folgenden Sonntag kehrte ich in den Wald zurück. Nach Lelievleibos, über den geheimen Pfad zu den Lilien. Dort fiel ich auf die Knie und betete, wie nur ein am Boden zerstörter Mann beten kann. Ich flehte zu Gott: Nimm mich, nimm Silas Miggel zu Dir, streich ihn aus, laß ihn von Grootvoeten zertrampelt werden, aber laß Mirjam am Leben! Die Lilien blühten in diesem Jahr so schön wie nie. Der kleine Flecken Heide war von ihrer purpurnen Glut übergossen. Gegen Mittag spürte ich, wie meine Gebete, die der Wind in die Wälder trug, wie Wellen über sie dahinliefen. Ich betete die Vögel zur Ruhe, ich betete, bis der Wind sich legte. Der Rücken wollte entzweibrechen, die Schenkel wurden taub, aber ich streckte und bog mich und riß mich zusammen. In meiner Verzweiflung wollte ich mich vor Gott kasteien. Ich flehte zu Gott, Er möge meine Hände lahm werden lassen, wenn Pontiggia der Schuldige war, damit ich an ihm nicht zum Mörder würde. Ich betete, bis der Abend seine Schatten über das Heideland warf. Als ich mich erhob, glaubte ich wieder an mich selbst und hätte mit diesem Glauben Berge versetzen mögen.

»Wir müssen jetzt alles vorbereiten, Mirjam«, verkündete ich daheim. »Wenn das Baby da ist, soll es nicht in Lumpen gebettet liegen. Am Dienstag wird

Dunn die Italiener bei der Sägemühle beschäftigen, und sei es zu halbem Lohn. Dann will ich ins Dorf gehen und Flanell besorgen, die Frauen werden für uns nähen. Wir brauchen Schnuller und Windeln, Nabelbändchen und Strampelhöschen. Ein Wollmützchen gegen Luftzug nicht zu vergessen. Flanell in rauhen Mengen. Es soll ihm an nichts fehlen. Die Wiege ist das wichtigste, ich werde Holz holen und sie nachts beim Lampenschein tischlern.« Ich redete und redete, aber sie wirkte stumpf und desinteressiert. »Zwei Matratzen werden wir nähen! Wenn die eine feucht ist, brauchst du eine trockene zum Wechseln. Mirjam, laß das Geschirr stehen und hör mir zu! Wir dürfen nicht aufgeben, wir müssen auf Gott vertrauen.«

»Ja, Pa.«

»Am besten kaufe ich zwei große Bettlaken, die wir zur Hälfte aufschneiden und säumen können. Dann haben wir vier Decken. Wir können auch ein paar Handbreit Linnen besorgen, um sie zwischen die Laken zu stopfen. Als du klein warst, habe ich dich immer in weiches Linnen gewickelt, bevor ich dich zudeckte. Jetzt stell die Teller hin und sag etwas, Mirjam! Ich weiß kaum, wo mir der Kopf steht, und du tust, als wäre dir das alles gleichgültig!«

»Es tut mir leid, Pa. Ich muß mich schämen für das, was ich dir angetan habe.«

»Was du mir angetan hast, spielt doch keine Rolle! Dir selbst hast du geschadet! Warum nur, Mirjam, warum?« Sie hielt noch immer das Tischtuch in der Hand und preßte es an sich, als wüßte sie selbst keine Antwort. Als sie aufschaute, trafen sich unsere Blicke, und ich sah die Bitternis in ihren Zügen. »Warum, Mirjam?«

»Weil ich nicht glauben mochte, daß mir je etwas passiert«, seufzte sie. »Ich dachte, Gott hätte Erbarmen mit mir und würde das Verhängnis von mir fernhalten. Denn nur Gott weiß, wie sehr ich diesen einen Mann liebe. Einen andern gibt es nicht für mich auf Erden. Gott weiß, daß ich dich nicht angelogen habe damals. Ich wollte leben, nur einen Augenblick lang leben, bevor ich umkehren mußte. Ich war bereit, hinzunehmen, was nicht zu ändern ist. Ich habe nicht gelogen, als ich dir versprach, zurückzukommen, wenn die Lilien blühen, denn dort endeten stets meine Wege. Während das Kind in mir wuchs, hätte ich es eigenhändig herauskratzen mögen aus meinem Leib, denn plötzlich lagen nicht mehr die Lilien, sondern das Kind am Ende des Weges. Als Giuditta ihr Baby bekam, war sie glücklich, und Mangiagalli freute sich mit ihr. Nur für mich gibt es kein Glück und keine Freude.«

Mir zitterten die Hände, und ich mußte mich mühsam beherrschen. Mirjam schien sich schon aufgeben zu wollen. »So darfst du nicht reden, Mirjam! Wir müssen Mut fassen und uns auf die Ankunft des Babys freuen. Du sollst mir sagen, wer der Vater ist. Irgendwann werde ich es doch erfahren. Gib die Hoffnung nicht auf, Mirjam!«

»Um eines muß ich dich bitten. Etwas, das du mir im Namen Gottes versprechen sollst!«

»Was denn?«

»Schwör mir, daß du das Kind in Petroniglias oder Mariarosas Obhut gibst. Du mußt den Italienern so lange helfen, bis sie ihr Schiffsgeld beisammen haben!«

»Du redest wie jemand, der sein Testament schon gemacht hat. Aber du darfst nicht aufgeben, schau nach vorn!« Ich schrie, um ihr ein wenig Zuversicht einzuflößen; vielleicht auch, um meine eigenen Zweifel zu übertönen.

»Ich bin nicht ganz ohne Hoffnung, Pa.« Sie trat vor das Fenster und schob die Gardine beiseite. »Der Schweifstern ist schon fast verschwunden. Ich frage mich, wohin er gegangen ist. Und wohin sollen wir uns wenden, wenn es ans Sterben geht?«

»*Mirjam, nein*!«

Sie fuhr herum und sah mir direkt in die Augen. »Laß uns einander nicht belügen«, versetzte sie. »Ich habe Angst. Große Angst. Jeden Tag blicke ich zum Himmel, denn erst in seinem Blau wird die Welt schön. Ich wandere unter Bäumen und befühle die harte Rinde, das weiche Moos mit den Händen. Ich gehe ins Dickicht und lasse die Farnkräuter durch die Finger gleiten, spüre das Laub im Gesicht. Ich blicke auf, und vor mir ragen die hohen und mächtigen Gelbholzstämme empor, die Könige des Waldes. Ich sehe die Blauböckchen grasen und die Vögel sorglos kreisen. In ihren Gesang mischt sich das fröhliche Sprudeln der Quellen. Wenn ich bei den Italienern bin, erkenne ich unter all ihrem Lärm und der Trauer um das, was sie verloren haben, die unbändige Lust zum Leben. Wie soll ich da den Tod nicht fürchten? Sei nicht so unwirsch mit ihnen, Pa. Du brauchst sie nicht zu schinden, es ist nicht nötig. Sie alle sehnen sich nach Hause, und nur Pontiggia wird vielleicht zurückbleiben.«

Bei diesem Namen erwachte wieder der Argwohn und schnürte mir die Kehle zu. »*Aber warum*?« fragte ich. »Warum Pontiggia?«

»Es ist nur so eine ungewisse Ahnung, Pa.«

»Bei der Abreise werden sie vollzählig sein.«

»Und du mußt auf Borolini aufpassen!«

»Es hat keinen Zweck. Ich weiß nicht, was mit ihm in letzter Zeit los ist.«

»Er hat Heimweh, Pa.«

18

Am letzten Februartag wurden die ersten 3000 Bahnschwellen auf die *Ambulant* geladen, die am neuen Pier des Hafens vor Anker lag. Weitere zwei- bis dreitausend lagen schon für den nächsten Frachter bereit.

»Holz, Miggel, Holz! Ihr liefert stattliche Mengen, aber es reicht noch nicht. Von jetzt an will ich jede Woche ein paar tausend Schwellen verladen!«

Wir hackten und sägten und schleiften Stämme. Ich mußte überall zugleich nach dem Rechten sehen, aber Kummer und Sorge ließen mir keinen Frieden. Am liebsten hätte ich dem Lauf der Sonne Einhalt geboten, um Mirjams Niederkunft weiter hinauszuschieben. Manchmal geriet ich in Panik, und mir brach der Schweiß aus, als hätte ich hohes Fieber. Ich leimte eine wunderschöne Wiege aus Stinkholz zusammen. Petroniglia und Mariarosa nähten Babysachen, aber Mirjam nahm kaum Notiz davon.

Zweimal ging ich ins Dorf und mußte jedesmal stundenlang warten, um den neuen Arzt zu besuchen. Ich erzählte ihm von Mirjam, von ihrer Mutter und Großmutter. Dieser Dr. Brown war mir sehr sympathisch und hörte mir aufmerksam zu. Ich hätte Geld genug, ihn anständig zu bezahlen, versicherte ich, aber er meinte, das wäre nicht so wichtig, Mirjams Wohl läge ihm mehr am Herzen. Ich schwor, den Pfad auf der anderen Seite von Gouna-se-drif so auszubessern, daß er bequem zu Pferd oder gar in der Kutsche das Hochland erreichen könne. Für das Pferd würde ich schon sorgen, während er sich um sie kümmerte. Er hielt es für besser, wenn ich sie irgendwo im Dorf unterbrachte, wenn sie in die Wochen kam. Aber bei wem? Ich fragte ihn, ob er nicht zufällig ein Zimmer frei hätte? Leider nein, erwiderte er, zu seinem tiefsten Bedauern. Petroniglia und Mariarosa erklärten, sie hätten Giuditta beigestanden, und wenn Mirjam soweit sei, würden sie auch ihr helfen. Mirjam sei aber nicht Giuditta, versetzte ich.

Als ich wieder im Dorf war, fand ich im Hinterhof von Smit ein Quartier, das ich für mich und Mirjam vierzehn Tage lang mieten wollte. Betten, Stühle und Tische würde ich mitbringen, und Dunn bereitete ich darauf vor, daß er eine Zeitlang nicht mit mir rechnen könne. Ich würde Josafat Stander fragen, ob er an meiner Stelle die Italiener in den Wald führen wolle. Ihm würden sie bestimmt vertrauen, hoffte ich. Dunn war einverstanden mit dieser Regelung.

»Wer ist der Mistkerl, Miggel?« fragte er unvermittelt. »Warum heiratet er Mirjam nicht?«

Ich schwieg. Man lernte rasch, beiseite zu schauen und das Thema zu wechseln. Abermals ging ich ins Dorf, zahlte Smit den Mietzins und kündigte an, daß ich in der ersten Aprilwoche kommen würde, um sauberzumachen und die Möbel zu bringen. Joram Barnard hatte mir angeboten, mir mit seinem Karren zu helfen.

»Hat einer der Italiener deine Tochter in Schwierigkeiten gebracht, Miggel?« Ich sagte nichts und schaute beiseite.

Die Straße vom Hochland in die Stadt war voller Schlaglöcher, seit die Bahnschwellen in endlosen Fuhren zum Hafen gebracht wurden. Am liebsten hätte ich dem Schlitten eine Matratze unter die Kufen gelegt, wenn es soweit war, Mirjam hinunter zu bringen.

In der zweiten Märzwoche fingen wir etwa fünf Kilometer nördlich von der Stelle, an der wir bisher geschlagen hatten, mit einer neuen Sektion an. Auch der Unterstand wurde dorthin versetzt. Eines Nachmittags wollten wir gerade Feierabend machen, als Mieta mit ihrer Kräutertasche vorbeikam.

»Seit wann pflückst du nicht mehr zu nachtschlafender Zeit, Mieta?«

»Manchmal gehe ich nachts, manchmal tagsüber in den Wald. Ich höre, du willst sie ins Dorf bringen?«

»Stimmt.«

»Es ist besser so. Ich bin zu alt dafür. Wenn ich auch sie noch sterben sehen müßte, bräche mir das Herz. Gut, daß du sie endlich wegschaffst vom Hochland.«

Am folgenden Tag schleppten wir die letzten Stämme von der alten Stelle weg. Als ich aus dem Wald herauskam, standen Vittoria Robolini, Antonia, Luigia und Monica am Tor meines Hauses. Ich wußte sofort, daß etwas vorgefallen war. Robolini rief ich zu, er solle die Ochsen für mich lenken, und spurtete los.

Mariarosa hantierte in der Küche und hatte Wasser aufgesetzt. Petroniglia kümmerte sich um Mirjam.

Sie lag schon auf dem Bett. Ich blieb im Türrahmen stehen und schnappte nach Luft.

»Mieta holen«, rief mir Petroniglia laut entgegen.

»Nein, ich muß Mirjam auf den Schlitten tragen.«

»Mieta holen, Signor Miggel!«

»Wir müssen den Arzt holen!«

»Signor Miggel holen Mieta, schnell!« wiederholte Petroniglia. »Heute früh angefangen. Gehen Mieta holen, bitte.«

Ich rührte mich nicht von der Stelle. Meine Tochter lag mit geschlossenen Augen da, die Arme schlapp nach hinten ausgebreitet, doch als die nächste Wehe einsetzte, hielt sie sich so krampfhaft an den Bettpfosten, daß ich mit einem Stoßgebet auf den Lippen kehrtmachte. Nicht einmal die Laterne nahm ich mit, ich lief nur und lief, bis ich bei Mieta vor der Tür stand. Erst jetzt wurde mir klar, daß ich mitten durch eine Herde Grootvoete gelaufen war, aber sie hatten mich einfach ignoriert. Mieta griff sich den Knappsack mit ihrer Medizin, und ich trug eine Laterne von ihr. Gott weiß, woher die Alte die Kraft nahm, auf dem Rückweg mit mir Schritt zu halten.

Als das Kreuz des Südens im Nachthimmel die zehnte Stunde anzeigte, erreichten wir das Hochland, wo Mirjam um das Leben ihres Kindes kämpfte. Genau wie ihre Mutter damals, wie Margriet! Ich verkroch mich in eine Zimmerecke; drei Kerzen brannten am Fuß des Bettes. Mal war es Margriet, die dort lag, mal Mirjam, die Bilder vermischten sich. Ich konnte kaum noch klar denken, aber es half alles nichts, es war wie ein Alptraum, den ich schon einmal durchlebt hatte. Jemand trug die Wiege herein. Dunkle Schatten glitten im Zimmer auf und nieder; Petroniglia murmelte in ihrer fremden Sprache, vielleicht betete sie. Ich aber konnte nicht beten. Alles was ich herausbrachte, war: Bitte, Gott, bitte. Mieta tupfte Mirjam den Schweiß von der Stirn. Sie knotete ein Seil an den unteren Bettpfosten und gab Mirjam das andere Ende zum Festhalten. Draußen vor dem Fenster hatten sich die Italiener versammelt und sangen leise Lieder. Ich spürte einen salzigen Geschmack auf der Zunge und merkte, daß ich weinte.

Stunde um Stunde rang ihr gemarterter Leib um das Kind, das er zur Welt bringen sollte. Sie schnappte nach Luft, sie warf den Kopf von einer Seite zur anderen, aber erst ganz zuletzt öffnete sie die Lippen zu einem Schrei, wie ihn nur Frauen in der Qual des Gebärens ausstoßen. Nimm mit dem Kind vorlieb, Gott, nimm das Kind, nicht meine Mirjam! Petroniglia legte Mirjam die Holzperlen auf den Bauch und wischte ihr abermals über die Stirn. Die Decke hatte sie von sich gestoßen, und der Atem ging in rauhen, schneller werdenden Stößen. Nun trat Mieta an das Fußende des Bettes. Damals bei Margriet hatte ich der Medizinfrau zur Seite gestanden.

»Halt das Seil fest und zieh, Mirjam, wenn ich sage, daß du pressen sollst.«

Ich schloß die Augen, fiel vornüber und bettete, den Kopf zwischen den Knien. Nimm das Kind zu dir, Gott, nimm das Kind.

Aber Gott wollte es nicht, das Kind kam zur Welt, denn ich hatte seinen ersten Schrei gehört. Ich mochte gar nicht hinsehen. Margriet war noch eine volle Stunde nach der Geburt am Leben. Ich würde warten, bis die Stunde verstrichen war.

»Silas Miggel!«

»Mieta?«

»Sieh her, es ist ein Junge. Es hat viel Kraft gekostet, aber sie war stärker als ihre Mutter, sie hat es durchgestanden. Ich habe sowieso nie an den Fluch geglaubt.«

Ich hob den Kopf und öffnete die Augen. Neben Mirjam kniete ein Mann, der mir den Rücken zuwandte. Er streichelte ihr über das schweißnasse Haar. Irgendwer mußte den Arzt geholt haben, ging es mir durch den Kopf. Nein, das war nicht der Doktor – es war Josafat Stander.

Mittags brachte ein Waldhüter die Neuigkeit: Die dreitausend Bahnschwellen waren in Kapstadt eingetroffen, aber man hatte die Annahme verweigert. Eine Expertenkommission war ernannt worden, um den Fall zu untersuchen, und bis das Gutachten vorlag, sollte die Sägemühle den Betrieb einstellen und keine Bahnschwellen mehr verladen.

Der Waldhüter fand mich im Holzschuppen, wo ich mich schlafen gelegt hatte. Ich hörte jedes seiner Worte, war aber unfähig, den Zusammenhang zu erfassen. In meiner Erschöpfung konnte ich mir die Folgen nicht ausmalen. Es war, als sei ich unter einer zu großen Last zusammengebrochen. Ich konnte keinen Krümel zu mir nehmen, denn alles gab ich gleich wieder von mir.

Am Morgen des dritten Tages fand Josafat Stander die Dreistigkeit, mir unter die Augen zu treten. »Geht es dir besser, Oom?«

»Wenn du ein Mann wärst, würdest du mir das Gewehr bringen.« Tatsächlich war ich wieder bei Kräften. »Keine Angst, ich töte dich nicht. Aber ich werde dich zum Krüppel schießen, damit du bis an dein Lebensende daran denkst, du Ratte!«

»Steh auf, Oom. Mirjam macht sich Sorgen um dich, und schließlich will sie dir deinen Enkel zeigen.«

»Lump! Hinter meinem Rücken hast du meine Tochter geschändet!«

»Wir werden heiraten, sobald sie wieder wohlauf ist.«

»Wenn das so ist, werde ich dich nicht nur verwunden, sondern gleich abknallen.« Ich streifte die Hosen über. »Meine Tochter wird keinen Elfenbeinschmuggler und Lumpen heiraten. Mach dir keine Sorgen um das Kind, ich werde es zu einem anständigen Menschen machen.«

»Es ist mein Sohn. Seit vorgestern habe ich mich um die Italiener gekümmert, Oom. Ich habe Aale gefangen und drei Böcke geschossen, mehr kann ich nicht für sie tun. Sie sind völlig verstört, und du solltest mal mit ihnen reden. Sie sind ohne Arbeit, Oom. Die Männer lungern herum, die Frauen heulen den ganzen Tag. Dunn ist nach Kapstadt abgereist, um herauszufinden, was passiert ist. Zuletzt hieß es, Gelbholz würde unter den Schienen verfaulen. Vielleicht annulliert die Regierung den gesamten Auftrag.«

»Du stehst mir im Weg! Ich will mir die Schuhe anziehen. Schäm dich, schließlich könntest du Mirjams Vater sein.«

»Stimmt nicht. Ich bin sechzehn Jahre älter, und so soll es sein. Sobald sie das Wochenbett verläßt, heiraten wir.«

»Vergiß es.« Das Gerücht von den Bahnschwellen verdrängte ich noch. Ich war doch nicht verrückt, an den Schwellen gab es nichts auszusetzen. Ich war aufgestanden und wollte zu Mirjam, das war die Hauptsache; der Rest konnte mir gestohlen bleiben. Ich befahl Josafat Stander, aus dem Hochland zu verschwinden, und zwar schnell. Ich wolle mit meiner Tochter allein sein.

Sie saß aufrecht in den Kissen und war schöner denn je. Das Baby lag daneben in der Wiege, die ich gebaut hatte.

»Pa, ich lebe noch!«

»Ja, du bist am Leben geblieben.«

»Ich habe ein Kind, Pa!«

»Ja, du hast einen Sohn geboren. Gott sei gepriesen. Hier muß ein größeres Fenster hin, es kommt nicht genug Sonne herein für ihn.«

»Josafat will nicht, daß der Junge im Hochland aufwächst. Er wird uns ein Haus im Dorf kaufen.«

»Darüber reden wir später, Mirjam.« Sie mußte jetzt ausruhen. Das Hochland war ihre Heimat ebenso wie die meine. Und es würde die Heimat des Jungen sein. Doch das hatte noch Zeit. Jetzt durften wir nicht streiten, das schadete nur der Muttermilch und damit auch dem Jungen.

»Ich habe mir große Sorgen gemacht, Pa. So konnte es nicht weitergehen mit dir.«

»Manchmal muß man sich ausschlafen, um wieder zu Kräften zu kommen. Auch du sollst dich jetzt schonen. Mieta wird so lange hier bleiben, bis du wiederhergestellt bist. Petroniglia soll so lange nach dem Rechten sehen.«

»Fardini war hier. Er sagt, du hast sie immer wieder vom Holzschuppen weggejagt. Du mußt ihnen erklären, was los ist. Fardini meint, die Bahnschwellen können mit einer Mixtur getränkt werden, dann würde die Regierung den Vertrag nicht annullieren, und sie kämen wieder in Arbeit und Brot. Aber sie haben Angst, Pa.«

»Sie können beruhigt sein. Mit den Bahnschwellen ist alles in Ordnung.«

»Ich liebe Josafat schon, seit ich zurückdenken kann, Pa.«

»Das Kind liegt schrecklich unbequem. Petroniglia hat das Kopfkissen zu fest gestopft. Sie muß es aufschneiden und etwas von der Füllung herausnehmen.«

Er war ein süßer Junge. Ich würde nie zulassen, daß er ein Elfenbeinschmuggler würde.

Ich ging zu Walker ins Dorf. Fardini sollte die anderen beschwichtigen, bis ich wieder zurück sei. Sie sollten nicht auf alles hören, was man so erzählte. Wir mußten erst der Wahrheit auf den Grund gehen. Unterdessen sollten sie keinen Penny von dem Schiffsgeld anrühren und die Frauen sparsam mit dem Mehl umgehen.

»Ich will die ganze Wahrheit über die Bahnschwellen hören«, verkündete ich in Walkers Büro.

»Wir warten noch immer auf die Entscheidung der Kommission.«

»Was für eine Kommission? Was verstehen die schon von Gelbholz!«

»Um diese Dinge brauchen Sie sich gar nicht zu kümmern, Miggel. Mr. Laing hat die Schwellen beanstandet und ein unabhängiges Gutachten angefordert.«

»Und wovon sollen die Italiener in der Zwischenzeit leben? Als Sie ihnen die Shillings gestrichen haben, wußten Sie, daß die Sägemühle bald gebaut würde. Sie konnten die Italiener guten Ge wissens aushungern. Welche Teufelei haben Sie diesmal ausgeheckt?«

»Ich bitte Sie, Miggel. Das geht Sie nun wirklich nichts an.«

»Ach wirklich? Wer hat sich denn von Anfang an für sie die Hacken abgelaufen? Wer hat sich denn Tag und Nacht um sie gekümmert? Zu wem kamen sie denn gelaufen, wenn etwas danebenging?«

»Was geht es mich an? Soviel ich weiß, sind sie alle bei Fox & Dunn beschäftigt.«

»Hat sich was mit Fox & Dunn! Es sieht so aus, als wenn die Firma am Ende wäre, oder?«

»Wer sagt das? Wir müssen zunächst das Ergebnis der Untersuchung abwarten. Fassen Sie sich in Geduld! Das gilt auch für die Italiener.«

Also warteten wir. Mariarosa bekam wieder ihre Schreikrämpfe, und zweimal mußte ich Borolini in den Wäldern suchen gehen, wo er auf eigene Faust Holz fällen wollte.

»Ich haue rein, Signor Miggel! Ich brauchen Lohn, wir nach Hause wollen!«

»Du kannst nicht alleine fällen. Wir müssen erst abwarten, wie sie sich in Kapstadt entscheiden! Komm jetzt!«

Die Sägemühle stand da, als hätte ihr letztes Stündlein geschlagen. Beinahe wurde es wieder ruhig im Hochland. Die Holzfäller und Sägewerker aus England zogen ins Dorf, um dort abzuwarten. Der Kramladen wurde geschlossen, weil es sich für den Inhaber nicht mehr rentierte.

Und Mirjam war wie immer dickköpfig und stur. Ich wollte nicht, daß sie das Baby jeden Morgen in die Zinkwanne steckte, seine Haut war noch so zart, aber sie hörte nicht auf mich. Sie seifte den Kleinen sogar regelmäßig ein! Ich mußte tagtäglich Josafat Stander aus dem Haus jagen, aber ganz ließ er sich nicht vertreiben. Er zog in eine der leerstehenden Hütten am Fuß des Hochlands und blieb.

»Hör auf, immer gegen dich selbst anzurennen«, schimpfte Mirjam. »Du sorgst für die Italiener, Josafat und ich kümmern uns um das Kind. Borolini ist schon wieder mit der Axt abgehauen!«

Wir warteten. Fardini riet ich, einen der übriggebliebenen Ochsen zu schlachten, denn die Schlingen blieben leer. Von dem Schiffsgeld sollten sie keinen Pfennig abzweigen. Alle paar Tage lief ich ins Dorf und fragte Walker, ob die Kommission schon zu Ergebnissen gekommen oder Dunn wieder aus Kapstadt zurück sei.

»Sie halten mich von der Arbeit ab, Miggel. Wenn ich etwas Neues höre, schicke ich einen Waldhüter zu euch.«

»Die Italiener sind schon fast soweit, daß sie heimkehren könnten, Meneer. So wahr mir Gott helfe, Sie müssen sich ihrer annehmen. Empfehlen Sie der Regierung, ihnen das Fehlende für die Rückreise beizusteuern. Es steht schlecht oben im Hochland, alles fällt zurück. Von ihrem Ersparten werden sie keinen Pfennig anrühren, das kann ich Ihnen schwören. Bevor das passiert, bringe ich sie täglich zur Armenspeisung in die Haftanstalt.«

»Das dürfen Sie gar nicht. Der Polizeirichter entscheidet, ob jemand zur Armenspeisung zugelassen wird. Nur er kann die erforderliche Genehmigung in Kapstadt einholen.«

Ich mußte nachsichtig mit ihm sein. »Könnten Sie mir nicht eine Schiffspassage nach Kapstadt besorgen, Meneer? Ich würde die Bahnschwellen gerne selbst verteidigen. Wer sagt, daß diese Leute überhaupt etwas von Holz verstehen?«

»Es heißt, das für die Schwellen verwendete Holz sei von minderer Qualität.«

»Das ist eine gottverdammte Lüge!«

»So erzählt man es sich.«

»Alle Eisenbahnen der Welt könnten über diese Schwellen fahren, und das Holz würde noch immer halten. Ich rate Ihnen, mich nach Kapstadt zu schikken, Meneer – bevor aus der ganzen Sache ein neuer Maulbeerenhain wird!«

»Machen Sie, daß Sie fortkommen, Miggel. Sie vergeuden meine Zeit.«

Am folgenden Freitag begegneten mir Robolini, Tomé und Mangiagalli auf dem Rückweg vom Dorf mit Mehl und Zucker, Kaffee und anderen Lebensmitteln aus dem Laden. Sie hatten das Schiffsgeld angebrochen.

»Nix anders gehn, Signor Miggel. Tut uns leid. Nix anders gehn.«

Hölle und Teufel.

Wenn ich zu Walker kam, mußte ich jetzt jedesmal länger vor dem Büro warten, bis er mich einzulassen geruhte. Eines Mittwochs tauchte er gar nicht mehr auf. Sein Sekretär Dreyer erschien. Erste Untersuchungen hätten ergeben, daß die Stämme viel zu früh gefällt und zersägt, die Bahnschwellen vor dem Verladen zu lange gelagert worden seien. Das Holz zeige Schäden durch Verwitterung.

»Mr. Walker soll ihnen schreiben, daß Silas Miggel das für Schwachsinn hält, richten Sie ihm das aus! Denen ist wohl das Gehirn verwittert. Jedes Holz ändert die Farbe, wenn es gefällt ist. Sie sollen herkommen und mich fragen, ich erkläre ihnen schon, was Sache ist!«

»Die Kommission wird nächste Woche ihr Urteil abgeben.«

»Ich werde kommen und nachhören.«

»Wir schicken einen Waldhüter heraus, Miggel. Sie dürfen Mr. Walker nicht mehr behelligen. Er läßt sich das nicht länger gefallen, und Sie sind auf sein Wohlwollen angewiesen.«

»Hören Sie, Mr. Dreyer, wenn Sie und Walker und die ganze Regierung diese Bahnschwellen für unbrauchbar erklären, dann ist das ein Komplott gegen uns, und Sie werden sich dafür noch allerhand von Silas Miggel gefallen lassen müssen. Hören Sie auf meinen Rat, und holen Sie Dunn wieder her. Er soll die verdammte Sägemühle wieder anwerfen, damit wir weitermachen können.«

Am folgenden Dienstag ging ich wieder ins Dorf. Bei Gouna-se-drif begegnete mir ein Waldhüter, und als ich ihn fragte, wohin er wolle, konnte er mir nicht in die Augen sehen, murmelte abweisend, er habe zu tun, und ging seiner Wege. In Walkers Büro standen mir alle Türen offen, und das kam mir komisch vor. Es war, als hätten sie auf mich gewartet. Walker saß schon hinter seinem Schreibtisch und spielte mit der Schreibfeder. Aber auch er sah mir nicht ins Gesicht.

»Die Bahnschwellen sind völlig unbrauchbar, Miggel.« Einfach so. Als ginge es ihn gar nicht an. »Der Vertrag ist annulliert worden.«

Mir klingelte es im Ohr, aber ich blieb ruhig. »Und jetzt? Was wird aus den Italienern?«

»Fox & Dunn erhalten eine Entschädigung. Wi

man hört, wird sie gerade mal die Auslagen dekken.«

»Was wird aus den Italienern, Meneer?« wiederholte ich höflich.

»Es besteht einige Aussicht, daß der Betrieb vom Staat übernommen und ins Dorf verlegt wird. Dann kann sich jeder bewerben, der eingestellt werden will. Aber vorläufig wird noch darüber verhandelt.«

»Was wird aus den Italienern?«

»Die Arbeiter bei Fox & Dunn sind mit sofortiger Wirkung entlassen. Sie natürlich auch. Ich habe einen Waldhüter geschickt, der oben Bescheid sagt.«

Nervös knetete ich die Hände, um sie nicht zur Faust zu ballen. Halt an dich, Silas Miggel, sagte ich mir. Schon der erste Schlag würde ihn umbringen. Bleib friedlich! »Ich frage Sie jetzt schon zum vierten Mal: Was wird aus den Italienern?«

Er schleuderte die Feder weg und lachte höhnisch. »Schluß jetzt, Miggel. Was kümmert *Sie* schon das Schicksal der Italiener! Machen Sie mir doch nichts vor. Ein Blick in die Liste der Beschwerden, die gegen Sie vorliegen, und ich weiß Bescheid über Ihre angebliche Fürsorge. In Wahrheit geht es Ihnen nicht um die Italiener, sondern bloß um Ihre eigenen Interessen! Belästigen Sie mich also nicht weiter. Die Akten sind geschlossen; die Mühle übrigens auch.«

»Welche Beschwerden? Von was reden Sie da?«

»Beschwerden gegen Sie, Miggel! Eine ganze Liste davon habe ich hier auf den Schreibtisch bekommen. Soll ich sie Ihnen vorlesen?«

Jetzt klingelte mir auch das andere Ohr. Er

putzte sich die Brille und griff nach ein paar Zetteln. Offenbar hatte er sie sich schon zurechtgelegt, bevor ich eintraf. »Das haben Sie ja schön ausgeheckt!«

»Ich fange mal an zu lesen, Miggel. 12. Juni 1881: ›Silas von Huyssteen, auch bekannt als Silas Miggel, weigert sich, den Italienern die Axt für Brennholz zu leihen. Brennholz muß daher von Hand zerkleinert werden.‹ 14. Juni 1881: ›Treibt Petroniglia Grassi, Ilario Grassis Frau, mit einem Stock ins Dorf, wo sie sich nach ihrem entführten Kind erkundigen will. Droht ihr in Gegenwart von Konstabler Ralph Prügel an.‹ Noch immer im Juni: ›Verweigert den Seidenfarmern die Religionsfreiheit. Schlägt vor, sie sollten einen anderen Glauben annehmen, der ihnen freitags keine Fleischspeisen verbietet.‹«

Ich wußte nicht, ob ich ihn auslachen oder den Schreibtisch umstürzen sollte. »Das sind Christies Anschwärzereien, die Sie da vorlesen, Meneer. Die können Sie wegschmeißen, er war doch bloß ein altes Waschweib.«

»›Schlägt vor, sie sollen sich mit Blättern aus dem Wald statt mit Seife waschen. Verweigert ihnen Wasser aus der Zisterne im Westen; zwingt sie, das schlechtere Wasser im Osten des Hochlands zu holen, wo er seine Ochsen zur Tränke führt.‹«

»So ein Mistkerl«, entfuhr es mir. »Und was ist mit dem Brennholz? Was mit all dem Bocksfleisch, das ich für sie geschlachtet habe? Was ist mit dem Zeltlager, das ich eingerichtet, und die Streu, die ich ihnen unter die Betten gelegt habe und so weiter?« Ich zählte alles mögliche auf, aber es waren nur Sandkörner gegen die Steine, die nach mir ge worfen wurden. Zu leicht, um sie aufzuwiegen. Und Walker las weiter vor:

»›Hält absichtlich Informationen über wilde Maulbeerbäume im Wald zurück. Weigert sich anfangs, den Seidenfarmern diese Pflanzen zu zeigen.‹«

»Stehe ich hier auf der Anklagebank vor dem Polizeirichter?« wollte ich wissen.

»Nein. Diese Beschwerden sind an das Einwandererbüro gerichtet. Und hier, vom vorigen August und September: ›Zwingt die Italiener mit vorgehaltener Büchse, aus dem Geäst am Waldrand Zaunpfähle zu schneiden.‹«

»Das ist eine gemeine Lüge! Wäre ich nicht mit dem Gewehr dagestanden, hätten sie sich gar nicht an den Waldrand getraut und ihre Beete nie einzäunen können. Ich mußte für sie aufpassen, weil sie sich vor wilden Tieren fürchteten! Sie wollen mir wohl etwas anhängen, Meneer. Ich und die Italiener sollen mit Hilfe von Christies Tratschereien auseinandergebracht werden.«

»Leugnen Sie etwa die Richtigkeit dieser Feststellungen? Stimmt es nicht, daß Sie ein bißchen Nebel zum Vorwand genommen haben, hilflose Kinder an Zeltmasten zu fesseln? Wollen Sie abstreiten, daß Sie den Italienern das Zeugnis vor Gericht verweigert haben, als man eine höchst undurchsichtige Anklage wegen eines Straußenvogels gegen sie erhob? Leugnen Sie, daß der Vorschlag, einen Ochsen zu schlachten, von Ihnen kam, wofür schließlich ein unschuldiger Mann vor Gericht mußte?«

»Das war doch nicht derselbe Ochse«, verteidigte ich mich.

»Streiten Sie ab, daß Sie Christie mehr als einmal tätlich angegriffen oder zumindest bedroht haben?

Wollten Sie die Italiener nicht gegen geschmuggeltes Elfenbein ohne Wissen der Behörde nach Kapstadt einschiffen lassen? Wie viele derartige Vorwürfe möchten Sie noch hören? Sie, Miggel, hatten *nie* ein Herz für diese Leute. Die ganze Zeit über haben Sie nur *Ihre* Interessen auf dem Hochland verfolgt. Einmal drängten Sie Christie sogar, mehr als 1000 Kilometer weit *zu Fuß* mit den Italienern nach Kapstadt zu gehen. Dabei wußten Sie genau, daß zumindest einer von ihnen viel zu krank für einen solchen Gewaltmarsch gewesen wäre. Ausgerechnet Sie wollen jetzt von mir hören, was aus ihnen wird? Ausgerechnet Sie wollen mir weismachen, daß Sie um ihr künftiges Wohlergehen besorgt sind? Ihnen geht es doch nur um sich selbst und sonst nichts. Nie haben Sie sich ernsthaft um sie gekümmert und werden es nie tun. Kommen Sie mir bloß nicht wieder unter die Augen. Damit wäre der Fall erledigt.«

Ich wußte nichts zu erwidern. Wie soll man mit jemandem reden, der gar nicht zuhört? Aber wenn er glaubte, daß Silas Miggel sich so leicht vom Rad der Regierung überrollen ließ, hatte er sich getäuscht. Er sollte noch von mir und den Italienern hören, darauf konnte er sich verlassen. Am Schluß würde er den kürzeren ziehen.

Als ich ins Hochland zurückkam, hatten sie sich alle vor meinem Tor versammelt. Mariarosa raufte sich die Haare. Einige bekreuzigten sich oder küßten ihre Holzperlen, andere tigerten auf und ab, die Gesichter verzerrt von Wut und Angst.

»Mühle geschlossen. Nix Arbeit, Signor Miggel!«

»Keine Löhne mehr.«

»Kein Schiffsgeld!«

»Bretter weggenommen. Lager geschlossen.«

»Nix Arbeit!«

»Wie nach Hause kommen?«

Ich hörte mir das eine ganze Weile an, bevor ich das Wort ergriff. »Geht und ruht euch aus. Morgen früh fangen wir an zu arbeiten. Dann werden wir den verdammten Boiler unter Dampf setzen. Die Säge wird laufen wie noch nie! Wir haben genug Leute, die mit den Maschinen umgehen können, sie sollen es den andern beibringen. Jeder Holzbalken, der drüben auf Lager ist, wird zu Brettern und Balken zersägt. Wenn wir die nach George bringen und verkaufen, kriegen wir euer Schiffsgeld zusammen. Ein paar Karren werde ich noch auftreiben. Wir fangen bei Sonnenaufgang an, und wenn es dunkel wird, entzünden wir die Laternen und arbeiten weiter. Wenn irgendwann die Regierung auftaucht und die Mühle ins Dorf oder sonstwohin bringen will, seid ihr längst über alle Berge!«

Der Plan gefiel ihnen; ich las es an ihren Gesichtern ab, ihren Blicken, der Art, wie sie miteinander redeten. Während sie noch beratschlagten, trat ich ins Haus.

Mirjam stillte das Baby. Ihre sorgenvolle Miene beunruhigte mich.

»Das Sägewerk hat dichtgemacht, Pa!«

»Reg dich nicht auf, Mirjam, es schadet der Milch! Morgen früh werden die Sägen angefahren, wenn wir die Mühle in Betrieb nehmen. Zu allem Unglück werde ich diesen Lumpen und Elfenbeinschmuggler brauchen, um alles zu bewerkstelligen.«

»Wer nimmt die Mühle in Betrieb? Der Waldhüter hat doch vorhin gesagt, sie wäre geschlossen!«

»Vergiß, was der Waldhüter gesagt hat. Morgen früh wird gearbeitet, wart's ab! Wo ist Josafat Stander?«

»Die Paviane sind in Cuicattis Maisfeld eingedrungen. Er will sie mit ein paar Schüssen vertreiben.«

»Jeder Schuß auf die dummen Viecher ist vergeudet. Der Junge muß endlich getauft werden. Am Sonntag bringen wir ihn ins Dorf.« Ich wollte vorschlagen, ihm meinen und den Namen meines seligen Vaters zu geben. Aber so weit kam ich nicht mehr. Draußen hörte ich den Schrei einer Frau; sie wollte nicht mehr aufhören zu schreien. Es war nicht Mariarosas Stimme, also lief ich los. Der Schrei kam von Antonia. Sie stand oben auf dem Damm. Unten im Stausee lag Borolini, das Gesicht nach unten, im hüfthohen Wasser ertrunken.

Josafat Stander watete hinein, um ihn zu holen. Josafat Stander lief auch ins Dorf, damit der Konstabler den Priester aus George kommen ließ. Über dem Hochland hing eine düstere Wolke der Schwermut, und nichts konnte sie vertreiben. Ich redete auf sie ein, ich schlachtete einen Bock für sie, ich legte jedem einen Beutel Süßkartoffeln vor die Tür. Wir würden die Mühle eben einen Tag später als geplant eröffnen, versprach ich. Aber nichts half, sie waren untröstlich. Ich gab mir selbst die Schuld: Ich hätte besser auf ihn aufpassen, ihn vor den anderen nach Hause schicken sollen. Als die Sonne sank, ging ich von Tür zu Tür, reichte jedem einen Schluck Wildpetersilienschnaps und dachte: Sehen Sie, Mr. Barrington, jetzt sitzen Sie droben im Himmel bei den Englein und lassen mich mit Ihren Italienern allein.

Anderntags schickte ich Josafat in aller Herrgottsfrühe nach Draai-se-Bos, um einen Sarg bei den

Waldleuten zu besorgen. Von den Bergen her wehte ein Steppenwind, und es war glühend heiß. Wenn der Priester nicht auftauchte, würden wir Borolini alleine begraben müssen. Ich ließ Cruci und Cuicatti das Grab ausheben, während ich ein wenig Wasser vom Staubecken in die Gemüsebeete leitete. Für den Dampfkessel blieb noch genug übrig.

Als Josafat mit dem Sarg zurückkam, nahm ich ihn beiseite. »Der Holzverkauf allein würde zuviel Zeit kosten. Sie wollen endlich nach Hause. Ich frage dich daher, was es kosten würde, wenn du uns ein paar Bullen schießt. Was nimmst du für das Elfenbein? Und denk nicht, daß ich dir die Hand meiner Tochter dafür gebe. Die wirst du nie kriegen!«

»Ich habe schon ein Haus im Dorf gekauft.«

»Dann zieh so schnell wie möglich dort ein. Aber Mirjam läßt du hier. Wie hoch ist dein Preis?«

»Ich habe noch vier schöne Stoßzähne. Die kannst du haben und zusammen mit dem Holz verkaufen, Oom. Ich kenne da in George einen anständigen Händler.«

»Wieviel willst du für das Elfenbein?«

»Nichts, Oom. Ich schenke sie dir.«

»Damit du hinterher behaupten kannst, ich stehe in deiner Schuld?«

»Nein. Damit diese Leute nach Hause kommen und du Frieden im Hochland hast.«

»Ich nehme sie.«

Gegen Nachmittag rief ich sie zusammen. Wir konnten nicht länger auf den Priester warten, er würde die Totenmesse nachträglich lesen müssen wie bei Catarina. Vor dem offenen Grab hielt ich selbst eine kleine Predigt. Ich könne ihren Zorn und ihre Betrübnis verstehen; Borolini liege fern seiner

Heimat begraben, und wir müßten besser aufeinander achten, damit nicht noch einem etwas zustößt. Als ich fertig war, fuhr Fardini in ihrer Sprache fort und betete zur Gottesmutter Maria, während sie ihre Holzperlen zählten. Erst sprach nur er, dann fielen die anderen ein. Ich stand abseits, bis die erste Schaufel Erde auf den Sarg fiel.

»Wird die Mühle morgen arbeiten, Signor Miggel?« flüsterte Fardini, während die Frauen Blumen auf das Grab pflanzten.

»Ja. Coccia muß so früh wie möglich einheizen. Wir werden die Sägen so lange laufen lassen wie möglich. Ihr kommt nach Hause, verlaßt euch drauf.«

Als ich mich umwandte, sah ich einen Mann zu Pferd und glaubte zuerst, der Priester sei gekommen. Dann erkannte ich Chefkonstabler Ralph und lief ihm entgegen. Er war bestimmt wegen Borolini hier. Vielleicht hätten wir ihn nicht ohne Totenschein beerdigen dürfen. Ausbuddeln würden wir ihn aber nicht mehr, soviel war klar.

»Tag, Oom«, grüßte Ralph und stieg aus dem Sattel. Dann holte er ein Papier aus der Uniformjacke und reichte es mir. »Tut mir leid, Oom.«

»Danke, Konstabler. Wir haben ihn schon ohne den Schein begraben. Aber bei dem Wetter konnten wir nicht länger warten. Es ist schlimm, daß es passiert ist, wo sie doch bald heimkehren. Hast du unterwegs zufällig den Priester getroffen?«

»Nein, Oom. Und das hier ist eine Vorladung und kein Totenschein. Das Gericht schickt mich, der Bescheid muß persönlich überstellt werden. Es geht um dich, Oom.«

Ich erstarrte. »Was wirft man mir vor? Ich bin nie

mandem etwas schuldig. Übrigens kann ich kein Englisch lesen, nur verstehen.«

»In diesem Fall bin ich verpflichtet, dir den Bescheid vorzulesen, Oom.«

»Bist du wirklich sicher, daß ich der Empfänger sein soll, Ralph?« Falls nicht, konnte er sich die Mühe sparen.

»Na klar!« Er nahm das Papier wieder an sich, brach das Siegel auf und las: »›Der Polizeirichter am Ständigen Gerichtshof von Knysna an den Gerichtsboten John Ralph.‹ Das bin ich, Oom.«

»Hab doch gleich gewußt, daß es nicht für mich ist!«

»Ist es doch, Oom. ›Sie‹ – das bin immer noch ich – ›werden hiermit im Namen Ihrer Majestät aufgefordert, Silas van Huyssteen‹ – damit bist du gemeint, Oom! – ›gerichtlich vorzuladen. Er hat am Vormittag des 18. April 1883 persönlich vor dem Gerichtshof von Knysna zu erscheinen, wenn gegen ihn wegen illegaler Niederlassung auf Kronland verhandelt wird. Dem besagten Silas van Huyssteen ist eine Ausfertigung dieser Vorladung zu überstellen.‹ – Das ist morgen, Oom. Um zehn Uhr sollst du im Gericht sein.«

Pieter Kapp. Von der Lichtung in Kran-se-Bos vertrieben, aus dem eigenen Haus gejagt, weil er auf Kronland siedelte. Mein Herz klopfte wie rasend. »Hör mal, Konstabler, ich bin nicht Pieter Kapp. Ihr habt es mit Silas Miggel zu tun, und Silas Miggel hat Siedlerrechte im Hochland, wenigstens so lange, bis die Parzellen versteigert werden! Pack dich auf dein Pferd und verschwinde!«

»Bedaure, Oom, aber ich muß dich warnen. Wenn du nicht morgen um zehn ins Gericht kommst, bin ich gezwungen, dich festzunehmen!«

Als ich mich umwandte, stand Josafat hinter mir, einen Kopf größer als ich. Stolz und stattlich wie ein solcher Lump und Schürzenjäger nur sein konnte. In diesem Moment dämmerte mir, was Mieta gemeint hatte: Mirjams Spuren führten dorthin, wo nur wenige zu gehen wagten. Er blickte mich an, als wollte er sagen: Silas Miggel, du steckst in der Klemme. Hinter ihm sah ich Tomé und Alberto Fardini und Cuicatti zum Sägewerk gehen. Petroniglia stand vor ihrem Haus und beobachtete, wie der Konstabler davonritt. Alles um mich herum erschien plötzlich wie in grelles Licht getaucht: der Wald, die Kloofs, der Schwarm roter Stare, der hinter dem Holzschuppen aufflatterte, die Mühle, der Damm, die Wolken vor dem tiefblauen Himmel. Tief aus den Wäldern schallte der Ruf des Lori, und über mir kreischte ein Raubvogel.

Ein Pieter Kapp war ich nicht.

Anderntags erschien ich gegen zehn Uhr im Amtszimmer des Richters, wo mich ein Konstabler empfing, ein junger Bursche, den ich nicht kannte. Er postierte sich an meiner Seite, als wolle ich auf der Stelle kehrtmachen und die Flucht ergreifen. Dabei hatte ich nichts dergleichen vor. Ich würde dableiben und standhalten, komme was da wolle. Fardini erwartete mich gegen Mittag zurück, dann würden wir zu sägen anfangen. Mirjam hatte ich zu weinen verboten, damit das Kind keinen Schaden nahm. Am Sonntag würde ich den Jungen in eine Decke wikkeln und in den Wald mitnehmen. Er sollte die Luft dort tief einatmen und die Schönheit seiner Heimat spüren. Die versprochenen Stoßzähne sollte Josafat Stander während meiner Abwesenheit in den Schuppen bringen. Ich wußte, daß er Mirjam nicht in Ruhe lassen würde. Mein Vorschlag zur Güte war, daß er sich eine der Parzellen kaufen und ihr dort ein Haus bauen sollte. Im Hochland konnte ich die beiden im Auge behalten. Mein Enkel sollte kein Elfenbeinschmuggler werden. Aber er gab keine Antwort darauf.

Ich wandte mich an den Konstabler. »Wo ist denn der Richter? Ich habe nicht den ganzen Tag Zeit.«

»Er muß gleich da sein. Bleiben Sie still und behalten Sie den Hut auf!«

»Wieso?«

»Befehl vom Richter. Die Angeklagten sollen während der Verhandlung den Hut aufbehalten, damit er sie von den übrigen Anwesenden unterscheiden kann.«

»Ich bin kein Angeklagter, ich bin Silas Miggel!«

»Ruhe im Gericht!«

Ich hatte keine Ahnung, warum er mich so anbrüllen mußte, auch nicht, weshalb er befahl, alle sollten sich von den Plätzen erheben; schließlich war ich der einzige hier und stand bereits. Jackson trat vor die Schranke wie ein König und näherte sich mit gemessenen Schritten seinem Thron. Die hohe, fliehende Stirn des Richters zierte eine riesige gepuderte Perücke. Er nahm Platz und musterte mich eine Zeitlang mit durchdringendem Blick, als hätte ich heute früh vergessen, die Hosen anzuziehen.

»Sind Sie Silas van Huyssteen, auch bekannt als Silas Miggel?«

»Ja, Euer Ehren.« Ich hielt ihm stand, was auch geschehen mochte.

»Wohnhaft in Gouna?«

»Seit mehr als siebzehn Jahren, Euer Ehren.«

»Antworten Sie nur mit Ja oder Nein. Ich wiederhole: Wohnen Sie in Gouna?«

»Ja, Euer Ehren.« Es würde nicht einfach sein, alles mit Ja und Nein zu erklären.

»Wurden Sie mehrmals verwarnt, weil Sie auf Kronland siedeln?«

»Ja, Euer Ehren. Aber Mr. White hat mir später Siedlerrecht erteilt, weil . . .«

»Antworten Sie mit Ja oder Nein«, unterbrach er. »Ich wiederhole die Frage: Hat man Sie mehrmals verwarnt, weil Sie sich auf Kronland niedergelassen haben?«

»Ja, Euer Ehren.« Mit Ja oder Nein würde ich auf gar keinen Fall auskommen.

»Siedeln Sie noch immer illegal auf Kronland oben in Gouna?«

»Ich habe Siedlerrechte!«

»Sie sollen mit Ja oder Nein antworten!« Er brüllte so laut, daß selbst der Konstabler zusammenzuckte. »Ob Sie noch immer illegal auf Kronland siedeln, habe ich gefragt!«

»Ja!«

»Mehr Respekt, wenn ich bitten darf!«

»Ja, Euer Ehren!« Ich suchte verzweifelt, festen Halt zu gewinnen, aber es mißlang. Auf so unsicherem Boden konnte ich mich nicht wehren. Aber ich hatte keine Chance, die Stellung zu wechseln. Wohin ich mich wandte, überall grinsten mir Ja oder Nein entgegen, und noch ehe ich mich versah, hatte er schon das Urteil gesprochen.

»Das Gericht hat Sie der illegalen Ansiedlung auf Kronland für schuldig befunden. Es fordert Sie auf, das Kronland von Gouna binnen einer Woche zu räumen. Mobiles Privateigentum wie Möbel und Hausrat ist fortzuschaffen. Stehende Wohn- oder Nutzbauten oder Gebäudeteile dürfen weder abgerissen noch entfernt werden.«

»Wie bitte, Euer Ehren? Wie können Sie mich denn verurteilen, wenn ich nur Ja oder Nein dazu sagen darf?« Bei dieser Frage wäre er fast von seinem Thron gesprungen und über mich hergefallen. Man erzählte sich, daß er einst seinen Kutscher mit nur einem Fausthieb vom Bock geschleudert hatte. »Ich muß doch wenigstens Gelegenheit haben, alles zu erklären«, protestierte ich. »Man kann mich doch nicht mir nichts, dir nichts per Gerichtsbeschluß vom Hochland jagen!«

»Noch ein Wort, und ich lasse Sie wegen Beleidigung des Gerichts in Arrest bringen!«

Fardini hatte recht, als er mich warnte. Gehe nie vor den Kadi, wenn du unschuldig bist; womöglich wirst du noch schuldig gesprochen. Nur wer etwas auf dem Kerbholz hat, zieht vor Gericht – in der Hoffnung, daß es ihn für unschuldig erklärt.

»Tut mir leid, Euer Ehren, aber nach einem so kurzen Verhör, das nur auf Ja oder Nein hinausläuft, können Sie doch kein gerechtes Urteil fällen.« Das konnte ich gerade noch herausbringen, bevor er den Konstabler eingreifen ließ. Man sollte es nicht für möglich halten. Gott ist mein Zeuge, ich hatte nicht geglaubt, daß er dazu imstande wäre.

Der schmächtige Konstabler war kein ernstzunehmender Gegner. Zu dritt mußten sie mich überwältigen und in Handschellen über die Straße zur Wache führen. Man wollte mich nicht mehr ins Gericht lassen, um Jackson alles zu erklären, und ich hatte es längst aufgegeben. Aber was in mir vorging, als ich vor aller Augen abgeführt wurde, werde ich nie vergessen, es war ein Sturz, von dem kein Mann aus dem Wald sich je wieder erholt. Schlimmer als der Polizeigriff waren die Blicke der Straßenpassanten, die Zeugen meiner Schande wurden. Als er die Zellentür verriegelte, hatte der dämliche Konstabler noch die Stirn, mich zu bedauern: »Tut mir leid, Oom.«

Warum hatte ich das Rad nicht kommen sehen? Und warum hatte niemand es aufhalten können?

Ich setzte mich nicht auf die Pritsche, ich blieb stehen. Sie brachten mir Essen, aber ich rührte nichts an. Ich wartete. Bis Einbruch der Dunkelheit wartete ich, dann brach ich aus. Um Mitternacht klopfte ich an die Tür meines Hauses, und Josafat Stander öffnete. Hinter ihm tauchte Mirjam auf und leuchtete mit der Kerze. Wir hatten jetzt keine Zeit für lange Erklärungen, ich mußte packen. Bei Sonnenaufgang mußte ich weg sein, und hier würden sie zuerst nach mir suchen. Mirjam weinte ununterbrochen, sie suchte mir das Notwendigste zusammen: Proviant, Kerzen, meine Bibel. Josafat holte meine Axt, eine Säge und ein Seil aus dem Schuppen. Schlitten und Ochsen konnte ich nicht mitnehmen, sie würden der Spur folgen. Weinend fragte Mirjam, wo sie mich wiederfinden würde; ich versprach, sobald wie möglich von mir hören zu lassen. Ich war seelenruhig und hellwach. Ich erteilte noch ein paar Anweisungen, und schließlich gab ich, wenn auch gegen meinen Willen, Josafat Stander meine Tochter zur Frau. Ich versprach, wiederzukommen und ihnen zu sagen, wo ich Unterschlupf gefunden hatte. Sie und Josafat würden mit dem Kind ins Dorf ziehen, schluchzte Mirjam, was dann aus mir werden solle? Ich käme gut alleine zurecht, erklärte ich und nahm sie ein letztes Mal in den Arm. Sie brauchte sich um mich nicht zu sorgen.

»Und was ist mit den Italienern, Pa? Was wird aus ihnen?« rief sie mir nach.

»Welche Italiener?« fragte ich zurück. »Es gibt keine Italiener mehr.«

Seit fünfzehn Jahren halte ich Wacht über die Lilien. Kein Fremder wagt sich ohne mein Wissen allzu nah an das kleine Heideland heran. Auch auf die dummen Waldhüter muß ich achten, die noch immer nach mir suchen. Die älteren sind auf der Hut vor mir. Manche glauben, ich sei längst nicht mehr am Leben. Nur die Jungen lauern mir auf und wollen ihr Glück versuchen, mich zu fangen. Auf einen von ihnen habe ich neulich schießen müssen; ich verletzte ihn am Bein. Ich hüte die Lilien. Vielleicht bin ich schon tot. Nein, ich weiß nichts mehr von den Italienern. Manchmal entsinne ich mich, daß ich einst Petroniglia die Lilien zeigen wollte. Auch Ilario liegt, wie ich höre, im Hochland begraben.

Nachwort

Was wurde aus den Italienern?

Nur einer von ihnen ist schließlich nach Italien zurückgekehrt, und zwar Pietro Fardini, der als achtjähriger Junge mit seinen Eltern, Pietro und Anna Fardini, ins Hochland gekommen war.

Ein Jahr nachdem die Bahnschwellen abgelehnt worden waren, eröffnete die Regierung das Sägewerk neu und stellte einige Italiener wieder ein. Der junge Pietro Fardini verlor bei einem schrecklichen Unfall an der Blockbandsäge einen Arm. Er ließ sich zum Lehrer ausbilden und unterrichtete später in Gouna. Nach seiner Rückkehr in die Heimat hat man nie wieder etwas von ihm gehört.

Viele der Italiener übersiedelten nach Kapstadt. Petroniglia Grassi kam vermutlich 1897 dort an. Ihre Tochter Monica folgte ihr dorthin, als Canovi, ihr Ehemann, starb. Sie heiratete wieder, aber ihr zweiter Ehemann verließ sie bereits im Jahr darauf. Viele erinnerten sich noch lange nach ihrem Tod an ihr zwar strenges, aber offenes und herzliches Wesen. Berühmt wurde sie durch die wunderschönen Nelken, die sie züchtete.

Die Crucis zogen ebenso wie die meisten Junggesellen nach Kapstadt. Pontiggia und Coccia arbeiteten ein paar Jahre lang für Dunn, Teilhaber von Fox & Dunn, als dieser Portland übernommen hatte. Coccia starb auf dem Hochland und wurde dort begraben.

Der Name Cuicatti wird heute Sciocatti buchstabiert, und wie die meisten Nachkommen der Seidenfarmer sprechen die Sciocattis heute Afrikaans (›Holländisch‹). Domenico Cuicatti und seine Frau Luigia (geborene Fardini) hatten dreizehn Kinder. Domenico wurde registrierter Forstarbeiter. Luigia lebte im Hochland bis in ihr 95. Lebensjahr. Einige ihrer Kinder behielten den Grundbesitz in Gouna über viele Jahre hinweg. Henri, einer ihrer Söhne, kam als Holzaufkäufer und Ladeninhaber zu Wohlstand. 1930 kaufte er das den Italienern zugewiesene Gemeindeland für 1006 Pfund. 1963 wurde er im Streit über eine Straße vor seinem Haus von einem anderen Grundbesitzer erschossen. John Sciociatti, Luigias Jüngster, studierte und wurde Lehrer.

Angelo und Giuditta Mangiagalli (geborene Fardini) ließen sich ebenfalls in Kapstadt nieder und kauften später Land in einer der Vorstädte. Sie hatten acht Kinder. Ihre Tochter Giuditta hieß später Nonna; sie wurde in ihrer Gegend eine hochangesehene Hebamme und pflegte ihre Visiten zu Pferd zu erledigen.

Die meisten der Nachfahren Mangiagallis haben bis heute Italiener geheiratet.

Domenico Tomé und seine Frau Antonia (geborene Fardini) behielten einen kleinen Bauernhof im Hochland. Zeitweise arbeitete Domenico beim Straßenbau und wurde später Vormann bei den Waldarbeitern. Ihre Tochter Angelina heiratete Felitze (Felix) Radulfini. Angelina und ihr Geliebter Edman Prinsloo wurden 1914 in George für den Mord an Felitze zum Tode verurteilt. Einer ihrer Söhne ist katholischer Priester geworden.

Der Name Robolini wird heute Rabbolini buchstabiert.

Wegen der beschränkten finanziellen Verhältnisse bei den Italienern sind die ihnen ursprünglich zugewiesenen Parzellen nie bezahlt worden. Regelmäßig ließ die Regierung ihre Ochsen beschlagnahmen und verkaufte sie, um die Schuld zu tilgen. Zum Schluß wurde ihnen die Restschuld vollständig erlassen. Die Parzellen brachten es bei einer öffentlichen Versteigerung auf einen Preis von elf Pfund und sieben Shillings.

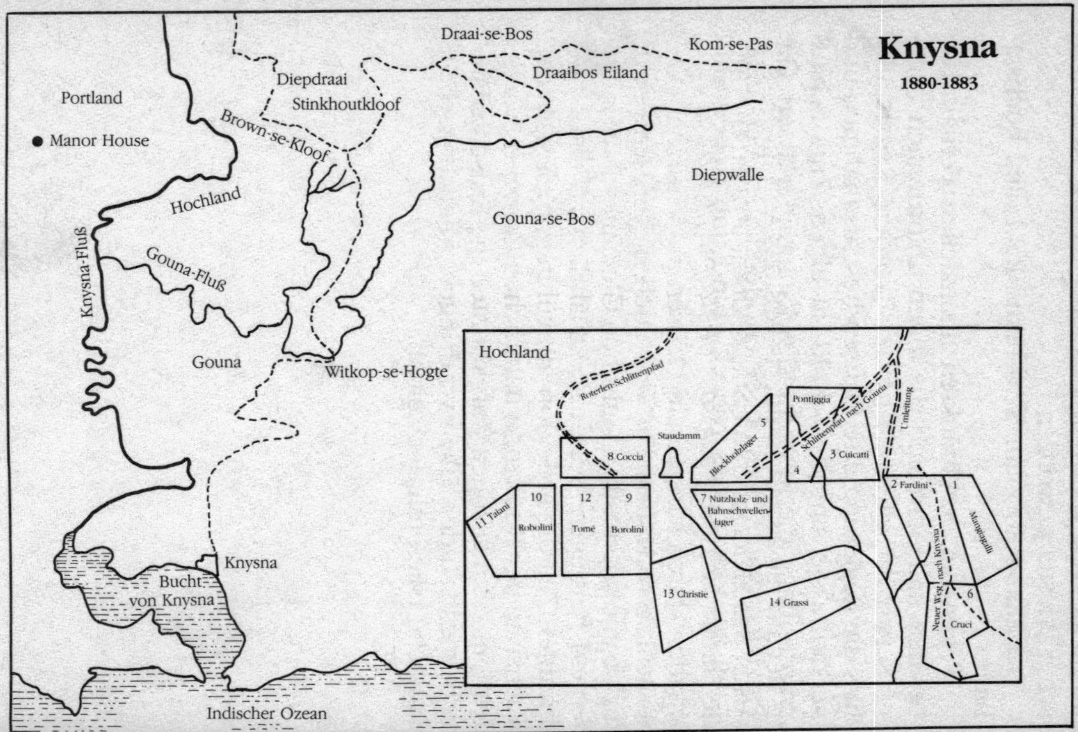
Knysna
1880-1883
Draai-se-Bos
Kom-se-Pas
Draaibos Eiland
Diepdraai
Stinkhoutkloof
Portland
Manor House
Brown-se-Kloof
Diepwalle
Hochland
Gouna-se-Bos
Knysna-Fluß
Gouna-Fluß
Gouna
Witkop-se-Hogte
Knysna
Bucht von Knysna
Indischer Ozean
Hochland
Roterlen-Schlittenpfad
Schlittenpfad nach Gouna
Umleitung
Pontiggia
3 Cuicatti
4
5
Blockholzlager
Staudamm
8 Coccia
2 Fardini
1
Mangiagalli
Neuer Weg nach Knysna
6
Cruci
7 Nutzholz- und Bahnschwellenlager
11 Taiani
10
Robolini
12
Tomé
9
Borolini
13 Christie
14 Grassi

Die Lilien

Zu Beginn dieses Jahrhunderts ließ das Amt für Forstwesen das Heideland mit Stacheldraht absperren, um die Lilien (*Valotta speciosa/Valotta purpurea*) gegen Schäden durch streunende Ochsen zu schützen. Dabei wurde nicht bedacht, daß auch die Erdschweine zum komplizierten ökologischen Gleichgewicht im Lilienfeld beitrugen. Wenn sie alljährlich zu einer bestimmten Zeit die Erde dort aufwühlten, hielt sich das Wachstum der Knollen in natürlichen Grenzen. Nachdem der Zaun gezogen war, konnten die Erdschweine nicht mehr zu den Lilien vordringen, folglich starben sämtliche Lilien mit der Zeit ab.